国家出版基金项目
国家“十三五”重点图书出版规划·重大出版工程项目

国家社会科学基金重点项目
“新中国文学传媒史料综合研究与分类编纂”最终成果

山东大学“双一流”建设暨学科高峰计划专项资助项目

国家出版基金项目
NATIONAL PUBLICATION FOUNDATION

国家“十三五”重点图书出版规划项目
国家重大出版工程项目
国家社会科学基金重点项目

新中国文学史料与研究丛书

新中国文学副刊史料与研究

张涛甫　史建国　主编

南京师范大学出版社

图书在版编目（CIP）数据

新中国文学副刊史料与研究 / 张涛甫， 史建国主编. -- 南京 : 南京师范大学出版社， 2025.2
（新中国文学史料与研究丛书 / 黄发有总主编）
ISBN 978-7-5651-5065-4

Ⅰ. ①新… Ⅱ. ①张… ②史… Ⅲ. ①中国文学一现代文学史一文学史研究 Ⅳ. ①I209.6

中国版本图书馆CIP数据核字(2021)第270979号

丛 书 名	新中国文学史料与研究丛书
总 主 编	黄发有
书　　名	新中国文学副刊史料与研究
主　　编	张涛甫　史建国
策划编辑	张　春
责任编辑	刘娟娟　仝玉林
出版发行	南京师范大学出版社
地　　址	江苏省南京市玄武区后宰门西村 9 号(邮编:210016)
电　　话	(025)83598919(总编办)　83598319(营销部)　83598332(读者服务部)
网　　址	http://press. njnu. edu. cn
电子信箱	nspzbb@ njnu. edu. cn
照　　排	南京凯建文化发展有限公司
印　　刷	南京爱德印刷有限公司
开　　本	710 毫米×1000 毫米　1/16
印　　张	36. 25
字　　数	651 千
版　　次	2025 年 2 月第 1 版
印　　次	2025 年 2 月第 1 次印刷
书　　号	ISBN 978 - 7 - 5651 - 5065 - 4
定　　价	150. 00 元
出 版 人	张　鹏

总　序

黄发有

新中国文学已经走过70余年的光辉历程,新中国文学的历史化与经典化成为学术界普遍关注的一个焦点问题。史料的发掘、整理与研究工作是实现历史化与经典化目标的基础。在中国史学研究领域,贵古贱今观念根深蒂固,今人写今史的可信度常常遭到质疑。当代人记录当代史确实有明显的局限,作者可能因个人利益或个人好恶而失之公允,无原则溢美或刻意贬抑现象一直存在,难以避免。但当代人作为所处时代的见证者,又有得天独厚的优势。当代人对当代史的言说与评判,因为身处其中,所以可以在场地接触原始材料,使得这些材料得以保存并流传。正如梁启超所言:“此时作,虽不免杂点偏见,然多少尚有真实资料可凭。此时不作,往后连这一点资料都没有了。”① 当代研究遵循的基本原则是详今略远,也就是说尽量记载或使用研究者熟悉的信息,但并不意味着只做跟踪性的观察与记录,还应当思考所处时代与前代的历史关联,以及所在地域与周边区域的空间互动模式。正因如此,史料的多元化对于建构当代史有不可忽略的学术价值。呈现当代文学的真实图景,应当从多角度、多层面进行考察和还原,利用多重证据来建构连续的逻辑链条,对于历史和史料中的难点、疑点,都必须对材料进行考证,去伪存真。章太炎在《中国通史略例》中主张治史者应当扩大史料来源,博采古今中外各种资料,以弥补古史的不足。因此,文学史研究首先要尽量全面地占有史料,在此基础上去芜存精、择善而从,避免断章取义、先入为主。当代研究并不急于下结论,而是应当以开放性的视野,一方面为同时代文学留下鲜活的记载,在经过初步筛选的基础上,对历史进程进行描述和判断;另一方面为后人研究今史提供尽可能丰富的历史依据。

当代文学研究与现实生活保持密切的关联,“当代性”是其魅力所在,也是

① 梁启超:《中国历史研究法》,上海人民出版社2014年版,第168页。

其活力之源。当代文学研究不能自外于大时代,不能切断文学与现实对话的通道。基于此,一些学者和评论家认为当代文学的历史化是画地为牢,自断生机。必须指出的是,保持当代文学研究的思想锋芒与艺术敏感,不应以牺牲规范性为代价。如果没有必要的学术限度与理论边界,放弃自己的学术本位,将文学研究作为直接评判社会与介入现实的工具,其针对性与有效性都难以保证,很容易沦落为夸夸其谈、无的放矢的空论。当代研究的主体与研究对象过于贴近,往往有千丝万缕的利益关联或者重重顾虑,容易受到外部的干扰。当代研究的一个突出问题是史料意识较为薄弱。一些学者认为当代研究不必在史料的钩沉辑佚上浪费功夫,甚至不存在史料问题,因为当代的材料随处可见,不仅纸面材料俯拾皆是,还有形态各异的活材料环绕四周。事实上,中国当代文学研究并不单纯是当下文学研究,像"十七年"已经是半个世纪以前的历史,大量资料在"文革"中散佚,不少公开出版物也已难觅其踪。与此同时,近年推行无纸化办公,在这一潮流的裹挟下,早年的许多纸质材料被大宗销毁。因此,当代文学史料的保存、发掘与整理显得十分迫切,对不同类型史料的旁推互证与综合运用,在当代文学历史化的进程中更是具有方法论意义。

一、常规史料与稀见史料

当代史料漫无边际,在信息不断膨胀的语境中,当代人往往会忽略对同时代史料的保存与挖掘。而当代史料的剔除与散佚,也大多在同时代发生。对于当代研究者而言,搜集同时代的公开史料并不困难。但是,要系统搜集印数极少的内部出版物(内部报刊和内部图书)、民间出版物(民间报刊和自印文集)、会议简报、油印讲稿等,却有极高的难度。至于独此一份的手稿、日记、书信、档案资料、手抄本、检讨材料,以及稿签、审稿意见、稿费单等原始书证,更是可遇不可求。而且这些纸质材料的材质较为脆弱,同时代人不搜集的话,就会彻底消失。在电子媒体迅速崛起、印刷媒介走向衰落的语境中,纸质史料的保存与流传会变得更加困难。正如梁启超所言:"时代愈远,则史料遗失愈多而可征信者愈少,此常识所同认也。虽然,不能谓近代便多史料,不能谓愈近代之史料即愈近真。"①

就内部刊物而言,像中国作家协会的会员刊物《作家通讯》、中国文联的

① 梁启超:《中国历史研究法》,上海人民出版社 2014 年版,第 39 页。

内部刊物《文艺界通讯》经常会刊发中国作家协会、中国文联的工作动态、工作计划、领导讲话、会员来信等并不常见的材料,具有较高的史料价值。《文艺报》主办的内部刊物《文艺情况》是了解新时期初期文坛乍暖还寒的精神气候的一个窗口,其信息来源广,信息量大,转发了不少内部刊物的重要资讯。20 世纪五六十年代的《作家通讯》尤其珍贵,刊物明确规定"会员刊物,不得外传",印量有限。各地作家协会和文联也大都创办了内部刊物,譬如中南作协的《中南作家通讯》、山东作协的《创作与学习》和《山东作家》、黑龙江作协的《创作通讯》、北京作协的《北京作协通讯》、河南作协的《河南作家通讯》等等,这些内部刊物发表的文稿较为芜杂,但要了解这些地方的作家协会的发展轨迹、运行情况以及当地文学状况,其中的材料具有独特价值。至于民刊,在 20 世纪 80 年代以来的中国诗歌发展史上发挥了重要作用,像《今天》《非非》《他们》等民刊为朦胧诗、新生代诗歌的生长与成熟提供了不可轻视的精神滋养。"文革"之前和"文革"时期为了"反帝反修",曾经出版过一批"黄皮书"和"灰皮书",这些内部出版物作为反面教材,当时仅供批判之用。这些出版物不是当代文学的直接研究对象,但不少知青作家和朦胧诗人在追忆自己的阅读史时经常会提到这些图书,朱学勤甚至认为它们是"80 年代点燃新启蒙思想运动的火种"①。而"文革"后期广泛流传的手抄本,则是中国当代文学版本发展过程中的一种特殊现象。我个人收藏了一份油墨印刷的材料——1985 年《雨花》杂志和江苏双沟酒厂联合举办"文学与酒"笔会的讲话记录稿,还附有"双沟散文奖"启事,时任《雨花》主编的叶至诚、双沟酒厂厂长兼党委书记陈森辉和作家茹志鹃、刘心武、陈登科、田流、顾尔镡都有发言,这为研究 20 世纪 80 年代文坛遍地开花的笔会、文学与企业的联姻提供了生动的佐证。还有一些史料,譬如检讨材料,以前没有引起文学研究者的重视,近年开始有年轻学人关注"检讨"这一特殊年代的精神现象,并以此为窗口,观察文学环境的变化与作家人格的变异。《郭小川全集》收录的作家个人的检讨材料,还引发了知识界与出版界关于全集编纂中文献收录范围的讨论。在近年出版的陈平原编选的《王瑶与现代中国学术》一书中,收录了王瑶在"文革"期间的检讨文章。这些变化表明,研究界对于特殊类型的稀见材料,存在一个逐渐接纳的过程,其文献价值也日益受到重视。

当代文学史上的稀见史料能够弥补公开史料的不足,但稀见史料往往显得零散、破碎,发挥的往往是局部性的补遗、去蔽作用,罕有那种能够影响总体性

① 朱学勤:《书斋里的革命:朱学勤文选》,长春出版社 1999 年版,第 59 页。

判断的重大发现。不应忽略的是,研究者对一些重要史料的发掘和运用,很可能打开新的角度,扩大学术视野,提升一个研究领域的水平。比如在考察当代文学史上的历次文代会时,往往除了会议文集和当事人的日记、书信、回忆材料,研究者很难详细了解会议进程与讨论情况。而根据一些代表的回忆文字中的线索,搜集当时的会刊、会议简报和会议通知等原始材料,如第一次文代会的会刊(《文艺报》试刊)和第三次文代会、第四次文代会、中国作协第四次会员代表大会(以下简称“作协四大”)的会议简报,可以发现,这些材料不仅有补充作用,而且是还原当时历史场景的关键材料,能够帮助研究者了解文艺会议的丰富性和复杂性。由于第一次文代会、第四次文代会、“作协四大”等重要会议被不少文学史家视为划分文学史分期的标志性事件,因此这些会议的原始材料是考察当代文学的制度模式和运行机制的重要史料。第一次文代会、第四次文代会不仅建立制度规范、规划未来,还对以往的文学发展进行历史总结。因此,同步介绍会议进展的会刊和简报是把握当代文学重要的历史节点及其逻辑关系的依据。形成系列的稀见史料的发现、整理和考察,能够为开辟新的研究领域带来新的可能性。譬如中国当代文学版权研究一直是一个备受冷落的领域,一方面文学版权研究要求研究者对当代文学史和知识产权都有较为深入的了解,另一方面研究者必须掌握充分的原始材料。足够数量的原始稿费单据和相关文件的发现与公开,必将推动当代文学版权制度研究的开展与深入。陈明远的《文化人的经济生活》《知识分子与人民币时代》以深入浅出的方式,考察稿酬、版权制度的变化对作家的文学生产、生活模式的影响。不无遗憾的是,他的著作中引用的绝大多数是二手材料。

借鉴人类学、社会学的田野调查方法,保留重要的当事人的口述史料,这是发掘当代文学稀见史料的又一重要途径。“当前中国史学的发展有两大趋势:一是田野调查引起史学研究者的关注;二是口述史的兴起。这两者标志当代史学研究的视野从单纯的文献求证转向社会、民间资料的发掘,这是历史学进入21世纪的重要倾向。”① 我在访问《当代》原主编何启治时,他想起秦兆阳曾经复印了一份关于《九月寓言》的十条意见给他,将近三个月后,他在书房的角落里找到了这份意见,又复制了一份给我。当然,口述史料也有其局限性,一是当事人的记忆不尽准确,二是当事人可能会因为某些主观意愿而有所避讳、粉饰乃至歪曲。因此,在运用缺乏旁证的口述史料时,要特别慎重。

---

① 刘志琴:《口述史与中国历史学的发展》,《光明日报》2005年2月22日。

综上,当代文学史料研究应当将公开史料的深度研究与稀见史料的发掘整理有机地结合起来。文学史料是文学史研究的依据,新史料往往会修正旧结论,别开生面。但稀见史料毕竟有限,人文学者的看家本领应该是从常见史料中发现新问题,得出新观点。正如严耕望所言:“新的稀有难得的史料当然极可贵,但基本功夫仍在精研普通史料。新发现的史料极其难得,如果有得用,当然要尽量利用,因为新的史料大家还未使用过,你能接近它,最是幸运,运用新的史料可以很容易得到新的结论,新的成果,自是事半功倍。”“真正高明的研究者,是要能从人人能看得到、人人已阅读过的旧的普通史料中研究出新的成果,这就不是人人所能做得到了。不过我所谓‘说人人所未说过的话’,决不是标新立异,务以新奇取胜,更非必欲推翻前人旧说,别立新说。最主要的是把前人未明白述说记载的重要历史事实用平实的方法表明出来,意在钩沉,非必标新立异!至于旧说不当,必须另提新的看法,尤当谨慎从事,因为破旧立新,极易流于偏激,可能愈新异,离开事实愈遥远。这是一个谨严的史学家要特别警戒的!”①

二、全局性史料与局部性史料

面对浩如烟海的文学作品和纷繁复杂的文学事件,当代文学史研究的主要任务是删繁就简。研究主体面对中心与边缘、主流与支流、内部与外围的多元互动,往往会重点关注文学的中心、主流与内部,抓主要矛盾,追逐焦点话题。在这种观念的影响之下,当代文学史料研究领域同样看重中心的、主流的、内部的史料,而边缘的、支流的、外围的史料却受到冷落和遮蔽。在当代文学史研究中,为了逻辑线索的清晰,研究者难免会为了凸显观念而剪裁史料,对史料进行一种主题先行的阐释与解读,甚至扭曲真相,篡改史料。

有鉴于此,当代文学史料的全局性与局部性的关系,应包括三个方面:一是关键史料与边缘史料的关系,二是整体性史料与地方性史料的关系,三是外围史料与学科内部史料的关系。在中国当代文学史料研究中,局部性的文学史料经常被忽略,这使得文学史研究偏重归纳疏于分析,对文学发展的丰富性和复杂性的揭示也有明显不足。不少研究当代文学总体走向的论著,往往只选择若干代表性作家或代表性作品为典型案例,以此为据得出普遍性结论。这种研究思路必然带来严重的缺失:首先是以偏概全,其次是高度同质化,以主要的历史线索

---

① 严耕望:《治史三书》,上海人民出版社 2011 年版,第 21—22 页。

串联若干核心作家和核心作品，结论大同小异，了无新意。比较阅读多种当代文学史论著，不难发现大多数研究者习惯采用抽样分析的方法，观察文学主潮，解读具有全国性影响的作家作品，关注中央级的文学机构与文学媒介，漠视地方性的文学现象和边缘性的作家作品。当然，一个研究者毕竟精力有限，有所放弃才能有所追求，抓大放小、主次分明是一种普遍性的学术选择。可是，对于一个成熟的学科而言，如果没有人去关注地方性、边缘性、局部性的话题与现象，学术版图不仅不完整，而且容易形成一种固化的学术盲区。地方性、边缘性、局部性的文学问题是文学史研究的基础，基础不牢固必然导致结论的不可靠。缺乏扎实的史料支撑的全局性判断，很容易留下逻辑漏洞，不仅在逻辑上不严谨，而且会动摇立论的基础。

在文学实践和文学研究中对于局部性问题的忽略乃至盲视，可谓根深蒂固。但是，如果这一现象得不到改善，乃至变本加厉，则很容易加剧文学发展的畸轻畸重和文学生态的失衡，伤害文学的多样性和丰富性。在文学的地域分布方面，北京、上海等中心区域的文学声音被无限放大，而边缘区域的文学景观往往被弱化乃至遮蔽。在文体关系上，文学创作界和文学研究界的关注焦点都聚集于小说领域，尤其是长篇小说创作。很多以“中国当代文学”“新时期文学”“新世纪文学”为考察对象的论文，在列举代表性案例时，往往只提到个别重要小说家的代表性作品，在对一些影响较大的长篇小说进行简约评述后，就草率地得出结论，至于诗歌、散文、戏剧等文体居然一字不提。在文学制度方面，中央与地方的关系是核心问题，因为在“十七年”时期奠基的文学体制中，从上到下的垂直管理是其鲜明特色，如中国文联、全国文协（中国作协）在各地设立下属的分支机构，进行业务指导，发挥基层组织的辐射带动作用，落实文艺政策。洪子诚认为：“从50年代初开始，逐步建立了严密而有效的文学管理干预体制。在这一体制下，作家的文学活动，包括作家的存在方式、写作方式，作品的出版、流通、评价等被高度组织化。这种‘外部力量’所施行的调节、控制，在实施过程中，又逐渐转化为大多数文学从业者（作家、文学活动的组织者、编辑和出版人）和读者的心理意识，而转化为自我调节和自我控制。”① 值得注意的是，当代文学的研究一直重视中央层面的制度调整和政策变更，却忽略了中央与地方的互动模式，而不同省市之间各方面的差异基本上被忽略不计。

就局部与全局的文学关系而言，区域性文学研究一直是当代文学研究的

---

① 洪子诚：《当代的文学制度问题》，《中国现代文学研究丛刊》2015 年第 2 期。

薄弱环节。当代文学史编纂在处理地方性史料时，也往往会有明显的偏向，譬如会重点关注京津沪等直辖市以及山东、江苏、浙江、陕西、湖南等文学大省的史料，对一些边缘省份的史料基本上忽略不计。区域性文学史往往以所在区域为中心，譬如一些省市的文学史将所在区域切割出来，却忽略了所在区域与周边区域的关联，更为重要的是很少涉及所在区域与中心区域或国家文艺环境、文艺政策的互动，使之成为不受辖制的一块“飞地”。区域文学史则往往不作区分地罗列居留者和长期外迁的本籍作家的文学成就，这就使得区域性文学史成为以所在区域为中心的文学光荣榜，并不涉及所在区域文学的发展过程、生产模式和文学环境。

当代文学研究还存在一个薄弱环节，即文学史研究和文学评论缺乏有机的融合。一方面，文学史家更注重整体性把握，将总体走势的判断和逻辑框架的建构作为主要目标，突出大事、大家、名著的文学史意义。由于当代文学史著作绝大多数采用集体编写的方式，一些主事者不仅对于边缘性、地方性、局部性问题缺乏深入了解，而且对于一些大事、大家、名著一知半解。这样，先入为主的总体逻辑和丰富的文学世界之间就难免产生龃龉之处。不少当代文学史对作家的评判，也习惯用单一标准来衡量复杂的文学存在，排座次的做法较为盛行。另一方面，文学评论家热衷于追逐当代文学的动态进程，以文本解读为主要方法的作家作品研究在文学评论中占据主导地位。当代文学评论不乏具有真知灼见的文字，以智慧的光芒和灵悟的穿透力，引领我们进入文字艺术奇妙的世界。必须指出的是，这样的文学评论毕竟是少数，更为常见的是粗疏的作品梗概和流水账式的读后感，根本与综合评判的文学史视野无涉。在文学表扬盛行的批评生态中，只见树木不见森林是一种常态，一些评论者为了凸显评论对象的不凡，还会刻意以树木取代森林。个案研究和宏观把握的脱节，使得全局性问题与局部性问题难以沟通，文学史家在吸取文学评论的学术成果时必须进行必要的过滤与清理。另一个值得注意的现象是，不少专注于文本解读或个案研究的学者，在对局部问题进行挖掘时，沉浸于琐细之中，被细枝末节所淹没，缺乏一种全局性的眼光。也就是说，在整体性视野的观照之下，即使局部性问题也有可能具备窥斑见豹的价值。否则，对一个作家、一部作品的评判就可能脱离具体的文学史语境，产生偏差。

相对于整体的历史语境而言，政治、社会、文化史料是全局性史料，文学史料成了局部性史料。纯文学的观念在当代文学研究中一直占据重要地位，有不少文学史家在编纂当代文学史时，也把纯文学摆在最为重要的位置。文学史研究不仅应该关注文学艺术的发展历史，还应该关注文学外部环境的变化，即政治、社会、文化的发展过程和基本状况。譬如新时期初期，科技界、教育界、思想界的拨乱反正，与文学界的拨乱反正相互呼应，形成联动效应。1977 年的全国出版工作会议和 1978 年的全国科学大会、全国教育工作会议，在议题设置上就和 1978 年中国文联第三届全国委员会第三次扩大会议、1979 年第四次文代会一脉相承。当然，文学史的外部考察并非脱离文学的空泛分析，离弦说箭确实会导致研究的不及物现象，言不及义，但文学的艺术世界并不是封闭的、稳定的，它跟其他文化场域会发生错综复杂的关系，而且会在变化的时空中形成开放的、动态的结构。外部现实的刺激是推动文学艺术调整、革新的动力，而文学的回应一方面会塑造文学与现实的关系，另一方面会影响其艺术选择。在“纯文学”标准的过滤之下，那些通俗的、草根的、跨界的写作者及其文字就难以进入研究视野，很多这方面的史料自然被屏蔽在门外。将文学文本与人、社会隔绝开来，容易造成研究视角的狭窄，研究内容显得琐细、重复，缺少开阔的人文情怀。在宏观把握中国当代文学的总体发展趋势时，政治对文学的影响是无法忽略的维度。在文学一体化的格局中，文学进程与政治进程高度重合。因此，中共党史史料具有重要的参考价值。延安文艺座谈会、党的十一届三中全会等重要会议都对当代文学史走向产生了重大影响，在讨论当代文学史的分期时，党史的分期是重要的参照系。党政领导人在党政会议和历届文代会上的讲话，对当代文艺政策和当代文学制度建设具有指导性作用，当代文学史著作在牵涉这些问题时大都套用党史的评判，缺乏更为深入和细致的研究。

总之，全局性史料与局部性史料的相互参证，其学术目标是使得全局性研究落到实处，而不是凌空蹈虚、大而无当，同时拓展局部性研究的格局，在微观分析中寄寓大胸怀，避免坐井观天。只有摆脱割裂思维，强化系统思维，才能对当代文学相互关联的各个方面及其功能、结构进行系统把握。

三、纸面史料与电子史料

随着媒介技术的飞速发展，电子史料在人文学科研究中的地位蒸蒸日上。在近年国家和省部级重大科研项目中，专题史料的数据库建设成为重点支持的方向。电子史料确实为学术研究带来极大便利，一方面可以汇集海量信息，另一方面可以快捷、精准地检索。

这些年，“大数据”的概念成为学术界频繁使用的热词，似乎做史料整理与研究的不和大数据沾点边就严重落伍了。尽管这些年我个人一直在当代文学传媒研究中探索量化方法与定性研究的有机结合,但也清醒地意识到,人文学科和自然科学、社会科学都有明显的差异,不能不加区别地照搬自然科学的数据处理技术与方法。在人文科学研究中,研究者掌握的文献应当是经过打磨的、有温度的材料,我们了解其来龙去脉,熟知其适用范围与局限性。如果忽视纸面材料,把电子史料和大数据作为学术利器,这些冷冰冰的材料就很难有机地融入整体的逻辑框架,而且很可能犯常识性错误,贻笑大方。

随着中国知网、龙源期刊网、维普网、万方数据知识服务平台等数据库的建立,当代“过刊”的利用率日益降低。各类图书馆为了解决馆舍紧张的矛盾,降低运行成本,大量剔除复本,将这些刊物转入不对外开放的保留书库,或者干脆把它们封存在偏远区域的书库里。事实上,对于认真的期刊研究者而言,仅仅依靠电子文献,根本无法了解期刊的全貌。这些数据库在收录期刊文献时,往往只收录正文文本,撇除了目录、广告、按语、插页等副文本,增刊、专刊、子刊的信息更是整体缺失。至于超星、读秀等主要收录图书信息的数据库,同样存在类似问题。一方面,作为综合性数据库,文学方面的信息不全,缺乏专业眼光;另一方面,这些数据库在收录一种图书时,大多数只收录一种版本。对于研究版本流传的学者而言,这些数据库的利用价值极为有限。当纸质文献转换成电子文献时,由于技术方面的限制,也会产生一些错讹乃至乱码。

21世纪以来网络文学的崛起,使得电子史料在当代文学研究中扮演日益重要的角色。值得注意的是,大多数汉语网络文学草创期的网站、网页已经消失得无影无踪,现在学术界在研究早期的网络文学创作时,依据的往往是转化成纸质出版物的网络文学史料。不应忽略的是,大多数网络文学作品的网络版本和纸质版本都有较为明显的差异。由于网络小说的篇幅过长,网络语言风格和纸媒的语言文字规范也有明显差异,网络文学的纸质版本大都经过大幅度的压缩和改写。遗憾的是,现在已很少有研究者愿意花力气去追根溯源,不少以网络文学为研究对象的研究生学位论文经常会引用十多年前的网络文献,事实上这些页面早就不存在了。近几年,欧阳友权、邵燕君及其团队通过与文学网站的合作,有意识地复制并保留部分珍贵的早期网络文学文献,这种工作难能可贵。但是,相对于海量的信息总量而言,能够保存下来的毕竟是少数。网络文学文献规模庞大、内容驳杂,更新速度惊人,因此,单纯依靠网络文献显然不可靠。

因此,在媒介格局急剧转换的背景下,当代文学研究既要充分利用电子史料的技术优势与整合性数据,又不能过度依赖电子资源。一方面,尽管随着网络文化的发展，电子文献在当代文学史料中的份额一定会逐渐增多，但只要印刷媒介依然存续，其价值就无法被完全替代，同时手稿一类的史料也具有唯一性；另一方面，新的文献形式也有其潜在的弱点与局限性。达恩顿在《阅读的未来》一书中说："我们今天要解决的问题远远不止莎士比亚的文本的问题，它们还出现在各种形式的传播工具中，其中就包括互联网，在这个领域，电子文本脱离了印刷品的支持，电子邮件留下的痕迹可以被轻易抹去。""由于代码依附的媒介被废弃，数字空间里的文档也许会丢失。硬件和软件更新换代的速度令人苦恼。除非解决这个阻碍数字存储的拦路虎，否则'孕育数字化'的文本无法保证其安全性。"①

尽管纸质文献一再被预言注定会遭受被抛弃的命运，但纸张的耐久性和印刷文明的生命力超越了许多质疑者的设想。图书馆是稳定的城堡，网络是开放的信息空间，它们之间的关系应该是相互补充，而不是替代性的覆盖。拓展新媒介的空间，不必以废弃旧媒介作为代价。

四、创作史料与接受史料

当代文学史料研究一直以作家史料为核心，而各种文学组织、期刊、出版机构、文学社团的史料只是起到补充作用，没有受到足够的重视。以作家、作品为核心的研究对象，这是文学史研究在长期实践中形成的学术传统。重视研究文学的创作与生产，却忽略了文学的传播接受；重视研究作家的创作活动，却忽略了作家的非创作活动对其审美趣味和人格结构的影响，忽略了普通读者和文学史家、文学评论家、编辑家、翻译家等专业读者对文学环境的塑造。艾布拉姆斯在《镜与灯》一书中认为，文学活动由世界、艺术家、作品和读者四个相关要素构成，但在文学研究中，读者尤其是普通读者的声音长期被忽略和漠视。德国的姚斯在20世纪60年代提出接受美学的构想时，重点突出在文学研究中被长期忽略的读者的价值与意义，目标是建构以读者为本位的文学史框架。姚斯认为："一种过去文学的复归，仅仅取决于新的接受是否恢复其现实性，取决于一种变化了的审美态度是否愿意转回去对过去作品再予欣赏，或者文学演变的一个新阶段出乎意料地把一束光投到被遗忘的文学上，使人们从过去没有留心的文学中找到某些东西。"② 也就是说，文学接受不仅对同时代的文学创作产生影响，

---

① ［美］罗伯特·达恩顿：《阅读的未来》，熊祥译，中信出版社2011年版，第148、38页。

② ［德］H. R. 姚斯等：《接受美学与接受理论》，周宁、金元浦译，辽宁人民出版社1987年版，第44页。

接受风尚会牵引创作的审美趣味与市场定位，而且受众的选择还是文学传统赓续与翻新的推力，以时代的光束重新照亮旧时代晦暗的文学角落。

在近年的学术发展中，涌现了一些研究当代文学的审美接受的论著，但细细梳理，不难发现其引述的绝大多数是作家、评论家等专业读者的评述，普通读者的表达仅限于部分报刊摘录的“读者来信”。由于受到史料的限制，所谓的“审美接受”基本是文学圈内部的循环，普通读者寂寥的声响也已经被多重筛选和过滤，其结论的可信度和学术价值自然大打折扣。编辑家研究也是当代文学研究的一个薄弱环节，编辑家身居幕后，其贡献本来就容易被忽略。在当代文学的发展进程中，巴金、靳以、赵家璧、丁玲、秦兆阳、韦君宜、丁景唐、何其芳、李清泉、张光年、范用、崔道怡、龙世辉、章仲锷、张守仁、何启治、范汉生、李小林、李子云、周介人、徐兆淮、何锐、李敬泽、程永新、宗仁发、林建法等编者都留下了各自的历史印痕，但学术界对他们的编辑实践的研究极为有限，对文学编辑史料的搜集与整理更是少人问津。文学编辑是文学史上习惯性的失踪者，对文学编辑的研究除了表示对这种职业和文学角色的尊重，更为重要的是把编辑研究作为一种视野和方法，梳理作家与读者、作品与社会、文学与市场、艺术与政治等错综复杂的文化关联。编辑作为“守门人”，是作用于文学身上的各种力量的交汇点，他们既可能是推动文学传承与创新的“播火者”，也可能是执行权力和商业指令的“居间人”。20 世纪 80 年代中期以来，从先锋文学、新写实小说、新现实主义、新体验小说、新状态文学、新市民小说，到“60 年代出生作家”“70 后”“80 后”“90 后”，其命名与策划都活跃着编辑的身影。对编辑与文学之间关系的深入考察，能够将创作研究与接受研究有机地融合起来，进而揭示当代文学生产与消费的深层机制。

当代文学传媒与当代文学传播研究是近年新兴的学术热点。值得注意的是，不少研究者在选取文学期刊、文学图书、报纸文学副刊、文学网站作为研究对象之后，其研究思维和研究方法并没有作出相应的调整与转换，往往沿袭学术惯性，对选定范围的作家作品进行一番解读和分析之后，草率地下结论。这样的研究依然以创作研究为焦点，与传播、接受缺乏深入的关联。文学研究以文学为核心的研究对象，但在研究者的视野中，不能只看见作家作品。就文学媒介而言，它们以文学为主要的传播内容，但不应忽略的是，文学媒介还有媒介的特性，譬如其技术特征、传播途径和商业倾向，这些特性并不是可有可无的，它们以其内在的力量改塑文学的价值取向、文体形式和语言风格。报刊的崛起是五四文学现代转型的重要推动力量，网络的快速普及已经在悄然改变 21 世纪中国文学的基本格局。随着不同媒介之间的频繁互动，传播内容的专属性日渐弱化，通用性被不断强化，以印刷媒介为主阵地的文学发展不断地调整自身的形式结构与审美特性，力争在跨媒体传播中有更加广泛的适应性。

近年来，当代文学研究的史料来源发生了明显的变化，以网络为大本营的电子史料影响日隆，原来被高度倚重的报刊史料的重要性正在下降，尤其是报纸史料逐渐淡出不少研究者的视线。在现当代文学研究领域，近现代报纸副刊在文学转型中曾经呼风唤雨，五四时期的四大副刊一度成为研究热点，但当代的报纸文学副刊研究一直是一个相对生僻的研究领域。一方面，当代具有代表性的报纸副刊存续时间较长，像《人民日报》《光明日报》《文汇报》《解放日报》《羊城晚报》《天津日报》《今晚报》《北京晚报》等报纸的文学副刊都在当代文学史上刻下了深深的印痕。由于原始报纸史料的搜集和查阅费时费力，研究者要从庞杂的史料中发现问题、厘清线索就有一定难度。另一方面，网络媒介的崛起正在改变媒体格局，报纸的地位和影响都在被边缘化。报纸文学副刊作为一种衰落的媒体形式，对研究者的吸引力也在下降。在这样的大背景下，报纸史料在当代文学研究中的出现频率急剧降低。编年史和年谱研究的兴盛是 21 世纪以来当代文学研究的新现象。值得注意的是，在已经出版的编年史和各类年谱中，报纸史料没有引起研究者的足够重视。与图书、期刊相比，报纸的出版频率最高，以最快的速度报道时事变化。大多数的文学图书和文学期刊，其主体内容是文学作品，较少反映文学环境、文学事件的起伏与新变。因此，编年史和年谱要真实地还原文学创作和文学发展的历史进程，报纸史料是不能忽略的重要凭据。譬如一些文学活动发生的具体日期，在不少论著中都有出入，甚至在同一篇文章或同一部著作中前后不一致，自相矛盾。之所以会出现这些问题，主观原因是研究者照录材料，缺乏必要的比照和考证。在文献来源方面，报纸史料的缺失使得当代文学的编年研究不够细致，在细节上显得粗疏。对报纸史料的深入开掘，不仅是深化、细化编年研究的重要途径，而且是推动当代文学历史化的基础工程。

从传播接受角度来看，当代文学还有多重空间可以持续开掘，比如当代文学史上的文学评奖、文学教育、文学的跨媒体传播、文学的跨语言跨文化传播等问题都还没有得到充分而深入的研究，较为常见的是印象式文字和重点问题、重要个案的研究成果，而且这些方面的史料也没有引起足够的重视。文学评奖是文学评价的重要一环，对文学作品的传播接受和文学的经典化都会产生重要影响。在当代文学评奖研究中，诺贝尔文学奖、茅盾文学奖、鲁迅文学奖和新时期初期的全国性文学评奖都受到重点关注，但总体上显得浮泛，大多流于过程描述和现象分析，而行业性和地方性文学评奖、媒体机构主办的文学奖、民间文学奖则饱受冷落。由于一些奖项的评奖过程并不透明，评说者依据的多为媒体报道、评委和当事人的回忆文字，一些材料说法不一，夹杂着猜测和传闻的成分，结论也就不够结实。文学教育是文学流传的关键平台，当代文学教育研究牵涉到文学史的定位和作家作品的地位，牵涉到教师、学生对当代文学的理解方式，牵涉到与当代文学有关的课程设置与教材编选。遗憾的是，这些方面的研究亟待拓展与深入。相对而言，现代文学教育的研究先行一步，研究成果也渐入佳境，譬如民国大学与新文学的关系、民国校园文学刊物与文学社团研究，都在史料积累的基础上开展了扎实的学理分析。当代文学教育研究的浮泛与薄弱，与文学教育史料发掘与研究工作的停滞状态密切相关。至于文学的跨媒体传播，随着媒体格局的迅速改变，覆盖的媒体越来越多，从报纸文学副刊、期刊、图书到影视、网络、手机，从图画书、影视作品到网络游戏、动漫，问题日益复杂化。应当反思的是，这方面的研究依然聚焦于文学改编，不少研究者还在纠缠改编作品是否忠实于原著。在跨媒体风尚的影响下，文学创作、接受的方式和文学作品的特性都被注入新的元素，文学在社会、文化中的角色位移也已悄然发生。也就是说，面对新问题的不断涌现，研究者应当优化知识结构，注意搜集并解读越来越多的新材料。所谓的新材料，既指时新的材料，也包括新介质、新形式的材料。当代文学的跨语言跨文化传播也是近年来受到学界重视的一个领域。在当代文学的对外传播过程中，海外汉学家是重要的文化桥梁，夏志清、竹内好、普实克、葛浩文、马悦然、王德威等汉学家都是学术界重点关注的研究对象。当代文学的海外传播涉及的语言、国家众多，具有较高的学术难度和挑战性。目前开展较好的是当代文学在英语世界和东亚汉字文化圈的传播接受研究，其他方面相对滞后。尽管中外学术文化的交流日益密切，但史料问题依然是一大困扰，使得这一领域的研究难以深入。一方面，海外原始史料的获取殊为不易；另一方面，由于语境不同或者研究者的外语水平有限，对于史料和研究对象的误读也较为多见。

五、史料多元化与当代文学研究相互参证的方法与意义

当代文学研究一直包含两个方面：一方面是致力于还原历史、总结历史的当代文学史研究，另一方面是跟踪当代文学进程、及时评判新人新作新现象的当代文学评论。专注于文学评论，可以攻其一点不及其余，可以埋头于文本细读，但是，从事当代文学史研究应当有相对开阔的视野。梁启超在《清代学术概论》中

认为顾炎武“所以能当一代开派宗师之名者”,“在其能建设研究之方法而已”,“约举有三”:一曰贵创;二曰博证;三曰致用;在“博证”中说:“论一事必举证,尤不以孤证自足,必取之甚博,证备然后自表其所信。”① 对文学评论成果的整理、甄别与反思是当代文学入史的基础工作。文学评论成果鲜活、丰富,其不足是随意、庞杂,不仅不同评论家对同一个作家或同一部作品的评判会有差异,同一个评论家在不同场合、不同时期对同一个作家或同一部作品的评价也会有所变化。由于政治、社会、文化环境的变化,像《组织部新来的青年人》《改选》《草木篇》《红豆》《美丽》等曾经遭受冷遇乃至批判的作品,在 1979 年成为“重放的鲜花”;而一度炙手可热的《金光大道》《大刀记》《桐柏英雄》《海岛女民兵》《李自成》等作品逐渐淡出读者的视线。正因为以跟踪、观察为己任的文学评论容易受到主观性的干扰,被时代潮流所裹挟,文学史研究在把文学评论转化成历史评价时,一方面应当还原当时的历史现场;另一方面应当保存那些姿态各异、观念悬殊的材料,在辨析考证的基础上进行独立判断。

史料的多元化并不是简单追求史料在数量上的增长,而是将史料作为一种视野与方法,通过史料的多元化,扩大史料来源,拓宽当代文学的研究视野,挖掘当代文学的丰富性和复杂性。相互参证,一方面是指不同类型、不同来源史料的相互比对和相互补充,另一方面是指不同研究视角、研究方法的相互碰撞和交叉互动。陈寅恪对于王国维的“二重证据法”有极高评价,他这样评价王国维的学术成就及其方法论意义:“一曰取地下之实物与纸上之遗文互相释证”,“二曰取异族之故书与吾国之旧籍互相补正”,“三曰取外来之观念与固有之材料互相参证”,“皆足以转移一时之风气,而示来者以轨则”。②

史料的多元化是学科综合化、研究方法多样化的基础。20 世纪 90 年代以来,文化研究在当代文学研究中日渐盛行。文化研究突破了狭隘的学科壁垒,通过文学材料考察与文学相关的社会、政治、文化问题,使文学研究突破了象牙塔的限制,更为广阔地介入现实。人文精神讨论产生了广泛影响,正是以文学研究者为主体的一次学术转向。但当代文学领域的文化研究也有明显的局限性,那就是信马由缰、大而无当,以虚构的材料进行实证分析,以主观臆想取代调查分析。深入的文化研究需要宏阔的学术视野,研究主体应综合运用社会学、历史学、哲学、经济学、新闻传播学、政治学等相关学科的知识和方法,以跨学科的

① 梁启超:《清代学术概论》,东方出版社 1996 年版,第 12 页。
② 陈寅恪:《王静安先生遗书序》,《王国维遗书》,上海古籍书店 1983 年印行,第 1—2 页。

互动认知进行立体交叉的多元透视。必须指出的是，如果研究者仅仅在论著中嵌入一些不同学科的知识碎片和新潮概念，在分析和论证中依然是轻车熟路地解读个别作家和个别作品，这样的文化研究显然是花哨而肤浅的。文化研究要有广度，更为重要的是要有深度。而广度和深度的重要支撑就是多元互证的史料。也就是说，研究者不能对相关学科一知半解，对其理论和方法的借鉴，不是简单的知识搬运，而是对其史料也有深入的了解。不同来源史料的互补互证是不同学科的理论方法有机融合的坚实基础。

史料的多元化是学术创新的坚实基础。学术研究要有创见，研究者要有新思维与新方法，这样才不至于陷入重复劳动和低水平运转的怪圈，才能避免学术研究的同质化。以作家研究为例，讨论莫言的小说叙事必然提及其儿童视角，源于马尔克斯与福克纳的外来影响更是烂熟的话题；研究晚年的郭沫若，他与陈明远的通信尽管充满争议，甚至被视为“伪史料”，但在不少论著中仍然是支撑论证的核心证据；余华、苏童、格非等作家总是被套在“先锋”的框架中进行阐释，而他们的个性只是“先锋”的一个侧面；铁凝、王安忆、迟子建等作家创作的独特性，往往被笼统地归结为“女性意识”；“60后”“70后”“80后”“90后”作为代际研究的主流话语，已经逐渐沦落为一种万能的标签……因此，史料的多元化也是对研究主体自身的约束，使得研究者无法随意地下判断。相对而言，以作家作品为对象的文学评论，所依据的研究材料比较单纯，材料的有限性导致视野的局限。而且，面对同一部文学作品的评价，不同评论家的观点可能会有较为明显的分歧，这一方面是批评主体审美趣味的差异所致，另一方面是批评标准不够客观所致。应当注意的是，批评主体与批评对象过分贴近也容易带来偏见与盲区，譬如批评家与作家的私人关系，批评家隐秘的功利目的，都可能对艺术评价带来不同程度的干扰。在对文学史上一些充满争议的作家进行定位时，文学史家面对互相矛盾的声音，就必须对代表性材料进行筛选、比照，并在独立、科学的史识烛照之下，作出相对客观的判断。

六、丛书编选说明

史料的发掘、整理与研究是一个开放性的过程，前辈学者已经作了许多卓有成效的努力，后来者必须站在他们的肩膀上向上攀登。鉴于此，我们组织国内知名专家、学者编撰了这部四十五卷本重大出版工程《新中国文学史料与研究丛书》。丛书注重对原始史料的整理、校勘、辑佚与考辨，力图在史料多元化与当代文学研究的相互参证中，系统呈现新中国文学70年的历史发展与研究面貌，以期进一步继承和发扬优秀文艺传统，繁荣、发展新时代社会主义文艺事业。

丛书共分为23个专题，分别为文学史、文艺会议、文学思潮、小说、诗歌、散文、戏剧、报告文学、文学评论、文学期刊、文学出版、文学副刊、文学的影视传播、网络文学、女性文学、民族文学、儿童文学、文学评奖、文学翻译、台湾文学、港澳文学、文学的海外传播以及稀见史料。各专题主要通过导论、关键词、专题史料与研究、编年简史，部分专题还选编了目录索引等，对新中国文学史料进行深入的历史发掘与学术建构。

丛书编选的首要目标是对史料的溯源性呈现。入选文献选取的版本为初版本或定稿本；关键词、编年简史和文章题解类似于路标，提供基本信息，为寻找史料者引路，并不作倾向性过于明显的阐释，让研究者在阅读原始文献后作出自己的独立判断。

丛书注重对文学史料的综合展示与分类编纂。不同的作家、学者在面对同一篇文献时，考察的角度和获取的信息都可能有所不同，见仁见智。譬如一位作家可能发表过小说、诗歌、散文、儿童文学等不同文体、文类的作品，也可能跨越了多个代表性的文学潮流，面对这样的作家，我们无法把他归纳到单一的框架中，但研究者可以从不同的窗口观察他。从逻辑层面来说，单一体系的分类最为明晰，但文学本身具有丰富性和复杂性，统一标准的分类必然削足适履。基于此，本套丛书的分类有多条线索，譬如时序、思潮、制度、区域、文体、文类、媒介等等。在编选过程中，我们对于每一篇文献都进行过充分考量，但每一篇文献的信息并非只有一个面向，不少文献有多义性特征。分类当然有标准，但我们不愿意强化类别之间的界限意识，我们尊重史料的本来面貌。限于体例与篇幅，丛书的编选工作不免有遗珠之憾，对此我们会在今后的修订中不断加以完善。

“百花齐放，百家争鸣”是推动新中国文学发展与繁荣的长期性方针，新中国文学遍地开花，在新的媒介格局中新中国文学史料的形态也日益多样化。本套丛书让史料说话，用史实发言，多角度、多层面地展示新中国文学的伟大成就。

出版说明

为全面呈现新中国成立以来各个历史阶段文学史料与研究的状貌，从文学史料的角度观照历史、总结经典，我们组织国内现当代文学界的知名学者，编纂了这部体现新中国70年文学发展历程与光辉成就的《新中国文学史料与研究丛书》。

本丛书的编选标准与范围、编纂体例、编辑原则如下。

一、按文学史、文学思潮、文学传播形式、文体和文类研究的体系，共分23个专题45卷，对新中国70年的文学史料进行发掘、搜集、整理和研究，力求为当代文学研究和文学史编纂提供全面、系统、权威的史料文献，有利于促进文学评论和文学研究的学术提升，推动当代文艺的健康发展。

二、搜集整理对新中国70年（1949—2019）文学发生、发展、变革产生较大影响的代表性史料文献，注重对原始史料的注释、校勘、辑佚和辨伪，将史料研究与理论研究相结合，立体考察和剖析多元化的文学史料与文学发展之间的深层关联。

三、选收史料范围包括有关文学问题的重要文件、政策法规，党和国家领导人以及文艺界知名人士的重要报告、讲话，有关文学评论、文学论争、文学研究的著作和文章，各类有典型意义的编者说明、书评序跋、书信日记，以及稀见文学报刊资料、文艺会议简报与其他第一手文献等，反映当代文学发展和研究的全景，促使新中国文学史料与研究变得更为丰富和完善。

四、编纂体例包括导论、关键词、专题史料与研究、编年简史、目录索引、编后记。各专题的“导论”重在阐述新中国70年文学发展的总体状貌与史料编选的原则、方法。“关键词”主要解释代表性的文学概念、文艺组织、社团流派、文学作品、媒体机构等。“专题史料与研究”分辑编选，各辑“导语”概述所选文献史料的特点，每篇附“题解”交代选文出处、版本流变、内容特点与文献价值等。“编年简史”着重记录文学发展的重要事件和文学现象，以编年史的形式还原文学现场。部分专题编选了“目录索引”。“编后记”对编选情况进行了简要说明。

五、“专题史料与研究”原则上按辑分类，各辑主要依文章的发表、出版时间为序，少数专辑的目次按照文学史发展线索分类后再按时间先后排列。

六、所选篇目除稀见史料外，原则上按最初发表和出版的版本排印，少量重要政策文献及领导人讲话选收公开出版的修订本。各版本作者按初次发表时的姓名照录，若涉及笔名，一般在相应文章“题解”中说明。选录文章，个别有删节者，或在篇题中加注“节录”二字，或在“题解”中予以说明。

七、为尊重文献史料原貌，收录时除将繁体改为简体、竖排改为横排，对明显的字词、标点讹误予以规范外，一般原文照录，不作改动。对于脱落或辨识不清的文字，用“□”在文中标明。对于原文少数典实存疑或需考辨说明的，以页末“编者注”的形式呈现。

八、对于一些具有特定时代风格的字词用法、表述方式等，一般遵从原文。如年代、数字、称谓、译名，以及汉语演变过程中曾一度出现的“的、地、底、得”，“象”与“像”，“作”与“做”，“份”与“分”，“那”与“哪”，“甚”与“什”，“采”与“彩”，“其它”（其他）、“刻划”（刻画）等。对21世纪以后的选篇，则酌参现行出版规范加以校订。对选篇中的文献著录，按编辑规范与篇内统一原则，酌情进行了技术性处理。

本丛书是国家社科基金重点项目最终成果，先后入选国家“十三五”重点图书出版规划重大出版工程项目、国家出版基金项目。丛书的发掘整理、文字考订、编辑出版等工作汇聚了国内外诸多现当代文学研究者的智慧与心力，得到了很多专家、学者的指导、支持与帮助，在此我们一并致以衷心的感谢！

本丛书所选录的史料文献主要用于教学与研究工作，因所录史料涉及面广，虽经多方查找，尚有少量作品未能与作者取得联系，敬请相关作者或著作权继承者与我们联系，以便及时奉寄稿酬并致谢忱！

我们期待这套丛书能够充分展示新中国70年波澜壮阔的文学创造与发展历程，但由于新中国文学70年史料宏富广博，其中难免有疏漏之处，诚请有关专家与广大读者批评指正。

南京师范大学出版社

2020年12月

导　论

史建国

一

文学副刊在中国新文学发生和发展过程中起过极为重要的作用,这已经是研究界的共识。五四时期的四大副刊《晨报副刊》、《京报副刊》、《民国日报》副刊《觉悟》、《时事新报》副刊《学灯》,以及《申报·自由谈》《大公报·文艺》等著名副刊之于中国现代文学的关系,早已是研究界的热点选题。返观既有的20世纪中国文学史,也确实有不少被文学史家们遴选"入史"的经典作家作品是从文学副刊中"走出"的。经典作品方面,如鲁迅的《阿Q正传》最初发表在《晨报副刊》上,因而也带有明显的"副刊文体"痕迹:小说"当时在北京《晨报副刊》上发表的,这件事与本文的性格很有些关系……为星期特刊而写的,笔调比平常轻松,却也特别深刻"[①];巴金的《家》最初是以《激流》为题在《时报》副刊上连载;而张恨水的《金粉世家》最初也是连载于《世界日报》副刊《明珠》,《啼笑因缘》最初连载于《新闻报》副刊《快活林》;等等。由副刊"走出"的经典作家也屡见不鲜,当年郭沫若作为一位新诗人登上诗坛并且大放异彩,是与《时事新报》副刊《学灯》及主编宗白华对他的"发现"和"培养"分不开的;萧乾之所以能在20世纪30年代的文坛上脱颖而出,也与沈从文及《大公报·文艺》对他的扶持和提携有关。也正因此,后来萧乾回忆说:"每当写到个人文学生涯时,我从不忘记提到杨振声、沈从文主编的天津《大公报·文艺》是我的摇篮。"[②]

即便1949年以后,也有不少"入史"的文学作品或作家与副刊有着密切的关联。例如1961年3月19日,邓拓以"马南邨"为笔名开始在《北京晚报》副刊

---

① 周作人:《鲁迅小说里的人物》,河北教育出版社2002年版,第81页。

② 萧乾:《应该研究报纸副刊》,《人民日报》1988年9月13日。

《五色土》上开设“燕山夜话”专栏,以及1962年《人民日报》副刊上设立的“长短录”专栏就成为“十七年”文学史上两次杂文复兴的标志性事件之一;1961年《人民日报》副刊开辟的“笔谈散文”专栏也与20世纪60年代的“散文热”之间有着显而易见的关联。另外,被誉为“开红色文学之先河”的中国当代长篇小说《新儿女英雄传》最初就是发表在《人民日报》副刊上;而伤痕文学的代表性作品之一,卢新华的《伤痕》,最初也是发表在1978年8月11日的《文汇报》副刊上……但是,从20世纪中国文学发生发展的整个历史过程来看,副刊上产生的经典毕竟是有限的,或者说副刊的特性注定了其难以产生经典。曾经担任《大公报·文艺》副刊编辑的萧乾说过:“副刊拉不到好文章,拉到手也容纳不了。《雷雨》发表在《文学季刊》上,立刻轰动全国。但如拿到副刊上,每天登个千儿八百字,它的所有剧力必为空间、时间的隔离折光。在这悬殊的情形下,一个副刊编者拉稿时,已怀着一份先天的自卑感。为了整个文坛,为了作品本身,也不宜只顾为自己的刊物增加光彩。我曾多次把到手的好文章转送给编杂志的朋友。”① 萧乾此论为研究副刊并且对副刊的价值进行判断有着重要的参照作用。

回顾20世纪中国文学史,尽管我们可以梳理出上述不少“入史”的经典作家与作品皆与副刊的“发现”与“培养”有关,但是,从文学生产的场域来说,的确如萧乾所言,报纸副刊并非经典作品生长的理想园地,除去适合连载的通俗文艺作品之外,副刊对作品篇幅形制的特殊要求无形之中会将大批内涵深刻的长篇作品拒之门外。而说到对作家的“培养”,确实有相当数量的作家的处女作就是发表在报纸副刊上,而处女作的发表对写作者的激励与支持——无论是精神层面还是物质层面,也确实不容忽视。但是,除去专注于散文(尤其是杂文)、诗歌、小小说等文体创作的写作者以及专注于通俗文学创作的写作者之外,其他作家能够得到报纸副刊持续“扶持”或“培养”的机会其实也并不多。而这也从一个侧面提醒研究者,尽管在重视史料研究、建立现代文学史料学的呼吁中报刊研究成为20世纪90年代以来现当代文学研究领域新的学术生长点,但是文学杂志和报纸文艺副刊区别还是很大的,二者的评价标准也不应相同。如果仅以某份报纸文艺副刊发表过哪些经典作品、培养了哪些重量级作家以及在何种程度上参与了现有的文学史建构来作为衡量其研究价值的标准,那肯定是失之偏颇的。现有的文学史体系中新文学对鸳鸯蝴蝶派通俗文学的压抑与遮蔽已经为众

---

① 萧乾:《一个副刊编者的自白——谨向本刊作者读者辞行》,李辉编《副刊面面观》,大象出版社2017年版,第159—160页。

多的学者所关注,并且也有范伯群先生等一批学者多年来一直努力推动通俗文学研究,编撰通俗文学史来对此进行纠偏。但是,迄今为止,以新文学为"正统"或"主流"的20世纪中国文学史架构尚未发生根本性的变化。如果仅仅考虑所谓"文学史贡献"的话,那么无可讳言,报纸文艺副刊的研究价值与意义可能会乏善可陈。尤其是1949年后的报纸文艺副刊,不但没有出现五四时期那样影响深远同时也极具代表性的"四大副刊"、对新文学的发生和发展起到重要的推进作用,甚至还几度出现过全国报纸大面积"取消副刊"的现象。然而这是不是就意味着报纸文艺副刊可以从中国当代文学的版图中被抹掉,同时也从当代文学研究领域被驱除呢?答案当然是否定的。

近年来"文学生活"研究开始受到学界越来越多的关注。作为一个学术概念,"文学生活"主要是指"社会生活中的文学阅读、文学接受、文学消费等活动,也牵涉到文学生产、传播、读者群、阅读风尚,等等,甚至还包括文学在社会生活各个方面的影响、渗透情况",这一概念的提出,旨在"强调关注'普通国民的文学生活',或者与文学有关的普通民众的生活"。[①] 如果引入"文学生活"概念来对报纸文艺副刊加以观照,那么就会发现其对国人文学生活的意义可能在一定程度上会超过文学杂志,而其受众群体也远比文学杂志的受众群体更为庞大。说到底,这其实是文学审美精英趣味与大众趣味的区别。报纸文艺副刊从总体上来说是平民化的,着眼于满足普通大众的阅读和审美需求,而文学杂志则更为专门和小众。尽管报纸文艺副刊的这一定位可能导致它无法为现有的文学史体系贡献出太多的经典作家与作品,但是在新媒体兴起之前,它却在大众的文学生活中影响巨大,甚至具有某种不可替代性。

解决了报纸文艺副刊的价值与意义问题,我们才能从容地对其在1949年后的发展流变进行系统的梳理分析,并对其与当代文学的交流与互动以及在当代国人文学生活中的作用与影响作出相应的评判。

二

1949年7月召开的第一次文代会上,周扬宣布:"毛主席的《在延安文艺座谈会上的讲话》规定了新中国的文艺的方向,解放区文艺工作者自觉地坚决地实践了这个方向,并以自己的全部经验证明了这个方向的完全正确,深信除此

① 温儒敏:《"文学生活"概念与文学史写作》,《北京大学学报》(哲学社会科学版)2013年第3期。

之外再没有第二个方向了,如果有,那就是错误的方向。”① 这也就意味着《在延安文艺座谈会上的讲话》中所体现出来的毛泽东的文艺思想成了指导新中国文艺运动发展方向的指导思想,在处理党的文艺工作和党的整个工作的关系问题时,应当“文艺从属于政治”;在从事文艺批评时,应当“政治标准第一,艺术标准第二”;在解决歌颂还是暴露时,形成了“一切危害人民群众的黑暗势力必须暴露之,一切人民群众的革命斗争必须歌颂之”②等原则和标准。这对文艺界的影响是全方位的。文学副刊作为文学生产链条中的一环,自然也受到这些原则与标准的制约。因而相较于1949年以前,尤其是五四时期那些大获成功的副刊,1949年以后的文学副刊逐步走向“一体化”的趋势是相当明显的。

1949年以前,无论是晚清政府岌岌可危的时代、北洋政府时期军阀割据的时代,还是南京国民政府成立后国共分庭抗礼的时代,政治一体化始终未能完成,其所带来的意识形态缝隙也始终难以弥合。因而即便某些报刊有明显的党派背景,但是总体上的党派色彩也并不十分明显。比如五四时期“四大副刊”之中的《晨报副刊》和《时事新报》副刊《学灯》,报纸的正刊《晨报》与《时事新报》均为研究系所掌握,是研究系的报纸,而根据国民党元老吴敬恒的说法,《民国日报》是《民立报》的后身,《民立报》又是“发表民党总意志的机构”③,那么《民国日报》自然也就承继了国民党“机关报”的角色,是所谓“党报”。不过这些报纸虽然有明确的党派背景,但是为了尽可能地吸引读者、扩大自身影响,在办报理念上也大都宽容开放、兼收并蓄,并不党同伐异。至于副刊,在新文化运动的语境中更是常常比正刊表现出更大的开放性,表现出对新文化和新文学的亲近与赞助。更有甚者,副刊在文化立场与政治立场上与正刊有时并不保持一致,而是表现出某种独立性,所有这些都为副刊的发展赢得了空间。以《觉悟》为例,1919年6月《觉悟》副刊创办之初即全部改用白话,而将近两个月后的8月10日,《觉悟》上刊载的一篇《本栏欢迎投稿》的征稿启事中,对所征稿件的第一条要求也是“体裁概用白话”,不过“体裁概用白话”的要求仅限于《觉悟》副刊,至于报纸的正刊则仍然采用文言。《晨报副刊》与《时事新报》副刊《学灯》也是如此,仅仅副刊改用白话,作为对新文化运动的赞助和支持,正刊则继续使用文言,正刊与副刊的文化立场差异显而易见。还是以《觉悟》为例,《民国日报》的总编

① 周扬:《新的人民的文艺》,《周扬文集》(第1卷),人民文学出版社1984年版,第513页。

② 毛泽东:《在延安文艺座谈会上的讲话》,《毛泽东选集》(第3卷),人民出版社1991年版,第847—879页。

③ 吴敬恒:《民国日报与世界的进化》,《民国日报纪念增刊》1920年1月1日。

辑是叶楚伧，而《觉悟》副刊的主编是邵力子，据曾做过《觉悟》编辑的陈望道回忆，叶楚伧和邵力子之间的观点存在分歧："邵、叶观点不一致，叶为《觉悟》写稿，邵有时不登。"[①] 不仅如此，叶楚伧与邵力子在政治立场上也不尽一致，两人虽然早年都曾加入同盟会，后来又都加入国民党，是国民党内的元老，但1920年5月邵力子又与陈独秀等人在上海发起马克思主义研究会，8月成为中共党员并参加上海共产主义小组。所以，邵力子对研究与传播马克思主义也抱有极大的热情，这使得他主编的《觉悟》副刊与后期《新青年》一样，成为20年代宣传马克思主义的重要阵地之一，政治倾向上与《民国日报》正刊也呈现出明显的差异。

副刊相对于正刊的这种"相对独立性"还与副刊的合订本有关系。"五四"以后的一些著名报纸副刊，如《晨报副刊》《京报副刊》《觉悟》《学灯》《华西日报副刊》《益世报副刊》《新中华报副刊》《华北日报副刊》等等在随报纸正刊发行的同时，又都分别另外印行合订本单独发行。这也使得副刊相对于正刊的"相对独立性"得到进一步加强。总之，意识形态管控的相对宽松和副刊的相对独立性以及办刊方针的开放自由，是"五四"以后文艺副刊繁荣并且"名刊迭出"的重要原因。另外，20年代至30年代正处于中国新文学发生和发展的快速上升期，也是文艺副刊繁荣的另一重要外部条件。

1949年后，副刊生存的外部环境相应发生了变化。40年代后期，随着各大城市相继解放，中共中央连续发出指示，对旧中国的报业进行接管和清理："对帝国主义国家在华设立的新闻机构一律封闭。外国人非经中央许可，不得在解放区出版报纸刊物"；"对国民党反动派报刊、通讯社与电台，一律由人民政府接管，没收其一切设备与资财……对国民党的《中央日报》及反动党派主办的报刊，全部明令停刊并没收一切资财"；"对私营报刊根据情况区别对待。如天津解放后，对《大公报》采取了没收其中的官僚资本股份，支持报内进步人士，将其改组为《进步日报》继续出版"；"对旧报社的从业人员，人民政府也予以区别对待妥善处理。除对少数查有实据的特务分子、反革命分子依法处理外，其余均采取争取、团结与改造的方针，各有适当安排"。[②] 新中国初期新闻总署、出版总署成立后也发出系列指示，要求报纸杂志的创刊、停刊，改变刊期、刊名，开张以至定价等事项全部纳入党和政府的统一管理。中央级、大区级、省（市）级报纸、杂

① 宁树藩、丁淦林整理：《关于上海马克思主义研究会活动的回忆——陈望道同志生前谈话纪录》，《复旦学报》（社会科学版）1980年第3期。

② 胡太春：《中国报业经营管理史》，山西教育出版社1999年版，第159—160页。

志的创刊、停刊或改变刊名、刊期或开张等事务，须经大区新闻出版行政机关审核，并经当地党政领导机关同意后，报总署转报上级党政机关批准，省属市级专署、县级报纸的上述事务也各有审核批准程序……在建章立制的探索实践中，社会主义报业经营管理体系逐步建立和完善起来。

显而易见的是，在这种报业经营管理体系中，副刊相对于正刊的“相对独立性”不复存在，无论是在政治立场还是文化立场上，副刊必须与正刊保持一致。副刊同正刊一样，都是党的喉舌，是宣传机器的有机组成部分。50年代曾经担任过《人民日报》文艺部编辑、主任的袁鹰在《副刊编辑手记》系列中开篇即认为副刊是“名副实不副”。他说副刊肩负着“宣传的任务”“向人民群众进行共产主义思想教育的任务”“丰富人民群众的文化生活的任务”“经常给读者提供一些他所感到兴趣的知识”等等。“有的同志也许说：这哪里是副刊的任务？这不成了整个报纸的任务了吗？正是这样。副刊名为副刊，实在并不‘副’，它同‘正刊’一样。‘正刊’宣传什么，副刊也应该宣传什么。这就是说：名副实不副。”他还说：“副刊，是党的报纸这个整体的一个有机部分，它的任务，同整个报纸负担的任务基本上是相同的。决不可能设想副刊可以离开整个报纸来单独规定自己的任务。如果副刊离开了整个报纸的宣传方针，就一定成为迷失方向的船，在茫茫大海上，随时有触礁的危险；就不可能编好，而且就可能犯错误，也不仅是‘读者生厌’而已了。”[①] 这种“副刊不副”观，并非针对传统将副刊作为“报屁股”的一种反驳，而是强调副刊绝对不能办成脱离于正刊而独立存在的“自己的园地”，副刊的“党性”或“政治性”要求不能低于正刊，它就是宣传机器的有机组成部分，不能搞特殊。这样一种对副刊的认知是当时副刊生存环境的真实反映。副刊与正刊一起被纳入政治一体化的格局之中，是当时报刊发展的大趋势。

三

副刊与正刊一体化的表现之一就是逐渐被“匿名化”。在副刊迅速发展、影响日益扩大的时代，副刊版面一般有独立的刊头和刊名，而且许多都是经名人题签的，非常醒目。但经历过停刊、复刊的休整之后，许多老牌的副刊纷纷“更名”，以求与新的时代相适应，或者取消了副刊的刊头与刊名，版面与正刊完全

---

① 袁鹰:《副刊编辑手记》,《新闻战线》1959年第1期。

融为一体,人们只有从内容上进行辨析才能加以区分。

以《人民日报》副刊为例,1949 年 8 月 1 日,原先定位为“晋冀鲁豫边区广大人民的报纸”①的《人民日报》,正式升级为中共中央机关报。改版之前,《人民日报》的第 4 版为副刊,另外每逢周日还出版《星期文艺》周刊。这一时期的副刊曾经连载过袁静、孔厥的《新儿女英雄传》等文艺作品,颇受好评。1949 年 7 月 29 日,《人民日报》刊出《本报营业部启事》进行改版预告,内中说:“本报‘八一’起改出对开一张半,大张内容为国内外要闻,解放区新闻,副刊;半张为四开小型报,定名《北平新闻》,专载北平市消息。”8 月 1 日改版后,副刊《人民园地》也同时创刊,第 1 期发表了马甫的《我们的心永远是红的——“八一”回忆》、何朋的《英雄的故事》以及方之中的诗作《一枝枪》。8 月 4 日起,《人民日报》在第 6 版连续刊出《人民园地　学习生活稿约》,声称欢迎下列各稿:

1. 学习生活报导,问题研究,读书笔记……等。
2. 有关思想,作风,生活态度问题的短论,杂文,特写。
3. 反映工厂,部队,农村,学校生活的文艺通讯,报告。
4. 书刊影剧评介。
5. 正确反映人民生活思想感情的小型文艺作品。(译文长篇连载小说,连环故事书亦欢迎)

从中可见,《人民日报》“升级”中共中央机关报之初,副刊也全新亮相,不仅有了富有时代气息的刊名(1950 年 8 月 1 日创刊的《兰州日报》,其副刊也有“《人民园地》、《职工园地》、《学习苏联》、《大众文艺》、《学习生活》”②等等,而《光明日报》1958 年创办的文艺副刊叫《东风》,同样也富含时代气息),而且还专门成立了《人民园地》与《学习生活》编辑室,负责稿件的编发。而从上述“稿约”中也大致可以看出《人民日报》副刊此后的办刊方针和将要努力的方向。“学习生活报道、问题研究,读书笔记”等是副刊刊发的首选内容,而“文艺作品”是放在征稿启事的最后一条的,并且有必须“正确反映人民生活思想感情”这样的政治要求。

最初《人民园地》《学习生活》与《北平新闻》合印在一张四开小型报上,不与

① 《发刊词》,《人民日报》1946 年 5 月 15 日。

② 王文彬:《中国现代报史资料汇辑》,重庆出版社 1996 年版,第 672 页。

其他版面一起编号，而另用“（一）、（二）、（三）、（四）”编排。具体版面分布为：“（一）、《北平新闻》；（二）、《人民园地》；（三）（四）、《学习生活》”。但由于版面下部还公告或广告内容，所以实际上《人民园地》与《学习生活》并非整版，但《学习生活》版面是《人民园地》的一倍。而原第4版仍不定期发表一些文艺作品，同时《星期文艺》也继续刊出。仅仅十几天后，1949年8月18日，《人民日报》副刊就迎来了首次改版：将《人民园地》与《学习生活》合二为一，同时也取消了《人民园地》与《学习生活》的单独编号，与其他新闻版面统一编号，改为6大版，新的《人民园地》就在第6版。《本刊启事》中说：“《学习生活》与《人民园地》并为一版，内容仍以学习生活为主。希望大家经常提问题并踊跃参加讨论……”① 这是《人民日报》副刊政治色彩增强的一个标志。因为《学习生活》的内容政治化是非常强的。1949年8月3日《学习生活》第2期之后有个编辑室的“小启”，从中可见《学习生活》的内容与办刊方向：“目前，各机关各学校都在学习《论人民民主专政》，希望大家将学习中争论最多的问题和学习心得寄给我们，我们准备挑选其中一部分发表，进行讨论，借以交流学习经验。特别希望党训班、暑期学习团以及暑期学园的同志们多多来稿。”② 同时，8月18日的《本刊启事》中也有征集学习讨论的内容：“美帝国主义国务院发表关于中国问题的‘白皮书’后，新华总社已有两篇社论。……我们希望大家来研讨，认识‘白皮书’；尤其是当中所谓‘援助中国的民主的个人主义者’等问题，需要展开讨论，弄个一清二楚。”③ 而8月18日开始连载的由苏龄翻译、曹靖华校对的苏联作家潘诺瓦的作品《旅伴》也是放在第5版，直到8月29日才转移到《人民园地》中，并于9月28日连载完毕。9月29日又开始连载梅志的童话诗《小红帽脱险记》，至10月12日连载完毕。10月13日开始连载康濯的《黑石坡煤窑演义》，直到1950年1月11日连载完毕，此后长篇连载就基本从《人民日报》副刊上消失了。10月13日的《人民园地》中刊出的“小启”，所征求的内容同样与文学无关：“各地机关、学校、工厂、部队同志正在热烈学习中国人民政协三大文件，请将你们学习的心得、经验、笔记多多寄来，本刊将尽量选择刊登，每篇最好在千字以内。”④ 1950年11月7日，《人民园地》停刊，《人民日报》副刊进入“匿名”时代：副刊性文字虽然偶尔还会见报，但已没有了固定版面和刊名。直到1956年7月1日《人民

---

① 《本刊启事》，《人民日报》1949年8月18日。
② 学习生活编辑室：《小启》，《人民日报》1949年8月3日。
③ 《本刊启事》，《人民日报》1949年8月18日。
④ 《人民园地小启》，《人民日报》1949年10月13日。

日报》改为8版,副刊才得以恢复——将第8版的上半版作为“带文学性的副刊,下半是广告”[①],作为副刊版面。7月1日当天,《人民日报》第8版发表《副刊需要哪些稿件?》,虽然并不是副刊恢复的正式宣言,不过这篇文字在事实上起到了宣布副刊回归的作用:

本报副刊(第八版上半版)需要下列稿件:

一、短论、杂文、有文学色彩的短篇的政论、社会批评和文学批评;

二、散文,小品,速写,短篇报告,讽刺小品,有文学色彩的游记、日记、书信,回忆;

三、关于自然现象和生产劳动的小品,关于历史、地理、民俗和其他生活知识的小品;

四、短诗,民歌,寓言,故事,短篇小说,短剧;

五、读书笔记,短篇的书评、剧评、影评、美术评论、音乐评论和其他文学艺术的评论;

六、小幅美术作品。

除了适宜于连载的少数作品以外,一般稿件的篇幅希望在一千字左右。

有特别适合的翻译稿件(包括由外国文翻译的和由古文翻译的)也可以接受一部分。

编 者

《人民日报》的版面减少,副刊版面被取消并不是一个个别现象。袁鹰在《副刊编辑手记》中回忆:“大约是从1956年下半年,人民日报和许多省报恢复了副刊以后,散文就逐渐多起来了。别的副刊我不知道。人民日报副刊复刊的时候,我们的确有这样的想法:把复兴散文作为副刊的一项任务。两年多来,也一直为完成这项任务进行努力。”[②] 副刊何以被取消,当然原因很多,其中最重要的一点就是学习苏联《真理报》经验的结果。曾在《人民日报》工作过的王英秀回忆说:“学习苏共中央机关报真理报的办报经验,也是五十年代前期我们报社的一件大事。”[③] 而做过《人民日报》副刊编辑的姜德明先生也在回忆中说:

① 《致读者》,《人民日报》1956年7月1日。

② 袁鹰:《副刊编辑手记》,《新闻战线》1959年第6期。

③ 王英秀:《谈谈学习苏联办报经验》,《人民日报回忆录1948—1988》,人民日报出版社1988年版,第98页。

"1949年进城后,《人民日报》原有两个文艺副刊专栏,一是每周出版的《人民文艺》;一是每天见报的综合性副刊《人民园地》。后因学习苏联的《真理报》,他们没有副刊,我们也停办了。"①

另外,50年代纸张供应紧张也是导致副刊停办的外在原因之一。学习《真理报》不设副刊等办报经验,再加上国内纸张供应紧张,副刊被取消也就是顺理成章的事了。事实上,直到1956年7月1日《人民日报》进行改革,增加版面、恢复副刊之时,也仍然面临纸张无法供应的危机。1956年5月22日,文化部出版事业管理局整理的一份《1956年新闻出版用纸供不应求的紧张情况》,内中说:1956年"出版用纸需要量为20.2万吨,轻工业部只能供应17.5万吨,今年尚缺纸2.7万吨。如果今年进口纸3万吨终于不能及时运到,则现有资源只能满足今年1月省市计划会议时核定的出版计划(17万吨)的需要,1月份以后各省市提出的要求绝大部分不能供应。具体地说,下列各项用纸将无法供应:1.人民日报增加篇幅和期印数用纸7000吨;2.增加的中小学课本,扫盲课本用纸20000吨"②。在此情势之下,文化部给周总理打报告,要求节约和增拨新闻用纸,同时发出指示,要求各省市"根据各种出版物的不同性质和内容,读者需要情况,分别轻重缓急,重新调整出版计划,并核定各出版单位配纸限额"③。可见,纸张供应的紧张也是制约20世纪50年代副刊发展的重要因素之一。

"文革"时期,大量报纸停刊,报纸副刊自然也所剩无多。"据统计,在'文革'前的1965年,全国通过邮局发行的中央和地方报纸共413种,1966年下降为390种,1967年下降为334种……到'文化大革命'进入高潮的1968年,原有的正规报纸只剩下了42家,就是这几十家,大多也被造反派接管。"④ 到了"文革"后期,更是出现了"小报抄大报,大报抄梁效"的尴尬局面,在此情势之下,无论是报纸正刊还是副刊的政治宣传与政治批判功能均被推到极致,而文艺功能则急剧衰减。偶有一些"战歌""革命故事"之类见诸版面,也是宣传意味十足而审美性乏善可陈。所以正像一些研究者所观察的,"……那些政治性副刊作品在文化大革命期间更是得到了极致的发挥,造成了极为恶劣的影响。尤其是在

---

① 姜德明:《〈副刊面面观〉小序》,李辉编《副刊面面观》,大象出版社2017年版,第2页。

② 《1956年新闻出版用纸供不应求的紧张情况(5月22日)》,《中华人民共和国出版史料》第8卷,中国书籍出版社2001年版,第115页。

③ 《文化部关于1956年纸张供应问题的指示(6月27日)》,《中华人民共和国出版史料》第8卷,中国书籍出版社2001年版,第138页。

④ 李焱胜:《中国报刊图史》,湖北人民出版社2005年版,第199—200页。

极左路线的影响下,报刊副刊彻底沦为单一的阶级斗争的工具”①,副刊对文学的贡献更是无从谈起。

四

20 世纪 80 年代,文学迎来了一个“黄金时代”,报纸副刊也开始复苏并获得迅猛发展。当然,报纸副刊的复苏是与报刊业的复苏与兴盛相伴而生的。“一方面,‘文革’中停办的一大批报刊纷纷复刊,另一方面新创办的报刊更是层出不穷。1978 年报纸仅 186 种,1980 年便恢复发展到 382 种。到 1988 年底,全国共有公开出版的报纸 1579 种,比‘文革’前增加了 2 倍多,登记注册的企业报也达 800 余种,其中大多是 1980 年以后创办的。”② 随着报纸的大量复刊与创办,报纸副刊的数量也急剧上升,并且在 80 年代的思想文化语境中扮演了重要的角色。以《文汇报》副刊为例,1978 年 8 月 11 日,《文汇报》副刊发表了卢新华的短篇小说《伤痕》,预示报纸副刊从新时期之初就参与到了当代文学的伤痕书写之中,并且在实际上起到了“开风气”的作用。而《文汇报》副刊重视文艺性的传统也从新时期之初便再次得到复归。即便后来市场经济兴起乃至新媒体对纸媒构成严重冲击之时,《文汇报》副刊重视文艺、坚守文学精英立场的办刊方针也未曾改变,由此成为当代报纸文艺副刊中一道靓丽的风景。1979 年 4 月,《文汇报·笔会》刊出编者对未来文学创作的希望与召唤:“我们希望大家能在揭露林彪、‘四人帮’的同时多方面反映各个时期各条战线的生活,如能与向四个现代化进军的火热斗争生活联系起来更好,我们愿意为文艺领域进一步扩大创作题材而作更大努力。”③ 此后,文艺界的任何重要动向在《文汇报》副刊上都会有所反映。由《“歌德”与“缺德”》引发的关于歌颂与暴露问题、有关“现代派”的讨论、“文学寻根”、对传统文化反思与批判等等,《文汇报》副刊几乎都不曾缺席。当然,在 80 年代的文化语境中,不独《文汇报》副刊为然,文学的繁荣与报纸文艺副刊的兴盛是相伴而生、双向共进的。尤其是作为“日报”补充的“晚报”,因其定位有别于日报的“宣传”而是专注于文化消遣,副刊更是大放异彩。晚报领域所谓的“四大名旦”《新民晚报》《羊城晚报》《北京晚报》《今晚报》发行量都在百万以上,其副刊具有丰富的知识性和趣味性,文字活泼、雅俗共赏,能够满足各

---

① 魏剑美、骆一歌:《中国报纸副刊史》,新华出版社 2015 年版,第 77 页。

② 李焱胜:《中国报刊图史》,湖北人民出版社 2005 年版,第 203 页。

③ 《读者·作者·编者》,《文汇报·笔会》1979 年 4 月 1 日。

阶层人民的审美需求,因而影响巨大。正是基于此,有研究者认为,"从 80 年代初开始到 90 年代中,就报纸副刊来说,影响最大、最深远的是晚报系统的副刊,尤其是以《新民晚报》《羊城晚报》《北京晚报》《今晚报》为代表的'新副刊'风格……在社会上影响巨大,因此可以将这一时期称为副刊的晚报时期"①。"副刊的晚报时期"之说能否成立以及"晚报"与"日报"相比,其差异性到底有多大姑且不论,至少有一点是可以确定的,"晚报"副刊带来了当代报纸文艺副刊的新变,由过去强调与正刊相一致的对民众的政治宣传和教育功能,转而开始强调满足民众精神需求的审美娱乐功能。这种转变其实是副刊向"副"回归的一种表现,因为相对于政治宣传,审美娱乐显然更接近于副刊的本质性规定。需要指出的是,报纸文艺副刊的兴盛及其对新时期文学的高度参与其实也没有完全否定"1949 年后副刊与正刊都是党的喉舌,是宣传机器的有机组成部分"的定位。因为新时期以来的文学潮流,无论是伤痕文学、反思文学还是改革文学,都与政治领域的拨乱反正与意识形态重建在事实上形成一种同构关系。在此背景之下,报纸副刊迎来"辉煌"也就不足为奇。所以这一时期许多报纸副刊的版面都得到了大幅扩充。"在 80 年代后期,一些报纸的新闻和副刊版面比例发生了比较大的变化,新闻版面减少,而专刊副刊版面大幅增加,如《人民日报》新闻版面从 1980 年的 81%下降到 1989 年的 62.5%,下降了 18.5%,而副刊从 1980 年的 19%上升到 1989 年的 37.5%,上升了 18.5%。《羊城晚报》80 年代末专副刊的比例超过新闻版面,《广州日报》和《新民晚报》新闻和副刊版面各半"②,副刊版面大幅增加的现象说明了报纸副刊在民众的文学和文化生活中开始占有越来越重要的位置。

但随着 90 年代市场经济的大潮席卷而来,以及 90 年代末期开始新媒体的迅速崛起,80 年代报纸文艺副刊的辉煌很快走向终结。除了《人民日报》副刊《大地》、《文汇报》副刊《笔会》、《光明日报》副刊《文荟》以及《解放日报》副刊《朝花》等传统党报副刊依然坚持文艺副刊的定位而与市场大潮自觉保持距离之外,大部分报纸副刊都被市场所裹挟,大幅削减乃至放弃文艺性元素,以市场为导向,走向服务大众的综合性副刊之路。当然,这也与 80 年代文学热的退潮,或者说文学的"边缘化"语境有关。1993 年 2 月 18 日,王晓明与华东师范大学的几位研究生对话时谈道:"今天,文学的危机已经非常明显,文学杂志纷纷转

① 魏剑美、骆一歌:《中国报纸副刊史》,新华出版社 2015 年版,第 84 页。
② 薛国林、侯东阳等:《中国报纸专副刊文化》,中国科学文化出版社 2003 年版,第 79 页。

向，新作品的质量普遍下降，有鉴赏力的读者日益减少，作家和批评家当中发现自己选错了行当，于是踊跃‘下海’的人，倒越来越多。我过去认为，文学在我们的生活中占有非常重要的地位，现在明白了，这是个错觉。即使在文学最有‘轰动效应’的那些时候，公众真正关注的也并非文学，而是裹在文学外衣里面的那些非文学的东西。可惜我们被那些‘轰动’迷住了眼，直到这一股极富中国特色的‘商品化’潮水几乎要将文学界连根拔起，才猛然发觉，这个社会的大多数人，早已经对文学失去兴趣了。”① 在文学日益边缘化的时代，不仅文学杂志纷纷转向，报纸文艺副刊也面临着前所未有的危机。相对于过去副刊曾经出现过的衰落甚至被取消，报纸文艺副刊的这次危机来得较为隐蔽。表面看来，伴随着市场经济的大潮和大众文化的崛起，大批都市报及其副刊纷纷创刊，发行量也非常可观，但实际上却是在文学边缘化的时代语境中，报纸文艺副刊一步步走进新的低谷，文艺副刊开始向文化副刊转型，以满足大众的文化需要为要务，紧跟市场、与市场共舞，离文学越来越远。

都市报在市场经济大潮中应运而生，成为报界引人注目的一种现象。比如成都的《华西都市报》、长沙的《三湘都市报》、武汉的《楚天都市报》、广州的《南方都市报》、郑州的《大河报》、北京的《京华时报》、南京的《现代快报》、福州的《海峡都市报》等，以服务市民为宗旨，追求市场利润的最大化，都经营得非常成功。而这种以追求市场利益为旨归的办刊理念也对报纸副刊产生了深刻的影响。“尽管《成都商报》和《华西都市报》的总编辑本人都是文艺编辑出身，但他们在一个时期内都选择了放弃文艺副刊，尤其是‘华西系’出去的很多人在别的城市办报（像长沙的《潇湘晨报》）也继续着‘不要副刊’的传统，导致整个报业的副刊遭遇了‘文革’结束以来的最大危机。”经过一段时间的发展后，各都市报陆续推出副刊版面，但是仍然与文学刻意保持了距离：“以《华西都市报》为代表的都市报几乎都强调副刊的通俗化、生活化和都市化，着眼于普通百姓的市井生活，充满浓郁的市民生活趣味和地方色彩。都市报大多有意识地抵制文学副刊，也不走‘亚文学副刊’的道路，只以社会副刊的大杂烩、小文章的面貌，走入寻常百姓家，办成具有趣味性、新闻性、参与性甚至服务性兼具的、雅俗共赏的综合性副刊。”② 总之，市场经济改变了 90 年代的文化格局，大众文化迅速崛起，与知识分子精英文化以及主流意识形态文化形成三足鼎立之势。而随着启蒙的退潮

① 王晓明等：《旷野上的废墟——文学和人文精神的危机》，《上海文学》1993 年第 6 期。

② 魏剑美、骆一歌：《中国报纸副刊史》，新华出版社 2015 年版，第 96 页。

和80年代以来对政治文化偏于一极的反思,知识分子精英文化与主流意识形态文化都不同程度地在风头正盛的大众文化面前呈现出回避和退隐之势。大众文化在事实上成为社会文化的主流。都市报、综合性副刊既源于市民大众的内在文化需求,同时本身也是大众文化的重要载体。在市民文化风尚的推动下,有时还会产生出一些新的文学品种。比如90年代曾经大行其道的“小女人散文”即是一例。“小女人散文”最初源于《新民晚报》副刊上黄茵的“咸淡人生”、黄爱东西的“东张西望”专栏,这些来自广州的作家到上海后,以其灵动的才情与智慧,配上掺杂着几分虚荣的小资情调的文字,追求一种时尚、休闲和品位,迅速俘获了一大批女性市民读者的心,出版社也看准时机接连推出了她们的散文集。后来张梅、石蛙、素素、兰妮、宋晓琪等一批报纸副刊的女作者也纷纷加入,上海人民出版社为她们集中出版过两个“都市女性散文”专辑,有力地对原本媒体人口中带有调侃意味的“小女人散文”加以推波助澜,更使得“小女人散文”一度进入精英批评家的视野,被言说和讨论。[①] 虽然“小女人散文”迅速走红又迅速谢幕,也受到一些批评家的尖锐批评,但却在那一时期的都市女性市民读者的文学生活中扮演了十分重要的角色。

在报刊业进入都市报时代的同时,综合性副刊也成为报纸副刊发展的方向。副刊越“综合”,文艺性就越稀薄,离文学也越远。如果仍然从文学的精英立场出发,将培养新作家、发表优秀作品作为衡量副刊价值高下的标准的话,那么这一时期的综合性副刊显然不具备什么研究价值。或者说,综合性副刊从传媒研究的角度来看仍然有意义,但是从文学研究的角度来看则乏善可陈。不过如果借用“文学生活”的视角来加以观照,那么综合性副刊上的那些将新闻性、知识性、趣味性等融为一体的文字,其实也有一定的文学性,属于“亚文学”或“边缘文学”作品,而且在纯文学被边缘化的时代满足了大众的文学生活需求,因而也有着研究的价值。

五

20世纪90年代末以来,随着互联网、移动互联网的普及以及手机、平板电脑等移动智能终端的大众化,新媒体已经对传统纸媒构成了严重的冲击。在时

① 王干:《话说“小女人散文”》,《在场——王干30年文论选》,云南人民出版社2013年版,第168—173页。

效性方面,网络新媒体的优势是报纸等传统纸媒无法比拟的。在便捷性方面,新媒体也已远远走在纸媒的前面。而从公众的阅读习惯来说,电子阅读已经成为越来越多的读者,尤其是年轻读者的首选。在此情势之下,等待纸媒的是一场关乎生死存亡的考验。从21世纪初开始,就先后出现了几次大规模的报纸停刊潮。在此过程中,《中国足球报》《足球周报》《渤海早报》《武汉晨报》《扬州时报》《白银晚报》《黑龙江时报》《法制晚报》《无锡商报》《湘潭晚报》《新闻晚报》《东方早报》《西部商报》《新疆都市报》《生活新报》《新闻晚报》《天天新报》《上海商报》《京华时报》《汕头特区报》《汕头都市报》等一大批报纸都在新媒体的挤压之下宣告停刊。其中既有《中国足球报》等专门性报纸,也有大量曾经在各地辉煌一时的都市报,还有《京华时报》《东方早报》等在业内具有相当影响力的报纸。除去党报及其副刊因其背后有政府支持、发行渠道有别于商业报刊,因而生存环境尚未受到太大影响之外,其他纸媒均面临着越来越大的生存压力。广告收入是纸媒,尤其是都市报、晚报等报纸主要的收入来源,但是随着新媒体的强势进入,报纸广告的市场份额不断遭到侵蚀,呈现出持续下降的趋势。依据中国广告协会报刊分会与央视市场研究(CTR)媒介智讯联合发布的《中国报纸广告市场数据分析报告》提供的数据,2017年1—6月,报纸广告降幅为30.5%,广告资源量下降了24.3%,自2012年报纸广告开启下降通道以来,广告收入的持续大幅下降、广告资源的大幅流失,都使得作为传统纸媒的报纸生存环境越来越艰难。而同样作为纸媒的报纸文艺副刊,其所受到的冲击相比正刊还要更加复杂和猛烈。

首先,随着"读图时代"乃至"影像时代"的到来,传统的阅读方式受到强有力的冲击。图像和影像以其更加强烈和直接的视觉冲击形成了对文字的巨大优势,各种照片、绘画、电影、电视、卡通、动漫、小视频铺天盖地,充斥在人们所处的文化空间之中,越来越多的人习惯于"读图"或"读影",从而放弃了文字阅读。与图像和影像相适应的快餐文化大行其道,传统的文学阅读则更加边缘化。在这种语境之中,不要说报纸文艺副刊中的文学作品,即便是得到社会公认并且通过教育体系加以强力推广的经典著作,也很难以文字的方式被公众阅读和接受。越来越多的人习惯于通过电视剧来"读"《红楼梦》《西游记》《水浒传》《三国演义》等文学经典,真正通过文字来阅读的寥寥无几。这样的文化环境虽然也倒逼着报纸文艺副刊在语言文字、版式设计、配图、选题策划等方面不断作出改进与创新,以求尽可能适应读者的需求,但终究无法改变图像和影像渐渐成为读者(尤其是年轻读者)主要阅读选择的趋势。丧失了读者的支持,副刊自然难以为继。

其次，新世纪网络文学的异军突起，也使得报纸文艺副刊作为文学园地的功能逐步丧失。中国互联网信息中心发布的第43次《中国互联网络发展状况统计报告》提供的数据显示，截至2018年12月，我国的网民规模为8.29亿，全年新增网民5653万，互联网普及率达到59.6%，较2017年底提升了3.8%。其中手机网民规模达8.17亿，全年新增手机网民6433万。网民中使用手机上网的比例由2017年底的97.5%上升至2018年底的98.6%。网民的平均每周上网时长为27.6小时。而“网络文学”的用户规模已经达到了43201万，网民使用率为52.1%，较之2017年12月的网络文学用户规模37774万和网民使用率48.9%，增长了14.4%。手机网络文学用户规模达到了4.10亿，较之2017年底增加了6666万，占手机网民的50.2%。4.3亿的网络文学用户规模，并且每年还在呈现高速增长的趋势。这说明网络文学已经在当代国人的文学生活中占据了绝对空前的地位。当越来越多的人开始主要从网络文学中获取资源来满足自己的精神需求时，其他精神资源渠道的重要性也就会相应下降。而一旦被需求程度开始持续走低，报纸文艺副刊的发展空间也必然会越来越趋于逼仄。所以，即便一些老牌的以“文艺”知名的报纸副刊，也不得不对版面作出相应调整。

以《人民日报》为例，1995年1月1日，《人民日报》由8版改为12版，2003年1月1日改为16版，2009年7月1日改为20版，2010年1月4日又改为24版，周六、周日则一直维持8个版。在总版面不断扩大的情况下，副刊版面却在不断缩减。再如《新民晚报》的副刊《夜光杯》，作为一份具有品牌效应和全国性影响的文艺副刊，虽然在新媒体时代仍然坚持了赵超构先生当年的2个版设计：“副刊就是要有两个版……内容应当是又广又杂，不拘一格。总的原则是不要偏食，偏食缺乏营养。一个版雅一点，文史、札记、中外古今，谈修养的多；另一个版通俗一些，讲一点服装、家具，讲小菜、电影明星”[①]，并且建立“夜光杯博客”来突破纸媒局限，增加作者与读者的互动，以保持在新媒体时代这一副刊品牌的屹立不倒。实际上，虽然版面依旧、《夜光杯》的名称依旧，原先设计“雅一点”的那个版面内容却已悄悄变成了追求“雅俗共赏”，从“雅”到“雅俗共赏”实际上是用“俗”对原有的“雅”进行了“稀释”。或者说是报纸文艺副刊的文学性被稀释了，变得越来越淡。这其实可以看作一种变相的缩减版面，也是报纸文艺副刊在新媒体时代逐步走向萎缩的反映。

2004年，《南方周末》曾经讨论过一个很有意思的话题，题目叫《纸上的风

① 《〈新民晚报〉“夜光杯”七十年》，东方网2016年7月20日新闻。

云——副刊时代的终结》[①]，邀请了傅国涌、李辉、刘克襄、陈平原等学者、编辑就副刊的现状与未来走向谈自己的看法，其中有些观点非常值得深思。比如参与讨论的许多人都认为副刊的文学功能或“文学性”逐渐淡化是历史的必然。曾经做过《人民日报》副刊主任编辑的李辉就直截了当地认为：“过去有很多重要作家是在为副刊而写作。重要的作品交副刊发表，然后产生很大影响。现在文学边缘化，副刊也是。文学副刊不能说消亡，但应该说以副刊培养文学、培养作家的功能消失了……现在作家已经不愿意在副刊发表文字，在副刊发表文字被作家看成是有失身份和损害文学品质的行为。作家和副刊的疏离是必然的趋势。文学从副刊中退出也是必然的趋势。”关于“过去许多重要作家是在为副刊而写作，重要的作品交副刊发表”云云，前文已引用萧乾的话做过辨析，这里不再赘言。结合对1949年以来报纸文艺副刊发展流变的梳理，李辉在此所做的作家必然和副刊疏离、文学必定从副刊退出的判断应当还是比较切实和准确的。

至于像《人民日报》的《大地》、《解放日报》的《朝花》、《文汇报》的《笔会》、《新民晚报》的《夜光杯》等少数依然选择对文学性加以守护的报纸副刊，其办刊的现实发展也值得关注。无论是在市场化的环境中副刊之间竞争激烈的时代，还是在新媒体崛起，传统副刊与新媒体相互竞争的时代，追求“雅俗共赏”、尽可能地满足一切读者的需要成了许多编辑的制胜法宝。但这有可能两面都不讨好，白白失掉了自己的个性。其实王彬彬在《雅俗共赏：一种美学上的平均主义》[②]中，就对“雅俗共赏”的神话进行了批判与解构。但“雅俗共赏”的理想实在是太诱人了，所以时至今日它仍然被当作对一部作品的最高评价之一，仍然散发着极大的魅惑。从办刊实践来看，那些从一开始就定位明确，将雅俗进行明确区分的副刊都取得了巨大的成功。比如《文汇报》的《笔会》副刊，自1946年创刊以来就定位为一个“面向全国、以文学为主、兼顾其他艺术门类的文艺副刊”，1956年《笔会》副刊后，当时的负责人陈钦源“按照面向高层次文化界、知识界的办刊宗旨”，“大力拓展作者队伍，重视刊登老一代革命家、社会名人、文艺界学术界知名人士的作品”。可见，其追求“雅”的精英立场是非常明确的，而且也是直到今天仍然在坚持的：“经过几代作家艺术家的共同努力和几代编辑的共同创造，《笔会》形成了自己厚重的传统和高雅的品格。”[③] 对“雅”的追求和对文

---

① 《纸上的风云——副刊时代的终结》，《南方周末》2004年9月9日。

② 王彬彬：《雅俗共赏：一种美学上的平均主义》，《上海文化》1994年第6期。

③ 《文汇报历史上的副刊》，《文汇报》官网，2018年1月18日，https://www.whb.cn/zhuzhan/xinwen/20180118/186944.html。

学性的重视,使得《笔会》在众多报纸副刊中独树一帜,形成了良好的品牌效应,甚至已经被看作《文汇报》的核心竞争力。

同样,《解放日报》副刊《朝花》创刊之初也在“雅”上下功夫,并取得了相当大的成功。《朝花》创办时,就由编委出面聘请巴金、唐弢、以群、罗荪、李俊民、赵超构、张俊祥、许杰等著名专家当顾问,正式成立了《朝花》的顾问小组,每月发给每个顾问 50 元的车马费。这个顾问组,实际上成了《朝花》作者队伍中的核心和骨干……这种依靠专家作家、追求“雅”的品位的做法,对扩大《朝花》的社会影响力起到了极大的作用。《朝花》副刊的业界声誉也正是这样积累起来的。所以,报纸文艺副刊的成功其实不在于千方百计去满足和适应最广泛读者的需求,关键在于坚持并坚守自己的个性。当个性丧失、面孔越来越不清晰时,无论是雅的还是俗的,读者都不会再喜欢和支持,那么副刊也就垮掉了。

面对文艺副刊正在消失的现实,如果说我们今天还可以借用“文学生活”的概念,对文学性已经变得越来越淡的报纸副刊之价值作出肯定性评价的话,那么随着“文艺”二字逐渐被去除,文学性逐渐消失,未来绝大部分已经“综合化”的报纸副刊将不会再作为传统意义上的文学史料被关注。所以,当下对作为文学史料的副刊进行一次较为系统的梳理和总结是必要的。

六

《新中国文学副刊史料与研究》旨在对 1949 年以来有关文学副刊的史料与重要研究资料进行系统的整理与研究。限于篇幅,在史料的收录中,仅全文收录单篇文献,至于相关副刊研究专著则在编年简史中予以体现。按照丛书的编撰体例,本卷主要由关键词、专题史料与研究以及编年简史三部分组成。其中,关键词收录了 1949 年以来重要报纸副刊条目约 70 个,专题史料与研究的选文则按照内容分为六个专辑,具体为:

第一辑　编辑理念与副刊发展
第二辑　副刊与读者
第三辑　副刊与文学生产、传播
第四辑　社会语境与副刊变迁
第五辑　副刊与地域文化
第六辑　副刊个案研究

第一辑是“编辑理念与副刊发展”。编辑的办刊理念对副刊的发展影响极大,五四时期“四大副刊”之一《晨报副刊》的孙伏园主编时期和徐志摩主编时期,副刊的面貌就呈现出明显的不同。在孙伏园主编时期,《晨报副刊》的作者群虽然也很容易看出乡情乡谊、师生关系、裙带关系等关系网络,但毕竟还是较为开放的一个空间,这种开放的办刊理念对于将《晨报副刊》办成闻名遐迩的“四大副刊”之一起着至关重要的作用。而在徐志摩主编时期,《晨报副刊》增设“诗镌”“剧刊”,几乎成了新月社“自己的园地”,但以《晨报副刊》为阵地发起的新诗的格律化运动和国剧运动却获得了长足的发展。再如同为“四大副刊”之一的《民国日报》副刊《觉悟》,在邵力子主编时期,秉持“宽容开放”的办刊理念,使得《觉悟》短时间内就获得了读者的广泛支持,并成为《民国日报》的一块“品牌”,带动了报纸正张发行量的大幅提高,而在邵力子去职以后,《觉悟》主编短期内几度更迭,沦为国民党宣传党见的传声筒,终于沦落下去。因此,本卷在编纂过程中将当代报纸副刊的“编辑理念与副刊发展”作为一个重要专题来收集。

第二辑是“副刊与读者”。报纸设立副刊或发表副刊类文字的初衷之一就是吸引读者,因此读者的心理与阅读期待是办好副刊必须考虑的因素。而从精神需求的角度来说,满足特定群体读者的精神需求也是报纸副刊得以存在的依据。如果丧失了读者的支持,副刊将难以为继。只有二者构成一种良性的互动,副刊才能平稳地发展。本专辑既收录了对文艺副刊读者心理进行研究分析的文献,同时也收录了若干对文艺副刊读者的接受状况进行调查分析的研究报告。

第三辑是“副刊与文学生产、传播”。这是考察文艺副刊的核心内容。长期担任报纸副刊编辑工作的作家萧乾曾在许多场合表达过“文艺副刊是作家摇篮”的意思,文艺副刊不仅为作家的创作提供了发表的空间,同时也发现和培养新作家、传播作家作品并扩大其影响力,而对于某些文体(例如杂文、散文、小小说、报告文学)的发生发展,其所起的作用也是非常重要的。本专辑收录的就是有关当代报纸文艺副刊与文学生产、传播方面的文献史料。

第四辑是“社会语境与副刊变迁”。副刊总是与社会的文化语境相适应的,既参与社会文化语境的建构,同时也受社会文化语境的影响。“计划时代”“市场时代”“新媒体时代”,每个时代的社会文化都有自己整体上的特色,而不同时代读者的文学生活的重心和阅读需求也是不一样的,这倒逼着报纸副刊必须作出相应的改变来适应不断变迁的社会文化环境。

第五辑是“副刊与地域文化”。除一些面向全国、影响较大的副刊较少带有地域色彩之外,绝大部分地方性日报、晨报、晚报的副刊都带有明显的地域色彩,是挖掘和传播本地的地域文化资源、参与地域文化建构的重要力量,因而副刊的地域文化色彩是大多数副刊都有的特性。副刊的这一特性也决定了绝大多数副刊文学作品都可以作为地域文化与文学研究的样本。第五辑所收集的就是有关副刊地域性探讨的一些文献。

第六辑是"副刊个案研究",所收录的则是对于一些重要副刊和特色副刊的个案研究成果,比如《人民日报》副刊,《文汇报》的《笔会》副刊,《新民晚报》的《晚会》《夜光杯》副刊,《扬子晚报》的《繁星》副刊,《唐山晚报》的《鲁迅风》副刊,等等。

同时,还根据时间顺序编选了有关副刊的编年简史。

需要说明的是,因"文革"期间报纸副刊发展进入低潮,大量报纸停办,副刊也难以为继,有价值的副刊史料极少,故在编纂中对这一时期的副刊史料未予收录。而在关键词撰写方面,由于部分报纸时间跨度大,副刊变迁情况复杂,短短篇幅难以详尽呈现出副刊的流变状况并予以评述,故而有的关键词只选择了相关报纸的某一种代表性文艺副刊予以概括。另外,史料浩如烟海,限于人力物力,也不可能穷尽,因此编选过程中遗珠之憾在所难免,只好期待方家们的批评指正,后续再行修订。

2022 年 7 月

目　录

关键词

专题史料与研究

第一辑　编辑理念与副刊发展

第二辑 副刊与读者

第三辑 副刊与文学生产、传播

第四辑　社会语境与副刊变迁

第五辑　副刊与地域文化

第六辑　副刊个案研究

关键词

《大公报·大公园》

《大公报》于1902年由英敛之在天津创办，以“开风气，牖民智，挹彼欧西学术，启我同胞聪明”为办报宗旨，是迄今中国发行时间最长的中文报纸，也是1949年以前在中国影响力最大的报纸。1916年《大公报》由王郅隆继续经营，1925年停刊。1926年9月1日，由吴鼎昌、胡政之、张季鸾合作接办的新记《大公报》开始出版，之后又增出上海、汉口、重庆、桂林、香港等版。1949年2月27日，天津解放后，天津《大公报》改为《进步日报》。上海《大公报》于1949年6月17日发表了《大公报新生宣言》，继续出版。重庆《大公报》则在1952年停刊。1953年元旦起，上海《大公报》与天津《进步日报》合并为天津《大公报》，之后迁往北京，最后于1966年9月10日停刊。香港版则出版至今。

《大公园》是《大公报》历史较长的综合性副刊，天津、重庆、上海、香港版《大公报》都曾开设这一副刊。《大公园》副刊的内容丰富有趣，刊载批评时局、讽刺尖锐的杂文，幽默诙谐的打油诗，人物传记，小说，书话等。在香港，《大公园》副刊更具有非凡的意义。它风格高雅，刊载的文字俊朗秀逸，且多出自名家手笔，每一位作者几乎都有固定的专栏，如林洵先生的“凤起桥”、周彬先生的“九州逸趣”、高洁先生的“塞纳渡河”、冬泉先生的“长流水”等，群星璀璨。文章内容涉及广泛，上至忧国忧民感时兴怀之作，下至养花弄草谈文论艺，能满足各类读者的阅读兴趣。《大公园》副刊拥有优秀的编者、作者队伍，萧乾、梁羽生、查良镛都曾任主编，巴金、夏衍、季羡林、秦牧、杨绛、王蒙等知名作家都曾为其撰稿，巴金的《随想录》最早就是在《大公园》上刊载的。

《新民晚报》副刊

《新民晚报》的前身为《新民报》。1929年9月9日，陈铭德、刘正华、吴竹似三人在南京创办《新民报》。命名“新民”，是取《诗经·大雅》“作育新民”之义，希冀借此开启民智、涵养民德、新其民风。自创刊至1946年5月1日上海版《新民报·晚刊》创办的17年间，《新民报》逐渐形成“五社八报”的规模，蔚为大观。毛泽东的著名词作《沁园春·雪》首次公开发表就是在《新民报》上。新中国成立后，《新民报》各地方版先后停刊，上海版《新民报·晚刊》和北京版《新民报·日刊》成为仅存的两家，风格也由原先民间报的泼辣峻峭变为老成持重，这与《新民报》由“私营报纸”转为“公私合营报纸”的身份定位有一定关系。直至1958年4月1日，《新民报·晚刊》正式更名为《新民晚报》。

《新民晚报》副刊、专刊名目繁多：《夜店》副刊由蒋文杰主编，内容多侧重政治宣传，即用通俗的语言、谈心的方式向广大读者讲革命道理，介绍革命事迹、革命人物；《虹彩》副刊由姚苏凤主编，内容侧重文化娱乐，作者队伍多为编辑部同人。1949 年 8 月 1 日，《夜店》与《虹彩》合并为《晚会》，由张慧剑编辑。1960 年 5 月 1 日，《新民晚报》副刊改版，文艺性副刊《晚会》改名为《繁花》，同时期的另一个文艺副刊为《红雨》，后改为综合性文化副刊。1966 年 8 月 18 日，《新民晚报》受"文革"影响另起炉灶，建立了《上海晚报》。《新民晚报》一共出了 7256 期，之后被迫停刊。

1982 年 1 月 1 日，《新民晚报》副刊六个版中，《夜光杯》副刊占了两个版，先后推出过赵超构的杂文和言论专栏"未晚谈""杂碎录"等。2004 年 5 月，辟设《星期天夜光杯》周刊。2015 年 2 月，又开创《夜光杯》微信。创刊逾 70 年的《夜光杯》副刊适应社会语境变迁，不断焕发出生机与活力。

《文汇报》副刊

《文汇报》由进步知识分子 1938 年 1 月 25 日创刊于上海，以英商名义出版，由时任国民政府主席谭延闿的弟弟谭泽闿题写报名，实际负责人是严宝礼；总编辑胡惠生；徐铸成任主笔，并在以后成为报馆的实际负责人。抗日战争胜利后，《文汇报》立场鲜明地反对内战，令当时的国民政府十分不满，于 1947 年 5 月 24 日被迫停刊，后于 1948 年 9 月 9 日在香港复刊。1949 年 5 月上海解放，上海《文汇报》于 6 月 21 日恢复出版。

《文汇报》创立伊始，副刊名为《世纪风》，由柯灵负责，曾发表史沫特莱的《中国红军行进》等作品，是孤岛时期上海重要的文化阵地。1946 年《文汇报》在上海复刊后，柯灵责编每日一版的《读者的话》，《世纪风》改为每周两期，又最终于 1946 年 10 月停刊。但柯灵考虑到《文汇报》应有常规出版的文艺副刊，便请友人唐弢来主理。新的副刊于 1946 年 7 月 1 日创刊，命名为《笔会》，每星期出六次，继承了《世纪风》团结战斗的编辑方针，以及既依靠有成就的作家写稿又付出大力来发掘群众作者的组稿路线传统。

1949 年 6 月 21 日，《文汇报》在上海恢复出版时副刊改名《磁力》，由陈钦源主持，唐弢主编。郭沫若、茅盾、夏衍、田汉、叶圣陶、郑振铎、林默涵、何其芳、胡风、周立波、赵树理、唐弢、靳以、罗荪、方令孺、马凡陀、康濯、牧野、杨朔、冯至、罗落、许杰、魏金枝、赵家璧、陈白尘、李健吾、赵景深、程造之等都是《磁力》的作者。此后，副刊曾用名《文化广场》，又曾改回原名《笔会》。

1957年1月11日，王蒙的《青春万岁》在《笔会》上开始选登，共分29期载完。1967年1月，受“文革”冲击，《笔会》停刊，新的副刊《风雷激》出版。1978年6月，《风雷激》更名为《新长征》；1979年1月3日，又改回原名《笔会》。“文革”后，马达任《文汇报》总编辑，一手抓新闻，一手抓专副刊，而徐开垒任副刊主编。1977年《笔会》在组织一大批老作家写稿的同时，发掘新作者。1977年5月发表了巴金的《一封信》，是我国文坛复苏的第一声春雷。1978年发表了卢新华的《伤痕》、郑义的《枫》、宗福先的《于无声处》等，推动了“伤痕文学”的发展。《笔会》还开办“新人新作”专栏，培养作家新生力量。1980年2月10日，刊载蒋子龙《班车》等作品，对推动文学创作有着不可低估的意义。

《笔会》一直坚持高端知识分子的文化定位，秉承知识性、趣味性、文学性并重的文艺道路。进入21世纪，《笔会》旗帜鲜明地提出，“副刊也可以成为报纸核心竞争力”，体现了坚持副刊品位、注重文化品质，着力打造“百年老店”的远见卓识。杨绛先生在生命最后十年中的作品几乎全部在《笔会》上发表，其百岁时作品《坐在人生边上》刊出后更是深受好评。近几年，《笔会》又开设多个特色专版，“首席编辑专版”由著名作家、鲁迅文学奖获得者潘向黎主持；“周末茶座”“记事”等专版，努力让静态的副刊出现不同品类、风格多样的作品，以拓展内容疆域，同时也增加阅读趣味，以期吸引有质量的读者。在《笔会》创刊70周年之际，有学者如此评价：“在我心目中，中国的副刊，应当就是这个样子。”

《陕西日报 · 秦岭》

《陕西日报》是中共陕西省委机关报，是全国创刊最早的党报之一，其前身是由毛泽东倡议创建并亲自题写报名、1940年3月25日在延安创刊的《边区群众报》。《秦岭》由日报科教文新闻部主办，是《陕西日报》不变的品牌文学版面，以厚重、高雅的特点成为陕西报业最为悠久的副刊。《秦岭》副刊创刊伊始就“坚持讲述秦岭最生动的故事；直面秦岭最尖锐的问题；解读秦岭最新锐的文化；发掘秦岭最深厚的感情”，具有浓厚的地方性色彩。《秦岭》副刊的版面内容包括名家名作、散文、诗歌等文学作品，同时也刊登书法、绘画、剪纸等艺术作品，广受读者喜爱。

《吉林日报 · 东北风》

1945年10月10日，《吉林日报》由中共吉林特别支部创办于吉林市，当时报名为《人民日报》，是全国省委机关报中创刊较早的一家报纸。1952年正式用《吉林日报》报名，启用毛泽东主席题写的报头。1954年随中共吉林省委迁至长春市。《东北风》周刊创刊于1992年，是东北三省最大的省级党报副刊。周刊以“清新、隽永、深沉、高雅”为办刊宗旨，以东北大地为主要舞台，多角度、全方位地展示美丽富饶、热情奔放的东北文化和人文风情，以最贴近黑土地的态度讲述东北故事，是宣传东北地域文化的重要窗口和平台。

最初，周刊以周末增刊的形式印发，其间屡次改版修订，最终确定为每周四刊发一期。周刊设有“冷眼看东北”“闯关东轶事”“东北老照片”“奇语东北”“东北面孔”“往事东北”“黑土掘金”“白山松水”“民俗揽胜”等栏目，正如《东北风》主编赵培光总结周刊创刊宗旨时指出，“《东北风》要一直围绕黑土地做文章，在出奇制胜的更新中彰显个性”。秦牧、刘绍棠、王蒙、蒋子龙、郑逸梅、毛志成、叶文玲、张抗抗等作家均曾为《东北风》撰稿。周刊将具有浓郁东北地域气息的作品引入副刊中，使党报副刊增添了本土化特色。进入21世纪，文艺副刊改革进程深入，加强地域文化传播和大众文学普及成为《东北风》周刊的着力点，报刊进一步呈现出广博性、亲民性、浓厚地域性、情感真实性的特点，大众影响进一步延伸，诸如对“二人转”的关注，曾引发读者关于“二人转”及“大雅”与“大俗”之间辩证关系的讨论；“大众读书”专栏的开辟，更是吸引了大量大众读者的广泛参与、讨论。

《黑龙江日报·天鹅》

《黑龙江日报》创刊于1945年12月1日，是中共黑龙江省委机关报，是国内创立最早的省级党报之一。《天鹅》为《黑龙江日报》副刊，1983年10月16日创刊。《〈天鹅〉出刊致读者》中写道：“《天鹅》为综合性文艺副刊，包括文学艺术、文化娱乐、地方风物、文史知识等内容。《天鹅》应当富有思想性、知识性、趣味性，反映现实生活的内涵和节奏，和广大读者建立密切的联系，做到思想健康、富有文采、情趣浓烈、雅俗共赏。”栏目设有“小知识”“文史杂谈”“科海拾零”“大众影评”“大自然奇观”“拾穗集”“文艺评论”“峥嵘岁月”“黑土上的足迹”“梨园忆旧”“人物剪影”“谈天说地”“龙江风情”“生活速写”“文史杂考”等。1982年2月9日新辟《文化廊》专刊后，《天鹅》改为周刊，以文学作品和文学评论为主要刊登内容。近年来，《天鹅》副刊积极顺应时代发展，推出“中国故事”专栏，讲述丰富鲜活的中国故事和黑龙江故事。新冠疫情暴发以后，《天鹅》又拓出“抗疫专号”，并刊发了迟子建的《春花依然盛开》，社会影响显著。

《人民日报》副刊

《人民日报》创刊于 1948 年，1949 年 8 月 1 日升级为中共中央机关报。改版后，综合性文艺副刊《人民园地》同时创刊。此外还有《苏联研究》《卫生》《经济》等五个周刊，每逢星期一、二、四、五、六轮流出版。1950 年 11 月 7 日，《人民园地》停刊，《人民日报》副刊没有了固定版面和刊名，直到 1956 年 7 月 1 日《人民日报》改为 8 个版，副刊才得以恢复，即将第 8 版的上半版作为“带文学性的副刊，下半是广告”，不过没有刊名。此后一直到“文革”结束，《人民日报》副刊文字常常出现在各个版面上，有效地发挥了舆论助推器的作用。所刊载的文章往往针对其时的重大事件和重大问题，具有明显的政治性、引导性，不仅代表着编辑部的立场，也代表着编辑部背后官方意识的立场，对于传播者和接受者都有很大影响。其中，1961 年 1 月 28 日至 6 月 5 日第 8 版开辟的“笔谈散文”专栏，引起了较大反响，对 20 世纪 60 年代“散文热”的出现起到了重要推动作用。1983 年 1 月 3 日，综合性文学副刊改名为《大地》副刊，增设“大地漫笔”等新栏目。

《大地》副刊由《人民日报》文艺部主办，历来秉承厚重高雅的文化气质，品评自有尺度，闲谈不失智慧。2001 年，《人民日报》进行重大版面调整，形成了重要新闻、深度报道和专版周刊三大版块。综合性副刊《大地》与其他《国际周刊》等有重大影响的副刊与专刊继续出版，但《大地》改为周四刊，篇幅略有紧缩。现定为周二刊。2005 年，《大地》副刊除传统栏目“金台随感”“大地漫笔”“心香一瓣”“名家新作”“名人近况”“文心探访”之外，又开设了“文史小品”“谐趣园”等新栏目。《大地》副刊会聚了大量的名人名家，同时还培养了许多青年作家和文学爱好者。其所刊登的文艺作品积极融入社会生活的各个领域，使其具有更宽广的视野和更多元化的表现形式。

《人民日报 · 海外版》创刊于 1985 年 7 月 1 日，是面向华侨华人的最权威的中文报纸。《华文作品》是《人民日报 · 海外版》的文学副刊，设于第 11 版，每周六刊出。《人民日报 · 海外版》第 7 版《文学观察》副刊，每周三或周六刊出。《人民日报 · 海外版》副刊积极向世界介绍中国文化，注重推陈出新，关注新作家、新作品、新文化、新的文学动态，拥有国际视野，所发表的文学作品具有很大的包容性。

《天津日报 · 文艺周刊》

1949年1月17日，《天津日报》创刊，该刊由《群众日报》《冀东日报》合并组成，黄松龄任社长，王亢之任副社长，朱九思、范瑾分别任正、副总编，编委有邵红叶、郭小川、方纪、孙犁等人。《天津日报》自创刊起，每期都有综合性副刊，在副刊出至第50期时，编委会决定增出一个纯文艺副刊——《文艺周刊》。与“十七年”时期的其他报纸副刊一样，《文艺周刊》作为省级党报副刊，是宣传主流意识形态的阵地，以服膺“讲话”为要旨，然而值得注意的是，其在新中国成立初期“反映政治，但不紧跟政治”的办刊姿态及其对“荷花淀派”文艺潜移默化的形塑，在当时的党报副刊中别具一格，尤其是对“荷花淀派”文艺的大力扶持与悉心培育，使得社会主义时期的文学流派有了新的发展，这一点弥足珍贵。《文艺周刊》在同质化的期刊环境中所做的这种可贵努力，与其灵魂人物——孙犁有密不可分的关系。

创刊70年来，《文艺周刊》在扶持、奖掖新人方面具有独特贡献。20世纪50年代，一批工人业余作者从这里起步，万国儒、大吕、阿凤、滕鸿涛等在《文艺周刊》工人创作小组中接受编辑的指导，后形成了一个令全国文坛瞩目的工人作家创作群体。刘绍棠、从维熙、房树民的名字也频繁地出现在《文艺周刊》上，并由青年作者迅速成长为青年作家。新时期以来，这块园地上涌现的新人更是灿若星辰，贾平凹、铁凝、蒋子龙、冯骥才、航鹰等作家都曾在《文艺周刊》上留下自己的足迹。近年来，《文艺周刊》又开辟了诗歌专版，常设“新作”“心声”“感怀”“足迹”“采风”“诗与画”“新生代”“外埠诗稿”“网络平台”“诗会集萃”“诗集选章”“诗社作品选”“诗人自传”等专栏，又专门设立“编辑荐语”“名家鉴赏”等介绍和评介专栏，重点刊发来自基层一线诗人接地气的作品，既带给人们精神力量，又意在为扶持年轻的诗歌人才作出更积极的贡献。

《北京青年报 · 天天副刊》

《北京青年报》是共青团北京市委机关报，创刊于1949年3月，1981年复刊。这是一份带有北京地域色彩的面向青年群体的报纸。其文艺副刊《天天副刊》创办于2000年，适逢互联网飞速发展，为了适应挑战，副刊提出向网络要稿源，充分利用网络进行优势互补。自2003年4月起，对传统投稿方式进行革新——在网络上建立起专门的投稿论坛：凡是愿意投稿《天天副刊》的作者都可以直接把自己的文章贴到《天天副刊》的论坛上，而报纸编辑则每天都会到论坛上选择合适的文章予以刊登。此外，《天天副刊》论坛上设有点击排行，大部分文章后面都附有读者的评论。通过关注每篇文章的点击、评论，编辑能够在第一时间更好地了解读者的需求，理解并选择最符合需求的文章进行刊载。网络论坛的形式，使得编辑能够充分、迅速地得到读者的反馈意见，对把握副刊的发展方向有很大的帮助。副刊设有“人物在线”“非常感受”“饮食主义”“中学作文”等栏目，其中“人物在线”是固定的人物采访类栏目，从而及时反映当下青年所关注的人物和话题。

《浙江日报 · 钱塘江》

《浙江日报》创刊于 1949 年 5 月 9 日，是中共浙江省委机关报，也是浙江省最具权威性、公信力和影响力的主流纸质媒体。《钱塘江》是《浙江日报》副刊。作为综合性文艺副刊，《钱塘江》以发表各类短小精悍的文艺作品及文艺评论为主，具有知识性、趣味性等特点，其前身为《红烂漫》副刊，1978 年 10 月 1 日起改用现名。该刊自创立以来，开办了多个富有吸引力的专栏，比如“寄语故乡”和“钱江行”，均具有浓郁的乡土味并充满了强烈的江浙特色。1979 年，中国当代著名作家从维熙重返文坛后，曾在《钱塘江》副刊上发表过 20 余篇精彩佳作；21 世纪以来，他的《三色杜鹃的情话——岁末随笔》《杯中传奇——酒文化探幽》《布谷夜啼》《底层情缘》《走近巴金故居》等文章陆续在《钱塘江》上刊载。“寄语故乡”专栏于 1980 年开办，编辑部请茅盾撰写了《可爱的故乡》一文，刊于 1980 年 5 月 25 日。茅盾通过对家乡桐乡乌镇历史、风物、往事、故人的回忆和思念，倾吐了一代文豪在漫长岁月中从未忘却的乡思。随后专栏相继刊出了胡愈之、夏衍等浙籍名家写的文章。文章大多乡思深沉，感情真挚，言辞朴实。1980 年同时推出的还有“钱江行”专栏，采编人员从钱塘江探源开始，沿江而下，经安徽休宁和浙江开化、兰溪、天目山、千岛湖、富春江直到入海口，将流域内的风土人情和自然景色诉诸笔端，呈现出一幅钱塘江周边生活的美丽画卷。

除此之外，《钱塘江》还设有“浙江古代画家”“影片简介”“文人轶事”“文学青年信箱”“古诗词欣赏”“文苑随笔”“文苑琐谈”“浙人新篇”“文艺短论”“写作拾零”“湖光山色”“本省新作信息”“文情诗趣”“评文品书”“浙江作者自选诗”“广角镜”“酸辣汤”“随感录”等栏目。目前，《钱塘江》副刊已成为展示吴越文化的重要窗口。

《长江日报 · 江花》

《长江日报》于 1949 年 5 月 23 日创刊，报头由毛泽东题写，由武汉市军事管制委员会主办。目前,《长江日报》是中国中部发行量最大的城市综合性日报,是中共武汉市委机关报,亦是长江日报报业集团的旗舰。《长江日报》在“文革”前办有副刊,名为《浪花》,“文革”初停刊,另创办《起宏图》综合性文化副刊。1978 年 10 月 15 日,《起宏图》副刊一分为二,将综合性副刊定名为《黄鹤楼》,侧重刊登杂文、随笔和文艺、历史、地理、科技等知识小品,《起宏图》则是以刊发文艺作品为主的文艺副刊。1981 年 1 月 1 日起改名为《江花》,为周刊。

《江花》为综合性文艺副刊,除刊发诗歌、小说、散文、特写等各种文学作品外,还以一定篇幅发表短小生动的文评、书评等文稿,并不定期地刊出“文艺评论专页”。《江花》以多种形式展示武汉形象,讲出武汉故事。曾设栏目有“作家写武汉”“随想录”“小小说”“哲理小品”“精美散文”“另类酷文”等。2017 年,《江花》隆重推出“武汉小说现场”“武汉诗歌现场”“武汉散文现场”“武汉文学批评现场”等专版,显示了在全媒体发展的新趋势下,报刊对文学性的坚守以及由此呈现出的不同于一般副刊的优雅迷人姿态。

《河南日报 · 中原风》

《河南日报》创刊于 1949 年 6 月 1 日,是中共河南省委机关报,隶属于河南日报报业集团。2012 年 5 月 30 日,在毛泽东《在延安文艺座谈会上的讲话》发表 70 周年之际,《河南日报》文艺副刊《中原风》创刊。《中原风》常位于第 12 版或第 16 版,每月定期发行 4 次,每次占 1 个版面。设有“影像”“感悟”“身影”“凡人小像”“叹赏”等专栏。《中原风》强调紧跟时代,为人民服务。作为河南省委机关报下的文艺副刊,《中原风》的创办方针是“要体现《河南日报》一以贯之的政治家办报这一办报理念,提倡大文化,摒弃小情调,把它办成‘新新闻主义’实验场,即用文学的手段表现现实生活和新闻人物、新闻事件”。在这样的办刊理念指导下,《中原风》的内容以弘扬主旋律、紧跟时代热点、关注人民生活为基准,面向大众,讲述省内事件,反映本地生活,传承中原文化,从而体现了《中原风》副刊的平民意识和地域特点。

《江西日报 · 井冈山》

《江西日报》创刊于 1949 年 6 月 7 日,报头由毛泽东亲自题写。《井冈山》副刊创刊于 1973 年 1 月 1 日,每周五出刊,自创刊持续至今已经 40 余年,现已成为江西文坛的重要阵地之一。在漫长的时间里,该刊一直坚持文学的主线,从未在版面上掺杂过任何广告，以纯粹的内容、干净的版面、高质量的文章提升了自身品位，也扩大了《江西日报》的影响力。《井冈山》副刊刊载内容以散文、诗歌、报告文学等文学体裁为主，邀请了鲍尔吉·原野、张抗抗、蒋子龙、刘华等知名作者和各界知名人士撰写文章，在强化自身权威性的同时也吸引了更多读者和文学爱好者参与办报。除文学性，《井冈山》副刊作为党报副刊，对政治也有天生的贴近性，长期以来其版面内容与社会热点紧密结合，具有鲜明的时代特点。与时代同行，坚持文学性与新闻性的有机统一，是《井冈山》副刊一直坚持的明确定位。该刊在实践方面一直注重坚守这一定位和文化品格，所发表的文章，或叙事或抒情，从时代变迁、文化内涵、民生改善等各个侧面，深度挖掘、系统展示了江西社会经济发展成果和美好的人文精神。

近年来，《井冈山》为进一步提升刊物质量，实施“以奖促刊”策略，与北京《诗刊》联合举办“红色诗歌大赛”以及“读江西”文化散文征文、“80后写作大赛”等活动，并在2013年起设立“井冈山”文学奖，该奖多篇获奖作品荣获中国新闻界最高奖——中国新闻奖，极大地扩大了副刊的影响力。《井冈山》副刊在省内外享有较高声誉，是《江西日报》甚至江西省的一张文化“名片”，如实地记录着时代的铿锵足音。

《大报》

《大报》创刊于1949年7月7日，1952年3月1日停刊，主办人为冯亦代，编辑有陈蝶衣、陈亮、吴崇文等。社长冯亦代创刊后不久即调往北京工作，后改由李之华任代理社长，陈蝶衣任总编辑。《大报》在“发刊词”中写道：“本报是一张小型报，在文化工作者的阵营中该是最软弱的一环，难望有辉煌的成就；即使不断的努力，充其量也仅能比拟一支打游击的轻骑队，做一些轻装战斗工作，而且，就是这个工作也没有做得好的把握；不过我们并不因此而自馁，上海……这个都市里的六百万人又长期而深重地受着帝国主义封建主义思想的支配与影响，上海市因解放而新生了，但上海大多数市民的思想，感情与习惯，可不能立刻就挣脱旧传统旧影响的束缚。一个人的口味尚且难于更改，思想，感情，习惯的改革自然更艰难，于是，我们小小的一点努力，就想在大型报与文化杂志之外，运用一些一般市民容易接受的形式与体裁，不作正面的说教，而作侧面诱导，以便于我们能在伟大的历史转型期中，贡献出微弱的力量。”

《大报》和《亦报》在内容和形式上非常接近，也是四开四版，第1版为新闻，第2版、第3版为小说、笔记和散文，第4版为家庭常识和戏剧，每逢周日增出《周会》及《时事一周》专刊。

《工人日报》副刊

《工人日报》是中华全国总工会主办的综合性报纸。1949 年 7 月 15 日在北京创刊，是一张以经济宣传为重点的全国性综合性中央级大报，毛泽东两次为其亲笔题写报名。受“文革”影响，1966 年 12 月 31 日停刊。1978 年 10 月 6 日复刊。《工人日报》设有《文化周刊》文艺副刊。《文化周刊》于 1997 年改版，包括“文化 · 综艺”和“文化 · 家园”，占据报纸的第 5 版和第 6 版两个版面。“文化 · 综艺”在第 5 版，以文化新闻为主，每周一出刊，内容丰富多彩：既有关于各地传统文化、民风民俗、特色建筑的介绍，也有红色文化的宣传；既有对当代电影人的访谈及电影节的简介，也有关注“文化和自然遗产日”、京剧国粹、文物展、博物馆、历史文物等方面的文章；既有关注当下、针对当前影视市场现状的评论文章，也有关于歌剧、话剧、民族舞、摄影、纪录片以及文学等领域的话题。总之，“文化 · 综艺”版多关注文艺领域，但影视、传统文化、文物、艺术展等都在它的关注范围内，并带有新闻的特点，关注当下和热点。“文化 · 家园”位于第 6 版，每周一出刊，内容更贴近群众生活，多是散文、随笔，有时该版还刊登诗歌，或为读者介绍书目。“文化 · 家园”登载的多为抒情性散文，或怀念旧日时光，或追忆逝去之人，或品味故乡的味道，等等，温情脉脉，故事温暖感人，为人们的心灵提供了一个小憩的港湾。

《亦报》

《亦报》是 1949 年后留存下来的为数不多的小型报，在新中国成立后的报刊格局中占有独特的位置。该报创刊于 1949 年 7 月 25 日，1952 年 11 月 20 日停刊。《亦报》四开四版，第 1 版为新闻，第 2 版、第 3 版为综合性副刊，第 4 版为体育和影剧。《亦报》的读者以城市中小资产阶级、里弄居民、家庭妇女为主，经营者和生产者也大都隶属于市民群体。报社的主办人为唐大郎和龚之方，采编人员主要是中共接管上海后因小报被取缔、停刊而失业的小报从业者，出身以小资产阶级居多。不同于其时党报、机关报的“正统”面目，《亦报》以相对多元、宽松的话语空间为一批处于“新的人民的文艺”阵营边缘的文人群体（如张爱玲、周作人、张恨水、李熏风等）提供了发表园地，他们在此或叙写身边琐事，或沉湎于历史故事，或流连于四时风物，或寄情于书话品评，以消闲性、趣味性、娱乐性的小报底色为新中国初期文学保留了特色鲜明的都市感性。

《湖南日报·湘江》

《湖南日报》是中共湖南省委机关报，创刊于 1949 年 8 月 15 日，是湖南省最具权威性、发行量最大的综合性大报。《湖南日报》创刊号即有《湘江》副刊。《湘江》曾先后易名为《群众生活》《文化宫》《激流》《朝晖》《洞庭》等，在 1957 年“反右”以后曾停办过一段时期，1959 年改名《激流》后继续出刊，直到 1964 年 9 月才恢复《湘江》刊名。副刊的编辑方针和篇幅也几度变更，如《文化宫》以通俗文艺为主，《洞庭》以反映湖南社会文化为主。1983 年始，《湘江》副刊改为每周两版：文艺作品专版及在《洞庭》基础上加以改进的综合性文化版。1989 年两个副刊统称《湘江》，其中一个注明为“文学作品专页”。1994 年以后，两个副刊分别定名为《湘江》（文艺副刊）、《洞庭》（综合副刊）。1998 年，《湖南日报》出版对开四版综合性文化休闲周刊《双休刊》，《洞庭》停刊，《湘江》文艺副刊继续保留，后增办文化休闲专版《憩园》。2008 年《双休刊》停办。2015 年 8 月 14 日，《湘江》全新改版为《湘江周刊》，期发行量 34 万份，每期 4 个版，每周五推出。

如今的《湘江周刊》已由过去单纯的副刊发展到生活、文化、教育、法制等诸多领域，将以前纯文学性的专版扩展到包括“艺林”“休闲”“楚韵”“读书”“情感”“收藏”等在内的各种特色专版，增加了多维度、多视野的丰富性、广泛性和灵活性，改变了单一文学副刊的面貌，转型为大文化概念、多种专刊相结合的复合式副刊。同时，《湘江》副刊十分注重突出“湘味”，大力弘扬楚文化，充当了宣传湘楚文化的主力军，受到读者喜爱。

《福建日报·武夷山下》

《福建日报》创刊于 1949 年 8 月 25 日，为福建省委机关报。1964 年底，毛泽东为《福建日报》题写报头。《福建日报》副刊初名《海潮》，1956 年 7 月 13 日创刊。主要刊发杂感、随笔、诗歌、寓言、小品文和讽刺诗，有文学色彩的短篇政论、社会批评和文学批评，短篇影评、剧评、书评和读书杂记，特写、速写、文艺性通讯，短篇报告和小说，文艺性游记、日记和回忆，革命老根据地故事，民间艺术，科学小品，木刻、绘画及艺术摄影等。1972 年 4 月 1 日，该副刊改名为《武夷山下》，仍为综合性文艺副刊，周刊。由林爱枝负责文艺评论专版，王国力负责散文，王振源负责稿件取舍与文章删改等。

《武夷山下》副刊以发表散文、小说、杂文、诗歌和文艺评论为主，先后设有“文艺随笔”“知识小品”“艺术欣赏”“新书架”“福建历史人物”“武夷新语”“新长征路上”“八闽山水”“书林漫步”“读书札记”“我与福建”“侨乡美”“爱国诗话”等栏目。1991年,为迎接中国共产党成立70周年,福建省文联派作家采风团赴闽西老区,责编王振源在采风结束后即为《武夷山下》带回一整版业已编就的稿件。经过70余年的发展,《福建日报》已从创刊时的铅字印刷报纸,发展成为今天拥有报、刊、网、端、微等多平台、多渠道的新型报业集团,副刊《武夷山下》亦借助多媒体媒介在互联网时代扩大了影响。

《南方日报》副刊

《南方日报》1949年10月23日创刊于广州,报头由毛泽东亲自题写,1955年华南分局撤销、中共广东省委成立后,《南方日报》成为中共广东省委机关报。在70年的发展历程中,《南方日报》在广东省报业领域一直担当龙头角色。《海风》副刊与报纸同时创刊,是《南方日报》传统的文学副刊,出刊日期和版面并不固定,刊发的文章多是散文、诗歌,时常插有书画作品,富有艺术气息。《海风》副刊刊登的文章体裁虽多是散文和诗歌,但包含的内容十分丰富,既有紧靠现实的文章,如针对大湾区建设的诗歌,追溯大湾区历史发展的散文,也有温情脉脉的回忆性散文,如对故乡食物、人情往事的怀念;既有关于传统节日的抒情性文章,也有寻味美食、介绍广东特色城市及人文的散文。从高雅艺术到日常生活,《海风》不但为文学爱好者提供了一片施展才华的园地,也以贴近生活、贴近大众的文学作品受到了广大读者的欢迎。

《海风》之外,《文苑》曾是《南方日报》单独的文艺副刊,一般与《小品》一同在周日刊出,位于A10版。后成为“南方文化”栏目的一个子文艺副刊。《文苑》刊出的日期和版面不定,但大都在周四刊出,位于B07版,后又复归为单独的版面,继续在周日A10版刊出。《文苑》与《小品》相比,刊载内容多为小小说、长篇小说连载、作家作品评论、影视评论等,刊发的散文则多为忆人散文,这些作品与文坛或文化事件联系较为紧密,显示出一定的专业性色彩。《小品》一般在每周日刊出,曾在A11版刊出,后稳定在A10版。其刊载文章皆为散文,且篇幅较为短小。每期占据一个版面的《小品》多以“豆腐块”的形式刊发五篇散文,内容多为时下作者的所思所想。在短小精悍的文章中,与作者的情绪和哲思感遇共鸣,显示了《小品》与《文苑》不同的办刊特色和读者取向。

《贵州日报·娄山关》

《贵州日报》是中共贵州省委机关报，创刊于1949年11月28日，当时取名《新黔日报》，1957年改名为《贵州日报》并沿用至今，现已发展成为贵州省覆盖面最广、最具影响力的综合性党报，记录了贵州省发展进步的整个过程。《贵州日报》在创刊第二年就推出文艺版，之后文艺副刊曾名《乌江》，又改名为《娄山关》。2008年，《贵州日报》又进行了一次较大规模的改扩版，在传统的文艺副刊版面《娄山关》《七色花》的基础上，新增了《多彩贵州风》《影响力人物》《文艺视界》等新的版面，极大地丰富了产品结构。其中，《娄山关》风格厚重，主要发表诗歌、散文、小说、曲艺、报告文学、文艺评论、革命回忆录等文艺作品；《七色花》则轻松活泼又不乏丰富内涵，与《娄山关》形成互补。

60多年来，《贵州日报》文艺副刊薪火相传，关注文艺状态，参与文艺建设，倡导和谐文化生活，促进了贵州文化文艺事业的健康发展，一大批作家从这个平台上成长为贵州文化现在的中坚力量。著名作家龙志毅、何士光、戴明贤、余未人、李发模、欧阳黔森，书画家陈争、秦良静等，都曾是《贵州日报》文艺副刊园地的播种者和耕耘者。2017年1月1日，《贵州日报》全新改版，伴随着“追求思想的光芒和泥土的芳香”的办报理念，迈向发展的新阶段。2018年，《娄山关》专版推出“名家笔下的贵州”栏目，将诸多名家描摹贵州、记录贵州、聚焦贵州的文章呈现给广大读者，代表作有李西岳的《贵阳问路》等。

《新疆日报·宝地》

《新疆日报》是中共新疆维吾尔自治区委员会机关报，是全国唯一一家用汉文、维吾尔文、哈萨克文和蒙古文等四种文字出版的报纸，也是一家由毛泽东两次题写报名的报纸。《新疆日报》（汉文版）于1949年12月6日在乌鲁木齐创刊，由邓力群负责。创刊伊始，《新疆日报》（汉文版）就开设有副刊，曾有过多种名称，如《大众园地》《副刊》《文艺副刊》《文艺》《文艺生活》等，直到20世纪70年代被命名为《东风》并固定下来。1985年，原《东风》副刊更名为《宝地》，这个名称一直沿用至今。2000年起，《新疆日报》（汉文版）开始大幅压缩专版，只保留“理论”“副刊”“摄影”“漫画”等专版以及《宝地》副刊的各个专页，如“宝地·读书”“宝地·作品”“宝地·文学生活”等，每周二、周四轮流刊发。

《宝地》是一份综合性文艺副刊，包含各样体裁，如散文、随笔、诗歌、书评等文艺作品，书法、绘画、摄影等艺术作品以及小知识、新书推荐等生活作品。其办刊宗旨是“立足新疆多民族的多元文化文学艺术资源，弘扬主旋律，提倡多样化，弘扬先进文化，以优秀的作品鼓舞人”，“突出地域特色、民族特色，繁荣创作，出精品，出人才”。2020年，《宝地》副刊新开设“我家的小康”栏目，栏目立足边疆，讲述普通人的生活故事。

《云南日报·花潮》

《云南日报》创刊于1950年3月4日，其副刊《花潮》以李广田的著名散文《花潮》命名，创立于1983年。作为党报的文学副刊，《花潮》一直秉承倡导文学理想、培养文学新人、刊登名家名作、展现时代风貌的办刊方针，不断在刊登作品的深度、精度、广度上下功夫，成为云南省文学界推出优秀文学作品、培养和发现文学新人的重要阵地。自1994年至今，《云南日报》设立“云南日报”文学奖，并连续举办十二届，评选范围包括诗歌、散文、随笔、报告文学、文学评论、纪实文学、小小说等，来稿作品则择优发表在《花潮》上，从而既提高了副刊的作品质量，又为广大作家和文学爱好者搭建了尽情抒发灵感、智慧和才情，抒写云南优秀篇章的平台，为繁荣云南文学事业作出了贡献。

《中国青年报》副刊

《中国青年报》创刊于1951年4月27日，是中国共产主义青年团中央机关报。该报常设副刊栏目有周一的“思想者”“青年创业者”“成长”，周二的“青春热线”“屋檐下”“青年调查”，周三的“冰点人物”“冰点探索”“冰点特稿”，周四的“聚焦”“数字青年”“青年调查”，以及在周二至周五出刊的一系列周刊，例如《文化周刊》《阅读周刊》《冰点周刊》《汽车周刊》《军事周刊》《旅游周刊》等。2004年6月1日，由原《中国青年报》的《冰点》副刊拓展而来的《冰点周刊》创刊，于每周三刊出，一直延续至今。

拓展之后的《冰点周刊》设“观察”“人物”“探索”“特稿”四个版面。前三个版面除了刊登2000余字的文章，还包括三到四个栏目，如“观察”下的“双城记”“视点”“拍案惊奇”，“人物”下的“封底人物”“点评”“钩沉”“印象”“传奇”，“探索”下的“知新”“科学现场”“一言堂”“影音书画”等。“特稿”版题材开阔，报道细致深入，既有新闻故事、访谈录，亦有学术札记等。2016年1月15日，《暖闻周刊》创刊。每周五出版，设“封面”“在线故事”“圈里圈外”“青年之声”四个版面。“封面”设有专栏“暖心”“暖评”“暖城”等栏目，并附有视频与H5作品。“在线故事”定位于报道互联网的热点事件与人物。“圈里圈外”基于网络时代“朋友圈”的设计,关注互联网人际。“青年之声”则利用媒体优势关注青年成长。在内容上,《暖闻周刊》主推正能量新闻,旨在关注普通人温暖而有力量的生活,从而脱离“鸡汤文”与“比惨文”,回归一种真实的新闻视角。因此,《暖闻周刊》的内容定位与《冰点周刊》有“关注普通人未被关注的一面”的共同性,同时又在主旋律的引导下,在社会的急剧变化中呈现一种主流价值。

《安徽日报·黄山》

《安徽日报》是安徽省委机关报,创刊于 1952 年 6 月 1 日,是安徽省内发行数量最大的综合性对开日报。《黄山》为《安徽日报》副刊,周刊。该刊原名《朝晖》,1980 年 1 月 1 日起改名为《黄山》。改刊号《致读者》中,提到了对《黄山》的定位:“《黄山》为文艺性的综合副刊。在坚持、宣传四项原则,为四化呐喊开路的前提下,力求内容丰富,形式多样,图文并茂,富有思想性、知识性、趣味性、给人教育,引人入胜。《黄山》贯彻百花齐放、百家争鸣方针,为繁荣社会主义文艺而努力。”1998 年,报纸改革浪潮风起云涌,《黄山》副刊也勇于争先,将版面风格进行设计和定位:眉清目秀、精细典雅,有书卷气。

《黄山》主要刊登短篇的文艺创作、文艺评论和其他言之有物的各种短文。栏目设置上别出心裁,有“风物名胜”“生活之窗”“知识小品”“读史札记”“新绿一枝”“电影译介”“诗词欣赏”“安徽古今”“文艺短论”“黄山漫笔”“文学新人”“作品评介”“微言录”“直道篇”等。《黄山》副刊是《安徽日报》的传统品牌,在历届编辑人员的努力下,已形成自己独有的魅力,在巩固和扩大读者、作者队伍方面,为《安徽日报》撑起了一片天。

《北京日报》副刊

《北京日报》是中共北京市委机关报,于 1952 年 10 月 1 日创刊,范瑾任社长,毛泽东于 1952 年和 1964 年两次为《北京日报》题写报头。1966 年秋天《北京日报》停刊,直到 1967 年 1 月 20 日《北京日报》才以北京市革命委员会机关报的名义正式复刊。从《北京日报》创刊起,《文化生活》副刊就开始创办,主要刊于《北京日报》第 3 版,直到 1966 年“文化大革命”《北京日报》被迫停刊,共坚持了 14 年,每周二三期,多时每周四五期,是全国解放后省、市党报中办得较早的副刊,提出了“五性”(思想性、文艺性、地方性、知识性、趣味性)办刊方针,后又强调思想性、地方性与知识性的统一。

《文化生活》属于文艺性综合副刊，其特色：一是多样化，除了杂文、群众文艺创作（主要是群众文艺创作）、影剧评介“三大件”，其他栏目很多，且是经常变化的“活栏目”；二是坚持雅俗共赏，即始终坚持面向广大读者，即使是著名专家、学者，如翦伯赞、吴晗等写的影剧和文艺作品评介文章，也都是针对群众欣赏与阅读中提出的问题，发表辅导性、引导性的评论，既专业又通俗，因而赢得了各层次读者的喜爱。

值得注意的是，1952 年 10 月，《北京妇女》杂志停刊后半年，《北京日报》另一份副刊《北京妇女》问世，共出刊 14 期。该副刊继承了《北京妇女》杂志的办刊宗旨，成为新中国成立初期维护妇女权益、帮助妇女就业、推进妇女普选的重要窗口。

《广州日报》副刊

《广州日报》是中共广州市委机关报，于 1952 年 12 月 1 日创刊，是华南地区发行量大并有广泛影响力的报纸。《广州日报》主要副刊包括综合性副刊和文艺副刊，如《珠江》副刊、《每日闲情》副刊以及《文化公园》副刊等。

文艺副刊《珠江》主要刊登纯文学和艺术作品，包括绘画、书法以及文学评论等，遵循严肃文学副刊传统。《珠江》副刊同时也刊登广告、招工信息等，以服务民众。《珠江》副刊既考虑党报的基本属性，具有党报的思想性、指导性，又从地方报纸的角度出发，具有很强的群众性、地方性和趣味性，使得本地读者在阅读报纸时产生认同感、亲切感和归属感。《广州日报》在 20 世纪 90 年代实施改革，副刊也在改革过程中不断创新，如新设《文化公园》副刊；同时，《广州日报》率先借鉴海内外市场化媒体的做法，“娱乐类”版面风生水起，1998 年又创设《每日闲情》副刊，内容包括篇幅短小的散文、书画、情感类文章、科学研究报道以及笑话等，坚持通俗性、大众化的方向，切合身处商品经济浪潮中南方市民的阅读口味，受到各个层次读者的追捧。《每日闲情》副刊的创设，增强了党报的贴近性和可读性，其追求“浅阅读”理念，拒绝“沉闷”，引起轰动示范效应。

《西安晚报·荷尖》

《西安晚报》创刊于 1953 年 7 月，是中共西安市委主办的大型城市报纸。其《荷尖》副刊创立于 1999 年 1 月，取意于宋代诗人杨万里的诗句“小荷才露尖尖角”。《荷尖》副刊是一个面向中小学生的作文栏目，专门刊发中小学生的作品。由此可见，在关注教育、关注学生群体方面，《西安晚报》是较早的。

创刊之初,《荷尖》的版面大小和时间都不固定,直到2003年才定为每周四出刊,正式成为《西安晚报》副刊的众多栏目之一。《荷尖》创办的初衷是为广大中小学生搭建一个相互交流、相互学习的平台,为学生们施展自己的写作才能提供一个园地,也让学生们能够走出课堂,开拓视野。时至今日,《荷尖》已成为《西安晚报》最具活力和吸引力的品牌栏目之一。《荷尖》内容丰富多样,至今已经开设过上百个小栏目,如"有情漫笔""心弦琴""校园酷景""荷尖论坛""快乐自由写""毕业纪念册""我的动物世界""童话船""一笑驿站""寓言新编""奇思妙想"等。《荷尖》不仅培养了一批文学"新星",让孩子们自由写作、快乐写作,学习写作技巧,有一块抒发情感、陶冶情操的文学园地,还开设了"荐书栏"倡导读书,并通过"触摸共和国""奥运自由写""我去看世园""西安我的家"等征文活动,积极引导孩子们关注社会,树立正确的人生观和价值观。《荷尖》以有爱之心关注孩子,传播正能量。正因为如此,它才始终保持了活力和社会影响力。

《解放军报·长征》

《解放军报》于1956年1月1日创刊,在及时反映我国现代化建设、传播国防知识、报道国际军事动态方面发挥着重要作用。《解放军报》最早的副刊曾定名为《文化副刊》,1961年1月6日易名为《进军号》,1962年7月2日又更名为《文化园地》,"文革"时期一度中断。恢复办刊的1975年,恰逢"长征二号"运载火箭发射"尖兵一号"成功,又逢国庆期间军、地纪念红军长征胜利40周年活动广泛开展,"长征"一时成为社会使用频率很高的词汇,《长征》副刊的刊名就此应运而生。1975年11月9日,《长征》副刊第1期面世,解放军广大官兵有了一块崭新的文艺阵地。《解放军报》是中央军委机关报,不仅是军委的喉舌,也担负着传承革命历史和解放军光荣传统的神圣使命。为此,它的副刊注定与创建新中国的老一辈无产阶级革命家结下了不解之缘。像毛泽东主席的诗作《贺新郎·别友》《七律·吊罗荣桓同志》《贺新郎·读史》,以及朱德元帅的《出太行》诗八首,刘伯承元帅的《出益州》诗四首,彭德怀元帅的诗作《忆长征》,叶剑英元帅的《西游杂咏》诗六首,徐向前元帅的散文《正气常伴晓峰青》,聂荣臻元帅的散文《战华北》,肖华将军的《继续长征歌》等多篇作品,都相继在此发表。

《长征》副刊的一大特色是军旅文学,像《血染的风采》《咱当兵的人》等一批优秀之作,都是经军报副刊推介后唱红大江南北，成为社会主义文化艺术长廊中的珍品。史光柱、丁晓兵、徐洪刚等运用文学创作抒写英雄情怀，成果丰硕；王海鸰、铁竹伟、庞天舒、马继红等一些女军人，从普通女兵成长为著名军旅作家，也无不倾注着副刊编辑发现和培养的满腔心血。面向基层、面向士兵，抒大爱之情、发时代强音，历来是《长征》副刊的办刊宗旨。董必武、陈毅、陶铸、郭沫若、胡乔木等人的作品也多次发表在《长征》副刊上。文艺评论、杂文言谈一直是《长征》副刊的旗帜。植根部队实践，书写英雄诗篇，挖掘重大典型，讴歌基层人物，令《长征》副刊厚重、丰富而深刻。2013 年，《长征》副刊设立了一个生动活泼讲述官兵自己故事的专栏“故事兵阵”。这个“格调向上、眼睛向下”的专栏，将最具吸引力和文学性的故事奉献给读者，受到基层官兵的热烈欢迎，并被评为“全国报纸副刊最佳专栏”。

除此之外，《长征》副刊还先后开设“传统撷珍”栏目，聚焦优秀传统文化经典；开设“红色基因”栏目，聚焦我军红色文化传承；开设“永恒的精神丰碑”栏目，聚焦人民军队 90 多年来凝铸的精神谱系；打造“军史发现”专栏，让更多人了解人民军队的苦难与辉煌……现在的《长征》副刊，正由文艺副刊向文化副刊的方向拓展。

《南京日报·雨花石》

《南京日报》创刊于 1956 年，是中共南京市委机关报，亦是南京地区的主流媒体。20 世纪 70 年代末，《南京日报》复刊。不久，《南京日报》文学副刊《雨花》创刊，一年后更名为《雨花石》，并一直延续至今。20 世纪 80 年代初期的《雨花石》常在周二、周五刊出，占据一个版面，刊发小说、散文、诗歌、报告文学、文学评论、历史逸闻、漫画、杂文、随笔、寓言等。陆续开设了“金陵漫话”“石城掌故”“叙写电视剧”“作家接龙写连载”“微型报告文学”等专栏，不少作者从《雨花石》起步而跃入文坛。如今的《雨花石》副刊，出刊时间及所占版面不定，以刊发短小的反映现实生活新鲜人、新鲜事的叙事散文以及哲理散文为主，此外还刊发文化评论和教育学、心理学内容等。

《西藏日报》副刊

《西藏日报》是中共西藏自治区委员会机关报，于 1956 年 4 月 22 日创刊，是西藏和平解放后的第一份日报。该报以藏、汉文出版，对开四版，在宣传党的方针、政策，维护社会稳定，促进经济发展，指导人们生活等方面起了重要的作用。《雪莲花》是《西藏日报》文艺副刊，从刊名到栏目内容都体现了鲜明的民族风格。副刊采用的稿件中的85%以上是当地作者或外地作者撰写的与西藏有关的文学作品。每期《雪莲花》刊登内容基本包括散文、诗歌、图片、绘画欣赏等,内容与西藏的风俗民情、历史人物、艺术文学相关,充满民族韵味。2016年7月1日起,《西藏日报》将每周的文艺副刊版面由一版增加到两版,分别为《副刊·文学》和《副刊·艺术》,刊发内容丰富了一倍,以推出更多的本土文学和书法、摄影、绘画等艺术作品。副刊在版面设置上着重突出西藏地域特色,增加了"文化视点""西藏风物""地方风情"等栏目。

《解放日报·朝花》

《解放日报》的《朝花》副刊是综合性文艺副刊,于1956年9月20日创刊,整合了《解放日报》原先的"解放文艺"和"文化与生活"两个版面。1956年12月6日,《朝花》创办,刊名取自鲁迅的《朝花夕拾》。《朝花》创办于党中央提出"双百"方针之际,所以创办之初就具有鲜明的个性特征,发表了大量观点鲜明的议论性文章。"文革"期间,《朝花》于1966年5月停刊,曾一度改名为《看今朝》,1978年7月2日恢复《朝花》刊名。1992年6月,《解放日报》扩版,《朝花》一周三次刊出,创办了大量征文比赛,如"今日江南征文""我与朝花征文"等。

21世纪以来,《解放日报》成立了报业集团,《朝花》结集出版了《朝花作品精选(1996—1999)》,在内容上更追求时代特征,版面也更现代化。2005年,《朝花》入选首批"上海媒体优秀品牌",其栏目"意味故事"被评为全国报纸副刊专栏一等奖。2014年,《朝花》推出了微信公众号"朝花时文",每日推送,成为碎片化阅读时代每天一瓣心香的"朝之花"。《朝花》副刊的高品位、不媚俗、不偏不倚、保持独立姿态,形成了特有的庄重感和书香气,历经几十年来,成为颇受读者和作者信赖的副刊品牌。

《羊城晚报》副刊

1957年10月1日,《羊城晚报》创刊,在《创刊的话》中这样写道:"它是为了实现广州市知识界关于扩大争鸣园地的要求,在中共广东省委会指示下筹办的。……本报虽然篇幅有限,容纳不了巨制鸿篇,但也提供了必要的篇幅,以为争鸣园地。……所有这些只是为了使自己同现在广州出版的两张日报有所分工,并作为这两张党的机关报的辅助和补充。"《羊城晚报》以广大市民为读者对象,每日对开四版,其中两版副刊:一是文学副刊《花地》,一是综合性副刊《晚会》。1961年2月1日至1965年6月,因国家经济困难，为节约纸张，《羊城晚报》与《广州日报》合并，《广州日报》停刊，《羊城晚报》作为广州市委机关报继续出版。1965年7月1日至1966年9月1日，经中共中央中南局第一书记陶铸建议，《羊城晚报》重新独立，成为中南局主管的报纸。1966年9月1日至12月13日，受“文化大革命”的影响，《羊城晚报》改名为充满革命色彩的《红卫报》，这时的《羊城晚报》已名存而实亡。新时期，《羊城晚报》恢复正常办刊，重新标举《花地》《晚会》两大副刊品牌，其中《花地》副刊的版面非常有特色。

《花地》以文章体裁形式进行规划，这在全国报纸副刊中十分少见。周一，为花地小小说；周二，为花地散文；周三，为大家小品；周四，为花地纪实及民间语文；周五，为心灵驿站……2010年，《羊城晚报》因应“人文大报”的定位，将周六的《晚会》扩展为八大版的《博闻周刊》、周日的《花地》扩展为六大版的《人文周刊》。《博闻周刊》以“为新闻做好历史的解读，为文化增加现实的热度”为要求，动抓社会热点，静抓本土文化。《人文周刊》高扬人文精神的旗帜，以“思想的阵地、文化的先锋”为要旨，以文化批评、名家访谈等版块对热点文化话题进行深入报道、权威点评。2013年，《人文周刊》又推出了“重估文化大家”系列报道，通过对王蒙、周国平、南怀瑾、莫言、易中天等人的重新解读、评价，对他们的文化成就进行客观理性的重估，引发人们对热点文化现象及文化问题的冷思考。

此外，《花地》近年鼎力打造“花地文学榜”，繁衍系列文学奖；强势推出“广东文艺评论提升计划”，建设高端文艺评论平台，努力将自身办成一份具有人文特色的岭南文化报。

《光明日报》副刊

《光明日报》文艺副刊创刊之初是以《朝阳》的名字面世的，后相继更名为《收获》《文艺生活》等，其后又正式更名为《东风》，前后时间跨度长达40年。《东风》在1958年1月创刊，又于1959年6月改版，被确定为“思想性、文化性、艺术性、知识性”的副刊，版面也由原来的每周三期三分之一版扩充为整版。《东风》副刊改版后，深受知名人士、著名作家和广大知识界的支持，发表过如董必武、叶剑英、谢觉哉等老一辈革命家撰写的稿件，发表过郭沫若、邓拓、王昆仑、赵朴初等文化大家的作品，也刊登过梅兰芳、荀慧生、侯宝林、马连良、姜妙香等著名艺术大家的谈艺录。毛泽东主席酷爱读《东风》副刊，更被传为一段佳话。《东风》副刊主打“杂感”“政论”“漫谈”等栏目，同时刊载旧体诗词、戏剧剧种相关文章、科学小品、小说、古典文学研究和赏析文章、美术作品等。《东风》副刊在“文革”中曾一度停办，在拨乱反正和进入改革开放时期后又焕发了新的生机，发表了大量有号召性和影响力的作品，如王安忆的《老师》、艾青的《迎接一个迷人的春天》、贾平凹的《结婚》、王蒙的《夜的眼》、张洁的《捡麦穗》等。

20世纪末，《光明日报》副刊改名为《文荟》，继承《东风》副刊“名家名作，兼容并蓄”的宗旨，同时跟随时代推陈出新，为读者提供了一个思想交流、自由言论的开放平台。2012年初，《光明日报》扩版，每周增加八个版《光明文化周末》。《光明文化周末》分《文荟》和《艺荟》两个周刊，其中，《文荟》于2012年1月6日首次出版，较为突出地体现了《光明日报》“大文化”“大副刊”的办刊理念，不为单纯的文学所拘泥限制，而是用文化散文、学术随笔等形式，以生动活泼的界面风格对优秀文化进行介绍与传播，以独到的文化视角对文学现象进行观察与思考。“作品”版着力延展副刊触角，刊登大量小说、非虚构等作品，提倡现实主义精神，倡导作家担负起对社会和时代应尽的关怀与人文责任。“大观”版延续了传统副刊的风格，呈现了大量题材多样、篇幅精短的散文，其中短散文玲珑娟秀，自成其趣，在当时纷乱繁杂的时代争妍绽放，蔚为大观。“雅趣”版的定位成为时代精神的风标，透过一壶一画、一书一琴等器物折射哲人的气质思考，管窥当今文人的趣味。2014年1月7日，《光明日报》又推出涵盖《文学评论》《艺术评论》和《图书评论》三个专刊的《文化评论周刊》，每周一刊发。《文化评论周刊》以拓宽视野、发掘深度，呼唤健康、及物、有效的文化批评，为当下热点文化现象把脉，时至今日已成为一份有广泛影响的文化评论专刊。

《宁夏日报·六盘山》

《宁夏日报》是宁夏回族自治区党委机关报，于1958年8月1日创刊，是宁夏地区最具权威性的报纸。该报历史上曾有两次创刊，是我国少有的两次创刊的省级党委机关报。《宁夏日报》作为少数民族地区党报，多为对开十六版，逢周六、周日为四版。《六盘山》是《宁夏日报》副刊，最初叫《青春》，1965年改为《六盘山》，是《宁夏日报》的一块文艺阵地，至今已创办50余年。

正常情况下，《六盘山》副刊每周刊出一期，作品以散文、诗歌、杂文、微型小说、报告文学、文学批评等文体为主，同时刊载书法、国画、油画、版画、漫画等美术作品。该刊利用文艺形式宣传党在各个时期的政策，不仅活跃了人民的生活，还丰富了群众的知识。

1979年起，《六盘山》固定为周刊，版面也有突出改进，内容丰富，栏目新颖，文字生动活泼，有鲜明的时代气息。其中，“新绿”专栏，专门发表文学新人的作品，很受初学写作者的欢迎；“我爱宁夏”专栏，从各个方面畅谈作者对宁夏从陌生到热爱的感受，文字亲切感人；“开拓前进”报告文学专栏，为时代英雄谱歌，给普通人立传，为祖国建设吹响进军号角。除此之外，副刊还设有“争鸣园地”“艺苑漫步”“戏剧杂谈”“舞台人物”“文艺欣赏”“文艺短评”“文学窗口”“文坛轶事”“杂感录”“春光曲”“塞上颂”“回族民间故事”等栏目。《六盘山》关于回族文学问题的讨论，对推动回族文学创作和研究起到了积极作用。

《大众日报·丰收》

1958年3月12日，《大众日报》创办《丰收》副刊，此前的《大众日报》副刊曾用《文艺》《文化生活》等名，主要发表小说和散文，文学性比较强，但作为报纸的副刊却不够鲜活生动，与现实生活的联系不够紧密，改版后的副刊定名《丰收》，寓意齐鲁大地文学艺术、文化事业将在新的岁月里百花竞荣，符合山东内敛朴实的文化性格。《丰收》为周二刊或周一刊。1967年至1978年，受“左”的影响，《丰收》副刊曾一度改为《换新天》和不挂刊头的文艺版、《战地》副刊。1979年2月恢复《丰收》刊名。《丰收》副刊的主旨是贯彻执行共产党的文艺路线、方针、政策，歌颂各条战线上涌现出的模范人物和先进事迹，反映时代生活，培植新的道德风尚。因而，它除配合党的中心工作，还突出“短、小、新、趣”的特色，熔“文艺性、知识性、欣赏性、趣味性”于一炉。《丰收》副刊的报道形式为小说、散文、诗歌、文艺通讯、特写、故事、曲艺等，还设有“杂谈”“短论”“文艺笔谈”“百花园”“影与剧”“知识小品”“游记”“文化简讯”等专栏。除发表文稿，还配发国画、书法、漫画等，版面力求图文并茂，引人入胜。

近年来，《丰收》副刊进一步提出“走基层：溯本求源、涵养本源”“转作风：以人为本，提升本领”“改文风：大道至简，筑牢本心”，让诞生于革命年代中的副刊“从哪里来，到哪里去”，回归基层、回归群众，努力办成人民群众满意的接地气刊物。

《北京晚报·五色土》

《北京晚报》创刊于1958年3月15日，是集新闻性、知识性、趣味性于一体的小型综合性晚报。创刊号上《第一封信——代发刊词》中写道：“这是一张小型的通俗的晚报。它将以生动活泼、图文并茂、短小通俗的形式，来宣传党和政府的方针政策，进行社会主义教育，反映群众的生产、工作、生活、思想的动态。这张报纸是办给广大城市居民看的，工人、店员、干部、学生、手工业社员、街道居民和家庭妇女，都是这张晚报的对象。同时，晚报还必须补日报之不足，更多地反映各区、中小工厂、基层商店、手工业社、中小学、街道和家庭各方面的工作状况和群众生活面貌。”《北京晚报》四开四版，其中两版新闻，两版副刊：第2版是综合性文艺性副刊《五色土》（后移到第3版）；第3版是7个专刊，每天轮流与读者见面。《北京晚报》受北京市委和《北京日报》编委领导，总编辑范瑾，副主编顾行，《五色土》编辑有刘孟洪、周游等人。1961年3月19日至1962年9月2日，时任中共北京市委文教书记的邓拓在《北京晚报》开设杂文专栏“燕山夜话”，共发表了153篇杂文。

《五色土》的命名源于北京中山公园社稷坛的五色土，土呈五色，故名五色土。报如其名，根植于北京最深的文化土壤，京城人京城事向来是《五色土》的主角。浓郁的地方风味是使之流传于京城街头巷尾的重要因素。副刊《五色土》的常见栏目有“书乡”“作文”“人文”“墨缘”“艺评”“闲事”“品读”“文史”“记录”“连载”“漫画”“知道”“艺趣”“家”“旅游”“教育周刊”等数十个。有的栏目出现较多，如“连载”“品读”“漫画”等；有的栏目则不规律刊登，如“墨缘”“记录”等，仅在有相关稿件刊出时使用此类栏目。此外，还会有一些栏目固定周期刊登，如周四的“作文”、周五的“书乡”、周六的“知道”、周日的“家”等。

2015年起，《北京晚报》进行结构调整，每期分为“要读”“选读”“品读”三叠，《五色土》被收入“品读”一叠。《五色土》的版面也进行了微调：保留了“闲事”“文史”“墨缘”等原有栏目，增加了“书乡”“品读”等新栏目；适度减少了现代感、都市感较强的稿件，增加了文史哲内容的比例，体现了向文艺性回归的趋势。

《武汉晚报》副刊

《武汉晚报》创刊于1961年5月1日，是我国创办最早的几家晚报之一，报头由董必武题写。2003年12月28日，《长江日报》和《武汉晚报》强强联手，组建长江日报报业集团，2004年，《武汉晚报》全新扩版，在江城媒体中独领风骚。《武汉晚报》主要有《楚才作文》《美文·连载》《人间有味》几个文艺副刊。其中，《楚才作文》副刊于1985年左右正式出刊，发刊的时间不固定，主要刊载中小学生的优秀作文。

“楚才”是湖北省的著名商标，武汉国际中小学生楚才作文竞赛由长江日报报业集团主办，自1985年开赛以来，不断超越地域概念，走向中国、走向世界。《楚才作文》副刊不仅面向湖北省而且面向全国广泛征稿，成为全国中小学生展示自我写作才能的平台。

《美文·连载》副刊于2012年7月9日正式作为副刊发刊，版面和发刊时间不固定，有时只刊发连载，不发美文；有时美文和连载占用两个版面。作为副刊正式发刊前，“美文”与“开心”共用一个版面，雅俗共赏，别有情趣；直至2012年7月，才分版刊发。《美文·连载》作为正式副刊独占一个版面，分为“美文”和“连载”两部分。其中，“美文”多选用一些生活随感类作品，贴近日常生活；“连载”多为小说连载，吸引读者阅读。

《人间有味》副刊取意于宋代苏轼的《浣溪沙》词“人间有味是清欢”。所谓人生真正有味道的是清淡的欢愉，这奠定了该刊的审美趣味和总体格调是清新温暖的。《人间有味》作为副刊的正式出刊时间为2017年12月20日。该刊的发刊时间不太固定，刚开始每周一出一期，版面多安排在第13版或第14版的位置。刊发的文章内容多与生活相关，生活气息浓郁，充满温馨与温情，主要有“三镇故事”“活出美味”“舌尖记忆”“贵在远行”“味觉八卦”等栏目。每篇文章开头部分还配有作者的简笔肖像画，别出心裁，颇为有趣。

《春城晚报》副刊

《春城晚报》创刊于1980年1月1日，是改革开放后国内首家新创办的晚报，“旗帜鲜明的评论，丰富多彩的副刊”被认为是《春城晚报》的两大亮点。多年来，《春城晚报》先后举办了《大观》《科学天地》《山茶》《花甸》《小橘灯》《春晓》等十多种以文学性副刊为主、内容各有侧重的副刊。这使该报一度成为全国副刊版面最多的报纸之一。创刊伊始，《春城晚报》共有四个版面，其中副刊占一整版。《春城晚报》副刊除星期六休刊，一周出版6期，发刊周期稳定，版面位置在第3版或第4版，是当时晚报除了新闻、评论之外的重要组成部分。在时代变迁中，《春城晚报》副刊构建了自己独特的文化品位，副刊内容一再转变，从最先的休闲娱乐到宣传社会主义思想，再到注重满足群众的生活需要，呈现出与社会现实相对应的不同面貌，从而广受读者喜爱。

《深圳特区报》副刊

《深圳特区报》创刊于1982年5月24日，是深圳市委机关报及深圳经济特区第一大报。2011年11月23日，《深圳特区报》在整合现有的文化、娱乐、周刊版面资源的基础上推出“大副刊”版块《人文天地》，并由饶宗颐先生题写刊头“人文天地”,沿用至今。

《人文天地》每周一到周五刊出,一般按栏目不同占据 A15、A16、A15、A16、B01、B02、B03 等版面。《人文天地》副刊以“为我们的时代立心”为宗旨,注重文化定位,多关注和报道国内外文化事件,刊登名家名作,形成了较为完整、鲜明的党报文化副刊特色。《人文天地》先后推出了“首发”“光影志”“爱乐坊”“文学苑”“窗外风”等版面。近年来,《人文天地》陆续推出“人文天地 · 综艺”“人文天地 · 读与思”“人文天地 · 视觉廊”等新栏目。一批著名作家曾在此发文,如于坚、韩东、杨争光、肖复兴等。《前海》副刊亦是其中重要的副刊栏目之一,一般在每周三、周四刊出,占据 B03 版。《前海》副刊以刊发散文为主,集聚了一批海内外优秀作者,成为国内有影响的散文发表园地。

《福州晚报 · 兰花圃》

《福州晚报》创刊于 1982 年 1 月 1 日,是在中共福州市委领导下的重要党报和面向市民的综合性报纸,是福州创刊最早、历史最为悠久、最具权威性和影响力的综合性都市生活大报,注重人为本、家为根,小社会、大文化,以贴近市民、关注生活焦点、服务百姓为宗旨。福州兰花圃在福州家喻户晓,因朱德元帅视察福州西湖公园兰花圃(当时称“兰苑”),并赠花、题字、赠书而闻名。“兰苑”由于朱德元帅赠送“兰花圃”字幅而更名为“兰花圃”,成为福州特色。《兰花圃》副刊于每周二发刊,是《福州晚报》的特色栏目,以文艺性见长,题头“兰花圃”三字由中国当代著名书画家启功所题。20 世纪 90 年代,习近平同志到福州工作后,曾推动《福州晚报》两次扩版,并建议副刊《兰花圃》贯彻延揽名家的方针。著名作家秦牧、郭风等都曾在《兰花圃》开设专栏。《兰花圃》设有“灯下漫笔”“履痕觅芳”“心灵语丝”“名家新作”“作家大观园”“夜话”等栏目,不仅刊载散文、美文并配有摄影作品,还发表对社会时事的评论文章等,内容丰富多样,很受读者欢迎。

《经济日报 · 周末》

《经济日报》是以经济报道为主的全国性综合性报纸,于 1983 年 1 月 1 日在北京创刊。1978 年 7 月原《大公报》一部分工作人员为主,创办《财贸战线报》,1981 年改名为《中国财贸报》。《经济日报》就是在此基础上创办的。《周末》为《经济日报》综合性副刊,该副刊力求从经济的角度切入,关注人们的休闲生活,反映文化中的经济现象,探究经济中的文化蕴涵,即透过经济视角,传递人文关怀。

《周末》副刊着眼于反映经济变革中人们的心态、感受，关注经济中的“人”，比如关于住房制度改革问题，1998年，《周末》曾刊发《抢搭“末班车”，谁解其中味》，聚焦经济现象下的人间百态。目前，《周末》的栏目设有“思语”“谈今”“世说”“乐活”“味道”“文物品鉴”等版块。

《今晚报》副刊

天津《今晚报》于1984年7月1日创刊，由邓小平题写报头，彭真、邓颖超题词。《今晚报》最早可追溯至1946年7月31日的《新生晚报》，时任社长是常小川，发起人和第一任总编辑是张道良，随后约请马际融任总编辑。1949年1月18日，《新生晚报》停刊，1949年3月《新生晚报》复刊，1952年夏，更名为《新晚报》继续出版，贺照担任总编辑，副刊坚持“杂俎”的方针，至1960年6月30日停刊。1960年7月1日，《新晚报》和《天津工人报》《天津青年报》合并为《天津晚报》，《创刊词》称：“天津晚报是中共天津市委领导下的一张综合性的报纸，以城市人民为主要对象。它将遵照党的建设社会主义的总路线，围绕党的各个时期的中心工作，配合和辅助天津日报宣传党的路线、方针政策，反映和促进社会主义革命和建设的发展，向全市劳动人民进行社会主义和共产主义教育。”1967年1月7日，《天津晚报》停刊。1983年，天津市委决定恢复出版《天津晚报》，定名为《今晚报》。报纸获得新生，并很快成为中国晚报界“四大名旦”之一。李夫任总编辑，提出“它不正襟危坐，作夸夸其谈之说教，而愿与知己推心置腹、促膝谈心；它不捕风捉影，说假话，唱高调，而求切实论说，言之凿凿，不尚空谈……做宣传于谈天说地之际，寓教育于潜移默化之中，斯其途”的办报思想。

《今晚报》以“愿为读者灯下客”为办报宗旨，坚持时效性、趣味性、服务性，四开四版，每周六出八版。第3版为《今晚副刊》，辟有“肝胆篇”“日知录”“长篇连载”等专栏。“肝胆篇”是《今晚报》副刊的重要品牌栏目，文人笔墨，点评时事，曾获全国报纸副刊专栏一等奖。2020年，《今晚报》副刊“津沽”版新辟“故事天津”栏目，专门发一些老百姓自己撰写的回忆文章或个人自述（口述史），主要讲述“大历史背景中的小人物故事”，受到广泛好评。

《四川日报·天府周末》

1982年1月6日，《四川日报》创办了综合性文艺副刊《思想·知识·生活》。1984年10月6日，《思想·知识·生活》为《天府周末》替代。1985年3月9日，《天府周末》

副刊正式创立并延续至今。初期的《天府周末》一般于周六出版，版面位置是第2版、第3版。内容上，在一般性的生活、体育、卫生、娱乐之外，还涉及文史知识、天文地理、自然奇闻等内容，并陆续设置了“周末专访”“新案选登”“巴蜀之谜”“天府之星”等栏目，其中一些栏目吸引了读者眼球，甚至引发了一定的社会效应。1986年，“巴蜀之谜”栏目便获得四川省全省好新闻评选专栏一等奖。

如今的《天府周末》于周五出版，版面位置不定，主要设置栏目为“城事”“原上草”“文化潮”“巴蜀文化大家”等，主要刊发四川名人传记、川籍作家作品、巴蜀文化介绍等。相对于以往而言，栏目涉及内容更加集中化。这些栏目多刊发四川的自然地理、风土人情，并推介巴蜀传统文化和名人大家，使《天府周末》形成了浓厚的地域性特色。如《天府周末》副刊“大家看名人”专栏，迄今已邀请余秋雨、阿来、祝勇等著名作家、学者，讲述杜甫、苏轼、大禹等历史名人的生动事迹，受到很多读者的喜爱，在传承四川优秀历史文脉方面发挥了重要作用。

《重庆晚报 · 夜雨》

1985年5月1日，《重庆晚报》创刊，为四开四版，其中的第3版即为副刊《夜雨》。1985年5月10日，《重庆日报》的“征订启事”这样说道：“《夜雨》综合副刊兼有文艺性、知识性和趣味性。中外古今、八方杂汇、短小精悍、富于文彩和生活情趣。”由此可见当时《夜雨》副刊的自我定位。初期的《夜雨》主要刊载小说、诗歌、散文等文学作品和绘画、书法、篆刻、摄影等艺术作品，显示了初期注重文艺性和知识性的特点。20世纪80年代末，《夜雨》内容涉及更加广泛，开设了“寻常百姓”“一周笔会”“龙门阵”“文学窗”“风光好”“新编故事”“灯下漫笔”“重庆今昔”等诸多栏目。之后，《夜雨》副刊基本保持文艺淡雅的办刊风格，内容主要包括散文、随笔、诗歌、小说、字画、篆刻、摄影等。如今的《夜雨》副刊设有“感悟故事”“世相”“小品”“记忆”“心香”“逸事”等栏目，所开设的“夜雨名人”栏目已有苏童、贾平凹、毕淑敏、迟子建等文学名家在此开设专栏，依旧保持着浓厚的文学性和艺术性的氛围。

《拉萨日报 · 文化体育》

《拉萨日报》社原有的《拉萨晚报》创刊于1985年7月1日，为中共拉萨市委机关报，走过32个春秋后正式告别。2017年7月1日，西藏首府拉萨首家党报《拉萨日报》正式创刊，并于当日出版藏汉文版试刊,《拉萨日报》(汉文版)为市委机关报。其创刊号中写道:“新的起点,将不忘初心,时刻牢记办报宗旨,坚持党的领导,坚持马克思主义新闻观,坚持正确舆论导向,坚持‘三贴近’,始终铭记主流媒体的职责使命,与党和人民同心同德、同心同向、同心同行,大力宣传党的理论路线方针政策和市委市政府重大决策部署,真实反映人民群众的心声,忠实记录拉萨经济社会的新发展、人民生活的新变化,以真情实感讲好拉萨故事,传播好党的声音,创作出‘飘糌粑香、冒酥油味、展高原美’的新闻作品,自觉做建设团结美丽健康幸福新拉萨的坚定推动者,将《拉萨日报》打造成宣传拉萨新形象、展示拉萨新面貌的一张靓丽名片。”副刊《文化体育》主要报道国内国际文化、体育方面的重大新闻。副刊版页主要在第7版,刊登散文、诗歌、书法、绘画等,内容与拉萨紧密相关,如《雪中的布达拉宫》《去拉萨》等。其中的书法作品亦有藏文展示,体现出拉萨特色。

《扬子晚报·繁星》

《扬子晚报》为江苏省级报刊,是中国发行量最大的晚报都市报,于1986年1月1日创刊。由中国共产党江苏省委员会直属事业单位新华日报社主办,中共江苏省委宣传部主管,隶属江苏省属国有企业新华报业传媒集团。“扬子晚报”四个字由胡耀邦亲笔题写。《扬子晚报》的副刊《繁星》贴近读者的思想与生活,反映大千世界的人情百态,设有“生活浪花”“海外一瞥”“钟山夜谭”“我的故事”“随感录”等近30个栏目,内容既有名人的苦乐,又有百姓的悲欢;既有国外的迷离风情,也有乡镇的民间传说,文约意丰,短小精悍。《繁星》副刊的作者队伍不分地域,不论资历,名家与新人均能凭好文章获得一席之地,如沈阳的栖云,成都的高虹、邓贤,杭州的陆苏、兰心,徐州的靳敏,南京的柔桑、黛诺等,都由新人成为文学新秀。《扬子晚报·繁星》以文学副刊的指导性、可读性和审美性引起广大读者的共鸣并有所受益。

《钱江晚报·全民阅读》

《钱江晚报》创刊于1987年,是浙江省唯一的省级晚报。2009年11月1日,《钱江晚报》推出《全民阅读周刊》,以读书周刊的形式打造了一份“雅俗共赏”的都市报副刊。《全民阅读周刊》每周日出版,在2009年11月刚推出时共八个版,2011年5月起扩增至十六个版,从2013年4月起至今又恢复到八个版。除节假日特刊,版面内容均为固定版面,包括“专题报道”“一种关注”“晚潮”“一周阅读”等;不固定版面包括“读书会”“读吧”等。《全民阅读周刊》在编辑理念和操作方式上大胆创新,加入专题报道、活动策划、特稿等各种新鲜元素,同时又不忘副刊的人文关怀和社会责任,向读者宣扬阅读的理念。

《齐鲁晚报·青未了》

《齐鲁晚报》于 1988 年 1 月 1 日创刊,是山东省大众报业集团主办的唯一一份省级综合性晚报,由邓小平亲自题写报头。创刊以来,《齐鲁晚报》几乎每期都有副刊版面,但每周的副刊没有名称,只是以“青未了”“文学岛”“人间”“读书”等为版面主题集中刊发文章。1999 年,《齐鲁晚报》副刊才有了固定名称,即《青未了》。《青未了》副刊在每周的周一、周二、周三、周六刊发。“青未了”取意于杜甫的《望岳》中的诗句“岱宗夫如何,齐鲁青未了”,彰显了齐鲁文化厚德载物的气魄。2000 年起,《齐鲁晚报》副刊正式定名为《青未了》。2013 年下半年,《齐鲁晚报》进行新一轮改版,以新闻、服务、人文为报纸内容的三大主线,《青未了》承载的便是人文内涵。

《青未了》副刊是《齐鲁晚报》的品牌栏目,以“为读者服务,与读者俱进”为办报宗旨,以“文艺性”为特性,“讲究文化品位,雅俗共赏而不媚俗”,一直注重为省内外的文艺爱好者打造人文家园,包含“写作”“随笔”“人文齐鲁”“书坊”“心理”等多个版块,深受广大读者的喜爱。该副刊以文学元素为主,逐步向新闻、文化、历史、社会等多元素为一体的人文副刊转型。“青未了·写作”和“随笔”常常发表的是散文和杂文,也会有诗歌、小品文;“青未了·人文齐鲁”常用主题式系列报道的方式展示齐鲁鲜明的地域特色;“青未了·书坊”聚焦阅读,多以书摘、书评来呈现,内容多是围绕书籍和美文,也利用书籍为版面增添了新意;“青未了·心理”主要关注大众的心理问题,贴近社会现实,贴近人民生活。《青未了》副刊对文化性的追求,充分体现了《齐鲁晚报》的“三人”特色,即人本精神、人文特征和人道基调。

《新安晚报》副刊

《新安晚报》于 1993 年 1 月 1 日创刊,既是安徽日报报业集团主办的省级晚报,也是安徽省发行量最大、影响力最广的都市报。2010 年,媒介融合中的《新安晚报》成立网站。作为中国十大晚报之一,《新安晚报》一贯坚持“为老百姓办,给老百姓看”的办报宗旨。《新安晚报》曾设有副刊《专副刊》《8 周刊》《文学之舟》

《人生百味》等，现改为《城事》《悦读》《花季》等副刊。改版的副刊显示了“为老百姓办，给老百姓看”的浓厚本土特色。

副刊每周一至周五刊出，其中《悦读》多在A15版，刊载的文章多为书评，诸如《红楼梦》、《童年与故乡》（古尔布兰生）等名著的书评；《城事》多在A16版，每期占据一个版面；《城事》所刊载文章多以散文为主，且大都为安徽本土读者所写，体现了《新安晚报》“为老百姓办”的取向，在接地气的同时展现了浓郁的地域风采和本土感染力。

《金陵晚报》副刊

《金陵晚报》是南京日报报业集团主办的一张综合型都市类报纸，创刊于1993年1月1日，时名为《金陵时报》；1994年1月1日起改名为《金陵晚报》。《金陵晚报》立足南京发展，副刊《老南京》主要刊登具有南京地域特征的人物典故、社会趣事、历史纪实、城市文化等内容，汇聚地方特色，追忆古朴岁月。副刊《老南京》一般采用典型策划、专题策划。其中，专题策划或针对某个社会热门话题和社会舆论的疑点、焦点、难点，组织有针对性的稿件，以引起轰动效应；或追求报道的全面性和完整性，有必要就进行多期的报道，如对“郑和十谜”的策划。副刊《石头记》则借曹雪芹《红楼梦》的别名，刊登内容多将南京的历史典故与市民关注的衣食住行等结合在一起，充分挖掘六朝古都的风貌和人情，满足读者求知欲的同时富于趣味性，如《朱元璋也怕方言：明代的南京普通话怎么说?》《别掩饰：400年前南京人的吃货属性就已经暴露了》《古诗词里的南京，竟然这么美》等。

《新华每日电讯·草地》

《新华每日电讯》创刊于1993年1月1日，是由新华通讯社出版的日报。《新华每日电讯》以新华社记者采写的综合性新闻为主，以大量新鲜的事实和犀利的舆论监督报道见长。日常出版八个版面，周五随报赠送新锐四版副刊《草地周刊》以及四版文摘《新华视界》。《草地周刊》创刊于2010年，是新华社的第一份副刊，每周五刊出一期，每期四个版面。其发刊词《有生命力的阅读》中说道：“《草地》所载，有人的思考，有思考中的人；有人的故事，有故事中的人；有人的历史，有历史中的人；有人的话题，有话题中的人；有人的成长，有成长中的人……”如其所述，《草地》副刊整合了人物、历史、生活随感等内容，设置了“说人解史”“不动声色（随感）”“神州风物”等专栏。这些专栏既在叙述历史人物题材时注重与当下社会情景相结合，又多聚焦时下社会事件和劳动者，使得《草地》副刊文章多带有时效性、引领性和历史感。

《华西都市报 · 宽窄巷》

《华西都市报》创刊于 1995 年 1 月 1 日，由四川日报报业集团主管主办，是中国第一份都市报，因全面系统地创立了报纸市场化的运作理念和全新的竞争策略，开启了中国报业的“都市报时代”，荣获“中国报业创新奖”。2014 年 10 月 11 日，《华西都市报》的《大周末》副刊改为《宽窄巷》。《宽窄巷》的名字取自最具成都特色的清朝古街道宽窄巷子，同时也是公认的“最成都”的文化符号。更重要的是，《宽窄巷》是执着艺术、传承文化的最好代表。副刊所刊载的内容包括一般文学作品、人物传记、好物推荐、诗词鉴赏等类型，具有鲜明的地方特色、浓厚的文化历史气息。例如，《宽窄巷》的“语闻成都”，透露多元文化下的趣味成都，展示成都的多类型生活；“城市笔记”通过文字记录成都的城市变迁；“市民档案”以最新新闻热点为切入点，关注成都人最关注的时事；“四川发现”主打考古，深层次地对地域文化进行挖掘；“剧透”则是对近期深受追捧的电视剧、电影、综艺等进行分析和综述。刊载文章以四川本地为主，兼收国内其他地区和国外文章，具有开放性。《宽窄巷》副刊不仅刊登作家学者的文章，也有“少年派”栏目刊登中小学生的文章，贴近读者，有很强的亲和力。

近年来，《宽窄巷》以本土文化为养分，在挖掘当地文脉的同时关注市民热点，增强了地域文化景观的独特性；面对媒体生态环境的变化，与时俱进，利用互联网加大传播影响力；深入分析图文主次，合理安排版面，为其成功树立文化品牌进行了助力。《宽窄巷》的发展不仅是对文化的传承，而且是对未来纸媒文化发展的开拓，树立了副刊成功发展的一面旗帜。

《大河报 · 茶坊》

《大河报》于 1995 年 8 月 1 日创刊，是河南日报报业集团主办的一份以“关切民生、倡导时尚、贴近生活、服务大众”为宗旨的综合性都市日报。《茶坊》副刊自诞生之日起就以明晰的定位、平民化的视角、朴素温馨的风格独树一帜。它选准人们日常生活中情感指向的聚焦点，及时推出各种颇具亮色的“专题”，如圣诞节、母亲节、情人节、春节等，为众多的读者提供一隅畅所欲言而又幽深恬静的“茶坊”空间。这样一块关注“隐秘意义”的“芳草地”，选登内容青睐个人事件中的个人情感，细腻真诚，透出玲珑剔透的美感，同时敢于以媒体的良知和责任心真实发声，鞭挞和揭露生活中的一些丑恶现象。近年来，经过对原有副刊架构的全新整合，《茶坊》作为文化周刊《河之洲》的重要版面，以名家名篇与小小说隔周出版的新颖模式，深受读者欢迎，同时又吸引了大量作家投稿。《大河报·评说》副刊版面则多围绕社会热点话题进行评论，包罗万象且突出深度与原创，内容或厚重或轻巧，力求通过文字评说的表现力传承中华优秀传统文化、传播河南特色文化之美。

《楚天都市报》副刊

《楚天都市报》创刊于 1997 年 1 月 1 日，是湖北日报传媒集团创办的首份都市类报纸。《楚天都市报》创刊以来，秉承“责任媒体，百姓情怀”的办报理念，全心全意为市民服务，迅速壮大为日发行量超百万份的主流大报，是湖北省重要的文化品牌，在读者中广泛享有“大事看楚天、服务看楚天、监督看楚天、活动看楚天、深度看楚天”的美誉。《楚天都市报》的副刊《阅读周刊·读吧》形成了自己的独特风格，一心体恤百姓、关心百姓，最大限度地发挥媒体的作用，符合报纸的整体定位，从而与正刊相得益彰、相互补充，促进了报纸更好的发展。《楚天都市报》的办报宗旨是“百姓情怀，全心全意为市民服务”，副刊也毫不例外地贴近读者的生活，体现读者的切身利益。首先，重视讲述“草根”故事；其次，重视培养“草根”作者，与读者增强互动；最后，重视为读者提供生活小常识。所选文章，虽然短小，但生动鲜活、耐人寻味，文风或轻松活泼，或幽默诙谐，或蕴含哲理，都通俗易懂，引人向善、向真、向美，让读者汲取智慧、愉悦心灵。

《南方都市报》副刊

《南方都市报》创刊于 1997 年，是南方报业传媒集团主办的面向珠三角地区的综合类日报。《阅读》是《南方都市报》的阅读副刊，于 2000 年创刊，最初为每周一出版，从 2006 年 11 月 25 日起改为每周日出刊，并由最初的六个版面拓展为十一个版面。2009 年 12 月 30 日之后又改为每期十三个版面，包括封面、人物、评鉴、名家特稿、历史、社科、艺术、文学、事业、生活、科学、专栏、书房等。《阅读》副刊主打书评和思想类文章，以文化生活为主题，关注民生和文化等领域，同时涉及人文、时政、历史、艺术等方面。具体来说，该刊有作家对自己阅读经历的记录，有对好书、新书的介绍，有对海外文化动态的概括，有学术、时政方面的重量级书评等；同时该刊也是反馈阅读流变、观察国内出版趋势的重要参考依据。在阅读日益边缘化的时代,《南方都市报·阅读》不随波逐流,不哗众取宠,始终保持独立姿态和批判深度,致力于营建可供精神审美交流的“心灵公园”,风格厚重大气、视野开阔、清新脱俗,在业界和文化界具有深刻的影响力。2006年该刊曾荣获“2005年度中国十大图书系列评选”之“十大图书媒体”奖。该刊上发表的书评曾结集成《风雨读书声》进行出版。

《城市笔记》是《南方都市报》另一具有影响力的副刊品牌,从1997年伴随着《南方都市报》创刊一直发展到今日。该刊物的理念是“老百姓写、写老百姓、老百姓读”,因而所刊内容大都短小精悍,充满口语气息,与传统副刊的“名家写,写名家”形成了鲜明对照。这也是其创新所在。1997年至2000年,《城市笔记》从一周一个版面一直拓展到五个版面,且开版三年就结集出版了两本精品荟萃。《城市笔记》的征稿要求是850字以下的叙述性笔记小品,要求城市味、生活气息浓厚,在真实的基础上追求讽刺和幽默。其关注时尚生活、现实都市的视角,少议论、少写景、简单直白的描写手法,用风趣幽默来打趣“风雨人间”,形成了独特的“笔记体”。这种文体曾一度引起了以知识分子、市民为主的广大读者群体的喜爱,至今仍被全国多地报刊沿用,甚至有不少刊物直接采用《城市笔记》的栏目名称。然而《城市笔记》在全国风靡一时之后逐渐陷入了沉寂,于2000年以后版面数量和作品数量的下降趋势越来越明显,其生存状态值得担忧,亟须探索新模式以适应市场需求。

《新快报·新副刊》

《新快报》是羊城晚报报业旗下的一份大型综合性日报,于1998年3月30日创刊,其副刊版以娱乐、生活为宗旨。《新副刊》通常出六个版,走娱乐路线。其中,“娱论家”“娱间道”注重评论娱乐事件,连载最流行、最畅销的小说,故事性、休闲性强;“心电图”主要以漫画、趣味测试供人消遣;在生活方面,“金钱豹”在整合最新彩票市场信息的同时为读者提供权威的数据分析。《新副刊》还包括旅游、健康、汽车、3C、房地产、时尚等内容,新开设的“明镜”栏目则以文化关怀和阅读为主。《新副刊》的版面设计新颖,视觉冲击力强,在引领市场潮流、指导城市读者生活的同时关怀文化发展,让读者在吸收服务专刊信息的同时享受了一份精神大餐。

《都市快报·深夜读书馆》

《都市快报》创刊于1999年1月1日,是杭州日报报业集团主办的中国第一份四开异型加长报。《深夜读书馆》是《都市快报》的文艺性副刊。《深夜读书馆》所刊载的内容主要是图书介绍或是作者专访，在审美趣味上追求雅俗共赏，既向读者介绍网络文学作品，也向读者推荐人文社科类的书籍；既有书店信息盘点，也会刊登《都市快报》所组织的读书节，号召读者参与。《深夜读书馆》非常看重时事热点，所介绍的书刊或作者往往是当前流行的热门话题。如电视剧《欢乐颂》成为收视热点时，《深夜读书馆》专门采访了作者阿耐；《余罪》成为电视剧爆款时，《深夜读书馆》紧跟热点，对作者常书欣进行了专访；在六一儿童节时，《深夜图书馆》邀请"辣爸辣妈"作家做一期专栏，分享作家在亲子阅读道路上的喜怒哀乐。

《武汉晨报 · 倾诉热线》

《武汉晨报》创刊于 1999 年 3 月 15 日，是长江日报报业集团下属的城市综合性日报。2003 年 8 月，《武汉晨报》的副刊《倾诉热线》注册申请获国家商标局批准，开新闻媒体类产品商标注册之先河。版面宗旨定为："把幸福传递给朋友/快乐的人会更多/把苦难倾诉于大家/伤痛会减轻许多/将疑惑求教于社会/办法总比困难多。"《武汉晨报》的副刊《倾诉热线》的定位从未动摇，情感倾诉作为报媒一种特殊的文体，介于新闻和文学之间，既是新闻报道的文学化，也是报纸新闻版的补充和延伸。《倾诉热线》副刊主动承担社会责任，以健康的、有指导意义的内容引导受众，以人文的、通俗贴近的形式满足受众、赢得市场。2003 年，《武汉晨报》在原有《倾诉热线》的基础上，新开辟《求职热线》《求医热线》《求学热线》等系列热线互动专版，从而构筑了本地最大的媒体服务平台，销量急速上升，发行量逼近百万，广告额连续翻番，全面进入盈利时代。"江城第一服务大报"声名鹊起，其中，以房地产、汽车等为代表的主流广告成为《武汉晨报》广告经营的特色。2020 年 1 月 1 日，因转型发展需要，《武汉晨报》休刊。

《半岛都市报 · 朝花》

《半岛都市报》创刊于 1999 年 8 月 9 日，是山东省第一份都市类晨报，现已成为山东半岛地区信息量最大、发行量最大、影响力最强的报纸。《半岛都市报》的副刊《大家》，致力于刊发知名作家的稿件，被读者评价为"阳春白雪"。同年，《大家》副刊改名为《朝花》，刊物定位随之发生变化，开始向市井生活倾斜。《朝花》副刊内容多为平民化的文学，柴米油盐、言之有物，生活气息浓厚，不仅有知名作家的散文、随笔，也有文学青年的作品，更多的是各行各业的写作者。该刊立足于胶东地区，展示了山东半岛的生活印记。刊物风格平实、感人，耐人寻味，注重都市生活的细节描写，间或有对个人刻骨铭心经历的独特描写，折射出都市人的生活、工作和情感。在栏目设置上，设有“观澜”“连载”“波螺油子”等。

《现代快报》副刊

《现代快报》创刊于1999年10月12日，是新华社通讯社面向江苏公开发行的都市类日报，2015年脱离新华社，改由凤凰出版传媒集团主管，曾创造过国内报业每天递增一万份的发行奇迹，被新闻界誉为“中国报业的一匹黑马”。《读品周刊》是《现代快报》的副刊，是致力于推广全民阅读，为包括普通读者、学者、作家、出版机构在内的读者群提供精神食粮的读书周刊。《读品周刊》每期设“大读家”“理想国”“一周快睇”“经典之路”“读步天下”“新经典”“排行榜”等7个子栏目，内容涉及名家访谈、文学研究、新书介绍、书评、重读经典、行业动态等各个方面。《读品周刊》曾专访过余华、林谷芳、阿来、张大春等大家，介绍作家的创作经历和创作心态，拉近了读者与作家之间的距离。经过多年的用心经营，《读品周刊》已在全国读书类媒体中获得高度关注和认可，形成了自己的品牌特色。省内外读者、作家、学者给予《读品周刊》极高的评价。2018年，《现代快报·读品周刊》被评为“十佳阅读推广栏目（节目）”。

《新副刊青石街》是《现代快报》颇具文学性的文艺副刊。《新副刊青石街》占《现代快报》一个版面，一般由四至五篇文章构成，主要发表短篇散文，具有一定的文学色彩。《现代快报》拥有家庭主流读者群，在全省的读者人数接近一百万。《新副刊青石街》秉持了《现代快报》“以主流家庭群体为主要发行对象”的理念，所刊发的文章主要为读者投稿，文章质朴，记载的主要是日常的小事，语言质朴，贴近生活，深受读者喜爱。《新副刊青石街》还独具创新地开辟了一个“微观”版块，短短二三百字就可记载一件生活的小事，读来妙趣横生。

《法制日报·华表》

《法制日报》的副刊《华表》创刊于1999年12月2日，由《政文纵横》易名而来，主题偏重于法治文化方面。其中“所思”栏目的供稿，主要是针对法治文化的观察与思考，也可是作者的人生感悟；“风物”栏目的供稿，题材包括故乡景致、旅行游记、四季景色、工艺器物等；“故人”栏目的供稿，内容一般限定为对作者身边某个具体人物性格、故事、思想、命运的描写；“小说”栏目的供稿限定于原创短篇小说；“吟咏”栏目的供稿限定于诗歌（古体诗词、现代诗均可）。

《潇湘晨报·市井表达》

《潇湘晨报》创刊于2001年3月9日，是湖南地区发行量最多、影响力最大的一份综合性日报。创刊以来，该报立足湖南，放眼世界，秉持正义，关切民生，恪守真实，以新闻立报，以服务取胜，将“读者喜爱、商家宠爱、党和国家厚爱”作为追求目标。2002年推出的《市井表达》周末副刊，以平民化视角关注普通人的生活。《市井表达》以湘人、湘情、湖湘市井故事以及情感故事为主。副刊文字注重地域性，追求纯正的文化品位，侧重挖掘本土的文化沉淀。《潇湘晨报》周日版《星期天潇湘晨报》一改对开为四开报型，投入前所未有的版面和心力打造国际、地理、探索、娱乐和时尚生活等版块，深度报道一周大事，新锐表达文化诉求，生动提供生活资讯。

《检察日报·绿海》

《绿海》副刊是《检察日报》于2002年12月6日推出的一份周刊。受《检察日报》法律性质的影响，《绿海》副刊的主要选题范围介于法律与文学之间，注重以法律视角观察文学事件，以文学角度解读法律问题，走出了一条独具特色与深度的道路。《绿海》副刊的封面“潮汐”版就明显体现了这一特色。这一版面围绕法律主题，反映和探讨社会文化、法律文化、检察文化等问题，既关注时事，又善于发掘事件背后的文化观念与意识形态。其名牌栏目“名家专栏”具有明显的法律倾向，刊发的文章大都兼具文学性与法律性两方面。为此，这一专栏专门邀请了许多具有文学造诣的法学家为之撰文。“纵横”版面在法律文化的领域做得比较到位，并创办了“法律随笔”这一非常受欢迎的栏目，成了检察文化的主阵地之一。“中国执法者”栏目则将检察系统中发生的感人事迹推广到社会，对法律文化进行了更深层次的推进。此外，《绿海》副刊非常注重开办文学性主题征文活动，曾先后举办过“检察院的故事”“诗刊”“非虚构写作”“微小说”等主题征文活动。这些主题征文活动在获得稳定作品来源的同时，也促进了检察文学与法律知识的传播，为众多文学爱好者提供了良好的创作园地。

《新京报·书评周刊》

《新京报》创刊于2003年11月

11日，是一份具有相当影响力的综合类日报。《新京报·书评周刊》创办于2003年11月14日，其创刊理想是创办一份相对独立的书评杂志，为读者提供一个自由言论、思想交流的开放平台。《新京报·书评周刊》不仅强调开阔的视野，力争在全球阅读市场中寻得一席之地，而且十分要求专业的评论态度，强调以职业化的评论来营造良好的阅读氛围。经统计，《新京报·书评周刊》的主要栏目有历史、文学、社科、主题、经济、艺术、人物、国故、探访、书情、榜单、书影、海外等，每个栏目都含有一定的专业知识，可以拓展读者对于某一问题的认识，有思维上的启发性。每期刊物基本上都会围绕一本书进行深度解读，如曾针对《右派国家：美国为什么独一无二》一书，对美国的保守主义思潮进行了细致而又深入的解读。这种书评在一般的报纸上是难以见到的，充分体现了《新京报·书评周刊》的知识性眼光。

该刊的另一大特色在于每期都有一个专题策划，所选择的专题主要是与文史哲相关的较为严肃的主题，针对的是受教育程度较高的群体，精英色彩非常浓厚，带有较强的知识分子趣味。这种专题式的策划，使得《新京报·书评周刊》的特色更鲜明，每一期都有一个亮点，且富有创意，能够激发读者的阅读兴趣。新媒体时代，《新京报·书评周刊》在坚守文化品质的同时也在积极探索转型，在坚持“阅读需要主张”理念的同时，愿意在多变互联网时代拥抱新的阅读方式。2013年6月25日，《新京报·书评周刊》新媒体同名微信公众号、微博开始推送文章，编辑和记者每天轮流语音荐书，推出个性化的阅读建议和私人书单，及时追踪文化新闻热点，与纸质版书评形成了多元互补的格局。

《燕赵都市报·悦读周刊》

《燕赵都市报》创刊于1996年，以“为市井人家办报，让平民百姓爱读”为宗旨，是河北省最具影响力的报纸媒体。《悦读周刊》在2005年以前名为《周末阅读》，2005年1月改为《悦读周刊》，随后又一度更名为《新文艺》《风尚》，2011年12月11日正式创办第1期《悦读周刊》，直至2018年8月改名为《青园周刊》。

《悦读周刊》主要分为首版、书评、书吧、书讯、书摘、书事、名家、美文等版块。《悦读周刊》“首版”主要由图书简介、作者简介、作者访谈组成，其中，作者访谈占据了版面最大篇幅，内容涉及作家文学观念、创作历程、人生经历等，为读者了解作家作品提供最便捷的途径。“书评”是关于图书的评论文章，多出自专业作家、评论家之手。“书吧”主要刊发与阅读有关的文章和推荐书单。“书讯”介绍学术界和书界新闻,也会有一些随笔刊载。“书摘”选择经典图书部分进行摘抄,对读者起吸引作用。“书事”是对图书的介绍。“名家”集结了许多知名作家的文章,让读者可以领略大家风范。“美文”发表的文章大都充满美感和书香气息。《悦读周刊》版块丰富多样,内容充实。除此之外,《悦读周刊》会刊登图书订货会、书展、读书日、书界奖项等重要信息,如2012年10月14日,因莫言获得诺贝尔文学奖而专门设置了“莫言专刊”。

专题史料与研究

第一辑
编辑理念与副刊发展

导语

报纸副刊是否拥有鲜明的特色、是否能得到作者的重视和读者的喜爱，与副刊编辑的编辑理念密不可分。编辑主体的编辑思想决定版面的风格走向，进而决定副刊面向的主要读者群体和发展方向，同时从编辑理念中也可管窥其时的政治运动和文艺方针政策对副刊的影响。本辑所选文章为副刊编辑或编辑部的办刊经验或心得体会，具有鲜明的时代特色。如广西日报文教政法部的《面向生产　面向群众——办文艺副刊的一些体会》指出最中心的问题是“副刊如何面向生产、面向群众的问题”，要紧密配合生产和党的政治运动；袁鹰的《副刊编辑手记》表示要传扬革命精神和革命传统，编辑要响应“双百”方针，给予作家充分的写作自由等；秦牧、杨家文、刘日波的《我们编辑“花地”和“晚会”的经验》在“政治挂帅，干劲第一，立雄心壮志，争全国上游”的口号下，总结了办刊的经验和不足。可见，编辑理念与副刊的内容及发展密切相关，受到政治因素影响的编辑理念关系到副刊的风格内容、目标读者群及发展方向等各方面，编辑理念的变化使副刊呈现出不同的时代特色。

编副刊要联系群众

严文井

××同志：

……关于副刊经验的文章一时写不出来，主要原因是没有认真总结过。而且初步的想了一想，自己前后直接做了一年半副刊工作，成功的经验很少；有一点体会，又都是属于 ABC 这类性质的，即使总结出，也不一定能对旁人有什么帮助。但为了您恳切的来信，感到：文章因写不出，却应把这点 ABC 的体会粗略的向你报告一下，许能有点参考作用。

在副刊工作中，常考虑的一个问题就是读者对象问题。对象是明确的；副刊是报纸的一部分，副刊的读者对象也就是整个报纸的发行对象；但报纸的发行对象很广。拿东北日报来说，每天十五万份，发行的对象有党、政、军各级干部、各群众团体的工作人员，工人，农民，商人，教员，学生等等，很显然，这样些的读者比一般文艺刊物的读者是要复杂得多，因此要求于副刊的也比要求于一般文艺刊物的要复杂得多。这里所说的读者对象问题实际是指：副刊应如何照顾这样许多不同的读者的要求同口味的问题。森林采伐工人要求我们多反映他们的生活，发电工人，铁路工人，煤矿工人要求我们发表反映他们生产特点，适合他们唱的歌曲，干部要求我们供给他们提高思想的文章，实际工作的经验，农村干部要求我们多发表关于农村生活的通俗作品，教员要求我们发表适合于儿童读的材料，各种各样的读者要求介绍苏联同各人民民主国家的情况同经验，要求大量的各种形式的文艺作品，要求介绍科学知识，要求帮助他们进行学习，解答各种问题，等等，总之要求非常之多，不是几个编辑一下所能想像出的，如何能满足这些

题解　本文原载《文艺报》1950 年第 2 卷第 4 期。当期《文艺报》开辟“文艺副刊”笔谈栏目，发表了严文井、叶迈、绿原、孙伏园的笔谈文章。严文井在文中结合自己的副刊编辑经验，谈了对副刊编辑工作的认识，他认为副刊编辑除了应当努力提高自己的业务水平，把副刊内容做得丰富多彩、尽可能多地照顾到不同领域读者的需求外，还要努力提高自己的政治素养，积极参与到当前的政治生活中去。同时，编辑也应当时刻与作者和读者保持密切联系，既培养潜在的读者群和作者群，也充分利用专家资源帮助办刊，“一句话，要联系群众”。

不同的要求,是一个严重的问题。尽管副刊一天可以出一次,所能容纳稿件的数量同他们的要求比起来,还是很有限,打一个不太恰当的比方,副刊的编者好像一个厨师,现在摆在厨师面前一个问题,如何把饭菜做得适合这许多人的胃口,既要有营养,又要使喜欢口重的多得到一些盐,南方人多得到一些糖,给患夜盲症者多吃一些肝,贫血的人多吃一些菠菜,问题如何解决?

回答是:饭菜不能只做一样,样式要多一些。尽可能多照顾。一篇文章既有内容,又写得生动,各种读者看了都叫好,这当然最理想,但这样的文章不是天天都能有的。因此,只有采取分别照顾的办法,准备一部分稿子给甲看,再准备一部分稿子给乙看,随着报纸每天的中心配合发出,大体上做到一个月中对各方面都有些照顾就行了。另外再为特别的需要,辅以各种专刊。普通副刊应该是综合性的,文艺仍须占很大比例。文章形式一般要短小活泼,这个似乎已成定论,用不着多说。

副刊既是报纸的一部分,就必然有一个和整个报纸步调一致的问题,它应极力做到与整个报纸的宣传中心配合,既有自己的特点,而又不闹独立性。副刊应该是当前政治生活的积极参与者,应该鼓动同组织自己的读者也来参加这一切行动。对一切重大政治事件,副刊应通过各种形式,在自己的阵地上来发言。要经常宣传马列主义同毛泽东思想。只有这样,我们才能引导读者前进。相反,如果不能做到这样,我们的读者就会发觉我们对他们没有帮助,就一定会提出批评,指出我们的不称职。可不能低估读者的觉悟程度,任何轻视他们的行为都是错误的!

和整个的报纸一样,副刊的选稿必须很严肃,每一个字都必须衡量一下它的作用,选稿的第一个标准是政治性。只要编辑细心负责,发稿同编排上一般做到错误较少,是可以办到的;但进一步如何编排得引起人想看,达到副刊教育读者的目的,发生较大的影响,则不很容易,这就要求编辑有更大的积极性,更高的政治水平;只有这样,他才能把问题看准确,才更有把握,因此也才能使副刊做到更尖锐,更明确。我在编副刊的这一段工作中,深感到自己的政治水平低,工作做得很吃力,这一天和读者见一次面的一个版,比起单纯的写作来,真不知紧张多少倍。现实是如此复杂,斗争是如此尖锐,自己政治水平不提高,面对着许多问题都无法处理;时间又不等待你,你不能一个人慢慢去思索(这样做也不会有什么结果)。怎么办?从工作当中学习,锻炼,更多的注意政治问题,把自己的眼界放宽,同当前斗争结合。作为一个文艺工作者出身的副刊编辑来说,我从这个新工作学了许多,最主要的一点是政治(当然,到现在我也没有学好)。

为了人民的利益，注意政治，更多的考虑政治问题；中国人民的报纸副刊，和整个报纸一样，应该对人民负高度的责任。

副刊应该同作者与读者保持最密切的联系，如果他们不供给稿子，不提出意见，任何有本领的编辑也不能把副刊办好的。对任何一件来稿都要慎重的处理，诚恳的给投稿者回信，提出意见，帮助他们写作，因为这样做，最后也就是帮助了副刊自己的工作。特别要重视工人，农民的来稿，就是技术稍差一点，也应设法发表，他们的来稿能反映许多新鲜问题。如果没有广大的工、农写稿，副刊所反映的面将会很窄，因此也很难办得出色的。应该及时采纳读者的建议，倾听他们的意见，改进工作。好的建议同来信应该发表。时常举行各种座谈会，组织讨论。如果能做到这些，没有很大本领的编辑也会变得聪明起来，办法也会多起来。一句话，要联系群众。脱离群众，关起门来办副刊，结果是“门前冷落车马稀”，越办越没有人看了。

办好副刊客观上是存在着许多有利条件的。第一是读者多，如最近东北日报副刊曾发表东北文协文工团的一个剧本“胜利年”，说明歌曲可自配，如需要原曲的可以去信向文协文工团索取。据文工团同志说，这一下可把他们忙坏了。前后他们一共收到了二百几十封要歌曲的信。因此，许多作者都愿意给副刊写作，而且寄来的多是较好的作品。凭我记得起的，近一两年来东北日报副刊上发表的受群众欢迎的作品有：刘白羽的“政治委员”、“无敌三勇士”、“红旗”，李纳的“煤”，雷加的“鳍鱼”，草明的“原动力”，华山的“英雄的十月”，西虹的“零下四十度”，丁玲的几篇欧洲游记，鲁琪的“自愿两利”，朱寨的“报名入党”，井岩盾的“瞎月工伸冤记”，天蓝同公木庆祝新中国成立的诗，舒群的“我的女教师”等等。这些作品也是东北文艺界的重要收获，其中许多曾在去年十二月的文代会受过表扬。

看起来，副刊是有充分条件可以办好的，问题在于我们如何利用这些条件。理想的副刊应该具备这样一种面貌，拿人打比方，它应该像我们社会当中的一个活动分子，积极关心我们政治生活中的一切大小事情，它是经常诚恳而勤快的在做着工作，办事有效率，说话没有八股腔，没有学究气，它有着一种极其广阔的兴趣，对于文学作品，各种杂志，电影，展览会，音乐会，科学的发明创造，生产中的各种创举，都表示极大的关心，并能发表正确的见解。每个读者都感到它是一个可亲的朋友，一个有益的教员，愿意同它交往，帮助它，并也取得它的帮助。

的确，副刊所接触到的问题是非常多的，编辑的能力很有限，我们只有求得各种专家的协助才能应付这许多工作，同我们的医院，博物馆，气象台，职工会，文艺团体,大学教授,电影公司,翻译家都应该保持联系,必要时要请他们做顾问,把我们的编辑部扩大到报社外边去,争取专家在业余也帮我们做一部分编辑工作,这对他们是增加了一种负担,但他们绝大多数人都乐意为成千成万的人来增加这个负担的。

难道这还有什么怀疑吗?副刊工作是一件非常有意义的工作,特别是地方报纸,假如它是出四个版的,其中一个半版是登新华社电讯,剩下两个半版才能表现地方的特点,反映那个地区的问题,而副刊就占了一个版,就是说占了百分之四十,有这样大的比重落在副刊身上,也就是说,地方报的好坏,副刊负了这么大的责任,我们岂能不重视这个工作!

我很赞成"文艺报"重视这个工作,并开始来研究这些经验,我愿把自己体会到的 ABC 较突出的几点提出来,作为你们的参考,并希望听到你们的意见。……

谈办副刊

魏文伯

办副刊首先要看办给谁看，好像厨司做菜一样，首先要看做给谁吃。只有摸清了客人的胃口，始能做出适合客人的菜味。“朝花”副刊的主要读者是工人、农民和干部。这几年来，工人的文化水平有了很大提高，一般的都有高小、初中以上的水平；郊区农民的文化水平也有所提高。应该首先满足他们的要求。此外，也要兼顾知识分子的需要，他们和工农的需要在许多方面是可以统一的；只要是密切联系生活、反映实际斗争、又写得生动活泼的东西，工人、农民和干部喜欢看，知识分子也喜欢看。

“朝花”副刊的内容和形式都应该多样化，这一着很要紧。因为，读者千千万万，对象不同，喜好也不同，如客人吃菜一样，爱好甜、酸、麻、辣、咸、淡，不能强求一律。过去解放日报副刊“朝花”的缺点之一就是不够多样化，内容单调，形式呆板，老是一个调调儿。今后在内容方面，首先要加强思想指导性，反映当前的现实生活和斗争的各个方面，起促进作用，这是主要的；可是这样还不够，也正如请客吃饭一样，要有荤菜，也要有素菜。所以还要刊登自然科学知识、社会生活、小常识等等有益的文章，开辟人们的眼界。要有歌颂的作品，也要有批评、有讽刺的文章。其目的是为促进社会主义，而不是促退社会主义，是起积极作用，而不是起消极作用。

“朝花”副刊的形式也要多样化，有杂文、小说、特写、诗歌、传记等等。文章要通俗简明，一般以六七百字为主，最长只能一千字左右。文章长了，版面能容纳的东西就少了，副刊就无法多样化了，看的人也就少了。

题解 本文原载《解放日报·朝花》1958 年 4 月 8 日。作者魏文伯时任上海市委书记处书记，本文是其在《解放日报》副刊《朝花》上所写的，文中着重谈了办副刊应遵循的办刊理念。例如，应当考虑不同群体的读者需求，副刊的内容和形式都应当多样化等。而要保持副刊多样化，副刊文章就一定要“通俗简明”。同时，作为副刊编辑要坚持“开门办副刊”的方针，要千方百计拓展作家群，到群众中去，同群众“同呼吸共喜忧”，在情感上跟群众站在一起，这才是办好副刊的根本问题。文章发表后，《人民日报》特意转载，认为本文“对人民日报副刊的读者、作者和编者也都是有意义的”。

要开门办副刊。既要找作家、专家写，特别要找能写、能说、能唱的工人、农民群众写。编辑要放下架子，到群众中去组稿写稿，使编者和读者结合起来。要办一个群众喜爱的副刊，首先工作人员要能接近群众，了解群众，和群众同呼吸共喜忧，这是工农情感的问题，也是办好副刊的根本问题。

编者附记：这是中共上海市委书记处书记魏文伯同志为上海解放日报副刊“朝花”所写的一篇文章，我们特加以转载，因为这篇文章对人民日报副刊的读者、作者和编者也都是有意义的。

面向生产　面向群众

——办文艺副刊的一些体会

广西日报文教政法部

毛主席在给刘建勋、韦国清二同志的信中，除提到社论、新闻、版面、理论外，还提到了文艺。报纸上的文艺宣传形式很多，文艺副刊是主要形式之一。办好文艺副刊，是发挥省报作用的一个重要方面。一年来，我们在这方面做了一些工作。我们感到最中心的问题是副刊如何面向生产、面向群众的问题。

毫无疑问，党报的文艺副刊，应该成为贯彻执行党的文艺方针和文艺路线的典范。它应该富于群众性、战斗性，更应该紧密地配合生产、配合政治运动和党的中心任务。广西日报的“山地”副刊（从1959年元旦起改名“群星”）在1957年11月以前，虽然也起了一定的积极作用；但是，由于副刊掌握在右派集团手上，采用了资产阶级的一套办法，使“山地”在相当长的时期内，严重地脱离了群众，脱离了生产，脱离了政治，并且还放出了一些反党反社会主义的毒箭。

反右派斗争开始以后，编委会立即调配了新的“山地”编辑，并组织他们反复讨论了党的文艺政策，使编辑人员明确认识地方报纸文艺副刊的特点，加强副刊的群众性、战斗性。因而，改组后的“山地”副刊，一开始就比较紧密地配合了党的政治运动和中心工作。例如在全区大办钢铁运动中，“山地”副刊在不到两个月内就发表了有关全党全民大办钢铁的散文、特写、小说、曲艺等作品十八篇，杂文（总题为“钢铁篇”）十篇，诗歌成百首和画八十幅。其中

题解　本文原载《新闻战线》1959年第3期，系广西日报文教政法部编辑人员谈文艺副刊办刊经验的专论。文章认为，“办好文艺副刊，是发挥省报作用的一个重要方面”，而办好文艺副刊最中心的问题是“副刊如何面向生产、面向群众的问题”。作者结合广西日报文艺副刊的办刊经验指出，副刊要面向生产、面向群众，编辑人员就“必须与生活保持密切的联系，必须有饱满的政治热情，对每个时期的政治运动和中心工作都必须了解”。只有这样，副刊才能及时地配合党的中心工作。另外，办好副刊还要注意做好组织工作，采取“一般发动和重点培养相结合的办法”来组建起稳定的作者队伍。这样的办刊经验为理解特定时代的文艺副刊风貌提供了一个注脚。

特别是在来宾、柳州等钢铁基地编的两个钢铁专页和一期钢铁画页，得到了广大读者的好评。

二

我们的实践证明，文艺副刊不仅应该紧密地配合政治运动，而且能够很好地配合政治运动。片面地强调文艺特殊性，认为文艺创作不能赶任务、要赶也不能保证质量的错误看法必须纠正，应该以高度的政治热情去为生产为政治服务。事实上，经过全体编辑人员的努力和广大作者的支持，我们在公社化运动、大办钢铁运动以及重大政治事件中，都做了比较及时而又突出的宣传。当人民公社运动在广西还没有全面开展，全区只是试办了几个人民公社的时候，我们就立即采取最迅速、最有效的办法，组织了反映人民公社运动的各种形式的文艺作品，出了一个人民公社专页。几天之后，又派专人到办得较早的来宾县凤凰人民公社就地编辑了一个专页。这个专页的稿件并没有因为赶时间而降低质量，它比我们在家里编辑的许多期副刊的内容更丰富多采，起到更大的宣传作用，受到更多的群众欢迎。凤凰公社六十四岁的老社员李和标，看到专页上社员韦定振写的一首山歌"晚年好"以后，非常赞扬，说这首山歌说出了他的心里话，他用红笔一字一字地把它抄了下来。专页上面发表的歌曲"凤凰是个好地方"，不仅很快地在凤凰公社社员中唱起来，而且流行全县。

要很好地贯彻执行面向群众、面向生产的方针，编辑人员必须与生活保持密切的联系，必须有饱满的政治热情，对每个时期的政治运动和中心工作都必须了解。要做到这点，一方面需要经常学习党中央和自治区党委的指示，经常向有关单位了解运动进展情况和群众的思想情况，做到头脑清醒、方向明确，不能认为我们是搞文艺的可以不管这些事情；另方面，必须经常下乡下厂，参加实际斗争，改变关门编报、脱离实际的倾向。改组后的"山地"副刊，有三个编辑（最近增为四个），除一个因病不能经常下乡外，其余两个人在这一年中，都有将近一半的时间轮流下厂下乡。有时编好稿件，全部下去工作。全区中心运动一来，搞副刊的编辑也和专业部门的编辑一样忙碌，一样很少在家。这样做，不仅可以更好地联系实际，联系群众，经常和当前全区人民最中心的斗争保持密切的接触，而且，把编辑放到火热的群众运动中去，对改造编辑的思想、提高编辑的政治热忱也有很大的作用。

二

及时地配合党的中心工作的最有效的办法之一，是编辑到现场编报、发动群众参加报纸工作。从去年元月份起，我们先后到现场去编辑的副刊专页有七期，其中有一期是委托一个公社党委编辑的，一期是编辑与一个县委会合编的。这七期在现场编的副刊专页都得到了广大读者的好评。

根据我们一年来的体会，现场编报有五个好处：一、能及时地反映生活，配合运动。二、容易发现最生动、最有教育意义的题材，同时也更便于对作者进行辅导工作。三、能更有效地发动群众参加报纸工作，吸引那些生产忙、文化水平不高、对创作信心不足的工农作者参加报纸工作，有效地推动当地的文艺创作。四、我们选择的重点，一般都是生产、工作搞得较好较早的地区，因此就更充分地发挥了典型的宣传作用，使典型宣传更为突出。五、编辑深入现场，密切联系了群众，联系了实际，从而有利于编辑的思想改造。

我们并不是一开始就十分明确现场编报的好处的。开始的时候在编辑人员中还有着比较严重的思想障碍——不相信群众的创作能力，怕搞不出作品来或者搞出来的作品质量不高，又怕影响和一般作者的联系。但是，深入现场以后，我们不仅发现群众的写作热忱很旺盛，而且发现许多人的写作水平并不低。例如，来宾县凤凰人民公社的干部和社员，过去很少给报纸写过新闻稿件，更谈不上写文艺作品。起初，编辑对在这个公社能否编出专页缺乏信心；可是，一经发动，群众的写作热忱都很高，不仅干部写，社员也写，不仅写山歌，而且写杂文、歌曲、散文、小说。文艺特写“前途”，就是一篇相当出色的作品，作者是一个社干部。这个公社的党委把这篇文章当作教材，组织全公社中小学生进行了讨论。后来，我们还收到几封读者来信，赞扬这篇作品。这些事实有力地教育了编辑：群众创造了丰功伟绩，也有反映这种丰功伟绩的要求和能力。至于编辑与一般作者的联系，只要安排得好，并不会受到多大影响。编辑人员的思想打通以后，到现场去编专页就比较坚决了。

编辑到现场编报、发动群众参加报纸工作，必须紧紧依靠当地党委，取得党委的支持和协助。因为这些专页，完全是反映当地的生活和工作的，选题计划就必须与当地党委商量，才能使计划更丰富、更切合实际。同时，也只有依靠当地党委，才能保证计划的完成。只有党委挂了帅，发动了群众，事情才好办。在博白县八一人民公社编的专页，就是一个例子。党委书记不仅亲自召开会议进行布置、检查，他自己也带头写文章。几天之内各工区群众就选送出一百多篇散文、剧本、山歌，而且还写出了短小、犀利的杂文："公社社员论公社"。这篇杂文赞扬了公社的优越性，批判了一些对公社的错误认识。

编辑还要以极大的热忱和耐心对待群众的创作。要使群众，特别是工农群众把他们亲身感受的最生动、最有意义的题材，整理成文艺作品，必须细致地对他们进行具体的帮助。实际上，我们每次在现场编报的过程，也就是一般发动、重点帮助、培养作者的过程。由于我们在来宾、柳州等地编专页的时候，注意加强了辅导工作，在这些地区扎下了文艺创作的根子，因而，来稿增加了，作者队伍也扩大了。

三

要做到面向群众、面向生产，必须相应地做好组织工作。改组后的"山地"副刊编辑组，最初作者队伍很小，工农作者更是寥寥无几，而且在作者队伍中还有相当一部分人是右派分子。可以想到，依靠这支队伍是不能使副刊面向群众、面向生产的。因此，必须贯彻群众路线的方针，采取一般发动与重点培养相结合的办法，重新建立了一支作者队伍。在建立这支队伍的时候，我们首先批判了"地区落后论"思想，大胆发掘新的作者，特别注意从工农兵群众中发展和培养作者。一般发动的办法主要是：通过自治区几次召开的文艺创作会议和文化工作会议发动和选择作者；通过征文运动发现作者；通过在报上的倡导（我们曾先后发表过两篇社论和三、四篇文艺杂谈），开展文艺创作；最后是出版内部刊物"山地书简"，作为普遍联系作者、培养作者的工具。

重点培养的办法有三：一是在深入现场组稿、编报的过程中物色、培养新作者；一是建立基点，选择某些工作先进的厂矿和公社，有重点地建立文艺创作小组。按照我们的要求，文艺创作小组应该分布的比较广泛，各民族、各战线都应该有这样的小组，每个小组有三、四个骨干。同时协助他们订出创作计划，定期与他们书面联系，或者派人去进行辅导。目前，我们已经在四个工厂、两个公社里建立了六个这样的小组。再就是从来稿中发现作者，并且注意经常通过组稿和他们联系，对于重点联系的作者，则发给"山地书简"和写作提示。凡是不用的稿件，一般都提出具体意见。对工农兵作者的作品，尽量给予发表机会。

经过一年来的努力，作者队伍日益扩大。现在的作者当中，工农兵作者约占40%左右。工农兵作品刊登的数量也愈来愈多了。我们发表的诗歌中，工农兵的作品占80%以上。

在发展新作者的同时，还要注意老作者，特别是要注意团结作家的工作，对他们的作品既要重视，又要严格要求。我们有时组织他们和副刊编辑一起，下厂下乡，到现场编报，或者委托他们深入现场为副刊组稿、编专页。这样不仅可以更好地团结作家，而且，也可以促使作家与工农作者密切地结合。这对他们的创作和思想改造都有很大的好处。

副刊编辑手记

袁　鹰

名副实不副

到现在还有不少人把副刊称之为"报屁股"。

有些副刊的编辑同志，听到这个不太雅的名字，就会有些不舒服，有一种低人一等之感，仿佛无端被人奚落了一通似的。

我看问题出在两方面。言者是相沿成习，用旧的观点看新的报纸副刊；听者也是心中有鬼。

副刊之被称为"报屁股"，也是由来久矣了。唐宋时代的"邸报"，大约还没有副刊，也决不会发表李白、杜甫和三苏的诗，或者柳宗元、欧阳修的散文小品。我国报纸最早的副刊，据说是1897年(清光绪二十三年)十一月一日，上海的英帝国主义者办的字林西报上辟了一版叫"消闲报"的副刊；三年以后，上海同文报也开辟了"同文消闲录"。名曰"消闲"，内容可知，无非是一些无聊文人的诗词或者道听途说的轶事。叙述清末民初前后社会状况的"最近五十年之中国"一书里，曾经描述过这种副刊"试场文字，书院题目、与夫命盗灾异，以及谈狐说鬼等，备普通社会阅之，藉为酒后茶余之谈助；……""诗词彼唱此和，喋喋不休，

题解　本文原载《新闻战线》1959年第1期、第2期、第4期、第5期、第6期、第8期、第15期，以及1962年第1期。作者袁鹰1953年调入《人民日报》文艺部，直到1986年退休，有着丰富的副刊编辑经验。本文涉及作者对副刊定位的理解，即认为副刊"名副实不副"，"它的任务，同整个报纸负担的任务基本上是相同的"，以及对《人民日报》副刊追求"综合性"与"文学色彩"从而有别于纯文艺副刊的办刊路线的解释等等。同时，对副刊版面要合理布局政治性的"红花"与知识性的"绿叶"，副刊编辑要"眼观四面、耳听八方"，重视评论文字，推动杂文创作和散文复兴，副刊编辑联系作者组织稿件的"秘诀"等具体事务，作者也结合办刊经验谈了自己的看法。尽管许多见解仍然不可避免地带有比较浓重的意识形态烙印，但这组"手记"对副刊编辑工作的指导性意义还是不言而喻的。其中对取舍稿件的依据的阐释，即认为在毛泽东《关于正确处理人民内部矛盾的问题》所列举的六条标准"这个大框框和大条条以外，就不该再自立什么框框和条条"的看法，对于副刊的繁荣发展尤为重要，时至今日仍有其现实意义。

或描写艳情,或流连景物,互吟风雅,高据词坛,无量数斗方名士,咸以姓名得缀报尾为荣,累牍连篇,读者生厌……”

这倒是比较客观、比较接近真实的描述。副刊编得使“读者生厌”,可以想见其内容之糟。这种副刊,属于帝国主义和封建主义文化的一部分,同鸦片起着相同的作用。它麻醉许多人,却为更多的人所不齿。也许,这就是“报屁股”这个名称的由来。

然而,“报屁股”用之于“消闲录”之类的副刊则可;用之于虽比“消闲录”略胜一筹但也仍然只供读者消遣消遣的其他副刊,也未尝不可;用之于社会主义时代的报纸副刊,就断断不可了。

因为,今天的报纸副刊,除了“副刊”这个名字还是那两个字以外,它的任务,它的内容和形式,都完全不是那么一回事。

副刊,是党的报纸这个整体的一个有机部分,它的任务,同整个报纸负担的任务基本上是相同的。决不可能设想副刊可以离开整个报纸来单独规定自己的任务。如果副刊离开了整个报纸的宣传方针,就一定成为迷失方向的船,在茫茫大海上,随时有触礁的危险;就不可能编好,而且就可能犯错误,也不仅是“读者生厌”而已了。

副刊首先是肩负着宣传的任务。它同样应该宣传党的方针政策,宣传党的决议措施,动员和组织人民群众,沿着建设社会主义的康庄大道,奔向一个又一个的山峰。它同样应该动员和组织人民群众,团结一致,向帝国主义侵略者进行斗争,保卫祖国和维护世界和平。党的方针、政策、决议、措施,是从群众中来,又回到群众中去的,在这来去之间,需要向人民群众进行宣传鼓动,进行细致解释,这是报纸的基本任务之一,也是副刊的基本任务之一。

副刊也同样肩负着向人民群众进行共产主义思想教育的任务。副刊要经常不断地宣传一切先进的、有利于社会主义建设的新思想;当新的事物还在萌芽状态、还不是大量存在的时候,副刊就应该重视它,帮助读者去关心它,推广它。同样,副刊也要吸引读者去经常不断地同落后的、阻碍社会前进的旧思想、过时的思想作斗争,使促退派变成促进派。在副刊这块阵地上,同报纸其他几个版一样,应该时时刻刻插着共产主义的红旗。

副刊还负有丰富人民群众的文化生活的任务。它应该成为读者在文化生活方面的一个好朋友,一个可以信赖的朋友。一本新书出版了,究竟怎么样?需要不需要买一本或者借一本来读一读?一部新影片上映了,值得看一看吗?看了,感觉有些疑问,怎样去理解?这类问题去问谁?这类意见到哪儿去议论议论?

可以找报纸的副刊。副刊当然不可能在各方面都成为权威,但它有责任帮助读者丰富日益增长的文化生活。

除此之外,副刊还有一个任务,就是经常给读者提供一些他所感到兴趣的知识。我们的社会主义建设,像万马奔腾,需要人们不断地增长各种各样的新知识,才能赶上工作的需要,才能当得起是一个社会主义的建设者。报纸编辑部经常接到从读者中来的这样或那样的问题,要求解答。其中有不少问题,是许多人共同有兴趣的,是可以增长见闻、丰富知识的。谁来解决?副刊。

我觉得,这些就是今天报纸副刊的主要任务。

有的同志也许说:这哪里是副刊的任务?这不成了整个报纸的任务了吗?

正是这样。副刊名为副刊,实在并不"副",它同"正刊"一样。"正刊"宣传什么,副刊也应该宣传什么。这就是说:名副实不副。

当然,副刊同正刊毕竟有不同的地方。副刊毕竟有副刊的特点,有它的特殊的条件和方式,如果无视这些特性,或不去很好地运用这些不同于别的版的条件和方式,就不可能把副刊编得五彩缤纷,有声有色;久而久之,也不免要使"读者生厌"的。

综合性和文学色彩

人民日报把副刊(第八版)的性质,规定为"有文学色彩的综合性副刊"。这个性质,包含了两个因素:一,是综合性副刊;二,要有文学色彩。

是综合性副刊,因而就不是纯文艺副刊。它应该包括前面所说的那些方面的内容,不能仅仅发发一些散文、诗和短篇小说就行了。文艺作品是副刊的一部分内容,或者是主要内容之一,但决不能是全部。报纸的读者面很广,每个读者的兴趣也很广,有许多是爱好文艺的,但也有许多并不那么爱好文艺。而副刊呢,就不能只按少数人的兴趣爱好来编。它要做到使具有不同兴趣的读者都能从这里找到一点他所需要的东西。这样,报纸的副刊就必需是综合性的。它既需要发表社会批评、短论、杂感,也需要发表反映劳动人民沸腾的生活的散文、速写和短篇的小说;既需要发表篇幅较短的书评、文评、影评、剧评和其他艺术评论,也需要发表科学知识和生活知识;既需要发表读者对某些共同感兴趣的问题的讨论,也需要发表有助于群众过好文化娱乐生活的稿件……当然,还要经常地出现一些新品种,新栏目。这就是一个综合性副刊要具有的内容。

然而,它还需要文学色彩。文学色彩是什么?好像很难下个定义,有点儿只可以意会不可以言传。例如：副刊的政论、杂文、小品，应该有别于其他版的论文和短评。这个差别，并不只是文字生动不生动的问题——难道副刊以外的论文和短评就可以写得不生动了么？而是着眼点不同，取材角度的不同，表现方法也不同。我们经常看到这样的文章：它的立场、观点是完全正确的，逻辑上也没有毛病，道理也说得很清楚，有说服力，但是看来看去，总觉得不太像副刊上的文章，在工业版或农业版发表就更合适些。编辑部领导上在审阅副刊稿件的时候，也常常指出：这篇或那篇文章可以登其他版，不一定要登副刊。可见得，这里面有值得仔细推敲的问题。可见得，把“文学色彩”定为副刊的基本因素之一，是有道理的，它可以保证副刊的色彩鲜明，引人入胜。

然而，“文学色彩”这事也难，“本报有志于此久矣”，看来成效还不大。我们都在摸索中，很希望能得到高明的指教和先进的经验。

眼观四面，耳听八方

既然说，副刊名副实不副，它的面很广，大至世界大事，两个阵营的斗争，小至一出新戏的得失，一个社会现象的产生，都在它应该注意的范围之内。它兼收并蓄，包罗万象。那么，副刊的编辑人员又该怎么办？

卖瓜的说瓜甜，大约是人之常情。作为一个副刊编辑，我要说：副刊的编辑工作，算得上是报纸工作中最有兴趣的部门。

党提出了“鼓足干劲、力争上游、多快好省地建设社会主义的总路线”，这就给副刊编辑出了一长串的课题：要发表一系列的政论和杂文，宣传敢说敢想敢干，宣传破除迷信，批判中游思想，驳斥观潮派、算账派；要发表许多文艺作品，从各个方面，用多种方式反映人民群众的冲天干劲，要描写党怎样领导人民在苦干实干巧干……八仙过海，各显神通，够副刊编辑忙一年半载都完不了。苏联宇宙火箭入太空，全世界人民都在欢呼，副刊编辑就得赶快去组织诗人来表现这种欢欣鼓舞的心情。人民公社这个初升的太阳怎样地在照耀着大地？副刊编辑要像农业版编辑一样关心；钢铁战线上有什么样的新人新事？副刊编辑要像工业版编辑一样关心；因为副刊上需要这些方面的内容。政治版编辑如果不是由于个人兴趣，可能不去注意音乐界的某个争论，但是副刊编辑却不能不管；文教版的编辑可能对戴高乐的法西斯专政的来龙去脉不顶清楚，但是副刊编辑却不能不弄清楚；因为副刊要发有关这些问题的稿件。某一个山区发现了一个奇禽怪兽，报上也许只发了一个花边消息，副刊编辑却可以根据这个线索，组织一篇生动的知识小品,满足读者的要求。

总而言之,副刊编辑需要眼观四面,耳听八方。副刊工作本身,就需要我们培养多方面的兴趣,注意天下和国家大事,也注意别人不注意然而却有意义的小事。副刊编辑要做一个有心人,他目光四射,不放过一切新鲜东西。请想一想看,当读者正在为某一个思想问题苦苦思索不得其解的时候,忽然读到副刊上的一篇文章,对症下药,他的问题就迎刃而解;或者,当我们在生活中遇到某一件新事物,或者在翻阅兄弟报刊的时候发现了一条线索,然后就同合适的作者商量一下,想个主意,用适当的方式发表出来,给读者某一方面的满足,赢得他的一声赞许;这岂不是我们工作中的很大的愉快么?

让我们大家都来做个时时刻刻为读者着想的有心人吧!

让副刊充满时代的声音

副刊的重要环节是评论,正如整个报纸的重要环节是社论一样。

想一想吧,在我们的时代里,有多少事情值得议论、需要议论、应该议论啊!大而至于两个阵营的斗争,要议论;我们同帝国主义的斗争,要议论;建设社会主义的两条路线、两种方法的斗争,要议论;先进思想同落后思想的斗争,也要议论;社会上一种重要现象出现了,到底是有利于社会前进还是不利于社会前进,要议论;人民生活中一种新的倾向出现了,是好的还是坏的,也要议论。小而至于一部小说的出版,一个传统剧目的整理,一部新影片的问世,也要议论。儿童玩具问题要不要议论?要,因为它是许多家长关心的问题。

所有这些问题,报纸上都要通过各种各样的形式去议论。副刊呢,不能也不应该回避这些问题,应该用它自己的适当形式去参加和组织各种议论,让副刊充满着足以代表我们这时代的声音。如果副刊不去理会这些问题,不去关心这些议论,不把这些议论组织到版面上来,那就毫无疑问,一定会变得无声无息,像一潭死水。读者看了不会多点什么,不看也不会少点什么。那样的话,副刊也就不成其为社会主义时代的副刊了。

所以,说评论是副刊的重要环节。

评论,就内容来分,有政治评论,有思想评论,有文化艺术评论,有关于各种社会风气和生活现象的评论。就形式来分,有气势磅礴、天马行空的政论,有针对某一问题进行深刻分析的、短小精悍的杂文,有生动活泼的书评、剧评、影评以及读书札记、读者论坛、观众的话这类形式的短评,还有大大小小、长长短短的言论。

所有这些评论，组成一支宣传社会主义和共产主义思想、歌颂社会前进的交响乐。从这里，人们能听到我们的祖国在建设社会主义的康庄大道上怎样迈开每一个脚步；能听到我们这个伟大的时代脉搏怎样在跳动；能听到在广阔无边的共产主义思想的海洋里，有些什么样的浪涛在翻滚。

从一粒沙看世界，从副刊的一角园地，能听到时代的声音。

副刊以评论为纲，带领整个版面。在各种评论里也有纲，那就是杂文。经过反右派斗争，从对副刊编辑工作的缺点和错误的检查中所得到的教训，使我们更加深刻地体会这条原则的重要意义，更加明确了副刊必须充满时代的声音，必须充满代表着生活中主流的声音。副刊的基调，必须是堂堂正正，热气腾腾。一定要不断地反对那种站在时代激流之外指手划脚的冷言冷语，吞吞吐吐。本来嘛，我们的时代是党领导着全国人民万众一心地建设社会主义的时代，是共产主义精神、共产主义风格高度发扬的时代，是东风猛吹、帝国主义垂头丧气的时代，是“六亿神州尽舜尧”的大跃进的时代。这是我们时代的特点，这是我们时代的主流。成为这个时代精神的主体的新思想、新风格，真是“笔蘸江水天作纸，整天写诗写不完”的，何况小小一版副刊的园地？

是的，我们的事业在前进中也一定有缺点，甚至有错误。这是一点也不奇怪的。但这只是九个指头和一个指头的关系，怎样对待这些前进中的缺点和错误呢？仍然应该是堂堂正正、热气腾腾，而不应该是冷言冷语，吞吞吐吐。因为这是我们自己的缺点和错误，难道能用冷嘲热讽来对待自己的同志么？

这就是副刊杂文以及其他评论的基本态度。

只有这个基本立场站对头了，才有可能正确地贯彻执行党的百家争鸣、百花齐放的方针；才有可能在副刊上体现又有集中又有民主，又有纪律又有自由，又有统一意志又有个人心情舒畅、生动活泼的政治局面；也才能使副刊上的各种评论真正做到丰富多采，新鲜活泼。

关于杂文这个名称

评论是副刊版面的纲，杂文又是副刊评论的纲。

我们今天的许多报纸副刊上，都有杂文这一栏，它们大抵总是放在头条地位，用黑体字做标题，足见得我们副刊编辑的想法大体上是相同的。

关于杂文，是有许多话可说的，教训也不少。现在先从杂文这名字说起。最近我老觉得“杂文”这个名字，已经越来越不能适应它的新的内容，新的任务了。

去年秋天，我到四川去，曾请一位县委书记为副刊写杂文，他一听“杂文”这两个字，连忙摆手：“写写什么小文章还可以试试，杂文可不好写。”我们别的同志也经常遇到这种回答：“咱们这些人，哪能写杂文?”“杂文？难写，难写。将来争取试试看吧!”

总而言之，这些同志们不敢也不愿去碰碰“杂文”这玩艺。虽然据我们看，他们是最适合写这类文章的。因为他们有的在党委部门工作，有的在基层工作，有的在做群众工作，他们每天都在实际工作里贯彻执行党的决议、方针，每天都同群众接触，谈心，每天都能遇到许多新鲜问题。他们是处于生活浪潮的漩涡里的人物，如果能把他们的感受，他们对这个问题或那个问题的看法，用生动隽永的文字写下来，就成了很好的杂文。

然而他们听到“杂文”二字就摇头，甚至于他们写出来的明明是很好的杂文，他们自己也不承认这是杂文，而说是“短文章”。

我想，这大约是由于一提到杂文，就会立刻想到鲁迅先生的那一份宝贵的遗产，就会想到杂文大约一定要具备这样那样的要素，什么讽刺啦，譬喻啦，引经据典啦，“杂文的味道”啦，等等。于是要想举笔，却有千斤重量，不敢下笔，久而久之，对杂文就有点儿迷信了。再加上反右派斗争中，揭发了一批专以杂文为武器来进攻党、污蔑社会主义的右派分子，他们放了许多毒草，却在那上面装缀了一些马克思主义的词句，涂上一些粉，来毒害人民。于是，我们有些同志就对杂文更加提心吊胆，仿佛杂文这玩艺，不管怎么样小心，反正总得出毛病，还是以敬鬼神而远之为妙。

当然，我并不是只是因为杂文稿件难约或者被右派分子“坏了招牌”才主张给杂文改名的。我更多的是从工作中感到现在副刊上发表的杂文，无论就其内容和形式来讲，都和鲁迅时代不可同日而语。这是大家都很清楚的事了。其实鲁迅先生最初开始写这种文章的时候，并没有给它定名为“杂文”。一九一八年四月里，“新青年”杂志开辟了题为“随感录”的栏目，发表一些对社会和时事的短评，大约这算得是我们今天所熟悉的杂文之始。鲁迅先生从一九一九年九月“新青年”第五卷第三号上开始写，即“随感录之二十五”。后来他曾说过：“我在‘新青年’的‘随感录’中做些短评……所评论的多是小问题”(“热风”题记)，可见即使鲁迅先生，在开始也是把它作为短评或随感来写的，定名为杂文是后来的事。

我们今天的副刊上，这种文体的任务十分明确：打击敌人，帮助同志；歌颂先进，批评落后。它的风格，应该是明快的，而不是隐晦曲折的。“杂文”这个名词，似乎已经包含不了这种文体的新的含义。为了使它的名字更符合它的内容，更适应它今天负担的任务，是不是改成“社会评论”之类的名字更好些？

但对这问题我也还没有考虑成熟，只是有这么一个感觉而已。不知副刊的同行们以为如何？

要像蜜蜂采花　莫学蜘蛛结网

1月28日人民日报副刊上发表了秦牧同志写的一篇杂文“百花甜蜜”。这篇杂文从蜜蜂酿蜜，谈到群众路线和工作方法，文情并茂，引人入胜。作者说：“蜜糖为什么这样甜？甜到可以经千百年不坏，甜到细菌无法在上面繁殖？原来，蜜蜂把所有花朵的最甜蜜的最精粹的东西都集中提炼起来了，这就使得蜜糖虽出自花朵，然而却远远地甜美得盖过所有的花朵了。”

作者告诉我们：一切好的工作方法，那道理就同蜜蜂酿制百花甜蜜的道理差不多。例如农业上的“八字宪法”，就是党概括了全国农民的丰产经验制定出来的。

要把副刊办好，我觉得也可以从蜂采百花的道理得到启发。

有人曾把副刊编辑比做厨师。一个具有高超手艺的厨师，能做出各种可口的菜肴，能照顾到各种地区、各种职业的人的口味，使得宾至如归，皆大欢喜。我觉得，我们的本领离开手艺高超的厨师还远得很，但是只要不偷懒，像辛勤的蜜蜂，却还是能做得到的。

昔人有咏蜂诗曰：“采得百花成蜜后，为谁辛苦为谁忙？”作者连问了两个“为谁”，这里面自然也寄寓了他自己的感慨。但我们现在却一点不用问，明确得很：为人民辛苦，为革命事业忙。这自然同蜜蜂的辛苦不能比了。然而副刊的编辑工作，也未尝不是一种采百花、酿甜蜜的过程，副刊办好办坏，这采酿的工夫也实在大有关系。

副刊办得好，就好比一个注满了甜蜜的蜂房。这里面，充满了我们时代的声音，充满了我们时代的色彩，有短小精悍却发人深思的评论，有生动隽永的散文，有给读者提供一些新鲜材料的知识小品，有激动人心又使人回味无穷的诗篇，有引人神往爱不释手的美术作品，有各种各样读者喜闻乐见的文章。所有这些好稿件，能使读者从思想上、精神生活上甚至艺术欣赏上都有所收获，就如同他喝一杯蜜糖一样。

而这些甜蜜又是从哪儿来的呢？是从各种花朵里采撷起来的，是从许多作者那儿聚集起来的。

我们的沸腾的生活，我们的一日千里的社会主义建设，就是提供无穷无尽甜蜜的来源的花朵。想一想吧，每月每日，每时每刻，在我们万花似锦的国家里，有多少多少新事物发生，有多少多少奇迹出现啊！而且，我们还有难以数计的读者（读者的数目要比报纸的发行数大好多倍），他们之中，包括许多热心人，永远以最大的热情支持着报纸工作，支持着副刊。他们并不全是作家（作家在读者群里当然只占极少数），但他们都能提起笔来，写了文章，寄到编辑部来。人民日报副刊每天大约能收到三四百件来稿。这些稿件来自东南西北，黑龙江的工矿，云南的兄弟民族地区，广东或者甘肃的人民公社，到福建前线，我们并不认识他们，但是我们能感到他们的发自内心的对报纸的热情。没有这成千上万的热情的读者和作者的支持，我们这些人纵有天大本领，也一定是一事无成的。

但是，这一点也不意味着我们可以高枕无忧，笃定泰山；更不意味着我们就可以躺在家里恭候台光了。花朵是蜜糖的取之不尽的泉源，但并不等于蜜糖。

副刊编辑要做采和酿的工作。

采和酿，首先就是要肯下一番精挑细选的工夫。副刊编辑同志都会有共同的感觉，我们常常是在又不缺稿又缺稿的状态中。稿件不少，好的不多，这就是我们的经常状况。怎样千方百计地利用来稿，大约也是一门艺术。在这方面，我们有一点小小体会：当我们用一种固定的框子去找稿件的时候，常常会一无所获，或者所获不多；想找一篇散文，然而不那么完整；想找一篇评论或者杂文，然而看来看去不大像……。而当我们打破陈规，丢开框子，从沙里去淘金，从新内容去创造新形式的时候，就会觉得那一大堆来稿还是大有可为的了。

副刊编辑还应该成为报纸编辑部、读者和作者之间的桥梁。编辑部根据党的方针政策，根据我们社会主义建设的实际状况，拟订了一个时期的宣传方针和报道计划，副刊当然要环绕这个方针和计划，通过自己的各种形式来宣传。谁把这些消息告诉作者并且同他们一起商量，变成具体的文章呢？是副刊编辑。读者从不同的需要、不同的兴趣出发，要求报纸副刊发表一些这样那样的文章，要求解答这样那样的问题，要求介绍这样那样的知识，副刊编辑部研究了这些要求，拟定了一批题目，谁去把读者的心愿告诉给作者呢？是副刊编辑。作者们在生活和工作里有不少新的感受，新的见闻，要想把它讲出来，引起更多的人的共鸣，他们感到有义务为我们的集体多尽一分力量，谁去孜孜不倦地促其实现？是副刊编辑。副刊编辑们正是做了蜜蜂的工作，日复一日地把所有花朵里的精华采撷起来，编成一期期出色的副刊，在蜂房里酿成了甜蜜，送给广大的读者。

而在这种时候，什么是我们的起码的工作态度和工作作风呢？那就是辛勤的劳动。

辛勤，首先是脑勤：要多想，多研究，多思索新的问题，辨别新的风向；其次是眼勤，手勤，多浏览各种报章杂志，多翻书，多积累材料；再就是腿勤，要多出去接触实际生活，多找人。缩在蜂房的蜜蜂，尽管嗡嗡了一整天，也是酿不成什么蜜的。

有一位在副刊工作上也是老手的革命前辈，曾经说过这么一句话：办副刊不能像蜘蛛结网，只管张在那儿，来什么就吃什么。

这句话很可以作为我们副刊编辑的座右铭。

蜘蛛结网，是不是辛苦呢？也不能说不辛苦。它东奔西走，左顾右盼，忙了半天，总算把网结成了。可是它自以为从此可以一劳永逸，坐享现成了。于是它就不再辛苦，却懒懒地等在那儿，一会儿，一只小蜻蜓撞上来了，它就吃小蜻蜓；一会儿，一只蚊子被捞住了，它就吃蚊子；等到什么也没有的时候，它只好饿着肚子干着急，什么办法也没有。

譬喻总是跛子。如果把作者的稿件比做小蜻蜓和蚊子，自然太不尊敬，何况副刊编辑根本不是为了自己吃。这个譬喻，也正是从工作方法上谈的。

我们有没有过类似蜘蛛结网的情况呢？不仅有，甚至是常见。这种情况，大体是我们对目前宣传的主题心中无数；对风向和实际生活若明若暗；没有订出什么题目，没有想出什么点子，或者虽想出来，却不切合实际，头脑不灵，四肢不勤。于是，就只能变成了屋檐下的蜘蛛了。每天靠什么来编副刊版面呢？只能是有什么就编什么；每天把最大希望只寄托于一大堆读者来稿，总想在那里面突然发现金山。读者来稿里当然能发现好作品，我丝毫没有菲薄之意。这里只是说，编辑如果处于急急忙忙的被动状态，临时抱佛脚，那就糟糕了。翻到一篇散文，一看，也还新鲜，发吧。翻到一篇小言论，一看，也还言之有理，发吧。又翻到一首或两首短诗，一看，也还清新，也发吧。从排好的样子里又找出一两篇早已发下而又可用可不用的文章，于是，拼拼凑凑，一期副刊就编成了。读者看了不满意；总编辑看了也不满意，但他知道大概总是没有什么更好的稿子了，只好签字付印；其实，副刊编辑自己，又何尝满意呢？

你说他忙不忙？忙得很。东找西找，翻报纸，翻杂志。巧妇尚且难为无米之炊，何况我们还不是巧妇！结果，是事倍功半。永远在饥荒里过日子，永远是家无隔宿之粮。许地山先生早年写过一篇小说，叫“缀网劳蛛”。这名字倒可以为我们有些时候的窘态作注解。

也有一种安于蜘蛛结网的人，那就是些甘居中游的人。反正不求有功，但求无过，只要保证副刊在政治上不犯错误，质量差点儿也无所谓。这种思想是促退派的思想，这种工作方法也是促退派的工作方法，结果是有害无益。试问，如果我们不学习党的政策，不动脑筋，不接触实际，不呼吸新鲜空气，怎么能跟上这飞跃前进的时代？怎么能体会到沸腾的社会主义建设的气氛？缺少了这些，怎么能保证副刊不犯政治性错误？甚至，又怎么能编好副刊呢？

宣传马克思主义——革命报纸副刊的传统

《从“晨报副刊”和“觉悟”的四十周年说起》

也许可以这样说：宣传马克思主义，宣传党的路线方针，运用副刊的特点来担当革命的宣传战线上的一支方面军，已经成为中国革命报刊的优良传统了。

我们可以把这传统追溯到党成立之前的年代。

“十月革命一声炮响，给我们送来了马克思列宁主义。”马克思主义在中国最早传播的阵地，主要就是依靠报纸、杂志。然而当时党还没有成立，更不用说有自己的机关报。马克思主义者就先通过副刊来吹起革命的号角。

提起早期的宣传马克思主义的报纸副刊，我们就会想起北京的“晨报副刊”和上海的民国日报副刊“觉悟”。

这事说来整整四十年了。一九一九年一月三十一日，北京晨报上出现一则启事，宣布从二月七日起将第七版附刊大加改良：一，增设“自由论坛”，刊登新修养，新知识，新思想的稿件；二，增设“译丛”，刊登从东西学者名人的新著中移译来的有趣味的文章；三，在“剧评”一栏里，登载与文艺有关、比较有高尚精神的稿件。

这一则启事，从表面上看，并没有什么了不起。但它背后却有一件重要的事实：当时已经具有初步共产主义思想的李大钊同志参加了晨报第七版(即副刊)的编辑工作，从而使这一版就成为宣传马克思主义和参预革命的新文化运动的一个阵地。

民国日报的副刊“觉悟”的创刊，差不多也是在那时候。上海的一些具有初步共产主义思想的知识分子正酝酿组织中国共产党，他们就通过同“觉悟”的编辑的密切联系,逐步把这个由国民党办的报纸的副刊,变成宣传马克思主义的讲坛。

两个有较大影响的报纸副刊,一南一北,就这样紧锣密鼓,响起了振聋发聩的革命之声。

报纸副刊上,忽然开始刊登鼓吹马克思列宁主义的文章,刊登歌颂十月社会主义革命的文章,发表评述当时黑暗沉沉的社会的论文,发表论述社会运动,青年修养和妇女问题的文章,介绍世界进步学者的著作,发表新文学作品,这对当时所有报纸上的那些风花雪月的消闲式的副刊来说,是一个划时代的运动。它们如同初春的雷声,使草木万物为之一震。读者们在看惯了刊载庸俗低级的文章,看惯了反映文人名士式的腐化生活的诗词之后,突然看到改版后的"晨报副刊"和"觉悟",不能不有焕然一新的感觉,仿佛一片腥臭中忽然吹来一阵清风,满天阴霾里忽然透来一道阳光。而那些不满现状却又苦于找不到一条救国救民之道的人们,从这两个副刊上能找到许多足以顿开茅塞的文章,如同甘露琼浆,使他们得到丰富的营养,为我国早期的马克思主义运动作出了贡献。

改版后的"晨报副刊",在李大钊同志主持下,以宣传新思潮的斗士的姿态,投入了五四运动前后新旧思想的尖锐斗争。改版头一天,就发表了李大钊同志写的"战后之世界潮流——有血的社会革命与无血的社会革命"。这篇文章热情地向人们宣告:社会主义革命的潮流"虽然发轫于俄德,蔓延于中欧,将来必至弥漫于世界"。文章也对当时英国和日本的一些人高唱着所谓"无血的社会革命"的论调,进行了抨击和驳斥。三月四日,李大钊同志又发表了"新旧思想的激战",揭发了那些为统治阶级服务的顽固守旧派依靠反动势力摧残新思潮的阴谋,义正辞严地警告他们:新兴的革命思潮,是任何反动势力摧残不了的。李大钊同志写道:"须知中国今日如果有真正觉醒的青年,断不怕你们那伟丈夫的摧残;你们的伟丈夫,也断不能摧残这些青年的精神。当年俄罗斯的暴虐政府,也不知用尽多少摧残的心性,杀戮了多少青年的志士,那知道这些青年牺牲的血,都是培植革命自由花的肥料。那些暗沉沉的监狱,都是这些青年运动奔劳的休息所。那暴横政府的压制,却为他们增加一层革命党的新趣味。直到今日,这样滔滔滚滚的新潮,一决不可复遏,不知道那些当年摧残青年、压制思想的伟丈夫那里去了!"三月十四日,李大钊同志又发表了"现代青年活动的方向",号召青年冲破旧思想的牢笼,参加社会活动:"新时代的曙光出现了!新世纪的晨钟响了!我们有热情的青年啊!快快起来,努力去作人的活动!"那年五月一日,晨报副刊出了"劳动节专号",这是中国报纸第一次公开地、大张旗鼓地纪念这个全世界劳动人民的伟大节日。

从此以后,晨报副刊便担负起传播马克思主义、推动新思潮的光荣任务,在新旧思想的斗争中冲锋陷阵。它开辟过“马克思研究”的专栏;发表了大量介绍社会主义的文章和马克思、列宁等无产阶级伟大领袖的传记;一九二〇年以后,又逐渐用主要地位提倡新文学;辟了“杂感”一栏,发表不少我们现今称之为杂文的时事和文化的短文,发表了瞿秋白同志的震动全国的苏俄通讯……。在它被“新月派”所控制变成了反动的东西以前的五、六年中,晨报副刊成为当时北方进步知识分子、进步青年爱不忍释的精神粮食。

至于南方的“觉悟”,在共产主义者的影响之下,从不明显的初步的社会主义倾向,逐步肯定了中国应当走社会主义的道路。在宣传马克思主义的战线上,它比晨报副刊更多地发挥了报纸副刊的特点,就是篇幅比较短小精悍,并且常发表一些切合当时中国知识分子的思想状况的短文。比如说,它常常发表一些读者和作者之间的讨论,人们从这些吸引人的讨论中,能看出那个时期许多青年知识分子对马克思主义从怀疑到接受它的个别原理、到完全承认它是唯一正确的革命理论的转变过程。“觉悟”的作者,大多是一些无名作者,文章比较朴实清新,通过自己的切身感受来评论社会问题,因而也就能吸引人,帮助读者解决一些思想问题。它还发表了大量谈论工人运动、劳动以及知识分子怎样同劳动结合的文章。例如,在一九二〇年五月二十日发表的“中国劳动者第一次罢工的胜利”中,歌颂了香港机器工人的罢工是“中国劳动者第一次的胜利”,作者分析罢工胜利的原因是由于“工人能够贯彻他的奋斗、牺牲两种精神,始终一致进行”,作者赞佩了工人的团结、协作和道德水平,最后高呼“劳动万能”,“劳动神圣”。在那些文章里,时常能读到这样的一些字句:“中国工人并不是没有团结的能力。”“他们罢工的目的如何光明正大?他们的进行又如何的坚决有力,能不佩服他们吗?”“我们每日享受那物质的文明,还是靠着劳工,因为没有劳力的人工,什么文明都不能成就,什么幸福都不能享受。”“应以劳动为生活的第一义”等等。“觉悟”上的这一类文章,吸引社会读者关心工人运动,并且指导革命的知识分子去正确地帮助工人运动。“从事于劳动运动的人,一定要身入劳动界。”(“劳动者的条件”,一九二〇年四月十一日)那年六月里,“觉悟”上又开展了青年学生的讨论,题目是“我们怎样度暑假?”在大城市里的一些进步学生,暑假里要回家乡去了,“觉悟”组织他们在副刊上讨论回乡后怎样向周围的劳动人民进行宣传教育。尽管后来效果并不好,因为那些学生回乡后并没有真正地深入工农群众,只是浮在上面;但是副刊上经常讨论这些为各阶层读者感到兴趣的问题,把他们吸引到报纸的周围,参加议论,并且指出切切实实的方法,帮助读者去做,是从“觉悟”开始的。

“觉悟”上还有一栏重要的内容,叫做“通讯”,用我们现在的栏目,就是“读者来信”或“读者中来”。这里是读者彼此交换意见的园地,是编者联系广大读者的地方。读者们在这里可以自由地发表意见,讨论问题,反映情况,可以谈妇女走出家庭,谈自由恋爱,谈学校的新旧斗争,谈学徒生活,谈女子剪发。这一栏联系了各个阶层的许多读者,什么心里话都愿意到那儿去谈。在二十年代的报纸副刊,能做到这样,实在是不容易的。

一九二一年,党成立以后,“觉悟”的态度就更加鲜明了。它抨击那些空想的社会主义者,它反驳那些无政府主义者的谬论,它痛斥了张东荪的反社会主义的谰言。当“新青年”成了党的理论刊物、党中央的机关刊物“向导”创刊以后,“觉悟”作为党的外围刊物,一次次地完成了战斗任务。直到一九二五年五卅运动以后,国民党内右派抬头,“民国日报”内部的共产党员和左派受到排挤,“觉悟”也被反动派控制,从此就失去了进步的作用。

在共产主义者影响下的晨报副刊和“觉悟”,也都发表了不少文艺作品和文艺批评。这些作品和文艺批评,大部分是为当时的政治斗争服务的。晨报副刊改为单张的“晨报副镌”以后,在鲁迅先生的支持和指导下,更是发表了不少好作品。“阿Q正传”和“估学衡”等名作就是在那上面发表的。它更发表了大批近代世界著名作家的作品,在中国读者面前开拓了无限广阔的世界,为新文化运动作出重要的贡献。但这已是超出这篇短文的题目范围以外的事了,这里就此打住。

晨报副刊的改版和“觉悟”的创刊,到今天四十年了。当我们今天翻阅四十年前的报纸和有关的资料,仍然能从副刊版面上、从文章的字里行间,接触到中国的共产主义先行者的战斗精神和革命气概,领会到他们怎样运用一切武器来传播马克思主义,赋予报纸副刊以崭新的生命,为后来的革命报纸的副刊树立了榜样。

副刊同样应该以宣传马克思主义作为自己的重要任务;副刊应该随时注意当前时代潮流所向,鲜明地表示自己的态度和主张;副刊应该随时关心和注意社会上的新鲜问题,发表评论,组织读者来讨论和正确地认识这些问题;副刊应该经常地给读者以丰富的知识,特别是他们所感到兴趣的新知识。这便是晨报副刊和“觉悟”所告诉我们的。今天,我们的时代同五四时代完全不同了,我们的副刊,是在党的直接领导下,成为报纸的一个组成部分,我们的工作无时无刻不在党的方针路线照耀之下,我们完全应该超过我们的前人!

附带说一句,“晨报副刊”同我们现在的副刊还有一件密切有关的事,就是副刊这个名字。无论最早的“申报”或“字林西报”、“同文沪报”也好,或是后来的晨报第七版也好,都没有用“副刊”二字,有的叫“自由谈”“同文消闲录”这类名字,有的称之为附刊。从“附刊”改为“副刊”,始于一九二一年十月十二日晨报将第七版改成四版的单张出版,称之为“晨报副镌”。据孙伏园先生说,原来是叫“晨报附镌”的,去请一位书法家写个报头,那位先生写的是隶书,据他说隶书中没有“附”字,他就擅改为“副”字。由于这一偶然的事件,附刊从此就改名副刊了。

“复兴散文”

有那么几年,在我们的文学宝库里,散文好像突然绝迹了。翻开文学期刊,不是短篇小说,就是诗歌,再不然就是电影剧本;在报纸上发表的,样式更少,大抵都是记叙真人真事的通讯。只有在个别的报纸(例如“天津日报”),个别的副刊上,才偶尔能读到一两篇散文。

读者们不满意这种状况。他们经常写信给报纸和杂志编辑部,提出这样那样的询问:“你们为什么不发表一些内容充实、文字优美的散文呢?”“为什么过去那些擅长写散文的作家们,如今都搁笔了呢?”在那些信里,好心的读者们历历地数着一些过去传诵一时、至今不忘的好文章,点着许多作家的名字,目的只是一个:希望再读到好的散文。

作家们怎么样呢?他们各人有各人的情况。有的人由于这样那样的原因,对新的生活,新的人物不那么熟悉了,像不敢贸然动手写小说写剧本一样,他们也不敢写散文;有的人说:“散文是要抒发个人情怀的,可是我这小资产阶级感情还没改造好,写不出好东西。”这话也有几分道理。有的人比较偏激些,他已经断定散文这样式,在今天社会主义时代,已经过时了。……这些原因有对有错,总而言之,写散文的人很少,写抒情性散文的人尤其少。

直到1956年,党的“百花齐放,百家争鸣”方针,像一股春风时雨,吹洒在文化艺术的园地上。人们的心头更加明亮了,各种多余的顾虑一扫而空。党为文学艺术开辟了宽广的道路,党提倡题材的广泛性和艺术风格的多样性。这个伟大的方针为复兴散文奠定了多么好的基础!

大约是从1956年下半年,人民日报和许多省报恢复了副刊以后,散文就逐渐多起来了。别的副刊我不知道,人民日报副刊复刊的时候,我们的确有这样的想法:把复兴散文作为副刊的一项任务。两年多来,也一直为完成这项任务进行努力。

这件事,说来也难也不难。

难的头一桩,是散文这个概念有各种各样的解释,如果说除了韵文以外都是散文,那么它的范围就十分广阔。史记是散文,韩愈、柳宗元、苏轼、欧阳修的作品,除诗以外,基本上也都是散文;瞿秋白的“赤都心史”是散文,鲁迅的“野草”和“朝花夕拾”也是散文;乃至于培根的议论风生的小品,爱伦堡的气势磅礴的政论,都未尝不可以算作散文。散文的内容十分广泛,体裁和形式更是多种多样的。

中国作家协会编的1956年散文小品选,搜集了1956年许多报纸刊物上发表的较好的散文小品,是把杂文、知识性小品都包括在内的。在“序言”里,说它们“一般可以叫做杂文”,又把它们分成两类:“一是随笔式散文——杂文中的一体;二是杂感式短评——杂文中的另一体。”这也是对散文的一种解释法。散文是不是分成这两类,当然还可以研究,但是这种主张散文的范围应该十分广阔的意见,我认为是对的,符合今天时代的要求,也符合今天散文的实际状况的。“序言”里写道:“……这近一百篇短文合在一起,也说得上是有景有情、有光有影的斑烂的画卷,虽然接触面还不够广(特别是反映城市和农村的生产战线上的人和事的短文太少了),也毕竟在相当程度上显示了当前中国的真面目和诚实的作者们的声音。这里有对人民的新生活的歌颂,有对祖国的美好山河风物的感怀,有对新旧时代的鲜明对比的有力刻划,有对国际人民敌人的无情讽刺,也有对人民内部的缺点和错误的善意批判。”这是大体上概括了今天报刊上散文的内容了的。

“新港”文学月刊在去年曾经出过一期“散文专号”。它的征稿启事中说散文“可以是特写、是报告、是速写、是政论、是短评,它也可以抒情、写景、言志。一张大字报,只要新颖活泼,富于战斗性,可以叫作散文;一个工作总结,只要具有准确性、生动性、鲜明性的特点,也同样是好的散文”。同样是反映了这种对散文的定义的广阔多样的理解。我是大体上同意这种解释的。说“大体上”,是因为我个人觉得有一部分内容,例如政论和短评,也许不算作散文更合适些。

当然,也还有另外一种解释:散文,基本上是抒情性的,它有特定范围的内容和形式。举个例,那就是鲁迅的“秋夜”,或是何其芳同志早年的“画梦录”。如果这样一规定,散文的道路就相当狭窄了。然而现在作这样理解的人们,也还不在少数。

难的第二桩,是报纸副刊究竟需要和能够发表哪些散文?这也有不同的看法。有人说基本上应该是反映当前生产和斗争的真人真事的生活速写,才能同报纸的任务相适应;而且散文的主题应该同当前宣传中心密切配合;否则,就是可发可不发了。例如工业上搞技术革新,散文就应该主要是反映技术革新;农业上主要抓积肥和备耕,散文也就应该反映积肥和备耕。

这个意见对不对呢?我觉得它的基本精神是正确的。就是说,副刊一定要反对那种脱离实际、无病呻吟的东西,反对那种不去反映工农业大跃进却滞留在个人感情小天地里的文章。这种文章,在编辑部收到的来稿中,还是占相当一部分,作者大多是知识分子。副刊的编辑同志有责任去鼓励读者和作者们把自己的兴趣从个人的小圈子里解脱出来,投入当前的沸腾的生活激流里,去接近、观察涌现在各种战线上的一批又一批的先进人物,去记录他们的生动的事迹,去捕捉生活中各种扣人心弦、能给人以鼓舞的小镜头。我们不是说副刊应该充满时代的声音吗?这一类的生活速写,正是我们时代一种清新的声音。

但是,如果说除了这一种散文以外,就再不用发表其他内容、其他样式的散文,那就要使副刊大大减色了。既然如前面所说,散文,无论就它反映的内容或者表现的形式来说,都是十分广泛和多样的;那么,副刊上的散文,又怎么能只提倡其中的一种呢?

散文在我国有悠久的传统。从先秦诸子、唐宋八大家直到明清小品,为我国的散文积累了难以估价的财富,它们的内容包罗万千,风格丰富多彩。"五四"以后,革命民主主义的文学大师们,继承并且发扬光大了这个传统,鲁迅、茅盾和许多前辈作家们,都写了许多精彩的散文。它们有许多至今还是散文的典范,成为文学读本的教材。在第二次国内革命战争时期,作为散文的一种体裁的报告文学、特写,曾经起过鼓舞人民参加革命斗争,揭露社会矛盾的作用。我们也许还能记得夏衍同志的"包身工"、宋之的同志的"1936 年春太原"和别的许多文章。在抗日战争时期和解放战争时期,报纸上曾经发表过大量的战地通讯、随军散记一类的散文,鼓动了成千上万青年人走上斗争的前线。抗美援朝时期,无论是在朝鲜前线还是在国内,谁不为"谁是最可爱的人"深深感动?从"五四"以来的四十年间,革命的和进步的报纸副刊,为我们送来的优秀的散文,是难以数计的。

如今,散文进入了一个空前有利、大显身手的时代了!祖国一日千里的社会主义建设,特别是 1958 年的大跃进和今年更大的跃进,为我们的散文作者提供了用之不尽、取之不竭的写作源泉。这正是促使散文的内容极大地丰富、散文的形式极大地多样化的基础。在这块肥沃的土壤上,可以生长出各种奇葩,万紫千红,争妍斗艳。只要是对社会主义建设有利的,只要是能够从各个方面给读者以鼓舞、提高他的共产主义道德品质的修养的，只要是对社会主义的建设者有益的，作者完全可以运用他自己最熟悉的形式，写出最新的散文。因为它是一种极为自由的形式，作者愿意怎么表现，就可以怎么表现；它可以使作者直接对生活发言，它可以是革命现实主义和革命浪漫主义的结合。也许可以说：散文，最适宜于这个万马奔腾的大跃进的时代了。

愿我们所有的副刊编辑同志，一起来担负“复兴散文”这个任务。让散文在我们这个时代，开出更加鲜艳的花，结出更加丰硕的果！

红花绿叶

“牡丹虽好，还须绿叶扶持。”

在副刊编辑工作中，大约永远要记住这句话。

什么是副刊上的牡丹——红花？从内容上说，就是那些宣传党的政策方针、表现时代精神、反映现实生活的稿件；从体裁上说，它们大体是杂文、评论、散文速写和别的文艺作品。它们构成了副刊的主体，它们是版面的支柱。副刊能不能完成自己的任务，能不能准确地、及时地、有力地成为党的一个宣传武器，在很大程度上取决于它们。在这些方面，集中优势的兵力，是完全必要的。

在副刊工作上，我们曾经遇见过这样的论调：“副刊嘛，虽然叫报屁股不大好听，但是它总归是消遣性的东西。副刊不必那样强调政治。还是应该多搞点软的，让读者轻松轻松算了。”

中国的文字，有时在运用者的手里，可以变得十分奥妙。有时看起来很浅显，实际上却莫测高深。即如这个“软”字，如果是指文字的生动，体裁的多样而言，也无可厚非，甚至可以说是正确的。然而，这些副刊设计者们提出“软”字，实际上是另有打算的。他们把政治内容、战斗性主题统统归之于“硬”类，在他们看来，宣传党的政策方针，针对当前群众思想状况发些议论，帮助读者正确地认识某一些问题，都是“硬”的，十有八九是“公式化概念化”的，“读者不‘吃’”，总而言之，要不得。他们千方百计地要抽梁换柱，把这些构成我们今天的副刊内容的主要支柱悄悄抽走。如果按这些先生们的意见去办，副刊上只剩下无病呻吟，身边琐事，风花雪月，变成新的“消闲录”或“快活林”了。

这类意见，在1957年春天，曾经大大流行过，曾经俘虏了不少人。并且在实际上也影响了我们的一些副刊萎靡不振，唱低调。多谢反右派斗争，使我们从那一阵乌烟瘴气中清醒，分辨了是非黑白，弄清了这种“软性”论者，原来是想使副刊变质,想把副刊拖出党的宣传的正确路线。

1958 年的大跃进,使我们一天比一天地懂得:副刊必须政治挂帅,政治是灵魂。在这上面,如有一点不坚决,就一定要犯错误。副刊首要的任务,不是给读者以“软的”轻松愉快,而是宣传党的精神,党的思想。

这一条是铁定的,毫不动摇的。

那种“多一点软性的东西、少一点政治”的论调,在反右派斗争以后,被粉碎了,不敢公然抬头了。但是,恐怕也还不能说它从此就不会再死灰复燃了,如果我们一放松,它还会披着各种新的外衣借尸还魂的,我们还得时刻警惕着。

但是,我们有时又会听到另外一种意见:副刊做到及时反映,密切配合,就算基本上完成任务了。其余的嘛,可有可无,无关紧要。

他们的意思就是副刊只要做到配合整个报纸的宣传中心就行。比如全民炼钢,就多发些反映炼钢或介绍炼钢的文章;春耕播种,就多发些春耕播种的诗;要鼓足干劲,就发些批判保守的杂文;工业上在抓运输问题,农业上小麦过拔节关,副刊上最好也能有所反映;等等。

这种意见,有它对的一面,就是副刊编辑应该注意和知道当前生产中的主要问题,因为生产是我们现实生活的主要部分,对这些方面茫无所知,也就是脱离实际,脱离生活,副刊也就很难编好(而这种关门编报、不问天下大事的情况,在我们之间,确实也是一种常见的毛病)。这种配合,有时也是必要的,如反映炼钢的生活,因为那是全民性的运动,是大跃进中的主流所在。但如果把这种配合作为副刊的全部内容,认为除此以外就再不需要别的东西,那就显然错了。

报纸是党的重要的宣传武器。读者,是报纸的宣传对象,也是报纸的服务对象(对读者宣传教育这一工作本身,也就是最好的服务)。读者有权利要求报纸能够满足他的精神生活、文化生活中这样那样的需要,而报纸呢,也就有责任、有义务去满足最大多数读者的那种正当的要求,去丰富、充实他们的精神生活和文化生活。副刊是不是可以例外呢?不,恐怕相反,它更有这样的责任和义务。

读者的需求和兴趣是十分广泛的,多方面的,这就要求副刊经常注意那些新鲜的事物,大而至于国际国内新发生的大事,小而至于科学珍闻,卫生常识,只要是对读者有益的,适合的,我们就得动动脑筋,转转念头,想个什么法子端到报上去,介绍给读者。

于是，在副刊版面上，就经常出现一些不一定属于前面所说的“红花”那一类的稿件，它并不正面在宣传党的某一种政策，并不正面在反映当前某一个重大事件或者议论和批评某一种不好的思想，不良的倾向，甚至，它同这些并无关连。比如说，它是一首小词，写的是山川风物；它是一则寓言，说的是叫人不要盲目相信自己的主观；它是一篇五百字的小议论，劝大家不要随意创造写简体字；它是一个小专栏，是一位诗人和一位读者在商量一首诗的得失；它是几封读者来信，叙述自己读完某一本好书以后的感受；它是一组儿童或兄弟民族诗画，描绘了幸福的生活；它是一段小常识，解释一个最近很流行的成语的来历；它是一篇知识小品，介绍我国一本古代的科学书；它甚至是一个小方块，三言两语，说苏联某个地方有一棵一百三十多岁的松树……等等。

这一类稿件，我们可以称之为“绿叶”。

它们当然不能构成副刊的主体，但它们的的确确是副刊这个和谐的整体中不能缺少的部分，有了它们，才能使副刊逐步做到五花八门，丰富多彩。

当然，即便是政治内容的稿件，即便是那些“红花”，也应该有副刊特点的。如果杂文写得如同一篇工作评论，只是字数少些，那又何必发在副刊呢？如果是一篇真人真事的通讯，在新闻版跟消息配合发表，岂不更加集中有力？副刊，总该有自己的特色。杂文，好像可以多从思想方法、工作方法方面去谈，并且去注意日常生活中出现的问题，在写法上，要力求有点文学色彩；散文速写，应该要求内容更有概括性，艺术的感染力更强烈些。

而这一类“绿叶”呢，那就是报纸的其他版发得很少或甚至不发表的了。其他的版在发一首诗、一幅画或一篇知识性文章的时候，多少要找个“由头”，副刊要发的时候，有“由头”更好，没有“由头”也未尝不可以发表。

这些“绿叶”从哪里来？

一大来源是读者来稿。每天汹涌而来的读者来稿，常常提供给我们许多新的东西，或者给我们以生动的启发。一首炊事员写的诗，也许并不怎么太高明，也许一下子就从我们手下滑过，然而如果把它留下来，再进行有意识地积累和搜集，配个图，一个图文并茂的“伙房之歌”的专栏也许就会编成了。从成千上万的读者来稿中，是能够发现佳作的；但也有许多是散置在那里的一颗颗珠子，孤立地看，它的色泽也许并不那么吸引人，但是如果编辑去把它们一颗颗收集起来，结成一串项链，那就是一件精品了。有人把新闻工作按它的英文字音译为“集纳”，我觉得这一种穿珠链的工作，差近似之。

另一大来源，是从兄弟报纸刊物上去采撷，去取经，去找“由头”，找“灵感”。

一个人的见闻毕竟有限，读者来稿有时候一阵风来，也常会千篇一律的，但副刊上却不能千篇一律，如果副刊一连好多天都是老面孔，那就要使人望望然去之了。要使得副刊日新月异，就得博览群书，多翻阅兄弟报纸，新出的刊物，使自己视野扩大，思路开阔。我们自己就是经常从兄弟报刊上得到启发和帮助，转载了一些好的稿件，或是找到“由头”，去编写和组织一些稿件的。

“绿叶”不比“红花”，在紧张的时候，它常会被遗忘，被挤掉，等到你感觉到的时候，也许版面上已经单调久矣了。这就需要有专人负责，并且保证它在版面上的比例，保证它的适当的地位。

红花是重要的，但是绿叶不可偏废。红花绿叶配在一起，才能相得益彰，副刊也才真像个副刊。

组织稿件的几字诀

要把副刊装点成花团锦簇的园地，需要编辑人的巧心安排；但是，光有巧心还不够，还需要稿件。巧妇尚且难为无米之炊，手头没有稿件的编辑，本事再高明，也编不出一期像样的副刊。

所以，组织稿件，在副刊的编辑工作中占着很重的地位。这工作乍看起来不算复杂，好像只要多打打电话、多写写信就行，再不就多跑跑腿，登门拜访，不管效果如何，冲上门去再说。但是，久而久之，你就会感到这里面也并不那么简单。比如说，你打个电话给一位作者：

“××同志，您最近能给我们写一篇文章吗?”

这个电话对他是意外的“袭击”，他也许正在考虑一个新问题，也许正在同别人商量一件什么事，也许正在开一个什么会，也许正在全神贯注地看一本新书，总而言之，没有任何关于写稿子的思想准备。然而来了电话，却又不能不接。

“啊哟！我能写什么呀？没有什么可写的呀！……”

“您客气。哪会没有可写的呢?”

于是他摆出一大堆情况：例如最近尽是会议啦，没有下去啦，工作很忙啦，等等。这些也都是实情，也许有点夸张，说到临了，反正他不准备写什么。

就这样，蘑菇了半天，你有点失望了，但是还不放弃任何一线希望：

“您还是考虑一下吧，过两天我再打电话同您联系一下。最好是……”

“好吧，我考虑考虑。”

啪嗒一声，电话挂上了。

于是，编辑怪作者不肯帮忙；作者怪编辑在紧张的时候来打扰。其中是非曲直，也许一下子不容易说得清楚，但是，有一点是肯定了的：这个电话的效果，大体上等于零。

有的编辑同志同作者熟悉一些，在碰到的时候当然就多说一些，作者也就会说一些苦衷，表示他实在力不从心，并非不肯帮忙云云。结果仍然一样：稿件没有。

我想，这方面是不能对作者多所责难的，要多从我们自己这方面找原因。事实也正是这样，当我们稍稍回顾一下这些尴尬场面的时候，就会发觉，不是题目出得不对头，强人所难；就是自己心中无数，根本不知道作者甲最近在研究什么问题，作者乙最近对哪方面有兴趣，作者丙最近到过哪些地方。泛泛地打个电话要稿件，又怎能不碰壁呢？

俗话说，"吃一堑，长一智"。这么碰来碰去，就碰出了几个字来，曰：机，单，交，点。——大约算得组织稿件的几字诀吧。姑且写出来，向高明求教。

机

第一个字，是"机"。

机者，时机也。时不再来，机不可失。组织稿件，要紧的就是这个时机。

所谓时机，有大有小。大而至于世界大事，国内重大的政治斗争，重要的方针政策的发布，群众运动，小而至于一个引人兴味的活动，一场演出，都是约稿的时机。有些作者，尽管工作很忙，但遇到重大事件，再忙也会赶一篇文章，因为他的斗争的激情，他的政治责任感在推动着他。有些作者，尽管平时写得很少，但遇到一件称心如意的事，也会"欣然命笔"；因为在这件事上，他觉得有一些话怎么也憋不住，非说不可。这种时候，常常会产生一些好文章。关键就在于副刊编辑是不是抓紧一切好时机，去组织稿件。我们都爱说"文章就是逼出来的！"你说这话有没有道理？恐怕是说出了一部分真理。到了那种热火朝天的时候，不等到编辑去逼，形势就先逼着他非写不可了。

去年七月，中东局势紧张的时候，人民日报副刊曾经整版整版地发表有关这方面的稿件，连续达一个月之久，发了上百篇的文章。这许多文章中，当然有一部分质量不算高，但是从编辑工作来讲，能够延续这么久，主要是依靠那些热情的作者。有许多作者，特别是文艺界以外的，平时同副刊编辑部很少打交道，甚至素昧平生。但是，在那个时候，只要写一封信，打一个电话，或者拜访一下，这些同志也都积极行动起来了。在他们来说，是把为报纸写稿看作是参加反对美英帝国主义侵略的斗争的一部分的；大敌当前，斗争第一。至于文章的好坏，乃其余事。而对我们来说，从这里就可以得到一条重要的经验，就是：只要抓住时机，就能发挥一切积极因素。

武汉钢铁公司的负责人，平时在基建工程或者生产十分紧张的时候，当然不可能把给人民日报副刊写稿作为一项重要工作；但是，一高炉提前投入生产，要出铁了；这在全民炼钢的时候，是一件大喜事。他也就高兴地答应了编辑的请求，在那样紧张的日子里，抽空写了一首诗，来表达兴奋的心情。

同样，一位地委或者县委书记，日理万机，怎么也不会把给人民日报写杂文经常排在议事日程上。但是人民公社化一来，他感到有不少话要说，有不少新鲜的见闻要告诉别人，于是，他也就自然地按着编辑的约稿信，写出一篇气势磅礴的政论来。

这是比较大的，一般意义上的时机。

对每个作者来说，也有他个人的时机。我们的许多作者，都有繁忙的工作，有紧张的社会活动，他们并不是时时刻刻都在准备写作的情况之下。也就是说，他们写一篇文章，也需要一定的时机。他们写作的冲动，与机俱来，与时俱逝。而副刊编辑，就要能够经常地关心和熟悉作者的近况，抓住一切好的时机，在作者身旁“促进”一下。举个例说：1957 年 4 月 28 日，是李大钊同志殉难 30 周年纪念日，我们早就着手准备一些稿件，但苦于没有一篇带头的文章。这时我们听到一个消息：陈毅同志正在京郊养病，在最近曾去凭吊过大钊同志的墓。而且他在三十多年前，同大钊同志一起工作过。有了这个由头，我们就去约稿，陈毅同志果然也就写了一篇文章，还有六首五绝。对于作者来说，这也许恰好是遇到了最好的时机。

所以说，机不可失，莫误良机。

自然，编辑要能抓住时机，首先得关心时事，关心大大小小的新鲜事物，特别是关心许多作者的近况：他们在研究些什么？将要到哪儿去？或者，刚从哪儿回来？他们新近有什么感受？发表过什么样的意见？诸如此类，不一而足。时刻做到眼观四面，耳听八方，那就能见机而作，当机立断了。

单

第二个字，是“单”。

抓住时机，就要去找作者。

同报纸副刊有过或者没有联系的作者，何止千万，一时从何找起？

这就出来一个“单”字。

单者，名单也。有些同志同作者联系，只打一回交道，找过就忘了，这自然不足为训。有些同志把作者姓名、通讯处、电话，都开列清单，不时轮流联系联系，周而复始，这就好得多了。然而似乎还不够，我说的“单”字，还不是指的这个。

我们这儿有一两位同志，在这方面有比较多的经验，他们有个诀窍，就是手边有一叠名单。这一叠名单中，有一部分是重复的，但大部分是不相同的。你别轻视这一叠名单，实际上就是各路大军，不同的作者队伍。

例如这一张，都是一些散文的作者，那一张，只适合写一些文学性政论的，再一张呢，老作家居多，对副刊来说，是希望他们写一点小品随笔等等。这么一分，作者的名字，在编辑的头脑里，就不再是孤立的一个一个的了，也不是横七竖八地一大堆名字和电话号码了，而且分了几摊子，这叫做各得其所。

这些单子，不是凭空想出来的，是根据工作的需要，根据一个个时期的选题计划，逐步形成的。而且，从单子又产生新的单子。例如，写散文的单子，又逐渐会分成好几张，这一批作者，在工厂和农村生活得比较久，或者现在仍在基层，他们是能写某一个地区、某一个工厂、公社的特写的；那一批作者呢，更适宜于写“风土新志”这一类的抒情散文，他们熟悉当地的山川文物，风土人情，而且笔调也比较清新生动；第三批呢，他们都在北京工作，在一些领导机关，工作比较繁忙，下去的机会不多，而他们的文章的风格，也更适合写文学性的政论。……就这样，日积月累，单子可能也越来越细，越来越具体，这就为组织稿件的工作初步铺平了道路。

也还有一批单子，那是一些不相识的作者。编辑同志是从他们的来稿里逐渐认识了他们、熟悉了他们的。认识了他们的名字，熟悉了他们善于和适宜于写什么样的稿件，并且把这些都记下来，等到需要什么稿件的时候，就可以根据不同的情况，不同的题目，向这些作者提出具体的要求。

单子，自然不是一成不变的。如果想“一劳永逸”，那就变成懒汉了。事物总是在变化着的，作者和他们的写作活动，也总是在变化着的。这一时期，某一位作者写某一类文章比较多，那是因为他最近在研究这一方面的问题。过一个时期，他又搞别的去了，或甚至搬到工厂或公社去了，你还把他的名字放在某一张单子上，意义就不大了。

我们常说：“要形成一支作者队伍。”我们也常请教别人：“你们的作者队伍是怎么扩大的？”这话看来都有点抽象。这个“队伍”，有时若隐若现，有时也只是在虚无缥缈之间。你总不能把所有在报上发表过文章的作者,开成清单,就名之为“队伍”。那么,逐渐积累那么一批(不仅是一张)名单,是不是可以算作是把这项工作具体化的第一步呢?

交

有一些作家,一见到副刊编辑,就有点怕。才打了招呼,就“王顾左右而言他”,或者借故走开。为什么?因为他怕编辑三句话不离本行,不管什么时候,什么场合,总要约稿。有的时候,还没有什么,可以商量商量,交换点意见;但在那些并不适合谈这些事的场合(例如在电影院,大街上,公共汽车上之类),就未免要使作者头疼了。

编辑的真功夫,恐怕不在见面就约稿,甚至锲而不舍,不达目的,决不罢休;而是在跟作者们平时的交往。

编辑跟作者,应该不只是约稿和写稿的关系,而且是很好的同志,是亲密的朋友。

在这个“交”字上,有的同志做得十分出色。他交游广阔,相识满天下,而且也不只是多而已。他熟悉作者,熟悉他的特点和弱点,通过自己的编辑工作,发扬作者的特点,注意并且及时指出作者的弱点。这样做,作者是会感激他的。在他的身上,体现着党报工作人员的原则精神,也体现着革命者的诚恳和严肃。他不仅在思想上,写作上帮助作者,而且在生活上也了解和关心作者,成为作者的一个可以信赖的朋友。

这也就是“交”字的最重要的一点。

这样,作者有些什么打算,就会同你商量了;有些什么喜怒哀乐,就会向你诉说了;甚至有些什么心事,也会告诉你了。这样,他对我们的副刊工作有什么意见、批评和建议,也会直言无忌了;他对哪些文章满意,对哪些文章不满意,他对某一篇杂文的观点的不同看法,对某一作者的文风的批评,都会痛痛快快地告诉你了;他听了哪些关于报纸的反映,想到哪些可以写的题目,也会统统告诉你了。甚至,他会替我们出主意,想点子,组织稿件,直接或间接地参加副刊的编辑工作。

可惜我们也还有些同志,由于这样那样的理由,还不是那么热心于同作者交朋友的工作。他们或者把这项工作看作可有可无,多此一举;或者虽从道理上认识到了,却又看成是额外负担,不太乐意去做;或者呢,自卑心理在作祟,觉得自己好像比别人要矮一点;要不,又是不恰当地自尊,觉得自己比别人要高一点……总而言之,是不愿走出办公室去找朋友。

交朋友本是自愿的事,不能强求的。但是,副刊的编辑工作,要求我们这样做。因为编辑本身,就应该是党的活动的积极分子,应该是各方面作者的朋友。

当然,我们也不敢赞成另外一种“交”法,那就是群居终日,言不及义,互相吹捧,拉拉扯扯。这种“友谊”深则深矣,“关系”密则密矣,可惜里面无产阶级的革命气息很淡,资产阶级的庸俗情调却很浓。那样的“交”,对我们的事业并不会带来什么好处。

“交”这个字,看起来是组织稿件中的一种工作方法,但是,它的意义,要深远得多。

点

有了单子,交了朋友,还不够。尽管这单子是经过长时期的“考验”而形成的,也总还免不了主观主义的成分,因为,这名单毕竟是一相情愿的东西。作者既没有同报纸订什么合同,也不受什么约束。有没有单子是你的事,最后写不写,总还是他的自由。交了朋友,很熟悉了,但也并不等于作者就一定有那么多文章要写。

不错,遇到重大事件或者政治斗争,他会热情地参加作战;可是,毕竟不是每天都有重大事件,也不是每期副刊、每篇文章都同当前政治斗争有关的,而且,也并不是每个作者都适合写这一类文章的。

那么,在平常的日子里,又该怎么办呢?

我们就得经常动脑筋,想些点子,去找作者,去找文章。这种脑筋,有时候“伤”得不少。虽还说不上是“千方百计”,但也确实有一点“寤寐求之”的味道。

就像什么锁需要什么钥匙,什么样的作者也需要什么样的题目。本来,文章是自己做的,出题目作文章,总是常常被人反对,甚至要被某些人动辄加以嘲笑的。但是,只要题目出得对头,用术语说,叫“对上口径”,引起了作者的兴趣,触动了他的文思,文章也跟着就会出来的。

比方说,某一位作者生活中有过某一种经历,这件事常常引起他的回忆,平时,也许就是回忆回忆而已,未必就想动手写文章;然而,细心的编辑想到了这点,抓住一个现在的由头,可以使这位作者触发起过去的回忆,引起他的许多情怀。这种时候,常常一拍即合。例如,我们曾经约作家谢冰心同志写一篇“再到青龙桥去”的散文,因为她在30多年前曾经写过一篇有名的散文“到青龙桥去”,事隔这许多年,起了翻天复地的变化,旧地重游,作家一定有许多话要说,有许多感想要抒写。这个题目,作者在两年前就欣然接受了。只是由于她工作较忙,又经常出国,一直未能如愿。但我们相信她迟早会写出这篇散文的。

工厂里搞群众性的技术革新运动时,有过一个口号:“窍门对你笑,看你找不找!”意思是说窍门很多,俯拾即是,只看你是不是有心人。编辑工作中的“点子”,亦复如是。从作者过去的作品中能找出点子,从他现在的活动中能找出点子,从每天的大批来稿中能找出点子,从一条消息、一条广告、一件小事里也能找出点子。去年 12 月,我们发表过一组“孩子的诗”,有一首里面写道:“一心超过杜甫诗,快马加鞭赶郭老。”编者在这组诗后面说了几句话,说到这些小诗人将来会超过他们的前辈,最后问了一句:“不知郭老和其他的诗人们以为如何?”发表的第二天,郭老就答复了,他满腔热情地写了一篇“读‘孩子的诗’”的短文,赞扬了孩子们的志气,谦虚地说自己“诗多好的少”,以“学习毛主席”同孩子们共勉,最后还指出孩子的诗里有一首是抄袭自民歌的,提出新民歌运动中互相模仿、抄袭的一个问题。这篇文情并茂的短文,引起读者很大的兴趣,都称道是篇好文章。而这篇好文章得来却并不困难,只是因为“对上口径”了的缘故。

当你上下求索,终于想到了合适的题目,作者也“欣然命笔”,诚心诚意地写出了一篇好文章,读者也十分满意的时候,你常会感到一阵难以名状的喜悦,而这种喜悦,也只有副刊编辑才能体会,才能享受。有词为证:

众里寻他千百度,蓦然回首,那人却在,灯火阑珊处。

传家宝

1961 年 7 月 21 日的人民日报副刊发表了一篇散文《盐》。作者是一位老红军战士。在这篇散文里,他从中央革命博物馆的一个普通的盐罐子,回忆当年中央苏区的红军生活和反“围剿”斗争,回忆到在长征和抗日战争时期,盐这个最普通的东西怎样成了最珍贵的东西。作者在最后写道:

> 在胜利了的今天,每天三顿饭照例的要吃盐,但盐对我们已没有什么印象了,也从没再去注意过它。而当着我在革命博物馆里看到那将近三十年前在江西“老表”们家里那个普普通通的盐罐子的时候,却不能不使我勾起许多往事。在那艰苦斗争的岁月里,吃盐也不是那么容易得来的啊!

文章娓娓道来,却极有分量。对于许多并不熟知过去革命艰苦斗争情况的人们来说,对于“每天三顿饭照例的要吃盐”但却根本不知道曾经在一个时候

“吃盐也不是那么容易得来”的年青人来说，这是多么打动人心的好文章，这是多么宝贵的教育！

我们常常把党的许多优良传统比作革命的传家宝。在说到发愤图强、自力更生的革命精神的时候，在说到调查研究、联系实际的工作作风的时候，在说到艰苦朴素、克服困难的革命生活的时候，在说到自己动手、丰衣足食的干劲的时候，甚至在介绍某一段故事、某一件革命文物的时候，都会提到它，就像前面所说的文章里提到的那个普普通通的盐罐子一样。

所有这些革命的传家宝，都是我们赢得革命胜利的重要法宝。我们要永远提到它，让它一代又一代地在革命事业接班人的思想和生活里生根发芽，开花结果，让它更好地发扬光大，发出更多的光和热。

早在民主革命时期，毛泽东同志就告诫过我们：“在现时，毫无疑义，应该扩大共产主义思想的宣传，加紧马克思列宁主义的学习，没有这种宣传和学习，不但不能引导中国革命到将来的社会主义阶段上去，而且也不能指导现时的民主革命达到胜利。”（《毛泽东选集》第二卷 677 页）

在民主革命时期是这样，在社会主义革命和社会主义建设时期岂不更应该这样吗？

向人民群众进行革命传统教育，岂不是我们副刊编辑人员的一个经常的任务吗？

这种革命精神、革命传统的宣传，是否只是一种突击性的工作呢？比如说，在集中宣传大办农业、大办粮食的时候，配合着这个宣传中心，发表一些反映当年老苏区或抗日根据地自力更生、节衣缩食的回忆录，发表一些屯垦南泥湾的故事。在《毛泽东选集》第四卷出版的时候，集中发表一些反映第三次国内革命时期前方和后方、解放区和蒋管区的生活和斗争的故事，发表一些将军们关于某一个战役的分析和回忆。这些，无疑都是必要的，极有现实意义的。但是，我们却不能把它看成仅仅是一种突击性的宣传，好像抗旱、春播的工作那样。革命传统教育是长期的，传家宝需要一代又一代地传下去，而不是传一个时期就停止了的。对于读者来说，它的影响是细水长流、日积月累的。一段回忆，一个故事，会在年青人心头留下长远的影响，甚至他一生都会记住它，被他所鼓舞，所激励。且看《革命烈士诗抄》里的那些用鲜血凝成的、金光闪闪的诗句，抄录在多少青年人的日记本上，镌刻在多少青年人的心头！正像董老在题诗里写的：

战友音容永世违，

斗生业绩有光辉，
如闻謦咳精神振，
展诵遗篇识所归。

正是这样。副刊上的革命回忆录、革命故事和革命文物的介绍，正是起着帮助老战士们重闻战友謦咳，让青年们"识所归"的作用。这种作用越大，越深，越长久，对我们的社会主义革命和社会主义建设就越有利，对我们的共产主义事业就越有利。

革命传统教育的题材非常广泛，体裁也是多种多样的。它独独与那种空洞无物枯燥乏味的说教无缘。我们也正是受了《盐》和其他一些歌颂革命文物的诗文的启示，在副刊上开辟了《在革命博物馆里》这个栏目。而这也只是报纸进行革命传统教育的许多栏目之一而已。

从《花》谈起

今春，中国作家协会书记处开会，号召大家切实贯彻党的百家争鸣、百花齐放的方针，我想，要贯彻得切实，恐怕莫过于动笔吧。同时，报刊的同志们也欣然而来，斗室之内，促膝谈心。鲁迅当年有时怕编辑，每遇他们那"欲挤之状"辄具戒心，思乘机脱逃，而我的座上客既不像威风凛然的大主考，命题作文，也不带任何框框，套上硬挤。他们确是来聊天谈心呢。谁知于纵情畅聊中，就乘机截住："有意思，写下来吧！"这我才恍然大悟，他们原是"聊文章"来了，畅聊中，吐露着鲁迅的看法："散文的体裁，其实是大可以随便的。""题材应听其十分自由选择，风景静物，虫鱼，即一花一叶均可……"

那时恰值春意浓郁，春光醉人。举目凝视，一大架紫藤，把整整半个院子都罩了起来。一串串盛开的藤花，满吊枝头，迎风摇曳，婀娜妩媚。白丁香、紫丁香、红艳得朱唇似的西府海棠……都在争妍斗芳。我的座上客也不知不觉陶醉到良辰美景里了，"动笔吧！莫辜负这大好春光呵！"

就花谈花吧，于是就开手写了《花》。

从此，时聊时写，时写时聊，聊聊写写，写写聊聊，不知不觉就出现了集内后半部的一堆烂砖似的小文章。总之，这也许是有百花齐放的精神感召吧，虽然这些都远不是花。

这是老作家曹靖华同志在为他的散文集《花》所写的小跋(载 1961 年 12 月 26 日《人民日报》副刊)中的几段话。

作为副刊编辑,从这里受到鼓励,也得到许多启发。

党的百花齐放、百家争鸣的方针,使广大知识分子解除许多不必要的顾虑,兴高采烈地竭尽全力参加社会主义建设;也使许多老作家欣然命笔,为群芳斗艳的社会主义文坛贡献更多的琪花琼草。从 1961 年这一年散文的丰收,尤其能看到这使人兴奋的景象。不少过去不大动笔,或虽动笔但只是偶一为之的老作家,在 1961 年都为读者写了许多好散文。曹靖华同志便是其中的一位。他的散文集的名字便叫《花》。

这些花开得正是好时候。

东风浩荡,阳光拂煦,花是迟早一定会盛开的。问题是需要有催花使者,需要有适合它茂盛地开放的花坛。

报纸副刊正需要开辟这样的花坛,副刊编辑正需充当这样的催花使者。

并不是没有障碍的。比如说,有些作者的生活有限度,不十分熟悉甚至根本不可能接触到报纸当前迫切需要宣传的那些方面;比如说,有些作者对党的百花齐放、百家争鸣政策还了解得不清楚,还多少存在着这样那样的顾虑;比如说,有一些妨碍作者创作积极性的错误理论还在流行……而其中最大的障碍,恐怕是副刊编辑自己头脑里这样那样的框框和条条。

框框条条究竟有多少?也很难说,反正"每一座庙里都有一本难念的经"。你莫小看这些框框条条,它们也确实能起作用,不仅作者望而却步,连编者自己也都身受其害。久而久之,你手边尽是千篇一律、似曾相识的文章,你也就不得不一面叹气、一面发稿;加上那"报上登什么,来稿就写什么"的老规律,就组成了一个叫读者、作者和编者都头疼的恶性循环。

而这恶性循环,对贯彻党的"百花齐放、百家争鸣"的方针,是有百害而无一利的。

唯一的办法,就是打破那些框框条条!

那么,就没有框框和条条了么?根据什么来取舍稿件呢?要说有框框,就是"为社会主义服务"这个大框框;要说有条条,就是毛泽东同志在《关于正确处理人民内部矛盾的问题》里所列举的六条标准。在这大框框、大条条以内,选择什么题材,采取什么形式,从什么角度写,用什么表现方法,以至运用什么样的语言文字,作家都有充分的自由。副刊编辑当然可以也需要根据整个报纸和读者的需要,向作家提出这样那样的要求,但是应该尊重作家的这种自由。也许可以说,这就是我们体现党的百花齐放、百家争鸣方针的具体标志。所以说,在组织和处理稿件的时候,除了这个大框框和大条条以外,就不该再自立什么框框和条条,至于那种以个人感想代替政策、以个人爱好代替取舍标准,那就更等而下之,是副刊编辑工作的大忌。

我们编辑“花地”和“晚会”的经验

秦　牧　杨家文　刘日波

羊城晚报的副刊有两个。“花地”是文学艺术性的副刊，每天篇幅一万字。“晚会”是综合性的副刊，每天篇幅九千字。除了固定的篇幅以外；“花地”遇到出专刊的时候，常扩大为一整版。“晚会”现在每逢星期六也扩大为全版。两个副刊每月实际见报的有五十万字左右。这两个副刊，在羊城晚报创刊那天就办起来，到现在已经有两年多的历史了。

羊城晚报作为一份晚报，除了宣传党的方针政策外，还寓有让读者丰富文化生活、获得“文化休息”的意义，因此，副刊在晚报里占着相当重要的地位。现在羊城晚报销数达二十万份，其中不少省外读者是为了阅读副刊而订阅报纸的。如何满足各方面读者的广泛需要，一直是我们不断研究的课题。现在“花地”是以一切对文艺有兴趣的城镇读者为对象。“晚会”的对象还要更大一些，从产业工人、知识分子，到家庭妇女，一切买报的人都是我们争取的读者。

因为两个副刊容量很大，创刊之初，曾经担心稿件来源有困难。但在实践中我们体会到，只要鼓足干劲，发动群众，密切联系作者，一切困难都是可以解决的。现在两个副刊每月收到的稿件约五六千篇，加上特约组稿，稿件供应并没有重大困难，“晚会”的稿源，更是一直都很充裕。

在我们两年多的工作经验中，千条万条，编辑部政治挂帅，鼓足干劲是第一条。当我们充分学习和领会党的政策方针，干劲饱满，深入实际，认真研究问题

题解　本文原载《新闻战线》1960年第4期。《羊城晚报》有两个副刊，即《花地》和《晚会》，两者有着不同的定位。《花地》是文艺性副刊，而《晚会》则是综合性副刊。本文针对两个副刊的不同特点，分别总结了其创办以来的经验和不足之处。针对文艺副刊《花地》，文中总结出的办刊经验是“两条腿走路”，即“普及和提高相结合，群众创作和专业作家创作相结合，自投稿件和特约组稿相结合，外稿和内部稿件相结合；还有，创作和评论相结合”。而作为综合性的副刊《晚会》，因为读者群更为广泛，刊登的文章便追求古今中外无所不包，知识性和趣味性兼备。文中对报纸副刊“比文艺杂志应该更多地和当前形势相配合，更注意以文艺形式来谈思想问题，要求有更多的群众生活气息”的认识，应是比较中肯的，也有其学理价值。

的时候，那个时期副刊的版面就充满了蓬勃新鲜的气息，显得丰富多采。困难也会比较容易克服一些。如果这种条件不足，就会打不开局面，版面上出现呆滞沉闷、生气不足的气象。现在，我们已经提出“政治挂帅，干劲第一，立雄心壮志，争全国上游”的口号，号召全体编辑人员进行持久和刻苦的努力，包括认真向兄弟报纸的先进经验学习，本着饱满的政治热情，发扬研究生活的强烈欲望，保持主动性和敏感性。善于发现和珍视生活中的新生事物；争取进一步把“花地”和“晚会”办好。

因为两个副刊的稿件内容，读者对象不尽相同，现在分开来谈一谈。

文艺副刊“花地”

“花地”以发表文艺创作和评论为主，有时也发表一些学术小品、教育论文，但是基本上还是一个文艺副刊。

作为一个报纸的副刊，我们以为它比文艺杂志应该更多地和当前形势相配合，更注意以文艺形式来谈思想问题，要求有更多的群众生活气息。“花地”工作的一个中心思想是依靠群众，联系实际，力求围绕着当前的斗争，围绕着党的任务，从各方面进行配合，以反映我们现实生活日新月异的雄伟面貌，发挥鼓动作用。

为了要做到这一步，我们体验到副刊的编辑工作，也应该有一整套“两条腿走路”的方针，这种“两条腿走路”的思想，实际上就是掌握重点而又全面照顾的辩证思想，要“顾此而又顾彼”，而不是“顾此失彼”。

两条腿走路，在“花地”来说，主要是：普及和提高相结合，群众创作和专业作家创作相结合，自投稿件和特约组稿相结合，外稿和内部稿件相结合；还有，创作和评论相结合。

这些道理表面看来简单，实际上我们曾经在摸索中走过弯路的。“花地”创刊之初，曾经派出专人遍访京沪文艺界，着重走专业作者路线，因此，一度使“花地”的群众生活气息比较薄弱；当大搞群众创作运动的时候，在组稿工作中，又曾经对专业作者过于忽视，这都在一定程度上影响了工作效果。有一个时期创作发表得多，评论发表得少，也降低了副刊的政治思想性，因为创作和评论虽然同样具有思想斗争的内容，但评论（在副刊来说，特别是杂文和文艺批评）毕竟思想斗争更直接一些。还有，如果关门编报，版面跟着来稿走，也很容易影响质量和陷于被动。至于为了保持副刊反映事物的敏锐性，某一部分稿件由部内同志执笔也是很需要的，这不仅可以加强指导性，而且在副刊编辑部来说，也具有

"练兵"的意义。

根据这种两条腿走路的精神,我们采取了下面一些做法:

为了加强"花地"的生活气息和战斗作用,我们曾经着重注意抓群众创作,抓生活中的新问题,抓现场编报,这突出地表现在我们组织的一些专刊上。

当我们注意到某一项建设或一个地区面貌变化的重大意义的时候,就经常从编辑部抽出一部分人员,深入现场采写和组稿,编辑专刊。这样做,既可以使沸腾的生活场面,在报上以文艺形式得到迅速的反映,使读者经常获得对新生事物的强烈的感受;又可以使编辑人员轮流深入实际,广泛联系和组织作者。在迎接建国十周年的时候,我们一连登出了关于五指山区、榆林军港、青年运河、新丰江水电站、石油城等十几个专刊。最近,1959年受灾的许多公社重建家园,喜气洋洋过春节,我们就深入现场编出了"公社长春"专刊。华南著名的海陵岛修一条几公里长的大堤和大陆连接,我们就下去编辑了"海岛搭桥连大陆"的专刊。广东拖拉机厂试制成功第一架水田拖拉机,我们就编辑了"铁马催春"的专刊。这些专刊,因为生活气息强烈,一般都很受读者欢迎。当然,在进行选题的时候,要准,要新,要能引起普遍的关心和兴趣,并且注意提高思想和文字质量,不要流于粗滥,形式也应力求丰富多采。

通过组织专刊,联系群众作者,发表对群众创作的总结性指导性的文章,出版群众创作选集(我们已经编选出版了好几本"花地丛书"),不断地鼓舞群众的创作热情,使"花地"能够丰富多采,有群众性。

广大读者都要求文章的内容和形式能够丰富多采,读者既欢迎"蔡文姬"、"三家巷"之类的长篇连载,也欢迎精采的"小小说"。既欢迎生活气息浓厚的群众作品,又欢迎思想、艺术水平较高的专业作家的文章。报纸副刊的作品要求花式品种多,经常给人一种新鲜感。因此,稿件的储备要多,在"配搭"上才能够有回旋的余地(每天的版面上,最好配搭有杂文、小说、随笔、诗歌各方面的文章。有一些概括力强的鲜明的题目)。"搞版面"的同志如果发现某一方面的稿件储备太少了,就及时敲起警钟,大家共同研究解决的办法。

"花地"这样一个副刊,应该是无产阶级进行思想斗争、大力宣传毛泽东文艺思想的阵地。思想斗争固然贯串在副刊各种文章里面,但主要和经常承担这个任务的还是杂文。在文艺思想方面则是文艺批评。这方面我们是很注意抓的。如关于宣传总路线和学习工作方法以及在群众性的政治运动中间,我们都曾经有系统地发表了一批较有分量的杂文。其中如陶铸同志的"松树的风格"等杂文,是传诵一时的名篇。在文艺批评方面,总结某些作品的创作倾向,提出建设性指导性的批评;或者针对有错误有毛病的作品,发表一系列针锋相对的讨论文章,搞得热闹,引人注意,然后把它提到理论高度加以总结,都是我们经常注意做的。这对于提高广大群众作者的素养和反对修正主义文艺思想,很有好处。可惜,评论性的文章现在还是未能尽如理想,这主要是因为我们自己嗅觉不灵,水平不高,组织稿件办法不多,这是我们今后要继续努力解决的问题。

综合性的副刊“晚会”

“晚会”发表各式各样的知识性文章,中外古今,飞潜动植,宇宙苍蝇,猜谜做菜,无所不谈。有好些报纸的副刊,这一类文章是夹杂在文艺副刊里面的,我们把它分了开来,独立形成一个知识性浓厚的副刊。它的读者十分广泛,店员、三轮车工人、家庭妇女以至小学生都是它的读者。一般工人、知识分子对它也很喜爱。单从读者数量来说,它比“花地”有更广泛的基础。

“晚会”这个副刊的编辑要求,在于面对广大读者的政治文化水平、理解能力以及爱好习惯,以风趣生动的文字,介绍丰富正确的知识,指导生活,移风易俗,既要满足人们的求知欲,又要帮助群众在工余消除身心的疲劳,以及获得情操高尚的娱乐。

这些谈天说地的文章,我们是根据严肃的原则来进行选择的。应该使这些文章具有这样的内容:宣传共产主义思想风格,破除资产阶级伪科学,从丰富人们的知识中培养辩证唯物主义的世界观。

工人阶级的知识趣味是异常广泛的。正确、深刻地分析事物,精警恰切的譬喻,都产生健康的趣味。在这些材料中适当指出意义所在,就有思想教育的作用。例如从谈催眠术的文章当中,可以解释大脑的兴奋和抑制作用,介绍巴甫洛夫学说;从地球的变胖,地轴的移动等事情的谈论中,可以启发和巩固辩证唯物主义的思想;从许多动物的灭种和新种的发现,既可以谈达尔文主义,也可以接触到资本主义社会对于自然资源的严重破坏。这些事情都是具有政治思想教育意义的。

“晚会”的文章一般都比较短,每天保持十篇左右。文章的栏目很多,如“夜谈随录”、“历史小品”、“生物随笔”、“金属丛谈”、“带好孩子”等,已经出现过的栏目在一百个以上。

根据我们的体验,“晚会”的工作应该是:既要坚持政治原则,又要学会灵活应用;这样就能够既有严肃性,版面内容也多姿多采。既要谈小问题,也要谈大问题，不过这得从“晚会”的角度和以适当的表现形式来谈。既要介绍知识，也要讲理论。既要照顾读者的水平，又要提高读者的水平。文章既要厚今薄古，又要古为今用。既不专为知识分子，也适当照顾部分知识分子的需要；如某些谈金石版本的文章，虽然读者范围较窄，也酌量选登；对其他方面读者的照顾，道理也是一样。

为了使这个综合性副刊更好地发挥“移风易俗、指导生活”的作用，在谈天说地中又必须有重心，“晚会”中“夜谈随录”一栏就是着重谈政治、社会、生活的原则性问题，进行共产主义教育的。在每个星期六的扩大版上，我们又有“每周一谈”的专栏，采取娓娓谈心的方式，谈论思想修养的问题。更时常发表革命长者的专访文章，着重对青年谈世界观和工作、学习、生活态度。这些文章都很受读者欢迎。抓中心、抓栏目、抓线索、抓时机发表文章，也可以使这个副刊更好地配合中心任务，增加战斗性。例如为了破除迷信思想，我们就曾经开辟过“敢想敢做的人”和“当今状元”两个栏目。

在“晚会”的编辑工作中，我们深深地感到，选稿必须十分注意排斥资产阶级的趣味。警觉性稍一放松，就会造成损失。我们刊过一些“西洋幽默画”，其中有一幅画绘的是一个胖女人，拿手枪对准正在吸烟的丈夫，题目是“不准烟灰落地”，这幅画的表现方法，根本就不是工人阶级的思想感情。它是资产阶级社会中人们的险恶关系在作者头脑中的反映。我们登载它，就是错误的一例。

“晚会”因为它涉及的知识方面很广，稍一疏忽，也容易发生知识性的错误。例如我们刊过一些译稿，把一只蜷成一团的小兽译为“潘戈林”，把一尾古怪的鱼译为“固颚鱼”，我们照登出来。其实前者就是穿山甲，后者就是翻车鱼。这些教训都说明，越是这种趣味广泛、无所不谈的副刊，编辑工作就越需要有高度的严肃性，越需要精密细致。

从以上谈到的经验，我们深深地感到，副刊编辑人员需要有高度的政治热情和干劲，丰富的知识和坚毅的工作精神。我们编辑人员有时需要在家阅读大量来稿，有时又需要深入现场编报，突击赶稿。既需要冷静，又需要朝气蓬勃。不但需要有较高的政治思想、文学艺术水平，也需要顽强的广泛求知的学习态度，否则是不容易做好工作的。我们正在相互勉励，努力提高和锻炼自己，应当发扬多读书，多想问题，多谈问题的风气。而尤其需要坚忍的工作精神。编辑工作是一种异常细致的工作，副刊文章除了反映生活，丰富知识，进行思想斗争之外，还有语文教育、给人以美的感受等等意义在内。除了各种基本要求外，应该力争做到没有一个错字,没有一句语法上有毛病的句子,并使所有的插图题花、花线花粒都安排得十分美观妥贴。在政治思想不断提高的情形下,我们的编辑同志虽然鼓起干劲,做了许多工作,有一部分来稿还是同志们付出艰苦劳动,全部给改写过的;但是,按照上面的要求来衡量,我们的水平仍然不能适应,工作也是做得十分不够的。

为了避免版面跟着来稿走的被动状况(我们现在还不能说已经完全摆脱了这种状况),并且加强思想评论工作。我们深深地感到组织基本作者队伍,组织思想评论工作者队伍的重要性。培养群众作者的标兵也是一个值得认真注意的问题。但这些方面,我们只是时常想到而已,还没有什么很好的做法。我们希望兄弟报纸的副刊能够多多提供经验,和我们互相交流心得,帮助我们前进。

贯彻毛泽东思想，办好晚报副刊

北京晚报编辑部

北京晚报的副刊，是一个文艺性的综合副刊，叫“五色土”（北京中山公园有个社稷坛，土呈五色，叫五色土，这是“五色土”的由来）。副刊取这样一个名字，一方面是勉励我们自己要随时注意副刊的地方特点，而更重要的是想督促我们自己要经常注意副刊的多样性。因为我们觉得，在加强政治性、思想性的前提下，丰富多样，生动活泼，是晚报副刊的重要特色之一。

但是，多样性必须有中心。我们采用多种多样的形式，目的正是为了更好地为中心任务服务，为了突出中心。因此，我们说，晚报副刊的特点之一是杂——多样性；但是必须“杂而有章”，而不能杂而无章。

那末，这个“章”是什么呢？也就是说，晚报副刊的中心任务是什么呢？我们觉得，作为一个文艺性的综合副刊，它的中心任务应该是：贯彻和体现毛泽东的文艺方针，反映我们时代日新月异的面貌。

最近两年来，各项工作都在持续大跃进，文化艺术事业也达到了空前的繁荣，形势无限好，毛泽东思想的旗帜越举越高。这一切，都促使我们更迫切地考虑这个问题：副刊怎样更好地贯彻毛泽东文艺方针，更好地反映我们的时代呢？

下面就是我们最近一年来的一些初步的想法和做法。

题解 本文原载《新闻战线》1960 年第 10 期。1942 年 5 月毛泽东发表《在延安文艺座谈会上的讲话》，明确指出“文艺为工农兵服务”，“党的文艺工作是服从党在一定革命时期内所规定的革命任务的”，“文艺服从于政治”，因此“文艺为工农兵服务，文艺为政治服务”作为毛泽东文艺思想的核心就成为新中国成立后的文艺工作的总的指导思想。以此为背景，《北京晚报》副刊《五色土》作为一个文艺性的综合副刊，为贯彻毛泽东文艺方针，提出副刊“坚决为无产阶级政治服务，紧密联系实际，紧密配合当前的政治斗争和思想斗争”。本文总结既有的办刊经验认为，副刊杂文应是“新风格篇”，创作是“英雄赞”；版面要做到“红花绿叶、杂而有章”；作者队伍应是专家与群众相结合，坚持“两条腿走路”的方针。另外，本文谈到《五色土》副刊还存在“稿件质量一般不高”“推陈而不出新”等问题，会进一步改进以办好副刊。文章带有一定的政治色彩，带有时代特征，但总结的经验对办好副刊具有一定的指导作用。

一

副刊怎样正确地贯彻和体现毛泽东文艺方针呢?

我们觉得,副刊贯彻毛泽东文艺方针,集中表现在:坚决为无产阶级政治服务,紧密联系实际,紧密配合当前的政治斗争和思想斗争。

当前我国人民的中心任务,就是要加快社会主义建设,争取在最短期间内,把我国建设成为一个具有现代工业、现代农业和现代科学文化的社会主义国家。我们说文艺为政治服务,就是说今天的文艺必须为这样一个伟大的社会主义建设任务服务。因此,晚报的副刊,必须用最大的政治热情歌颂社会主义建设的伟大成就,宣传党的各项中心工作,反映党的各项政策的实施。我们要求:副刊要通过自己的评论,宣传当前党的方针政策;对当前各项中心运动和运动中产生的新事物,凡适合于用文艺形式表现的,都应该及时地在副刊上有所反映。

由于副刊的特点,副刊在反映各项中心运动的时候,应该着重于:

1. 宣传我们时代崇高的共产主义风格;

2. 歌颂我们时代的英雄人物。

因此,副刊应该十分重视杂文、散文、小说和诗歌等能够迅速反映现实生活和斗争的稿件,把这类稿件放在副刊的主要地位。

北京晚报副刊的杂文栏目叫"一夕谈"。我们觉得,"一夕谈"应该是"新风格篇",它的任务是结合中心工作,大力鼓吹群众中正在不断成长的新风格、新事物,鼓舞和教育群众学先进、赶先进,彻底摆脱资产阶级的思想影响,树立共产主义的崇高思想。

今天,在我们的社会中,新人、新事、新道德、新风尚不断涌现,我们的杂文要用最大的热情来帮助新事物的成长,扩大新事物的影响。这样,杂文见报的数量也可以大大地增加。今年以来,由于我们把坚持出"一夕谈"作为"开门红"的条件之一,四个月来已经基本上作到每天一篇(出科学卫生专刊的那天除外)。

晚报副刊的文艺创作,即诗歌、小说和散文等,和文艺期刊有所不同:它更富有新闻的性质,应该更及时地反映和配合当前的中心工作。

我们常常把副刊的文艺创作叫作"英雄赞"。它的任务是在反映中心运动的时候,要着重于歌颂我们时代的新人,刻划新的英雄人物。

有一度,我们副刊较多地注意了反映街道情况,而且在反映街道变化的作品中,写老大爷、老大娘的又多了一些。学习党的八届八中全会的精神以后,这些缺点开始有所纠正，反映工人中先进人物的作品大大增加了。

我们副刊上表现英雄人物的作品，大体分两类：一类是真人真事，一类是创作。写真人真事的作品当中，有些是英雄人物自己写的，例如孟泰、王崇伦、徐学惠、时传祥、罗淑珍等同志，都为晚报副刊写过文章。这些文章，有的是抒发自身感受的，像孟泰同志今年四月写的“第三次和毛主席握手”；有的是一般的散文，像十年全勤无事故的煤矿工人李九德同志，今年新年就为副刊写过一篇“煤矿工人的年”。有一类是我们组织别的作者写英雄。全国群英会期间，无轨电车厂工人刘凤麟同志写了一篇“彭厚芝的新消息”；今年“三八”节，京棉二厂工人陈开第同志写了一篇以陈素芝等三个先进生产者事迹为题材的散文“三姐妹”。所有这类作品，都有很强的新闻性，它和本市新闻版上的通讯所不同的，仅仅在于它是用散文形式写的，有较强的文艺性。这类作品反映的，正是在毛泽东思想教育下成长起来的敢想敢干的新人物，他们的事迹读起来十分亲切动人，因此很受群众欢迎。

不是以真人真事为题材的创作，我们也要求：小说要表现我们时代的新人，反映新的人和人与人之间的关系；诗歌、散文，应该用满腔的热情，歌颂我们时代的伟大成就。

此外，晚报副刊的连载小说，也是比较受读者欢迎的。我们刊登过的连载小说，大部分是反映革命斗争的，像过去登过的“我的一家”、“在烈火中永生”，去年刊登的“难忘的三年”等。这是我们考虑到晚报的读者有很大一部分是青年，通过这样的连载小说，可以对他们进行一些革命传统的教育。

我们觉得，杂文和创作应该是副刊最经常也是最重要的栏目，这部分工作组织得好，副刊就会热气腾腾，充满时代的声音，就能紧密配合中心工作，成为推动和鼓舞群众前进的力量。

二

副刊除了要联系实际、紧密配合中心工作以外，还应该紧密联系当前文化生活的实际。副刊要注意宣传戏曲、电影等文化艺术事业在毛泽东文艺思想指导下所取得的伟大成就，凡是正确体现了毛泽东思想的作品，应该大力推荐。因此，副刊必须重视文艺评论工作，努力扩大评论范围，提高评论质量，使文艺评论成为宣传毛泽东文艺思想的重要阵地。

我们有一个时期的戏曲、电影等方面的评论，比较着重在介绍剧情、介绍历史背景和有关艺术欣赏方面的知识。今年以来,我们进一步明确了文艺评论的主要任务是宣传毛泽东文艺思想。现在,文艺评论的数量有了一定的增加,质量也有所提高。

一年来的文艺评论,我们主要抓了以下两个方面:

1. 抓优秀剧目和优秀电影,给好戏好电影插红旗。这是最主要的。

2. 也抓一些重大的方针性问题。例如建国十周年前后,我们结合中国戏曲学校和北京戏曲学校学生毕业,比较集中地宣传了戏曲界新生力量的成长。

搞好文艺评论的关键是组织好写评论的队伍。过去,我们的影剧评论作者常常局限于影剧圈,这也是过去评论内容常常容易侧重于艺术和技术范围的原因。这一年来,评论队伍扩大了,目前我们的评论作者主要有这几部分人:

1. 表演艺术家和优秀影片、优秀剧目的主要演员。例如梅兰芳、萧长华、荀慧生、尚小云、崔巍等同志,都为副刊写过文章,评论青年演员的演出。新片、新戏的主要演员,如"青春之歌"中的谢芳,拍摄中的"革命的一家"的主要演员于蓝,"五朵金花"中的杨丽坤,外地来京演出的主要演员如潘凤霞(弋阳腔)、张春雷(柳子戏)、谢美仙(祁剧)等同志,都为副刊写过文章。这类文章,一般都有较高的思想性,有力地宣传了党的文艺为工农兵服务和"百花齐放、推陈出新"的方针。

2. 工人和先进工作者。我们根据影片和戏剧的内容,组织工人或先进生产者写文章,如组织过全国先进生产者、光华木材厂工人胡四辈同志评论电影"敢想敢做的人",约请"子弟兵的母亲"戎冠秀同志撰文评论电影"全民皆兵"。这些文章反映都较好。另外,我们还曾组织综合女子跳伞世界纪录创造者华绍林、李学慧同志为报纸写文章评电影"碧空银花",请优秀的保育工作者或少先队辅导员评儿童影剧等。

3. 请有关专家写影剧评。如请裴文中同志评科教片"从猿到人",请李健吾同志介绍话剧"第十二夜"等。

4. 组织老干部老同志写影剧评。例如请夏衍同志写评论电影"黄宝妹"的文章,请王震同志评"老兵新传",何长工同志评歌剧"洪湖赤卫队",包尔汉同志评"两代人",赛福鼎同志评话剧"步步跟着毛主席",冯仲云同志评电影"金玉姬"等。这是第一次晚报座谈会以后,经过兄弟晚报的启发,才着手组织的。

作者队伍的扩大,使副刊的文艺评论的面貌有了一定程度的改观。我们觉得其中组织工人和组织老干部写评论,是值得特别重视的。

三

晚报副刊贯彻毛泽东文艺方针，必须注意副刊的特点，因此在版面的安排上，必须在突出重点的情况下，照顾一般，做到“杂而有章”，红花绿叶两相衬。

生动活泼，丰富多样，是晚报副刊重要特色之一。副刊在加强思想性的同时，要注意多样性，加强知识性。这首先要求，杂文、诗歌、散文、评论的形式应该是多样的；在加强文艺评论的同时，要注意各种文艺知识的介绍；此外，副刊还要有相当数量的杂稿，必须围绕中心做到天文地理、古今中外无所不包，成为名副其实的综合副刊。

我们觉得，加强副刊的知识性，也有重要的意义。一个共产主义的劳动者，需要有广博的知识，副刊向读者介绍多种多样的知识，有利于工农群众的知识化，而知识是一点一滴地积累起来的，因此，副刊上要结合当前的形势，适应读者的需要，不断地向读者提供一点一滴的知识。

对知识性的稿件，要严格地加以选择。我们在杂稿的处理上，一般注意了以下两个原则：

1. 注意杂稿的新闻性。尽量做到杂稿能配合当前的政治斗争、时令和文化生活实际。

2. 古为今用。我们通常选择的，一是反映我国古代科学文化成就和古代科学家思想家敢想敢干的风格，对今天有启发作用的；二是有关北京历史沿革的；三是具有革命传统的题材，如历史上的农民革命、反帝斗争、革命文化运动等等。

当然，杂稿当中也有一些是与当前中心工作无关的，如智力测验、游戏等。这是由于我们考虑到，作为一份晚报，除了要宣传党的方针政策以外，还应该起到丰富读者的文化生活的作用。但是这类稿件数量要适当，不宜过多，更不能在副刊上占主要的位置。

四

副刊贯彻毛泽东文艺方针，要注意普及与提高相结合的原则，在作者问题上，要坚持专业和群众相结合，实行两条腿走路，这就是既鼓群众的劲，也鼓专家的劲。

随着群众文化运动的开展，副刊群众作者特别是工人作者的队伍日益扩大。

目前,我们副刊每月收到群众来稿约两千件,其中创作稿件约一千件。这些创作稿中,工人来稿占了近百分之六十,成了副刊创作稿件的主要来源。此外,北京的作家当中,各高等学校、艺术院校教师、出版社编辑人员中,都有不少副刊的作者。目前,我们副刊在群众中有经常联系的作者三百多人,他们也是副刊的主要支柱。

许多老同志对晚报的爱护和关心,使我们受到极大的鼓舞和教育。他们工作很忙,许多稿件都是在百忙中赶写出来的。有的老同志,不仅经常为副刊写文章,而且还常常为我们出主意,想办法,甚至帮我们组织稿件。

一年来,晚报的副刊有了一些进步,这是由于在党的领导下,得到广大作者的支持,大家共同努力的结果。

归结起来,我们的体会是:副刊的杂文应该是“新风格篇”,创作是“英雄赞”。副刊的版面要做到“红花绿叶、杂而有章”,副刊的作者队伍应该是专家和群众相结合,坚持“两条腿走路”的方针。这是我们一年来贯彻毛泽东文艺思想的一些初步的体会。当然,目前我们副刊的缺点和问题还很多,主要的问题是稿件质量一般不高;老栏目常常丢,新栏目出现得少,有的读者批评我们是“推陈而不出新”,因此稿件反映的方面还不够广;无论政治性、思想性以至知识性、地方性都还不够强,版面变化也少。这是我们副刊工作人员脱离实际、工作不深入的表现。因此,副刊要更好地贯彻毛泽东文艺方针,编辑工作人员必须首先学习好毛泽东思想,深入工农群众,和群众相结合。这是编辑人员提高的方向,也是我们副刊今后改进工作的方向。

编小型晚报副刊的若干体会

新民晚报《繁花》编辑组

一

新民晚报的《繁花》副刊，是小型晚报的综合性副刊。它的任务是向广大城市居民进行共产主义思想教育，不断地提高他们的政治水平；介绍多方面的知识，丰富他们的文化生活。

根据我们的体会，要办好这样一个副刊，必须随时注意做到“杂”“俗”“新”“实”四个字。

“杂”是指内容与形式的多样化。由于任务多样，读者面广，既要有宣传教育的文章，又要有知识性、文娱性的稿件，版面就必须“杂”。

为了体现这个“杂”，我们要求每天版面上的文章必须具备各种不同的形式。即使在反映国内外重大政治事件的时候，主题比较集中，也要运用各种形式。譬如配合支持古巴反击美帝侵略那天版面，就运用了杂文、诗词、漫画、记叙文等不同形式。我们版面上每天平均要有三至五篇知识性稿件，所提供的知识是多方面的：古今中外、历史地理、科学文化……，并且连续几天，尽量不让同一方面的知识性稿件重复出现。头条稿件也尽量换花样：这天是杂文当头条，下一天是诗，再一天是画，再一天是《成语探源》，再一天是革命回忆录或游记散文……。再如文娱性方面的稿件，我们经常放在星期六刊出，如邮票欣赏、插花

题解　本文原载《新闻业务》1961 年第 9 期。《新民晚报》的《繁花》副刊是小型晚报的综合性副刊，在小型晚报副刊中具有一定的代表性。文章在谈到编辑副刊的体会时指出，要办好小型晚报副刊，必须随时注意做到“杂”“俗”“新”“实”，即内容和形式要多样化，语言要通俗易懂，要注意反映新时代新风貌，内容要言之有物、实事求是。对于知识性稿件，通过从报纸杂志上找点子做文章，对自然科学知识讲究新闻性、季节性等多种方法注意提高这类稿件的质量。另外，副刊还通过社外专家和积极分子参与、群众来稿、社内自写等方式组织起一支作者队伍，丰富了稿件来源。这些体会都为办好小型晚报副刊提供了有益的借鉴，有较强的实践性。

艺术、填字游戏、七巧板、一笔画……，也要每期换花样。我们认为，一天版面的“杂”是比较容易做到的，连续一个时期（譬如一个星期或十天）的换花样，就比较困难些，需要我们经常努力充实内容，增加花色品种，扩大作者网，创造更多的专栏。有人说，编副刊犹如转万花筒，要读者猜不到你今天将转出些什么栏目和编排样式——如果能做到这样，那么“杂”的能事尽矣！

“俗”是指通俗。由于新民晚报是小型的晚报，文字必须通俗、短小，写法要力求生动活泼。我们不主张在文章中过多地直接引用古诗文，而要求用现代语重写；必要引用原文时，对难字难句加以注音、注解或讲解。翻译或引用译文资料时，力避外国语法，主张改写。刊登的旧诗词尽量少用典故、僻字，避免曲折隐晦的表现方法。

在内容安排上，要求较多地谈论和反映本地的情况，刊载上海读者所关心的外地事物的知识，以及上海市区及所属各县的历史、地理、人物、掌故、民间故事、生产生活等知识。

“新”包括下面这些含义和做法：

一、经常以杂文、新旧诗歌词曲、散文、游记和美术作品，配合当前国内外大事的宣传，反映时代面貌和新思想、新风物，使版面具有时代气息。

二、配合新闻、社论中所提到的名物，配合时令节日和正在上演的戏剧节目，及时给读者提供有关的知识。介绍古代的事物，要加上一个“由头”，使它显得“事出有因”。如谈岳飞的词，我们同当时正在上演的京剧《满江红》中岳飞念的引子联系起来谈。即使是二三百字的短稿，也尽量讲究“应时”，使读者不会感到无的放矢。

三、运用专栏的形式，通俗地介绍古代语言文学（《成语探源》、《诗词浅说》、《古今工具书》），历史掌故（《读史小记》等），人物故事（《名人小故事》、《古代的相声》等）。为使版面保持新的气息，每天“古”的配搭，力求不占过重的份量，一般不超过两篇。.

“实”是指稿件的内容应该言之有物，说得具体，开门见山，不尚浮文，使读者每读一篇文章，必有所得。

“实”又是指实事求是，反对浮夸失实，材料的来源要可靠。

二

我们比较注意知识性稿件的质量，这里介绍一下我们的一些具体做法。

知识性的稿件，本来是我们多种多样内容（“杂”）中重要的一部分。我们更多注意从报纸杂志上找点子做文章，给读者及时提供知识，避免不合时宜的清谈。

如配合《不怕鬼的故事》的出版，我们扼要而具体地介绍了书中所选的《夷坚志》及其作者洪迈。这篇稿子的原稿较多的摘引史书中原文，我们要求作者用现代语来重写，做到了“俗”。我们有个《书林一叶》的专栏，是谈一些古旧书的，本来不容易做到“新”和“俗”，但由于编辑对作者交代得比较明确，作者写来也就比较符合要求。如最近刊出的一篇谈《齐民要术》的稿件，着重利用最近学术界整理这部古书得到的新材料，使得这篇谈古书的文章具有新的内容。

我们的《成语探源》专栏，有计划地把《毛泽东选集》和报上常见的成语，用通俗的笔调介绍其出典，附以插图，这样既介绍了语文和历史知识，又配合了当前的学习和宣传，读者反映很好。

介绍自然科学知识，我们讲究新闻性、季节性。加加林上天后，我们随着通俗地介绍了宇宙飞行方面的一些故事和有关的科学道理。我们有个《新农事》专栏，是在去年党号召大办农业大办粮食时开辟的，目的是让城市读者增加点农业生产知识，知道农民如何在生产上鼓干劲、显智慧。几个月来，我们按着农事季节经常介绍一些上海郊区农民在栽种、收割、田间管理等操作方面的点滴知识。在科学知识稿件的写作方法上，我们特别要求小品化，避免过分专门枯燥的写法，每篇不超过一千字，集中谈一事一物。

在介绍文化艺术知识方面，我们有《舞台话旧》、《百花集》两个专栏，介绍戏剧掌故知识；《艺人谈戏》和《戏曲琐谈》着重介绍一些剧目编演技巧，提高读者欣赏与理解的能力。虽然副刊不负担评介正在上演的戏的任务，但可以提供关于那些戏的作者、故事和戏曲人物的背景材料，如京剧《海瑞上疏》演出时谈谈“何以尚”其人，川剧团来沪演出时谈“变脸”，秦腔《红梅阁》演出时谈“喷火”等，配合当时的演出，介绍了有关知识。

对于游记，着重描写风光景物，与新闻版的地方通讯的写法有所不同。在写法上，常游的地方如江浙两省的风景区，要熟地生写，结合作者游览活动着重写出新貌；生地则要活写，如较远省份及外国著名地方的游记，要结合作者活动和感受，写得鲜明具体，生动亲切，使人既开眼界，又畅心胸。

三

为了使版面充实生动、丰富多彩，副刊必须拥有一支雄厚的常新的作者队伍。就现在的情况看来，有四方面的作者经常为我们执笔。

一是社外专家。如文史掌故、文艺、戏曲、科学、园艺等门类，各有一位至几位具有专门知识的人士，经常执笔，为专栏写稿，这是我们的基本队伍。他们按期（如每周一篇或每月一两篇）寄稿，题目有作者自定的，也有编辑提出的。还有文化艺术界的知名人士、作家，不定期的给我们写稿。

二是积极分子。其中多数是干部、中学教师、大学生、文化科学工作者、编辑、翻译工作者。他们各有专业，又比较熟识报纸副刊的风格，和编辑有交谊，经常自找题材写稿，有时由编辑出题请他们写。

对以上两类作者，我们是因时出题，因人出题，因题找人，必要时提供参考资料。

三是群众来稿。这方面占的比重最大，分布面广：工人、战士、农民、干部、教师、学生、老人、里弄妇女、社会青年等都有。寄稿较经常、采用次数较多的，就发展为积极分子；也有虽是初次来稿，但由于他具有一定的专业知识和写作水平，编辑部即与他联系，请他经常写稿。

四是社内自写。这方面也占一定的比重，尤其是言论和配合反映当前国内外重大事件的稿件，自己写得较多。内部写稿有其必要，一是见报能快，二是报社同志情况比较明了，掌握分寸较准。

至于美术作品，主要是由本报美术组供给的，有时也由副刊编辑提出具体要求，由美术组去组织。作者有专业的，也有群众业余画家。

我们认为，编辑加强计划性，善于出点子，积极组稿，密切联系作者，为他们出主意，对退稿尽量提出意见，就能巩固和壮大作者队伍。我们这方面的工作还做得很差，对有些专家和积极分子的联系还不够密切，以致专栏时有中断。

晚报副刊的知识性问题

顾　行

晚报，是晚上出版的报纸。读者阅读晚报的时间，是在一天的紧张劳动之后。我们完全可以理解，读者读晚报时的心情，是和一清早读日报时的心情不大一样的。他们对晚报有不同的要求：除了通过晚报了解当前国际国内的大事和中心工作以外，他们还特别希望通过晚报加强思想修养，增广见闻，扩大知识领域，满足艺术欣赏的要求，以丰富自己的业余生活。因此，我们觉得，作为晚报的副刊，在不断加强政治性思想性的同时，也要不断地注意加强多样性和知识性，来最大限度地满足广大读者对知识的需求。

晚报副刊的知识性，是贯串在晚报副刊的一切方面的。这就是说，晚报副刊上发表的稿件，不论是漫谈思想修养的杂文、歌颂新生活的散文，或者是评论，都应该注意到知识性，注意到有利于增广读者见闻，扩大读者眼界。除此以外，晚报副刊还应该专门大量地刊登知识性的稿件。

这类知识性的稿件，我们《北京晚报》编副刊的同志们习惯上把它叫作“杂稿”，这说明它们的内容的庞杂多样。“杂稿”的内容，真是上下古今，天文地理，动物植物，风土人情等等无所不包。具有多种多样的知识性的稿件，成了晚报副刊的重要特点之一。这些稿件，是很受读者欢迎的。

但是，有一个时期，我们在处理这类“杂稿”的时候，常常是煞费苦心。因为，在这类稿件中，有的是配合当前的政治斗争和中心工作的，但是也有不少的

题解　本文原载《新闻业务》1961 年第 10 期。晚报副刊的内容多种多样，古今中外、天文地理、动物植物、风土人情、生活常识等无所不包，因此知识性和趣味性就成了晚报副刊的一个特色。但文章同时指出，这些知识性稿件是否配合当时的政治斗争和中心工作，会影响到晚报的政治水准和政治性、思想性，知识性稿件应为无产阶级政治服务。以《北京晚报》副刊《五色土》为例，知识性稿件分为关于时事政治的、配合重要的科学文化新闻的、指导群众生活的、关于艺术欣赏的、配合时令的、纯娱乐性质的等等。文章就不同的知识性稿件分析了它们的政治性、思想性，指出晚报副刊“应该为培养社会主义新人的崇高的政治任务服务”，应从“建设社会主义的总任务”和“培养社会主义新人的任务”出发，看待这些知识性稿件的政治性和思想性。总的来说，文章的政治意味较浓，带有鲜明的时代色彩。

稿件，却看不出和当前的斗争有什么联系。经常刊登这样一类稿件，会不会降低晚报的政治水准，削弱晚报的政治性思想性呢？有没有使晚报副刊沦于“茶余饭后”的消闲品的危险呢？这样一类稿件能不能为无产阶级政治服务，它们又是怎样为政治服务的呢？

这一系列问题的正确解决，有利于加强晚报副刊的知识性，也有利于把晚报副刊办得更加多样化。要解决这些问题，就需要分别地看一看晚报副刊已经发表过的一些知识性的稿件。

从《北京晚报》副刊《五色土》来看，经常发表的“杂稿”，大体可以分成这样几类：

第一类，是属于有关时事政治方面的知识性的稿件。这类稿件，不少都是直接配合日报或晚报在第一版上发表的重大时事新闻，是作为时事新闻的补充和注释发表的。例如当古巴革命取得胜利，大家正在对古巴十分关心的时候，晚报副刊就及时刊登了介绍中国和古巴人民的战斗友谊的文章，介绍我国劳动人民早在一百多年前就大批到古巴去做工，并且早就参加了古巴人民争取独立的斗争；告诉读者在今天的哈瓦那，还耸立着纪念中国战士的纪念碑，上面刻着1895年古巴反西班牙起义的领导人冈萨洛将军的名言：“在古巴的中国人，没有一个是逃兵，没有一个是叛徒。”这类知识，鼓舞了读者的爱国主义情绪，使大家更加关心古巴人民的斗争。又如刚果一从比利时殖民者手中获得独立，报纸就登出大量消息，揭露美帝国主义插手刚果，特别是企图控制刚果的加丹加省。美帝国主义为什么对加丹加发生了这样浓厚的兴趣呢？晚报副刊这时也连续刊登了《加丹加的铀矿》、《地质学上的奇迹》等几篇文章，向读者介绍了加丹加省占资本主义世界第一位的铀矿，说明1945年8月美国投在日本广岛、长崎的两颗原子弹，就是利用这里的铀制造的。读者一了解了这些知识，就会加深对当前的一些重大政治事件的理解，并进一步地关心这些斗争。

可以归入这一类的，还有一些配合重大的节日活动，或是宣传党的某项方针政策的知识小品。如巴黎公社九十周年前后，晚报介绍了有关巴黎公社的知识；在马克思的诞辰那天，介绍了马克思如何艰苦学习；配合党的以农业为基础的方针的宣传，介绍了我国历史上的“重农学派”、中国古代的农业百科全书《齐民要术》等等。

这一类的稿件，直接配合了时事政治学习，这些稿件的政治思想性，当然是明显的。

《北京晚报》副刊上经常发表的第二类知识性稿件，是配合重要的科学文化新闻的发表，或当前群众的文化活动，介绍有关地理、历史或自然科学知识的。例如苏联科学家根据地球上的四大奇迹推断，地球曾经接待过天外来客。晚报副刊就介绍了这四大奇迹之一：神秘的巴尔贝克石台；加加林上了天，就介绍火箭发展的历史，介绍古人对“飞天”的幻想等等。此外，还有像京剧《满江红》开始上演的时候，副刊就介绍岳飞、岳云的事迹；话剧《蔡文姬》上演的时候，就介绍曹操的历史；等等。这类科学文化新闻，本身就有着一定的政治意义，宣传这些历史人物，对今天的读者有着一定的启发和教育作用。那么这类稿件的政治思想性，也是可以看得清楚的。

第三类，是指导群众过日子的。这类稿件，《北京晚报》的《科学与卫生》专刊上登得最多。例如冬天来了，就告诉读者要注意预防呼吸道传染病，预防伤风感冒；夏天来了，就告诉读者要注意肠胃系统的传染病，介绍如何防治肠炎、痢疾。又如，春天告诉读者如何存放冬衣，秋季又告诉读者如何保管夏衣等。此外，还有如南瓜的整枝，蔬菜的施肥，大白菜的贮藏，以及怎样晒干菜，怎样制作泡菜、冬菜等等。

在处理这一类稿件的时候碰到的问题也不算多。当然，或许有人会问：报纸是阶级斗争的工具，而伤风感冒，和政治有什么关系呢？不过，这样的问题，是比较容易回答的，因为群众观点问题，就是政治问题。毛主席在《关心群众生活，注意工作方法》一文中，不就是要我们注意“解决群众的穿衣问题，吃饭问题，住房问题，柴米油盐问题，疾病卫生问题，婚姻问题”吗？不是说“一切群众的实际生活问题，都是我们应当注意的问题”吗？晚报是城市的报纸，从这几年晚报工作的实践中，我们也深深体会到：城市人民群众的生活，是很需要指导的。如果缺乏指导或者指导得不好，生活问题在一定条件下也可能变成政治问题的。因此，这一类稿件的政治意义，也应该说是可以理解的。

晚报副刊上的第四类知识性稿件，是有关艺术欣赏方面的。如《演员背上的戏》、《青衣和花旦的区别》、《京剧里笑的艺术》等等。

第五类，是配合时令的。如春天谈燕子，夏夜谈星星，带鱼上市谈带鱼，西红柿上市谈西红柿等等。

第六类，是什么也不配合的。如副刊上登过的《肥皂岛》、《可以吃的大蝴蝶》、《吃蛇的青蛙》、《巴西保护孩子的大蟒》、《爱睡的鸟》、爪哇《结婚要交耗子尾巴》、《瑞典的改姓运动》等等。

第七类，是纯粹娱乐性的。如谜语，智力测验，象棋谱，围棋谱，桥牌谱等等。

此外，还可能有第八类、第九类的知识性稿件。

在处理后几类知识性稿件时就常常发生问题。的确,你说演员背上的戏,和政治有什么联系？谈天上的星星的稿件,又有什么思想性可言？瑞典有三分之一的人姓安德生,因此邮递员不得不建议政府开展一个“改姓运动”,可是这样一类知识,和我们当前的中心工作,又有什么关系呢?

这样的问题,过去在我们晚报副刊的编辑人员之间,也是经常有争论的。我们几个编副刊的同志,就曾经讨论过这样一个有趣的问题:《动物的嘴脸》这篇文章该不该登?

这是我们晚报的《科学与卫生》版上刊登的一篇文章。文章列举了这样一些事实:食草类动物的嘴脸是长的,如马、牛、羊;食肉类动物的嘴脸是短的,如狮、虎、猫;灵长类则更短,如猿猴和猩猩。有的同志就认为这类稿件对读者并没有什么好处,是可登可不登的。但是,这类稿件是不是真的毫无意义呢？其实,我们单就这一篇稿件进行一些分析,就发现其中有不少的科学道理。原来,食草类动物的嘴脸所以长,是由于草的纤维难于消化,需要细嚼慢咽,因此,这类动物臼齿发达,巨大的臼齿的排列,嘴就成了长的了;同时,还由于这类动物都是有蹄类,要用嘴取食物,因此嘴唇发达,嘴脸就更显得长了。食肉类动物,是撕食食物的,犬齿发达,吃法则是狼吞虎咽,臼齿不发达;这类动物都有爪,用爪取食物,嘴唇也不必发达,因此嘴脸就短。而灵长类,由于前肢发达,又是杂食性的,因此嘴脸更短,人类的嘴脸则更短。北京猿人从猿人到真人的变化,嘴脸的变短,就是重要的特征之一。

由这些就可以知道,即使像“动物的嘴脸”这样一个小小的问题,也包含着唯物史观的重要命题。这样的知识,有助于人们的唯物主义世界观的树立,有助于破除迷信,破除唯心主义,我们能说它是毫无意义的吗?

因此,对于晚报副刊上的知识性稿件的政治性、思想性,我们觉得不应该作简单的狭隘的理解。因为这些稿件,即使是有些看来和当前的斗争并没有什么联系,但至少也可以起到如下的几种作用:

第一,它可以开扩人们的眼界,使人们感觉到人类知识的无限,激发起人们的求知欲望。

夏夜谈星空,可以引起孩子们对天空的许多遐想。而我们从报上看到,宇宙飞行员加加林,不就是从小就对天空有许多的幻想么?

第二,它为读者提供了许多有趣的谈资,可以丰富群众的业余生活,培养人们高尚的情趣,提高人们的精神境界。

第三,它可以满足人们正当的艺术欣赏的要求,丰富和提高人们的审美能力。

第四，它可以帮助人们获得各种各样的文化知识，有助于工农群众的知识化。

而所有这一切，就关系到这样一个根本的政治任务问题，即社会主义新人的培养问题。

列宁说："只有用人类创造出来的全部知识宝藏来丰富自己的头脑时，才能成为共产主义者。"我们今天培养新人的目标，是有高度觉悟和高度文化的社会主义建设者。我们觉得这里所说的文化，也决不是一个狭隘的概念，而应该是一个涵义广阔的概念，它既包括广博的知识，崇高的生活情趣，也包括高度的审美能力等。晚报副刊，应该为培养社会主义新人的崇高的政治任务服务。凡是能够满足这样一种要求的稿件，都应该说是为政治服务的，都是和我们建设社会主义的总任务密切相关的。

因此，对晚报副刊的知识性稿件，我们觉得应该从建设社会主义的总任务出发，从培养社会主义新人的任务出发，来理解它们的政治意义，来看待他们的政治思想性。从这样的意义上看待这类稿件，这类稿件就决不是可有可无的。它们不仅能够为政治服务，而且为政治服务的道路，是十分宽广的。

何况在今天群众业余生活的领域里，还不是没有斗争的。群众业余生活的阵地，社会主义思想不去占领，资产阶级思想就必然会去占领；人们得不到新的健康的东西来满足，就会找旧的不健康的东西来满足。从这方面看，加强晚报副刊的知识性，对胜利地进行这方面的斗争，也是有着直接作用的。

由此，我就联想到，在我们晚报的副刊工作中，有不少问题是值得研究的。例如，我们曾把晚报副刊上的一部分知识性稿件，特别是那些看来什么也不配合的或纯粹娱乐性的稿件，都归在所谓"政治上无害，生活上有益"这样一个项目内。今天看来，这样看待这些稿件也是不很恰当的。因为，这些稿件既然在丰富广大群众的业余生活方面，在培养社会主义新人方面起着应有的作用，那么我们应该说，它们在政治上也是有益的。

另外，我们还觉得，即使是对于像"茶余饭后"这样的提法，也需要进行具体的分析。我们的晚报，是阶级斗争的工具，是党向群众进行政治教育、思想教育的武器，决不能成为有闲阶级茶余酒后的消闲品，成为他们的"消闲录"，这个根本原则是不可动摇的。但是，我们同时也应该看到，晚报今天的绝大部分读者，都是在社会主义建设的各个岗位上紧张劳动着的劳动者。对于这样的读者，我们在向他们进行政治思想教育的同时，又在他们紧张劳动之余、工作之余、学习之余，一句话，即在他们的饭后睡前，为他们提供一些谈资，提供一些业余生活中的消遣性娱乐性的材料,是不是可以呢?我们觉得这不仅可以,而且是应该的。为广大群众的业余生活服务,使群众的业余生活更加丰富多彩,这正是晚报副刊应该担负起来的光荣任务之一。

《北京晚报》开始创刊的时候,中共北京市委规定它的方针是“面向基层,补日报之不足”。这个“补不足”的方针,一方面体现了晚报和日报的“共性”——它们可以互相补充;一方面也体现了晚报的“个性”——它补的又是日报不足的地方。和日报相比,晚报副刊要更经常更大量地刊登知识性稿件,这是否会削弱晚报的政治性、思想性呢?是否说明对晚报的政治性、思想性的要求,不必像对日报那样严格呢?我们说,不是的。所有这一切,正是体现了晚报和日报的分工,体现了晚报的“面向基层,补日报之不足”的方针。晚报副刊,也正是从这样一些方面、在一定的程度上起到了对日报的补充作用的。

今天,我们晚报副刊面临着的重要任务之一,就是要在加强思想性的同时,进一步加强知识性,把晚报副刊办得更加多样化。而要进一步加强晚报副刊的知识性,如何正确地看待晚报副刊上的知识性稿件的政治性、思想性,正确处理这些稿件,就成为一个重要的问题了。

当然,仅仅解决这一个问题是不够的。为了进一步加强晚报副刊的知识性,还要求我们晚报副刊编辑人员,努力加强自己的知识修养。因此,我们首先就要认真地读书,刻苦地学习,掌握多种多样的知识。晚报副刊的特点之一是“杂”,晚报副刊编辑人员天天要发大量的杂稿,这就要求我们的知识也应该是多样的,也应该“杂”;晚报副刊编辑人员,应该努力使自己成为一个“杂家”。同时,我们还应该认真地向社会学习。晚报副刊编辑人员,要努力扩大社会交往,要走出大门,多交朋友,各行各业,作家、教授、演员、书法家、画家、工人、手工业者、店员,都应该交。这些朋友,不一定都写稿,但是有了这么多的朋友来关心晚报的副刊,为我们反映情况,出主意,提建议,就可以大大打开我们的眼界,增广我们的见闻,从而打开副刊的路子。而且我们有了这么多的知心朋友,也就可以随心所欲地组织稿件,就有可能把晚报副刊办得更加丰富多彩。

为了掌握多种多样的知识,作为一个晚报副刊的编辑,还应该有最强烈的求知欲,他应该随时留心各种各样的事情,并且对什么问题都要有寻根究底的兴趣。我们说:别人游览大钟寺,可以只欣赏钟的大;但是,作为副刊编辑,就应该问清楚:这样大的钟,几百年前究竟是怎样挂上去的?有人下了几十年的象棋,可以不追究棋盘上为什么要写上“楚河”“汉界”;但是我们就应该弄清楚,象棋究竟是什么时候开始有的?和“楚汉之争”是不是有关系?等等。

总之，晚报副刊加强思想性和加强知识性的最后本钱，是编辑人员自己的功夫。因此，我们今后应该加倍努力学习，刻苦练功，不断提高自己的政治水平、思想水平、知识水平、文字水平，把晚报副刊办得更加多样化，以满足广大读者精神生活的多种多样的需要。

从《晚会》谈综合性副刊的编辑方法

羊城晚报《晚会》编辑组

从1957年10月到现在，《晚会》已经办了三年七个月了。《晚会》的编辑要求是，根据广大读者的政治文化水平、理解能力和爱好，以较为生动活泼的方式，介绍知识，发表议论；在移风易俗，指导生活，帮助工农群众知识化，丰富群众的文化生活的编辑方针指导下，尽可能地做到内容多样，趣味高尚，有助于读者思想和文化修养的提高。

如何从具体的编辑工作中体现出这个要求，下面分四个部分谈谈我们的一些做法。

栏目要不断更新

《晚会》出现的栏目是比较多的，从创刊到现在，先后出现的栏目在一百个以上。这些栏目，有一部分是完成任务以后就终结了的。例如1959年元旦开始刊出的《十年前的今日》和另一个栏目《十年颂》，是为了配合建国十周年的宣传的。也有一部分是一直维持下来的，如《夜谈随录》、《生物随笔》、《科学小品》、《历史小品》之类。有一部分是用新名称代替旧名称的，如用《医药知识》、《祝你健康》、《带好孩子》等代替《卫生知识》，这是为了使栏目的名称能够更圆满地表达出这一栏文章的特点。也有些栏目因为更适合于在其他版面刊登，因而移到别的版去的。例如《西洋镜》移到《时事走廊》版，《影剧广场》移到文化生活版。

题解　本文原载《新闻业务》1961年第6期。《羊城晚报》的《晚会》副刊作为一份综合性副刊，其读者群十分广泛，本文谈到，《晚会》以“根据广大读者的政治文化水平、理解能力和爱好，以较为生动活泼的方式，介绍知识，发表议论；在移风易俗，指导生活，帮助工农群众知识化，丰富群众的文化生活的编辑方针指导下，尽可能地做到内容多样，趣味高尚，有助于读者思想和文化修养的提高”为要求，作了很多工作。大致分为四个部分，即“栏目要不断更新”、“善于同作者合作”、“自己动手”、注重“政治眼光与编排技巧”。总的来说，除了对于政治性的过分强调，对于综合性副刊的编辑方法，本文提出的做法是具有一定的借鉴意义的。

当然不是一百多个栏目都能够经常在版面上出现，实际上也没有这个必要；但是，我们觉得，除了一些应该长期维持下来的栏目（如《夜谈随录》、《科学小品》等等）必须继续不懈地提高质量把它办好之外，其他许多栏目都需要不断加以更新。我们刊出过一栏《有趣的知识》，后来更新了，成为《你身边的科学》；刊出过《看戏札记》，后来改为《戏曲零谈》；刊出过《唐诗小札》，今年扩大范围成为《诗海拾贝》。栏目改变，是因为内容多少有了变化。范围宽狭不一，重点不同，或配合的中心有所转移，或有了新的宣传任务，或作者对象有所改变。重要的是编者应该掌握主动，及时发现应该更新什么栏目，如何更新，这就要编者密切注意每个时期新的政治任务和斗争方向，随时注意群众所关心的问题（思想的、政治的乃至日常生活上的）向作者提出新的要求。

专家、教授或专门研究机构擅长写什么稿子，自然容易知道，可以给他们出题目或开新栏目；但是对于一般作者，就要编辑人员多下一点调查研究的功夫了。调查研究可以通过对来稿的分析研究，可以通过调查访问，最好建立作者卡片，把作者的一般情况、写作擅长、来稿情况等记录下来。此外，还要经常注意作者写作兴趣的发展变化。有一个作者，我们平时知道他是喜欢写些历史小品的，也写过广东方言小考之类，也了解到他喜欢看些古代笔记小说。前两个月编辑部收到他两三篇稿子，写的都是古代劳动人民的遗闻轶事，是从古人笔记诗文中钩稽出来的。编辑人员对来稿作了分析研究，决定开辟一个新栏目，和作者函商结果，把栏目定名为《史外人物钩沉》。开头，作者还没有专就这方面写一辑文章的意图，只是写几篇尝试一下罢了，经过编辑部提出要求以后，作者思想明确了，写作兴趣也就来了。

栏目的定名要避免笼统概括，大而化之，分得细一些，品种就会多一些。例如有一个时期，有关电影戏剧这方面的栏目，我们就分成《影剧谈》（一般的评介），《大家谈戏》（几个读者对一个戏各抒己见，或只谈其中一段一节），《万紫千红》（全国剧种的介绍），《百花谱》（介绍一些著名演员），《演员与观众》（演员与观众之间的意见交流），《影剧广场》（新戏新片的预告），《初开的花朵》（专门介绍业余剧团）等好几种。此外，也有把某一个老栏目的某一篇文章抽出来，另辟新栏目的，如《科学小品》后来就分出《疑团解剖》（专门剖释一些古籍和民间传闻的怪异现象的，其目的主要是进行无神论的宣传）、《谈天》、《说地》和《农话》（这是为了配合有关农业方面的宣传，帮助城市人民增加农业科学知识而设的），而《科学小品》一栏仍然保留着。这样做好比厨子做菜，一只鸡可以弄出几种菜色，吃时各有风味，也适合不同的胃口。而从另方面来看，我们所需要加强宣传的东西,也有了比较固定的小阵地。

联系当前政治方面和生产方面的斗争,了解这个时期群众“注意之点”,可以使我们容易想出新的栏目,配合宣传,满足读者需要。为了配合各机关学校大种春菜,今年春间我们辟了《实用园艺知识》,连续刊登几篇如何种好春菜的文章,很受读者欢迎。1958 年广东有些地方出现“神仙水事件”,有人说某地发现“神仙水”,可治百病。我们针对这种情况,组织了一系列文章,用科学的道理,针对“鬼神”“风水”“走尸”“神水”“金丹”之类的迷信,说明它是什么一回事,放在《科学小品》一栏里连续发表,解决了不少人的疑问,收到一定的效果。

《晚会》初办的时候,各种栏目的文章题目都容易想出来,时间一久,便难免有“罗掘俱穷”之感。解决的办法就是根据新的任务从新的角度去写。如从苏联第一个人造卫星上天,到最近加加林游太空,《谈天》的文章就前后有所不同;1958 年我们有一栏叫《庭园绿化讲座》,而今年的《实用园艺知识》比起来就不能不有新的发展。

善于同作者合作

要编好副刊,必须团结一批基本作者,并且要善于同他们合作。编辑人员和作者合作得好,有下面几点好处:第一,使文章从内容到形式,更能适合编辑部的要求。第二,端正文风,防止“八股”为害。第三,使版面生动活泼美观。第四,提高作者的写作兴趣。

像《晚会》这种综合性副刊的要求如何,有些作者开始未必清楚,有些作者不习惯写这种文章,有时请专家、教授写稿,写出来也会像讲义或教科书,枯燥无味;或则半文半白,文风不正;或则冗长拖沓,累赘不堪,也有艰深枯涩,一般读者看也看不懂的。这都需要编辑人员很好地和作者合作。我们的做法是,首先物色作者对象,作者选得准,可以收事半功倍之效。作者选定了,然后具体和他商量稿子的内容。像题目的范围(一般情况是题目定的范围宜小不宜大,小则问题谈得会细致些,文章也可以短些),文章所取的角度和所放的重点(何者宜详,何者宜略,强调什么,避免什么),采取什么表现形式,字数大约多少,有没有插图,插图哪里去找,要不要拍照片,等等。商量好了,作者思想明确,文章写来了也容易合乎要求。

去年,为了揭露丑态百出的艾森豪威尔的“远东之行”,我们曾请粤剧名演员马师曾撰写一出短剧。事前组内开了一个“战地会议”。请来编辑部一位熟悉编剧的同志参加，研究如何选择素材，安排内容，大致上有了一个“谱”，然后找作者共同研究，定出写作提纲，彼此意见一致以后，稿子很快就写出来了，基本上符合编辑部的要求。

但是仍然会碰到这样的情况：上面的工作都做过了，但收到的稿子仍然不尽符合要求，怎么办？我们的做法是再来一次合作，同他们商量，请他们重搞。

来稿从思想、内容上看有采用的价值，但文字技巧太差，我们便分别情况，进行加工。有时收到一些稿子，全文不能用，但是其中也偶有一小段可取，我们就取它这一小段（这种情况以知识性文章为多）。

和作者合作，提高稿件质量，充实稿件内容，其目的是更好地配合宣传任务，更好地为读者服务，并且使版面显得多彩一些，因此方式方法应该是多样的。有时当画家送来一幅漫画，稍嫌单调，编辑人员便主动给它配上一首诗，诗画相配，就不觉得单调了。又如1958年经常刊出的《西洋镜》，由一位编辑找材料，一位编辑写诗，再请一位画家配上漫画，这种“三结合”也很好。至于替来稿找插图，更是经常的工作。为了插图，编辑人员必须平时留意，还须和资料室很好地合作。为一张插图而花费一个编辑半天的时间并不是稀有的事，然而这都是值得花费的劳动。

也不要忽视一些细致的修饰添补，要多为读者着想。有一篇介绍八大山人朱耷的文章，我们在“耷”字底下注上“耷，音答，大耳叫耷”。有一篇谈到吴梅村的文章，我们在吴梅村的名字上添上“清初著名诗人”，看来虽是小事，却替许多读者省了翻查辞书之劳。

自己动手

编辑人员不仅编稿改稿，碰到下面几种情况需要编辑自己动手写作：

一、紧急的宣传任务到来，组织外稿已来不及，或者虽组织了几篇而数量不足。

二、仓率之间，找不到适合的作者，但文章要及时刊出，来不及“三顾茅庐”。

三、开辟新栏目，要作一些模样，吸引来稿。

四、版面出现小“天窗”，手头没有适合的稿件。

《晚会》创刊不久，就感到应该有一个栏目就城镇居民当前的问题发表议论，它要像朋友谈心那样，从群众的身边琐事、耳闻目见谈起，寓共产主义教育于谈天说地之中，这就需要编辑人员自己动手先写出一些来做个样子。《夜谈随录》

开头自己写了十多篇,读者的稿子就陆续来了。有时为了及时地紧密地配合当前的宣传任务,编辑人员还要随时动手,不能完全依赖外稿,否则错过时机,就会减弱宣传效果。

另外还有一种情况:有些栏目很难找到适当的作者。但这个栏目非开辟不可,怎么办?编辑人员也只好自己动手,支撑到底。例如《十年前的今日》这一栏,每天不过二三百字,但要翻阅许多旧报纸,一般作者不容易找到材料,写起来也难以符合要求,因而就自己动手。

1958年6月,《红旗》杂志发表了毛主席的文章《介绍一个合作社》,文中引了龚自珍的一首诗,我们读到这篇文章的当天,为了赶时间就自己赶写了一篇《关于龚自珍》,简要地介绍了龚自珍其人和这首诗的来历。

版面上忽然出现了小"天窗",只能容纳几十个字。编辑人员恰好看了新近放映的电影《红色的种子》,很受感动,于是临时写了一首诗把小"天窗"填上了。

编辑人员在处理稿件、修改稿件中,既要看得准,拿得起来,又要经常自己动手,这就不能不要求有比较广博的知识。我们在这方面也常常碰到实际困难,尤其是知识性的稿件采用较多,涉及的范围广阔,要判别是非真伪,常常感到力不从心。我们只有强调这一条:不怕事前没有研究,就怕当事不加研究。多找有关材料对勘,或把有疑问、自己又不懂的问题向专家请教,是解决问题的方法之一。至于平时多读书,多涉猎,多接触实际生活,让自己眼界宽阔些,兴趣多样些,自然是十分重要的。

政治眼光与编排技巧

一个综合性副刊,既要丰富多彩,又要杂而有章。正如画家落墨,在五色缤纷之中,显然含有法度,寓以条理,某处应重笔钩勒,某处应轻描淡写,某处应保留空白,都要服从一定的准则。这里面便牵涉到政治与技术的结合问题。

政治第一,技术必须为政治服务,这是不容动摇的。但同时也要认识到,技术又能反作用于政治内容,忽视技术,就会减弱宣传的效果。

怎样从版面上体现这种精神呢?我们还没有成熟的经验,不过我们经常注意掌握下面两点:

首先是注意配合当前的中心工作,为政治和生产服务。《夜谈随录》、《周话》是如此,影剧评介、书刊介绍是如此,许多知识性文章也是如此。最近我们连续发表了几篇有关谈养兔、养葵鼠的文章就是为了配合和推动大家搞家庭副业而写的;我们发表过不少介绍我国农业史上各种成就的文章,这些文章是围绕着大办农业这个中心工作而发的,在零篇短章之中,应该贯串着一条为政治为生产服务的红线。

其次,注意群众当前关心的事物是什么。重大的政治斗争、生产斗争,群众当然关心,《晚会》应当让群众发表议论,应当提供有关知识材料;而在日常生活方面,群众也有所关心的东西。例如随着季节变化,春夏关心孩子发病,秋冬关心衣服的缝补;假日想到旅行,闲下来想看看故事。此外,还有大旱、大雨时关心天气,读一本好书要求了解它的背景,对于惯见的身边事物想知道它的科学道理,乃至关心一场球赛的胜败,某个学术问题的争论,等等。群众所感到兴趣的事物是多方面的,又时时不尽相同。编辑人员应该密切注意,经常研究。有了上面这两项,可以说章法是有了,当然其他的"花花草草"不是说就不需要一定的章法,但骨干既立,问题就好办了。正如一幅画,设色既已有了基础,位置经营大体已定,此外的点染,浓些淡些,可以比较灵活运用。

要在版面上经常体现出"有章有节",编者必须心中有数。一个阶段要有一个阶段的设计,大段设计中又要有小段的安排,这样可以避免打无准备的仗。设计和安排要注意两个方面,纵的方面和横的方面。纵的方面,大致是从事件的发生、发展着眼,考虑如何进行连续宣传;横的方面,则是以事件为中心,从不同角度进行构思,做到花样多些。从这两方面着眼,在组织稿件、安排版面的时候,就能作到既有条理,也富于姿彩。

有两类稿件如何取舍值得研究:一类是并不配合中心工作,只是介绍一点知识,而且看来没有多少思想内容的"杂"稿。例如有一篇稿子谈到动物幼年时期的怪模样,有一篇稿子指出古代的观音菩萨原是男人,粗看只是趣味性的东西,但前者实在是从旁证明生物进化的规律,后者则说明神原是人制造出来的,足可破除迷信。这样的杂稿我们认为可以用。我们觉得知识的积累过程是复杂的,有时候这种知识今天用不上,明天也许用得上;在这方面看不出作用,在另一方面却意外地起了作用。因此,在取稿标准上要看得宽些和远些,运用得灵活些。

还有一类稿子,介绍了某一方面的专门知识,只有少数知识分子感到兴趣。对于这一类稿件,我们的取舍原则是适当登一些,只要数量不大,一般读者是不会有意见的。

安排版面也不是纯技术问题,它同样考验着编者的政治眼光和编辑技巧;考验着编者的政治责任心和群众观点。安排版面不仅是技术编辑的事情,主编也要关心它,为它尽力。

在版面安排上，有如下几种情况要及时引起注意：第一种情况是，花色品种少了，版面上连日反复出现相同的几种品种，有单调的趋势。第二种情况是，稿子数量虽然不少，可是质量一般只在六十分以下，质量的平均数有下降趋势。第三种情况是，配合当前中心工作的稿件数量太少，不及时。第四种情况是，谈得太专门，只有少数读者感到兴趣的文章多了，有形成某一类的专刊的趋势。第五种情况是，长文章多，短文章少；或短文章的质量都不高，看起来是为了填空白才拼凑上去的。

以上哪一种情况都要引起编辑人员的注意，及时设法扭转这种情况。但是，更重要的是在事先防止这些情况的出现。因此，做主编的必须心中有数。组内每周订出了大体的发稿计划，还必须每天检查一下。例如今天发了些什么稿，哪一类的稿多，哪一类的少，长文章和短文章配搭如何，一般的质量如何，有多少配合了中心工作，有多少具有广泛兴趣。每天发完稿件，检查一番，心中有底，便不至于被动。

不要忽视一二百字的短稿，它往往是读者评价整个版面的质量的标尺之一。编辑人员要有狮子搏兔的精神。"狮子搏兔，也用全力"，并不因为兔子是庞然大物，而是要每击必中。有些作者认为短文章写得精悍生动不容易，不如写写长文章，或则把短文章看成是凑数的东西。这时候，编者不能跟着作者走。在作者队伍中，编者要注意发现写短文章的作者，和他们加强联系；自己也动手写短文。

主编要很好地指导版面编辑工作，及时解决出现的困难。稿件不凑手，不要胡乱凑数。版面照片或插图太少，往往到设计版样时才发现，也须临时设法解决。涉猎较广的编辑人员，此时更大有用武之地。总之，要把每天安排版面看作是进行一场小小的战役，要眼观八面，目注全场；要既能布堂正之阵，又能出奇应变。

上面谈的，是我们摸索到的一些经验和不成熟的看法。在摸索的过程中，有时我们自觉地做对了，有时却是不大自觉的；有时我们做得好些，经验也积累了一些，有时又做得差些，走了一些弯路。发展是不够稳定、不够平衡的。抱着向兄弟报纸学习的目的，把它写下来，渴望得到指正。

关于副刊的一些想法

——夏衍同志谈副刊

本刊记者

3月10日，我们就如何办好副刊问题，访问了夏衍同志。

我们的话题是从副刊的传统开始的。夏衍同志说："副刊在中国有很悠久的传统，这和中国的新文化运动分不开。解放以前，从'五四'运动到抗日战争，一直到抗战胜利以后，许多有名的副刊如北京晨报副刊、申报《自由谈》等，都是很重要的文化阵地，在整个革命斗争中，副刊也是一个很重要的阶级斗争的工具。在反革命统治时期，新闻检查和封锁极其严密，因此有许多不能正面谈的问题，经常是在副刊上通过杂文、漫画、诗歌来透露的。解放以后，情况起了变化，副刊也起了变化，但是我个人觉得许多报纸对副刊的战斗作用重视不足，办得不够活跃。近一两年有了很显著的进步，但是还不够引人入胜，不够多样化，缺少鲜明的风格。有些副刊办得不错，有特点；有些副刊也有一个时期很好，但不稳定。这并不是说'今不如昔'，而是说，比较起来，昔日的副刊有许多东西还很值得我们借鉴。解放后，我们对于副刊的传统没有很好地研究过，偶有文章探讨，却没有把总结出来的经验体现在版面上。"

夏衍同志认为，副刊的作用在于补其他版的不足。副刊应当向读者推荐和介绍各种斗争的知识、各方面的文化知识，帮助他们欣赏文学艺术。副刊既要有帮助读者提高政治觉悟、思想水平的作用，又要帮助读者提高文化修养，丰富

题解 本文原载《新闻业务》1962年第4期。文章是记者围绕"如何办好副刊问题"对夏衍同志进行的访问的总结。夏衍认为，副刊的作用在于补其他版的不足，具有多方面的功能。对于如何办好副刊的问题，夏衍谈到，首先，这决定于副刊的编者是主动地找题目、找作者、安排版面还是被动地应付。其次，办好副刊要有"一个人，几把手"，即要有一个全心全意办副刊的主编和几个牢靠的作者；另外，编辑要从读者关心的问题中去找题目，诚心诚意地为读者服务。最后，编辑还要会自己动手写。夏衍还对其时的副刊提出了几点意见，如"重视季节性"，"关心人的活动"，"题材、版面和标题"的设计问题，"副刊的专栏"，"关于长篇连载"的问题，"关于配合中心工作问题"等，切中肯綮，很有参考意义。本文提到的方法和意见对编辑副刊有很好的指导意义，也颇具启发性。

各方面的知识,鼓舞和滋润读者的心灵。同时,也应该使读者在一天劳动之后,读副刊而得到娱乐与休息。

“苍蝇老虎”和“蜘蛛”

副刊能不能满足读者的要求,能不能办得丰富多彩,这首先决定于副刊的编者。夏衍同志认为,编辑有两种:一种可以叫作主动的编辑,一种可以叫作被动的编辑。他说:“主动的编辑,自己主动找题目,主动找作者,主动地根据宣传需要和读者需要安排版面;被动的编辑,就只是被动应付,作者来什么登什么。前者是积极的,后者是消极的。或者也可以说一种是动态地编,一种是静态地编。被动的编辑,如同蜘蛛在房檐下结个网,来苍蝇吃苍蝇,来蚊子吃蚊子。主动的编辑好比‘苍蝇老虎’,它先是蹲在屋角里窥视着,根据需要来选择捕捉对象。编辑必须全心全意地为读者服务,千方百计地满足读者需要,决不可被动地凑篇幅,随便对付。目前的副刊,我看是静态的编辑多。俗话说,花多少力气就有多少成果。编辑在版面上花了多少功夫,用了多少气力,读者是很容易看得出来的。资产阶级报纸的副刊编辑,拉稿抢稿是不择手段的,不择手段当然不对,但是千方百计、花尽心思是需要的。能够这样做,每一天,每一个月,一直坚持下去,久而久之,副刊就会建立起自己的风格。有的编辑对我说,找不到题目、找不到作者怎么办? 我以为这是不可能的。我们的国家这样大,社会生活这样丰富,决不会没有题目可写,决不会没有人写稿。事在人为,办法肯定是有的,但要自己去努力。”

“一个人,几把手”

夏衍同志认为,办好一个副刊(办杂志也是一样),要有“一个人,几把手”。所谓“一个人”,就是要有一个不是兼职的而是全心全意办副刊的主编,他每日每时在研究读者当前最关心、最要了解的事情,即他们的要求、他们的爱好,……然后,千方百计地想办法来满足他们。有了这么“一个人”,还必须要有“几把手”,或者说“几支笔”。所谓“几把手”和“几支笔”,是指一个编辑要团结几个牢靠的作者,他们的笔头很健,能写副刊所需要的各种文章。夏衍同志说:“一个副刊编辑和报纸的其他版编辑一样,要密切联系群众,其中也包括副刊的作者。要和作者交朋友,摸清他们的底细,心中有数,哪些人能写哪些方面的文章,有了题目,编辑就知道有几个人、有谁能写这个稿子。黎烈文和张梓生办《自由谈》就靠抓住了一个鲁迅。当然,鲁迅这支笔不是平常的笔,这样的笔,并不是随时可以找到的;但无论如何,一个副刊主编,总要有几个经常能给他写文章来的好朋友。一期副刊,算它有六七个题目,要是其中有两个题目能抓住读者,让读者看到题目就想看下去,那么这一版就能站住脚了。办一桌菜,就怕看看什么都不想吃,引不起食欲,如果有一两样他欢喜的,就可以坐下来了。抓住'几把手'也是为了能作出几样引起读者食欲的菜。其实,投稿者也在研究编者的意图,如果有几样名菜摆在那里,别人也就会照着样做。这样继续下去,就会逐渐形成副刊的风格。"

"当然,如果能找到几个'多面手',又能写诗、写散文,又能写杂文,每期的副刊都能有几篇可看的,副刊就有生气了。不然,在每一个方面能找到一把手,比如有人专门给写杂文政论,有人专门写文艺评介,或知识掌故,或考证,或科学小品等等,那就更可靠了。有了基本的'几把手',再从来稿中挑选,事情就好办多了。"

从读者关心的问题中去找题目

夏衍同志在谈话中,一再强调报纸的编辑要密切地关心群众,要了解广大读者的要求和愿望,体贴他们的心情,诚心诚意地为读者服务。他说:"有这样的编辑,是办好副刊的最重要的条件。"他建议编辑要多向读者作些调查和了解,光发一张征求意见的表格是不行的。发表格还不如找一两个有代表性的、热心的读者,和他们深入地谈谈。夏衍同志说:"一个编者能够诚心诚意为读者着想,编出来的东西,读者一定欢迎。不了解读者的要求和愿望,就只能是把自己准备的东西硬塞给读者,不管你爱看不爱看。"为什么我们的一些副刊花色品种不够多,不那么丰富多彩呢? 这和副刊的编辑动脑筋不够,不深入群众,没有细心地了解读者的要求有关。为了说明这一点,夏衍同志讲了这么一件事。他说:"前年初春,一位副刊的编辑来我家聊天,问我如何能把副刊办得耐看。当时北京正下着雪,两年干旱之后,这场雪特别喜人,街头巷尾,到处在谈论。我就跟他说:副刊应该反映广大群众密切关心的问题。比如这场雪,作为一个副刊编辑就应该敏锐地注意到,因为全北京的人都在谈这场雪。群众纷纷谈论着的事情,副刊的编辑不能充耳不闻,要敏锐地抓住它,想各种办法在副刊上反映出来,比如你可以请科学家写雪和农作物的关系,请医生写雪对人身体的影响,也可以请诗人咏雪等等,方面很广。但目的只有一个:解答人民群众最关心的问题。这场雪,不过是随便拿来的一个例子,其实,每时每刻,从国际事件到一个人、一个自然现象,副刊的编辑都应该密切地留心,从中找到读者最关心最感兴趣的问题。要让读者在其他各版都没有找到的东西能在副刊中得到满足。副刊的编辑要学会搔到读者的'痒处',比如武汉京剧团著名的武生高盛麟到北京来演出了,戏剧界纷纷谈论——他的什么戏最好,他表演的特点是什么,他过去的经历如何等等,群众中也有许多戏迷想知道这一切,这就是'痒处',副刊就应该有文章介绍。每个人都有各不相同的求知欲,但不一定每个人都有可问的老师,副刊就应该力求满足这些要求。总之,编辑要不断地找题目,这题目就是群众最关心的问题;反过来,能够真正了解群众所迫切关心的问题,副刊的题目也就无穷无尽了。”

自己动手

副刊的编辑要做三件事情,夏衍同志说,这三项就是:一、会出点子,二、会找人写,三、自己会动笔。夏衍同志回忆《华商报》[①]时期的情况说:“那时候,只有一个人搞副刊,不过另有三五把手,有专为我们写长篇连载的作者,有写其他文章的专业或业余作家。我自己也写,每天留一块七八百字的地位,天天如此。韬奋的《生活》周刊也是一个人办的,他也有几把手。国际问题找胡愈之、乔冠华、杨潮,思想、哲学问题找胡绳;但是他也亲自动手。韬奋说他办副刊抓两件事:抓头(自己写社论)、抓尾(亲自答复读者的问题)。”

“此外,副刊编辑也要学会出点子,会找资料。有些问题,比如非洲某个国家独立了,自己查查书,就可以写五百字的资料,介绍一些斗争情况、风土人情,不费多大事,读者又需要又欢迎,不是一举两得么!”

“副刊的编辑要自己动手写,自己不写,就不能说服作者写,而且总是找人写,久了也会养成一种惰性。”

---

① 《华商报》:抗日战争和第三次国内革命战争时期的进步报纸。1941 年 4 月 8 日在香港创刊,12 月太平洋战争爆发后被迫停刊。1946 年 1 月 4 日复刊,1949 年 10 月 15 日终刊。在对港澳同胞和海外华侨进行国内革命形势的宣传教育方面发挥了很大作用。

对目前副刊的几点意见

下面,话题转入了对目前报纸副刊的一些议论。夏衍同志提出了几点意见,他谦虚地说:姑妄言之。

重视季节性 夏衍同志说:“现在有不少人编副刊,似乎很不注意时间性、季节性。大小时事,寒来暑往,乃至经常在起变化的社会生活,似乎都和副刊的版面无关。大者如革命历史节日、小者如民间传统中的节日,现在的副刊上很少得到应有的反映。既不主动配合时事,又不关心读者生活,季节性的东西,仿佛与副刊无缘。现在的副刊没有时间性,副刊是在春天编的还是秋天编的,很难分得出来。过几年,孩子们连端午节是怎么回事都不知道了。中国古时讲,‘风调雨顺’才能‘国泰民安’。季节与农事关系密切,应该说这是一个政治性的问题。比如现在春天来了,副刊就应该组织一些同春天有关的文章,诸如季节的变化,农事的节气等等,可以叙事,也可以抒情。”

关心人的活动 夏衍同志说:“我们的副刊不很关心人的活动。举例说,我们有一些美术作品和音乐歌唱表演在国外得了奖,这些是读者所关心的,人们不仅对这个消息感兴趣,也关心其中人的活动。报纸对这方面的报道很不够,有的只发表了一幅得奖作品,有时仅仅登了一则短短的消息了事。报道人的活动,并不就是个人突出。这样的报道,对读者是爱国主义教育,而对被报道的人,也是精神鼓舞,是需要的。北京的两个小画家黄黑蛮、黄黑妮两次在国际儿童画展中得首奖,英国报纸大登特登,香港报纸连篇累牍,我们除一二家报纸上不被人注意地登一则‘消息’外,副刊上全无反映。美国的大作家海明威死了,新华社发了消息,但是许多报纸没有登。这样,只会使人蔽塞。”

题材·版面·标题 夏衍同志说:“我们副刊的版面,似乎不大讲究。版面不活泼,和题材不广有关系,题材不广和编辑花脑筋不够有关系。一个节日,年年从正面作文章,可能没什么文章可作了,但如果引伸开去,可作的文章就多了。比如‘三·一八’就要到了,‘三·一八’就是两个纪念日:一个是巴黎公社成立前夕,法国无产阶级夺取巴黎政权的‘三·一八’;一个是北京天安门前游行示威反对段祺瑞的‘三·一八’。拿后者说,引伸开去就可以找到许多题目,可以正面写,也可以写历史掌故,如《铁狮子胡同今昔》《段祺瑞其人》,也可以配合《鲁迅传》的拍摄,写些有关刘和珍的材料。这样,题材就会丰富起来。题材的领域要编辑不断地去开辟,题材丰富了,才有可能出现一个活泼多彩的版面。”

“标题很重要。一篇文章读者看不看，和标题很有关系。资产阶级报纸的标题故意耸人听闻，不足为训；但力求引人入胜，也是不可忽视的。现在，我们的标题公式化的太多。”

副刊的专栏 夏衍同志说：“副刊应该辟有一些有特色的专栏，由专人执笔来写。办专栏，最重要的一点是：不间断地坚持下去。要使一个专栏经常有人看，每天有许多人找着去看，就必须坚持，不可或有或无，时登时辍。专栏最好每天有，或每周定期出现，而且，至少三个月不断。这样才会在读者中造成深刻的印象。北京晚报马南邨的《燕山夜话》，新民晚报林放的《未晚谭》，现在大家都熟悉了，吸引很多人读它，这就是一个好的专栏。一个副刊能办几个好的专栏，也有助于形成自己的风格。”

关于长篇连载 夏衍同志说：“长篇连载是我国副刊的传统之一，报纸有时间性和连续性，这是一个很重要的特点。报纸上的长篇小说的写法，也有其特点，每天只登一两千字，但每天得有个‘关子’，抓住读者非读下去不可。从前的长篇连载都是每天现写的，随写随登；现在多半是一部小说全写完了，每天剪一些登出来，登多登少看当天版面的容量，不大考虑如何吸引读者。这样，如果没有特别精彩的情节，就很难每天抓住读者。”

关于配合中心工作问题 夏衍同志说：“副刊当然要配合中心工作，但不要为配合而配合，正面配合的文章，有一篇杂文就够了。要从多方面引伸开去，迂回曲折地从不同的侧面找题目。要达到配合的目的而不露配合的痕迹。为配合而配合的文章，读者一看就知道，久之，读者就腻了。”

“从侧面找题目，需要编辑有丰富的知识。编辑要多看杂书，秦牧是什么杂书都看的，写起文章来才能触类旁通，丰富而又生动。作一个编辑也是如此。这关系到才、学、识诸方面的修养问题，今天不能谈了。”

副刊编辑工作随想

常　海

读了夏衍同志谈报纸副刊的文章（见本刊第四期）获益非浅；同时，也引起了自己对副刊工作的一些感想。

虽然做副刊编辑也有几年了，但是说来惭愧，对什么是副刊，在观念上却并不很明确。这样，工作中问题就来了。第一，往往混淆了正刊与副刊的界限，把副刊也搞得和正刊差不多，或者弄得既不像正刊，又不像副刊，不能突出副刊的特点，发挥其应有的作用。第二，不明确正刊与副刊的主从关系，有时把副刊的特殊性强调到不适当的地步，和正刊脱节，这也难以发挥副刊的战斗性。这两种偏向都是由于对副刊的认识不明确而来的。

副刊，顾名思义，是区别于正刊而言的，在整张报纸中，它处于一种配合作战的地位。但是，它是整个报纸不可或缺的一个组成部分。正如同主力兵团有时难以完成的任务，而游击队却能很好地完成一样，读者在正刊上找不到的东西，可以从副刊上得到满足。一张报纸的副刊不仅应该配合整张报纸向人民群众进行共产主义思想和道德品质的教育，鼓舞人民的革命热情和劳动积极性，也应该帮助读者增长知识，扩大眼界，使他们得到艺术享受和文化休息。因此之故，正刊上有的东西，不一定要在副刊上出现；而正刊上没有的东西，副刊则应有意识地加以刊载。总之，副刊应从多方面满足读者的需要，丰富人民的精神生活。我觉得，这就是副刊和正刊既有共同性又有较大区别的地方。承认这种区别，认识这种区别，这对突出副刊的特点、配合正刊完成整张报纸的宣传鼓动任务是有

题解　本文原载《新闻业务》1962 年第 6 期，是作者受《新闻业务》1962 年第 4 期刊载的《关于副刊的一些想法——夏衍同志谈副刊》一文启发而发表的对副刊编辑工作的一些感想。文中首先对副刊进行了重新认识，副刊虽然处于配合作战的地位，但却是整个报纸不可或缺的一部分；其次谈了突出副刊特点的问题，作者认为副刊的特点如同酒楼的招牌菜，要有一两个专栏别有新意，具有个性，同时也要兼顾其他栏目，满足各种读者的需求。夏衍在谈副刊时谈到，副刊编辑要“三会”：会出点子、会找人写、自己会动笔。作者由此提出“三忌”：忌以自己的兴趣和爱好代替读者的兴趣和爱好；忌乱删乱改别人的稿子；自己写作时忌板起面孔教训人。此外，作者还提到编辑要努力学习、掌握更多知识才能更好地完成编辑工作。

很大好处的。当然，突出副刊的特点，绝不应把它同正刊对立起来，而是要在与正刊的紧密配合下，根据整张报纸所担负的宣传任务、读者对象，去发挥、去突出自己的特点，这样才能做到特点突出、个性鲜明，为读者所需要。

这里牵涉到一个问题：即副刊要不要配合中心工作？如何配合中心工作？我觉得：副刊对于中心工作可以配合也可以不配合，不必把它看得过于刻板。所谓配合，道理无需多说，因为中心工作，那一定是为大多数读者所最关心的事情，副刊如对大多数读者最关心的事情无动于衷，其结果是可想而知的。所谓也可以不配合，即是说不要勉勉强强去凑热闹，以致降低质量。因为副刊到底和正刊不同，它主要不是靠正面的说服教育去打动读者，而是运用各种形象化的手段，给读者以感染，从而收到潜移默化之功。这也就是我们所常说的：一个靠服之以理；一个靠动之以情。因此，如果是为配合而配合，像某些艺术团体曾经做过的那样一年到头“写中心、演中心、唱中心”，因而降低艺术质量，这岂不是事倍功半！

其次，谈谈突出副刊特点的问题。

我想，一张报纸的副刊，由于所担负的宣传任务的不同，读者对象的差异，所处地区的不一，以及所联系的写作队伍的侧重等等不同的情况，除了它们的共同性之外，都有条件与可能突出自己的特点，形成自己独特的风格，从而满足各种不同读者的需要。

自己常有这种体会：当花费了一番心血，终于把一期副刊打扮停当，送到读者面前的时候，总是有着一股子又甜丝丝又胆怯怯的心情萦绕在心头，就如同大师傅做出菜来等待着顾客的品评一样，如果其中有一两样菜还适合顾客的胃口，而不是令人尝一口或者闻一闻就放下筷子的话，那将是作编辑的最大的愉快。但是，副刊编辑总不是大师傅，他“做菜”的原材料总不如大师傅来得那样方便，因而，做到每一期副刊上都有一两样新鲜可口的“时菜”并不是件容易事。惟其如是，努力争取做到每期都能有一两样“时菜”，就更其重要。一个副刊的特点的形成，往往就在这一两样为别家所没有的“时菜”上。《北京人》一剧中那位什么事也做不成，只会住在老丈人家吃闲饭、发牢骚的留学生江泰，却能一口气背诵出十六七家——从正阳楼的涮羊肉到金家楼的汤爆肚——北京有经营特点的饭馆的名菜来，可见特点鲜明给人印象之深了。人民日报副刊上清新活泼、发人深思的散文和杂文；羊城晚报上的《晚会》；北京晚报上的《燕山夜话》；光明日报《东风》副刊上华君武的讽刺漫画……以及其他报纸副刊上的各具特色的种种专栏之所以受到读者欢迎，莫不因为它们的特色鲜明且坚持经常之故。这样长此以往,一个副刊的个性就逐渐形成起来了。

当然,正如光靠一两样“主菜”作不成一桌酒席,一个副刊也不可能只依靠一两个专栏来支撑。“牡丹虽好,还需绿叶相扶”。对待主菜以外的菜也不能等闲视之了草从事,而应该如同对待主菜一样地精心烹调,做到红花绿叶相得益彰,满足各种读者的多方面的需求。

菜的好坏要看大师傅手艺的高低;副刊的优劣则看编辑的本领如何。夏衍同志谈到副刊编辑要会三件事:一、会出点子;二、会找人写;三、自己会动笔。这完全是经验之谈,我自己在工作中对这三点也深有所感,经常为尚未做到这“三会”而苦恼。同时,我还感觉到:副刊编辑要做好工作,还应有三忌:一、出点子约人写东西或选择稿件的时候,切忌以自己的兴趣和爱好代替广大读者的兴趣和爱好。比如说,你自己喜爱新诗就一律排斥旧体诗词或者相反等等。这是千万要不得的。各个人的爱好任何时候都不会是完全一致的,编副刊既然是为了满足广大读者的需要而不是供自己或少数人欣赏,就没有任何理由把编辑个人的喜爱和兴趣强加于读者,而是要经常关心读者所关心的事物,调查读者的兴趣和爱好,以便想方设法给予满足。仍拿新、旧体诗来作比方,应该是如同一位老诗人所说的“不薄新诗爱旧诗”,二者都不偏废,这才会使副刊获得更多的读者。二、处理稿件的时候一定要十分尊重作者的劳动,切忌乱删乱改别人的稿子。有些不高明的厨子做什么菜都喜欢加“浇头”,结果做出的菜全是一个味道。做编辑可别学这一手。“人之患在好为人师”。天下事物一个人到死也只能学到那么一点点,不可能都比别人高明。当编辑如果是抱着“为人师”的态度,像一首打油诗所说的那样:“天下文章属三江,三江文章属敝乡,敝乡文章属舍弟,舍弟向我学文章”,那么,事情肯定会办糟!这样说来,是不是所有来稿都要一字不改地照登呢?也不能这样。编辑不但有责任改正错漏字,查对引文,也有责任适当删减稿件的浮辞衍说,使之更加集中精炼,这是对作者、对读者的负责精神。问题是不要滥用职权,凭自己好恶大削大砍。就是对待一般说来编辑感棘手的长文章,也要区别情况,不要拿到就砍,“凫胫虽短,续之则忧;鹤胫虽长,断之则悲”。文章长短,主要看它有无内容,对读者有无裨益,不能单从形式着眼。三、自己动笔写作的时候,切忌板起面孔教训人。读者是很敏感的,你如果不把读者放在平等地位,而用教训的口吻和他讲话,马上就会遭到报应:读者会把你的文章丢到一边去!恩格斯在给明娜·考茨基的一封信中曾说过这样的话:“我认为倾向性是不要特别地说出,而要让它自己从场面和情节中流露出来……”李笠翁也说过:“我本无心说笑话,谁知笑语逼人来。”这些话都值得我们很好地思考。因为报纸副刊对读者的潜移默化作用是比较长期才能见效的;不能操之过急,走上狭窄的功利主义的道路,要求自己的每一篇文章都能立竿见影。“欲速则不达”,这样反会容易走到它的反面。

除了“三会”、“三忌”,作一个副刊编辑,也诚如夏衍同志所说,必须努力学习,使自己掌握广博的知识,才能胜任工作。副刊工作所接触的方面十分广阔,可以说古今中外无所不包,如果编辑不尽量使自己的知识领域广一些、杂一些,不但难以做好工作,还会出错误闹笑话的。我的一个同事就由于对古典文学不大熟悉,而把作者来稿中引用的曹操的一首名诗改了个面目全非。这首诗的原文是“老骥伏枥,志在千里。烈士暮年,壮心不已”。他认为:“烈士”已经“作古”了,哪里还有什么“壮心”?于是便把“烈士”改成“壮士”,把“壮心”改成“雄心”。虽只两字之差,却使得诗的意境失之千里了。可见编辑扩大知识范围实乃当务之急。但是,一个人的一生精力毕竟有限,不可能行行都精通。古人说:“操千曲而后晓声,观千剑而后识器。”我想,即使编辑的学识再渊博,也还是经常会碰到自己不晓不识的东西的。如何解决这个矛盾?我觉得除了把自己不晓不识的东西多去请教专家,不要不懂装懂以外,如果有条件或可能的话,聘请某些方面的专家、学者担任副刊的顾问也是个有效的方法。不要很多,一个副刊如果能联系这么几个专家学者作自己的顾问,从消极方面讲,无疑会减少一些差错;而更主要的是能够使副刊质量有所提高,给读者以更多的东西。

为了做好工作,副刊编辑不仅要向作者、向读者、向专家学习,也要向生活学习,向书本学习,更要孜孜不倦地学习党和政府的各项方针政策。只有经常不断地向这些方面认真学习,才会使我们具有开阔的视野和复杂而灵活的头脑,能够判断哪些是应该歌颂和赞扬的东西,哪些是应该反对的东西,从而使副刊工作得以不断地提高。

途　径

——一个副刊编辑的几页日记

黄伟宗

1961 年 9 月×日

整社结束，回到羊城晚报《花地》已有半个月了。工作有点陌生，我苦思着如何在组稿上找到新的出路。

今晚去萧殷同志家里，他似乎理解到我的心情，亲切地、生动地跟我谈了他过去编副刊时的一些情形。我越听越觉得有意思，启发很大。

我们现在搞《花地》的人，真比他过去搞副刊时多了好几倍，每天还是忙得不可开交。而他，当时每天上午编完报，下午就出去串门子了。他是去找朋友聊天，不是要稿子才上门，也不是一上门就要稿子。当然，他也为了拉稿，别人也知道他想拉稿，只是没有说出来。越来往人越熟，越熟就越好说话。别人想什么，清楚；别人写什么，清楚；有没有把握，也清楚。一起交谈，话题常常会集中到某些问题上，有争论，有补充，文章也就出来了。这既能开扩作者的思路，也有助于敞开编者自己的思路。真是好经验。

在回家的路上，萧殷同志的话解开了捆住我脑子的绳子。我顿然想起这次去萧殷同志家，原是为催稿的，谈了两小时却忘了开口。不，而是开不出口，萧殷同志不是说他“最怕一上门就开口要稿的编辑”么，还是他说得在理：“要多熟识

题解　本文原载《新闻业务》1962 年第 7 期。文章由几篇日记组成，主要写一些在日常与人交往的过程中获得的工作上的灵感和解决问题的方法，所解决的还是作为编辑应该如何组稿的问题。首先，作为编辑要广交朋友常交往，越与人熟悉，越好约稿。其次，与作家、文艺家来往虽不必有顾虑但应提前做好准备，多了解要拜访的作者的情况；另外，多与朋友交往、多交谈是可以在熟悉中聊出文章来的；还有，编辑同作家之间不应只是拉稿的利益关系，应是有深厚情感的同志关系，要深切关心作者的身体状况，不应只为了约稿而交往。最后，要同作家增进感情和提高自己的水平，就要读作家们的创作，这样谈话内容才能丰富，也更能消除与作家之间的思想感情隔阂。本文作者从日常生活的细节中感悟编辑工作的方法，对编辑们具有很好的借鉴和指导作用。

人,多交往,不要无事不登三宝殿。”

1961年11月×日

与一般的作者搞熟是容易的,但要与名家来往,开始确是有不少顾虑的。

下午我去拜访欧阳山同志,直到敲门时,我还有些犹豫,担心他忙,怕打扰他,怕不受欢迎。门开了,我在热情的欢迎声中坐下了。第一次见面,欧阳山同志有意而又无意地说笑了几句,我也顿时轻松下来。越谈下去,我越是觉得欧阳山同志待人异常和蔼可亲,想起开头的顾虑和犹豫真有些滑稽可笑!

我知道欧阳山同志正在赶写长篇,事情不少,不能无事闲串门。非得有一定的谈话内容不可。事先我就听说,欧阳山同志很关心群众对他作品的反应,又很关心他的长篇小说《苦斗》在我们《花地》上连载的具体安排;最近我们召开的工人作者座谈会,他也很关心。刚好《文艺评论》要设个《文艺信箱》的栏目,很想请他开个头。我是抱了这样的目的,才决心来碰一下的。

事先的估计没有错,他果然提了不少问题,我都一一回答了。话题转到《文艺信箱》上,他表示赞同,愿意为信箱写稿,而且爽快地答应下了。原来他也经常收到不少青年作者的来信,请教写作问题,我们的要求正吻合他的需要。

初访欧阳山同志的经验告诉我,对于接近和熟悉作家、文艺家,一切顾虑都是多余的;但每一次拜访,都应该有准备,不能想到什么谈什么。他们的时间有一定的安排,有自己的创作考虑,不事先摸清情况,不对准口径就冒失开口,是不行的。而这些情况,需要经常从有关部门或有关的人那里去了解。

1962年1月×日

每次去中山大学,我定要到王季思、楼栖、黄海章、陈寂等教授家里坐坐,他们都是我过去的老师。每次交谈,都扯到一些文艺问题,听到他们的见解、议论,常使我有“与君一席话,胜读十年书”之感。谁知在学到不少东西的同时,又扯出了不少文章。许多稿子,都是偶然从谈话中得到题目,然后请他们写成的。

今天从黄海章教授家里回来,又得到了同样意外的收获。从编辑的角度看,这种收获与日常的交往是密切相关的,正如萧殷同志所说的:多交往,多交谈,就可以在熟中聊出文章来。“谈《文心雕龙·神思篇》”就是这样约到的。

还有两篇文章也是这样聊出来的,只是情况稍有不同。

我喜欢美术，常到广东美协主席黄新波同志和国画家黎雄才同志家里去请教。他们都很健谈，每次都给我许多教益，因而我常去他们家里。我知道，常有许多热爱美术的青年来信向他们求教。碰巧去年12月初《文艺评论》截稿前两天，尚缺一篇《文艺信箱》文章，我马上想起了黄新波同志。想到他有不少问题要回答青年，想到他的热情坦率，又想到他在年青时与鲁迅先生的交往，我完全相信要是请他写一篇文章，一定能得到他的支持。我考虑到时间紧，恐怕一时赶不出来，就想了个代笔的办法。和黄新波同志一谈，他答应了，很快文章就见了报，救了急。这是意外的，也是意中的，因为熟了，就了解到作者所想所做的，也理解到他可能想可能做的，这样，不仅能拉到意外的稿子，还能在紧急的时候，及时抓住线索，拿到文章的。

1962年3月×日

秦牧同志过去在晚报担任副总编辑，因此我们比较熟悉。后来他调到广东作协分会做副主席，我也不久就下去整社了。回编辑部后，我在《上海文学》上看到了连载他的谈创作的短文《艺海拾贝》，我想：这类生动活泼的短文是很适合我们的《文艺评论》用的，看样子他还有很多题目，于是我去找他。真是熟人好说话，没多久《艺林漫想录》就送来了。当然，组织一篇或一组文章，看来有时候是很轻易的，如果分析起来，原因又是很多的。拿秦牧同志来说，主要还是因为他对晚报有特殊的感情，而他平时又是绝少推辞别人的请求的。在客观上，他那时正好不大忙，身体又好，这时候，题目碰对了，文章就很容易成功。

后来一件事，却从反面证实了这个道理。为着有计划地评论华南作家的作品，我想请秦牧同志写一篇评论。但这时候正赶上他会议和外事活动繁多，许多报刊又有不少“订货”，都在催稿，他自己又忙着赶写长篇，身体支持不住，病了几天。这些情况我都不知道，于是一进门就开口请他写文章。他诚恳地谈了上述情况，我心里顿觉十分不安。不用说，这不是一个约稿的时机。

今天意外地收到了萧殷同志的《习艺录》，使我不禁想到这件事情。萧殷同志的情况与秦牧同志是差不多的，每次我去他家里，总要碰到来访的人，我自然而然地在感情上关怀起萧殷同志的健康来，慢慢也就不忍心开口催稿了。但他心中是有底的，每次都以抱歉的口气主动地提起，没想到今天真的寄来了！

在高兴之余，又似有歉意：这段日子我也真的催得太紧了，不关怀体谅作家的健康是很不应该的。我深深感到，编辑同作家之间，不应该只是拉稿关系，而应该是有很深的情感的同志关系，有真正的革命情谊。这样，才会得到更多的支持，也就能组织到更多的稿子。

1962年5月10日

在上海文汇报的《笔会》上读到一篇短文——《杂家》，颇有意思。别的不谈，我以为作者说编辑是杂家，要杂是有道理的。特别是副刊编辑，文学、音乐、舞蹈、美术，中外古今，无所不包。不懂，不行；深懂，又不易做到。

名家多是各有专长的，如果一问三不知，怎能交谈，怎能将报编好？因此，不能不懂。

有位前辈说："编辑不能只向作家要东西，还应该给作家一些东西。"给什么呢？作家最需要的而编辑又能给、应该给的是什么呢？我想，就是读者对作家创作的反应。而这，作为第一个读者的编辑，心中没底是不行的。不仅要了解作家现在的创作，还应该了解作家过去的创作。这样，才能进一步增进与作家的联系，也更能了解其人，理解其作品，从而学到更多的东西。

与欧阳山同志和杜埃同志的接触中，我特别感到这一点的重要。

我喜爱他们的作品，接触他们，又更了解他们的作品。4月间我写了篇谈欧阳山短篇小说的文章，就是在与他谈话后得到启发写成的。发表之后我去看他，还未开口，他就提起了这篇文章。他鼓励了一番之后，又提出了许多新的问题，这是我原来没想到的，于是，我又从中得到很多启发。

由于读过他们的创作，谈话的内容也就丰富得多，思想感情上的隔阂也就消除了。我由此感到，这是同作家增进感情和提高自己水平的重要途径。

办好一个革命化的副刊

——首都九报交流副刊工作经验

由中华全国新闻工作者协会召集，由人民日报编委会主持的首都各报副刊工作座谈会，于五月二十二、二十三日下午举行。会上各报交流了情况和经验，着重谈到了怎样按副刊的特点宣传党的方针政策，对群众进行思想政治教育，进一步使副刊革命化的问题。

参加座谈会的有：陈笑雨、傅真、田钟洛（人民日报），章文龙（解放军报），王舜华（中国青年报），方蒙、赵忠信、刘北汜（大公报），张又君（光明日报），尹慧珉（工人日报），党伯杰（体育报），鲁刚（北京日报），王纪刚（北京晚报），解驭珍（中宣部文艺处），郑兴东、张步洲（中国人民大学新闻系）。

座谈内容纪要如下：

当“不见面的指导员”

《解放军报》章文龙同志说，根据林彪元帅对《解放军报》的指示，副刊应该加强思想性、现实性，抓活思想，当“不见面的指导员”。这样，就要面向基层，做人的工作，做政治思想工作，抓活的思想。

《解放军报》副刊是怎样抓活思想的呢？

首先，是以阶级教育为纲，从阶级教育入手来抓活思想，让我们的战士带着阶级仇恨、敌情观念和革命英雄主义投入训练和战斗。

题解　本文原载《新闻业务》1964 年第 6 期。文章是对 1964 年 5 月 22 日、5 月 23 日由中华全国新闻工作者协会召集，人民日报编委会主持的首都各报副刊工作座谈会做的内容纪要。这里提到的“首都九报”是指《人民日报》《解放军报》《中国青年报》《体育报》《光明日报》《大公报》《工人日报》《北京日报》《北京晚报》。会上主要谈论和交流了办副刊的情况和经验，着重谈到怎样按照副刊的特点来宣传党的方针政策，如何对群众进行思想政治教育，以及怎样进一步使副刊革命化的问题，体现了各家报纸互相学习、借鉴，互帮互助的良好办报环境。

阶级教育要和形势任务和党的方针政策公布以后战士的反应、思想动向相结合。比如,党的八届十中全会以后,针对有些战士对当前农村中两条道路斗争认识不清的情况,副刊通过电影《槐树庄》的宣传,从侧面向战士进行了阶级斗争的教育。

阶级教育的一项重要内容,是敌情教育。《解放军报》副刊经常紧紧结合对敌斗争的形势,特别是美帝国主义的侵略活动,如加勒比海危机和巴拿马事件等等的宣传,来不断加深部队的敌情观念。

抓活思想的另一条是表扬好人好事,发扬革命英雄主义。部队开展的五好战士运动,是贯彻“平时为了战时”的思想,是为战时开展杀敌立功运动建立基础。经验证明:平时是雷锋式的五好战士,战时就是黄继光式的战斗英雄。《解放军报》副刊抓平时的好人好事,讲革命英雄主义,也是为了这个目的。

章文龙同志还谈到,表扬好人好事当然是主要的,但批评也是必需的,批评和表扬都是战斗的武器。《解放军报》副刊为此设立了一个专栏《并非闲话》。内容涉及的大都是有关道德品质、待人接物、生活习惯、兴趣爱好、读书休息等等,这实际上是在生活领域内进行阶级斗争。由于问题是从群众中来的,比较实际,作者又有广泛的群众性,战士看了能引起联想,解决问题。有些文章还被连队指导员剪下来作为活教材。战士们反映这个栏目起了“生活指导员”的作用。

批评必须讲求立场、态度和方法,特别要注意不能丑化战士的形象,不能损害部队的荣誉。要做到这些,批评才能为群众所接受。

《中国青年报》王舜华同志说,他们的副刊比较多,都主要是紧密结合形势任务,针对青年的具体思想情况,运用活典型、活材料抓活思想对青年进行教育,特别是阶级教育。党的八届十中全会以后,他们着重采取形象教育的方法,在副刊上辟了一些揭露旧社会黑暗的栏目,用生动具体的材料,激发青年对旧社会的恨,对新社会的爱,刊载了《血泪斑斑的罪证》等二十多篇“四史”,和五十多篇知识性文章。另一方面,也注意从理论上进行阶级教育,如连续发表《农村阶级斗争知识讲话》,使青年对阶级和阶级斗争有比较系统的认识。与此同时,他们还注意抓青年的活思想进行教育,并且采取自我教育的方法在副刊上组织若干次讨论会。比如,有些青年认为自己出身好,对资产阶级思想有“天然免疫力”,他们就发表文章谈“后天打防疫针”的必要性。再如有的青年对农村中的阶级敌人利用修家谱搞宗族关系向我们进攻认识不清,他们就在副刊上讲家族亲不如阶级亲。

要使副刊的宣传获得较好的效果,除了力求丰富多彩以外,在一定时期还应当作集中和连续的宣传,以加深读者的认识。如他们在宣传话剧《年青一代》的时候,从促进青年革命化、从思想教育角度出发,就不惜篇幅地全文刊登了剧作,组织题为《林育生错误在哪里》的笔谈会,还发了社论。

《体育报》和《光明日报》的同志在发言中也着重谈到了他们的副刊依据各自的特点,在近年来加强思想政治教育的情况。

正确有力地宣传党的方针政策

《人民日报》陈笑雨同志说,报纸的作用和力量就在于宣传党的方针政策,一个革命化的副刊必须根据自己的特点来体现这个要求。他着重谈了人民日报副刊在这方面的情况和经验。他强调指出:宣传执行党的方针政策应该做到既狠又稳。

狠,就是对党的方针政策的宣传和执行是坚决的,旗帜鲜明的,有力量的,体现在报纸上是突出、集中和连续。

比如一九六〇年一批中央干部下乡支援农业第一线,人民日报副刊为此开辟了一个栏目:《送支援农业生产第一线的同志》,连续发了十几篇杂文,从各个方面,首先是从政治上阐发了这次干部下乡的伟大革命意义。其中题为《革命尚未成功》这篇杂文,由于问题抓得较快,谈得较深,受到领导和广大读者的好评。另外,还根据农业是基础的道理,从经济方面阐述了干部下农村的必要性。还议论了干部下乡和思想改造的关系。最后又谈到了“参加劳动使人变美了,还是变丑了?”的问题,从美学角度阐发了干部支援农业生产第一线的意义。

稳,就是宣传党的方针政策应该是全面的而不是片面的,是正确的而不是错误的。要达到这个要求并不是很容易的。比如我们鼓励无报酬的共产主义劳动,又要注意不违背社会主义按劳分配的现行政策,这个问题就不大好讲,人民日报发表的题为《湖南农村的又一新闻》这篇杂文,就出色地就这个问题作了阐释。

陈笑雨同志说,我们的副刊宣传政策基本上是稳的,但也有一些文章犯了片面性的毛病。如有一篇电影评介文章中,所推崇的不是这部电影的精华,恰恰是其中的糟粕。又如有一篇杂文把喝龙井茶和资产阶级思想作了必然的联系,这就偏了。

要把党的方针政策宣传得既全面又正确,就需要编辑部同志认真学习党的方针政策,就需要在编辑工作中运用一分为二的方法。矛盾的两个方面,该强调的一面要恰如其分，同时不要忽略另外一面。

陈笑雨同志说，根据自己的体会，宣传党的方针政策要做到既狠又稳，就必须正确处理以下几个关系问题：

（一）中心和多样。

副刊要既是有中心的，又是多样的；多样是为了突出中心而不是削弱中心；首先是突出中心，再求多样；先求中心之内的多样，再求中心以外的多样；中心是主导的，多样是从属的。

我们为什么这样强调中心呢？因为中心就是党的当前主要任务，中心就是纲，纲举然后目张。最能引起读者共鸣，最能给他们以深刻印象的，也往往是那些中心突出的宣传。

但这并不是说多样不重要，要使党的方针政策更好地为读者接受，就要通过多样的途径。多样和活泼是一类问题。怎样才能多样呢？

一，要短。短才能迅速地、多方面地反映实际，短才能多方面地吸引读者，短才能多方面地组织作者队伍。当然不是说就不要长的。还是那句老话，该长则长，该短则短，但应该尽量求短。

二，栏目要多。有一类栏目要固定，是经常的“保留节目”；有一类栏目要推陈出新，不断创设新的，不断淘汰旧的。

三，要有图画，做到图文并茂，丰富多彩。

四，要善于和读者交心。和读者交心，花样就会层出不穷。比如读者要求发表歌曲，我们就请作者写，读者唱了，寄来意见，我们又发了，然后再发表作者的答复，这样就起了连锁反应，内容和形式就活泼多样了。

当中心问题解决以后，多样问题就可以提到日程上来。现在我们要求每期副刊至少要有七个题目。

（二）快和深。

我们的要求是既快又深，当发生矛盾的时候，就要求先快后深。这条经验是花了很大代价取得的。如话剧《李双双》我们看了觉得很好，请一位作家写推荐的文章，这位作家很慎重，写了一个多月，这样就慢了。其实，可以分两步走，先写一篇表示欢迎和支持的短文，然后再发专文作详细深刻的评论。

当然快是有条件的，要在一定质量的基础上求快，要在准确的基础上求快，既要求事实上的准确，也要求政策上的准确。

当快的问题基本解决以后，深的问题就要提到日程上来。快比较容易，深是攻坚，就难一些。所谓深，就是要有连续性，在连续宣传中求深；再有，每一篇文章都要求有深度。

（三）主动和被动。

报纸的宣传总要受客观现实和党的方针政策的制约，因此总是被动的。而编辑工作就要善于从被动中求主动。这就首先要加强调查研究，充分了解实际情况，这样才可能有预见，有了预见才能主动。其次要加强计划性。计划应该建筑在调查研究的基础之上，而不是主观主义的。此外，凡事要早作准备。准备得早容易快也容易深。只有主动了才容易调动编辑人员的积极性。为了争取主动，在两个战役之间要有必要的休整。在休整期间，编辑人员可以更好的学习政策，多读点书，消除疲劳。休整得好，进行下一个战斗时精力就能比较饱满。

（四）内线和外线。

内线就是编辑部内部工作，外线就是编辑部外部的组织工作。我们的办法是由内及外，内外结合。编辑要加强组织工作，要对作者、作家采取尊重的态度，商量的态度，要慎重细致地处理他们的稿件，越慎重细致就越能团结他们。

内部要有一定的写作力量，因为有些东西由于任务紧迫和其他原因只能自己写，难以依靠外稿。特别是有些新辟的栏目，更需要自己先写，然后才能吸引外部来稿。这就是所说的由内及外的做法。

以上所讲，归结为一点，就是要根据副刊的特点来宣传党的方针政策。副刊应该更多的从思想品质、道德风尚和思想方法等方面来进行宣传；更多的进行侧面宣传，如革命化问题，我们就认为从业余时间革命化这个角度来进行宣传，比较切合副刊的特性，因为业余生活与文艺的关系比较密切，而副刊的特点就在于侧重运用文艺形式来反映各方面的问题。另外，副刊要更多的对读者起潜移默化的作用，从这方面发挥自己的力量。

副刊工作的群众路线

《大公报》刘北汜同志介绍了他们在编《群众文艺》周刊中怎样联系群众、联系实际的经验。他说，他们过去坐在家里办报，越办越是感到和基层实际情况脱节。因为不了解财贸系统职工怎样工作、怎样生活，因而改稿无从下手，组稿只能说：你给我们写篇反映商业工作的稿子吧！不会出点子。后来他们开始走出办公室，抽空到城市商店蹲点，以后又到农村供销社和生产队熟悉生活，接触群众。这样，眼界开阔了，下面的实际情况熟悉了，编辑思想有了改变，副刊的编辑工作逐渐有了起色。

形势在不断发展，新东西新问题在不断出现，这就又要求他们不但要认真学习、钻研党在各个时期的方针政策，还要经常带着问题到群众中去调查和学习，摸清职工的思想情况，什么是主流，与主流对立的又是什么。明确了这些，选稿、改稿就有了谱，组稿也可以出点子了，刊物上应反映什么，胸中也有数了，并且能切合现实的需要，更有针对性。最近两年来，他们深切地体会到选稿不能片面追求题材的多样化，而应当主要考虑稿件的思想内容如何，只有作品紧密联系了火热的现实斗争和职工当前的思想情况，才能产生较大的影响。

副刊要紧密联系实际、联系群众，就必须建立一支有广泛群众性的作者队伍。《大公报》办《群众文艺》副刊的同志对这一点很有体会，**刘北汜同志说**：《群众文艺》最初一二年来稿很少，每天只有十几篇，而且大半是诗，稿件质量也不高。作者主要是财贸系统的职工。他们迫切需要在写作上得到帮助，我们就反复地给他们的稿子提意见，不厌其烦地请他们修改，有的稿件虽然几经修改仍未见报，但这个刊物和作者的联系却加强了，而且也帮助作者有所提高。我们还在周刊上辟了一个《创作漫谈》专栏，指导他们进行创作。最近，在发表财经系统新人的作品的时候，文末都注明作者身份，这样一来，读者知道写这些稿件的并非作家而是普普通通的职工，从而解除了他们的顾虑，鼓舞了他们写稿的积极性。对业余作者的其他要求，我们也尽量给以满足。如北京财经系统业余作者搞了文艺创作和演出，要我们去看，去提意见，我们也总是热情地答应，这样也密切了刊物和群众的联系。近年来来稿已显著增加，稿件质量也大大提高，有些作者在我们副刊的帮助下已逐渐成长起来。

《中国青年报》王舜华同志也谈到他们建立基点、加强调查研究、抓活思想的经验。他们几个副刊都先后在北京郊区建立了基点，每月下去一两次。下去的同志不但参加劳动，了解情况，而且还帮助农村团组织做一些实际工作。如办《共青团支部》副刊的同志，就给农村青年上团课；办《向日葵》的同志就教青年们唱歌和讲故事。这样既联系了群众，同时又比较深入地了解了情况。

知识宣传也要抓活思想

知识宣传是副刊的一项重要内容，但决不能孤立地进行，必须要有明确的目的性。

《中国青年报》王舜华同志说，他们的知识宣传主要为政治服务，为生产服务，为培养新人服务；归根到底是为培养新人服务。知识宣传要处理好几个关系问题:知识性与思想性两者必须结合,一方面以思想观点统率知识,另方面要寓思想于知识之中,不能空洞说教;知识要为生产服务,但要扩大青年的知识视野,也不能完全排斥与生产并无多大直接联系的知识;政治性与艺术性,要坚持政治第一,文艺作品要政治性与艺术性完善地结合;古与今的关系,应该是厚今薄古,古为今用;严肃性与生动性的关系,政治上必须严肃,但不是笼统地反对趣味性,反对的是资产阶级的低级趣味,培养青年共产主义高尚情操、引人奋发的无产阶级的趣味性和生动性是需要的。这些关系处理不当就要发生不好的作用。像有一篇谈吃蛇的稿子,说“敢于吃蛇就是敢于斗争”,这就是牵强附会,没有把知识教育和思想教育正确地结合起来。

《解放军报》章文龙同志谈到,他们副刊的知识宣传是配合部队的阶级教育、时事教育和军事训练进行的。比如为了帮助战士学习中央文件,认识当前世界革命风暴的中心,他们就介绍了有关亚、非、拉人民革命斗争的知识。他还说到,知识宣传同样要抓活思想。如有些战士不清楚练习瞄准会不会损伤眼睛,报务员和炮兵会不会损坏耳朵,这是实际问题,但往往也可能影响有些战士的思想情绪,副刊就针对这些活思想介绍一些科学知识。要这样的进行知识宣传,就需要做许多调查研究工作。

大家都谈到知识宣传应该与当前任务配合,不能光考虑给人一些知识而过多地发一些没什么思想内容的所谓“无害”的东西,这种东西发得太多了,也会产生不好的作用。

会上大家还提出了一些当前副刊工作中存在的问题。其中有副刊怎样深入抓活思想,怎样具有浓厚的时代气息问题;各报如何创造自己副刊的特色问题;综合性副刊怎样办的问题;怎样增强杂文的理论色彩以及杂文的进一步群众化的问题;怎样建立和提高作者队伍的问题;怎样提高副刊编辑的编写水平问题,等等。

因为时间关系,有些报纸未及发言。

这个座谈会还没有结束。大家商定各报在最近要提出自己感兴趣的问题,经过汇总研究,再确定下次座谈的议题,并推一两家报纸准备中心发言。

人民日报副刊征稿启事三则

副刊需要哪些稿件?

本报副刊(第八版上半版)需要下列稿件:

一、短论、杂文、有文学色彩的短篇的政论、社会批评和文学批评;

二、散文,小品,速写,短篇报告,讽刺小品,有文学色彩的游记、日记、书信,回忆;

三、关于自然现象和生产劳动的小品,关于历史、地理、民俗和其他生活知识的小品;

四、短诗,民歌,寓言,故事,短篇小说,短剧;

五、读书笔记,短篇的书评、剧评、影评、美术评论、音乐评论和其他文学艺术的评论;

六、小幅美术作品。

除了适宜于连载的少数作品以外,一般稿件的篇幅希望在一千字左右。

有特别适合的翻译稿件(包括由外国文翻译的和由古文翻译的)也可以接受一部分。

编　者

题解　三篇选文分别发表于 1956 年 7 月 1 日、1957 年 12 月 1 日以及 1980 年 1 月 1 日的《人民日报》。这里集合了《人民日报》副刊不同时期发表的三则征稿启事,内中对副刊稿件的体裁、内容、篇幅等等,都作了详细的要求。而从这些要求中也可以看出作为党报副刊的《人民日报》副刊,始终同现实生活之间保持了紧密联系。这三则征稿启事分别是 1956 年 7 月 1 日刊出的《副刊需要哪些稿件?》、1957 年 12 月 1 日刊出的《关于副刊改版的说明》以及 1980 年 1 月 1 日刊出的《编后小语》。

关于副刊改版的说明

副刊(八版)从今天起,扩大了内容。它以社会批评、文化批评、群众生活速写等为主,同时增加有关文化生活、科学卫生常识、家庭生活等方面的稿件。这样做的目的,是使副刊更加广泛地联系群众生活,扩大为读者服务的范围。我们希望能使具有不同兴趣的读者多少都能从这里找到一点他所需求和爱好的东西。

副刊需要下列稿件:

一、有文学色彩的社会批评,短论,杂感;

二、反映劳动人民生活的散文,速写;

三、篇幅较短的文学作品;

四、读书笔记,短篇的书评、文评、影评、剧评和其他艺术评论;

五、有关文化、娱乐的稿件;

六、科学、卫生常识;

七、有关家庭生活、儿童教育的稿件;

八、衣、食、住、行的小常识。

副刊渴望着大家的支持,请把这些稿件和对改版后副刊的意见寄给我们。

副刊编者

编后小语

从今天起,本报第八版上半版是副刊。取消《战地》刊名(由人民日报出版社印行的综合性双月刊《战地增刊》改名《战地》,去掉“增刊”二字)。这样,基本上恢复了“文化大革命”前副刊的面貌。

当然,面貌恢复,主要看内容。副刊是报纸的一角园地,同样应该为解放思想、振奋精神、促进四化作出自己的贡献。副刊篇幅不大,容量有限,我们力求做到丰富多采,短小精干,文情并茂,生动活泼,使它象个生意盎然的小花园,力求各方面的读者都能从这里得到一点思想和知识,找到感兴趣的东西。

这是我们的目标,也是我们的工作章法。编者不敏,最重要的是依靠广大读者和作者,过去如此,今后也是如此。

乘此机会,我们呼吁大家多写些短文章。

空洞无物、又臭又长的文风，是毛泽东同志早就严厉批评过的。可惜，经过多年挞伐，这种文风并未绝迹。到了林彪、“四人帮”及其御用文人手里，竟发展到登峰造极，害人害党，流毒至深。我们愿意同读者、作者一起，不懈地清除这种流毒。新长征路上，大家都在争分夺秒。又空又长的文章，无异于浪费别人的生命，大家都是希望禁绝的。

胡乔木和《人民日报》副刊(节录)

袁 鹰

一

远在全国解放以前,我在上海从事地下工作时,就听说过“南北二乔木”两位党内“大才子”的盛名。“南乔木”——乔冠华,1946年随周恩来同志在中共谈判代表团工作时,我曾经在上海思南路“周公馆”的记者招待会上,在陶行知先生猝然病逝的追悼仪式上,领略过他的丰采,其后又在香港出版的进步刊物上读过他署名“乔木”的文章。但是“北乔木”——胡乔木,则是全国解放初期我奉调到《人民日报》工作后,才有幸结识。虽然在那以前,早已学习过他的权威著作《中国共产党的三十年》,也在1953年第二次全国文代会上聆听过他所作关于“社会主义现实主义文学”的长篇报告了。

建国后相当长时间,胡乔木同志受党中央委托,主管《人民日报》工作。1953年初我刚从上海调到报社,就从老编辑言谈话语中感到他在报社有很高的威信,一说起“乔木同志”,都有点奉若神明。老编辑们经常介绍乔木领导报纸工作的许多轶事。他并不只是抓原则,抓方向,而是具体细致,从社论选题、重要文章的修改,到版面安排、标题设计以至语法修辞、标点符号,都常常过问,不允许有差错。1951年6月,他曾起草过一篇《正确地使用祖国的语言,为语言的纯洁和健康而斗争》的社论,为语言文字问题发表社论,在《人民日报》以至整个

题解 本文选自袁鹰所著的《风云侧记:我在人民日报副刊的岁月》,中国档案出版社2006年版。新中国成立后的很长时间,胡乔木受中央委托,主管《人民日报》工作。1953年,调到《人民日报》文艺部的袁鹰开始与胡乔木有了工作上的交集。袁鹰在这篇文章中回忆了胡乔木作为主管领导对副刊的要求,比如副刊要同整个报纸一样宣传党的政策精神、稿件面向要包罗万象、作者队伍也要尽可能广泛等。这些要求在很长时期内都成为报刊副刊编辑工作的指针。胡乔木还重视作者资源的挖掘,指示副刊向沈从文、周作人、邓拓等人约稿,使得副刊发表了一系列广受读者好评的作品。同时,胡乔木也积极推动杂文创作,《人民日报》副刊“长短录”专栏的设立,就是源自他的支持。另外,胡乔木本人常常亲自撰写杂文、新旧体诗等在副刊发表,无论是作为领导者还是作者,胡乔木与《人民日报》副刊之间的关系是相当密切的。对于报纸副刊研究而言,本文有重要的史料价值。

中国新闻史上都是绝无仅有的，因而轰动一时，影响深远。他曾到报社向全体人员作过《为办一张没有错误的党报而斗争》的报告，我虽没有赶上听报告，但不免战战兢兢，唯恐工作稍有不慎，在报纸上出现这样那样的错误。

大约 1954 年上半年，有一个时期，乔木要求报社编委会指派一名编辑每天上午十时到他那里去介绍有关当天报纸情况，听取他对当天报纸的意见，回来在每天下午的编前会上传达。每人轮值两周，每天约一个小时。我是接王若水的班担负这一任务的。第一天去时，若水带我乘坐报社派的悬有特别通行证的专车，驶进中南海西门，直到乔木住所门前，穿过回廊，走入他的办公室。我有点忐忑不安。他让我们坐下，倒了两杯茶。若水介绍我的姓名，介绍是文艺部的。乔木问起我的籍贯，我说是江苏淮安。他随即说："哦，你们那里九中（原江苏省立第九中学）在苏北很出名，你是九中学生吗？"我连忙回答全家 1934 年就离开淮安，我才十岁，没有来得及上九中。他又问我的经历，在哪里入的党，从何处调到报社来的。他的盐城口音同我们淮安话差不多。我一一回答，虽然仍有点拘谨，紧张的心情却渐渐消除。

每天去乔木处的主要任务，实际上是听他对当天报纸的意见。由于我在文艺部，对报纸其他版面的稿件情况（比如经济宣传、国际宣传）并不了解，无从向他汇报。例如有一天他问起一篇经济评论是否经过有关部门看过，他们有些什么意见，我嗫嚅地回答不出来，顿时感到窘迫愧疚。乔木并未批评我这个"联络员"的失职，只是温和地一笑。接着就说："有关部门领导的意见应该听，特别是事实部分。但是也不一定事事照办。报纸是中央的报纸，不能办成各部的公共汽车。"这是很重要的原则意见，我当天下午在编前会上一字不漏地传达了。有一两天他对报纸的意见不多，就闲谈几句。他知道我在上海生活较久，就问起上海在沦陷时期和解放战争时期的一些旧事，问苏州河水是否比过去清净些了，问"跑狗场"（逸园，现文化广场）现在派什么用处，问复旦大学、暨南大学、大夏大学的现状，我的简略回答未必会使他满意，但我实在佩服他的记忆力，二三十年前的人、事和地名都还记得那么清楚。

二

1956 年上半年，经党中央批准，《人民日报》的版面作了一次重大的改革，由原来基本上按苏联《真理报》模式的四个版（后扩充为六个版）扩大为符合中国社会实际和中国报纸传统的八个版。乔木显露出办报行家的才能，几乎领导了改版的全部筹备工作。他原先就常到报社来，那一时期更加频繁，几乎每星期要来一两次。有一天他对文艺部主任林淡秋说，要同文艺部编辑们讨论副刊问题。过去他来报社，大都是找邓拓等领导同志谈话，或者参加编委会的会议，偶尔也找理论部或文艺部负责人到他那里去。到文艺部办公室同全体编辑人员讨论工作，却是破天荒头一回。

那天，乔木坐在我们大办公室唯一的旧长沙发上，林淡秋、袁水拍两位左右陪着。我们都坐在自己的办公桌前，面对着他们三位。他一走进办公室，可能感到气氛过分严肃，就先同大家一一握手，说今天只是同大家见见面，想就副刊怎么办的问题随便交换些意见。然后询问文艺部三个负责人过去编过什么副刊。林淡秋编过《时代日报》的《新文艺》，袁水拍编过《新民晚报》的《夜光杯》，我则短时期编过《联合晚报》的《夕拾》，虽然都是上海地下党领导的或是进步人士创办的报纸，但都是解放前的事了。社会主义时期的党报副刊怎么编，谁也没有经验。乔木对过去的副刊并未作任何评价，显然，我们这些简单的经历，他可能也了解，所以问一问，只是为了冲淡紧张气氛罢了。

那时没有录音设备，各人的记录详略不一。我一面用心静听，一面又随时准备回答询问，不便只顾低头作笔记，所以结果未能留下一份详尽的文字记录。那天，乔木前后讲了差不多两个小时，娓娓道来，轻声细语，如同话家常，但是给大家留下较深的印象。他的主要意见就是：副刊同整个报纸一样，要宣传党的政策精神，尤其要作为贯彻“百花齐放、百家争鸣”方针的重要园地，对学术问题和文艺理论问题可以有不同意见乃至争论，不要有一样的声音；提倡文责自负，并不是每一篇文章都代表报纸，更不是代表党中央；副刊稿件的面尽可能地宽广，路子不能太狭仄，要包罗万象；作者队伍尽可能地广泛，去请各方面的人为副刊撰稿；《人民日报》副刊在这方面具有比其他报纸有利的条件，你们要充分利用……等等。他这一番话，为我们的副刊工作定下了基调，帮助编辑人员打开思路，解除了前几年强调学习《真理报》经验所带来的种种条条框框。后来在很长时期内都成为报社副刊编辑工作的指针。

根据乔木谈话精神，我起草了一份副刊稿约，又经他几次修改补充定稿，在改版第一天(1956年7月1日)的八版刊登。其中第一条“短论、杂文，有文学色彩的短篇政论、社会批评和文学批评”，就是乔木改定的，他特别加上“有文学色彩”五个字。他强调杂文是“副刊的灵魂”，要放在首位，一般情况下都放在头一条位置，还特别提出要批评社会上的种种不良风气和弊病。第二条列了散文，小品，速写，短篇报告，讽刺小品，有文学色彩的游记、日记、书信、回忆(这里他又加"有文学色彩"字样)。在这些之后,他又增加一条"关于自然现象和生产劳动的小品,关于历史、地理、民俗和其他生活知识的小品"。"除了适宜于连载的少数作品以外,一般稿件的篇幅希望在一千字左右。"他是素来主张报纸的文章要"短些,再短些"的。短短一则稿约,勾画了以后多年副刊的基本蓝图。不仅《人民日报》副刊,就是其后陆续创办的许多省市报纸副刊,也都是大体相同的路子。比如一般都将杂文或随笔加花边放在头条位置,这个格局至今未变。

三

乔木对报纸副刊似乎有特殊的感情和兴趣。他对副刊的关注,比起那些原则、方针、精神等等抽象的东西,更多的却是作者队伍和稿件,那是实实在在的。不是说"政策和策略是党的生命"吗?如果不能具体体现在每一位作者的身上和每一篇稿件上,一切正确的原则和政策岂非都流于空话?

还在副刊筹备初期,乔木就帮助我们细心物色一批批作者名单,要我们详细开列出来,弄清确切地址,然后一一登门拜访,至少专函约请,决不能只靠一张打印的简单约稿信。他知道文艺部的编辑接触的作者面有限,所能想到的,无非是文艺界知名人士和中老年作家。而他却把眼光投向文艺圈以外、文化界以外的作者,还有一些当时由于种种缘由被冷落、忽视的人。

比如他提到的李锐、刘祖春、张铁夫等几位的名字,当时我们都很生疏。他们都在党政机关或工农业部门工作。乔木却是了解的,他说这几位在战争年代都是写文章的好手,只是解放后转到新的工作岗位,担任了领导,因而写得少了,但他们有实际工作的经验和感受,一定能写出好的杂文。还有一位曾彦修,当时担任人民出版社的领导,同我们文艺部也不曾打过交道。乔木亲自给他们写信,打电话,邀请他们来报社参加座谈会。这几位同志,毕竟因为工作担子较重,写的文章不多,但仍然为副刊增色。曾彦修用"严秀"笔名写得较多,是一位杰出的杂文家,不过他 1957 年遭逢厄运,几篇杂文也成了"罪证"。

又如沈从文,建国后相当长一段时间,似乎已经从文坛隐没,在京华冠盖中默默无闻。乔木一再说一定要请他为副刊写散文。沈先生应邀写了一篇《天安门前》,虽然不大像《边城》的风格,但"沈从文"这名字在《人民日报》出现,却引起热烈的回响。乔木还说起张恨水,问我们是否知道他的近况。我们虽然听说张先生仍住在京城，也知道他是写副刊文章的老手，但是脑子里总有“鸳鸯蝴蝶派”那个旧观念的影子，自然也没有考虑去约稿。乔木却一再提到这位老报人、老作家。

他还提到了一些旧北京副刊上能写文章的人，有些名字我们就更加陌生，其中有徐凌霄、徐一士两位。乔木抗日战争前曾在北京求学和工作，可能从当时报纸副刊上对这两位兄弟文人有印象，而我却只在东安市场旧书肆中见过《一士谈荟》等旧籍，作者似乎是民国初年人物，十分久远了。我们按照乔木意思，辗转探寻这两位老人下落，终无结果，乔木对此总有点憾然。

他也谈到周作人，认为这位“五四”时期的新文学健将，晚节不终，当了文化汉奸，文章却是写得好的，早已刑满出狱，住在北京，可以请他为副刊写稿而不必署真名。我们奉命到八道湾造访，知堂老人应约写了一篇《谈毒草》，说到有些艳丽花草（如夹竹桃）却是有毒的，短短七八百字，仍是旧时风格。“反右”风暴一起，从此在报上销声匿迹。检查副刊时，都知道周作人这位作者是乔木指名去约稿的，总算没有给我“为毒草大开绿灯”的罪名下加一个铁证。

这些作者的来稿，充实了副刊的内容，扩大了作者面，读者是欢迎的。但更重要的是打破了编辑的思想框框，明白了一条道理：贯彻“双百”方针，如果只停留在口头上、理论上，而行动上却仍然带着有色眼镜看人，头脑里还有意无意地设下一个个禁区，不敢越雷池一步，又从何落实？

明白好像是明白些，做起来却也并不容易，积重难返，头脑里的条条框框仍然很多，也还有不少顾虑，私心杂念也好，习惯势力也好，总之是“足将进而趑趄”，气候变化时，又会反复，教训也不少，那都是后话了。

四

乔木对副刊工作的指导，常常贯穿于一篇稿件的始终，有时做得比分工主管副刊的副总编辑要细致具体得多。他不单是帮助出题目、找作者，也亲自看稿件，特别是杂文。他素来认为“杂文是副刊的灵魂”，抓副刊工作首先要抓杂文。杂文排出小样送请他审阅，他并不只是画个圈，批个“可发”或“不发”完事。不能用的，他都批上几句，用商量的口吻，说明不发的理由，末了必加上一句“请你们斟酌”。有些他认为可以发而又写得还不甚理想的，就会亲自动手，详细修改，从内容、文字、题目直到标点符号，细琢细磨，花了许多工夫。他从来都用钢笔书写，不用毛笔，也不用圆珠笔和铅笔，字迹清秀，令人赏心悦目。

我手边还保留着这样一份改样：1956年7月报纸改版初期，副刊上刊登了李长路写领导作风问题的杂文。原题是《宰相肚里好撑船》，比较直露。乔木改为《宰相肚皮》，文字改动得更多，如原文首段是：

> 从古以来，“宰相肚里能撑船”的话成了衡量领导人物的气魄的标尺之一。人民要求身为宰相的“肚里能撑船”，就是要有胆量、有气魄，所谓“宽宏大量”、“礼贤下士”、“虚己以待物”、“有容人之量”等等，都是这个意思。然而宰相在一国之中，并无几个，所以这标准也就逐渐推及到衡量一般人了。今天不论做什么领导工作的人，我们也一样要求他“肚里能撑船”。我们也还是要提倡气魄宏大、胸襟宽广的作风，反对气量短浅、胸怀狭窄的作风。

这段文字，意思并无差错，但可能有阐述不够清楚、议论有点空泛的毛病，不免会使人产生什么联想和误解。乔木的改文是：

> “宰相肚里能撑船”，这句话反映了历来人民对于领导人物要有大度量的一种愿望，虽然历史上这样的宰相并不多见。今天的时代不同了，人民的事业要求新型的领导者。这种领导者同旧日的宰相当然有很多不同。但是对于今天不论做什么领导工作的人，人民也一样要求他“肚里能撑船”，或者更正确些说，人民更有理由要求领导者具有气魄宏大、胸襟宽广的作风，反对气量短浅、胸怀狭窄的作风。

那时候，“影射”或“恶毒攻击”这一类的政治帽子，还不像后来几年那样风行，所以文中虽然一再说到“宰相肚皮”云云，并不曾成为问题，引起某些人神经过敏，胡乱猜测。而乔木在修改中仍然多次用“领导者”、“领导人物”这些含意明确的名词，以避免可能产生的误解，可见用心良苦。他那时对知识分子，对作家也很注意宽容，注意政策和影响。比如文中还有这样的修改：“百花齐放、百家争鸣的方针能不能贯彻，在相当大的程度上看文学和学术的领导人有没有大的度量。”“如果有关的领导不把自己的肚皮放大一些，而且还在继续收缩，使文艺上的‘百花’和科学上的‘百家’越挤越少，那最后就有只剩下一个挤扁了的空肚皮的危险。”

细微之处，可见精神。类似的事例比比皆是。副刊初创时，郭沫若寄来一篇

《发辫的争论》,用诙谐的笔调写“左”“右”两派争论发辫长和短哪一种美,哪一种有用。调门越争论越高,“右派”指责对方是“左倾幼稚病患者”,“左派”则认为对方“犯了右倾保守主义的毛病”,最后终无结果。这种写法在当时副刊稿件中很少见,我们没有把握,就排印小样送给乔木。他在小样上批了一句:此文是讽刺无聊的争论,应当发表,还亲自给郭老写了一封信,建议作些文字修改。郭老欣然同意,就使副刊上出现一篇别具一格的文章。不过他用的是假名,除我们编辑以外,谁也不知道这篇有趣的文章作者是谁。

五

1960年冬天,乔木寄来一封信,大意是说经济困难时期,物资匮乏,群众生活水平有所降低,不少党员和干部情绪低沉,这种时候,副刊有责任鼓励增强克服困难的信心,提倡乐观积极的精神,帮助人们拥有丰富、健康的精神生活,但也不要说大话,说空话。他具体建议组织一些读书笔记,提倡多读书,多读古今中外的好书,从中获得思想上的教益,也能增长知识,提高文化素养。

这个主意很好,也很适时。那时候我们正在为副刊如何既能办得有声有色又减少假话空话而大费心思。乔木的建议打开了编辑的思路,于是就有了一篇邓拓写的《从借书谈起》(刊于1961年1月23日)。约请当时已离开报社领导岗位调任北京市委书记处书记的邓拓同志写第一篇,也是乔木提出的。邓拓给副刊写杂文随笔一类稿件,从不署真名(他在1957年发表引起许多人注目的《废弃庸人政治》,署名为卜无忌),这篇文章仍用一个假名。乔木审阅小样时,除了作文字修改外,还提出请作者署上真名,用意大约是为增加分量扩大影响吧。邓拓尽管不甚情愿,也只好勉强同意。

这篇短文从袁枚的一篇《黄生借书说》谈起。随园主人因一位黄姓青年来借书而引发一番议论,叙述家境贫困的书生读书之难。帝王和富贵之家藏书无数,“然天子读书者有几?富贵人读书者有几?”为了帮助读者弄清原文寓意,我们在刊出袁枚原文同时,又请陈友琴先生用白话文译意,连同邓拓文章一起见报。邓拓还发挥了一点意思,乔木在改样上又加以补充:“袁枚的文章对于今天的我们仍然有意义,因为它说明了一个真理:占有得多不等于利用得多。事实往往相反,许多几乎一无所有的人常是用心最勤的人。……胜利定然是属于那些条件优越的人吗?困难一定会把有志者压倒吗?不!为了优越的条件而自满,而骄傲,最终只能引导到失败。胜利是永远属于那些在困难面前不但不低头、反而发愤图强的人们的。”这一段从黄生借书这件小事引出当时很有针对性的微言大义，可以说是邓、胡二位共同阐发的。他们的心意，在一张改样上沟通了。

1963年春夏之交，《新湖南报》上的两条新闻，触发了乔木的思绪。那些年他虽然忙于文字工作，但绝大多数是为中央起草文件、审订《毛泽东选集》四卷的文字和注释，审改《人民日报》重要的社论和评论，自己执笔写文章而且公开发表的事儿乎绝无仅有。6月下旬，我突然收到他寄来的两篇杂文：《湖南农村中的一条新闻》、《湖南农村的又一新闻》，署名都是“白水”——他似乎从来未曾用过这个笔名，以后也未见再用。

两篇一千多字的杂文，讲了湖南农村的两件新事。一件是一位农村干部母亲死了，用开追悼会代替做道场，党支部和党员带头改变旧的风俗习惯；另一件是一家农户失火，民兵干部组织全体民兵利用农事空隙义务为他修了新屋。两件事情都不大，却都闪耀着一种新思想、新观念的可贵的光辉——共产主义的光辉。乔木敏锐地抓住现实生活中特别是精神生活中新的萌芽，及时加以表彰。前一件事，他指出“是一件移风易俗的大事，值得在全国所有的农村和城镇中提倡”。他说：“党支部书记不可能主持每一个追悼会，但是党的支部的确必须努力改革人民群众有关丧葬婚嫁等等风俗习惯，在生活的各个角落里扫除形形色色的垃圾，消灭形形色色的细菌，让社会主义和共产主义的精神生长起来。”后一件事本是民兵帮助群众解决困难，做好事。但因为是义务劳动，又值批评和纠正了刮“共产风”、“一平二调”之后，乔木不得不花点心思在社会主义分配原则和共产主义思想精神的关系上多说几句，以澄清人们可能产生的误解，因而这篇文章的字数就比前一篇长了些，近两千字。

邓拓的那篇《从借书谈起》打了头炮，以后就陆续发表类似的稿件，附上原文。文章大多引古喻今，借题发挥，或阐明调查研究之重要，或表彰克服环境困难之毅力，或揭示官僚主义、主观主义之危害，或剖析防止片面性之必要，等等。乔木又亲自动手写杂文，因而那几年的副刊，虽然免不了要受到“念念不忘阶级斗争”大风潮的波及，不如五十年代中期那样有声有色，但从杂文来说，还是很有点气势，也常出现些高质量的作品。1962年又有夏衍、廖沫沙、吴晗、唐弢、孟超等五位老作家共同开辟的《长短录》杂文随笔专栏，带动了一大批谈思想修养、革命精神、道德品质、文化知识的好文章，在读者中得到良好的反应。

“刺”的风波

——文艺副刊编辑日记片断

子　茵

“延安”与“西安”

×月×日　星期×　天气:乍暖还寒

清晨,我兴冲冲地来到编辑室。桌上,照例堆着厚厚一叠来稿。略微翻翻标题,就可以看出最近投寄给新辟的《讽刺与幽默》专栏的稿件越来越多了。看来,读者对这个专栏是十分欢迎的。

这两天,我上下班时,在街头巷尾,就听到一些人议论前天报上登载的那篇讽刺食品商店开后门的小品文和美术编辑老马配的那幅饶有风趣的讽刺漫画。说实在的,作为一个文艺编辑,体察到报纸上刊载的文艺作品所产生的这种社会效果,犹如得到了最高的奖赏。

我坐在桌前,读着面前的一堆稿件,挑选那闪耀着思想火花,充满了机智、风趣和幽默感的小品文。

电话铃声打断了我的思路,我拿起话筒。

“文艺组么? 找小品文编辑讲话!”对方的声音斩钉截铁。凭着多年来当编辑形成的职业敏感,我脑子里立即闪过一个判断:提意见的。

“我就是小品文编辑,您是哪位?”

题解　本文原载《新闻战线》1979 年第 4 期。“文革”结束后,众多报纸的文艺副刊逐渐复刊,但在一段时间内报纸副刊实际上并未摆脱过于政治化的生存环境。本文通过《“延安”与“西安”》《“刺”不上大夫?》《可悲的阿 Q》三则文艺副刊编辑的日记片段,形象地勾勒出文艺副刊编辑出版过程中所遭遇的种种尴尬。文中通过叙述“食品站的全体革命职工”“党委书记”“城市规划部”等个人或集体对《讽刺与幽默》专栏的不满与投诉,对分等级看对象、“刺”不能上大夫等种种思维积习进行批判。同时,也以阿 Q 自比,警示人们不要以同种态度对待讽刺小品,努力为文艺副刊争取健康的生存环境。这为研究过渡时期的文艺副刊生态提供了一份具有典型意义的样本。

“我吗？是××区××食品站的全体革命职工！”话筒里传来的声音，其响度与硬度有增无减。

“您贵姓？想谈什么问题？”

“不是告诉你了吗？我是××区××食品站的‘全体革命职工’！我代表大家，对你们报上登的那篇讽刺开后门的小品文提出强烈抗议！呃，强烈的抗议！”

“请问有什么意见？”

“请编辑回答我们两个问题：第一，粉碎‘四人帮’以来，我们食品战线是不是和全市、全省、全国一样形势大好？第二，开后门这个问题，在我们食品战线是主流还是支流？开后门的人是多数还是少数？”

“食品战线的形势当然是好的，但是也不能否认还存在一些问题；开后门的问题当然是‘支流’，开后门的人也是少数，但这类问题恐怕也有相当的普遍性吧！”

“好说！形势大好，就是一片光明；既是一片光明，你们为什么偏要去揭露黑暗？偏要把我们的大好形势诬蔑成漆黑一团？开后门的人既是少数，贵编辑为什么对大多数勤勤恳恳为人民服务的人视而不见，偏偏要揪住少数开后门的人不放？你们把生活中的少数人当作典型，千方百计加以丑化，这难道是一个党报编辑应有的立场吗？唉？”

“我们对这个问题有不同于你的看法。”我耐心地向对方解释：“形势大好，一片光明，就更容不得那小小的阴暗面。让阳光照一照它，驱除这阴暗面，会使光明更加灿烂，有什么不好？再说，文艺作品中的典型并不等于数学上的多数，运用讽刺小品这种文艺形式去揭露和鞭挞开后门这种歪风邪风，正是为了解决这些非主流的问题，促进……”

对方显然没有耐心听下去了，他迫不及待地打断我的话，高声嚷道：“毛主席教导我们，要分清‘主流’和‘支流’，‘延安’和‘西安’。你们在报纸上这样乱搞，岂不是站到‘西安’方面去了？”

不容分辩，对方咣当一声挂断了电话。

我站在电话机前，想着对方给我戴上的那顶有声无形的帽子，只有苦笑。

“刺”不上大夫？

×月×日　星期×　天气：阴

急匆匆赶着发稿，后天是文艺副刊见报的日子，《讽刺与幽默》这个专栏的稿件还没有定哩!

手边滑过一篇又一篇稿件:批评厂长的官僚主义,讽刺劳工科长在人事安排上开后门,指责党委书记压制民主,讽刺某领导干部搞特殊化……越看,我的眉头皱得越紧。“哎”,我长叹一声,自言自语:“这些可都是给编辑惹麻烦的主题啊!”

可不是么,前些时,发了几篇这类主题的小品文,不就有人反映:“怎么老是书记书记的!”“党中央提出了四个‘坚持’,其中就有‘坚持党的领导’这一条嘛!”“哎,讽刺小品的矛头可要注意……”意见虽未“言传”得全,可那话中的话,已是很可“意会”的了。

但是,我不明白,既然可以用小品文这种文艺形式去讽刺那些“夜半歌声”、“街头舞会”等等,为什么就不能拿它去触及干部,特别是领导干部压制民主、开后门和生活特殊化的问题?两者相比,后者较之前者,对于社会主义事业的危害性恐怕更要甚些。难道,在幽默讽刺的问题上,还得分等论级看对象?“刺”,不能上“大夫”么?

可悲的阿Q

×月×日　星期×　天气:多云间晴

正在默读默想,有读者来访,连忙丢下手中稿件去接待。

来访者把盖着某机关党支部大印的介绍信一亮,带着一种客气却又僵硬的语调,慢慢地说:

“前两天,报上不是登了篇讽刺城市规划部门的干部利用职权卡压修建单位的小品文么?”

“是的,对它有什么反映?”我探询地问。

“反映太强烈啦!轰动了我们全机关!大家议论纷纷!”来访者由于激动,语调于僵硬中添了几分怒气:“机关党支部专门派我来调查,文中所指究竟是哪项工程哪个人?”

听完他的话,我不禁莞尔一笑,答曰:“那是一篇文艺作品,并不特指某一项工程某一个人。”

“可是,你要晓得,城市规划,在我们这个市里,只此一家嘛!你们这样登法,难道不是影射我们?”

我再三向他解释:文艺作品,是生活真实的艺术反映。当前,社会上不是有那么一种人,有那样一部分单位,利用职权去搞“商品交换”,请客送礼,“礼”“油”不充分,往往办不成事,对这种歪风邪气难道不该讽刺么?

对方的口气慢慢缓和下来,但是还坚持:

“就算是文艺作品吧,也该明确指出问题嘛! 为什么一篇文章登出来,又象说你,又象说他,使人不明不白,究竟在说谁?”

“这就叫艺术概括嘛,经过艺术的提炼和加工,既反映生活的真实,又不局限于某人某事。在讽刺小品这面镜子里反映出来的人物,那嘴可能有点象你,那鼻子却又有点象他,那眉目分明又是另一个人。人们对着它,照一照,有没有相似之处。有则改之,无则加勉嘛!”

“好吧! 只要你们承认不是影射我们,那就算了吧!”对方显然放下了来访时悬吊着的那颗心,起身告辞了。

送走来访者,我不禁陷于沉思。眼前的情景,使我联想起当年鲁迅先生发表《阿 Q 正传》时的反应来:当时不是有不少人怀疑阿 Q 的行迹是影射自己,因而如芒刺背,愤然攻击鲁迅与他们有仇,揭其隐私,甚至打算对鲁迅采取报复行动么? 及至多方打探,弄明鲁迅并不是直取他们的材料来塑造阿 Q 的,他们就释然于心,我行我素地继续做起那些被讽刺的、见不得人的事情来。

如果人们用这种态度来对待我们的讽刺小品,作为小品编辑,我真感到可悲了。

有心创特色

——浩劫前北京日报副刊二三事

陈　斯

北京日报自一九五二年十月一日创刊，就在第三版上创办了文艺性综合副刊《文化生活》。从创刊到被砸，历时十三年，另有几个专刊，都几经兴废，多有变迁，唯《文化生活》副刊，始终坚持下来，每周出刊二、三期至四、五期。当然有几次政治运动旷日持久，整个报纸版面都被打乱了，副刊也只得暂停一时；但运动高潮一过，报纸领导人范瑾同志和周游同志就要抓副刊的恢复和改进。在全国解放后的省、市党报中，办《文化生活》这样的综合副刊，北京日报是较早的一个。

作为报纸的副刊，和整个报纸的关系，有共性，有个性，可以研究的问题很多。这里着重研究抓特点的问题。仿照祖国民间工艺把技法的要领凝缩成几个字的口诀，本文的中心意思拟放在"有心创特色"五个字中，即：一要敢言特色，无特色不成副刊；二，特色靠创，照猫画虎不行，独创才出特色；三是要有心去创，永不满足现状，不墨守成规。希望这"五字诀"尚得要领。

多样化

《文化生活》副刊的性质是文艺性综合副刊，其主要特点或途径，就是多样化。这是北京日报创刊时，编委会就定下来的。在以后的不同时期，谈到副刊的方针，有时提"五性"，如思想性、文艺性、地方性、知识性、趣味性；有时提

题解　本文原载《新闻与传播研究》1980年第4期。文章是对《北京日报》副刊办刊历史和办刊特色的回顾与总结。《北京日报》自1952年10月1日创刊伊始，就在第3版上创办了文艺性综合副刊《文化生活》，历时多年，几经兴废，最终坚持下来。从《文化生活》副刊发展史中可以提炼出"文革"前副刊编辑的部分经验。作者将其归纳为五个字："有心创特色"，即一要敢言特色，无特色不成副刊；二是特色靠创，照猫画虎不行，独创才出特色；三要有心去创，永不满足现状，不墨守成规。从《文化生活》副刊"五字诀"中可以窥见副刊编辑的某些要领，这给副刊的编辑工作提供了有意义的启示。

“三性”，如思想性、地方性、知识性。“三性”、“五性”的内容，都常有变化，有时还强调要有“战斗性”。但不管怎么变，其中总包含着整个报纸共同的部分，如思想性、地方性等；而这些共性的东西，在副刊上，则是要通过副刊的特点来表现的，如文艺性、知识性等。想当初北京日报要办副刊，正是为了增加一个可以表现共性的特色，多一个宣传手段，增强（而不是削弱）报纸的宣传效果。离开本身的特点，副刊就不成其为副刊，也就失去了存在的根据。而所谓文艺性、知识性、趣味性云云，都不象新闻、通讯、特写那样多少带点规范化的形式；综合副刊上的东西，可以具备千变万化的写作形式。所以不论提“几性”方针也好，归根到底，副刊是要多样化，即以多样化的形式，从副刊的整体上（而不是要求每一篇稿子或每一个版面）、从一段时间上（而不能要求立竿见影的效果）来配合报纸的宣传方针，满足广大读者的广泛要求。

通览北京日报副刊，可以发现，我们对于副刊总是“副”，总是要配合（对于报纸副刊是不可讳言这个字眼的）报纸宣传，是明确的。而同时，正因其为“副”，所以这个配合只能通过其本身的特点来完成，否则没有区别，何言配合？这一点，也是坚决的。

《文化生活》副刊创办之初，北京日报编委会还提出以创立多样化的栏目来保证多样化的内容。现在常用“三大件”这个语言，那时的基本栏目，也是“三大件”：杂文、群众文艺创作、影剧评介。其它栏目是经常变化的“活栏目”。生命力强的栏目多是有普遍兴趣的栏目。

有趣的是，《文化生活》副刊的第一任主编人在工作上对“三大件”有他自己一个“三之方针”：“杂文，抓紧之；群众文艺创作，照顾之；影剧评介，好自为之。”他的道理，主要在处理稿子上，因杂文涉及到社会、政治、生活的现实问题，稍有疏忽就会捅漏子，所以作为重点，要抓而紧之；而影剧本身是经过严格审查把关的，何况那时的电影主要是“老大哥”的电影，只要好话多说，多介少评，就可以放手去干了。

这件事有它的反面。“抓紧”的结果，抓过了头，久而久之，成了只抓其一，不抓其二，就往畸形发展了。杂文，按当时的理解，是批评与讽刺的武器。北京日报创刊以后，副刊上的杂文大受欢迎，于是就形成了一个概念：副刊可以使用杂文干预生活，鞭挞丑恶，以此配合正刊。于是文化生活组便在各采访组的帮助下，整理了一批基层干部工作作风和生活作风方面的材料，类似以后的《内部参考》，发给作者，组织杂文，往往不是针对某科长，就是某主任，虽不点名，但比点名更厉害。因为不点名就可以把事实夸大，美其名曰“艺术的夸张”，“艺术的真实”;加以有些杂文语言尖刻,让人看了很不舒服。另一方面,形式也发展了,从杂文到翻译苏联的讽刺小品,从中国作者仿作讽刺小品到传统形式的相声,从漫画插图到单幅漫画和连续漫画、漫画配诗……各种批评讽刺手段都出现在版面上,比重越来越大。不可否认,一时的确出现了不少有普遍针对性的作品,至今堪称脍炙人口,如杂文《乾隆遗风》,漫画《旁若无人》《听你的还是听我的》,讽刺小品《周末》,相声《买猴》《夜行记》等。这些都是文艺概括性较强的作品。同时,还有暗指具体人具体事的作品,有的写得就失了节制,显得咄咄逼人,不是与人为善了;而且一种“无冕之王”的观念就在这种情况下流露出来:反正宣传手段我掌握着,就这样发出去了,你有意见,其奈我何!这样就引人反感了。同时副刊的多样化的特点,的确一度受损。后来,大跃进时搞写中心、画中心、唱中心和人人写诗、诗画满墙,副刊也卷入了,这是另一种更可怕的(根本没人要看的)单调和枯燥。风暴过去,重整副刊,每次都得出一个同样的结论:副刊还是要坚持多样化,不能搞单一化。

不拘一格

话说一九五五年底,北京日报编委会重申副刊要实行多样化的方针以后,有几项大胆的尝试,可以体现出认识的深化。

其一是从一九五六年起评选当年最受欢迎的国产影片和演员。这个活动虽然始于一九五六年,但绝不是学习西方自由化。当时的确出现了一批较好的国产影片,映出后大受欢迎,最得公认的是《董存瑞》及董存瑞的扮演者张良。这个活动开展以后,读者参加评选十分踊跃,来信几乎遍及全国各省市。但一九五六至五八年,当选的演员和导演有的被划为右派;选举活动还偏偏离经叛道选上了香港演员吴楚帆,如此等等,不能不引起某些指责。但是,北京日报编委会在范瑾、周游同志领导下,每年都批准继续举办这项活动。文艺界、电影界对这项活动也给予了大力支持。一个地方报纸举办这样的活动,拿不出多少经费,全靠以文会友。郭老、老舍、田汉、夏衍、蔡楚生等同志几乎年年为当选的影片和演员题字,许多同志出席过简朴——毋宁说是寒酸的发奖仪式。直到后来《大众电影》开始举办声势浩大的“百花奖”,北京日报才停止举行这项评选活动。

其二是刊登旧体诗词。这本是彭真同志的倡议,他还指出可找陈毅和王昆仑等同志约稿。那时组织旧体诗词是很难的。旧体诗词在通常观念里还和封建二字挂着钩,要突破这个观念,头一炮很重要,必须要有一位强有力的作者和诗才行。陈毅等同志的诗一时整理不出来;有些作者慨然应允了,拿来的虽是七言、五言的韵文,内容又是标语口号,编者不喜欢,更怕倒了读者对旧诗的胃口。终于出来在版面上带头的,是田汉和他的力作,他的诗够味儿,内容又好,立即得到好的反响。以后郭老也给北京日报副刊写诗,特别是每逢节日向他约稿,总是有求必应。于是,旧体诗词以至散曲,成了《文化生活》副刊上常见的形式之一。

其三,不是要多样化的版面吗?不是刊登旧体诗词吗?《文化生活》副刊上却又出现了另一个出人意外的破格行动:以一个整版篇幅刊登了贺敬之的长诗《放声歌唱》,还只是第一部分,文末注明“未完待续”。登出后,马上有人反对,说这不是报纸的任务。但终于还是分三次登完了。登完以后,报社内外公认这是难得的佳作,读者欢迎登这样的好诗,文艺界表示欣赏报纸有这样的魄力。可见,多样性是要从一段时间来看的,不能是要求每一期的题目都要达到平均数——七个还是八个。刊登长文,《文化生活》副刊掌握一个原则:“大小由之”可以,但大要有大的质量,真正象《放声歌唱》这样大破格的,只能(也只可能)偶一为之。以后刊登各类长文,有过多次,如解放后中国京剧艺术团第一次出访西欧,轰动巴黎,发表了赵沨的长篇述评《巴黎向北京微笑》;广和剧场重建揭幕时,刊登了吴祖光谈掌故的长文《三百年前旧查楼》;侧重艺术分析的长篇影评《评〈母亲〉》是分两次登完的;秦兆阳的短篇小说《县委书记》登了三期。这些尝试,有的成功,获得好评,也有的不成功,遭到批评,或没有反响。后来一度曾内定每一、两个月要发表一篇像样的短篇小说,可惜迄无建树。

其四是长篇连载。按说《文化生活》副刊即使在最正常的情况下,差不多也要隔天一期,是不适于登长篇连载的。但为了尝试,还是以各种方式选登了连载小说。《青春之歌》出版前登了选段;《六十年的变迁》是个过长的连载,读者反映有点腻了,很艰苦地才登完,江荧的插图却赢得好评;出于地方色彩的考虑,选编过《古城春色》的片断;中法合拍的儿童片《风筝》映出时,请电影副导演欧阳红缨按连载要求编写了电影故事。后来,北京晚报创刊,每天固定登连载小说,日报副刊就不搞了。

此外,也有由于种种原因浅尝辄止或失败的尝试。如一九五六年范瑾同志提出,北京培养业余文艺作者的工作不如天津,要求北京日报副刊在这方面作些努力,学习天津日报办《文艺园地》的经验,也开辟一个业余文艺创作的园地。文化生活组当即派人赴天津学习。孙犁同志介绍的经验,言简意赅,概括言之不过两点:一、培养业余作者就要有发表他们的作品的园地;二、有了园地就要坚持,不坚持等于没有。“取经”归来,文化生活组提出自己的方案:一、北京日报应该担负一部分培养业余文艺作者的责任，提供发表作品的园地，但一定要同综合副刊分开，而不能彼此代替。为此，不嫌罗嗦地明确阐述：《文化生活》副刊乃是文艺性综合副刊，而不是综合性文艺副刊。文艺创作园地要另辟专刊。二、要依靠文艺界热心的同志合办。这是天津日报的经验，他们强调孙犁同志对于坚持《文艺周刊》所起的作用。北京日报地处首都，作家云集，尤应发挥这个优越条件。三、据和文艺界一些同志初步接触，他们建议，宜按诗刊、文艺创作专刊等办若干种专刊，轮流出刊，否则很难办出特点。四、文化生活组愿在不增加人的情况下，先办起来。这个方案提出，文化生活组原以为第三点很难获编委会的批准，不料在讨论时，顺利通过，只提出了一个前提：审稿权和定稿权在编辑部，党报编辑部不能把决定权交给外界，这毫不意味不信任谁，而是由于我们是市委的机关报，要坚持党的原则。在这条原则下，编委会授权文化生活组放手去同文艺界商量合作。结果是，沙鸥参加编了诗刊《骆驼》，既登专业的也登业余的诗人的作品，意图是由专业诗人带出一批业余作者；编辑部在原来副刊的工作基础上，编一个专登群众业余文艺创作的专刊《繁星》；肖殷参加编了一个文艺评论专刊，曾拟定名《啄木鸟》，可能没定下来，出刊时未用刊名。这三个专刊，有的出了一两期，有的多几期。此外还曾在北大和卞之琳商谈过出版介绍外国文学副专刊的事，由于定稿权属谁未能达成协议而作罢。在这前后，还把原来在周末的副刊上刊登的一些娱乐性栏目集中起来，加上生活指导的内容，办了《周末俱乐部》专刊。这个在综合副刊之外，又办几个文艺专刊的举动太大了，远不是北京日报一个小小的文化生活组所能摆布得开的，当时真可谓心高、胆大、手低了；加以创刊未几，“山雨欲来”，几个专刊稀里胡涂地就被吹得无影无踪了。

雅俗共赏

诗云：“雨里烟村雪里山，看时容易画时难，早知不入时人眼，多买胭脂画牡丹。”北京日报办副刊的一个方针，是既要“雨里山村”，也要“苑中牡丹”，叫做雅俗共赏。雅俗共赏究竟是一种什么样子呢？据文化生活组的总结，有这么几点体会：一、雅俗共赏不等于多样化。编副刊允许用“拼盘”的办法处理版面，把花色品种配搭好，任人各取所爱，但同时可能哪一篇也没有达到雅俗共赏的要求。二、雅俗共赏本质上是个质量的概念，它不仅要求版面的多样化，尤其是对一篇稿件的质量的要求；不能要求每篇稿都是雅俗共赏的，甚至不能要求每一版上都有雅俗共赏的稿件,但总要经常发表具有雅俗共赏的质量的稿子,这样的多样化才是有质量的多样化。三、这里所说的质量,又不是一般的质量,它不包含“等级”(高级或低级)的含义,曲高和寡可能质量很高,但不是雅俗共赏。四、雅俗共赏是代表读者提出的要求,而能写出雅俗共赏作品的,往往是造诣很深或十分熟悉情况因而能深入浅出的专家或专业人员。

作为举例,可以说,知识性的东西往往是雅俗共赏的,如北京日报登王力教授的《诗词格律十讲》,每周一次,许多青工剪贴下来不说,张爱萍将军的秘书也约好每逢刊出这天,上班前就到报社取一张报纸,说是“首长等着看”,可见是雅俗共赏的。地方性也能雅俗共赏。如北京曲艺团演出曲剧《啼笑姻缘》时,街道上的老太太和坐小卧车来的军政官员坐在一起,一边看一边还能交谈几句,这还不是雅俗共赏?有的地方性本身也是知识性,如《文化生活》副刊发起的《北京一条街》征文以及其它北京掌故一类题目,都是有普遍兴趣的。生活辅导性的杂稿,共同兴趣是很强的,不仅实用性的部分如此,思想性的部分也如此,如《文化生活》周末的内容中,曾有两次征文,一次是《我们夫妇之间》,一次是《我和我的孩子》,读者和写稿应征者,都颇广泛,不过那时这两个课题尚未成为普遍关心的尖锐的社会问题,如果搁在今天,那可就“逢时”了——可见雅俗共赏又是很有时间敏感性的。

从以上这种没有形成定义的理解出发,北京日报曾就文艺评论如何作到雅俗共赏约定了以下三原则:

一、《文化生活》副刊(包括北京日报的文艺宣传)不企图指导文艺运动。报纸的指导性,主要是针对群众欣赏与阅读中提出的问题,发表辅导性、指导性、引导性的评论。对于文艺界发生的问题,比如不同意见的争论,也要加以评介,做法是把来龙去脉介绍给读者,力求客观,但也不讳言自己的倾向性。因此又形成了两个概念:这种评论(包括整个副刊也适用)是“动”的不是“静”的;副刊的倾向性可以寓于知识性(通过介绍)之中。

二、要群众性的评论,不要专家性的评论。所谓专家性的评论,是指纯学术的、纯理论的、专门研究的、学院式的(对此绝无贬义,只是说它不适于报纸的综合副刊)评论。但同时十分明确:不要专家性的评论,不是不要——相反,而是欢迎与需要专家写评论。副刊把群众对文艺(包括文艺运动、文艺现象、文艺作品)的反映、问题、要求提供给专家,组织专家撰写有针对性的评论,这是经常的任务。所谓群众性的评论,就是群众需要,又能看得懂,喜欢看,能解决群众中存在的问题,群众看了有所得的评论。群众写的评论不一定能达到这种要求,专家却可以写出群众性的评论，而且是（如北京日报所要求的）具有专家水平的群众性的评论。群众当然也可以写出这种水平来，但不多见。

三、尊重作者，相信读者。意谓编者切忌办报人的主观主义（即自以为是读者的代表，我所爱即读者之所爱），不可过分自信，以为只有经过自己“斧正”才有雅俗共赏可言；也不可以为读者只能接受通常的表达方式，因此把有特色的表达方式一律改成社会通常的表达方式，以为这才适合一般读者的要求。《文化生活》副刊组稿，凡重要一点的题目，都要研究角度、选题、作者，还要了解作者的观点，就写法同作者交换意见。但是，稿子一经组来，除非在政治上、政策上、理论上有重大问题要研究，一般采取尊重作者原稿的态度，不轻易修改，可改可不改的不改，特别不能把作者的缺点及表述方法改成编辑部的观点及编辑所习惯的表述方法。凡有风格的作者，即使因风格突出而一部分读者以为怪僻，另一部分读者是会接受以至喜爱的。独特的风格（如果真是独特风格的话）常常是能雅俗共赏的。

以上这些，作起来是很难的。对于不同的评论对象，要研究出不同的评论方式。这里以书评为例。五十年代初，《牛虻》译本出版，社会上提出以什么思想教育青年读者的问题，《文化生活》副刊就约请师范大学彭慧教授写了长篇评介文章，作者是专家，回答的是群众提出的问题，知识性很强，推荐了名著，也指导了阅读。这是一种方式。《青春之歌》出版后，也有人提出一些问题，如作者为什么不写工农兵等，北京日报就请了小说作者杨沫，电影《青春之歌》的导演崔嵬等同志到报社座谈，当时的市委宣传部长杨述同志也参加了，大家发表意见的中心意思是，看一部作品是不是对人民有益，主要看它是否是鼓舞人向上的。座谈后，《文化生活》副刊发表了发言摘要。这又是一种方式。对小说《林海雪原》，则是开展了一场真正群众（读者）的讨论，文艺界几乎没有什么反响，最后也是以述评群众中各种不同意见为结束，不是象其它思想讨论那样请人作个“结论”。此外，《文化生活》副刊也组织“正规”的评论，如话剧《文成公主》演出，翦伯赞写了长篇剧评，电影《甲午风云》上映，吴晗写了影评，这些评论既有专家的见解，又有知识性，份量很重，但在一定意义上也有雅俗共赏之效。

文学创作的质量与雅俗共赏的统一性更为明显。高质量的作品可以说大都是雅俗共赏的。但报纸上的副刊限于篇幅，太长的作品不能发；经常刊登的还是群众业余文艺创作，这些创作有的也是很有质量的。比如有的情节逼真，生活味儿足；有的人物活灵活现，犹如就活动在读者跟前；有的群众语言运用得当，生动而熟练；有的裁剪生活片断，颇能发人深思；有的地方性强，京味引人；有的篇幅虽小,但描写细腻,让人爱不释手;有的笔法泼辣,拨人心弦。只要有一方面的特点,就是优质产品,好的编辑是不会放过的。群众中确有这样的人材,虽然往往是只能写出一篇两篇。

从创办以来,杂文始终是雅俗共赏的栏目。但它也经历了很大变化。如前所说,一开始发表杂文,火气很大,旗帜是干预,手段是鞭挞,有时几乎是指着鼻子挖苦人,当然也确是抓到了人家的一点不是;十年以后,就通情达理多了,能体谅人了,态度温和了,提倡从知识谈起,从侧面启发,委曲婉转,娓娓谈心。前一段以为杂文可以强加于人,说得有理不由你不服;后一段才觉悟到你自认为有理,也可能是只知其一,不知其二,知了其二,也许还有其三,其四。何况思想问题,服不服不能强制,强制之下,服也是虚假的。但始终有人认为,后来的杂文终感失于太软,旗帜不够鲜明,不是真正的杂文。不管怎样,杂文谈的既是思想问题,社会现象,总是普遍关心的题目,本身就带有雅俗共赏的性质。如果杂文而不是抓的社会上普遍关心或有共同兴趣的问题,不能和读者发生思想上的共鸣与交流,缺乏共同语言,就会如投下一块石头却毫无反应,那对于作者和编者都是十分尴尬的事。

勤于思变

《文化生活》副刊有一个传统,年年有总结,事事有总结。总结是为了"变",为了"改进"。下面一段话,是它对总结的"总结":

总结是把过去一分为二。总结的时候心中有满足也有不安。总结是积累,也是探索。比日常工作中的一时冲动,总结是冷静的,但比起冷静来,更多的又是热情;因此总结与其说是冷静的,勿宁说是清醒的。没有进取和追求,办的是例行公事,得到的是公式,而不是有用的总结。罗曼·罗兰有句话:"倘若活着不是为了纠正我们的错误,克服我们的偏见,扩大我们的思想与心胸,那活着有什么用?"把这句话改造一下,就成为:倘若我们的任务是办副刊,不能通过经常总结的办法纠正错误,克服偏见,扩大思想与心胸,那么,这个副刊就不会有变化,就无法不断得到改进。

有人说,这段话太强调"变"了。副刊应该有自己的风格。风格风格,总有个格,老是破格,就没了风格。其实这是对风格的极大误解。世界上有千种万种风格,可从来没有一种僵死的风格。风格不是守旧。风格永远是创造性的,生动活泼的,大大方方地允许破格的事情发生。正因其如此,破了它固有的格,它还是它。一种风格从形成到成熟,一眼就能认出它来。风格也不是方针,同一个方针,不同的人执行起来,可以呈现不同的风格。所以对副刊,完全可以援引"风格是人"的说法。那么能够说主编是什么风格,副刊就是什么风格;主编是什么水平,副刊就是什么水平么?事情可能如此,可这不是对一个主编的充分肯定。对主编人的较高评价,乃是他应该作到发挥集体的风格。编辑组的每一个成员,都以自己的主动性对副刊的风格发生着影响。还有一种说法:"强调而能成功,即是风格",风格是有意志的,是被人强调出来的,从这个意义上说,多样化、不拘一格、雅俗共赏三位一体,可以说就是《文化生活》副刊的风格,它处于"动态"当中,常在思变。这个变,应理解为创造,理解为对方针的认识的深化。

十多年来,《文化生活》在总结中,经常探讨思想性(共性)和多样性(特性)的问题,也就是配合和如何配合,服务和如何服务的问题。这些总结不可避免地带有历史的、时代的、时间的(因为是报纸的副刊,就更受制于时间)局限性。但总结的本意不是单纯为了搪塞某种需要,没有沽名钓誉的动机,因此可以说,即使认识有错误,也是真诚的探求,不是虚伪的敷衍。如在这些总结中,有时也受风气的影响,采用时兴的说法,如兼收并蓄,兼容并包,但从没有拿它们代替了多样化的方针。实践证明,办副刊需要好胃口,善于吸收,兼收并蓄,兼容并包,就是对胃口而言,但是一、收、蓄、包、容,都要经过消化,才能吸收,达到丰富自己的多样化;二、不可能有真正的"兼"和"并",因为一家报纸总有自己的编辑方针和当前的报道要求,副刊又有本身的特点和选择,何况每一个编辑也有他的爱好和倾向;如果一个副刊真的采取简单的"拿来"主义,那岂不办成了一盆吃不出风味的"折罗"——残汤剩菜的大杂烩!

除了正式总结,编辑过程中要提倡议论纷纷。按照市委对报社的指示,在内部提倡各抒己见,畅所欲言,对外则要求遵守纪律。议论纷纷也是积累,是大家的智慧的集中和积累。在戏改中(撇开大的背景不谈,也不论在那个背景下产生的想法的是非。这些问题不是一个报纸的副刊所能说清楚的),像"一个出发点"(传统戏曲表现现代题材要从生活出发)、"两条校正线"(古老剧种不能说不能发展,但不能脱离开本剧种的特点去发展)都是文化生活组的同志议论过的观点,在需要时写成了文章。有一次,文化生活组受命写一篇关于京剧移植现代戏的社论。当时对为什么要写这篇社论的真实背景,可以说一无所知,因此认为这是一个没有多少话可说的题目,尤其没有多少可以写进社论的话。但对京剧移植地方剧种的现代剧目,曾经有过议论,得出一个一般的理解,就是移植应该是再创作,而不是(像后来地方戏移植"样板戏"那样)照搬;而关于再创作,又曾议论过一个“四个一分为二”(即京剧从地方戏移植现代题材剧目,要把原剧种的创作一分为二;把本剧种的传统一分为二;把话剧表现现代生活的经验一分为二;把生活素材一分为二。既不生搬,又不是另起炉灶;既从生活出发,又不脱离本剧种特点;既注意源,又不轻视流)的轮廓。接受任务时已是下午三点以后,第二天一定要见报。怎么办呢?幸亏在经常积累“半成品”的小仓库中,翻出了这些货色,写了进去,始能成篇。事后恍然,对于“旗手”这还算作到了不亢不卑呢。

三年暂时经济困难,报纸报道面窄了。副刊也遇到了困难。这时《文化生活》副刊提出的办法,是“路要越走越宽”。副刊是报纸的一部分,在这个限度之内,不能自己再划个框框,限制自己的天地。走惯了的路确是窄了,但还有放在那儿不走的路:有不许走的,也有的是不敢走的,何况还可以开辟新路!在这个题目下,有几个具体措施:一是扩大领域。要扩大领域,编辑首先要打开眼界,增长知识,开拓心胸,这才能引导读者把眼光放宽、放远点。二是浓缩。领域扩大以后,“杂”稿多了,知识性的,趣味性的东西,实实在在最好,不要拉开架子发表泛泛的议论,要让读者自己去咀嚼。空话冲淡了的东西,就嚼不出味儿来了。三是副刊不能因此降低格调,当然,鼓励人家向上,引导人家立志,不能靠说教,而是靠影响。可惜这以后,阶级斗争愈抓愈紧,情况不断发生变化,这种尚未成熟的想法也就无从实现了。

《文化生活》副刊有一个“念念不忘”的体会,就是永远不能满足,时刻要探索新的路子。什么时候一张报纸、一个副刊老一套了,就开始让人觉得面目可憎,快要被人嫌弃了。因此,办副刊需要有一个勤快的队伍。他们脑勤,口勤,耳勤,手勤,腿勤。思想活泼,兴趣广泛,反应灵敏;不满足现状,爱出主意;能看到别人的长处,善于配合协作。这还不够,这个编辑队伍又联系着一个广泛的作者队伍,包括专业的和业余的创作队伍和评论队伍、杂家队伍和不怎么写稿但可以提供线索、透露情况、出主意,以至专挑毛病的顾问队伍,对他们一律不采取“无事不登三宝殿”的态度。一个好编辑,还要会在别人“言者无心”的时候,他能“听者有意”,类似老艺人欣赏(他的徒弟)会“偷活儿”,捕捉到作者一点思想萌芽,自己琢磨出成熟的新点子来。在编辑人员中,有的善于和专家交朋友,有的善于和上层打交道,也有的到了工人当中如同回到了家。而对主编人的要求,就是要组织大家各尽所长,取长补短,成天在一起七嘴八舌,“出谋划策”。如果一个主编带得队伍上下交相怨,劲使不到一块儿,面对面干着急,这个队伍就谈不上什么创造力了。办一个副刊,如果把两个队伍的工作抓好了,庶几点子可以够用了，版面就可以经常有点生气了。

以上说的，大都是好话，所谓拣好听的说。其实，十几年中间，《文化生活》副刊不是在真空中办的，从另一方面说，也有说不出口的事，说起来脸红的事，对不起人的东西。也捅过大大小小的漏子。而且，这里说的，大部分在今天也是老生常谈了。尤其是时代前进了，人也前进了。翻翻过去的副刊，是很粗糙的，有些版面实在不象样子。当然，造成这些现象，也有它难言之隐。何况，思路归思路，有心栽花花不开，无心插柳柳成行的事情，也是常有的。写本文的意思，只是从竹管里看金钱豹，只见一斑——叫作管窥之见，只谈北京日报一个副刊的些许经验，以见“文化大革命”前的北京日报有更多的、更重要的经验，是大有回顾一番的价值的。

一九八〇年八月于承德

编文艺副刊有感

舒　群

问：您曾编过那些报纸的文艺副刊？有何体会和经验？您对现在报纸的文艺副刊有些什么看法和建议？

答：按题答卷。

我只编过延安《解放日报》副刊（先刊名《文艺》，后改称“第四版”——综合版）。据我所知，至“八·一五”我离开延安之前，它共经三位主编，一丁玲，二舒群，三艾思奇。艾已去世，而丁健在，犹可请问；特别是三任元老编辑陈企霞、黎辛经验丰富，尤可贵。此外，不妨参阅新闻研究所所存的部分初步总结，以及《新文学史料》（本年第二期）、《新观察》（本年第十四期）、《人民文学》（本年第七期）所刊的《延安文艺座谈会的前前后后》、《枣园之宴》与《杨家岭夜话》。

一、副刊编辑部需要一面组织撰稿核心，以便经常供稿和应急特约；一面大开四门，欢迎广大群众“豆芽菜”（延安专用语，指群众稿件）。

二、编者与其刊应有息息相关、同毁誉共命运的决心，不搞世外桃源，不办地下作坊，甘当“理发员”（延安专用语，指编辑人）、无名英雄、苦干专家、埋头壮士，“编辑家——革命功臣光荣”。

三、党报副刊，要以党风党性为首，排除个人任何关系利益；不要限于名位、文别排座次、排异体字。以文取人，勿以人取文，唯择优者为上宾。政治上已消灭迷信之习，文艺上将破除种种崇拜之风。大大提倡社会主义精神文明。

四、改稿时，切忌妄自尊大，老子第一，刀笔挥之，无益而有害；必要时，最好与作者协商，经其同意。

题解　本文原载《人民日报》1982 年 11 月 9 日。舒群有着丰富的副刊编辑经验，本文是他应约对报纸副刊编辑工作谈的看法与建议，总共八条。比如副刊编辑要注意作者队伍建设，既要有相对稳定的作者队伍，同时也要向群众稿件敞开大门；党报副刊要以党风党性为首，坚持以文取人，要秉持副刊相对稳定的特色与风格、注重文章的现实感与知识性，根据读者意见与要求不断改进创新等，都是从自身编辑经验出发升华而来的一些宝贵经验。

五、每发一稿，不仅想到发稿的当日，而且联想到昨日、预想到明日，以尽可能保持其刊一贯的正常性与正确性，以及独具的风格与特色。而凡有关重大原则问题，不得做旁观者、好好先生；当然，犯了错误，必须作严肃的自我批评；即使退稿发生问题，亦应作如是观。

六、编辑规划，突破祖传药方；根据读者意见和要求，不断改进而创新。

七、注重文章的现实感与知识性、语言的合法性与精练价值——一字千金。加强校对，提高待遇，实行奖罚制度。

八、注意反自然界规律现象，例如上弦月、下弦月的大小形象及其出没的时令时辰天色等等，不可胡诌一顿；最后警惕，警惕抄袭。

以上寥寥数语，妥否请教并望内行读者指正。

良心·眼光·容受性

——一个报纸文学副刊编辑的手记

张厚余

良　心

一张报纸的副刊就象一个拼盘，既要讲花色品种，又要讲可口实惠。副刊应当成为一份脍炙人口的精神美味。

要保持每份精神食粮的色香味俱佳，首先要保证每篇稿子的质量，即一定的思想深度和艺术水平。而质量的保证，首先要靠编辑不分亲疏、不计恩仇的正直无私的良心！

有人把副刊作为一块据为己有的、进行权力交换的阵地，他们象蜘蛛似地蜷伏于关系网的中心，表面上堂堂正正，只是到了“夜间”，才致力于网结的编织。于是关系稿充斥版面，读者只能吃到质地差次的精神食品，而编者却受益非浅：他的同样质地差次的作品也可在别的阵地上得到发表……

有人在副刊的前沿阵地横勒了一条无形的大绳：亲我者，无盐嫫母也当作西施王嫱，笑脸相迎；逆我者，即令西施王嫱也会被当作无盐嫫母呵责放逐；不亲不逆我者——素昧平生的自然来稿则不屑一顾。以我划线，稿以情分，“私”字白内障遮住了双眼，此种编辑何能鉴别良莠，为读者提供精品？

编辑应当是文学王国中的包文拯。一篇好稿是一个活泼泼的生命，它的命运由你摆布，生杀予夺之权就掌握在你的手中。象清官不放走一个坏人也不

题解　本文原载《编辑之友》1985 年第 4 期。新时期以来，媒体行业迅速发展的同时，也造成了报纸市场良莠不齐的状况。副刊作为报纸的重要组成部分，应给读者提供高质量的作品，这就对编者提出了要求。本文主要从“良心”“眼光”“容受性”三个方面论述编者应承担的责任。对编者三方位的期许，既有益于副刊质量的提升，也可以促进编者队伍素质的改善。

冤枉一个好人一样，编辑也应当不漏掉一篇好稿，也不让一篇次稿侵夺一篇好稿的社会生命！象古代一位贤臣荐才那样，我们荐稿、编稿也应举贤不避亲，用才不计仇。我们在选稿、定稿上必须坚持“六亲不认”的原则。

编辑的眼睛应当紧紧盯住新人，凡有灵智的闪光，就应当反映在我们监测仪的荧光屏上。把小小的火种拨旺成为熊熊的火焰，把小小的树苗浇灌、剪斫成参天大树，这，就是文学编辑的光荣职责、神圣使命！

永远以一个最初投稿者的心情当编辑吧，这样你就不会不屑一顾那一份份怀着惴惴之心的作者的来稿；你就会永远记着一个初学写作者被人轻视、冷落的切肤之痛，而怀着满腔热情，发现人才，培育佳苗，恪守一个正直编辑的良心！

眼　光

编辑的眼光应该是一台疏而不漏、密而不滞的筛选机，筛选的网眼——标准则是三个字：新，深，美。即内容上的新颖，主题上的深邃，艺术表现形式（包括语言在内）上的优美。三者分而不隔，评价鉴别时互相渗透，彼此融汇，所谓运用之妙存乎一心是也。

编辑要具备一双鉴别新、深、美的慧眼，必须立足于一个能够高瞻远瞩的视点：要有较高的审美观点、审美趣味，要用古今中外人类最优秀的文化成果将我们的美学思想陶冶，不随波逐流，不迎合时尚，不屈从于金钱的压力，不为物欲所驱使。要有一个宽阔的视野，纵览国内外文艺发展动态，追踪新的思想艺术信息，阅读不断出现的新的创作、新的论著，特别要注意那些有新意、有创见的作品，给我们以思考的启迪。要关心学术界的不同观点的争鸣，在双方的论争中可以活跃大脑的思维。用马克思主义的批判眼光审视一切，不趋时赶浪，也不固步自封，要用开放的眼光对待开放的现实，热情肯定、吸收那些于实际有所裨益的种种，但对那些浅薄的唯“洋”是从，也应嗤之以鼻。要有见微知著的敏感，要有起码能看“三步棋”的远见，当不健康的小报充斥市场，某些刊物也竞相刊登或转载庸俗不堪的奇闻轶事时，有眼光的编辑就能辨别出这是伴随新的不正之风而来的一股散发着霉味和腐臭味的邪气，他们就能自觉地举起批判的武器，对这种歪风邪气予以抨击，向有关刊物提出忠告，发出诤言。作为一个副刊编辑切忌跟在别人屁股后面亦步亦趋，重复别人或重复自己都是最没出息的庸人之路。要有独树一帜的精神，要有另辟蹊径的勇气，要有“光荣孤立”的魄力，要有“突破禁区”的胆识，如此方能有独创，有“新”意。深在于新，新方出美！

容受性

一个优秀的副刊编辑应有广阔的胸怀和高尚的审美趣味。能容纳各种不同观点(只要不背离四项基本原则)、不同流派、不同风格的作品,并能予以一定程度上的欣赏和理解。

编辑作为一个具有个性的人当然不会没有自己独特的思想观点和审美趣味,他可以极力主张写重大题材的作品,但亦不应排斥那些通过自我来表现时代精神,以一滴水珠反映太阳光辉的篇什。编辑应当成为党的百花齐放、百家争鸣政策的模范执行者。他可以赞成某一家的观点,但不能排斥另一家的观点;他可以有个人的倾向性,但在工作岗位上却必须是一个公正的不偏不倚的裁判。

编辑思想艺术上的宽阔广泛的容受性来自较高的思想修养和广博的学识积累。编辑思想修养主要应当通过学习马列主义经典著作和党的方针政策来不断增强,而编辑的学识积累的主要途径则是博览群书。一个副刊的文学编辑除了具备专业知识外,应当有较深广的哲学、历史、艺术知识,而在专业知识方面,不仅要博览古今中外的文学作品,还要了解钻研传统的以及现代的文学理论。目前四十多岁以上的编辑对中国古典文学作品、“五四”以来的文学作品以及十八、十九世纪外国文学作品和传统的文学理论涉猎较多,而对现代派作家作品及近年来新引进的各种文学理论及创作方法论了解较少,因而对一些采取新的表现手法的作品和采取新方法论的理论著作不够理解,从而自觉不自觉地有所贬抑;而一些年轻的编辑恰恰相反,对现代派作家作品及新方法论接触较多,而对传统的中外文学作品及理论著作研读不深或涉猎不多,因而对传统及用传统手法写的作品和理论也有一定程度的轻视和隔膜。如果我们的新老编辑都能虚怀若谷地自省到己身的不足而互相取长补短,那就必然会相得益彰,这样我们整个编辑队伍的素质就会更上一层楼。

文艺批评与读者

——副刊编辑札记

赖林嵩

地方报纸面向千千万万基层读者，做好副刊的文艺批评工作，是满足群众文化生活需要，密切报纸与读者的联系，提高报纸活力的一项重要工作。

正如文艺创作要顾及社会效果一样，文艺批评也要讲究社会效果。这不仅是文艺评论家的问题，也是有着广泛群众性的问题。如何加强报纸文艺批评在读者中的良好影响，是摆在文艺副刊编辑面前的值得探讨的课题。

读者欢迎实事求是的文艺争鸣

百花齐放、百家争鸣的方针，是发展文艺的根本方针。文艺战线必须坚决贯彻执行“双百”方针。在文艺问题上，要鼓励探索与创新，要允许成功，也要允许失败。开展文艺批评，应该与人为善，平等协商。要允许批评，也允许反批评。读者欢迎这种实事求是的文艺争鸣。

为了贯彻“双百”方针，报纸要创造一种“知无不言，言无不尽”的气氛，确保“言者无罪”。当然，对错误的言论也不能无原则地进行保护，因为外在的保护是不能增加真理性的。艺术上的不同观点，只能通过讨论、争鸣去解决。但是，不能因为说了错误的话，发表了错误的观点，就要受到“处理”。只要不是恶意的攻击，还是应该受到必要的保护。

报纸宣传要克服片面性。片面性的批评是造成读者逆反心理的一个重要

题解　本文原载《学习与研究》1986 年第 8 期。20 世纪 80 年代初，中央提出加强社会主义精神文明建设，重提“百花齐放，百家争鸣”的“双百”方针。地方报纸面向千万基层读者，因此，办好副刊的文艺批评工作，密切读者与报纸的联系，是满足群众文化生活需要的重要前提。本文主要围绕“读者欢迎实事求是的文艺争鸣”“调节读者和作家间的心理平衡”“为读者创造欣赏美的和谐环境”“把文艺批评变成对读者的服务”四个方面展开论述，具体阐述报纸应如何构建与读者之间的关系，从而使得报纸文艺批评能够在读者中产生良好影响，在实践中落实“双百”方针，促进社会主义精神文明建设。

原因。对文艺作品，要么捧上天，要么打入地，都不好。在一部作品被肯定的时候，提点批评的意见；在被批评的时候，作点实事求是的肯定，都应该是允许的，也是必要的。有缺点的作品，只要主流是好的，不妨碍参加评奖；获奖的作品，有缺点也可以批评。电视连续剧《新星》在被赞扬的同时，在报上也受到了批评，这并未妨碍它获奖。获奖后，也还可以批评。既不否定一切，也不肯定一切。只有这样，才有利于艺术发展，也深得人心。

要敢于指名道姓。只要是艺术问题，摆到报面上平等讨论，彼此以诚相见，只有好处，没有坏处。否则，你不指名，读者就去猜；你不讲发表在何处，读者也会去找，无形中增加了神秘感。《北京日报》副刊就小说《男人的一半是女人》发表了一篇读者的批评来信，没点作者名字，但谁都知道作者是谁。一时引起了轩然大波，以为又要“批”谁了。国外某些人也借机做文章。应该改变一下人们的习惯心理——谁的作品受到批评，谁就意味着被“批判”。要使读者逐步理解，文艺争鸣与“政治批判”，是截然不同的两回事。当然，这里讲的是真正意义上的文艺批评。那种“批判式”的做法，再也不应出现了。应当说，在这方面我们以往的教训是太多了。

在讨论过程中，编辑部当然要有自己的倾向。但这个倾向不是外加的，是贯穿于讨论之中的。一部作品的成败，一种观点的是非，往往需要长时间的考验，不宜忙于下结论。一时被认为是正确的，不一定正确；一时被认为错误的，不一定错误。当乐坛不健康的港台歌风露头的时候，当影坛出现“武化”苗头的时候，有的报纸就载文提出批评，一时争议很大。事过几年，现在问题就明朗多了。历史比人们更清醒。一些问题留给历史去做结论是有益的。

调节读者和作家间的心理平衡

经济工作强调横向联系，文艺工作也存在横向联系的问题。文艺副刊应该在读者与作家、艺术家之间搭起桥梁，调节他们之间的心理平衡。

要分清局部与全局的界限，不要把个别现象夸大成为全局性的问题。比如，一部作品的社会效果不好，往往局限在某个范围某个层次之内。是哪个范围、层次上的问题，就放在哪个范围、层次上解决，如果把它放到高层次上、过大范围内批评，就会造成文艺界内外的情绪波动，影响社会心理的稳定。

但是，个别存在的问题，某个范围内的不良效果，也要重视，注意解决。既要指出不要把局部或某个层次看成全局，又要创造局部问题、个别层次的问题也可以争论、可以批评的正常心理。比如有部小说刚出版时，曾受到了一些批评，后来作者连改数稿，再版时大受好评。这里自然有公正批评的功绩在。

一个时期以来，学校老师、学生家长和工青妇组织、公安部门的不少同志，经常抱怨某些文艺作品对青少年的不良影响；而文艺界的一些同志则认为把青少年犯罪归咎于文艺，实难接受。“攻”之者说有，“辩”之者说无。这里就涉及到局部和全局的关系问题。那些内容不健康的言情、武打、侦破等出版物，风靡一时的“内部”影片，乃至言不及义的小报（许多不能算是文艺，但它往往是以“文艺”面目出现的），确实对青少年产生了不良影响。否认这种影响的存在是不符合事实的。但把局部的问题夸大为全局的问题，也是不科学的。弄清主流和支流的关系，认识不难统一。

报纸应该做好文艺界与社会各界读者的沟通工作。编者既要传递文艺作品在读者中的信息反馈，使作家尊重读者的意见，尊重读者的欣赏心理；又要向读者说明作家的创作意图，使读者了解他们的创作甘苦、美学追求，以加强彼此之间的了解、信任与合作。

开展正常的争鸣，是做好沟通工作的一个重要方面。报纸上的争鸣一般有两种做法：一种是只发自认为正确的意见，“一锤子定音儿”，以一家（一报）之言参加全社会（各报）的争鸣，有同志认为，这也是百家争鸣；还有一种做法是同时发表不同的观点，在同一报上相互争鸣。我以为后者好。这样可以让读者充分发表不同的意见，了解各种观点，从而有助于沟通读者与读者的横向联系，沟通读者与作家的横向联系。

为读者创造欣赏美的和谐环境

文艺界应该有一种比较和谐融洽的气氛，一种比较宽松的舆论环境。而创造这种气氛和环境，从报纸来说，需要读者、作者、编者来“共建”。全社会都要为文艺界创造宽松环境作出努力，同时，社会各界读者也希望文艺界为他们创造欣赏艺术美的清新环境。

坚持四项基本原则，多出好的精神产品，促进精神文明建设，是文艺界创造和谐融洽气氛的前提，又是创造宽松的文化环境的目的。邓小平同志指出：“思想文化界要多出好的精神产品，要坚决制止坏产品的生产、进口和流传。资产阶级自由化的宣传，也就是走资本主义道路的宣传，一定要坚决反对。”坚持四项基本原则和创造宽松的环境是统一的。离开了四项基本原则，不可能有真正的宽松；离开了宽松，也就不能贯彻四项基本原则。

马克思说过：“艺术对象创造出懂得艺术和能够欣赏美的大众，——任何其他产品也都是这样。”艺术对象创造艺术主体。培养出一代“有音乐感的耳朵、能感受形式美的眼睛”，“懂得艺术和能够欣赏美的大众”，正是人民艺术家的光荣任务。我们不能抱怨群众不懂艺术，审美情趣低下。人民的高尚审美情趣，要靠艺术家创作出精美的作品去培养，也要靠评论家深刻透彻的思想、艺术分析去帮助培养。这也是文艺工作者的一项不可推卸的责任。只要大家不懈努力，群众中的不良欣赏倾向，是能够逐渐得到纠正的。

随着人民文化水平的不断提高，传播工具的不断发展，群众的艺术消费水平也在不断提高。选择心理成了群众文化生活的普遍心理。报纸应该注意反映读者意见，促进文艺家努力满足不同层次群众的不同文化生活要求。当然，“满足”不等于“迎合”，不等于“投其所好”。从战略的眼光看，低就媚俗，可以满足某些群众的一时要求，但经不起历史的检验。为了提高全民族文化水平和道德情操，我们只能把读者从较低欣赏层次提高到更高层次上来，而不是相反。

我们应该特别注意研究群众的承受力：欣赏时间的承受力，文化水平的承受力，道德情操和审美心理的承受力。比如，有些外国可行的艺术表现方法，不一定都要“引进”；其中有些的确是大部分群众难以接受的，应当尊重大部分群众的意见。电影《野山》，说它写的是“换老婆”的故事，未免“浅薄”；小说《男人的一半是女人》，说它是“性文学”，也确实“冤枉”。但考虑到民族审美的习惯，似乎也可以不那么写。有的读者对此提出意见，是值得文艺家参考的。

把文艺批评变成对读者的服务

鲁迅曾经说过：“批评家的职务不但是剪除恶草，还得灌溉佳花——佳花的苗。”对报纸来说，还应该加上一项，就是服务。特别是报纸的文艺批评，担负着为读者服务的重要任务。

报纸应该当好参谋，就象精神营养师一样，及时地、科学地向读者推荐好的精神食粮。刘心武的报告文学《公共汽车咏叹调》，首先发表在《人民文学》上。《北京日报》转载后，引起强烈反响。读者希望报纸经常做好这项推荐工作。

读者不仅希望推荐看什么，还希望介绍如何看。这就需要有中肯的分析文章。这种文章应该给人以启发，给人以知识，给人以教益，给人提供分析作品的方法，而不是情节的复述，就事论事的介绍，更不是庸俗的捧场。

评论一部作品，最好不要先定调。报纸不过是提供一种服务，让读者自己去做结论。否则，往往要在读者中产生逆反心理，造成意想不到的反效果。电视连续剧《四世同堂》事先没做什么宣传，群众自己予以认定。而同样是好影片的《迷人的乐队》，在群众还没看之前，就把它定为“优秀影片”来推广，效果就不是太好。

报纸副刊的评论，区别于文艺刊物，有很强的新闻性，要掌握好时机，注意时效。编者应该深入实际调查研究，掌握读者阅读和欣赏的情况(注意什么，看什么，想什么，存在什么问题)，及时予以宣传和辅导。前些年，电视台播放电视剧《安娜·卡列尼娜》，有的观众认为，它写的是“第三者插足”，安娜是个“坏女人”，卡列宁是个“好干部”。报纸针对这些糊涂思想，及时对《安娜·卡列尼娜》一书做了评介，文章就有人看。没有这个新闻由头，或者错过时机，效果就大不一样。

报纸应该及时反映读者的呼声。去年春节电视晚会格调不高，报纸发表了批评文章，反映了读者的愿望，受到欢迎和支持。这种说出读者心里话的评论，是一种很好的“感情服务”。读者对某些报纸的批评文章有了意见，编者应把它看作是信息反馈，认真研究，及时调整评论，该解释的解释，该弥补的弥补，以增强读者的亲切感、信任感。读者还希望报纸为他们提供直接参加评论的阵地，保证他们的批评自由。所以，编者还要十分珍视群众的批评稿件。尽管这些稿件有时不免浅显、粗糙，但情真意切，一针见血，往往能体现出人民是权威的批评家的真理。

读者是反对故作高深和单调呆板的文风的。副刊的文风应该来一番改造。现在有一种矛盾，一方面，一些搞研究和教学的同志，写了文章没处发表；另一方面，报纸又缺乏有生气的文章。由此想到，文艺批评也有个从评论家的研究室里解放出来的问题。希望文艺评论家更多地关心和研究群众阅读和欣赏中存在的问题，不耻于写受读者欢迎的、高质量的“豆腐块”文章。读者是会感谢这些有见地的“豆腐块”评论家的。

副刊编辑手记(四则)

田长山

一

报纸文艺副刊同专业化文艺刊物既同步发展,但又有区别。

以我的理解是:起码有三个因素在制约它。其一是新闻性的制约,它以快速、迅捷地贴近和反映现实,关注读者的审美心理、情趣、思考热点及文艺建设事业的热点,与专业化的文艺刊物相区别;其二是文艺规律的制约,即副刊的言论、作品、信息除了新闻性外,又必须是以艺术为内容的,手段是艺术化的,并且有艺术审美效用的;其三是接受读者群的制约,这种制约的美学要求或者正如通常所说的"雅俗共赏"。

这三维因素,将文艺副刊的质量基本作了界定,使它具有时效性、艺术性和通俗性的特点。报纸文艺副刊因此具有自己特殊的文化品格。有人说,应该有一个专门研究报纸文艺副刊的学问——"副刊文化"。我想问题的提出或基于此。

二

事物的性质的转变都有个"度"的规定。副刊文章的"度"在时效、艺术、雅俗共赏之间。

题解 本文原载《新闻知识》1988 年第 9 期。新时期以来,报纸副刊不断进行改革,并在改革中实现改进与创新。本文主要论述副刊编辑在此过程中关注的四个问题。首先是报纸文艺副刊与专业化文艺副刊相比所具有的时效性、艺术性和通俗性的特点使其具有了独特的文化品格;其次是副刊的时效性、艺术性及雅俗共赏使其更青睐那些报告文学、杂文、评论、短小说、短诗等形制短小能够迅速反映生活的作品;再次是副刊作品的语言、文体问题,副刊文体追求短小精悍的美学风格、强调语言的通俗晓畅朴素;最后是"大众信息传播媒介"强化之后,副刊的娱乐性质、消遣性质越来越突出,娱乐功能被前所未有的强调的问题。通过对这四个问题的关注,不仅可以更加明确副刊的性质定位,而且能够强化副刊对文艺及文化事业的参与意识,更好地满足读者的审美需求。

有的专搞文艺的人，以为强调文章的时效，几乎是迫使作者赶时髦，做短命文章，奉旨作文或配合宣传。这样对时效理解，似乎失之偏颇。文艺固然以艺术家个性化的反映生活为特点，但生活本身是动态的，是有过程的，是有时间概念的。副刊文艺作品反映的生活大多是正在进行的生活。或者是受人们现在的情思牵挂的过去的生活，自然也包括人们正在思考的文艺问题，正在受到关注的文艺，文化现象等等。若取掉"现在"，"过去"何来？"将来"何往？

还可举报纸副刊史上的例子为证：鲁迅的杂文、郭沫若的诗等，最早也是见诸于报纸的文艺副刊的。这些存留于文学史的作品正是在"瞬间"获得"永恒"的意义。当然时效性最终表现的是时代精神。

时效迫使文艺副刊在文艺作品的选择上，连形式也兼顾到了：报告文学、杂文、评论、短小说、短诗等，因其反映生活的迅速而倍受青睐。副刊也应该有文艺方面的信息，在充当信息传播媒介时，它和整个报纸的功用无异。所不同的是，它取的是对文艺及文化建设有价值的角度，并且希望深入到文艺及文化规律的内部。

二

副刊对文艺及文化事业的参与意识，副刊对广大读者审美要求的满足，说到底要从副刊作品中得到实现。这作品大致是文学作品、美术作品、摄影作品等。是作品就有一个文体问题，有一个语言问题，我愿以自己较为熟悉的副刊文章为例来试作说明。

若是用宽泛的概念来区分，副刊文章可以划分为两类：散文和韵文。报告文学、小说、抒情纪事的散文、评论文章、杂文、小品等自可划入散文一类，民歌、古典诗词、新诗、歌词等，自可归入韵文一类。一般地讲，它们和文学体裁自身对作品形式的要求并无两样。这是副刊文章的共性。但是副刊文章也有自己文体的个性，语言的个性。这个性是在副刊创办过程中积淀成的，是受读者的制约之后产生的。具体可以化为三个层次：更强调文体自身的吸引力，力求形象生动、情意俱佳；更强调"以少少许胜多多许"的短小精悍的美学风格；更强调语言的通俗晓畅朴素。"更强调"是和专业文章相比的，是从读者的接受心理上讲的，是从报纸副刊的篇幅（通常一版只能容纳七、八千字）限制上考虑的。我想报纸副刊对文章从文体到语言上的选择，可能大多以此为据。否则副刊文章无以和专门化文章相区别。

四

“大众信息传播媒介”的功能强化之后，副刊的娱乐性质、消遣性质，越来越突出。我理解这主要是现代人生活节奏的加快，心理疲劳程度的增加，对副刊提出的特殊要求。紧张的工作之余，人们需要休息，需要松弛，需要恢复，阅读报纸副刊应该是积极有效的调剂方式之一。这样便有了专门的副刊文化娱乐版的产生。

既是文化娱乐，我以为它应该是以文化来娱乐读者的。这文化应该是大文化的概念。在物质文化方面更接近人们日常生活的衣食住行；在精神文化方面，更趋向于人们娱乐方式和娱乐内容的知识和趣味，诸如琴棋书画、吹拉弹唱和现代化的电影电视的娱乐内容和方式等等。文字应该是兴味盎然的，这便是生动形象的要求；内容必须是真正能愉悦读者、给读者以审美享受的，这便是内容上富有知识性、趣味性的要求。“寓教于乐”的原则当然继续起作用，“教”便是“提高”，使读者在观念上更新，精神上升华，知识上丰富；“乐”是读者接受娱乐内容时创造的精神心理的愉快，一种其乐融融的情绪。文化娱乐的副刊显然是想成为读者文化娱乐和消费的场所、朋友和向导，目前的陕报“秦岭周末版”，大体体现着编辑者这样的追求。这种追求物质体现，便是报面上的不同栏目企图满足读者多层次的文化娱乐需求上。

从《夜光杯》谈副刊编辑

吴承惠

上海《新民晚报》是一份日出四开两张的报纸，共计八个版面，单是副刊《夜光杯》就占了两版，四分天下有其一，可见副刊在该报所处地位之重要。

《夜光杯》是一个历史名称。上海解放前，《新民报》有三个副刊，其中一个就叫《夜光杯》，刊登杂文、散文、掌故、小品。其余两个副刊，一个叫《夜花园》，刊登影剧文章；一个叫《十字街头》，反映社会生活。我曾经是《夜光杯》、《夜花园》的投稿者。

现在的《夜光杯》所继承的传统，主要是上述三个副刊的综合。

《新民报》创刊于1929年。1989年正是它的60华诞。如要追溯历史渊源，还可以举出早年几位创立副刊风格的名家如张恨水、张慧剑、张友鸾等先生，他们流风余韵，也给了我们这些后继者以间接的影响。

综合性与整体和谐

《新民晚报》经过十年浩劫，于1982年复刊时，研究副刊的编辑方针，就确定为综合性的，不是文艺性的。综合性自然也包括了文艺性。

一些爱好文艺，又对我们期望甚殷的朋友总是为此而大惑不解。

其实，只要了解到《新民晚报》的性质和读者对象，就可以知道为什么要办一个综合性的副刊。在《新民晚报》复刊的时候，曾经在第一版公开声明：这张报纸既不是搏击长空的雄鹰，也不是勇斗风浪的海燕，而是一只穿家入户的

题解 本文原载《中国记者》1990年第2期。《新民晚报》创刊于1929年，副刊《夜光杯》在该报具有重要地位。《新民晚报》经历十年“文革”，于1982年复刊，在继承《夜花园》《十字街头》副刊传统的基础上，确定了“综合性”的编辑方针。本文主要从“综合性”的具体指向、编辑自身的“综合性”等方面展开，论述了《夜光杯》副刊编辑工作的一些经验。“综合性”编辑方针确定了副刊发展的方向，具有重要的指导与引领作用。

燕子,“旧时王谢堂前燕,飞入寻常百姓家”,因此,它的读者,也是以家庭为计数的。

我们这样设想:一户人家,三代人,各人的爱好不同,因而对报纸的要求也不同。如果我们办一个文艺副刊,就只能满足只占家庭成员中五分之一或四分之一的文艺爱好者的要求,而把其余大部分成员给抛弃了,这是划不来的。我们要能适应所有家庭成员的各个不同的爱好,就决定非要办一个既广且杂的综合性的副刊不可,使家中的每个人都能在版面找到他(她)可看的东西,也包括文艺爱好者能看到文艺性的东西,各得其所,不亦乐乎!

事实上,《夜光杯》的文艺性还是很强的。经常有作家、艺术家给我们写稿,文体各异,文采斐然,都考虑到了我们读者的接受能力。你能说他们写的东西没有文艺性吗?文艺这一行也是各有各的理解,读者最不喜欢在晚报副刊上看到的是那种装腔作势的文艺。

这里也说明了一个问题。一张报纸要办什么样的副刊,必须服从于这张报纸总的方针,与报纸的整体风格取得协调。我有个说了好多次的比喻:一张报纸好比一处建筑,新闻版是正屋,副刊是花园。花园的设计要与正屋的式样和谐。当然,我指的只是编辑思想和版面的内涵。或者说,读者希望看到的是《新民晚报》的副刊,而不是别家报纸的副刊。

首先要面向生活

所谓综合性,究竟如何来体现?

一般的理解,指的是内容要兼收并蓄,包罗万象。

其实又何止于此。我在工作中逐渐摸索到的体会是:

一定要与现实生活紧密结合。文章的题材不能光是从故书堆中去寻找,也不能光是自我发泄,自我标榜,而要与群众同呼吸,共命运。着眼于群众所关心的问题。杂文当然首先得符合这样的要求,就是其他的散文小品也不能脱离群众,孤芳自赏。我们有个专栏叫《恋爱·婚姻·家庭》,选稿的标准是看作者谈的一些自身遭遇,能不能引起读者的共鸣,并从中得到一点启悟。至少也要让读者看了感兴趣,觉得颇有情味。否则的话,讲了一大堆老婆孩子的事,你作者本人是很得意的,可又与别人何干?

现实生活是如此多姿多彩。我们的版面如果不能有所反映,只是读一些旧闻掌故,人家就会感到一股收藏了多年的樟脑丸气味,不新鲜了,版面的活力也显不出了。

旧闻掌故也是要的。但有个怎么谈的问题。懂得此中三昧的作者下笔之时，总是从以下三个方面来考虑的：

材料是新发现的，不是别人已经读过，甚至已重复谈过许多次的。

虽然是旧材料，但作者从新的角度来阐述，有他个人新的独到的见解。

借古喻今，对当前的现实生活有可供借鉴、参考的作用。

大约是1983年，我们刊登过一篇《周瑜的儿子》的文史小品，就达到了上述的要求。周瑜是人们熟悉的历史人物，人们也可能知道他的老婆是江东美人小乔，但他的儿子行为又怎样？有没有倚仗老子的权势为非作歹？周瑜对儿子又是怎样教育的？这对一些读者来说，是个新鲜有趣的故事。它含有的现实意义，也是不言自明的。

可惜像这样的稿子还不多。不少人写文史稿，还是在炒冷饭，这是需要我们与作者共同研究改进的。

找一个"由头"

副刊要与现实生活紧密结合，还因为它对比新闻版，虽然是静态的，但静得没有一点声息，没有一丝波澜，也就成了死水一潭。

《新民晚报》对此有个说法，要求有些新闻版(文化新闻)，是动中有静，就是除了新闻通讯，还要登一点欣赏性、评论性的文章；要求副刊，则是静中有动，一个版面上，总要有那么一二篇，甚至三四篇的文章，具有一定的新闻性或时间性。

版面上的文章注意了新闻性和时间性，读者拿到报纸，用不着看报头上标明的日期，大体上可以估量你这个版面是在什么年代什么形势之下编出来的。版面上的小气候，大体上能与客观的大气候相呼应，相配合。所谓大气候，主要是指政治风云，社会动态。最低限度，季节上的变化也能在版面上有所觉察。已经是冬天，就不能再登谈夏天情景的稿子。吃西瓜放在夏天谈是应时的，谈吃涮羊肉就是背时。

我们总是在想方设法地避免出现这样的情况。就是一个版面，你说它是今年编的也可以，说去年、前年编的也可以，甚至放到明年拿出付印也可以，把编报纸副刊的观念与杂志等同起来，那就有背于新闻纸的功用了。

所以富有经验的作者给我们副刊写稿，总要找一个新闻性的"由头"。一般是近日国内外、社会上、生活中所发生的事情，那怕介绍某一种知识，也是先从某一件事情在近日引起了群众的关注而引申开来的。比如介绍一个演员，最好先从他或她近日演的一部戏或电影说起，再追溯到其人的过去，这种写法，对读者的吸引力似乎更强。

现实生活无比丰富，一天不知要发生多少新奇的变化，如果我们做有心人，不知要从这些变化中得到多少“灵感”，把握了总的方向，副刊的文章是有得作的。

多准备几个“菜”

作为一个副刊编辑，每天经营一个版面，我们有个不大高雅的比喻，好像一个厨师承包一家食堂，每天最好多准备几个菜，让来吃饭的人有所选择，这个不吃吃那个，拣自己喜欢的吃；或者你爱吃这个，我爱吃那个，各人的口味都得到了照顾。

我们副刊有两个版面，即晚报的第六版与第七版，虽然都叫《夜光杯》，但也有些区别。六版的文化性强些，比较雅些，但雅中有俗；七版的社会性强些，比较通俗，但俗中有雅。六版要求每天大小文章（包括美术作品），不得少于六篇；七版每天的大小文章（包括漫画）至少要有七篇，最好能拼到八篇、九篇。版面上的题目一多，单是从版样上看，就显得比较热闹。

不但题目要多，而且文章的品种、题材的涉及面更要广，有了一篇谈电影的文章就希望在同一个版面上，不要再有第二篇文章来谈电影；最好两个版面也不要有相同的题材，尽可能做到让读者一眼看去，五花八门，先就产生了一种好感。

不要说是在一天之内的版面上不能有相同的题材，就是个把星期之内的版面上最好也尽量避免重复刊登相同的题材，免得读者生厌。投稿者往往有个误解，看见版面上登了那一类的稿件，以为编辑喜欢这类东西，便也跟着写来了。如果写得好，确有别具一格的意趣那也是可以考虑的，可惜的是这样的稿子很少，多数邯郸学步，还以为是在迎合编辑的口味，殊不知反而迎合错了。编辑需要的是版面上经常有变化，不要吃来吃去老是这道菜，最好有使人产生意外惊喜的奇文。无论是在题材上，还是在写法上，都有不同于一般之处。比如批评现在市场上出售的伪劣商品，通常的写法是从正面教育的角度来议论一番。但我们接到一篇由四川省的一个小城市两个毫不相识的作者，以修鞋匠的口气，写一封致制鞋厂的信，讽刺厂家不讲究产品的质量，作成了修鞋匠的生意，特此表示感谢云云，文章辛辣有味。我们从大堆的来稿中发现了，立刻选拔出来，编为七版的头条，顿觉这一天的版面也增添了生气。

作者总是根据自己的感情冲动来写稿的，编辑要体会作者的感情，更要保证版面上的变化多端。有些稿子，即使文章写得不错，但由于相同的题材已经登过多次，也不得不压上一压，过一段时日找个由头再登。

因此编辑也就有个责无旁贷的任务，不时把编辑意图告诉作者，除了个别通信联系之处，也不妨在版面上公开亮出观点，让更多的作者知道。这些年，公费旅游的人多，写游记文章也变得时兴起来，我们副刊接到的游记稿件，堆积如山，都要登的话，就是把整个晚报变成旅游报，也容纳不下。一般的投稿者还好办，一退了之；碰到名人就不大容易对付。后来我就利用自己写的专栏《休息时断想》写了一篇题名《游记》的稿子，向作者提出哪些游记是我们需要的，约法五条：一是这地方是新发现的，别人还没发现过的；二是，别人虽然去玩过了，但你的玩法与别人不同，对这地方的胜景别有会心之处；三是对这地方的民情风俗有较为深切的了解，写别人之未能写；四是有很强的知识性，看了使人有益；五是文章实在写得精彩。这样打了招呼之后，至少那些自不量力的来稿少多了。

编辑本身的“综合性”

因为我们办的是综合性副刊，所以我们要求这个副刊的编辑，具有几分综合性的兴趣，具备两手综合性的才能，长拳短打，虽不一定能做到样样出色，起码也要样样都能懂得一点，拿得起来。

简言之，就是要成为一个“杂家”。这当然是一个长远的目标，但你要把这碗饭吃下去，就得朝这方面努力。

年轻的朋友，尤其大学分配来的朋友，愿意到我们副刊来工作，多数出于对文艺的爱好，这自然也是我们需要的。但我们更希望他不能仅仅以此为满足，要把爱好的范围再扩大一些。比如历史、地理、科技、家事、琴棋书画、花鸟虫鱼，等等，都能有所涉猎。如果你确实什么都爱不起来，至少也不要以你个人的偏好而排斥作者介绍各种知识，表现各种兴趣的来稿。

就是文艺，其中也包含了许多品种。现在的青年人往往热衷于现代文学，忽视古典文学；喜欢看外国的影视，不喜欢中国的戏曲。但读者中喜欢中国戏曲的大有人在，我们的版面也必须有所反映，你不喜欢也不行。有两次我曾经硬逼住一位女青年编辑去看京戏，我在一旁陪同，一面看，一面讲给她听，她似有所悟，但兴趣还是不大。这也不必强人所难，只要她能服从版面的需要，有了好的京剧稿子能够编发,也就可以了。

编辑的兴趣广了,取材宽了,作者得到引导,就会形成一种看法,凡是有奇人奇事,奇情奇趣的文章,只有在某家报纸可用。如果他们手头有这类题材,就会写了寄来。我们已经发表的一些得到好评的,被认为开拓了题材领域的稿子,不少都是作者自发投寄,不是我们去组织的。

我们的来稿中,群众来稿占了很大的比例,采用的绝对数字自然有限,但在版面上却也占到百分之四十到五十的比例。比如第七版的言论专栏《灯花》,全是从群众来稿中筛选出来的,有的人采用率较高,也成了我们的基本作者。

我们当然也尽力争取名家写稿。但我们又不依赖名家。所依赖的还是广大的业余的写作爱好者,沙里淘金,百里挑一,这种工作确实麻烦、辛苦,但作为副刊编辑又是非做不可的。

不应忘记自己的社会责任

——从《北京日报》副刊、星期刊说起

何光先

在一段时间里，我们有的记者忘记了自己的本职，忘记了自己的社会责任，不把采访报道放在心上，写点报道也是为金钱所驱使。一时间，有的新闻要用金钱交换，有的副刊、星期刊则被裤裆、私房秘闻所占领，令人难以目睹。就在这时，《北京日报》的副刊、星期刊却与此相悖，仍然一身正气，博得读者的称赞。当有人问及他们为什么能做到这样？回答是："我们不应忘记自己的社会责任！"

是的，《北京日报》的同仁确实有着强烈的社会责任感。这里且不说他们的要闻版，大学校长、党委书记们曾在一次会议上为其"科技之星"专栏起立致敬，也不说今天《北京日报》要闻版，人们又为他们的"一代企业家"中共党员小传而叫好。这里仅说他们的副刊和星期刊在不少副刊、星期刊追"星"、媚"星"的今天，仍不随波逐流，一股正气，令人振奋。他们也写"家"，但他们写的是革命家、科学家、企业家的成就；他们也写"星"，但他们写的是球星、影星、科技之星的酸甜苦辣。读了得知一切成功来之不易，令人折服、振奋，觉得这样的副刊、星期刊再多也嫌少。这同某些报纸的副刊、星期刊的读后感形成了鲜明的对照。

1992 年以来，我国报界出现了一股扩版热，这是改革开放的产物，是兴旺发达的景象，无疑是可喜可贺的。因为，它意味着报纸内容的丰富，信息量的增大，可读性的增强。然而，一些报纸扩版后的副刊、星期刊，却与此相反，令人担忧，

题解　本文原载《新闻与写作》1993 年第 10 期。1992 年以来，在改革开放的影响下，报界出现扩版热，意味着报纸内容的丰富以及可读性的增强。然而，一些扩版后的报纸副刊、星期刊在金钱的驱使下，忘记了自己的责任。《北京日报》1952 年创刊，以强烈的社会责任感获得读者及社会赞誉。本文便以《北京日报》为例，提出报纸副刊、星期刊"不应忘记自己的社会责任"的口号。在编辑中，报纸副刊不应随波逐流，让"追星族""媚星族"完全占据版面而完全忘记自身的价值引领责任。"不能忘记自己的社会责任"不仅表达了全国新闻界人士的心声，而且有助于编者在共同的社会责任感下创造更优秀的报纸副刊、星期刊。

正像有的文章已经指出的:“追星族”、“媚星族”遍及版面,一些作者眼睛专看人家的隐私,抓住影星、歌星的婚变、情恋大作文章,甚至连人家打个呵欠、放个屁之类的小事也能弄出花样来,而且易头换尾地相互抄袭、抢登,读后令人作呕。一些读者愤愤地说:“简直是浪费纸张!”因此,在今年评选1992年全国报纸副刊好作品的会议上,评委们异口同声地说,凡是那种把眼睛专盯着“星”们隐私之类的东西,一律不予考虑,并呼吁多为科技实业家们立传。

这两年来,有少数记者人格裂变。那种迎合低级趣味的东西之所以有市场,而且日见“兴旺”,是与社会风气很有关系的,但最根本的还是我们一些文人自轻自贱,把自己廉价出卖了,卖给了有钱人,制造出那些无聊的低级刺激的“有偿新闻”来。钱是有用的,国家建设需要钱,个人生活也需要钱,没有钱是不行的,所以要赚钱;但对钱的取舍要有一个正确的态度,合法的手段,以劳换钱取之无愧,以权换钱、以文谋财则取之不义。这是一个很简单的道理,也是我们新闻工作者必须遵循的最基本的职业道德,逾越了这个基本线,就可能把自己放在道德法庭的被审判席上,也把我们新闻事业的信誉抛到了垃圾堆里,其结果可想而知。

这里讲的是一个问题的两个方面:一方面,新闻不能为钱而发;另方面,报纸登什么与不登什么,是要有个正确导向的,即使是副刊、星期刊,也是如此。我这里并不是反对写影星、歌星,她(他)们也是从事物质生产和精神生产的,问题是有个适当的比例,不能除了他(她)们就一片空白;在写“星”们时,应该宣扬什么不应该宣扬什么,也应该有一个原则,即应有个价值标准,有个把受众引向何处的问题。在改革开放、建设有中国特色的社会主义的今天,还是要讲个艰苦奋斗、自力更生,也要讲个高尚的情趣、文明礼尚,更要讲个对国家的贡献、对人民的爱心,不能认钱不认义、要索取不讲贡献;我们应该着眼于国家生产力的提高,更多地看到那些天天为社会创造物质财富和精神财富而又默默无闻的科学家、实业家、理论家、文学家们,给他们应有的席位,像《北京日报》那样让人们了解他(她)们的工作、生活状况,以激励“家”们为社会主义事业的建设更多地添砖加瓦,也为社会广大青年树立一个学习、进步的榜样。

“我们不应该忘记自己的社会责任。”这不只是《北京日报》同仁的心声,也应该是全国新闻界同仁的心声!愿我们在共同的责任感下创造出更美更多的副刊、星期刊来。

关于"夜光杯"的通信

赵元三

编者按:《新民晚报》是一张历史悠久的著名晚报,声誉甚高。《解放日报》赵元三同志以对报纸负责之心,评述了他对该报"夜光杯"的种种意见与看法。《新民晚报》总编丁法章更以"闻过则喜"的精神,虚怀若谷地听取不同意见。我们认为,这种认真探讨业务的风气是促进我国新闻事业健康发展的重要条件。为此,本刊特刊发赵元三同志的文章,并附上两人的通信。

法章同志:

您好!

奉上《对于进一步办好〈新民晚报〉"夜光杯"副刊的几点陋见》一稿,供您参考。不当之处,请明示。

顺颂

编祺!

赵元三① 1996.12.1

元三同志:

您好!十二月一日写来的《对进一步办好〈新民晚报〉"夜光杯"副刊的

题解 本文原载《新闻界》1997年第3期。《新民晚报》创刊于1929年,是一张历史悠久的著名晚报,副刊《夜光杯》在该报具有重要地位,声誉甚高。本文为《解放日报》赵元三同志以对报纸负责任之心,评述对《夜光杯》的种种意见与看法。信中主要谈及两个方面的内容,首先从"杂文量少质差,作者凋零""名家太多太滥、新生力量少有培养""名家专栏太多太长""有些文章不符合《夜光杯》的风格和体例"四个方面论及《夜光杯》的质量近来有所下降的问题;其次从"坚持'双百'方针""勤恳敬业、艰苦奋斗""遵守职业道德、热情对待作者""加强法治观念、以法治编"四个方面对《夜光杯》提出期许。赵元三同志的通信不仅可以帮助《夜光杯》提高质量、改善自身存在的问题,这种认真探讨业务的风气也将有助于我国新闻事业健康发展。

① 赵元三,《解放日报》主任编辑。

几点意见》一文收悉,谢谢您对本报工作的关心与支持。

拜读了您的来信,觉得所提意见十分中肯,绝大部分都切中要害。我已转请分管领导和副刊部同志拿出改进意见。说实在的,晚报现在“盛名”在外,其实难副,需要改进和加强的地方太多了。今后还请您不吝赐教。匆匆此复。

即颂

编祺!

丁法章[①] 1996. 12. 12

《新民晚报》编委会于 1996 年 11 月 27 日召开上海新闻界同仁座谈会,征询对 1996 年改版和 1997 年宣传的看法和意见。我在会上着重谈了《新民晚报》1996 年扩版总体上是成功的:一是扩大了信息量;二是发扬了贴近群众、贴近生活的传统。这是《新民晚报》比上海两大日报独具的优势与根本特点之所在。我们《解放日报》新闻研究室曾做过一个详细统计、分析,《新民晚报》月信息总量比《解放日报》多出三分之一。而两报版面总容量是一样的(新民 24 版,四开,解放 12 版,对开)。报纸主要是信息的载体,希望《新民晚报》1997 年继续发挥信息量大的优势。

因时间关系,会上对晚报的副刊、专刊未及细说,现仅就“夜光杯”副刊补说几点浅陋之见:

一、“夜光杯”的质量近来有所下降

1. “世象杂谈”杂文量少质差,作者凋零。

“世象杂谈”栏杂文开张之时是宣布继承并发扬林放杂文传统的。也确实活跃了一段,颇有看头。但近期以来,我以为出现了三个方面的滑坡:

① 数量骤减。发稿量不断减少,有时成了“三天打鱼,两天晒网”,难成气候了。相形之下,从 1996 年元月改版的《文汇报》“笔会”杂文,除星期天外,几乎每天有一篇,涉及的面很广,颇有看头。

② 品位下降。1996 年全年杂文中,只有极少数杂文,如蒋文杰(虞丹)、拾风等人几篇作品,给读者留下较深印象外,多数杂文内容平平,无关宏旨,不甚

① 丁法章,《新民晚报》总编辑。

痛痒，且文采也一般。还有一部分，虽然放在“世象杂谈”栏内，但无论从内容还是体裁上看，根本不是杂文，只能说是杂七杂八之文。因为作者小有点名气，或有一官半职就免费奉送他一个“世象杂谈”牌照，这样下去，就有砸掉名牌的危险，更不用说继承并发扬林放杂文风格了。

③ 作者稀疏。前两年的“世象杂谈”作者林林总总，名家纷呈，新手迭出，给读者以“百家”之感，但近期以来，不但杂文老作家、名作家少见，连中年的有力度、有见解的作家也少见了，新生力量更是凤毛麟角。总之，“世象杂谈”栏的杂文作者已稀稀拉拉，七零八落，只靠吴非等几名中学教师作者在撑世面了。无法体现杂文的“百花齐放，百家争鸣”局面。

“世象杂谈”杂文应该是“夜光杯”的社论、眼睛、龙头，是延续林放杂文传统的社会论坛。“世象杂谈”栏的滑坡是整个“夜光杯”滑坡的第一原因。

2. 名家太多太滥，新生力量少有培养。

中国报纸副刊是需要名家支撑的，但更重要的支撑者应该是比少数名家更众多、更广泛、更深入扎根于民众之中的非名家的中青年作者。这是涉及到副刊编辑办刊的立足点、方针、路线的大问题，也即依靠什么人办副刊、办副刊给什么人看的大问题。

我以为近期“夜光杯”在采用名人稿件方面存在以下问题：

① 名家稿件太多。“夜光杯”A 版（14 版）的许多版面，头条、二条、三条乃至四条，都为名家占有；有的版面，名家稿件则占了多数篇什。这样，都很接近名家专版。

② 名家稿件太滥。名家之所以出名，绝大多数是术业有专攻，业有专长，所以名家大多也是专家。请名家写副刊文章，应该围绕该名家的专长，这样读者才要看。可是“夜光杯”许多名家的文章，不是有关名家专长内容的，有些是名家日常起居、生病、交往，没有任何思想意义，几近吃、喝、拉、撒之边沿了。我的一位做过厂长的朋友曾指着“夜光杯”对我说：“×××、×××、×××出现这么频繁，但他们写的一些什么东西或不知所云，或无聊！”

名家的文章并非都是名文。名家文章并非都是精耕细作，倒有好多是粗造滥制，应付副刊编辑朋友，打发读者的。还有一些名家文章，或江郎才尽，或金玉其外，败絮其中，不可不察焉。若不严格把关，允许这样一些名家文章铺天盖地占据副刊版面，将是副刊的累赘，副刊的悲哀。

③ 中青年作者所占比重太少，新出现的拔尖的作者太少。

著名的作家，中青年作者和新出现的有培养前途的苗子，在版面上应该有一个比例。大体应该是两头小,中间大。

副刊不仅是作家的发表园地,也应是培养新手的摇篮。《解放日报》的“朝花”、《文汇报》的“笔会”、《劳动报》的副刊在五六十年代都培养了一批新人,包括现在的一批知名作家。现在也都有一些新人在这些副刊上不断出现。“夜光杯”在这方面的情况我不甚了了,我以为也应引起进一步重视。名家太多太滥,必然要挤掉中青年作者,特别是新的苗芽。

3. 名家专栏不宜太长、太多,以免掺水分,凑篇什。

4. 有些文章不符合“夜光杯”的风格与体例,是否是因为作者有头衔的照顾稿、人情稿?

二、提高编辑素质,再创“夜光杯”辉煌

副刊版面质量的下降,从根本上说是由于副刊编辑素质的下降。对策就是提高编辑的素质。当前来说,就是要打好理论路线、政策法律纪律、群众观点、知识和新闻业务等五个功底;二是要发扬党的新闻工作的敬业、实事求是、艰苦奋斗、清廉、严谨细致和勇于创新等六种作风。

1. 坚持“百花齐放,百家争鸣”,摒弃一花(或数花)独放、一家(或数家)自鸣;坚持网罗各种流派、各种风格、各色人等的大圈子,摒弃孤守只适合编辑个人胃口的小圈子,是办好副刊的关键。

这点,中国近现代报纸的副刊史已经作了证明。以《申报》“自由谈”为例。“自由谈”副刊之所以在报刊史上名声震荡,就在于它后期主持人坚持爱国进步,并且流派纷呈。在周瘦鹃先生主持“自由谈”期间,并没有因为他是鸳鸯蝴蝶派主将而排斥非鸳鸯蝴蝶派作家,把“自由谈”办成一个只供鸳鸯蝴蝶派作家发表作品的小圈子,而是广泛联系各种流派的作家,发表各种风格的作品。尽管有些革命作家、进步作家的作品同鸳鸯蝴蝶派的风格是格格不入的。在黎烈文主编“自由谈”后,虽然连续发表了一系列鲁迅的战斗的杂文,但也没有把“自由谈”变成只发表革命作家作品的小圈子,而是广泛团结了其他的除汉奸、反动作家之外的各种流派的作家。

不容讳言,每个副刊编辑是有自己的“胃口”的,但这个个人“胃口”必须服从于整个报纸的办报方向、方针的“大胃口”。不能以编辑个人的“小胃口”代替整个办报方向、方针的“大胃口”。周瘦鹃、黎烈文都是在贯彻史量才的办报路线。任何偏离整个办报方向、方针、路线的副刊编辑肯定是做不长久的。

2. 勤恳敬业，艰苦奋斗。

“夜光杯”A版（十四版）名家稿件太多太滥的原因何在？若不是整个报纸方针的改变，那就是编辑思想上的问题，还有一个怕艰苦的问题。因为名家稿子来了，文字上加工不大，新作者的稿件倒要花大功夫加工，才能上版面。

3. 遵守职业道德，热情对待作者。编辑的工作对象是稿件——稿件后面的作者。如何对待作者，就成为编辑职业道德的核心。

鲁迅在办文艺刊物时，收到作者稿件，不论新老、知名或不知名，总是先复一信，说是收到，以使作者安心。然后及时处理，或退或用或转。

“夜光杯”五六十年代的一些编辑是这样做的，现在晚报其它版面（如一版“今日论语”）编辑也是这么做的。可惜，现任“夜光杯”有的编辑同志在这方面有些欠缺了。作者寄给他的稿件，或由晚报同仁转给他的稿件，长期压着、拖着不予处理，有的半年，有的一年，有的永远。有的著名作家病中之作，也一压半年，不知去向，直到作家死去也未找到。有的作者一年寄十余篇稿件给他，既不用，也不退。写信去问，不答复；电话查询，说是忙。活鱼压成死鱼，适时稿压成失时稿。作者向报社领导反映，他也向作者作自我批评。但事后却依然照压、照拖如故。

鲁迅说过，对待长期既不用稿也不退稿的编辑，作者可画一不雅之物，上书此公的大名，寄给他。那是指旧时代说的。新时代编者、作者是同志、朋友，不宜这么做。但作为编辑，应当意识到对作者稿件长期不用也不退，有损于报社形象，有悖于编辑职业道德，应当切实、认真改进为好。

4. 加强法治观念，以法治编。江泽民同志号召“以法治国”。“以法治国”，也应包括以法治新闻。虽然“新闻法”还没有出台。但宪法、民法通则以及有关新闻出版的一些法规已有了各种规定。比如作者的发表权是宪法上规定的政治权利之一；又比如，有关新闻出版法规规定，报刊在收到作者稿件两周后，应当通知作者采用与不采用。敬请“夜光杯”有的编辑同仁能提高法律意识，加强法治观念，依法处理稿件。编、作之间都以法律为准绳，协调关系，以期将“夜光杯”办得更好！

“进”“出”那一种语境

——对报纸副刊编辑工作的一点体会

吴明明

文艺副刊是报纸的传统项目。作为副刊编辑，其对各类文稿的阅读显然要因文而异。以笔者个人体会，也就是对原始文稿所设定的语境采取“进、出”之法，以“进入语境”为深入阅读、把握作品精神走向的原则；以“出离语境”为把握编辑理念、确定编辑位置的方法，从而控制作品以吻合报纸传播要求，使文章的刊发恰得其所。

“进入”那一种作品语境，辨明路径，以全部身心感知、体悟作品

小说、诗歌、散文、杂文，本身题材各不相同，每位作者的思维、手法技巧也各有千秋，提供的语境必定千差万别。如此变化繁多，倘若泛泛而读，以单一解读方式“通吃”所有作品，则谈不上把握作品精髓，理不出脉络，也发现不了可能存在的缺陷疏漏。常言道：“不读则无从编起。”“读”显然是指“精读”，必须是进入到作品具体的语境空间中去的“精读”，这正是对编者的能力、素养、阅读信心及宽容度的考验。

具体来说，牢牢抓住作者视角、表达方式，分析作品具体“生命图谱”，找出进入语境的路径。

去年散文家卞毓方有一篇散文作品《犹太三星》，内容写的是马克思、爱因斯坦和弗洛伊德三位著名人物。这篇文章的叙述方式与我们固有的概念系统

题解　本文原载《新闻通讯》1999 年第 10 期。文艺副刊是报纸的传统项目，副刊编辑对各类文稿的阅读应因文而异。本文主要围绕“进”“出”语境的阅读方法讨论报纸编辑工作的体会与感悟。阅读文稿时，以“进入语境”为深入阅读、把握作品精神走向的原则，全身心感知、体悟作品。同时，又要以“出离语境”为把握编辑理念、确定编辑位置的方法。“进”“出”相辅相成，存于编者一心。文章以《犹太三星》《抓阄》两篇文章为例，具体阐释“进”“出”之法及运用“进”“出”之法，从而控制作品以吻合报纸发刊要求。“进”“出”之法对其他编者的阅读亦具有借鉴作用。

迥然不同。比如对革命导师马克思，作者并未慑于耀眼光环而匍匐仰头说话，而是立于一种水平的视角之上进行人性化的描述、对话。作者的平视，使得编者的阅读角度也应是平视的，这样才可为进入作品的语境提供可能。其实就这篇作品本身而言，就是要求打破传统的教条刻板的政治本位观念去烛照世间风云。伟大领袖是人，革命导师也是人，只有从一个对人类做出杰出贡献的人的生命本质的方位上进行解读，我们才会有焕然一新的感受。作者提供的语境便在于此，作品的成功之处也在于此（卞毓方写过毛泽东、鲁迅、郭沫若、张謇等人，无一不以此为入笔路径）。于此语境之中，作者放开手脚，写出人的多棱世界，世俗的人性与作为英雄杰出人物而异于常人的“神性”世界交相辉映，得以充分展示。作为阅读者，充分尽情遨游于语境当中，文中那闪烁的人文理念与古典、与现实穿梭撞击而出的思想火花，才能为编者、也为以后每位读者所一一体悟。这篇文章编发于 1998 年《盐阜大众报》的《丹顶鹤》副刊上，获得第九届江苏省报纸副刊作品一等奖。

走出那一种语境，以独立、理性的态度回视作品、编辑作品，将作品调控到所需要的立场上来

从理解、把握原始文稿的精神本质内容来看，需要全身心地进入语境；而对具体编辑工作则要在适当的远离那种语境的位置才能完成。有道是“旁观者清，当局者迷”，“出离”了那一种语境就是摆脱干扰，取得一个置身于独立立场的“裁判”位置，才不至于因“身在此山”而“不识庐山真面目”了。编者应有这样的明确的位置感（这是不同于前面所说的“角色本位”的）。这样，编者可以针对时代发展要求和读者的健康向上的需求，在充分掌握稿件的思维走向、信息密度的基础上，对具体作品的每一个言词进行梳理，剔除其文中不和谐的异质，凸现其文采、观点，并以符合原文风格的手法弥补其可能出现的硬伤，复原在原作词句之后可能断裂的意义链。由此看来，走出那一种语境之后所取得的位置应该是打破认识惯性后而能俯瞰全景的位置。

必须承认，报纸的副刊与纯文学的期刊有所不同，它与时代精神结合得更紧密、更显性一些。做编辑工作必须注意到这一点。在去年的土地二轮承包时，曾有这么一篇短篇小说作品《抓阄》，内容是在土地二轮承包这一过程中，由于某村的土地肥薄远近不均而造成承包土地出现种种矛盾，农民的种种自私思想及陋习得以充分暴露，无奈之下，村干部最后以和稀泥的办法让大家抓阄了事。

单从篇章结构、文字运行来看写得是颇为精彩的，事实上在眼下农村也确实存在这些问题，就文字本身而言，是可以的。但是，作为报纸的文学作品专栏，它是不能游离于报纸整体格局之外的，它同样要体现出报纸的使命——"以正确的舆论引导人，以优秀的作品鼓舞人"。如果将这篇悉力反映农民劣根性的《抓阄》一文放于全国性的搞好土地二轮承包、进一步调动农民积极性促进生产力发展的大背景下加以观照，《抓阄》显然是不合时宜的。笔者当时接触到这篇稿件，始看精彩，次看有疵，再看便觉得是不合时宜的。由此，感受到对这篇《抓阄》的语境的"出离"的重要。只有通过"出离"，站在具体语境之外审察作品，才能不被那可能显得精彩纷呈的"语境"诱惑而不能自拔，才能针对报纸宣传需要，组织策划，将相关稿件准确定位，或用或不用，或选适当时机用。这也算是报纸副刊编辑工作的一大特色吧。

"进""出"语境，相辅相成，不可偏废；
"进""出"之法，更存乎编者一心

对作品语境采取"进""出"之法，应是浑然一体的，而不是机械地割裂成两个编辑阶段。"进入"是为了更好地深入其间阅读，把握作品的原始本质与生命脉络；而以"出离"的方式为审视、判断、修正（也就是具体编辑工作）的根本步骤。"出"，就是赢得一个更好的、客观的、高屋建瓴的立场，并以报纸宣传要求为参照。编者的思想与手中之笔便在具体作品的语境内外往返穿梭，于感性与理性交汇之处，编辑出展现清晰时代主题的优秀作品。

仍以前面提及的两篇作品为例。对《犹太三星》若仅仅是浅层的泛泛而读，是不能够真正了解作品的；同时，于其具体语境之外，才能全方位地观照作品，以编辑的工作充分展示其美学张力。阿基米德说过："给我一个支点，我就能撬动地球。"从经典物理学的角度来看，这个支点显然要在地球之外的一点才行。做好编辑工作，同样需要"语境"之外的一点，才能"撬动"（编辑）作品。至于如何能以最佳角度与力度去"撬动"，则又必须了解作品的结构、"重心"位置等等，这又是需要"进入"语境的。《抓阄》一文的最终弃用更能显示出这一点。作为编者，必须在了解文章本身（进入语境）与把握时代意义（语境之外的对比、观照）上进行反复权衡、掂量，准确定位。作品的最终采用与否暂且不论，这样至少要体现出一种对作者精神劳动产品的负责态度。

事实上，编辑工作就是在这种"进入""出离"之间纵横交错，循环往复。

有“出”无“进”，易犯强行以自己的概念系统肢解、扭曲作品的毛病，甚至“草菅”作品；有“进”无“出”，则会对作品的主旨走向以及各类疏漏之处犯一叶障目不见泰山的毛病。“进”与“出”从操作层面上来看是不可分解的，它们只在编辑的心灵里融会贯通。

办副刊的五个误区

耿长春

作为一种新闻媒体,报纸已成为人民大众生活中不可或缺的内容。而副刊作为报纸的一项重要的组成部分,也越来越受到读者朋友的关注。如何将报纸的副刊办得更好更活,将精美的精神食粮提供给读者,使读者朋友能在茶余饭后得到一种审美的愉快,已成为一个严肃任务,摆在我们每一个副刊编辑的面前。在十多年的副刊编辑实践中,我总结归纳出在编辑报纸副刊的过程中最容易出现的几个审美的误区,在这里不揣冒昧地提出来,请诸位方家赐教。

一、“名家为王”的误区

按照编辑意图有意识地组织稿件是一个过程,其目的是将组来的稿件有机地结合起来,最终体现于副刊版面。但有些编辑常有这样的误区:将组稿变成了“拉稿”,即千方百计地拉名家写稿,奉行一种“名家为王”的准则。无疑,这是一种失误,以名家的价值代替了副刊自身的价值。有些编辑约到一篇某某名家的稿件,便兴奋得有些忘乎所以,觉得如果经常能约到名家的大作,副刊也会名满天下,声誉日隆。于是便挖空心思去找名家,根本不考虑自己所编副刊的特点与要求。只要是名家的稿件,不管其作品合适与否,通通拿来采用。而对版面上其他文章呢,则采取了补白或填空的敷衍态度,将版面塞满就行。殊不知这样一来,虽然版面上有某位名家的作品“压阵”,但给读者的印象却是杂乱无章。

名家的稿件在很多时候,的确能使副刊增色添辉。但必须注意的是,要

题解 本文原载《晋阳学刊》1999 年第 5 期。20 世纪 90 年代以来,我国媒体事业发展速度不断加快,报纸作为我国媒体中的“一员”,在大众日常生活中已不可或缺。同时,副刊作为报纸的重要组成部分,越来越受到读者的关注。为了将报纸副刊办得更好、更活,本文主要归纳了编辑报纸副刊过程中最容易出现的五个审美误区,主要包括“名家为王”误区、“五脏俱全”误区、“被动编辑”误区、“副刊期刊化”误区以及“培养作者”误区等。这一总结可以帮助副刊更好地服务于群众,将精美的精神食粮供给读者。

约稿,而不要不择手段地拉稿。约稿时,应该给名家讲清楚本副刊的特点与要求,不能因为对方是名家,就可以放松用稿标准。在约名家稿件的同时,切不可忽略其他稿件的编排,否则就会顾此失彼,得不偿失。因为,按照系统化的原理,整体大于各个有序排列的部分之和。我们所编辑的这张副刊,是一个有机的整体,并非一盘散沙。有人曾经打过一个比方,说晚报副刊应该是一个拼盘。

然而,拼盘不等于杂烩。拼盘也有一种主色调,而杂烩则乱得一塌糊涂。其次,名家的稿件也不一定篇篇都好。尤其是某些“高产”的名家,其大名见报的频率相当高,但由于其重数量而非质量,因此读者对其的评价也江河日下。所以,应当坚持“文章面前,人人平等”的编辑原则,不要看人选稿。再者,即使约来的名家文章挺好,但其文章是否适合你所编辑的副刊呢?常常出现这样的现象,版面上的几篇文章单个来看,都不错,但放在一个整体的背景下面,却有些不伦不类,不知你要体现一种什么样的编辑意图。有人把这种现象做了一个比方,说是美猴王的眼、美西施的嘴和美髯公的胡子,同安到了一张脸上。美则美矣,但整个一个四不像。

二、“五脏俱全”的误区

经常看到这样的报纸副刊:内容极其丰富,真可谓“五脏俱全”。有小说、诗歌、散文、评论,甚至童话故事、今古传奇都无所不容,无所不有。这一种面面俱到的小而全的副刊编辑误区,实不足取。

首先我们承认,这个物质世界是丰富多彩的,需要在副刊表现的内容也是无穷的。但必须看到,副刊容量则是有限的,不可能面面俱到。俗话说得好:众口难调。即使你是一个手艺绝佳的厨师,也只能照着人数比例最多的口味,去烹调。从这个角度来看,编辑一张报纸的副刊也是一样。以读者的眼光看,各有所喜好的体裁。但是不是我们的副刊编辑就通通将这些体裁,都装进报纸版面呢?人常说,办报应该办出特色来。特色体现到版面上,就是人家都有的,你不一定要有,即使有,也得体现出一些不同,忌讳千篇一律,千人一面。而人家没有的栏目,只要符合党和政府的方针政策,群众也喜闻乐见,我们就不妨大胆地设置。

我以为,社会在发展,编辑观念也应随之改变。随着时代前进的步伐,生活节奏的加快,人们对小说诗歌的兴趣逐渐淡化,散文、随笔这些种体裁则悄然热了起来。我觉得作为一个副刊编辑,也应该把握这一变化,及时调整副刊的编辑内容,将小说与诗歌的栏目进行必要地压缩,同时加大散文、随笔的比例。这样才能紧扣时代的脉搏,满足多数读者的需求。

三、“被动编辑”误区

所谓编辑,按照辞典的诠释,就是对资料或现成的作品进行整理、加工。如果我们仅从这些字面上去理解编辑的含义,似乎没有错;但要在编辑实践中如果用以上概念去指导工作,那就容易走入“被动编辑”的误区。

有一些编辑,总是自嘲自己的工作是“剪刀加浆糊”,为人“作嫁衣裳”,于是在编辑过程中,漫不经心,有什么稿件就用什么稿件,根本没有什么明确的编辑意图。这种认识无疑是错误的。首先我们说,报纸的副刊是一项开放性的系统,而编辑副刊则是一项系统工程。要想把这项系统工程搞好,让编者、作者、读者三方都满意,绝非“剪刀加浆糊”般的易事,它需要我们的编辑具有较高的政治修养和文化素质,对所编辑的稿件有一种敏锐的把握能力,尤其是对同一版面上的几篇文章,能够进行有机地结合。比如有一位编辑,同时编发这样两篇文章:一篇写清代大灾之后,百姓痛不欲生的事情;另一篇是回忆性散文,记叙了作者在三年自然灾害中有关饥饿的片断。如果单个来看,文章本身并无问题,但是,假如将两篇文章同一版面上同日发表,就有可能引发歧义了。有的读者就会猜测:什么意思?中国又要闹饥荒了吗?

“被动编辑”的误区,还有一种现象,就是编辑不考虑大多数读者的声音,只凭个人的偏好,远离生活,将副刊办得一身贵族气,我以为,报纸的副刊应该大众化才是,它毕竟不等同于一些专业的学术期刊。要面向大多数读者,并请他们积极参与。所谓参与,最好的形式就是举办各种征文,或在报纸上开展一些讨论,请大家动笔写文章,事实证明,这种形式是行之有效的,既唤醒了大众的参与意识,也扩大了报纸的影响面,可谓一举数得。

四、“副刊期刊化”的误区

众所周知,报纸是一种以登载新闻为主要内容的媒体,而作为报纸的副刊,虽然与正刊有所区别,但决不能游离于正刊外。报纸副刊的特点决定了其文章的短小精干,也决定了读者在阅读时的一种较快的时间状态。这就使读者不可能像阅读期刊那样,有一种纯粹欣赏的心理预备。报纸副刊的作品不是新闻,但又带有新闻的某些色彩;它虽然归属于文学作品,但又不完全与其等同。所以,报纸副刊的作品应该是介乎二者之间的一种边缘文学。

如果弄清了这一关系，我们在编辑报纸副刊的实践中，就可以避免一些失误。有一天，编辑部来了一位熟人，说写了一篇书评，看能否发表。我细细看了一遍，是评论十多年前的一本热门书——《芙蓉镇》。文笔不错，观点也还正确。但我还是客气地告诉这位熟人，此稿不适合本报采用。并建议他将稿件投送到有关书评的专业期刊。为什么要这样处理呢？因为如果发表出去，必定会让读者感到突然，不知编辑出于何种意图，来评价一本十几年前出版的小说。所以，还是不发为好。

五、"培养作者"的误区

经常在一些期刊的"主编寄语"中看到这样的词句："本刊以培养作者为己任。"有的期刊编辑也以曾经培养了某某作家而引为自豪。作为报纸副刊的编辑呢？也或多或少有这种想法，即培养作家，扶持新作者。

我以为，这种想法本身是不错的。文学期刊也好，报纸副刊也罢，其实都肩负着培养新作者和为广大读者提供精神食粮的双重任务。只是二者之间有个谁先谁后的问题。正确地说，应该是为广大读者提供精神食粮为首要任务，而培养作者应退而次之。如果将培养作者放在报纸副刊编辑工作的第一位，那么就不可避免会步入主次不分的误区。

面向读者和培养作者，其实二者之间并不矛盾。重要的是要分清主次。如果以"培养作者"为理由放任下去。照顾年轻作者，那势必会影响副刊的质量，导致副刊的水平越来越低。

所谓培养，我以为，是编辑从众多的写作爱好者当中，善于发现那些有发展潜力者，给予恰如其分的指点，并适当地刊发其渐显成熟工作。但报纸的副刊也是某种意义上的商品。订户或是读者掏钱买报，是为了获取信息，陶冶情操的，并非有多大兴趣来关注一个未成名的作家的稚嫩作品。从这个角度看，你为了照顾某个人，却为此让另一批人不愉快，正所谓得不偿失。再者，仅靠照顾也是培养不出作家的。

梁衡谈报纸副刊

董　岩

报纸的副刊是报纸上刊登新闻、言论以外其他作品的固定版面。定期出版，多数有专名。报纸副刊以文艺副刊最为多见，另外还有其他内容的副刊。

自从1897年第一份正式的报纸副刊《字林沪报》的副刊《消闲报》创刊至今，中国的报纸副刊与众多的作者、读者一起走过了一个世纪。它曾歌咏风花雪月，也曾吹响思想文化启蒙的号角；它构筑过精致的文学庭院，也再现了市井生活。今天的报纸副刊，不再是可有可无的副产品，而是名副其实的“富刊”，是整张报纸的一个有机组成部分。今天的报纸副刊，也不再只是文艺副刊一枝独秀，知识、娱乐、理论及国际等副刊群芳争艳，一并构成了副刊丰富的体系，内容上至国内外大事、社会生活，下到衣食住行、棋琴书画。形式则有杂文、小说、散文、小品、美术……林林总总，雅俗共赏。

在2002年一个阳光明媚的秋日午后，笔者有幸采访了梁衡先生。作为著名的副刊作家，他的很多脍炙人口的名篇佳作发表于报纸副刊。但今天我们不谈创作，只谈关于副刊的理论问题。在他这里确实有很多从前没有议论过的问题，我们的对话便由此开始。

办副刊是为了满足读者的需求

主持人：您曾做过13年的记者，而后又从事新闻管理工作13年。今年，是

题解　本文原载《当代传播》2003年第1期。自1897年第一份正式的报纸副刊《消闲报》创刊至今，副刊经过一个多世纪的发展，已成为报纸的有机组成部分。当今，副刊也不再只是文艺副刊一枝独秀，知识、娱乐、理论及国际等副刊群芳争艳，一并构成副刊丰富的体系。本文为时任人民日报社副总编的梁衡在接受访问时所谈的关于副刊理论问题的一些看法，主要从“办副刊是为了满足读者的需求”，副刊与新闻在传播功能和手段上的不同，报纸副刊的双重性：文化性和信息性，“办好副刊要做到四有：有准确的定位、有出色的稿件、有一批好作者、有个性”等方面展开讨论。这些看法不仅重新探讨了副刊的性质、内容等问题，同时对影响副刊发展与传播的因素也进行了分析，对于副刊未来的发展具有重要的指导与借鉴作用。

您担任人民日报副总编的第3个年头了。不论角色如何转换,地位如何改变,这些年来您一直没有停下思考的笔,一直是新闻实践与新闻研究并重,不断探索着新闻工作与传媒的原理和规律,给予了我们很多新的启示。同时您又是著名的作家,写了不少脍炙人口的副刊文字,对副刊一定有更深刻的体验和更理性的认识。在您看来,报纸为什么要办副刊呢?

梁衡:一句话:就是为了满足读者的需求。据有关学者研究,我国报业史上生生灭灭的副刊累计已超过5000种。现在几乎每家报纸都有副刊,没有副刊的报纸是不完全的报纸。副刊的存在,使报纸摆脱了简单定义的"新闻纸",大大丰富了阅读内容和形式。也满足了读者的阅读需求。

主持人:在《新闻原理的思考》一书中您曾透辟地论述了社会所存在的需求矛盾与读者对出版物的六种需求。其中您根据文化层次、社会职业及生活环境的差异,将读者的需求分为高低不等的六种。

梁衡:对。人民的物质文化需求与生产间的矛盾是社会的主要矛盾,这是一条马克思主义的基本原理。在新闻出版领域,读者的需求是报刊书籍精神产品赖以生存和生产的基础。有了这些需求,才有各种各样出版物的出现,才有副刊的出现。读者的需求有以下6种:一是为了追求刺激。正常人的精神生活中总有企图改变平衡,追求奇特刺激的一面。第二是休闲娱乐。正像人们在紧张工作的间隙会无目的散步、抽烟、聊天一样,人们也会随便翻翻书报杂志,是一种休闲的方式。三是信息需求。随着科技日新月异的发展,人们对信息的需求量越来越大。几乎从事每一项工作、决策每一件事情都离不开信息。第四是知识需求。对知识的需求是人类精神生活中必不可少的。第五是审美需求。爱美之心人皆有之,人是需要美感,需要提高审美能力的。最后是思考需求,这是精神需求的最高层次。

主持人:在这六种读者需求中,您认为副刊主要满足了读者的哪些需求呢?

梁衡:副刊主要满足了读者休闲娱乐、获取知识、审美和思考这4种需求。其他,如信息需求显然主要是通过新闻来满足的,信息是报纸最基本的属性。但是对于读者来说,仅仅获取信息还远远不够。人们还需要获取知识,休闲娱乐,需要陶冶性情,要思考等等。这是简单意义上的"新闻纸"难以满足、难以顾全的。这样副刊就应运而生,自然而然地承担起了这些责任,并作为文化积累传之后代。因此副刊的基本性质是文化。不断满足读者需求这个客观规律,影响着报纸副刊的产生与发展,它逼着报人不断在适应读者需要、满足读者需求方面进行探索,并使报纸从形式、内容上得以丰富、完善和发展。尽管副刊有自身独特的文体选择、作家群、读者群和相对稳定的编辑特色，但它仍然是附着在“新闻信息”这个主体之上的，它与新闻一样都是报纸的有机组成部分，可以这样说：新闻是报纸的红花，而副刊就是绿叶，新闻是主体建筑，而副刊则是亭榭回廊。两者相得益彰。

从满足读者需求方面，副刊大致可分为娱乐、知识、文艺及学术四类

主持人：这样看来，报纸在传播新闻信息、引导舆论的同时，还是一座“民众图书馆”，副刊的作用功不可没。可以说一定的副刊培养造就了一定的读者层，而一定的读者层又在呼唤、培育一定的副刊。副刊又有哪些类别呢？

梁衡：主要分为以下几类：一是娱乐副刊。显然这是满足读者休闲娱乐的阅读需求。大部分读者阅读副刊，是希望得到放松和娱乐，从沉重的工作和生活压力中暂时解脱出来，就像睡午觉打个盹一样。所以国内外休闲娱乐副刊的读者最多，阅读量很大。如《京华时报》的《文娱》、《新民晚报》的《文化娱乐》、《环球时报》的《娱乐空间》、《深圳特区报》的《文化娱乐》副刊等等。它们立足世俗社会，关注市民的生活情感，迎合他们的欣赏趣味，直指娱乐和消费。越是都市报纸，越看重娱乐副刊，这是为了适应市民阶层的需求。

二是知识副刊。主要满足读者的知识需求。一个人迈入社会是从逐渐接受知识开始的，他必须先接受前人积累的知识才可能和这个世界相融洽，才可能进一步开拓创新，同时也积累新知识留给后人。报纸的主要功能是传播信息，但是也通过知识性副刊传播知识、普及知识。我们经常看到报纸上辟有各种知识副刊，比如国际副刊、科技副刊、军事副刊、生活副刊等等，虽也有信息传播，但都偏重知识介绍。知识性副刊在服务和指导人们摆脱愚昧和混沌，实现健康生存，建立现代生活方式，培育大众健康文化情趣方面发挥了重要作用。

三是文艺副刊。主要满足读者的审美需求。报纸和文学结盟由来已久，它们彼此需要，彼此扶持，互为羽翼。人们茶余饭后，轻松之余，了解一些文化信息、品味优美的文艺作品，是不可或缺的文化享受，也是精神生活的一部分。文艺副刊恰恰满足了这种审美需求。它一方面为读者提供审美对象，例如提供文学作品，一方面又帮助指导人们提高审美鉴赏能力。像《文汇报》的《笔会》、《人民日报》的《大地》、《光明日报》的《东风》、《新民晚报》的《夜光杯》等都是很有名的文艺副刊。多年来，文艺副刊一直是报纸联系文化界名人和广大文学

爱好者的重要渠道，在引领文学思潮，提供文艺论坛，推动文艺创作，培育文化新人，推动文学的薪火相传方面都有重要意义。副刊文字宜短小精练，读来省时省力宜于传播。就是长篇小说也是用化整为零连载形式吸引读者，报纸也因此更有销路。抗战期间，大家最关心的是战争消息，但副刊文字仍然受欢迎，《解放日报》副刊改版后，就刊登了许多优秀作品，像李季的长诗《王贵与李香香》、赵树理的《小二黑结婚》《李有才板话》等，谁也不能否认，丰富多彩的文艺副刊是增强报纸观赏性和可读性的重要来源。

四是学术副刊。学术副刊主要满足读者的思考需求，有较强的理论色彩，但又有别于社论、评论。思考需求作为精神需求的最高层次，是人们对客观世界的更深刻认识，是人们对规律和方法的研究与探讨，可以说学术副刊是读者思想跋涉的台阶。不过因学术面目严肃，一般人不以为它是副刊。其实相对于报纸的主体新闻、评论而言，它还是副刊，可以说，不论是在近代还是现当代，这些学术副刊在传播进步思潮、弘扬科学与民主的思想，在针砭时弊、开启读者心智等方面都发挥了重要作用。

宏观上影响报纸副刊发展的两个因素：社会发展需要和读者需求

主持人：以上您从读者需要出发，条分缕析，为我们勾勒了副刊的清晰轮廓，那么您认为，宏观上影响我国报纸副刊发展的原因主要是什么？是不是有规律可循呢？

梁衡：副刊是一种复杂的报学现象。影响其发展的因素很多，其中最重要的是两点：一是社会发展，二是读者的需求。这两个因素对副刊的发展产生了各自不同的作用。社会的发展变化是副刊产生发展的最主要因素。如果我们翻阅近百年来的报纸，从新闻版可以清晰地看到社会发展的主流；从副刊则可以看到历史发展的“副线”：一幅幅如《清明上河图》般的社会生活画卷，一段段此起彼伏连绵不绝的情感岁月。尽管它没有直白地报道社会发展的主要事件，但谁也不能否认这一个个细节自然流露着当时的社会情感、公众意识，与时代精神遥相呼应，反映着社会历史的变迁。显而易见，报纸副刊的发展是与其生存环境的发展变化直接联系在一起。可以说，有什么样的社会就有什么样的报纸副刊。为什么《申报》副刊注重针砭时弊，是因为当时军阀专政，社会黑暗，它反映了民众忧国忧民的社会情绪，而“五四”新文化运动时期，出现四大系列副刊(《时事新报/

学灯》、《晨报》副刊、《觉悟》、《京报副刊》以及天津的《新民意报》系列副刊），是因为“五四”运动动摇了中国社会基础，人民正在觉醒，国家和民族的出路成为民众关心议题，新道德、新文化的建设迫在眉睫。20世纪70年代末80年代初，当噩梦醒来，《文汇报/笔会》勇敢地发表了《于无声处》及《伤痕》，激起轩然大波，引起了强烈反响，反映了对“文革”进行深刻反思的社会思潮，也再次显现了副刊关注现实的传统。可见是社会进步的大潮在推动副刊的发展。

主持人：改革开放后，随着市场经济的发展，社会生活的各个领域都发生了翻天覆地的变化，分配制度的改革、就业方式的多样化、新的就业群体的出现等，这些对于副刊的发展带来了哪些变化？

梁衡：社会需要的多元化，带来了副刊的多样化，它越过了精巧的纯文学院墙，融入了百姓日常消费、休闲和情感生活的多个层面。今天从科技副刊、时尚副刊到财经副刊等等，构成了愈来愈丰富的内涵。它的繁荣，是报业适应市场经济的产物，充分体现了一种深刻的社会需要。

主持人：社会发展既促进造就了副刊，反过来副刊又以自己的方式，在一定程度上推动了社会的发展，这一点已经很明显了。那么读者需求又是如何影响报纸副刊的发展的？

梁衡：社会需要是从背景上考察副刊发展的动因；读者的需求是从矛盾的一方来考察副刊的发展动因。新时期不断造就新读者，新读者又呼唤副刊的新面孔。今天报纸副刊的读者与10年前，甚至5年前的读者口味就不一样。今天的读者显然不会边看张恨水的《啼笑姻缘》，边泪如雨下，黯然神伤。如果我们再重新翻翻“文化大革命”前的那些有政治结尾的副刊散文，也会觉得很好笑。

主持人：记得我们上中学、大学时，几乎人人都手捧小说，几乎每个人都爱读诗，朗诵诗；在生活节奏加快，人们更加务实的今天，这些都变了，难怪有人开玩笑说，现在写诗的比读诗的还多。

梁衡：这也说明了一个道理：读者的不同欣赏口味和读报需求，是报纸副刊不断革新的强大推动力。一方面带来了副刊内容的多样化，另一方面也使副刊形式不断革新。

主持人：您刚才说新时代造就新读者，市场化进程给我国报业带来了巨大变化，现在报纸已从单纯的公费市场转向公费、自费并行，自费订阅的比重越来越大，这是不是意味着一个新读者阶层在出现？

梁衡：事实上这个读者层已经出现，我们可以称它为“白领读者层”。报纸本来就是以都市人群为主要读者的，以1978年三中全会为界，改革开放前的中国报纸中只有186种，基本上是各省机关报，公费订阅，它的读者包括副刊读者，也基本上是干部职工。作品风格就偏重严肃、深刻、精细，是一出正剧。像那时人人都穿的一身蓝布中山装。现在报纸发展到2200多种，分散在大小都市。在各行业打工的知识分子成了一个引人注目的新读者层。他们的特点是有文化、善思维，工作紧张，经常跳槽、求新、求个性，这是一个新的市民层，他们的阅读偏好是追求消闲和思考。与这个形势相适应就是都市报作为一个新品种的出现，报纸副刊也带来一种新的风格。它充分迎合现代市民的审美趣味，通俗简短、轻松，拒绝艰涩和说教，不时还有一点议论和调侃，同时注重形式之美，强化视觉上的冲击力。中山装早已脱去，而换上了时装，专求新鲜，展示个性。今天副刊的平民化和娱乐化的发展趋向，充分体现了我们的报纸读者意识的加强，体现了对社会大众的观照，这是一个进步。

主持人：您刚才谈到"白领读者"，事实上现在都市里的农民进城工更多，是不是也应该有一个"蓝领读者层"呢？

梁衡：有的。但是我们注意到这部分人群由于文化偏低，他们的阅读偏好主要是追求刺激，就是我一开始谈到的六种需求中的低档需求。他们的阅读对象主要是一些地摊小报，读副刊文字的还少。当然培养和提高读者也是我们报刊的任务，他们是新的副刊读者的后备军。

主持人：社会的发展，离不开科学的文化理念和健康向上的文化环境，副刊作为文化的载体，理应承担一种怎样的角色？

梁衡：一句话，传播先进文化。目前我国正处于经济转型期，存在着多种价值观。在这种情况下，报纸及其副刊理应坚持正确导向，培育、引领主导价值观。就是要让读者在道德教化的传承中，确立一种社会责任感，树立健康向上的世界观，从而有利于社会的稳定、进步和发展。

主持人：那么您怎样评价都市报副刊的娱乐化倾向呢？

梁衡：既然是娱乐副刊，就追求轻松。它的目的是缓解人紧张的工作情绪，满足消闲需要。但娱乐不是庸俗化、浅薄化，即使是文化快餐也要讲求营养搭配和均衡。最近发生的香港《东周刊》裸照事件就是一个典型的反面事例。它说明如果只追求商业利益，而忽视社会效益，违背道德价值观，那么娱乐化就会走向极端，实际上是对文化的反叛，对传统的反叛。那样，副刊就会沉溺于追蜂逐蝶，热衷于捕风捉影，陶醉于奇闻艳事的传播；就会处处飘浮着油头粉面的气息，弥漫着轻嘴薄舌的腔调。我们的报纸副刊一定要警惕浮躁情绪，摒弃狭隘的功利思想，拒绝平庸，坚守我国副刊的传统，以高度的社会使命感，给大众、给社会以源源不断的深切关照。

主持人：您怎样理解我国报纸副刊的传统？

梁衡：这要从副刊的思想性、内容和文体上去把握、去认识、去理解。首先，我国的报纸副刊注重思想性，具有中国文化传统中一以贯之的文以载道的文学精神，且秉承高度的使命感，现实主义倾向尤为突出。这一点从激流勇进的“五四”时期的四大副刊，到抗战期间在沦陷的孤岛上与日伪展开不屈斗争的《文汇报/世纪风》，还有解放区报纸的副刊，无不体现着这一令人肃然起敬的宝贵传统。上世纪五六十年代，我国主要报纸的副刊也都焕发着勃勃的革命新风。像我们这一代人所受的革命传统教育，很多就是从报纸副刊文章中汲取来的。二是注重文化含量。副刊文字不管是记事、论人、说事、谈理都要有选择，有思想，对读者有启迪，对社会有积累。这就是为什么许多人都在剪贴副刊文章的原因。这一点我认为《文汇报》的副刊做得最好。三是从文体上看，散文是支撑副刊的主要品种。中国向来注重散文传统，就连我国近代报纸的新闻文体也不同程度地受到散文影响。然而由于新闻客观规律的要求，新闻文体与文学逐渐分离，文学转而与副刊相结合，并以其特有的渗透力支配着副刊文体的形成与演变。这些逐渐成为我国报纸副刊的传统。

办好副刊要做到四有：有准确的定位、有出色的稿件、有一批好作者、有个性

主持人：刚才我们谈了宏观上影响我国副刊发展因素，那么具体到一张报纸副刊，怎样才能更好地满足读者需要，办得更好呢？

梁衡：首先，副刊的定位要准确，要符合中国国情，符合中国的政治经济文化发展要求，符合社会主义精神文明建设的要求，还要符合自己特定读者群的需要。副刊的定位就是它的任务和分工，也即是它的市场范围，这是它立足发展的基础，副刊要有强烈的读者意识，既要满足读者的静态需求，又要满足读者的动态需求，即注意培养提高读者的欣赏水平，改造他们胃口。像《人民日报》是党的机关报，面对的读者主要是干部，因此它的副刊《大地》定位就是要讲政治，重视思想性，讲求格调和品位，寓政治于艺术之中。

主持人：是的，我们还记得您在《人民日报》文艺副刊发表的几篇影响很大的文章，像写西柏坡的《红毛线、蓝毛线》，纪念建党 80 周年的《一个大党和一条小船》，都典型地体现了《人民日报》作为一个大报副刊的定位。而作为另一种

风格,《南方都市报/城市笔记》每期都刊有这样的告白:“城市笔记以纪实为特色,以原创为准则,记录平凡的人生,生活趣事令你莞尔一笑,世间无奈令你掩卷沉思。”明确表达了该刊的定位,就是描述市井生活的百态人生,在原汁原味的生活中寻找精彩的故事。

梁衡:除了因报刊不同外,在不同的历史时期,副刊的定位也各不相同。远在“五四”新文化运动时期,徐志摩在《晨报/副刊》的创刊词中这样说:办《副刊》就要“小之震荡个人的灵性,大之摇撼民族的神魂”。第二次国内革命战争时期,《红军日报副镌》(后正式命名为《红军》)是这样阐述其编辑思路的:“红军的日报之有副刊,不是和一般所谓报屁股那样简单,他只是一朵血滴滴的鲜花,火一般赤热的鲜花,他不是资产阶级的肥嫩与雪白的手所能摩抚的。只有短裤赤脚黑人粗皮的无产阶级,才能接近他,拥抱他。因此,‘红军’的立场,他是以无产阶级的立场为立场的,他是无产阶级的喉舌,因此他的任务,是负着这一开导革命、发扬革命、充实革命的使命的。”小小的副刊,其实是历史发展的一面镜子,它本身也转化成一种历史的定格。当然,定位只是一种势态、方向,定位确定之后还得靠每一篇文章去实现。

主持人:究竟什么样的副刊文章称得上是好文章呢?

梁衡:一要有知识,二要有思想,三要有文采。副刊文章不像新闻传播事件信息,是传播知识、思想的,是供人享受美感的。所以必须做到这三条。我们每个人都能回想起自己深爱的,对自己产生过影响的一本书、一篇文章、一首诗或者一部电影、一出戏,副刊的好文章也具有如此的魅力,它本身就是一粒种子,能够在读者的心田里,一点点地成长,一代代繁殖下去,开出无数美丽的精神之花,结出累累的精神之果,有了这样的好文章,读者就会拥着它、捧着它、记住它,而且盼着下期再有好文出现以解人倒悬,解人饥渴。

主持人:好文章需要有好作者,记得您在《报刊需要好文章》中曾说报刊追求好文章实际上是追求、团结,甚至是高价搜求好作者,要有求贤若渴、三顾茅庐的诚心和毅力,为此您还讲了几个很有名的故事。

梁衡:对,拥有一支稳固的名家作者队伍,报纸副刊才会好文迭出,质量才能相对稳定。80年代老作家舒群曾有一篇回忆,讲他当年在延安《解放日报》编副刊,毛主席亲自为他们向名人求稿。一天傍晚,主席在枣园摆了两桌饭,出席的名人有郭沫若、范文澜、彭真、吴玉章等,席间主席一一敬酒,并风趣地说不能吃了就走,要送来好文章,郭沫若的《甲申三百年祭》就是在这种背景下刊登出来的。因此,一个好的作者队伍是副刊成功的主要因素和有力保证,也是副刊最好的广告和招牌,有了好的作者队伍,自然不愁约不来好稿。

主持人:也就是说副刊是以作者为主,重在约稿,这显然与新闻有很大不同。

梁衡:新闻是对受众关心的新近发生的事实的信息传递。新闻重在“采”,只要你采来事实,这个稿就好编。新闻的要求是真实、准确、新鲜、简洁,有时几千字的消息可以砍到只剩几百字。副刊则重在“约”,只要你约来好稿,这个版就好编,副刊稿不能像编新闻那样大量砍杀压缩。因此副刊编辑改稿时,切忌妄自尊大,擅自涂改,与其大改一稿,还不如重新约一好稿。

主持人:您谈的办好报纸副刊要定位准确,要有好稿、好作者,这样是不是就可称是一种好副刊了?

梁衡:不是,好东西加起来不一定就好,这中间还有加工艺术,就像同样是肉、鱼,却有川、鲁、粤菜之别,要有特色。好的副刊体现着报纸的特色,在某种程度上代表着报纸的个性。任何一张著名的报纸必定有一个著名的副刊。像《文荟》《朝花》《笔会》《五色土》等等,它要有创新,代表着某一领域、某一方面的一个新高度,要有新思想、新见解、新观念,要有绝招、绝技、特色,特别要在思想性、艺术性上下功夫,高人一等,高出同行一层,要有创造性,要有意识地培育并形成自己的个性,要有自己的个性语言、个性面孔,还要有韧性,要持之以恒,坚持自己的风格。就像《文汇报》副刊《笔会》从 1946 年诞生至今,在半个多世纪浩浩荡荡的时间洪流里,依然坚守着自己的阵地,稳定、持续、不断地为读者提供品味高雅的文艺作品,传递着美。

报纸副刊的双重性——文化性和信息性

主持人:您在谈办副刊是为了满足读者的需求中曾提及副刊的基本性质是文化,我知道您一向强调报纸的信息本质,这样说来副刊是生长在新闻大树上的花朵。

梁衡:基本上可以这样认为,弄清这个问题还要从原理——从报纸的信息与文化属性的辩证关系中去把握和理解。报纸的基本属性是信息,信息是什么?信息是客观事物特征的外露信号,人们在认识世界的过程中并不可能把某一个具体事物拿于手中翻来覆去地看,而是要通过其特征,即它发出的信息来分析、对比,进行理解,信息是人与人在认识过程中的一种交流。什么是文化呢?宏观上讲,文化是人类社会实践过程中所创造的物质财富和精神财富的总和,一般又特指精神财富。文化具有很强的积累性,最终表现为一种思想。具体到报纸,文化是指其蕴含和传播的知识和思想道德等。信息属性主要表现在新闻版上，文化属性则集中表现在副刊版上，文化属性与信息属性的这种彼此依存、互为影响的关系，决定了副刊不可能孤立于新闻之外以纯文化自居，它是新闻的有机补充和延伸。对于一张报纸来说，没有传播文化的副刊，就如一棵大树只有枝干，没有绿叶和花朵；一张报纸如果没有传递信息的新闻，就好比一棵树只有花和叶却没有枝干，这当然是不可能成立的。

主持人：那么这种文化属性在报纸副刊上的主要体现是什么？

梁衡：它主要体现在向读者提供知识、启迪思想、陶冶审美能力和提供娱乐等，例如刊登散文、介绍百科知识、连载小说、介绍绘画、发表文艺评论等等。宏观上注重思想性、指导性，微观上则突出文学性、艺术性、趣味性、知识性。新闻是通过事实来引导，它强调真实朴素，而副刊则通过知识和审美来提高人们的修养，强调含蓄认真，日积月累，潜移默化。副刊文章不像新闻那样易碎，许多副刊文字发表后还往往会成为经典。比如瞿秋白的《赤都心史》和《饿乡纪程》（发于《晨报》副刊），郭沫若的《甲申三百年祭》（发于《解放日报》副刊），鲁迅的《长明灯》（刊于《民国日报》副刊），毛泽东的《民众的大联合》（刊于《时事新报/学灯》），张乐平的漫画《三毛流浪记》（连载于《大公报》副刊），等等。

主持人：副刊既然搭载了报纸这个大众传播媒介，它也就兼有了传播信息的功能。这样说来，副刊与新闻也就有了一些共性。

梁衡：是的，这正体现了副刊所具有的双重性：文化性和新闻性。副刊的本质是文化，并不否定它具有信息的属性。它既然是长在新闻之树上的花朵，新闻固有的属性真实、快速和新鲜，也被副刊有所借鉴和吸引，主要表现在内容上讲求新，力图反映新人、新事、新感受，传播新知识、发表新作品，讲求时效性、针对性，甚至讲究由头，配合节令和形势，否则就不是报纸副刊，而是文学期刊。此外，在编辑形式上，副刊也吸收借鉴了新闻的特点，短小精悍、简洁明快。

副刊与新闻在传播功能和手段上有所不同

主持人：您刚才从本质上辨析了副刊的属性，那么从传播效果上来说，副刊与新闻有何不同呢？

梁衡：一是传播功能、目的不同。新闻是让人知道，副刊则是让人欣赏。新闻如饭，供人解饥；副刊如酒，供人品尝回味。新闻服务对象主要是现实的物质生活，它着眼于人的外部世界，写一条消息就是要告诉读者一件不知道的实实在在的事，而副刊着眼于人的内心世界和精神生活，它以特有的文学艺术手段来反映生活，注入了对艺术的追求和美的探寻。

主持人：它们在手段上是否有所不同？

梁衡：新闻传播运用的是消极修辞，以让人明白、理解为目的，副刊使用的是积极修辞，以让人感染、激动为目的。新闻传播消息，反映事实，处处求实，文风要平实公正，少带个人感情色彩，多让事实说话。副刊则是通过形象的艺术手法，间接反映事物的面貌和本质，因此具有强烈的主观印记和感情色彩。

以上说的主要是指文艺、消闲类副刊，知识类内容更实际些，学术类就更趋严肃，但亦有别于社论、评论。总之，都要新鲜活泼，有个性。

报纸副刊的模式并非一成不变，要不断注入新的因素和活力

主持人：目前我国的报纸副刊，呈现着多元化的繁荣发展趋势，同时我们也看到有些副刊，特别是传统的文艺副刊正面临着一些困境，有的报纸甚至取消或缩减了副刊，一些老牌副刊仍在坚守，却深感压力重重，新形势下我国的报纸副刊如何突破这个瓶颈，寻找新的发展空间？

梁衡：我国传统的报纸副刊模式在新的市场经济条件下是面临新的挑战，关键是要顺应时代和读者的需求。这里有两点，一是我国报纸副刊，过去以文艺为主，这就逼得我们要增加品种。我们已注意到，现在一些报纸副刊特别是都市报的副刊纷纷扩版，一方面增设从服饰到电脑、汽车，从婚姻家庭到升学择业的众多实用类副刊专版；另一方面又增设思想随笔、学术交流等刊物。这反映着报人正适应时代发展，在实践中逐步进行有益的探索。副刊的模式不是一成不变的，我们的报纸副刊也要不断走出困境，化蛹为蝶，有所突破。关键是要顺应社会环境和时代发展，不断注入新的活力，并结合自己的定位与特点，寻找与之相适应的表现形式。

二是文艺副刊仍然是报纸副刊的主力、主流，但它既要保持自己的传统、风格，又要不断创新。其中最关键的还是保持文化含金量，千万不要掺水，不要媚俗。

副刊并非报纸的附属品

马　达

我国大大小小的报刊上的副刊、专刊不下数百种，其内容从国际知识到各地通讯，从文艺随笔到美化生活，可说是五花八门，应有尽有。各报副刊专刊的设置各有不同，但它已成为一张报纸的重要组成部分，是一部交响乐中的几个重要乐章。

我国报纸最早出现的副刊是在一八九二年，即光绪年间的《士林沪报》，副刊的名称叫“消闲报”。一九一一年《申报》的“自由谈”出现，才真正开始了我国报纸副刊的历史。解放前的副刊大致上可分为两类：一类是文艺副刊，主要内容是杂文、散文和小品文等。它议论时弊，同时也有消遣文字。第二类副刊完全是消遣文字，吃喝玩乐，样样都有，人们称它是“报屁股”。前一类副刊是我国报刊的一个优良传统，为今人提供了值得借鉴的经验。报纸通过副刊发现和培养了不少人才，宗白华发表郭沫若的诗，叶圣陶支持巴金的小说创作，都传为佳话。我们党领导的报纸虽然篇幅小、刊期长，但也办有副刊，如《红色中华报》、延安《解放日报》等都办有文艺副刊。解放后，我们报纸除副刊外，还有内容比较专一的专刊。这些专刊，一是为了对全国人民进行爱国主义、社会主义和马克思列宁主义的教育，在报纸上开辟了理论专刊；二是为了扩大报纸和各种读者的联系，设立了“党的生活”、“青年”、“妇女”等专刊；三是从五十年代开始，由光明日报、文汇报开创，形成内容和风格多样的专刊，如光明日报的“文学遗产”、文汇报的“社会大学”等等。粉碎“四人帮”以后，由文汇报开创，把专刊、副刊提到

题解　本文选自《马达自述：办报生涯六十年》，文汇出版社2004年版。副刊专刊是报纸的有机组成部分，中华人民共和国成立前的报纸副刊大致可以分为“文艺副刊”与侧重娱乐消遣的“报屁股”两类。中华人民共和国成立后，报纸副刊、专刊内容也异常丰富，在联系读者方面起了重要作用。新的历史条件下，报纸副刊和专刊应紧跟时代步伐，充分利用新思想新知识来反映社会生活，用活泼的文字来评价生活，参与社会变革和进步进程。这期间，编辑的编辑水平也要有相应的提高。本文在梳理副刊发展历史的基础上，对新的历史条件下副刊的角色定位进行勾画，鉴古知今，对副刊的发展有一定的指导意义。

从未有过的突出地位，根据不同类型读者的需要，涉及社会生活的多个领域，办起十几种副刊、专刊，这在中国报纸发展史上是少有的。这些副刊、专刊联系读者面之广、内容之丰富、文字风格之多样，确实引人注目。

报纸上的副刊、专刊受到广大读者的欢迎。从社会需要来说，一方面，由于改革开放以来，社会变革加快，对外交流扩大，读者需要各种新鲜而丰富的信息和知识；另方面，读者自主性和参与意识增强，要求通过报纸展开对各种问题的议论，以进一步了解社会，参加社会实践。在其他出版物不能替代的情况下，在广大读者还未有充裕的购买力拥有大量出版物的情况下，这种需要在很大程度上要依赖报纸来满足。人们常说报纸是“人民生活的教科书”，从特定意义上说，是有根据的。

从报纸的基本职能来说，报纸的基本职能就是反映生活和评介生活。反映生活的主要手段是新闻，评介生活的主要手段是各种体裁的文章，而专刊、副刊就是提供各种体裁的文章的渠道。报纸要吸引广大读者，既要满足读者对新闻信息的要求，又要满足读者通过专刊、副刊来评介生活的要求。

从我们现在所处的环境来看，随着现代化建设事业的发展，随着改革的深入和开放的扩大，使得人们的生产方式、生活方式、活动方式和思维方式都发生了很大的变化。这种变化每天都在发生。大家可以想一想，现在人们的社会生活中已注入了许多新的概念，有信息、反馈、承包责任制、问责制等等；有许多过去陌生的知识，如电脑、微电子、系统工程等等；有不少新的事物、新的问题，如共建文明单位、中外合资企业、全球化等等。有些老观念打破了，新的观念产生了，许多新东西大量涌进我们的生活，广大读者要求了解它、熟悉它、评判它，报纸也要跟上时代的步伐，在新的历史条件下去联系和引导广大读者，充分利用我们时代新的思想资料和新的知识，来反映和评介社会生活，参与社会的变革和进步进程，这就是报纸副刊和专刊的根本任务。

有同志提出副刊、专刊有没有新闻性的问题。我们的专刊、副刊是报纸的专刊、副刊，因此任何一个专刊、副刊都具有不同程度的新闻性，这是由报纸本身的性质所决定的。什么是新闻性？新闻性和新闻，是两个不同的概念。新闻性，实际上就是现实性。专刊、副刊都必须具有现实性，它的内容和文字应该立足于现实生活，面向现实生活，反映和评介现实生活，使专刊、副刊的内容和文字有时代的气息。但专刊、副刊一般不刊载新闻，也应与新闻有明显的分工和区别。它是对报纸上新闻所反映的事实作出解释、引申和阐发，对现实生活进行描绘和评介，回答现实生活提出的种种问题。因此，专刊、副刊对现实生活的触觉应该是广泛的，对广大读者存在的思想问题的反应是敏锐的，没有做到这一点，就叫缺乏新闻性。我们强调专刊、副刊的新闻性，就要反对陈旧过时的内容，反对不联系读者思想和实际的问题，反对讲空话、大话、套话，反对文字的呆板和一般化。提倡专刊、副刊要运用最新的思想资料和知识信息，用快捷的方式，用生动活泼的文字来评介生活。

也有同志提出如何理解专、副刊的思想性和知识性的问题。专刊、副刊当然要具有思想性。所谓思想性，就是运用多种形式，进行爱国主义、集体主义、社会主义思想教育和伦理道德教育，给读者以思想上的启迪。但是，各个专刊、副刊的内容和文字，它的思想性应有不同的要求和表现形式。有的专刊侧重于进行马列主义的理论教育，包括解释理论问题，辅导理论学习，开展学术争鸣；有的专刊、副刊要用文艺的形式，来推动文艺创作，开展文艺问题争鸣，提高文学修养；有的副刊则用寓教于乐的方式，有娱乐性和趣味性，进行潜移默化的教育。从以上各个侧面来加强专刊、副刊的思想性，在正确的思想原则的指导下，运用不同的方式方法，把知识性、思想性和趣味性融于一体，收异曲同工之妙。不能要求每个专刊、副刊都讲千篇一律的大道理，采取雷同一律的形式，那样做，恰恰是削弱了它的思想性。

同时，专刊、副刊应该讲究知识结构，给人以新的、现代化的知识，如理论知识、文艺知识、科学知识、法律知识、国际知识，等等。我们每一个专刊、副刊都有一个灌输、传播知识的问题，加强专刊、副刊的知识性，是联系和引导广大读者特别是青年读者的主要手段。现在青年求知欲很强，这是现代化建设的需要，是一个重要的发展趋势。为了传播新的科学文化知识，应该应用新概念，介绍现代科学技术，要有新的理论概括和解释。有时可能会遇到技术性强的矛盾，但我们不应回避它，而要做创造性的工作，在通俗化的“化”字上做文章。对于知识性和趣味性的问题也要作分析。我认为高尚的趣味是内含知识的，没有知识的趣味是简单的，甚至是庸俗的。现在社会生活的变革，有政治思想的因素，也有知识的因素，求知是读者共同的阅读心理，也应该是提高编辑水平的必然要求。

大地的期待

——人民日报副刊研讨会综述

文　一

编者的话：一元复始，万象更新。大地副刊在新的一年期待能有大的作为，这自然仰仗广大作者、读者一如既往的支持。除传统栏目"金台随感"、"大地漫笔"、"心香一瓣"、"名家新作"、"名人近况"、"文心探访"之外，今年副刊拟开设"文史小品"、"谐趣园"等新栏目，请把您的得意之作寄给我们。在此恭候各位作者、读者光临"大地"。

岁末年初，是人们总结过去、筹划未来的时候。2004 年 12 月 18 日，在北京马坡文学会馆，人民日报大地副刊的新老作者——散文作家袁鹰、林非、林希、柳萌、王宗仁、韩小蕙、高红十，学者王春瑜、陈漱渝、张梦阳，杂文作家刘征、张雨生、孙月沐、王乾荣、吴志实、李景阳，报告文学作家黄传会等近二十人聚集一堂，共商副刊发展与创新大计。会上，大家畅所欲言，发表了许多真知灼见。

一、副刊的问题

当前副刊存在的问题，有的与大的舆论环境有关，有的是副刊自身的问题。中国散文学会会长林非指出，有些副刊文章境界和品位不高，一些很有名的作家写的东西也很平庸、凡俗。作家柳萌说，不少副刊该硬的不硬，该软的不软。

题解　本文原载《人民日报》2005 年 1 月 11 日。2004 年 12 月 18 日，在北京马坡文学会馆，《人民日报》副刊《大地》的新老作者——散文作家袁鹰、林非、林希、柳萌、王宗仁、韩小蕙、高红十，学者王春瑜、陈漱渝、张梦阳，杂文作家刘征、张雨生、孙月沐、王乾荣、吴志实、李景阳，报告文学作家黄传会等近二十人聚集一堂，共商副刊发展与创新大计。与会人员对当时副刊存在的"弱化、快餐化、低俗化"等突出问题进行了分析，主张副刊应该为老百姓发声、为提高民族素质服务，而面对种种挑战副刊要注意培养年轻的作者群与读者群，同时可以考虑设置名家专栏等来打造自己的品牌。这是"副刊式微"语境中，作者、编者、研究者集体为副刊发展"问诊把脉"的一次实践。

该硬的不硬——杂文是副刊的旗帜，杂文要有思想，如果两头抹，就没有好的杂文；该软的不软——散文要贴近百姓生活，要让人有所感悟，可是现在精致的散文小品却很难找。

新闻出版报副总编孙月沐认为，这些年来，副刊出现了三种值得关注的现象：弱化、快餐化、低俗化。所谓弱化，就是指各种副刊包括大报的副刊纷纷瘦身、减版；快餐化，是指文章不痛不痒；低俗化，是指一些副刊宣扬奢靡、追星捧星。目前大地副刊主要面临一个弱化的问题，让读者觉得副刊有你做个点缀，没你也行。张雨生说，现在的问题是报纸把副刊挤掉了，副刊又把杂文挤掉了。人民日报要带头呼吁一下，因为副刊代表着报纸的文化品位，杂文代表着副刊的灵魂。没了副刊的报纸，充满商气俗气，还能读出它的文化品位吗？没了杂文的副刊，全是小男人小女人的小文，风花雪月，无病呻吟，副刊还能提得起精神吗？

二、副刊的声音

人民日报文艺部老主任袁鹰同志说，副刊编得好，就是四个字：有声有色。这个声就是老百姓的声音，读者的声音。他们关心什么、抱怨什么，要通过副刊的形式，侧面地反映出来，而且能够有不同的声音，要真正做到“百花齐放，百家争鸣”，而不是说说而已。黄传会说，人民日报姓“人民”，要反映人民的呼声和疾苦，贴近老百姓。比如，中国目前有一千万城市农民工，他们的生活和命运，副刊要不要关注？

林非认为，一方面，副刊应该更好地关心底层人的生活；另一方面，应该围绕提高整个民族素质组织文章。鲁迅先生的一生就是要改造中国的国民性。二十一世纪是一个走向民主、平等的世纪，可是现在很多歌星、明星还在讴歌帝王。明史专家王春瑜指出，批判封建专制主义仍然是摆在文化人面前的一个重要任务。现在很多人心目中的皇帝意识、草民意识非常可怕，草民意识是皇帝意识产生的重要基础，它们互为依存。这两种东西不扫除，会阻碍我们实现现代化的步伐。刘征说，现在媒体上什么都在戏说，这只有坏处没有好处。帝王意识抬头，乾隆皇帝可以和乞丐一起生活，可以做矿工。这出了圈吧？老先生给自己写文章定了个调儿：要有严肃的主题，游戏的心态，轻松的笔墨。所谓严肃的主题就是对老百姓有好处，有意义。

三、副刊的面貌

老作家林希说，虽然人民日报很老了（指它的历史），但副刊一定要年轻（指它的面貌）。副刊的人文关怀，应从关心年轻人开始。任何一个报刊，没有青年就没有生命。现在不少年轻人，往上，没有理想信仰；往下，没有道德底线，这是非常可怕的。人民日报副刊要有年轻的作者，要把青年读者和青年作者吸引过来，要永远把青年读者作为关怀的主体。

王春瑜说，党报副刊要可敬可亲，要改变可敬不可亲的现象。女散文作家高红十认为，大地副刊上鲜活的、年轻的、锐气的东西比较少。副刊的文章要动感些、年轻些，要注意增加可读性，不要四平八稳。有家报纸发刊词说："总有一种力量让你泪流满面。"副刊的文章应该有感而发，它可以力抵千钧，它要留下历史的脚印，对这个时代多少有一些记录。

四、副刊的出路

学者陈漱渝说，副刊是一种文化的积淀。当年《时事新报》为郭沫若提供展示他才华的舞台，《晨报副刊》刊登冰心的散文诗《春水》、《繁星》和鲁迅的《阿Q正传》。作为一个副刊编辑，孙伏园能发表《阿Q正传》，可以说功德无量。光明日报文荟主编韩小蕙说，副刊要为文化积累做一点工作。我们把握不了别人，但我们能把握自己。

鲁迅研究专家张梦阳说，看一个副刊办得好坏，就看它有没有留下经典的散文、杂文。副刊要抓一些重点作者、重点的作品，争取一年能抓出几篇耐读的文章。多少年之后回头一看，这个文章能存在下来，就不简单。来自民盟的杂文作家吴志实说，中国的副刊是有传统的，很多著名作家和副刊有着割舍不断的联系，副刊是一块肥沃的土地。不管媒体发展到什么程度，副刊还会有作用。但另一方面，办副刊的思路、观念上也要与时俱进，编辑们要有眼光。杂文作家王乾荣认为，副刊的品位跟编辑的品位是直接相关的。要扩大作者群。文艺副刊不光是作家圈内的事，很多经济学家、社会学家、历史学家等都可以成为副刊的作者。还可以考虑设置名家的专栏，它可以成为副刊的品牌。

袁鹰同志结合自己的办报经验，认为副刊会有出路。敢问路在何方？路在脚下。原来副刊只有八十行，现在是整版。这么大的版面是可以做"满汉全席"

的,否则太可惜了。他说,今天,一个人通过上网、看电视就可以获取他所需要的信息,在这种情况下,副刊并不是无所作为。副刊要靠一些有声有色的版面,靠一些好文章,主动吸引读者。要靠自己的本事,替读者说话,满足他们多方面的要求。要看到,社会上有很多关心支持大地副刊的作者和读者,这是办好副刊最宝贵的资源。

李白有诗:“阳春召我以烟景,大块假我以文章。”为了大地的丰收,让编辑、作者、读者一起携手耕耘吧。

报纸副刊“三圈理论”初探

潘向黎

上世纪 90 年代起，报纸副刊出现萎缩之势，不少报纸的副刊陆续停刊，“维持原状”的副刊在报纸不断扩版的情况下所占比例和重要性大幅下降，副刊“陷入困境”“濒临消亡”之议四起，保护和振兴副刊之声不绝。

进入本世纪以来，报纸副刊仍未扭转衰颓之势。2004 年，《南方周末》刊登了一组由著名作家、学者谈论副刊现状的谈话录，标题可谓触目惊心——《纸上的风云：副刊时代的终结》①。

历史悠久的副刊，难道真的要终结了吗？

报纸的新局面和副刊的新态势

失落之中，也蕴含生机。“当你深含痛惜再抬头审视那枝干，也许会发现在那叶柄脱落处已隐隐显出芽踪，然后是新绿。”②

网络时代，受众获取新闻的渠道大开，而且网络以其惊人的速度和低廉的代价，将传统的报纸逼到了墙角。报纸的新闻板块首当其冲，感受到巨大冲击。而网络对副刊的影响则一分为二，负面作用是分流读者，影响了阅读习惯和品牌忠诚度的培养；其正面作用，则是在新闻滞后的情况下，副刊由于相对超脱，赢得了时效上的“豁免权”，有机会凭借自己的实力和特色维系读者的阅读热情。

题解 本文原载《新闻记者》2011 年第 8 期。作者潘向黎时任文汇报主任编辑、首席编辑，同时又是当代著名作家。这篇文章是她站在编辑角度对“副刊终结论”的反驳与思考。文中认为，从 20 世纪 90 年代起，副刊开始显现颓势，但其实“失落之中，也蕴含生机”，挑战与机遇是并存的。在此情势下，探索副刊生存和发展之路，编辑不应消极等待，而是需要更新观念，提升境界。文章结合哈佛大学教授达奇·李奥那多提出的能力圈、执行圈、价值圈的“三圈理论”，认为将“三圈理论”与副刊的编辑实践相结合，并尽力实现“三圈重叠”，是副刊编辑应追求达成的目标。努力做到这一点，保证副刊对读者产生足够的亲和力和吸引力，则副刊仍然未来可期。

① 《纸上的风云：副刊时代的终结》，《南方周末》2004 年 9 月 9 日。

② 成幼殊：《怀念那一片落叶》，《文汇报》2011 年 5 月 27 日。

事实上,优秀的报纸副刊一向拥有相对稳定的读者群,这些读者来自各行各业,他们订阅报纸的目的,就是为了阅读副刊。尤其是副刊特色鲜明的报纸,如文汇报、新民晚报、羊城晚报、今晚报……,许多读者是为了看副刊才订报的。在一些名人传记里亦可窥斑见豹——紫砂工艺大师顾景舟生前一直喜欢看新民晚报,"尤其喜欢看《夜光杯》副刊,那上面,经常可以看到老朋友的文字"①。对许多报纸的异地订户来说,更是冲着副刊去订阅报纸的。副刊办得好,他们就觉得值得;副刊办得不好,他们就失望;如果副刊消失了,这部分订户也就流失了。

在这种虽不容乐观,但机遇与挑战并存的状态下,探索报纸副刊生存和发展之路,编辑不应消极等待,而是需要更新观念,提升境界。

副刊的"三圈理论"解析

1. 何为"三圈理论"?

"三圈理论"是由美国哈佛大学教授达奇·李奥那多(Herman B. Dutch Leonard)提出的,关于能力圈、执行圈、价值圈的理论(如下图),整个理论提供了"价值、能力和支持——分析框架"(Value, capacity, and support three circles model)。

这一理论认为,在制定一项战略计划时,首先必须考虑其目标是不是以公共利益作为方案的最重要诉求。换言之,就是该计划能不能创造公共价值,即价值问题。

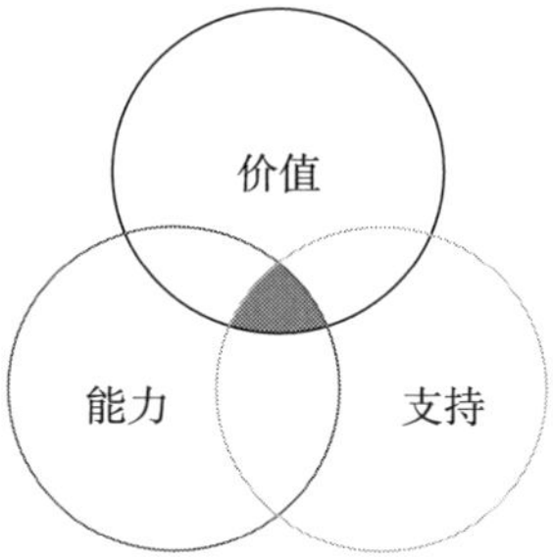

其次,必须考虑方案的实施与执行中的约束条件,即实现目标、达到目的的人、财、物条件是否具备,即能力问题。

再次,必须认真考虑方案所涉及的利益关系者的态度与意见,他们的价值取向与目标的距离,换言之就是有没有获得与这个项目成功执行的相关人士的支持?即支持问题。

把能力、支持和价值各用一个圈表示,有能力做,这项行动就落在"能力圈"内,反之就落到这个圈外;同样,获得支持就落到"支持圈"内,反之就落到圈外;有价值就落到"价值圈"内,反之就落到圈外。

---

① 徐风:《一壶乾坤》,中国青年出版社 2010 年版,第 200 页。

最后，这三个圈重叠的部分就是能力、支持和价值都具备的，也就是最佳决策或实施区（图中涂色部分）。

2.“三圈理论”作用于副刊

“三圈理论”是美国肯尼迪政府学院最常用的分析工具。在中国，“三圈理论”近年来也被应用于公共行政、企业战略、公共关系、营销定位、个人职业发展等多方面。可见，这个理论具备跨“界”的意义。本文尝试将“三圈理论”与报纸副刊的编辑实践相结合，作一点粗浅的探讨。

先以“三圈理论”分析副刊版面。

首先是价值圈。对于副刊来说，主要是考量其对社会的作用，看是否具备启发民智、提升思想、振奋精神的“教化作用”，传达、共鸣、舒缓等“情感作用”，以及提供美的享受的“熏陶作用”。换言之，就是对国民素质的改善是否有所助益，对社会风气能否起到一定美化、净化作用？能，其价值便落在圈内；不能，就落在圈外。

第二是能力圈。从某种意义上可以说，副刊的第一资源就是作者。不论有多么好的设想，必须有合适的作者及时写出达到相当水准的稿件。一般而言，副刊的作者大致可划分为四类。

“黄金作者”。他们的思想水平、写作能力均有较高水准，一般是文学界、学术界和文艺界名人，可长期提供质量稳定、适合副刊的作品，在业内和社会上有可期待的较大反响。这部分作者像黄金一样闪亮而坚固，毫无疑问是副刊文章的“主笔”。

“闪电作者”。他们是偶尔出现的名字，但是具有足够的亮度。可能是某一方面的专家，仅仅在特殊时刻需要他们向公众传达与专业有关的知识，或者客串不同领域的话题；也可能是名人的亲属、历史的亲历者或者见证人，在某个重要纪念日，需要他（她）来完成非他莫属的一篇纪念性的文字；也可能是普通投稿者中的一员，在多年的投稿中偶然迸发出一次独特的火花。作为“临时作者”，他们或许能给读者带来权威感和新鲜感。

“云雾作者”。亦即目标作者，或曰潜在作者。副刊编辑希望他们撰稿，但往往还不够成熟。他们通常是新出现的公众人物、热门话题的主角，某一方面卓有成就，但从未或极少给报纸副刊写稿的专业人士，是需要改变风格才可被吸纳的优秀撰稿者。其中有些最终可能成为骨干作者，有些则只能是“一次性”的作者，这部分作者的不确定性很大，犹如在云雾间飘忽。

“风中的答案”。可谓“或然资源”。突发事件、新上映的电影、新出版的图书、街谈巷议、亲友聊天、报社内的争论等等,都可能向副刊编辑提示某个应该注意的话题(策划版面的主题和约稿的题目);和报社关系良好的作者和读者可能推荐新的撰稿者,这种情况可以承接和延续编辑的人脉,填补作者群的“盲区”;在组稿中也可能出现约稿的第一目标不能撰稿,但是推荐或者谈论到另一个“也可以写”的替代人选的情况,编辑可以迅速进行背景了解和综合判断,那个刚从电话或者电子邮件中浮现出来的新名字很可能成为约稿的第二目标。有时候第二目标只是成功替代第一目标,但有时甚至比第一目标更加出色地实现了组稿的意图,激起超过预期的反响——正是这种可能,激励编辑在约稿遇到挫折时也不沮丧不放弃。

不管在以上哪一类中,能找到合适的作者,则该项选题落在“能力圈内”,否则便落在能力圈外。

第三是支持圈。对于副刊来说,需要的支持主要来自报社内和报社外(读者)。

(1) 内部条件

A. 报纸的“本分”。关于报纸的本质功能,传统的观点是传播信息、表达意见、反映公众意愿。此外,它往往还应具备专业意识(准确、时效、勇气)、人文关怀和服务意识等。[①]

不同地区、不同历史时期的报纸,对这些普适的功能的承担程度往往不同,其中某些内容被强化或者被制约。

同时,每家报纸“都同样忠于某种方针,设定规范,赋予报纸运作和流通的力量……也就是说它有自己的灵魂”[②]。这个“灵魂”会选择凸显和排斥一些元素,并且作出或扬或抑的处理,以达到自己希望的效果。

B. 特有的气质。报纸如同人,也有自己的气质和风格。稳健的或者轻快的,严谨的或者随意的,平和的或者尖锐的,高雅的或者通俗的……这一点,往往没有形诸文字的条款,但一旦副刊上出现一篇与自身气质不符的文章,报社内立即会有质疑之声:“奇怪!怎么会发这种文章?”“这种文章是某某报纸才发的!”可见报人对不同报纸的风格都有清晰认知和明确界定。

C. 技术性考量。除了以上主要因素的制约,还包括副刊选题的范围、具体写法、发表时机,以及专业性极强的技术性考量,如规格(编排在几条、标题大小、篇幅长短、字体、刊头、是否配图,同一主题是否连续等)、字数、截稿期限等。

---

①② [美]利昂・纳尔逊・弗林特:《报纸的良知》,中国人民大学出版社2005年版,第248—256、261页。

同时符合以上诸要求的,就能获得报社内相当一致的支持;部分符合的,就会获得不完全的支持,增加实行的难度。

(2)外部条件

从传播学角度来说,读者即受众,是传播的终端,同时也是传播的目的和归宿。一般来说,“受众的三个心理要素:需要、兴趣和情感参与了新闻文本的解读过程”①。

需要,包含信息的需要、社会化需要和调节生活的需要三方面;兴趣则分为共同兴趣、群体兴趣和个人兴趣三个层次;情感则可以根据标准的不同,分为肯定性情感和否定性情感,功利性情感和非功利性情感,群体情感和个人情感,固定情感和当下情境的情感等。②

作为传播者,副刊要获取读者的支持,就必须随时了解他们的需求。而读者的需求已经并继续发生着变化。比如,21 世纪前后,先后出现的世纪末情绪和新世纪狂欢浪潮影响了读者。近年来,受全球化趋势影响,异国、和平、环境、旅游、教育等题材受到空前关注;受消费文化影响,对流行热门、时尚信息的了解变得迫切;同时作为对全球化的反动和时尚风潮的反拨,回归传统、回归田园、呼唤简朴生活方式的心理趋向也不断强化……总之,读者需求正呈现出五花八门、互相对立又相克相生的新现象,能洞察并满足读者需求的副刊显然就适应了这样的大气候。

倘若副刊的选题同时获得内部和外部诸项条件的支持,就落在“支持圈”内,否则就落在这个圈外。(如右图所示)

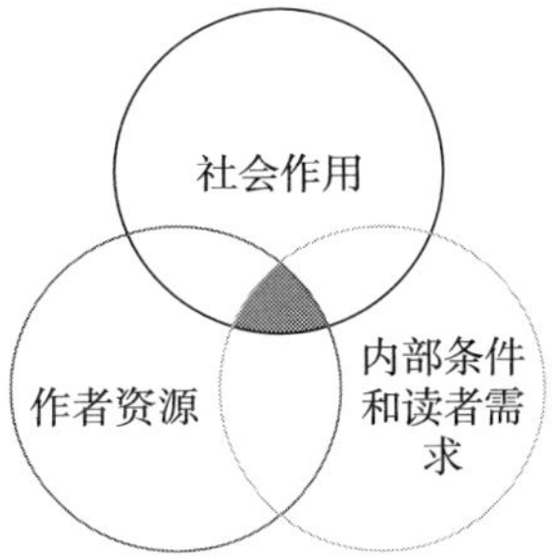

编辑如何寻求副刊的“三圈重叠”

1. 果断放弃只落在一个圈里的内容

有时某个选题计划或者某篇稿件只落在一个圈里,编辑就必须清醒认识到它的不可执行,果断地放弃。比如,某个选题落在“支持圈”内,但是和“价值圈”不重叠——缺乏价值,还和“能力圈”不重叠——没人能写或者没人肯写,那么这个计划就没有实现的可能。

①② 王朝晖:《决胜媒体市场——新闻信息资源开发战略》,新华出版社 2003 年版,第 117—121 页。

如果只落在“价值圈”内，和“支持圈”不交集，如果缺少的是报社内支持，则很难顺利推出或者持久；如果缺乏的是读者支持，那么就是没人要看或者读者太少，在此情况下，任何设想和追求都会成为一厢情愿。

2. 致力于变两圈重叠为三圈重叠

成功的策划是这三方面平衡的结果，从这个角度而言，副刊编辑的工作，就是致力于变两圈重叠为三圈重叠。

如果具备“能力圈”和“支持圈”重叠，编辑仍需要审视与“价值圈”是否重叠，避免不知不觉变“轻”、变“软”的可能。

如果具备“价值圈”和“支持圈”重叠，编者就必须寻求和“能力圈”的重叠，具体说来，就是想方设法寻找最合适的或者足以担当此任的作者。

在“价值圈”和“能力圈”重叠的情况下，能否实现和“支持圈”重叠决定着选题的成败。例如，《南方周末》在世纪之交曾经推出一个副刊版面“新生活”，从作者到观念到版式在当时都属别开生面。但对该报的大多数读者来说，显然“与读者‘期望阈’相差太大，过于超前的文本会使读者产生理解障碍和抵触心理”①。推出几年间，批评和反对之声从未平息（从报纸自己不断发表的读者来信可以看出反对之强烈，同时看出报社内也有不同看法），最后导致了这个副刊的消失。“新生活”具备了“价值圈”和“能力圈”的重叠，但是由于缺乏与“支持圈”的重叠，导致了这样令人惋惜的结果。

所以，两圈重叠，不是最佳结果，也不是副刊可以“安居”的局面，副刊编者必须致力于追求三圈重叠。

3. 动态把握三圈重叠

在实际工作中，这三个圈绝非一成不变，而是不断变化的，因此要进行动态把握。

把握时，首先要看清价值圈内相对恒定的部分和发生变化的部分，前者优先，兼顾后者。

其次是努力扩大“能力圈”，这个圆越大，和其他两个圆重叠的可能就越大。

再次是时刻争取“支持圈”的靠近。根据受众理论，好的文本，是与读者的“期望阈”既和谐又矛盾的文本，它既在读者间建立了理解和接受的基础，又对读者产生召唤作用，此类文本的接受效果也是最好的。② 如果长期发表这样“好的文本”，可以既获得读者支持，又渐渐改变或者提升读者的阅读品位；既坚

①② 张廷琛主编：《接受理论》，四川文艺出版社 1989 年版。

持了固有定位,又保持副刊对读者足够的亲和力和吸引力。

报社内部条件也非僵化凝固,会随着观念更新、新的学术成果问世而作出调整,编辑应及时作出反应。

动态把握三圈,不断寻求、最大限度实现其相互重叠,是副刊编辑应始终致力达成的目标。这种努力的成败将影响甚至决定报纸副刊的现在和将来。

第二辑
副刊与读者

导语

报纸副刊作为一种大众媒介和市场化运作中的文化商品，与作为文化消费者的读者密切相关。读者的阅读状况很大程度上决定着一份报纸副刊的市场份额，读者的阅读趣味也影响着报纸副刊的办刊旨趣。将报纸副刊置于与读者的互动研究中，能够更加立体、动态地展现作为消费产品的报纸副刊的特点。同时，不言而喻的是，了解与把握读者的阅读需求与阅读趣味，对于副刊调整办刊定位争取读者，在市场化大潮中站稳脚跟有重要作用。本专辑所选七篇文章是对改革开放以来不同时段的副刊读者的调查分析，文章或直接进行问卷调查或参考了副刊的读者来信。从人民日报《大地》副刊的读者来信考察，到新民晚报《夜光杯》在沪接受情况的问卷分析，文章都着重从读者的接受角度入手，探究副刊读者的阅读需求，并为报纸副刊的发展提供参考。

新、杂、短、辣、活

——谈文艺副刊读者的心理和要求

刘梦岚

人民日报1956年7月改版时，继承我国报纸的传统，在第八版开辟了一个具有文学色彩的综合性副刊。这个副刊，在十年动乱时，被中断了，直到1980年才正式恢复，今年起又定名为《大地》。

作为副刊编辑，我们经常在考虑一个问题：读者究竟是否喜欢看副刊？他们比较喜爱哪些栏目，哪些稿件？不喜欢的，又是哪一些？他们希望副刊怎么办？我们细心编出的各种稿件，苦心经营的版面，究竟是不是符合读者的口味呢？

去年12月和今年1月，我们先后两次在报上刊出征求读者意见的小启，请读者对副刊提出批评、意见和希望，同时也对副刊读者的心理进行了一次初步调查。在短短一个月的时间内，我们收到了全国各地、各条战线的读者来信600多封。这些读者，大多是基层的工人、农民、文化工作者、机关干部、学校师生、部队干部战士。600多封来信，无论是热情的赞扬，还是尖锐的批评，都充满着对党报的深切的热爱，真诚的关心。为了对党报负责，读者认真地准备了意见，有的翻看了十个月的副刊，有的重温了自己积存的十几本剪报。有的学校和连队还专门召开座谈会，综合整理了大家的意见。

从读者的意见中，我们可以看到：虽然由于他们的职业、教养、文化程度各不相同，阅读副刊的口味和心理也不尽相同，但他们有一种心理几乎是共有的，即

题解 本文原载《新闻战线》1983年第5期。1982年12月和1983年1月，人民日报《大地》副刊先后两次向读者征求阅读意见，并对副刊阅读者的心理进行了初步调查。随后，《大地》副刊收到了600多封来自基层工人、农民、文化工作者、机关干部、学校师生、部队干部战士等不同领域和阶层的读者来信。本文是编辑在阅读了这些读者意见之后所进行的总结。读者对《大地》副刊的要求主要集中于五个方面，即新、杂、短、辣、活。“新”是说副刊要有浓厚的时代色彩和新鲜的内容，同时也要有多样的表现手法，但求新并不等于猎奇；“杂”是说副刊载文品种要杂，同时杂文也要有“杂文味”；“短”是说文章篇幅要短小精悍；“辣”是希望副刊做到文风尖锐、切中时弊；“活”则是说副刊应当生动活泼，文章要活，版面也要活。读者的这些要求对于编辑者及时调整办刊方向，使《大地》副刊更好地服务人民大众有很大的帮助，对于其他副刊的编辑工作也有借鉴意义。

在紧张的工作之余，不愿再看枯燥长篇大论的文章或专业书籍，而是希望得到一种轻松愉快的精神享受和文化休息，得到一种对求知欲望的满足。因此他们渴望读到一张内容清新、形式多样、短小精悍、生动活泼的文艺副刊。这张副刊应当是思想性、文艺性、知识性、趣味性熔于一炉，既能对人们进行思想道德教育，陶冶人们的情操，又能使人增长知识，提高文学艺术修养。正如有些读者在来信中所比喻的：副刊应当“是一盘腌制精良的小菜，有色、有香、有味”，“是一块充满了生机绿意的小园地，开放着丰富多采、令人喜爱的花朵”，“是一杯醇香的美酒，令人陶醉，余味无穷”。

读者们热情地肯定了人民日报副刊办得有自己的特色，喜欢读。但他们又坦率地指出，副刊同读者的要求，尚有一定的差距。他们对人民日报副刊的具体要求是什么呢？大体可概括为五个字：新、杂、短、辣、活。

新。副刊一定要不断出现新的面貌——新的内容和新的形式。特别是内容，一定要不断地“出新”。

时代在前进，形势在发展，人们都有一种想知道“新鲜事”的渴望，想从副刊的文艺作品中看到对“新鲜事”的反映。对我们副刊上那些内容陈旧，形式又落俗套的东西，读者认为：这使人看了倒胃口。而他们所列举的副刊中的好稿件，都是一些当前人们普遍关注的新问题，或散发着清新的生活气息。对《晨光短笛》一栏中的散文，读者尤其喜爱。一位读者在信中说：“我特别喜欢《晨光短笛》，因为它体现了一个‘新’字。许多作品都是反映了三中全会以来，各条战线的大好形势，热情地歌颂了新人新事新风尚，给人以信心和力量，鼓舞我们在四化建设中兢兢业业地搞好本职工作。”

读者还指出，作为党报的文艺副刊，应该及时宣传党的方针政策，围绕党在新时期的各项中心工作发表新作。例如，当前他们希望副刊多唱些“经济建设的进行曲”，能多反映各条战线实行经济体制改革、农村实行生产责任制以后的新面貌。但他们又反对为了“配合”而生硬地发些“应景”的肤浅之作。他们要求的是实质性的配合。

读者的意见给了我们深刻的启示：不断地赋予副刊以具有浓厚的时代色彩的新鲜内容，如同不断地给人体注入新鲜血液，会使副刊的肌体充满蓬勃的朝气和旺盛的生机，会使读者从副刊中听到时代跳动的脉搏，感受到新生活的气息。否则，品种再多、形式再活，副刊也会显得陈旧、呆滞和苍白无力。因此，力求跟上四化前进的步伐，适应读者提出的要求，在内容上不断出新，当是副刊编者的首要任务。

如何出新？我们从读者的来信中也得到了一些启发。归纳起来，就是一要广，二要深。广，是说要开拓题材，扩大反映面。副刊上的东西要能反映各式各样的新问题，表现各行各业各条战线人们的新面貌。我们副刊反映的面还不够宽，诸如部队、学校、商业等领域，在副刊上反映得还不够多；对中小学教师、妇女、失足青年等方面，也反映得很少。进一步开拓这些方面的题材，还是大有可为的。深，是说要深入发掘生活中的新鲜题材，深入表现正在急剧变革中的社会生活的本质和八十年代社会主义新人的新的精神面貌，而不是停留在一般地表扬好人好事上。一位读者说批评某些歌颂好人好事的作品，感到并没有写出八十年代新人的新的特点，缺乏感染力。

求新，并不等于猎奇。作为党报的文艺副刊，既要避免说教连篇，又要防止奇闻充斥，它应当保持应有的严肃性。

读者还要求我们在表现手法上“出新”。他们希望能在副刊上看到不同风格、不同流派的作品。一位读者谈到散文时说：“现在，写散文者多矣，可惜笔调差不多，缺乏特色，似乎也有一个套儿。如要改进，就要提倡流派。”

杂。“杂”，是副刊的主要特色。不杂，就不成其为副刊。读者希望我们把副刊办得更杂些，即内容再博些，品种再多些。目前，除杂文、诗歌、散文外，我们副刊还设有《晨光短笛》、《群言录》、《答读者问》、《副刊文选》、《文史小品》、《书林漫步》、《域外文谈》等专栏，读者大都比较喜欢。今年以来，又新辟了《大地漫笔》一栏，深受读者欢迎。读者反映，这些栏目，读了能使人开阔眼界，增长知识。但就整个副刊来说，还嫌知识性、趣味性不够。读者建议我们再辟新栏目，如《古今名人轶事》、《诗文名作赏析》、《人物志》、《海外风情》等。读者还要求我们多登一些群众喜闻乐见的品种，如连载小说、曲艺、民歌、民间故事等。作为一个副刊的编者，只有充分理解了读者的这种心理，才能千方百计，开动脑筋，把副刊办得更“杂”，办得更有知识性、趣味性。

除了要求副刊的品种要杂，读者还特别要求杂文要杂。读者对副刊上的杂文，既表示欢迎，又感到不满足。主要意见是嫌其不杂，缺少“杂文味”，缺乏文采。好的杂文，如鲁迅的杂文，邓拓的《燕山夜话》等，都是“杂”的典范。作者在文中古今中外、天文地理，无所不谈。这样的杂文学问深，富哲理，味道浓，耐咀嚼，文笔也含蓄、泼辣，能引人入胜，发人深省，可惜这样的杂文现在太少了。有的读者认为，近年来副刊上虽也不时出现一两篇既有思想性、又有文采的好杂文，但总的来看，杂文的质量不如五十年代。五十年代的杂文继承了鲁迅杂文的风格；而现在的杂文，却离鲁迅风格越来越远。有些杂文，太像思想评论，有的空泛、呆板,毫无知识、文采可言。有些读者坦率地说:“我最不爱看这种‘真理的套话,套话的真理’。”

短。喜短厌长,也是副刊读者的共同心理。一位读者说:“我喜欢读短文章,而且越短越喜欢读。稍长一点的文章,如果我读了五七行仍然觉得抓不住我,我就不再看下去了。”另一位读者说:“‘四化’催人忙,谁有时间看长文章呢?文章短则篇数多,篇数多则内容博,只有这样,才能满足读者多方面的需要。”还有一些读者说,他们阅读副刊常常是利用早上起床后、中午吃饭前或晚上睡觉前的零碎时间,文章如果短,就可以多读几篇。

读者求短之心何等迫切!现在我们副刊的版面小,而品种又要尽可能地“杂”,各种文章非短不可。偶有几篇精采的长文也未尝不可,但倘若长文屡见报端,而且有些长文又很乏味,那就要失去读者了。

这“短”,对我们来说,其实是一种很高的要求。长而空固然不好,短而空、短而浅也是不行的。读者要求的是:篇幅短而容量大,数字少而味道醇。对于《大地漫笔》的一些短文,读者之所以赞赏,就是由于这些文章虽仅三五百字,却含意深邃,高度凝炼。

辣。读者希望副刊的辣味再浓烈些。对于尖锐、泼辣、切中时弊的短杂文《群言录》和《闻者足戒》,读者非常喜爱。特别是对一事一议的《群言录》,反映更为强烈。读者认为,《群言录》针砭性强,有说服力,对纠正社会弊端,建设社会主义精神文明起了积极作用。但还嫌辣味不足。也就是说,不够尖锐,有点象钝刀子割肉。一位矿工说:“能不能象尖辣椒,又小又辣,对不正之风再加点辣,那才解渴。不要象柿子椒。”读者说副刊过去有《闻者足戒》,这个栏目就很好,又小又辣。不少读者都认为应该让它继续见报,因为在我们的生活中,需要“闻者足戒”的事太多了。

广大读者对社会上的各种不正之风和不良倾向深恶痛绝,希望副刊以其特有的方式发挥战斗作用,批判和抵制各种不正之风和不良倾向。这是副刊广大读者的一种普遍心理,也是他们的迫切愿望。我们应当努力把副刊办得更富有战斗性,更自觉地为人民说话。

活。副刊应力求生动活泼,图文并茂。除各类文章的表现方法要活、文字要活以外,读者还要求我们的版面也要活。不少读者觉得我报副刊的编排严肃有余,有时显得拘谨呆板,希望我们在编排设计上,能再匠心经营,精雕细刻。应该尽力保持庄重、质朴、大方的特点,在此基础上力求生动、活泼、美观,以吸引更多的读者。

600多封信,对我们副刊编辑是鼓励,也是鞭策。不少读者说副刊是他们不可缺少的良师益友,精神佳餐。有的读者说:“一天不看副刊,若有所失。”有的把他们喜爱的文章剪贴下来,积累了十几册,还准备作为礼物传给孩子。读者需要副刊、热爱副刊的真情深深地打动了我们。要进一步改革副刊,今后必须密切与读者的联系,经常了解他们的心理和要求,倾听他们对副刊的批评意见。这是我们一刻也不应该忘记的。从这一点说,广大读者也是我们副刊编辑人员的良师益友。

副刊读者的心理

刘雄成

副刊是报纸刊登文艺、理论、科技等作品的具有专名的固定版面，副刊办得好不好，对于报纸的质量和声誉关系很大。

一些深受读者欢迎的报纸，原因之一也是得益于副刊办得出色。

读者喜欢读什么样的副刊？编者应该办出什么样的副刊？我试图从副刊读者心理的角度做一些探讨，并从编辑的角度寻求某些相应的对策。

副刊读者心理，包括以下三个方面。

寻趣心理。

读者阅读副刊，往往是为了消遣娱乐。他们在紧张的劳作之余，需要文化娱乐和艺术享受，以丰富和充实精神生活，使身心机能得到放松和调剂。报纸副刊作为一种大众文化传播媒介，理所当然应满足读者的寻趣心理，为他们提供雅俗兼备、丰富适味、有益身心的“精神晚餐”。从我们报纸副刊的实践来看，读者喜欢的东西比较集中地体现在下述方面：名人轶事、名胜风光、人情风俗、历史掌故、生活知识、婚恋家庭、文艺新潮、名篇佳作、热门话题、花鸟鱼虫等等。

根据读者的寻趣心理，我们要着力使副刊成为一个老少咸宜、雅俗共赏的俱乐部。

求知心理。

读者总希望在副刊上获取各种有益的知识。副刊提供知识需注意“三性”：

新鲜性。人们为了生存和发展，需要不断增长和更新自己的知识。这就要求

题解　本文原载《新闻与写作》1990 年第 5 期。文章对副刊读者的心理进行探讨，并从编辑的角度提出了一些相应的对策，认为读者阅读副刊的心理需求主要包括寻趣心理、求知心理和审美心理三个方面。“寻趣心理”即寻求消遣娱乐，因而副刊就要为读者提供雅俗兼备、丰富有趣的精神食粮；“求知心理”就是希望从副刊中获取各种有益的知识，因而副刊就要注意提供知识，并注重知识的新鲜性、广博性与大众性；“审美心理”就是希望从副刊阅读中得到心理愉悦和精神陶冶，因而副刊就要注重美育阵地的建设。对读者心理需求的分析研判，直接影响副刊编者“菜单”的确定和“菜品”的组织生产，这也是副刊保持生命力的源泉所在。

报纸副刊经常不断地提供各种新鲜的而不是陈旧的知识。没有新知识的副刊是无人问津的。

广博性。副刊读者的广泛性决定了副刊知识的广博性。副刊应成为包罗万象的知识的海洋,让各有所好的读者各有所得。

大众性。报纸副刊是大众文化传播媒介,因此,多刊登那些大多数读者喜欢的知识,而少登或不登那些专业性太强、读者面过窄的知识。对于确有必要介绍的某些尖端深奥的现代科学技术,以科普小品的形式予以介绍,使之通俗、生动、形象。

审美心理。

读者往往希望通过对副刊所载作品的鉴赏,得到审美乐趣,以使自己得到心理上的愉悦和情操上的陶冶。

副刊应该成为报纸不可多得的美育阵地。通过它引导人们在审美过程中培养自己对艺术美、自然美、社会美的兴趣和爱好,提高鉴赏美丑的水平,进而能自觉地爱护美、创造美,以达到促进社会主义精神文明建设的目的。

副刊读者上述三种心理是客观存在的。编者应尽可能予以满足,使副刊成为读者寻欢觅趣的俱乐部,成为丰富多彩的阅览室,成为赏心悦目的百花园。

从新闻的角度而言,副刊要在一定程度上体现新闻事业的特性——真实、及时地反映并影响现实变动。副刊作为党报上的一个部分,它理所当然要坚持党性原则,从"大文化"的角度给读者应有的指导性,发挥正确的思想导向作用。

从副刊与新闻版的关系看,副刊对新闻版应起"延伸补充,宏观配合"的作用。副刊要为各版新闻提供广阔、深厚的知识背景,强化社会效果,潜移默化地提高读者的思想文化素质。副刊编者要不露"配合"的痕迹,达到"配合"的目的,这样副刊便进入了理想的境界——既尊重了副刊读者的心理,又达到了编辑预定的目的。

晚报副刊:表达都市人的文化关怀

——对一次读者调查的思考

李秀珍　韩　青

齐鲁晚报是一张颇受读者欢迎的综合性报纸。近9年的办报岁月,是一个不断调整不断提高不断发展的过程。作为晚报重要组成部分的副刊,紧跟时代发展的脚步,紧跟整张报纸的变化节奏,有在迷惘中的探索,有在探索中的收获,一步步从幼稚走向成熟。当看到齐鲁晚报不断攀升的发行数字,我们知道,我们的努力我们的汗水得到了读者的肯定。然而,这只是一种无形的默契回应和交流。怎样进一步走近读者,倾听到广大读者的心声和建议呢?今年6月份,副刊部就副刊版和连载版的现状和未来发出了一份"副刊读者调查征询意见表",将副刊版和连载版的主要栏目罗列其中,诚恳征求读者的意见。读者对此举表现出极高的热情,短短两周,便回收征询表数千份,其心之诚,其言之切,为我们的办报思路提供了重要参照,令副刊部同仁十分感动。

那么,读者肯定什么、否定什么、又希望什么呢?归纳起来,就是贴近现实,贴近生活,关注普通人的生存状态,关怀现代人的精神世界。

一、副刊的新闻性:贴近社会现实,反映时代风貌

副刊者,文学副刊也,其发端至今天,文学性都是第一位的,这是其区别于其他版面的根本。在征询表中,让读者在副刊特性即思想性、文学性、知识性、趣味性

题解　本文原载《青年记者》1996年第5期。文章是齐鲁晚报副刊编辑在收集了数千份"副刊读者调查征询意见表"之后,对读者的副刊阅读需要进行总结后的产物。根据读者的阅读意见,文章提出文艺副刊总体上要"贴近现实,贴近生活,关注普通人的生存状态,关怀现代人的精神世界"。具体而言:一要注重副刊的新闻性;二要注重副刊的人情味;三要在贴近不同年龄与阶层读者的不同阅读需要的同时,加强副刊文章的思想深度,提高刊发文章的思想品位。当然,文中也指出"尊重读者的意见,当然不是一味地迎合",副刊编辑既要了解读者需求,及时调整办刊方针,同时也要高屋建瓴,尽力呈现给读者一个更高更阔的世界。这些意见是十分中肯的,具有较高的参考价值。

及贴近性之间加以选择，几乎百分之百的读者选择了文学性，与文学性并重的便是思想性和贴近性。传统的副刊，几乎就是小说、散文、诗歌三大块唱主角。以致曾经形成这样一种概念：副刊文章也许有些季节时令限制却没有新闻时效性。实践证明，这种办刊思路是疏离新闻媒体功能的，最易走进一种曲高和寡的文人自娱之境而远离了时代风云，因而受到读者的冷落，使副刊一片沉闷而缺乏活力和生机。我们觉得必须开拓思路，另辟蹊径。首要的就是要贴近现实，使副刊与火热的生活和改革开放的社会紧密联系在一起。因为，副刊既为晚报的一部分，就不可能脱离整张报纸而存在。报纸的特性首先是新闻性，副刊版不可能去直接发布新闻，这是其他版面如社会新闻版、经济新闻版、文化新闻版、体育新闻版及国际新闻版的范畴，但副刊版也应有新闻属性，因为它是印在同一张新闻纸上的。既如此，它的新闻性又如何体现如何区别于其他版呢？我们尝试的结果是贴近、关注社会热点，对其进行深层的思考并文学性地反映和论说，这也正是对其他版面的各类新闻在纵深度上的补充、消化和深入世道人心的批评和分析。假如说其他版的新闻是一张报纸的硬件，副刊则是它的软件设置。于是，以今年齐鲁晚报扩为 16 版为契机，我们对副刊栏目进行了较大的调整，如未了茶馆、半月谈、灯下漫笔、道德随笔栏目即为新增设的。这次调查表明，这类紧贴现实的专栏最受欢迎和肯定。它们受到“很好”评价的百分率是：未了茶馆：55. 2%、半月谈：44. 1%、灯下漫笔：44. 9%、道德随笔：56. 8%。这些栏目均以关注现实为特点。老舍先生作品里的茶馆以“莫谈国事”为本，而我们的“未了茶馆”反其义而用之，专对世事进行评说，形式上以杂文为主。像该栏目刊登的《大而无当的泛滥》、《也说气功》、《牛二当权》、《古今道人》等皆从现实中刚刚发生的事情取材，从表象看实质，旁征博引，谈古论今，说出了读者想说而说不好的话，内蕴丰富而思想深刻，使读者读后深受启发。“半月谈”这个栏目，以半月选一个热点话题为特点，以散文的形式定位。六一节前后的选题为《希望工程与我》，纪念长征六十周年前后为《走近老红军》，奥运期间为《我看奥运》，暑假里有《暑假故事》，其中穿插《博士之路》、《永远的牛仔》、《女律师手记》等。一个话题是一个小热点也是一次小征文，不仅贴近了现实生活，而且体现了编辑思想和编辑计划。从读者角度看，因给了读者以参与的机会和可能，而调动了他们参与的积极性。因此，这样无疑就拉近了副刊与现实的距离，也拉近了读者与报纸的距离，使编者、读者与报纸融为一体。

相反，一些缺乏贴近性的栏目便受到了冷落甚至否定。如周日灯谜、看风景、说文解字、史海钩沉等栏目，亟待改革甚至建议取消的比率分别高达 42%、

21.4%、21.7%、22.1%。它们所以受到否定,其原因就是远离现实,不痛不痒,不新鲜,缺乏现实意义,因而失去了读者。近期我们将对此类栏目进行调整或取消。

二、副刊的人情味:关注老百姓的生存状态,关怀都市人的精神世界

办报中,我们曾为自己定下一句口号:关注老百姓的生存状态,关怀普通人的精神世界。晚报姓“城”,晚报以现代都市为生存背景。而当今都市的灵魂或者说主体,自然是“民”,即千千万万的老百姓。晚报有一句形象的比喻——如一只报春的燕子飞入寻常百姓家。当中央电视台东方时空“讲述老百姓自己的故事”的旗帜一打出即受到观众的认可和欢迎时,各新闻媒体几乎都认识到了贴近百姓深入百姓生活的栏目大有可为。百姓生活包括柴米油盐衣食住行,当然也包括人们的喜怒哀乐所思所感,那么作为副刊则更应侧重后者。人们把作家称为“人类灵魂的工程师”,而有文学属性的副刊笔触瞄向的自然也是人的灵魂世界。在社会转型期,在世纪交接的过渡里。在市场经济的大潮中,都市里的芸芸众生,有勇站潮头的成功喜悦,有奋进中的失败困惑,也有自身生存中的不知所措。如何让读者排遣内心的情感,如何引导人们树立正确的人生观,如何平衡个人置身喧嚣的现代生存环境而陷入树立浮躁迷乱的心理,是当时晚报副刊应大作特作的文章。所以,市井人生是晚报的“人生主题”。普通市民的欢戚歌哭,得失成败,是副刊承载的题材。这次读者调查,也正是此类有关栏目最受欢迎。如“人生感悟录”得到“很好”评定的比率是69.9%,“往事悠悠”为60.9%,“生活故事”为45.3%,“都市偶感”为43.7%,“人生访谈”为49.4%,“人生百味”为66.9%。连载版则是纪实文学中最受欢迎,获得“很好”和“尚可”的比率高达83.4%。

以上栏目所以受欢迎,就因为所发文章有真情实感,能打动人。在编稿过程中,我们注重形式美,但如果仅有其表而没有沉甸甸的内涵,言之无物,也会被淘汰。有时,甚至偏重内容,如果有真情而文字稍粗,加以润色后就见报了。副刊的文章首先要让人感到亲切,能产生情感的共鸣。像《赶考》、《哭泣的孩子》、《等待奥运》、《母爱之重与爱母之轻》等都是非常优美又非常感人的散文。“生活故事”则是通过一件小事展现普通人的心灵世界。像《妻爱磨刀》,一位善良的女性因为要给那位磨刀老人送去一份温暖而经常磨刀,丈夫发现这个秘密后,

妻子的形象变得更可爱更美好了。“人生访谈”则是选取比较敏感的人生话题进行较深入的思考和解惑。这类话题主要在人生之旅专版上开展。例如“南京路上好八连班长公举东访谈录”——《一个大学生士兵的人生追求》,关于生活质量的对话——《在平凡的生活中拒绝平庸》,《金钱是万能的魔方?》——本版编辑对社会知名人士、心理学家、社会学家进行访谈,就人们普遍感兴趣的问题给予深入浅出的解答,融思想性通俗性于一体,不生硬说教,而是以事实为依据以理服人,可读可信,确能起到教育人启发人寓教于乐的效果。这样有深度有分量的访谈文章,使整张报纸都增加了厚度,一经刊发,便有强烈反响,能受到不同层次读者的喜爱。

三、副刊的深度和力度:贴近各阶层的读者,提高思想品位

晚报面对的读者不是某个文化专业或某个年龄层的那部分人,而是面向大众面向每个家庭的。每个读者都想在报端找到属于自己年龄层的精神世界,每个文化层的作者都想为自己辟一块施展才华的天地。于是,在回收的征询表中,我们收到了各种呼声和建议。文学爱好者说:开一个新人新作栏,我们尽管幼稚,但我们需要肯定和鼓励!老年读者希望:办一个夕阳红栏,老年人应有老年人的世界,不应是一个被遗忘的角落!大中学生呼吁:青春潮、大学城堡应有一席之地,我们有青春的激情也有成长的烦恼,我们需要倾听和倾诉……你感到副刊真的是一个无穷无尽无比丰富的世界。只要面向生活,生活就是一个取之不尽用之不竭的创作源泉。今天的读者已从被动接受变为主动选择,而且有一种强烈参与的愿望。市场经济的社会大背景下,作为精神文明产物的报纸同样有商品属性,它已由昨天的卖方市场变为买方市场。我们必须时刻把读者放在心中。读者的上述这些建议都应列入我们今后办报的议事日程。

尊重读者的意见,当然不是一味地迎合,而是我们发现读者的意见总是一语中的,把我们的薄弱环节看得一清二楚。也许是身在此山中的缘故,我们自己反倒看得不那么清楚。对读者的佩服,还在于他们有很高的审读水平。即使名气再大的作者,如果说不到读者心中去,不能让读者产生思想和情感的共鸣,同样不受欢迎。征询表中,就有读者明确指出,宁登三流读者的一流文章,而不要登一流作者的三流之作。名家之作文辞和结构都应该是很出众和讲究的,但报纸增刊扩版大战使得各报稿源紧缺,于是一些作家便凭名气坐在家中大量炮制作品,缺少生活积累,没有真情实感,因而无病呻吟。喷嚏唾沫皆成文章,养猫养狗

津津乐道,起居琐闻也串缀成篇,流于低级平庸无聊索味。所以,贴近生活不等于对生活不加提炼。文学岛专版的“文学散文·随笔”专栏因是精选的名家之作,质量都较高,因而得到“很好”评价的比率高达61.1%。读者建议向生活近些再近些,沉到生活的最底层,沉到百姓人生的最深层面,并不是眉毛胡子一起抓,因为即使是名人,他的生活也不是事事时时可以表现。读者要求读到的是有丰富生命内容的文章。这就提出了一个问题:副刊既是来源于生活的又是高于生活的,这即是副刊对作品思想性的要求。特别是在当今社会环境中,物质主义盛行的世风里,读者对副刊思想性的呼吁,则建立在重新培育中国传统文化道德和社会主义精神文明的心理要求上。而反映在作品中的思想性的高下,庶几可影响到报纸在读者心目中的形象。所以副刊编辑必须有高屋建瓴的眼光,既要与读者站在同一地平线上,想读者所想;又要高于读者,展现给读者一个更高更阔的世界。

现在,人们在谈到报纸搞读者调查的重要性时,常引用这样一句话:“知屋漏者在宇下,知政失者在草野,知经误者在诸子”——那么知报得失者便是在广大读者了。齐鲁晚报副刊的这次意见征询,使我们知己知彼(读者),在作者、编者和读者之间架起了一座沟通心灵的桥梁,类似的活动我们将继续不断地搞下去。

文学副刊如何赢得读者

张 莹

文学副刊在报纸中占有举足轻重的地位，它丰富着人们的精神生活，陶冶着人们的情操，给人们带来高品质生活的享受。文学副刊如何赢得更多的读者？这里粗略谈谈编辑文学副刊的一点体会。

文学副刊也要有指导性

文学副刊作为报纸的一个有机组成部分，同样担负着以“正确的舆论引导人”、“以优秀的作品鼓舞人”的任务。坚持正确的舆论导向，无条件地宣传党的路线、方针、政策，是办好文学副刊无需争辩的前提。

文学副刊主要发表小说、散文、随笔、杂文、小品文等，其指导性大体可分为：言论指导、文章指导、文艺指导等。文学副刊的指导性有寓教于文的特点，作者将健康、积极的人生观、世界观、价值观等融入作品的字里行间，读者在阅读中，潜移默化地受到影响、感染和约束。

由于文学副刊的特殊性，它的宣传导向不是特别明显，有些作品巧妙地用技巧和手法把其思想包装起来，使指导性变得很难把握。特别是在社会主义市场经济条件下，报纸走向市场，有些报纸为扩大发行、吸引读者，忽视报纸导向，一味迎合读者口味，流于低级、庸俗，使文学副刊的导向性淹灭在对可读性的追求中。有鉴于此，副刊编辑应时刻保持清醒头脑，明辨各种思潮，冷静选择，严格把关。

题解 本文原载《新闻爱好者》1999 年第 S2 期。文章围绕“文学副刊如何赢得读者”这一问题，提出了四点建议：一是文学副刊要有指导性，即强调文学副刊要坚持正确的舆论导向，以寓教于文的方式，进行健康、积极的人生观、世界观和价值观教育。二是要内容丰富，力求精品。在强调用多样的文学形式反映广大群众的心声的同时，力求编出精品，发掘提升文章的质量。三是要图文并茂，注重配以插图、美术作品等，使版面更加活泼。四是要成为培植文学新人的园地，争取将更大的版块留给读者，并多与其交流，提升其写作水平，以期培养出副刊写作的骨干力量。作者从自己的编辑实践出发所谈的这四点建议，具有很强的针对性，对“图文并茂”的强调也适应了普及的需要和“读图时代”读者的审美需求。

内容丰富　力求精品

文学副刊要贴近读者生活，内容宽泛，异彩纷呈，要以平民化的语言为主反映大千世界人情百态，多刊发一些来源于生活，反映群众心声的文学作品。对现实生活中的新人物、新思想、新风气，运用各种文学形式和语言，在副刊中展现出来，除小说、散文、诗歌、杂文等，还可编发民间故事、知识小品文等提高副刊的知识、趣味、文化品味等，内容要积极、向上。

在编辑稿件时，编辑要有慧眼识珠的本领，力求编出精品。文章要短小精悍，多在千字以内为宜。文章要有强烈时代感，充满文采，富有哲理韵味。杂文要犀利尖锐，切中时弊；小说要给人以回味无穷的感觉；散文要隽永、优美……编出精品，读者读起来才有味道，才会吸引住他们，在获得美感的同时，也学到知识，得到启迪。

图文并茂　活泼生动

在副刊版面上适当配以插图、美术作品等，能使版面更加生动、活泼，这是读者所喜闻乐见的。

优秀的文学作品请专业人员配上插图，寥寥几笔，即能生动反映文章主题，使人一目了然，并增加读者阅读兴趣。版面也不呆板了，在视觉上给读者一种愉悦。而美术作品的发表，可对版面起到很好的美化作用，中国画、油画等美术作品能带领读者走入一种意境，给读者以联想的空间，达到高层次的审美享受。

大量地运用插图、照片以及题花，长期坚持下去，形成文学副刊的一种版面风格。

培植文学新人的园地

生活中许多事情都会激起读者提笔写作的欲望，把所思所得记下来，均可向副刊投稿。副刊稿件有较多自由度，每个人都能写。文学副刊的自由来稿量比其他娱乐、服务性副刊大得多，有些稿件文笔清新流畅，显示出作者独有的文学才华。

副刊是否向名人、作家约稿？向名家约稿虽能扩大报纸影响、提高其知名度，但针对报纸的特点,在全国影响不大的报纸,只能约来名家的二、三流作品,这样不如把大块的版面留给关心文学副刊的读者。对偶尔登报的文学爱好者来说,一张登有其作品的报纸足以使他们珍藏一生,对他本人也是一种荣誉和鼓舞。

文学爱好者大多来自基层,他们的作品有浓郁的生活气息,给版面带来了生机和活力,有的作品堪称上乘之作,这无形提高了副刊的质量和品位。对优秀作品,编辑在版面上以作者简介的形式予以介绍,或写作者的人物专访,或在版面谈创作体会,有意地进行培植,把文学副刊作为一个交流园地,经常与读者交流、探讨写作经验,不断提高他们的写作水平,使之成为副刊写作的一支骨干力量。

文学副刊在坚持正确的舆论导向的前提下,要努力使其内容丰富多彩,版面轻松活泼,贴近读者的生活;编辑尽心尽力,读者才会越来越多地聚集到这块芬芳的园地来。

关于副刊的读者调查和分析

侯东阳　薛国林

为了配合国家项目《副刊文化和社会主义精神文明建设》的研究，了解读者对当今报纸专副刊的看法和要求，以便进一步提高报纸的质量，使专副刊朝着健康的方向发展，更好地为社会主义文明建设服务，我们进行了一部分读者关于报纸副刊的问卷调查。因为资金和时间有限，只能作简单随机调查，其中 33 份为火车调查，30 份专门对大学生的调查，66 份为学生去做的调查，300 份为广州市送报员随报调查或报摊调查（番禺 100 份，天河和黄埔区 200 份，共回收 284 份，回收率 94.7%）。回收的 413 份问卷中，有效的为 402 份。有效率 97.3%。

问卷分 16 个大的问题，第一部分是读者的身份调查，分性别、年龄、学历、职业四个小问题，如果读者性别不明无效，其他的两个以上没有回答无效。

我们的调查的目的是为了了解读者对专副刊的关注度、喜欢的种类和意见、看法，大部分是多项选择，所以单个题的总比例有超过百分之百的。对报纸专副刊关注度的调查，就是当人们拿到一份报纸时，首先阅读的版面内容是什么？毫无疑问国内国际新闻是第一位，占 55.5%，其他依次是娱乐新闻、体育新闻、财经科技类专版，文艺性副刊和生活休闲类专版并列第五，各占 8.5%。读者选购或订阅一份报纸，其原因主要看报纸的新闻量是否大，其次看知识面是否广博能够开阔视野，第三为文艺副刊有特色，第四为能够给人们休闲生活提供参考。说明在报纸专刊和副刊版面超过新闻版面的今天，人们看报纸主要还是阅读新闻

题解　本文原载《新闻界》2002 年第 4 期，收入时有删节。文章通过对 402 份读者关于报纸专副刊的调查问卷进行数据分析，明晰了读者对专副刊的关注度、喜欢的种类和意见、看法等问题。在此基础上，文章得出了三点结论：第一，目前报纸专副刊在社会中的功能主要是为人们提供文化知识和娱乐消遣；第二，纯文艺性副刊依然有一定的市场，名人专稿对读者的吸引力依然很大；第三，专副刊的专题创意和独特风格十分重要，读者希求有深度、给人指导的文章。在引用大量的专家名人对副刊意义所作评论的基础上，文章对专副刊的文化意义进行了探讨，同时也关注到市场经济中副刊形式方面出现的变化：体量由大变小；体裁由窄变宽，传统文学体裁之外加入了网络小品、纪实作品等；副刊向外扩张，产生了专刊等。这些分析和观察无论是对副刊办刊实践还是对学术研究都有其参考价值。

内容，其次是娱乐、体育、财经等专刊，再次是文艺性副刊。

人们为什么看副刊和专刊？主要动机是了解最新科技、文化信息，占人数的38.8%，其次是了解流行时尚、丰富生活内容和提高自己的文化修养，各占34.6%和34.3%。而其中少有差异的是大学生第一动机是娱乐消遣、消磨时间和了解流行时尚，均占其人数的50%。面对厚厚的一叠报纸，人们却没有更多的时间和精力去仔细地阅读，56.2%的人只是粗略地看一下，挑自己感兴趣的内容看，20.9%的人只是泛泛而读，两者加起来占77.1%，而每个栏目都仔细阅读的人只有17.9%。因为人们的兴趣不同，他们喜欢阅读的专刊和副刊内容相当广泛，各项内容的比例都不太高，分配比较平均，依次是娱乐、时尚潮流、科技博览、文学、健康。动机和内容调查结果各项比例都不高，但都有一定的人群，说明在丰富多彩的报纸专副刊内容中，都拥有一定的忠实读者，也说明人们比较注意从报纸中吸收营养，提高生活质量，除了获取新闻信息以外，人们主要想从报纸中获得最新的科技、流行知识，以丰富自己、追赶时代潮流，同时使自己的业余生活轻松愉快。在专刊、副刊版面里，人们认为应该以新闻性的文章为主，其次是知识性、娱乐性的，再次是文学性和趣味性的文章。

对现在报纸专刊副刊的看法方面，有56.7%的人们认为现在的副刊可以或者基本上可以满足读者的需求，而30.6%的人认为一般，认为基本不能和完全不能的占11.7%，可见人们对专副刊基本上持肯定态度。但在版面设计方面59%的人认为一般，这是本次调查中比例最高的，认为好的有35.1%，而非常好和较差的比例非常低。虽然人们没有批评专副刊的版面，但是也说明专副刊版面没有特色，没有给人突出的印象。而内容方面，读者认为与人们的生活比较密切的占40.3%，认为不太密切的占31.3%，似乎肯定的占上风，但是与生活很密切、比较密切的总和是44%，而不太密切、有很大距离、与生活无关的总和占47.2%，显示专副刊与生活的联系还有待加强。从专副刊的版面设计、专题创意、印刷质量、文章质量等方面来看，人们欣赏的主要是专题创意，占55%，其次是版面设计，文章质量，而印刷质量吸引读者的比例非常低，仅占1.7%。

对专副刊在社会中的作用和功能，人们首先认为它是娱乐大众的工具，占44.3%，其次是熏陶文化和教育感化作用。而认为专副刊起政治宣传作用的仅占7.5%，说明专副刊是以软性的东西陶冶人们的情操，适宜于对人的素质教育和培养，而硬性政治宣传所起的作用不大。目前专副刊需要改进的主要是内容，其次是版面风格，然后是图片和标题，这与上面人们的看法是一致的。人们对副刊的要求是多方面的，主要是分析深刻、有启发作用、内容要实用、贴近生活、可读性强、紧跟潮流、领导时尚、特色鲜明、针对性强、知识含量大、有保存价值、重要而贴近现实、内容丰富，内容方面的总和远远超过对印刷质量和奖励赠品的要求，希望有读者参与活动的也占一定比例。说明人们关注的是专副刊的内容而不是一些表面文章和小恩小惠，而且特别需要报纸能够进行深刻的分析，给人以指引和启发。对于专副刊的发展方向，读者的看法是首先要加强市场意识，尽量贴近读者；其次是增加信息量、适应现代生活节奏；第三是增加名人专稿、提高报纸品位；第四是加强趣味性、文章形式多样化；第五是保持自己的独特风格、坚持自己的办报原则，而增强互动性、加强与读者间的交流沟通仅占 18.9%。即要求报纸要通俗化、贴近读者，又要求有一定品位，这是读者对报纸专副刊的总体意见，但是很多报纸却一味地通俗化、庸俗化，却忽略了报纸的品位和读者要求能够从中得到指导的愿望。

总之，这次调查使我们弄明白几个问题：第一，报纸专副刊在社会中的功能。现在的人们不喜欢生硬的说教，文化知识和娱乐消遣是人们的主要追求，娱乐、体育、旅游、健康、美食、消费、财经等各种专刊和文艺性副刊正是人们从报纸中获得休闲和实用知识的主要选择。人们追求的是健康向上、富有建设性的大众文化，而不是消极颓废甚至低级趣味的，大众文化是通俗的，而不是庸俗不堪的。但是一些报人认为要接近读者就要顺应“流行”趋势，而不知不觉迎合了品位低劣的流行，不负责任地为那些肤浅、浮华、欲望和声色的东西推波助澜，却并不了解读者真正想要的是什么，甚至有时会引起读者的反感，失去了报纸应该具有的文化品位。第二，纯文艺性副刊还有一定的市场，并且出乎意料的是读者对名人专稿的要求，因为 90 年代后期报纸纯文艺性副刊的“消瘦”，很多纯文学版面被砍掉，使很多报人对纯文艺性副刊失去信心。从调查中看，虽然大部分是年青人，但对文学和艺术仍然如那些老人一样情有独钟，如果办得有特色，还是很受欢迎的。第三，专副刊的专题创意和独特风格十分重要，人们希望有深度、给人指导的精彩文章。而现在专副刊的情况是实用性知识和指南比较多，涉及的是衣食住行等各方面的具体消费，特别是专刊，大部分是为商家设置的，是推销性的，缺乏深刻独到的分析、震撼人们心灵的文章，这些分析性文章应该包括经济、文化、娱乐、消费等各个方面。而这些需要编辑精心策划和组稿，《羊城晚报》改版以来在文艺副刊上加强了专题创意和策划。针对文学界的现象进行讨论，约请专家评论，既增强了副刊的影响力度，又具有一定的深度，并且在副刊版面增加了更多的言论栏目或者编者按语，对社会现象进行评论和引导，加强了报纸的指导性功能。

本次调查也再次验证了一些专家名人对副刊的看法。著名作家梁晓声认为副刊应该保持文化品位,现在“某些报的某些副刊,渐渐流失了文化的气质;某些报的某些副刊,文化品格扭曲;文化副刊还要不要点文化的庄重性? 文化副刊还要不要体现点传播和载负文化的美感特征?”他认为这种做法只是某些报人的一己之见,并没有真正了解受众喜欢什么,“根据什么判定受众并不渴望文化副刊的庄重和美感?”(《北京日报》2001 年 1 月 12 日《梁晓声为报纸副刊把脉》)2001 年由文汇报《笔会》主办举行了“新世纪副刊的机遇和挑战”的主题探讨会,京沪部分著名作家、新闻界著名人士会聚沪上,纷纷就副刊的发展提出了许多精彩的看法,王蒙认为副刊应该关注国内国外的热点问题、弱势群体问题,包括饮食起居、经济生活等等,形式多样化,起到“维持精神生态平衡”的作用。袁鹰对新世纪副刊的希望是时代性、开放性、包容性和平民性,要有丰富多样的题材和形式,办出风格,吸引读者。王安忆认为报纸副刊要坚守文学的品格,注重对生态、人文精神等问题的关注。余秋雨认为副刊需要“大宁静”和“大活跃”两类文章,要有创新意识,反映社会转型带来的新现象、新问题、新观念(《四川日报》2001 年 6 月 21 日《新世纪文学:王蒙等名人沪上说副刊》)。说明文化名人对副刊寄予厚望,使其更具有文化和人文的精神。但是在我们的专访中有些知名学者认为随着大众文化成为主流,副刊已经没有容身之地,所以将来副刊会消失。从调查中,我们可以发现这种忧虑尚没有成为现实的可能,人们行使自己的选择权时,副刊相当程度上仍是衡量的一个标准。纯文学副刊可能市场不太好,但是策划得当,仍然会引起读者的关注。《北京青年报》的副刊主任吴佩华说她们与出版社联合搞的热门小说连载非常吸引读者,并且她们对于一些好的小说或文章预付稿费,率先发表,效果也很好。

这次读者调查和部分新闻界、学者的访问也给我们这样一些启示:在市场经济中,副刊并没有消失,她以另一种形式迎接市场挑战,第一,由长变短。过去的大部头作品逐渐变为小而精致的作品,如小女子散文、新媒体散文的出现,弥补了传统文学作品的不足。第二,由窄变宽。过去的副刊仅仅刊登散文、小说、诗歌和报告文学等作品。当今,副刊向文化方向发展,除了文学作品外,还有贴近生活的纪实作品,三言两语的网络小品,也有百姓参与的都市作品,等等。第三,副刊的向外扩张,产生了专刊。副刊的扩张是 80 年代星期刊的出现、90 年代周末版的出现而开始的。后来“大特写”一类的纪实性文体的出现,又扩张了无数的专版。“大特写”一类的纪实性文体,最突出的特点是向新闻靠拢,这样在副刊之间又产生了一种新门类——专刊。所以,副刊不会消失,还会以更丰富的形态发展。

新媒体时代，副刊如何吸引读者

白冬梅

新兴媒体进入我们的日常生活，各种各样的传播方式在潜移默化中改变着大众接受信息的方式，同时也改变着阅读习惯。在这样一个时代，报纸的副刊要承担更多的责任。

做大规模，扩大与受众接触面

移动互联网时代，新型传播方式不断出现，让阅读更加便捷。身处这样一个时代，纸媒要像礁石一样，可以磨砺，但不能逐流。这样一个时代，对于一张报纸而言，副刊已经成为一个广义上的概念，几乎将新闻版之外的所有版面都囊括其中。以往是“新闻攻，副刊守”，今天，面对新闻同质化严重的趋势，副刊也需要去攻城拔寨，把读者的注意力吸引到版面上。

每日新报是天津发行量最大的都市报。作为市民报，其副刊是吸引和黏合受众的手段，也是报纸个性与特色的体现。

近年来，为了适应市场的变化，每日新报副刊的内容有了很大的改变。副刊的地位已从原来“安守一隅”的补充地位，逐渐壮大成为报纸的主要构成部分，无论版面数量，还是采编内容，都超越了以往，比如，健康和教育两个版面，过去都是一周两个版，着重服务性和实用信息的提供，现在，都增至四五个版，通过对

题解　本文原载《新闻战线》2015 年第 3 期。作者从自身的编辑实践出发，为新媒体时代副刊如何吸引读者提供了四个可行的路径。一是做大规模，扩大与受众接触面，努力使副刊脱离“安守一隅”的补充地位，增强与读者的黏合度。二是副刊新闻化，聚焦公众注意力。要把副刊内容细分，让紧跟热点的版面新闻化，满足不同读者的阅读需求。三是拓展渠道，“无限”传播广泛“到达”，对副刊内容进行网络化传播，与新媒体融合，使其内容更加立体、多面，扩大受众群体。四是情感共鸣，储备大众文化烟火气。即要加强与读者的互动，注重大众文化和精英文化的包容共生，使得副刊内容更加接地气，富有大众文化烟火气。对于新媒体时代报纸副刊所要面对的种种挑战，作者从读者需求出发所作的这些思考是及时的，也有启发意义。

热点、话题和服务的整体包装，增强了版面的分量；又比如2013年9月新增加的周末特刊《耐看星期天》，12个版以热点事件整合和文摘为主，但选取的稿件注重时效和文化深度，有可读性，读者看起来解渴。

副刊编辑的文字功力和阅读面是有优势的，在保持这个传统优势的基础上，应该大规模、大格局地增强副刊黏合度，打造一个有点有面也有动感的副刊，扩大与受众的接触面。

副刊新闻化，聚焦公众注意力

移动互联网时代，碎片化阅读成为大众习惯，要把读者的注意力再度紧紧拉回到副刊上，需要有效地分配公众的注意力。也就是把副刊的内容细分，让紧跟热点的版面新闻化，满足不同读者的阅读需求。每日新报的副刊，包括健康、教育、阅读、时尚、收藏、人物、倾诉空间、生活广记、文摘等等，每一个版面不求全面，但求精准细致。

"新闻文学化、副刊新闻化"是当今报纸发展的一个趋势，作为新闻版的延伸和补充，副刊版面与新闻报道的配合受到越来越多报纸的重视。对新闻事件的相关背景进行深入分析或者评论，不仅能够起到配合、深化新闻的作用，而且可以提高新闻报道的深刻性，弥补报纸新闻报道的不足，使副刊本身也具有较高的新闻价值。比如我们的《网人网闻》版，抓取的都是网上最火爆的人和事，但不会单纯整理网络内容，而是联系到当事者做进一步深入采访，深挖背景和根源，报道有自己的观察和观点，从自己的新闻视角出发，做出自己的特色。

副刊与新闻热点的融合要善于捕捉到有趣味性、有思考性、有议论性的新闻事件，做到深入浅出，但又不可浅尝辄止。借助副刊的功力，对新闻事件加以全方位的解读，让读者眼前一亮的同时，也锁定了时事热点和读者群，可谓一举多得。

2014年6月份，我们在《耐看星期天》做了一期《舞弊频发　风险里的利益算计》。当时，媒体曝光了一起跨越湖北和河南两省的高考替考案，引发公众强烈关注。联系到近年来，在高考中发生的泄题舞弊事件频频见诸报端，且出现了群体化、组织化、高科技化、专业化等新的特点，已成为一个严重的社会问题。我们通过三个"枪手"的经历解析了这一现象背后的利益链和操作方式，兼具深度和广度。

不同版面，不同定位，采用不同的操作方式，让受众的阅读更丰富，这是吸引读者注意力的有效手段。

拓展渠道,“无限”传播广泛“到达”

由于微博、微信、手机APP等新媒体的迅猛发展,报纸在信息的内容以及时效方面反应再快,也比不过网络,在容量上也完全不是新媒体的对手。

制约副刊发展的一个重要因素是受纸媒传播方式的制约,容易形成自己的小圈子,影响力有限。要有效避免在全媒体时代“掉队”,就必须让副刊在纸媒体之外,有网络接口,让副刊与新媒体融合。占据网络一席阵地,及时补位,才能使优秀的文字内容传播给更多的读者,只有被读到,被“看见”,文字才算“到达”了。

对副刊内容进行网络化传播,能发挥出“无限”的传播效果。每日新报的读书版,过去仅限于在版面上刊登书评和出版市场的分析解读,虽然在业界有一定的影响力,但很难有更大的突破。2009年年底,我们在微博注册了“王小柔悦读会”,现在有粉丝26万多,悦读会微博除了刊登书讯、推介好书,还经常举办线下活动,通过朗诵、小品、音乐剧的形式吸引了众多读者的积极参与,并且同步微博直播,成为图书市场有名牌效应的公益读书活动。这让读书从单纯平台走向更广阔的网络空间,读者和网友都能各取所需,有效地扩展了版面的覆盖面。

每日新报还通过手机APP、微信公众号等电子精编,或者借助互联网等有效手段对副刊进行全方位的视听包装,期望达到有效传播的目的。2012年我们注册了微信公众号“王小柔悦读会”,适时推出精选文字,还以音频和视频的形式为网友讲故事、读好书,对读者的阅读起到引导和助推的作用,也增强了互动性。目前这个公众号拥有2万多粉丝。又如我们的“倾诉空间”,除了开辟版面给读者提供宣泄情感的平台,在网络论坛和微信公众号上,也及时与读者沟通,既可以给他们一个额外的情感交流平台,也能及时抓到有亮点的线索题材,与版面报道相辅相成。

新媒体与纸媒相互交融补充,让内容更加立体、多面,这是副刊的有益尝试,也是未来的趋势。

情感共鸣,储备大众文化烟火气

古人说,武士之戈矛,文人之笔墨,都是治国安邦的工具。报纸副刊不是“副产品”“附属品”,同样具有“讲政治”的新闻属性。一篇文章,要包含一种思想、一种取向、一种声音、一种审美情趣。媒体的桥梁作用体现在让文字与读者的阅读相呼应。

因为即时网络通讯工具的普及,互动变得越来越重要。有了互动,才能加深彼此的了解,虽然我们不能完全按照读者的喜好来编排报纸的内容,但对其兴趣点是需要明了的,这样才能扬长避短,才能产生情感共鸣。换句话说,我们提供的内容,如果是受众感兴趣的,或者正在亲身经历的,或者是短平快信息所无法提供的深度解读,就是一篇成功的“新闻化”副刊报道。

互联网时代有个时髦词,叫UGC,就是用户生成的内容。其实,副刊在这方面是先驱,每个读者都可以逐渐转化成作者,提供高质量的内容。比如我们的《生活广记》,是一个纯粹的文学版面,绝大多数属于自由来稿。在大量稿件中,编辑精挑细选,更倾向于选取有时效性、有观点、有共鸣性的内容。比如时任温家宝总理与网友交流时谈及《富春山居图》后不久,一个作者发来一篇文章,酣畅淋漓地写出了自己在富春山旁居住的故事,既有历史感,也有新闻价值,是一篇不可多得的佳作,成为当期稿件的首选。

副刊是一个广纳社会智力资源的平台,这就决定了副刊的文化性。相比于过去培养作家的时代,今天副刊在整个文化传播格局中的地位,的确是发生了巨大的变化。现在的副刊更加接地气,不但有某一领域的分析解读,也有普通百姓的发声,既有精英作者和读者,也有普通作者和读者。正是这种兼顾,让报纸副刊在网络速成文化流行的今天,依然能保有自己的阵地。

副刊应有大气包容的文化精神,大众文化和精英文化之间可以互相渗透互相影响,既有专约的名人特供稿,也有寻常百姓的家长里短,既有新闻性强的速度报道,亦有养心静气的心灵鸡汤。比如《生活广记》,既有肖复兴、蒋子龙、肖克凡等名家,也有叶倾城、韩浩月、陆琪等写手,更有普通文学爱好者的一展才华。不同的作者资源为一张报纸的副刊储备了大众文化的烟火气,让阅读有营养、有滋味、有回味。

第三辑
副刊与文学生产、传播

导语

报纸副刊自诞生以来便是重要的文学载体，其中囊括了大量常见的文学体裁，如散文、小小说、诗歌、杂文、报告文学等。随着时代的发展，读者的需求在不断变动的同时也带动了副刊中文学作品走向的流变，通过对报纸副刊中众多文学体裁的生产与传播的变动观察，既能了解报纸副刊文学自身的规律特点，更能管窥各类文体在时代大潮中的变化。本辑所选文章便考察了不同的文学作品在副刊中的生产与传播，如刘永胜的《改革中报纸副刊文、体的选择与扬弃》一文，就从报纸副刊文体的整体变化上探讨了报纸副刊改革的态势；齐霁和李兰瑛的《报纸副刊为何不见了"小小说"》一文，具体探讨了"小小说"这一文学体裁在报纸副刊上的兴起、繁盛，最终走向衰落的历程与缘由；陈茂君的《析报纸副刊散文俗化现象》一文，则回顾了近年报纸副刊散文变化，对其中的俗化现象进行了剖析。可见，报纸副刊上的文学作品是一个时代文学的缩影，通过对其中文学生产与传播进行细致观察，往往能解读出整个时代的文学气象。

报纸需要有自己的报告文学

——论报纸副刊报告文学的特征

李长仁

近年来,报告文学以其不大不小的"轰动效应"在读者心目中的位置越发重要起来。尤其是一些报告文学作者,很能审时度势,自觉作时代的"弄潮儿",坚持文学为人民服务,为社会主义服务,把自己抓取题材,选择角度,提炼主题等一系列创作活动,置于时代大潮之中。或叙写一人一事,或揭示社会问题,都十分注重"社会效益"。因此,关于报告文学的真实性的争论已经扩大到读者之中。有的将其视为新闻作品,作品中的每个细节都具有事实上的真实;有的则将其视为文学作品,只是内容上基本真实,但不相信完全是事实;还有一些读者认为文学刊物上的报告文学可以虚构,而报纸上的报告文学则必须是事实。于是,报人中有的主张,报纸副刊应以发表小说、散文、诗歌为主,报告文学要少发或不发,以免影响报纸在读者心目中的形象。我以为,报纸副刊还是应当经常发表一些短而新、有"社会效益"的报告文学,而绝不应因为读者、作者对报告文学的看法不同而动摇报告文学在报纸副刊中的位置。那么,什么样的报告文学才适合报纸副刊刊用呢?也就是说,作为报纸副刊上的报告文学应具有哪些特征呢?

强调报告文学的新闻性

报纸是新闻战线的前哨阵地,报告文学是文艺战线的轻骑兵,因此,报纸

题解 本文原载《新闻与写作》1990 年第 1 期。报纸副刊因其自身的特殊性而对所刊发的文体也有相应的要求,关于报告文学适不适合副刊刊发,在作者、读者乃至编者之间都是有争议的。对此,作者提出"报纸需要有自己的报告文学",并且相应地对报纸副刊上的报告文学应该具有的特征进行了规划和限定。比如要"强调报告文学的新闻性""注重报告文学的战斗性""突出报告文学的创造性"等等。同时,作者也强调,报纸副刊上的报告文学决不能因为强调自己的特征而忽视报告文学本身的创作规律而另搞一套,比如报告文学强调真实性、文学性,这同样适用报刊上的报告文学。这样一种归纳和限定对报纸副刊上报告文学文体的发展是有帮助的。

副刊上刊载的报告文学必然是新闻与文学联姻的产儿，也正是它一半姓了“新”，所以，它便成了传播新闻的一种文学样式，即是一种独特的新闻手段。所以报纸副刊上的报告文学就要强调它的新闻性。读者喜欢报纸上的报告文学，更大的兴趣是它报告的新闻，其次才是它的文学。这就给作者提出了如下的问题：写作时必须要注意时效，迅速地把新近发生的，有新闻价值、新闻由头的事物、经验、人物，以最新鲜活泼的方法报告给读者。在改革开放的今天，报纸必须充分调动起各种新闻手段，才能出色地完成党交给的宣传任务。毫无疑问，报纸副刊应该欢迎报告文学这个富有文学色彩的独特的新闻样式，而不应把它拒之门外或冷落起来。可是，近来报纸副刊刊登的报告文学少了，原因是多方面的，但重要的原因之一是作者还没有把握住报纸副刊报告文学的新闻性，致使难以刊用。那么，报纸强调报告文学的新闻性表现在哪几个方面呢？实践表明，一般应具有短、快、美三个特色。

短。这是报纸副刊的特点决定了的，而报纸的这个特点正反映着群众的要求。所谓短，就是要尽量缩短篇幅，最好能写成“千字文”，最多不要超过二千字。这是不是无稽之谈呢？不是的。高尔基就给我们做出过榜样。据说他主编的《世界一日》、《我们的成就》等报告文学杂志，相当多的篇幅都在二三千字，他自己写的《一月九日》、《和列宁相处的日子》等，篇幅还要短。我国许多作家写的报告文学也都不乏简短篇章。试想一想，每天人们在紧张的工作之余，往往是挤时间阅读的，打开报纸总是希望用最少的时间读到最多的东西。有些长文章，尽管很好，看的人也不会多，短而精的作品，费时不多，又引人入胜，宣传的效果就大。当前，有不少的报告文学所以写不短，不适合报纸副刊采用，原因不外有四：一是不会写。对报纸副刊需要什么样的报告文学不甚了解。对如何揭示人物，如何使用细节，如何剪裁等等不很在行，写起来生怕落下什么，结果长而冗杂。二是会写但不愿往短里写。这主要是个认识问题，似乎觉得只有长，才有分量，才见水平，往往自觉不自觉地拉长了篇幅，不写到万八千字不肯罢手。三是既不会写又要以长护短，这就难免要长得吓人。四是对短而好的报告文学缺乏必要的奖励。据本人所知，我们还未对报纸上的短篇优秀报告文学评过奖，由于对短的提倡鼓励不力，也助长了长风。要想把报纸副刊上的报告文学写得短，主要应把握这样一个原则，无论是写人写事，都应是点的放射，而不应是全方位的“小光圈”，不要一枝一叶也不放过，把景深搞得那么长。

快。新闻的特性第一重要的是真实，快是第二位。作为报纸副刊的报告文学的新闻性，决定它必须保持时效性，即是与现实的接近性，迅速、及时、准确地反映社会，推动社会前进。当今的时代，是改革、开放的时代，人们需要更快地了解这个时代的每一个具有全局性的变化和抉择，需要更快地把握这个时代变化发展的特点，及时地调整自己的思维完善自己的形象和行为、言论。而具有新闻色彩的报刊上的报告文学恰好具有这一使命，作为新闻的载体，它应当最迅速、最生动、最丰富地把时代的新的萌芽、新的事物、新的经验、新的成就，形象地呈现在读者面前。要做到这一点，作者必须在创作实践中，始终追踪着时代的潮头，保持着高度的新闻敏感，这才有可能以最快的速度写出反映这个时代风采的适合报纸副刊采用的报告文学来。

美。是指报纸副刊上的报告文学的艺术性。一般说来，时代之美主要标志还是人之美。报告文学之美也就是要写出人之美，写出人之美，无疑是报纸副刊的报告文学的根本任务。否则，报告文学也就成了新闻故事和一般的通讯了。要写得美，关键是作者能够从大千世界、亿万人民参加的改革中去发现美，发现那些人性之美、感情之美、理智之美、思想之美、行为之美……然后再经过精美的构思和选材，精美的描写和抒情、精美的刻画和渲染、精美的点化和议论等等，这样，才能使报纸副刊上的报告文学够味。

注重报告文学的战斗性

报告文学兴起的历史，是同现代无产阶级革命运动蓬勃发展紧密结合在一起的。报告文学被誉为“革命文学的轻骑兵”，在十年改革中，报告文学之所以异军突起，就因为它以真实性和文学性两柄利剑切中时利、切中时弊，这是报告文学所具有的不可取代的功能，这种功能，就是其战斗性。尤其在改革逐步深入的今天，它的这一功能就越发有了用武之地。在时代精神的召唤下，那些勇于向愚昧冲击的批判者，从僵化模式中脱颖而出的开拓者，针砭时弊的呐喊者，揭开历史真相的评判者，他们的精神，他们的业绩，都需要歌颂；而阻碍新生事物成长的落后势力，也需要给以严正的批判。批判是需要的，目的不在于实行什么监督，而在于为四化建设清理障碍，创造环境。歌颂是为了建设，没有建设，批判就会失去标准。但是，我们的眼光不必囿于“歌颂”还是“批判”上，既无须削弱报告文学歌颂的功能，也无须特别强调报告文学批判的功能，更无须在歌颂与批判的选择上伤脑筋。因为当今的报告文学已经开始摆脱了非歌颂即批判或非批判即歌颂的狭隘模式，以弘扬理性、着意启蒙的全新面貌而为读者普遍接受。

可以这样说，报纸副刊上的报告文学的战斗性也是如此，是理性而不是为了歌颂而歌颂，为了批判而批判。如果缺少了弘扬理性、生动活泼的报告文学，它就很难是一块吸引读者的副刊，从而也就大大减轻了报纸的整体战斗性。因此，报纸副刊要把发表有战斗性的报告文学工作重视起来，扩大作者队伍，敢于支持作者迎着矛盾走，同遇到的阻力和落后的、保守的、腐败的现象作不屈不挠的斗争。

充分发挥报告文学的战斗性，必须注意从实际出发，冷静地选题，历史地分析，理智地采编。值得注意的有三点：一是现在虽然问题很多，但党和政府正在采取措施加以解决。改革正在深化，正气已经上升。报告文学就要善于选择和描写那些敢于战斗的勇士，写他们的勇气、智慧和胜利，把揭露和歌颂很好地结合起来，以增强作品对读者的鼓舞作用。二是重视报告文学的舆论导向，夏衍同志说得好，“报告文学的题材无禁区，但报告文学作者心中应该有一定的禁区。这‘禁区’很简单，就是不要损害国家、人民、党和社会主义的利益”。报告文学的社会效果不容忽视，这就要处处体现坚持四项基本原则，做改革开放的促进派。三是要特别强调真实性，这为新闻的本质所决定，决不可因为注重战斗性而伤害真实性。报告文学中掺假、失真的结果证明，它恰恰削弱了报告文学的战斗性，甚至走向反面。

突出报告文学的创造性

报纸副刊是报纸的一部分，报告文学又是副刊中的一个品种，因此，它的特征也必然随着报纸的整体变化而有所发展，这就要求报告文学作者的思维方式的本质特点是创造性的。这是一种具有探索未知、勇于提出新问题的进取性的思维，以充分展示人类思维特有的能动性。这种创造性的思维是离不开想象的，因为几乎所有发现、创见与创造性的活动，都伴随着想象，想象是报告文学作者的“终生伴侣”。尽管报告文学是写真人真事的，但它依然离不开想象。

长期以来，想象被视为新闻的“禁区”，似乎想象一引入新闻领域，新闻就难以真实，想象与新闻的真实性似乎就成了冰火不相容的两个方面。我以为，既然文学离不开想象，那么报纸副刊上的报告文学亦离不开想象，离不开的原因，是因为它从形式到内容都需要创新。比如，从客观实际出发，推测可能发生的种种事情、种种倾向、种种思潮，等等，这样的想象是正确的，需要的，报告文学完全可以借助这样的想象去深化主题，增强作品的表现力。魏巍的《谁是最可爱的人》

的结尾,有这样一段:“亲爱的朋友,当你坐上早晨第一列电车走向工厂的时候,当你扛上犁耙走向田野的时候,当你喝完一杯豆浆,提着书包走向学校的时候,当你……你是否意识到你是在幸福之中呢?”这就是作者展开想象的翅膀来抒情达理,深化主题。这样的例子在一些有影响的报告文学中俯拾皆是。但这种想象必须是以事实为依据的,而不是象小说那样,可以虚构人物、事件、细节。特别是报纸副刊上的报告文学中的想象就更要受真实的制约。

写作的手法是可以多种多样的。比如,可以允许写假姓名真事实的报告文学。因为当前有一种怪现象,在报纸上不仅批评难,表扬也难。因为一篇文章,闹得作者乃至总编辑都十分头疼。假如为了减少一些不必要的麻烦,发一点假姓名真事实的报告文学,效果也不见得不佳。当然,报纸副刊突出报告文学的创造性还不止这两点,还有形式、内容中的许多方面都存在创新的问题,且不可将报告文学弄成一个老模式搞三十年一贯制,叫读者看了发腻。

还有,报纸副刊上的报告文学决不能因为强调自己的特征而忽视报告文学本身的创作规律而另搞一套,比如报告文学强调真实性、文学性,同样适用报刊上的报告文学。注意到了这一点,不但不会削弱报纸副刊上的报告文学的功能,反而会使它写得更好,发得更好,作用发挥得更好!

报纸副刊散文的基本特征

张　列

散文是“文学树”上的一支绚烂的奇花。它内容丰富，风格多样，表达方法又不拘一格，可以叙事，可以抒情，可以议论，也可以唱和。

报纸的文艺副刊是发表散文的一块不可或缺的园地。报纸副刊上的散文作品，与其它书刊上的散文作品有着明显不同的特征。报纸副刊散文的基本特征归纳起来，即新闻特征、纪实特征、地域特征、短而精的特征。

新闻特征

我国报纸副刊是随报纸的诞生而诞生的，它一开始就以新闻为骨肉，奠定了新闻副刊的基础。“五四”时期，我国饮誉报坛的四大副刊——《晨报》副刊、《民国日报》副刊、《时事新报》副刊、《京报》副刊，密切配合新文化运动，以自己独特的个性参与新闻的传播，以思想性和新闻性树立了报纸副刊的榜样。当然，副刊对新闻的传播主要是扩大新闻的外延，在新闻传播规律之下，给读者更多更详的新闻补充，增强新闻的可读性和时代气息。

一般来说，报纸副刊的新闻性主要表现在两个方面。一是比较直接地通过各类文学艺术手段，真实形象地反映当前社会发生的具有代表性的人和事；二是比较间接地反映能体现当前社会本质的典型的人和事。两者都要用形象思维的方法，通过作品，传递一定的新闻信息。报纸副刊的这种新闻性广泛地存在于副刊的各类作品之中，尤以散文势优。这是由散文本身对生活的敏捷反映所决定

题解　本文原载《新疆新闻界》1990 年第 6 期。作者以“五四”时期《中国青年报》《新疆日报》《光明日报》等报纸的文艺副刊为例，归纳出报纸副刊散文的基本特征：新闻特征、纪实特征、地域特征、短而精的特征。我国报纸副刊是随报纸的诞生而诞生的，所以副刊散文具有新闻性，能够直接或间接地反映社会现实；报纸副刊散文也具有纪实性，有强烈的时代气息，与人民生活息息相关；副刊散文还具有地域特征，但是这要靠作者深厚的生活基础，到生活中仔细地观察、揣摩、体味才能得以体现；至于短小精炼则是报纸副刊对所刊载文体的特殊要求。这种归纳对于研究副刊文学，尤其是副刊散文是有意义的。

的，同时也是新闻对副刊散文作品的影响和制约所决定的。这突出地表现在副刊发表的散文作品基本上是反映当前生产和斗争的真人真事的生活速写，且主题一般都与报纸当前的中心任务相配合。如瞿秋白的《赤都心史》、鲁迅的《朝花夕拾》、宋之的的《1936年春在太原》，除精彩的文笔，深刻的思想，丰厚的社会内容，更以新闻事实轰动全国。1942年9月20日，毛泽东同志亲自为延安《解放日报》4版拟定的征稿办法（见《毛泽东新闻工作文选》第101页），也是着眼于报纸副刊作品对重大新闻的传播和对当时党的中心工作的配合。特别值得一提的是魏巍的《谁是最可爱的人》，文中对志愿军作战情况的记叙，使新闻性超过了作品本身，起到了意想不到的宣传鼓动作用，以致前线和后方的人们争相传阅。

曾经有一段时间，一些报纸副刊偏离新闻传播的大方向，淡化散文作品的新闻性，造成报纸副刊杂志化，因而失去其特有的本色。这从另一方面说明了报纸副刊散文必须注重新闻特征的重要性。

纪实特征

报纸副刊的纪实性散文，一般都具有强烈的时代气息，所反映的问题不但与人民生活息息相关，而且一般都比较新鲜。近几年来，纪实性散文基本上占据了报纸副刊的主导地位。许多报纸都举办了纪实散文大赛，如《中国青年报》“将军杯”纪实散文大赛，参赛作品很多，获奖作品也有一定水平。通过这次纪实散文大赛使该报副刊与现实生活贴得更紧。庆祝建国40周年之际，《新疆日报》“宝地”、“红柳”两个副刊同时举办“‘祖国’我对您说”散文征文，从获奖的作品看，共同的特征是纪实性很强，直接反映了时代的精神面貌。从作品的时效性看，烘托了当时国庆宣传的气氛，突出了宣传重点。

报纸副刊，散文的纪实性主要表现在这样几方面：一是所写的人或事及其社会背景都必须绝对真实；二是写人写事，要认真核实，情节清楚，不得张冠李戴，移花接木，加以夸张；三是如实反映所描写的人和事与周围人和事的关系，不能添油加醋和褒贬失当。

当然，纪实散文还要有散文的味道，要讲究文学手法，艺术表现，富有哲理，要引人入胜。

地域特征

地方报纸应当有地域特色，报纸副刊也是如此，应当有鲜明的地方特色。有人在谈到报纸副刊的方针时，常常提到“五性”：思想性、文艺性、地方性、知识性、趣味性。其中的“地方性”即指区别于其它地方报纸的特征。报纸副刊散文作品最具有这个特征。

新疆的民族特色十分鲜明——多民族聚居，多民族生活，多民族文化，多民族风情。这些特色用散文表现出来，就很生动、具体。而这种生动具体的表现又往往取决于散文语言的优美和形象化。多年来，《新疆日报》副刊发表过哈萨克族作者阿吾里汗的10余篇散文，这里仅举几篇说明副刊散文如何表现地域特征。《珍珠》是阿吾里汗写的一篇反映民族团结的散文，具有浓郁的民族生活特色。作者在文中写道“哈汉人民世世代代从一个领子出头，从一个袖子里出手”，这样具有鲜明特色的语言，给人留下深刻印象。在散文《求雨》里，作者写了一位哈萨克族老奶奶，只要听见春雷一响，就拿出一大勺酸奶子泼到毡房上，并且认真地告诉孩子们，去雨里淋一淋，头发长得稠长得黑。仅这么几句，一位虔诚、善良、慈祥的哈萨克族劳动妇女的形象便跃然纸上。

报纸副刊散文的地域特征，若靠贴标签是贴不上去的，这要靠作者深厚的生活基础，到生活中仔细地观察、揣摩、体味。

短而精的特征

报纸副刊的散文必须短小精练，不能因为散文形式自由，就信笔挥洒，不加剪裁。

1979年3月14日和16日，《光明日报》分别发表了郭预衡先生的《散文杂谈》和陈垣先生的《谈文风和资料工作》，主张散文“闲话不说，或者少说”，力求简洁。一般地说，写散文不是为了消遣，每一句话都应该是心里要说的。鲁迅先生的《朝花夕拾》是散文创作的高峰，其中的《藤野先生》、《从百草园到三味书屋》等篇幅都不长，已被选入语文教材。

报纸副刊散文有人称其为“文学的轻骑兵”，也是对其短而精特征的形象化表述。但是，短而精并不是内容空泛。一篇千字散文、百字散文，可以是一帧风俗画、一首小夜曲，但其内容都要闪烁出思想的光芒。

试析90年代副刊散文走势

素 素

中国的新闻改革爆出了一个令人瞩目的事实：报纸副刊散文以其前所未有的鲜活与敏感，吸引了广大读者的目光，并与当前中国散文走俏的大背景成呼应之势，成为散文世界里一块美丽的绿洲。笔者从事副刊散文编辑工作，现就90年代以来副刊散文的新面孔、新气象作一试描和分析。

一　关于副刊大战与散文走俏的背景

时间进入20世纪90年代，报纸的改革首先从周末版开始，然后又有人注意到周日版。"周末"和"星期刊"开始仅仅几家办，但很快就蔓延开去。到1993年，全国几乎所有的省报、省会市报和沿海大的城市报纸多由原来的对开四版扩为对开八版，有的甚至扩为12版或16版。扩版后的报纸一个显著的标志，就是副刊大战。许多报纸在保留综合性文艺副刊的同时，增加了散文随笔专版。如南方周末的《芳草地》，四川日报的《人境》，文汇报的《生活》，光明日报的《周末文萃》，大连日报的《人世间》等。这一景象几乎是在人们猝不及防，毫无精神准备的情形下发生的。大潮即起，有必要对副刊与散文的深缘作些探讨。

副刊历程与散文角色

中国报业史不过百余年，开始时没有副刊，到19世纪六七十年代，才有几家报纸在报上辟出一角，刊登诗词歌赋、小说笔记一类消闲小品。直到

题解　本文原载《新闻战线》1993年第10期。这是一篇对1990年代报纸副刊散文的近距离观察。20世纪90年代，副刊散文呈现走俏之势，作者认为这种局面的出现是与报纸扩版和中国散文整体上走向繁荣的大背景相适应的。副刊散文的走俏也伴随着散文精神的回归，主要表现为创作思想上更加简单、朴素、直面生活，注意观照当代人的艺术欣赏心理；创作题材上集中于人心万象和世俗百态，并伴有社会历史反思，以"雅"化"俗"；艺术手法上则不拘泥于手法、笔墨，突出作者的感悟。作者最后预言散文"热"过之后未必会"衰"，但确实要注意其中暴露出来的琐碎平庸、模式化、雷同化等问题。

1900年,上海的《同文沪报》拿出一块专版,把各种体裁的文艺作品汇集一起,便有了比较纯粹的副刊。百年副刊,百年传统。报纸的副刊一直青睐散文,但散文一般都淹没在副刊的“综合性”之中,有的报纸为了配合形势或其他原因,偶尔搞过散文专页。文学副刊由综合化向专门化转变,则是近一二年新闻改革的结果。

副刊何以如此顺畅地实现了这种转变呢?我认为,契机就在于它与当代中国的散文的重整与振兴相暗合,因而形成一股强大的冲击波,争取了读者。

散文的困境与转机

80年代,散文界笼罩着一种困惑的氛围。这种困惑,来自各方面反应的“冷淡”;来自它与其它文学样式呈现出的“不同步”状态;也来自它本身在当时活跃的文坛上显得过于“平静”而难以解脱。80年代末,随着中短篇小说全国性大奖降下帷幕(长篇小说奖的效应远不如前者),“大报告文学”旗敛旌收,文坛已由“高烧”走向“常温”甚至“低温”。散文却在经过了被一些刊物拒绝、被相当多的读者淡漠之后陡然振奋。散文为什么会兴旺起来?汪曾祺的解释是:“一个是社会的原因,一个是文学的原因。中国人经过长期的折腾,大家都很累,心情浮躁,需要平静,需要安慰,需要一种较高文化层次的休息。尽管粗俗的文化还在流行,但是相当一部分人对此已感到厌倦,他们需要品位较高的艺术享受,需要对人生独到的观察,对自成一家的语言的精美的享受……散文可以说是应运而生。”(《当代散文大系总序》)我以为,汪曾祺这段话偏重于对读者受众的社会文化心态的描述,还应该就创作主体的心态作出分析。当今写散文写得好的并不都是作家文人,而是那些毫无传统之累、文化之羁的凡常之辈,是他们把“人生”两个大字推向散文的大看台。另外,不论作家还是读者,对虚构的作品(如小说)的欣赏热情已有所保留,对真实的内心的风景日益看重,自我意识、人格意识、尊严意识渐渐苏醒、明晰并强烈追求,散文便成为审视人生、审视心灵、表达主观精神最好的方式了。总而言之,散文的转机,标志着社会文化心态走向稳定,走向深刻,标志着人们的审美品格,走向成熟走向理智。

副刊的抉择

报纸的副刊一向就是在新闻与文学之间来去自由。副刊的增版,无疑对散文的振兴起了推波助澜的作用,而散文的情势,又为副刊改革提供了机会,使报纸副刊以自己独特的敏感以及新闻的优势,竖起了一面面旗帜,《芳草地》《人境》《生活》等如一块块磁石，成为散文作家和读者向往的田园。

只要稍稍留意一下各家的副刊就会发现，不少新时期以来卓有成就的小说家，如今成了报纸副刊的专栏撰稿人。李国文、汪曾祺、刘心武、蒋子龙、邓刚、肖复兴等作家的散文随笔，成为各报副刊编辑认准的快货。有的作家甚至发出这样的感叹："写一部 20 万字的长篇小说，还不如写 1000 字的散文有知名度！"

我认为，报纸副刊在新形势下快速转型的意义，在于它在更广阔的方面获得了价值。它不再急功近利，却与时代、生活紧密相连，不再板起面孔，却令最广大的读者肃然起敬。从这个角度看，副刊的抉择是一种历史的必然。

二　副刊散文走势与散文精神回归

散文走俏与副刊大战构成了一种令人感奋的景观。那么，纵览当前各报的副刊散文版面，究竟有哪些耐看的风景呢？

创作思想上，观照当代人的艺术欣赏心理

毫无疑问，散文是作家心灵最真诚、最赤裸、最直接的表白，不能有任何虚假。周作人说，文章的最高标准是简单。王西彦说，美的最高境界是朴素。简单，朴素，是文章的禅机、真谛。观当前副刊散文，不论名家力作，还是新人稚篇，都极力脱去贵族气，走出象牙塔，求简单，求朴素。如文汇报《生活》版《男人的尴尬》，新民晚报《夜光杯》版《邻家饭菜香》，大连日报《人世间》版《关于钱》等，作家把心灵安放在真实的土地上，以直面生活的方式，表述自己最真切深沉的感悟。

副刊散文的编辑也是一支相当成熟的队伍。从已经获得承认的副刊散文版面可以看出，一些有水平的编辑以自己扎实的功力，创办出了具有深厚的文化底蕴和个性特色的专版，这种把握使他们不是被动地等待作家"给饭吃"，而是主动地向作家"挑食吃"，往往是按照明确的编辑思想，向作家的创作施加影响，往往是由编辑设计版性、栏目乃至文章模式，然后向作家组邀稿件，这种"请君入瓮"的做法当然不是十分可取（有可能出现负效应），但编辑的意志确实比以往任何时候都显出顽强。起码在现阶段对开拓散文新思维有不容低估的作用。

题材上,观照心态与世态

新开辟的副刊散文版面上的作品,题材取向主要是社会人生,总结起来大致有两个方面:一是抒写个人心态,二是描摹社会世态。独抒性灵旨在弘扬人性,关注生命;摹写世相为的是揭示生存状态,贴近人间烟火、针砭时弊。总之,人心万象,世俗百态,成为当前副刊散文观照的热点。由于这种观照常取文化视角,伴以社会历史反思,虽有世俗化倾向,却能达到以“雅”化“俗”的境地。

有趣的是,同时起步的各报专版,在专栏设置上竟是不谋而合。如表现心灵内容的,文汇报有《心弦一阕》,四川日报有《心灵探微》,南方周末有《心弦》。既是写人生社会,自然就要有更高远的视野,各报又是不约而同地设有《域外人生》《在国外》《外面世界》等专栏,这种题材的趋同性反映了时代生活本身就具有某些规定性。

艺术上,观照文体意识和个人笔调

各家散文专版另一个显著的共性特征,就是对散文表现方法的革新已成为作者与编者的自觉选择。在这方面我们看到了什么呢?

1. 文体意识与笔墨意识

散文是最自由的文学样式,纵笔所至,不拘一格。但长期以来,报纸副刊的散文比杂志散文更见刻板和公式化。如今各报可以在新闻纸上开出一方散文的沃土,使新闻价值与文学特性很好结合,这实在是新闻的进步。

散文既是最自由的,那么它贵在有作者的艺术个性。有千百个散文家就应该有千百种不同的文体。因为散文作为一种文学体裁,是大家的,而散文的文体却是属于个人的,是纯粹的个性创造。目前的副刊散文,有一种令人关注的气象,即文体意识强化,笔墨意识淡化。

所谓文体意识强化,是指创作主体时时刻刻在追求一种超越,不效古人,不仿今人,个人写个人的。所谓笔墨意识淡化,是指创作主体的注意力并不放在文笔及技巧上,不再依仗才情、灵气、直觉以及个体那有限的生命体验写作,而是广泛地读书、思考,关注和研究人类的处境和生存状况,使自己的心灵追求一种大智大慧、大彻大悟,然后由境界化文章。

对散文而言,由于传统深厚,散文的形式美几乎成为历代文人千古不变的追求。关于散文是“美文”的说法,就包含这方面的意思。由于过分追求笔墨意识,大量散文因“做”的痕迹太重、“匠”气太浓而流俗。所以,文体意识强化实际是对传统的矫正。文体意识和笔墨意识并不是对立的，本不应该分出强弱，更不可偏废。当前副刊散文出现这种倾向，是散文在特定时期必然遇到的问题。

2. “杂交”手法与个人笔调

报纸副刊历来是专家学者耿耿不忘的“故土”，远自二三十年代，近至新时期以来，纵看历史进程，横看个人成就，学者散文确有大家风范，堪称旗帜。现代学者散文家如朱自清、郁达夫、周作人、鲁迅等，使散文获得了纵贯古今、横贯中西的大境界。当代学者散文家虽不及现代学者散文家队伍那般盛大，却也相当雄健，如戏剧美学家余秋雨的《文化苦旅》，把理论的优势注入散文，用文化的眼光观古照今，不仅使散文有血有肉，更有灵魂。副刊编辑们已经注意到这一现象，并付诸行动，即让散文走出“家园”，向小说、诗歌、戏剧、音乐、绘画、建筑、哲学甚至生物学汲取营养，不断丰富散文的表现手法，让散文与其他门类的艺术乃至与科学搞“杂交”，以使散文焕发出新的艺术活力。如大连日报副刊就以聘请“顾问”的方式，邀余秋雨、冯亦代、徐城北这样的专家学者撰稿。

作家个人笔调的形成使读者“望文知人”。贾平凹追求“平常心”，他的散文平和沉潜，闲适之中有旷达、幽默之中含苦涩，他那份修养，使他对人生既有“洞若观火”的深刻，又有包容一切的大度。老作家汪曾祺也时有佳作见诸报端，他的散文既有入禅入道的超脱、博古通今的优雅，又有油盐酱醋琐琐细细的平凡，自成“汪氏笔调”。另外，近年来文坛上涌现出一批女性散文家，本报曾不断发过她们的文章。同为女性，散文风格却各各殊异。王英琦的散文有须眉之气，雄风万里，似刻意作逆向夸张；韩小蕙的笔锋凌厉如针，救世疗心之情急切；斯妤的散文则有一种非凡的机智，既冷漠又坦诚，既殷切又含蓄。

有人说 1993 年是散文年，那么副刊散文正值这万紫千红的春天。关于今后副刊散文的走势，我想，“过热”是不正常的，但“大起”之后未必是“大落”。从散文创作队伍看，作家的思想和情绪趋于成熟和稳定，为人与为文的追求也十分明确和坚定，许多作家创作起点高，功力深笃，写散文已不是图功利，而变成对一种人生境界的执著，所以，散文的前景会很深远。另外，社会政治生活和经济生活的安宁，使作家的心灵比较自由，创作必然有恒久的态势，以至于出现一个新的散文时代。副刊散文只需追逐这个时代，继续把握机会，为散文的繁荣尽献力量。但是，当前散文行情看涨，也暴露出一些问题，其一，有的专版或专栏由于强调“生活味”而显得琐碎平庸，太女气，太家常，品位不高。其二，某些作品跳出了旧的樊笼,又走进新的束缚,仍然未获自由。其三,横向比照,各报专版从版性到栏目,有雷同化倾向,有的是互相照搬,这样势必造成审美疲劳,举步维艰。另外,副刊散文的“杂志化”倾向也相当明显。副刊散文还要再往前走,所以对以上问题必须认真研究,使副刊散文鼓舞人们斗志,陶冶人们情操,同时给人们以愉悦,起更大作用。

报纸副刊文学作品的走向

刘向宏

随着新一轮改革开放的进一步发展而带来的广大读者工作节奏、生活观念、心理需求等诸多方面的变化，读者的阅读、欣赏取向亦在发生变化。仅就报纸来说，在众多的副刊读者群中，传统副刊的三大件：小说、散文、诗歌已不再为更多的读者青睐，仅仅成为一小部分文学写作爱好者自娱自乐的天地，它的广泛性、多层次性都受到了不同程度的影响。根据近几年办报实践和副刊读者群阅读取向的变化，笔者认为，副刊文学作品总的趋势是：纯文学作品淡化，新闻色彩浓郁的纪实文学走俏；报章文学作为一种新的文学样式形成了独特风格而日益为读者喜爱。

一、淡化了的纯文学作品

多年来，报纸副刊的纯文学作品在副刊版面中一直占有举足轻重的地位，小说、散文、诗歌等文体几乎成了副刊的代名词。文学副刊版面之多，文学作品在版面上的位置之突出，都是其它专版与文体所无法比拟的。仅就《哈尔滨日报》副刊来看，过去，文学副刊多至每周三期，此外，每月还有两期文学作品专页，均以小说、散文、诗歌为版面的三大支柱，在读者中产生广泛的影响。特别是举办的文学作品征文活动，亦受到社会各界读者的欢迎。例如，前些年，所举办的“社会主义新人小小说”征文，来稿上万件，应征之踊跃，远远超出编辑的预料。

时至今日，副刊文学作品再也难以产生这种“热效应”了。改革步伐的

题解　本文原载《学术交流》1993 年第 2 期。文章认为，随着改革开放的发展，广大读者的工作节奏、生活观念、心理需求、阅读趣味等也都发生了变化，而传统副刊文学的三大件——小说、散文、诗歌已经失去了“热效应”，副刊文学必须作出相应的调整才能够适应时代和读者的需要。作者认为这种变化呈现出三个特点：报纸副刊文学作品的纯文学色彩逐渐淡化，新闻色彩浓郁的纪实文学开始走俏，报章文学作为一种新的文学样式逐渐受到欢迎。这样一种观察应是与其时大量文艺副刊转向文化副刊的副刊办刊实践相吻合的。

加快,生活内容的日渐丰富,使得作为观念形态的报纸文学必须寻求新闻传播的“快速度”,才能适应时代的要求、读者的要求。事实正是如此,多年来形成的小说、散文、诗歌三大板块式的副刊,由于受报纸版面的局限,使得各类文学作品无论是在内容的丰富上,思想的深刻上,都远不及文学刊物上的作品包容得多,厚重得多,文学作品的社会教育功能难以在报纸上发挥最佳的效应。再论读者,一般读者阅读报纸的出发点是捕捉“新闻”,而不是欣赏“作品”,他们的取向在于报纸的新信息、新观念、新政策,至于文学作品,是没有充裕时间慢慢品评其中滋味的。因此,一般读者对副刊文学作品持冷漠态度。而文学写作爱好者对报纸文学作品有读之不解渴之感,不满足于其短小的篇幅和单薄的思想内容,转向阅读文学刊物。这样,副刊文学作品难以得到更多更广泛的读者的喜爱而日渐黯淡。

二、新闻色彩浓郁的纪实文学作品受到读者青睐

副刊的读者在对小说、诗歌、散文等纯文学作品冷漠之后,对纪实文学,尤其是新闻色彩浓郁的纪实文学作品产生兴趣,读者注重的是“实”、“新”,不喜欢“虚”、“浮”,渴望的是通过副刊文学形象的描绘、典型的刻划,获得生动的感受,拓宽崭新的视野。正因如此,一些报纸副刊顺应读者的需要,开辟纪实文学专版、报告文学专版。近一两年,又兴办周末版、星期刊,将时代气息浓厚、读者普遍关心的热点问题及新闻性较强的人物、事件通过纪实文学的形式展示给读者。这样,副刊既保留了文学席位,保持文学特色,又可突破时空局限,配合一定时期的舆论宣传。这便是报纸作为新闻纸的新闻性与艺术性的统一的结果。事实证明,如果没有新闻性,副刊就无法在报纸这个机体中生存,副刊必须服从于整个新闻的整体要求,而不能脱离整体建造独立王国。就报纸副刊而言,如果只注意了文学品位,而忽略新闻素质,那就偏离了副刊方向,更何况,在当今文学期刊众多的情况下,报纸副刊无论在篇幅上,还是在文学品位上,都存在难以与之取胜的先天不足,因此,只有走新闻与文学相结合的纪实文学作品的路子,才能赢得读者的喜爱。《哈尔滨日报》的综合文艺副刊在近几年办刊实践中,便始终突出纪实文学作品的地位,加大纪实文学作品的比重。每期的文艺副刊,均以纪实文学作头题稿,坚持发好,再配以其它方面的短文。同时,还搞了一些纪实文学征文活动,使副刊走向社会,走向不同的阶层,发挥了纯文学作品难以发挥的社会功能,改变了传统办副刊的关门编稿,坐家等稿,与外界交往过少的局面。如今,

由于大量刊发纪实作品，增强了副刊的现实性、可信性和参与意识。

三、报章文学作为新兴的文学种类正在形成自己的风格特点

在改革开放的新形势下，由于人们思想的解放，视野的开阔，社会的变化，观念的更新，生活的丰富，人们在意识形态上的接受美学也有了新的姿影、新的色彩。为了适应社会改革，满足读者的心灵渴求，一些报纸副刊都在进行不同的尝试，改变了以往文学的“远距离”、“慢镜头”的习惯，寻求像新闻那样“快速度”、“近距离”地反映生活。于是，跟踪时代，跟踪生活，缩短焦距，用特写镜头对准社会生活的热点，对准人们普遍关心的问题，对准新闻事件和新闻人物，运用文学手段，给予生动充分地体现。这样，在副刊上，便出现了一种既非新闻又非文学的介乎二者之间的被人称为报章文学的新门类。

所谓报章文学，笔者的理解，它不是指某种具体的文学体裁，而是泛指适合于报纸发表的副刊作品。这些作品就文体来说，既不是小说、散文，也不是杂文、诗歌，而是一种十分自由的无章无法的“四不象文章”。《新民晚报》的副刊便是这样，它的每篇作品很难划分为某类文学体裁，有的看似散文，又与传统的散文不尽相同；有的象杂文，读来又与随笔相似。但不管怎样，报章文学作为一种新的文学品种，还是有其自身的规律特点的，主要表现在：

一是具有较强的现实性。现实性是报章文学的灵魂，无论是反映当代或是回顾历史，都要紧紧把握住时代的脉搏，与现实密切结合起来，这是由报纸自身的特性决定的。二是具有针对性。它紧紧围绕着党的政治、经济、文化等中心工作及人们关心的热点问题，根据自然节气及时反映人们的日常生活。三是篇幅短小，这也是由报纸自身的特点决定的，文章短小，利于读者在短时间内阅读。四是写法自由，不必拘泥于某些文法，越灵活，越随便越好，让人读了亲切自然是报章文学的最佳阅读效果。

当然，作为刚刚引起读者关注的报章文学，有不少问题需要我们在实践中去探索、解决，但不管怎样，改革开放前产生的报章文学也将在改革开放不断深化的过程中日趋完美，赢得更多读者的喜爱。

改革中报纸副刊文、体的选择与扬弃

刘永胜

本文想从报纸副刊文体的变化上探讨一下报纸副刊改革的态势。

这里首先要说的是近年来报纸副刊文体形式的一些变化。众所周知，传统的报纸副刊文体主要有小说、诗歌、散文、杂文等形式，这些形式无一不属于文学式样。因此，我们的报纸副刊也多叫文艺副刊，报社管理副刊的部门也多叫文艺部。它的命题和职责都很明确，是报纸中负责编发文艺作品的地方。那时报纸文艺版，是报纸中的文艺。然而现在却不同了，副刊中的这种“文艺”特征在明显减弱，而其“新闻”和“娱乐”特征则大大加强，原有的副刊版面和格调已经不能适应这种新特征，于是扩而张之的“周末版”、“星期刊”则应运而生，而原有的副刊版面也被大大地改造了。它们被改造和扩张的共同点是：不再仅以副刊原有的那些文体形式出现在读者面前，而代之以更新颖、更写意、更酣畅、更真实的装潢走向社会、人生和市场。有趣的是，这种文体的变化还带来了报社机构名称和版面名称的变化，“周末版”、“星期刊”取代了一般意义上的“文艺副刊”，而且大有比叫一般意义上的“副刊”更时髦、更新潮；即便是一般意义上的副刊，也不再使用“文艺”两个字，不再叫“文艺部”而改称“副刊部”或“综合副刊部”了。这实在是一个具有戏剧性的变化。对于副刊同行来说，不管你有意无意，这种变化，我们都参与了，也都接受了。至于为什么会发生甚至会接受这种变化，我们似乎都还没有认真想过。现在来想一想，也许不无益处。

题解 本文原载《新疆新闻界》1994 年第 1 期。文章从报纸副刊文体的变化入手，试图探讨报纸副刊改革的态势。作者认为近年副刊文体在形式上发生了一些变化：其一，选择了真实而摒弃了虚构，凡是以真实的素材、真实的手法、真实的感情构造的文体和作品大都受到青睐，而多用虚构手法创作的小说、诗歌等形式则遭受不同程度的冷遇。其二，变革中的副刊文体在选择了纪实性文体的同时，把它的聚光点对准了现实生活中的“热”点，密切了与现实生活的联系。其三，副刊在转向社会热点之际，又将其兴趣投放到了能特别引起人们注目的“名、大、全”上，而较少对“无名之辈”中的“凡人琐事”加以关注。而在副刊文体形式发生上述变化的同时，报社的相应机构和版面也发生了变化。作者认为，无论怎么变，副刊都应当追求新鲜生动的、与人民群众息息相关的内容与题材，才能保持活力，这样对读者导向思维是有启发意义的。

像企业界曾经经历过的优化组合一样，我们的副刊文体在改革大潮的冲击下也经历了一场前所未有的选择与扬弃，它主要表现在这样三种态势上：

其一，变革中的副刊选择了真实而摈弃了虚构。

凡是以真实的素材、真实的手法、真实的感情构造的文体和作品大都受到青睐，诸如纪实文学、纪实散文、周末特写、社会透视等等；而传统中多用虚构手法创作的小说、诗歌等形式则遭受不同程度的冷遇。我们可以细心浏览一下，几乎全国各类报纸副刊无一例外地都呈现着这个趋势。改革前时常出现在副刊版面上的大块头小说，甚至连几百字的小小说都越来越少了；几行、十几行的短诗似乎还保留了一点，但也多是补白或点缀版面，过去曾引以自豪的诗歌专版或整版长诗怕是已无处寻踪了。如今，独领副刊风骚的是五花八门的各类纪实。一篇纪实文学，短者几百句，长则上万言，堂而皇之地占上一个整版已不足为奇，甚至两个、三个版面都舍得给它。“舍不得孩子打不着狼”。为了争夺读者，占领市场，焉有不会之理？版面再挤，也得让位于“纪实”！这似乎已成报人的共识。在这一方面，“周末版”、“星期刊”更是情有独钟。他们从不在“虚幻”中度日，从不给小说之类虚构的形式以一寸半点的插足之地，而是固若金汤地严守着他们的“纪实领地”不放，不管面对着小说、诗歌类作者与读者的怎样不解和不满的质问，他们还是依然故我，寸步不让，难怪诸如《收获》、《当代》、《十月》、《萌芽》之类高品位的文学刊物都面临着诸多困境，你还能要求报纸副刊怎么样呢？随行就市，这是报纸副刊的一种无选择的选择。然而谁又能说这种文体上的扬弃不是一种优胜劣汰的自然选择和适者生存的演绎结果呢？

从另一角度来说，报纸副刊毕竟是报纸的一部分，它对“纪实”与“虚构”的扬与弃，是它的报纸属性的一个必然选择，必然会越来越多地反映着新闻的特征，这恐怕是副刊文体产生这一重大变化的一个内在因素吧。

其二，变革中的副刊文体在选择了“纪实性”载体的同时，把它的聚光点对准了现实生活中的“热”点。

所谓“热”，是指那些能充分引起人们的兴趣、关注、思考、议论和参与的各类社会现象、问题和事件，诸如热门话题、热点人物、热线追踪等等，而不再像往常一样抱朴守拙，甘于寂寞，不再以报道和抒写普普通通、无波无澜的“常规话题”为己任。由此而产生的直接效果是：一向循规蹈矩，冷冷清清的副刊有了前所未有的时效性、无可置疑的参与性、扑朔迷离的可读性和纷至沓来的轰动性。它不仅开辟了副刊选题和选材上的新领域，而且使得载负这一变化的副刊文体不得不进行一番脱胎换骨的改造和构建，所以它最终选择了适合于这种新使命并且较易于为读者接受的那一类“热身文体”。文体对于内容来说,不能不是一个相当重要的外包装,犹如商品的装潢一样,够不够精美,是不是新潮,极大地左右着商品在市场上的命运。近年来报纸副刊所呈现出的这种“热门题材”和“热身形式”(诸如纪实之类),不能不是这种市场运作的结果。当然在大潮迭起,泥沙俱下时也难免会有一些假“纪实”之名,其实并无多少“纪实”的文稿出现在副刊版面上。这类文章常常故意隐去所写事件的真实地名、人名,而冠之以某某地、某某人之称,只交待事件本身的来龙去脉,读起来有明显的虚构和拼凑痕迹。

然而,这种热门题材和热身形式带来的不全是正效应。一个最明显的倾向是:它使得“热点”过热,“冷点”过冷。过去曾出现过“千报一面”、“千稿一腔”的现象,那是由于四人帮的“舆论一律”所致,所谓“小报抄大报,大报抄梁效”,人们应当还记忆犹新。现在固然没有“梁效”可抄了,但却有“热点”可炒,“股票热”就炒股票,“房地产热”就炒房地产;张三热就炒张三,李四热就炒李四。你炒我也炒,炒来炒去,把个张三、李四炒得面目全非,不成样子。可是,明知这样,还非炒不行,大有不炒就不能话、不炒就不摩登,甚至不炒就体现不了改革开放的姿态和胆识。这实在是一个不小的误区。老百姓对这种闹哄哄的现象早有不满。他们说,既然三百六十行,行行出状元,为啥你们老盯着股票、房地产?倘若是做工的不做工,种地的不种地,上学的不学习,都去炒股票、房地产,那这个社会还会有治吗?真是一针见血!况且,冷与热是相对的,在一定条件下是可以相互转化的,一时“冷”的东西,一经人们和社会的关注,不见得就“热”不起来。有一个关于大学生与理想的话题似乎能够很好地展示这一点。众所周知,如今的大学生们对于理想之类的话题的确越来越少了,去做这一类的文章不可谓不“冷”吧?但是南京大学的一位宣传干部正是从这种不正常的“冷”中捕捉到了一个重大的时代命题:当今的大学生们还有没有自己的理想?要不要重塑自己的理想?问题一经提出,便立刻在大学生中产生了强烈反响,他们纷纷写稿撰文表达自己的看法。于是,一个有关大学生重塑理想的讨论迅速在全校展开。作者如实报道了这一情况,稿件在《人民日报》刊出后,很快在全国引起了震动,产生了意想不到的积极效果。这个由“冷”到“热”的过程,不正体现着我们的舆论导向作用吗?对于党和人民喉舌的报纸来说,又何尝不应该多多关注一下这种“冷”呢?

其三,当今的报纸副刊在把视野转向社会热点之际,又把它的浓厚的兴趣投放到了能特别引起人们注目的“名、大、全”上,而较少对“无名之辈”中的“凡人琐事”加以关注。

诸如名家轶事、名人追踪、明星风采;大事件、大题材、大视野、大扫描;全景式报道、全方位速写等等。在这些追踪和扫描中，副刊的纪实性文体表现得游刃有余、酣畅淋漓，其起伏跌宕之神，回肠荡气之韵，其出神入化之功，鞭辟入里之力，仅此两点，就足以让读者大饱眼福，让作者编者聊以自慰了。由此看来"名"有名的好处，"大"有大的特色，"全"有全的效果。你不名、不大、不全，报纸就显得落伍，没有成色。像黄金首饰一样，含金量不够，卖不上好价钱。这是市场与价值规律的选择，也是"爱你没商量"。在这一点上，"周末版"和"星期刊"比一般的副刊更显得火燎火爆，甚至，这一倾向还成了它们的专利和特色。谁的这种特色越突出，谁的知名度就越高，报纸的发行量就越大。不管你认不认这个账，反正市场就是这么制约的。作为特殊商品的报纸，确是越来越顺从和听命于这种制约了。

对于报纸副刊文体的这一趋向，说是爱你没商量，其实冷静下来之后，还是可以商量一下的。社会上有大就有小，有全就有缺，有著名就有平凡和普通。一味地追逐大、名、全，这个世界反而显得单调乏味，更谈不上完整了。就像市场上的食品，不能什么好销就都去销什么，光有山珍海味，没有青菜萝卜也不行。不少读者越来越厌恶连篇累牍的"明星风采"和"名人轶事"之类，实在也应当给我们提个醒，这固然与某些"风采不光彩、轶事没意思"的格调不高的选题有关，同时也反映出了读者对那种翻来覆去炒剩饭的一种厌倦心理。所谓"好话说三遍，鸡狗不耐烦"，又何况并非一定都是"好话"呢！选材的重复与落套，不符合报纸载体的新闻时效性特征，尽管它也会有一时的娱乐功能，但却不能持久，最终还是会遭到摈弃的。副刊，应时时追求新鲜的、生动的、与人民群众息息相关的内容与题材，且不可作茧自缚，走入自我设置的死胡同里去。

其实，文也好，体也罢，都还在变，就像五彩缤纷的时装一样，很难找一个固定的式样去约束它。流动的水才是活的，才具有永久的魅力。我们只是想借助这个不息的水流去寻找大海，因为大海更宽阔、更舒展，也更令人神往。

试析报纸副刊小小说的特点

郭金龙

近十多年来，随着社会经济的发展及生活节奏的加快，小小说以其简约、精致的特色，不仅为越来越多的读者所喜爱，而且也吸引了众多的作家和文学爱好者投入小小说的创作，从而使小小说的创作呈现出持久不衰的繁荣局面。从80年代初《北京晚报》副刊开辟《一分钟小说》专栏到如今全国近千家报纸副刊都把小小说列为"拳头产品"，足可见出报纸副刊在推动小小说创作繁荣方面所作出的巨大贡献。尽管如此，笔者在报纸副刊编辑工作中，却不时听到一些作者对报纸副刊发出一些抱怨之词，说什么在报上发小小说难，报纸编辑水平低，不识货。并举例说，某人某篇作品被某报编辑退稿后，作者又将稿子寄到某刊物，结果不仅发表且获了奖等等。作者们说的这种情况，确实存在，但因此而责怪报纸编辑"没水平、不识货"则没有道理。他们之所以持此偏颇之见，是由于他们对报纸副刊所需小小说作品的特点缺乏应有的认识。

为了帮助一些小小说作者分清报纸副刊小小说作品与文学刊物所需作品的区别，准确把握报纸副刊小小说作品的思想及艺术特点，使其投稿更有针对性，使报纸副刊在促进小小说创作繁荣发展方面起到更大的作用，笔者结合工作实践，谈谈自己的一管之见。

题解 本文原载《写作》1996年第10期。小小说是20世纪90年代报纸副刊上的"拳头产品"，备受读者青睐。文章主要立足于报纸及报纸副刊的特点，试图对报纸副刊所需小小说作品的特点作出细致的勾画，认为与纯文学刊物上发表的小小说相比，报纸小小说在思想内容上必须具有强烈的现实性、新闻性和贴近性，而在艺术表现上则必须遵循大众化的原则，追求雅俗共赏，拒绝小众的文学实验。要而言之，"报纸小小说既要保持其固有的文学艺术性，又要从属于报纸的新闻性、现实性、大众性，这一定位使其既不同于文学刊物上的小小说，又不同于报纸上的新闻通讯"。这一对报纸小小说特点的分析和定位总体上比较准确，无论是对编者还是对作者都有启发意义。

一

要想准确把握报纸副刊小小说作品的特点，我们首先必须认清报纸及报纸副刊的基本特点。

作为大众新闻传播媒体的报纸，新闻传播、信息传递是其首要职责；作为一种社会覆盖面广、内容繁复、信息容量浩大的阅读物，它面对的是社会各阶层的读者；社会主义新闻媒体是党和人民的喉舌，是严格置于党性原则之下的。以上即是报纸的党性、新闻性、大众性三大原则。报纸副刊作为整张报纸的辅助版面，毫无疑问，必须严格遵循报纸的三大原则，所发表的作品内容不能游离于报纸之外，要从整体上去配合党的方针政策，同时与报纸每一阶段的宣传中心相吻合。报纸副刊要紧紧关注社会动态，把握时尚及潮流，与社会脉搏同步，同时，还必须依据报纸的特点，从题材选择、主题开掘及艺术表现手法上使其与文学刊物上的作品区别开来，使其真正成为报纸副刊的文学作品，为广大人民群众所喜闻乐见，最大限度地拥有读者，既达到满足各阶层各文化背景的人们的需求，也可使报纸的喉舌作用得到充分发挥。

二

认清了报纸及报纸副刊的特点后，对于报纸副刊小小说有别于文学刊物小小说的特点就比较容易把握和理解了。

报纸小小说在思想内容上必须具有强烈的现实性、新闻性及贴近性。纯文学刊物所发的小小说作品，主要从文学性出发，追求艺术品位的“阳春白雪”，或从形而上的哲学境界去阐释人生，或以奇特怪异的艺术手法去表现主题，有的作品内容缥缈诡奇……这样的作品，一般读者根本看不懂也不愿费力去看，但在文学界的一些作家和评论家那里却可以得到极高的评价。虽然如此，这样的作品在报纸上是难以发表的，理所当然地会被副刊编辑们退还作者。因为，这样的作品不符合报纸的党性、新闻性、大众性的三大原则。而报纸的三大原则融进小小说，就要求报纸小小说作品要密切关注社会热点，或以社会热点为背景，表现新近发生的与人民群众密切相关的现实生活。即使以远离社会现实的背景来构思谋篇，其思想内涵、主题指向也应与社会现实有着密切的联系，或褒扬人性人情的真挚美好，或揭露社会现实中存在的丑恶弊端，或以生活哲理启迪读者，或以英雄业绩来感召大众,这些都是报纸小小说要表现的鲜明主题。虽然这些作品不能算作是小小说中的“阳春白雪”,但这些作品可以雅俗共赏、取得最广泛地拥有读者的社会效果。

报纸小小说在艺术表现上必须遵循大众化的原则。报纸小小说在艺术表现上虽然也同文学刊物的小小说有共通之处,它也讲究含蓄、有弦外之音、言外之意,忌直露、忌一览无余,忌单一、倡导艺术形式的多样化,主张在作品中通过多种艺术手段去营造出审美艺术氛围。但是,我们还必须清醒地意识到,报纸小小说在艺术手段的运用上,决不能像文学刊物上的作品那样任意地挥洒,或“意识流”,或“朦胧”或“荒诞”,或“魔幻”,而根本不考虑大多数读者的接受能力。如果报纸上发表这样的让读者看得晕头转向的小小说,就会失去广大读者。

报纸的“大众性”原则,决定了报纸小小说作品的艺术形式必须以大众化为主,其效果应该是雅俗共赏。追求各种艺术表现形式的前提必须是让各阶层、各种文化背景的读者都能看得懂,乐意看。否则,不管你的艺术手段再新,读者不买你的账,报纸副刊的编辑们自然也不敢为你提供版面。报纸小小说要取得雅俗共赏的效果,就必须坚持以“情节和人物”取胜,着力去追求一种生活化的简洁明快的叙述方式和语言——这是中国传统小说艺术的“法宝”,对于为报纸副刊写小小说的作者来说,抓住了这一法宝,其投稿命中率定会大大提高。

三

综上所述,我们可以得出如下结论:报纸小小说既要保持其固有的文学艺术性,又要从属于报纸的新闻性、现实性、大众性,这一定位使其既不同于文学刊物上的小小说,又不同于报纸上的新闻通讯。笔者在一次小小说创作研讨会讲到这一观点时,一位小小说作者曾不无担忧地说:你如此强调报纸小小说的新闻性和大众化,恐怕你们报纸上很难发出高水平的小小说吧!这位作者的担心纯属杞人忧天。首先,我们应该弄清楚何谓高水平的作品?追求“阳春白雪”可以出高水平的作品,追求“雅俗共赏”和“下里巴人”同样也可以出高水平的作品。强调报纸小小说的特点,使作者在为报纸写稿时,有意地去强化突出这些特点,只能会有助于作者们写出符合报纸要求的雅俗共赏的好作品来。

多年来,本着对报纸小小说特点的以上认识,我去组稿、选稿、编辑,收到了良好效果。1991 年 6 月至 1992 年 3 月,我作为《洛阳日报》的小小说编辑,参与举办了“一拖杯全国小小说大奖赛”。我们聘请并组成了由已故中国作协书记处书记葛洛为评委主任,著名作家李国文、李准、贾平凹和《人民文学》副主编崔道怡为委员的评选委员会。实践证明,这次大赛十分成功。除台湾地区外,全国30个省、市、自治区都寄来了大量稿件,还有不少海外来稿。在多达37000件来稿中,我们本着以上对报纸小小说的认识选编发表了350多篇作品。这些作品不仅深受广大读者的喜爱,也得到了评委会的高度评价,认为大赛所发表的小小说作品"数量之多、质量之高、题材之广泛"是前所未有的。发表的作品,有20多篇分别被《人民文学》、《小说月报》、《小小说选刊》等8家刊物转载,还有7篇作品被《中国文学》译为英文、法文介绍到国外。举办"一拖杯全国小小说大奖赛"的成功实践,使我们坚信:只有准确地把握报纸小小说作品的特点,报纸副刊才能为小小说的创作和繁荣作出越来越大的贡献!

报纸副刊为何不见了“小小说”

齐 霁 李兰瑛

近年来，随着人们物质生活的丰富，人们的文化素质也相应提高了不少，人们的精神生活和文化需求有了很大的改变，报纸副刊中虚构或者纯艺术的东西不再受读者青睐。变化最明显的就是在许多大报和地市一级的报纸副刊上，几乎看不到小说和小小说的影子。作为文学阵营中的轻骑兵之一的小小说，曾在中国文坛红火一时，而正是适应了报纸副刊篇幅大都要求短小的因素。那时，千字左右的小小说几乎在所有的报纸副刊上疯长。在八十年代初期与中期，小小说经历了它的起步与成熟的过程，而作者们不写几篇小小说来一试身手，那么在文人圈里就没有人瞧得起你；而在副刊作品排行榜中，小小说与杂文总是交替出现在榜首，小小说排头条的机会是太多了。并且，作者与读者之间，几乎形成了一种默契：那就是作者一气呵成，而读者一口气读完。所以，原来的《保定市报》副刊上，曾开辟过“一口气小说”栏目，并且利用报纸三四版中缝，开辟过“报缝小说”。作者趋之若鹜，读者渴求一时。到九十年代，小小说已经渐渐被报纸副刊所淘汰。笔者留心关注，在河北报纸中，《河北日报》副刊是最早不发小小说的报纸，而河北报纸文艺副刊评奖也不要小小说。如今，小小说作为一个报纸文学的“古老”品种，只有《北京晚报》还在坚持它的“一分钟小说”的栏目，屡有篇目刊登。《新民晚报》几乎看不到，《羊城晚报》不定期，似乎有点为了怀旧，偶尔能看到零星的篇目。

报纸副刊阵地上的小小说起步快，势头猛，淘汰快。这是为什么呢？笔者以为，小小说自身的遗传基因中，就存在着致其死命的病毒：那就是，它是一个

题解 本文原载《采·写·编》1998 年第 3 期。文章对 20 世纪 80 年代开始繁荣的小小说在经历了十余年的发展之后开始从报纸副刊销声匿迹的原因进行探讨，认为小小说原本就是“一个幼稚、脆弱、干瘪的艺术品种”，缺少艺术性，这是其生命力不足的根本原因。同时，电视文化的迅速发展，视听节目的兴盛对小小说的生存构成了严重冲击，而纪实文学与热点话题成为人们的阅读新宠、散文成为副刊文艺的大宗，也使得小小说逐渐被边缘化乃至最终消失不见。文章对副刊文体所发生的重要变化进行及时关注并分析其原因，其职业敏感与学术眼光都值得重视。

幼稚、脆弱、干瘪的艺术品种，实际上没什么艺术可言。纯属文艺门类中的“武大郎攀扛子——上下够不着”。小小说再写一百年也出不来过去“笔记小说”和《聊斋志异》的效果与轰动。这是它自身艺术生命的局限性。而随着时代的进步，人们生活节奏的加快，各种艺术门类与艺术手段的出现，这个既不能让读者痛快淋漓，又不能让影视、曲艺的编剧们改编的小小说，就只好被其他艺术品取代，也只好被读者遗忘了。小小说的衰落还有以下因素。

生活节奏决定艺术品种。人们的生活节奏比前些年要快得多了。其证明就是大家都在忙。虽然有时不知在忙什么，也不知忙得有用没用，但只要你加入这个社会忙乱的快车中，加入这个大循环，你就不自觉地被卷进去了。当你略有喘息之机而有闲需要阅读的时候，你所需要的是简洁明了的艺术品，而讨厌那些让你走入某个人虚拟一种氛围的作品中去兜圈子，而事实上，你即便很顺利地走出他虚拟的那个小圈子之后，从灵魂到物质简直一无所有。读者因此会不屑于再顾。

生活越忙乱复杂，对艺术的要求越简单。这似乎成反比。

电视文化充塞观众耳目。近几年，电视事业的飞速发展，已经远远地超过了其他媒体的作用，它的声光画为一体的现代手段以及它的足不出户的欣赏功能，懒散随意的欣赏方式，其他媒体无法替代。它大量而丰富的文化信息，使人们真正获得了大量的收益。时常有引起轰动的电视连续剧在每晚的黄金时刻给观众播放。人们茶余饭后的热点议论都被电视上的东西所取代，而那干瘪的小小说，谁又能想起它呢?

纪实与热点成为新宠。几年来，所有的纪实文学与热点话题已成为人们阅读的新宠，大量真实的幕后材料，一夜之间曝光，成为人人知道的话题，轰动一时，痛快一时。许多纪实性非常强的出版物，成为报纸连载的抢手货，那是吸引读者的角落。而电视上热点与焦点的透视，又使受众痛快淋漓。这些生活的真实才是吸引读者的好的文化品种。

散文成为副刊的大宗。

近几年来，散文小品充塞报纸，本来是“小品”，却成了大器。这是为何呢?笔者认为有这么几点:其一，散文的随意性。生活的随意与写作的随意结合，再加上阅读的随意;几乎都能写，几乎都能看，有的文字差点，有的生活底子薄点都无所谓，而小小说则不是人人想出手时就出手的。其二，散文的大众性。大众性就是散文的人缘好。它不卖弄高深之学，又不摆架子，平实为本，韵致为先。其三，散文的欣赏性。散文的主要功能是欣赏，所以散文总是给读者一个好的胃口,不刺激不卖狂,入口绵甜似美酒。当然,散文的品性还有许多,这里就不一一列举。总之,无论从哪方面,它都比小小说让人喜欢。这或许是天生的,是艺术品的自然命运。

综上所述,小小说在报纸副刊上的没落和衰亡,就已经很明晰了。或许它已经成了晚清男人的辫子,剪去而不可惜了。

也谈副刊诗歌的时代特性

蔺洪生

诗歌，作为报纸副刊最具灵性的文学体裁，不仅能运用富有韵律的精炼语言，高度集中地反映现实生活，而且能以强烈的感情和丰富想象，通过生动具体的艺术形象来鼓舞人们，给人以美的教育和艺术享受。笔者认为，副刊诗歌作为弘扬主旋律的重要形式之一，其根本特性应该是反映时代生活，最大限度地发挥引导读者和鼓舞人心的作用，从而在配合正面宣传的同时，又充当鼓点、号角和投枪，不断给人以慰藉和启迪，给人以崭新的价值取向和审美判断。

关于副刊诗歌如何反映时代生活，笔者的认识有四：一是努力从广阔的生活中选取提炼最能反映生活本质且最富特性的事物来突出主题，集中反映时代特点。副刊诗歌贵在时新，贵在打上鲜明的时代印记。特别在当前的市场经济大潮中，副刊诗歌更应介入实践，更多地讴歌时代主流，反映大众命运，反映那种勇于开拓的志气与足音，反映前所未有的变革气象。否则，很容易与时代疏离，很难寻求广泛的知音。二是借助强烈的激情和丰富想象，把生活素材加工为诗歌形象，创造感人的意境。如《人民日报》1998 年 1 月 31 日第四版刊登的《春之歌》一诗，就是用澎湃的激情鼓动想象的翅膀，进而对生活进行艺术加工后，来完成对春天的向往和歌颂的。诗中表现的“你将新的年龄/同时放在每个人手上”以及“门楣上/那千万双鲜红硕大的福字/可是你飞入千家万户/羽翼丰满的翅膀”等意境，不仅引人入胜，而且让人在品诗的同时，更加懂得激情和想象离不开时代生活。生活的基础愈深厚，抒发激情和进行想象的天地愈广阔。三是开掘要深，要以时代生活为源泉，沙里淘金般地提炼作品的核心思想，把读者

题解 本文原载《青年记者》1998 年第 6 期。诗歌是报纸副刊的主要文学体裁之一，相对于文学刊物上发表的诗歌作品，文中认为副刊诗歌有其独特性，其中最重要的一点就是具有鲜明的时代性：“副刊诗歌作为弘扬主旋律的重要形式之一，其根本特性应该是反映时代生活，最大限度地发挥引导读者和鼓舞人心的作用，从而在配合正面宣传的同时，又充当鼓点、号角和投枪，不断给人以慰藉和启迪，给人以崭新的价值取向和审美判断。”文中分四个方面讨论了副刊诗歌应如何反映时代生活，对于诗歌创作者有启发性，而对副刊诗歌时代特性的强调也与副刊文学从总体上贴近现实的特点相吻合。

引人高尚的境界。贺敬之所写的《雷锋之歌》之所以受到欢迎,就是因为他以雷锋引发的对生活重大问题的思考为基础,用立意深远的哲理贯穿全诗,从而揭示了雷锋精神的时代意义。同时,写诗还要认真构思,对主题思想从立意、布局、手法上进行艺术处理,使之新颖而不落俗套,达到情感、思想与语言、形式的和谐统一,才能获得勃勃生机。例如《把酒台北说神州》一诗就颇为出新,巧妙地把中国酒文化与祖国统一联系起来。这首诗的开头以酒切入,"酒/好酒!"接着写"金沙江/大渡河/一齐涌进胸口/峨眉泉/岷山雪/点点滴滴入心头……"然后又写过李太白、陆游等历史名人和三峡、赤壁等名胜古迹,写出了"与历史把盏/同日月喜忧"、"今日如在故乡游/别有滋味在心头"的无限感慨;写出了"一轮明月照两岸/同宗同亲共神州"、"岂有离别/更有相逢"的热切期盼,让人读而激动且爱不释手(详见《人民日报》1998 年 1 月 23 日)。当然,诗歌的构思,又是作者思想境界的问题。如果作者缺乏对时代生活的深刻感受和理解,就不可能产生新颖独特的艺术构思,更不可能创造出深邃感人的意境。四是以严肃认真的创作态度,说真话,以由衷之言去打动读者。孔子曾说:"诗可以兴,可以观,可以群,可以怨。"其中的"可以观"、"可以怨"是指赞美良善、讽刺丑恶,而"可以兴"、"可以群"则指诗歌陶冶性灵的功能,这都不是装腔作势或冠冕堂皇的假话所能实现的。前不久,笔者读到《中国人,不跪的人》一诗,就以凛然正气抨击了外企老板侮辱中国工人的行径,表现了当代中国人的民族自豪感。另一首《侏儒酒吧》则谴责了将人的生理缺陷作为奇货出售的社会怪态,捍卫了人的尊严。这两首诗之所以受到广泛好评,既在于写出了真情实感,又因为诗中的喜怒哀乐与人民一致,从而能获得强烈的时代效应,并赢得读者共鸣。

应该说,副刊诗歌的魅力,主要在于时代特色和思想感情,在于出情、出新,并充满哲理的光彩,在于解读人生和解析社会。但要把深刻的思想和澎湃的激情,熔铸到简短的诗行中,又必须"炼字"、"炼句"、"炼意",下苦功夫锤炼语言,努力使每个词、每句话都拟态传神、绘形着色,进而能蕴藉深厚、精辟警策,收到言简意赅、语短情深的效果。应该承认,当前的诗歌已面临诸多误区,面临着语言的平白芜杂或艰涩玄虚,面临诸多雷同、意象轻浅的平庸之作,它们有的是叙述式、概念化,且空泛干枯、颓唐无聊,有的借助西方某些哲学意念,如死亡意识、困惑情绪等,一味转向抽象,用长短行的语汇铺排成诗的形式便见诸报端,岂不知,副刊诗歌和散文、杂文以及消息、通讯一样,也担负着为社会主义服务,为人民服务的重任。诗歌作为时代的号角和回声,应该敏捷而响亮地回答时代生活所提出的问题,应吟出千万人的心愿和呼声。因而副刊诗歌的语言首先要健康明朗，要具有民族风格，并认真向民歌和古典诗歌学习，积极借鉴和汲取中国诗歌史上屈原那种“吾将上下而求索”的理想追求，以及杜甫“致君尧舜上，再使风俗淳”的社会祈盼，文天祥成仁取义的浩然正气和龚自珍“我劝天公重抖擞”的救国热忱等，努力与时代合拍，与读者贴近。在这方面，诗人高缨在他的《罗湖桥》一诗里是这样写的：“心摆在倒计时的秒针上/走过罗湖桥……/短桥不过百步/却走了一个半世纪/回头看/身影溶入历史。”（详见《人民日报》1997 年 6 月 10 日），这些诗句，不仅凝练易懂，而且切合现实，表现出了感人的诗美和张力。

同时，当前的诗坛既已形成多元并存的创作格局，作为副刊诗歌当然不能囿于传统的单一模式，当然要探索与创新，提倡形式的多样性。因而，副刊诗歌要在坚持思想品位的基础上，既可庄又可谐；既可现代又可古典；既可抒情又可叙事；既欢迎哲理诗，又喜欢散文诗、朗诵诗等，尤应刊登“一沙一世界，一花一天国”的小诗、短诗，使首首诗歌如星如露，如雅俗共赏的音符，宜人视野又滋润人心，更好地体现出万紫千红春满园的效果。当然，副刊作为整张报纸的组成部分，又不可避免地具有一定程度的新闻因素，要求所载诗歌能注重时效，配合宣传，与正刊内容互相呼应。

总之，随着时代的发展和文学观念的变革，副刊诗歌的美学追求也在更新，广大读者的审美心理也在变革，但笔者相信，反映时代生活仍是诗歌振兴的希望所在，是副刊诗歌必然的特性。

当前报纸副刊杂文的几点思考

朱桂莲

众所周知,报纸的主要功能是传播信息,引导舆论。作为报纸正刊的新闻版,完成这样的使命自不待言,而作为报纸的副刊,要完成这样的任务,恐怕就要费一番周折。副刊的主要载体散文、小说、小品等形式的作品虽然也以传播信息见长,不无引导舆论的内涵,但在引导舆论的功能上,却终究不如杂文这种体裁本身所具有的优点。杂文作为艺术的政论,是反应很敏锐、思想很活跃、情感很贴近的言论,是副刊最能补充和张扬正刊舆论导向的最佳形式。是否可以说,唯其杂文,才能更好地完成报纸副刊引导舆论的任务?

既然杂文是报纸副刊的灵魂,最能体现副刊新闻性和思想性的文体非杂文莫属,那么,作为报纸副刊编辑,应该如何在新一轮思想解放的形势下,推陈出新,唱好副刊杂文重头戏,则是当前报纸副刊一个引人注目的重要话题和任务。笔者作为副刊编辑,在此不揣浅陋,就这一问题谈谈自己的几点体会和看法。

一、副刊杂文必须具有文体意识

杂文有两种,一是写闲适,谈天说地;一是批评性杂文。两种杂文文体都可以在副刊出现,但必须有鲜明的倾向性,即副刊主要需要什么样的杂文,重点提倡什么样的杂文,编辑应该旗帜鲜明,导向明确。笔者认为,现在并不是一个消闲的年代,副刊杂文不能以消闲为主导潮流。正如鲁迅先生所说,杂文应该首先

题解 本文原载《新闻前哨》1998 年第 4 期。杂文作为艺术的政论,反应敏锐、思想活跃,是副刊最能补充和张扬正刊舆论导向的文体。本文是作者从编辑实践出发对报纸副刊如何唱好杂文重头戏所作的思考。文中认为要守住副刊杂文的辉煌,副刊杂文就必须具有文体意识,杂文不能以消闲为主导潮流,要重视批评、有充当舆论监督工具的意识。副刊杂文必须具有鲜明的时代特征,保持对社会热点问题的持续关注。另外,副刊杂文也必须严格把握好"度",既要保证内容观点积极向上,也要有一定的战斗性。而副刊编辑也应明确办报思想,把编发杂文作为一项工作重点,这样才能唱好副刊杂文这一"重头戏"。

是投枪，是匕首，是战斗的武器。在目前市场经济条件下，社会仍然存在种种不良现象，十五大报告中曾多次出现“监督”二字。因此，充当舆论监督的工具，仍然是当前报纸副刊杂文的首要功能和任务，副刊杂文的文体自然也应该侧重于批评性杂文。

副刊杂文的文体意识，还应体现在富有情感的艺术特色。杂文的战斗性，不是光膀子拍胸脯，不在于如何赤裸尖锐，而是要有艺术感染力。作为一种直接、迅速反映社会事变的文艺政论，杂文的新闻性并不是作为一个标签硬贴在面孔上，而应该注意新闻性和文学性的有机结合，力求幽默活泼、含蓄婉转，让读者咀嚼起来新鲜有味，有一种谆谆教导的亲切感。例如：我们曾经刊发了题为《劝世之法》和《人生父母养》两篇杂文，文章虽然话题沉重，批评了社会上的一些不良现象，但由于文辞委婉，具有浓厚的感情色彩，使读者感受到作者的肺腑之言和良苦用心，有的人甚至把报纸剪下来用以正身，起到了很好的“劝世”效果。由此看来，副刊杂文一定要讲求文体意识，那种装腔作势、盛气凌人、张口就骂的杂文往往令读者生厌，难以收到警以示人的舆论效果。

二、副刊杂文必须具有鲜明的时代特征

办好副刊杂文的一个重要因素，是对社会热点问题的关注。新闻是动态的东西，文学是静态的东西，副刊则是在静态中反映动态，副刊杂文应该具有一定的新闻性和动感，应该十分敏捷地对时事作出反映，最大限度地体现出“新闻纸”上的杂文这一特色。反映时代的呼吸，反映老百姓的愿望和呼声，是副刊杂文不容忽视的责任和义务。

因此，作为副刊杂文编辑，在杂文的选择与取舍上，应在与中央保持一致的前提下，思想跟民心一起搏动。杂文要直面现实生活，凡是读者在当时关注的热门话题、事件、人物，宏观也好，微观也罢，编辑都要尽快组织作者撰稿，尽快上版。否则，编发的杂文内容离读者很远，读者就认为不好看，不爱看。例如：武汉晚报有一个杂文专栏《热风集》，其宗旨便是关注时事，针砭时弊，弘扬正气。编辑在组织这个专栏文章时，特别注意两个问题：一是文章的时令性，内容是否新鲜；二是文章的针对性，话题是否为读者所关心。由于编辑思想明确，文章取舍把关严格，该专栏刊载的文章基本上能较好地体现杂文的新闻性和独特的灵魂作用，长期以来一直受到广大读者的关注和欢迎。

三、副刊杂文必须严格把握好度

副刊编辑可能都有这样一个感受:副刊版上最受读者欢迎、最为社会关注的稿件,大约要数杂文;而最容易出“毛病”,最常引来指责甚至严厉批评的,也非杂文莫属。这很有点“成也萧何,败也萧何”的味道。

其实,这种现象的出现,归根结底在于一个“度”的问题,在于编辑如何明确办报思想,合理有节地把握好所编杂文的分寸。具体说就是要注意解决两个方面的问题:其一,文章的内容观点是否健康向上。那种过于直面人生,毫无顾忌地批判与揭露,甚至以一点而攻击其余的杂文是不受读者欢迎的。江泽民同志曾经说,正确的舆论教育人,好的作品鼓舞人。显然,以偏概全,牢骚满腹的文章是难以收到为社会服务的效果。其二,文章又必须直面社会,具有一定的战斗性,让人读后有一种痛快淋漓的感觉。否则,平平淡淡,无关痛痒,就会失去杂文应有的“监督”与“匕首”作用,读者也会不屑一顾。由此看来,编发副刊杂文既是对编辑业务素质的一种考验和测定,更是对报纸的思想性、导向性的一种监察与考核。副刊杂文要做到既“好看”,又不至于“惹麻烦”,编辑首先在思想上必须摆正杂文作品的位置,不要有包打天下的心态,同时又要使杂文的战斗性和服务性有机地结合。只有这样,才能既不至于给报纸、编辑自身带来麻烦,又能使杂文对社会环境起到导向和改革作用。

关于副刊杂文的度,除了编辑必须全力把握好分寸感外,还有一个重要的问题就是深度。时下,有一个值得注意的现象,就是有些报纸副刊的杂文越来越不像杂文,文章既缺乏艺术感染力,更谈不上深度,让读者感觉不伦不类。杂文作为一种艺术政论,也要表明赞成什么,反对什么,但是它往往不在浅显的道理上做文章,它的力度和厚度,要经得起思索和玩味。比如,天津《今晚报》的副刊杂文专栏《肝胆篇》,其刊登的每一篇文章基本上具有足够的份量,是一个被广大读者认可的比较成功的杂文专栏。

四、副刊杂文应该唱好重头戏

在当前市场经济的新形势下,作为报纸的读者,往往不喜欢长而空的文章,而对报纸副刊来说,杂文很符合大众阅读心理和文艺副刊的需要,也真正能体现出报纸副刊“杂”、“短”、“快”的特点,成为文学众文体中最能迅速传播新闻信息,最能直接地反映老百姓的呼声和愿望,最便于干预生活、针砭时弊的一把匕首和投枪。因此,在当前形势下,报纸副刊应该把编发杂文作为一项工作重点,副刊编辑应该唱好杂文重头戏。

首先,杂文编辑要设法使杂文推陈出新。杂文吸引读者,第一要新。新,便是要有新视点、新见解、新思想。这就要求编辑组稿、选稿甚至撰稿,都必须注入编辑特定的思维,寓杂文以新,投读者之好。

此外,副刊编辑应该积极策划、重点经营好杂文专栏。编辑可以通过举办杂文征文等形式的活动,吸引读者参与办报,使杂文真正成为读者关注、熟知和热爱的专栏。笔者作为副刊编辑,近年来举办过三次杂文征文,每一次都收到来自全国各地几百篇甚至上千篇应征稿,此举对于扩大杂文专栏的影响,提高副刊杂文的质量很有裨益。由此,如果说编发杂文只是编辑日常工作的一种行为过程的话,繁荣与推进杂文创作才是一个编辑水平与能力的全方位体现。

析报纸副刊散文俗化现象

陈茂君

纵观近年报纸副刊散文，感到某些俗化现象影响着我们健康的情感培养，其主要表现在：

一、脱离现实，流于虚伪、矫情，失落了文化品格，萎缩了崇高精神

有篇散文，叫《无钱的洒脱》，说作者无钱，于是不担心绑架、小偷，也不会染上性病等，似乎身无分文才是世上最幸福的，财富和金钱会给人带来不幸和痛苦。大作发表后，诱发得许多作者写出无数篇类似的散文，如《无钱的欢乐》、《我无钱，但我很快乐》、《无忧无虑的穷秀才》、《我缺钱，但我很充实》……在计划经济走向市场经济的今天，谁相信这富丽堂皇的虚伪宣言呢？

更有一些文章，写吃腻了粤菜、四川火锅、三明治，又思念起山乡的红苕稀饭包谷粑；坐烦了奔驰、凌志、桑塔纳，又忆起了布满鲜花的乡间小路；住厌了高楼大厦空调屋，又怀念山乡的茅草屋破窑洞……这在近年的"富婆散文"中屡见不鲜。在这些散文里流露出的富贵者的优越、"上等人"的骄傲、有闲者的情调，不仅使人看到作者脱离苦海的自得，也使人看到作者消蚀了的同情与怜悯。要知道，我国大部分农村还处在贫困线上，城市也有几百万下岗职工。这种视他人的艰辛为幸福，拿他人的艰辛来抒情的作品，文化品格失落了，文学那种鼓舞人的崇高精神萎缩了。

题解　本文原载《新闻界》1999年第1期。报纸副刊是20世纪90年代"散文热"的重要园地之一，副刊散文也区别于期刊散文，发展出其比较明晰的文体特点，但副刊散文"繁荣"的背后也并非没有隐忧，其俗化现象日益严重，"病症"明显。本文从编辑者的立场出发，对散文俗化的现象进行了分析，认为"脱离现实，流于虚伪、矫情"，"小男子散文""小女子散文"大行其道，削弱了散文的社会功能；闲适小品走红，过于世俗化而缺乏诗性超越等等，都是副刊散文俗化的表现。而过于迁就读者的消费需求、散文文体本身的局限等则是导致副刊散文俗化的重要原因。文章在对副刊散文俗化现象进行"问诊把脉"的基础上，提出了"医治"的方案，这对促进副刊散文走上健康发展的轨道是有帮助的。

二、"小男子散文"、"小女子散文"沉溺三人小圈子不能自拔，使散文成为小摆设，削弱了作者的社会责任感和文学的社会功能

有一类散文，沉溺于三人小家庭，夫写妻、妻写夫、夫妻共写儿女。有的则热衷于"三房"（产房、闺房、卧房）题材。三分聪颖，三分感觉，三分真情，还加上一分尚不让人生厌的虚荣心，是这类散文的特点。公式是：

夫写妻桶腰蛙腿，一身肥膘，出门碍眼，或发稀眼小，鼻塌嘴阔，缺乏性感，但都心地善良，对自己爱得死去活来。妻写夫不修边幅，不懂温柔，但又都是大智若愚，事业有成。写儿女都是太阳月亮、生命内核、生命的延续，从牙牙学语、到一枚水果、一块巧克力，都不厌其烦大肆描写，刻意渲染；给小孩喂次奶、洗块尿布，都仿佛从中悟出了宇宙演变规律；在婴儿身上发现一块青斑、一点红痣，也同发现新大陆样惊诧不已，絮叨不休。

其实，作者不外乎在强说愁中，获得心理上的平衡和满足；在惊诧絮叨中展示其优越骄奢的忧郁。有文艺评论家称之为"小悲欢情结"。

文学评论家史晓鸥曾针对这种状况撰文指出，在抒写心灵时，如果只热衷于咀嚼个人的忧伤喜乐、痛苦快意、失望满足等，必会因过度抒情而流于伤感主义和小情小调，割断或减弱与社会、时代、历史的联系，既造成了散文内容的琐碎浅薄，又导致了散文的矫情泛滥。

三、闲适小品走红，导致散文趋向和认同日常生活，背离文学的诗性超越意向

近年，一大批现代文学史上的闲适小品忽然走红，周作人、林语堂、梁实秋等被冷落多年，在当年亦受到文化界某些非议的闲适小品，现在却作为经典重生了。

今天的读者在阅读这些文章时，会获得什么呢？无非是一种闲暇里的心平气和、一种日常疲倦的暂时发泄。倘若说这也是艺术的一种魅力，那么，这种"魅力"恰恰阻止了读者的深度思考，它使艺术感知停留在平面上，并最终使艺术成为一种与心灵无涉的日常点缀，使文学成为一种游戏。不错，这种学者式散文有知识，但是，在这种重知识、卖知识的背后是"精神"的丧失，即对人类命运

的忽略，对人心人情的漠然。

艺术之所以有其存在的价值，在于它提供了另一个世界，即可能世界；另一种思想高度，即诗性的观照视象。本质上，艺术应是超越性的，这就决定了艺术深层次上的必然反庸俗、反市侩的文化诗性立场。如果我们津津乐道烟茶酒楼、花鸟鱼虫、烹调服饰，必将读者引入日常生活的片断消磨与细品中，以一种“感谢生活”的长者宽容风范和“虚静彻悟”的道家平和之气的姿态出现，在拒绝纵深思想的同时，毫不犹豫地抛弃了超越性的俯视生活视点，淡化了文学的社会功能。

我们认为，以正确、积极的思想引导人、塑造人、鼓舞人，给人美感的作品，才是真正的艺术品。而闲适散文的走红，又误导出了一大批现代闲适情趣的散文来，使散文俗化。在散文百花园里，不是不该有闲适散文的一席之地，而是不应太多太闲适。

四、报纸副刊散文俗化的原因及其对策

笔者认为，报纸副刊散文俗化的主要原因有两个。

一是散文作为一种消费品，在现代商业社会发展过程中，逐渐形成了自身的消费性格，以迎合读者的需求。如篇幅短小、文义浅薄、题材内容不能太过陌生等通俗特点；同时要求影像包装设计精致，形成字数少、文字浅、影像多、内容熟悉的通俗模式。有人总结这种模式是：短短的篇章、甜甜的语言、浅浅的哲学、淡淡的哀愁。

从散文发展史看，“五四”时期，作家们写作的动力是内在的。30年代，写作就直接和上海四马路上的读者大众联系起来了。作家写作散文大多不是等待灵感，而是按报纸副刊或期刊的某一栏目的需要进行填充，也就是说，创作之前，它已预先纳入了某种流派、风格、题材之下了。可以说，由于消费者的需求，报纸副刊不得不以“流行”为最高风格支配着报纸副刊散文创作。

二是散文文体本身的局限。

回顾现代散文史，自二三十年代以来，散文不论被理解为“美文”、“抒情文”、“小品文”，或作为叙事散文、议论散文、杂文等各种类型，都始终没有摆脱所谓的“小摆设”角色。尽管这些散文的传统概念对现代散文的发展影响深远，却也对散文的进一步发展造成障碍。

改革开放以来，散文在书写模式上开始跨越单一性的局限；在主题、技巧上

亦突破单一结构而形成多元繁复的局面；特别是散文的小说化和诗化，使散文的叙述观点得到转变，同时也使散文体式得到转变与扩大。

至今人们仍然认为，散文是“文如其人”的一种文类，要求呈现作者的情感、思想和气质。但是，以作者个人情感为主的散文，在发展空间上有很大的限制。作者个人有限的阅历、风格的定型亦将导致文体的一再复制，更甚者，导致滥情和僵化的趋势，使散文长久局限在纪实、抒情、写景、状物、表意等范畴里，难于放开手脚。

对于以上原因，笔者认为，习惯是可以改变的，只要报纸副刊编辑坚持以邓小平理论作为办好报纸副刊的指导思想，坚持政治家办报，散文俗化现象会得到遏制，读者的欣赏习惯会得到改变。

在我们的新闻队伍里，有一批政治、业务素质较高的副刊编辑，他们既有“新闻鼻”，又有学者的学识、作家的文采。通过他们的努力，这些年也培养了一大批有使命意识的较为成熟的作者队伍，一大群喜欢自己版面的读者。报纸副刊散文俗化倾向不是癌症，会在前进中得到医治、解决。

对我们地市报纸副刊散文编辑来说，我认为重要的是培训自己的作者队伍，特别是抓作者思想素质的提高。对文学青年来说，最重要的是走什么路的问题。真正优秀的作家，哪个不是用自己的生命去体验生活、去探讨人类和世界存在的意义？哪个不是努力创作最好的作品去武装人、引导人、塑造人、鼓舞人？

副刊杂文“三性”论

李龙年

关于报纸言论，有一个公认的著名观点：“言论是报纸的灵魂。”因为，人们通过报纸来认识、了解和评价社会，言论是最直接的方式，也是最能表达编辑部观点的方式。舆论导向，言论是极为重要的一环。

作为报纸副刊的杂文，是报纸言论的重要组成部分，因此，报纸副刊几乎都有杂文专栏，有些还有杂文专版；同时，报纸副刊既要保持其文艺属性，又要突出其新闻属性，以同“杂志化”划清界线，杂文无疑是达到这种效果的重要的副刊文体。

然而，许多副刊上难以读到好杂文：或是缺乏立意、内涵平平，或是语言干巴、词汇单调，或是鸡毛蒜皮、隔靴搔痒；与此同时，许多副刊编辑又在大叹苦经，曰好杂文难求，好杂文难觅，等等。然而，许多读者、报界同人注意到这样一个现实：不少整体水平较具品位的报纸副刊，团结了相当一批杂文作者，这些副刊上因此也不断出现杂文佳作，《杂文报》的“杂文选萃”版、《杂文周刊》以及全国报纸副刊好作品评选、省级好新闻作品评选等，这些副刊不断有作品入选。这些副刊大都受到读者广泛好评和同人的认可，除了这些副刊整体水平不俗外，它们重视杂文，不断发表贴紧现实、立意新，富有思想性和战斗性、文采飞扬的优秀杂文，无疑是一个重要原因。甚至可以说，杂文几乎撑起了这些副刊的半壁江山。

大家都认识到副刊杂文的重要性，编辑大凡对“好杂文”如饥似渴地期盼，那么，为什么出现在不同报纸副刊上的杂文作品，其水准、影响就相差甚多呢？笔者认为，除了报纸本身的条件、编辑的自身素质等原因外，还有一个十分重要

题解　本文原载《新闻出版交流》2000 年第 2 期。副刊杂文是报纸言论的重要组成部分，但副刊杂文水平参差不齐也是不争的事实。本文从编者角度分析原因，认为这与编者对副刊杂文的认识不足有关系，比如将副刊杂文混同于时评、杂感、小言论，没有注意到副刊杂文与杂志杂文的区别，等等，都会影响所编发杂文的质量。在此基础上，作者提醒编辑者应当注意把握副刊杂文的特性——新闻性、文学性与思想性，认为这三者是副刊杂文的生命、血肉与灵魂。这些分析对编者业务能力和副刊杂文质量的提升都有较为重要的指导意义。

的原因就在于:编辑贯彻于组稿、选稿、编稿过程始终的“杂文意识”,即编者对报纸副刊杂文的根本的认识上存在着不足。

这些不足主要表现在:

一是将副刊杂文混同于时评,片面地孤立了副刊杂文的新闻性。

二是将副刊杂文混同于杂感,降低了副刊杂文的文学性。

三是将副刊杂文等同于小言论,降低了杂文的思想含量。

四是没有注意到副刊杂文与杂志杂文的区别,弱化了副刊杂文的优势。

等等,不一而足。

在这里,笔者并没有贬低或轻视时评、杂感与小言论之意(相反,我认为它们是报纸言论更为重要的组成部分,并且和社论、评论员文章等组成报纸言论的主力军),也没有辨析它们与杂文孰高孰低的意图,仅仅是想说明它们和杂文是有区别的,犹如文学中的抒情诗与民歌,虽然都属诗的范畴,但毕竟不能互相代替,各有各的特点。

克服上述对杂文认识、把握上的偏差,认识到报纸副刊杂文的特性,无疑对于办好副刊甚至于办好报纸,都是极有益处的。

笔者认为,把握好副刊杂文的特性,关键在于把握好副刊杂文的“三性”——新闻性、文学性和思想性。这三者是报纸副刊杂文的生命、血肉和灵魂。

新闻性:副刊杂文的生命

报纸副刊杂文之所以适合于报纸副刊,它与杂志的杂文是有区别的,其根本区别就在于报纸副刊杂文更为强调新闻性(当然,不少时政杂志也追求新闻性,但期刊的新闻性终究弱于报纸)。我们认为报纸是新闻纸,副刊是新闻纸的延续和补充,而杂文、报告文学尤其体现着副刊的新闻性。如果说,春夏秋冬四季尚可成为许多副刊的某些诗歌、散文作品之时效性的话,那么,新闻性则是副刊杂文的生命时效之所在,没有新闻性的杂文,对于副刊来说,就容易使副刊与新闻主版割裂,二者之间缺乏内在的有机的统一,这样的副刊杂文也就无枝可依,成为失去生命之树的孤鸟。

何谓副刊杂文的新闻性?我们认为,主要是指副刊杂文题材的时效性、内涵的时代性、引起读者最广泛关注的可能性、意义的重大性,等等。

题材的时效性:杂文的论点,引发杂文论点的论据,等等,均应具有一定的时效性。尤其是不少杂文从一件事件生发开去,这事件就更应具一定的时效性。

哪怕是沉湎于远古、凝视于蛮荒，其最终目的、视点终究应落实于现实。这种时效性并不说明副刊杂文生命的短暂，相反，它只是一个入口、一个由头、一个缘由、一个路标，循此进入的，它所导向的，应是一个更为广阔的时空。与之不同，杂志的杂文，就并非一定需要这样的入口、由头、缘由或路标，其原因在于报纸副刊的根本属性之一——新闻性，这种新闻性要求副刊杂文在最短的时间引发读者的注意，把最重要的新闻事实迅速告诉读者。

内涵的时代性：副刊杂文所展示的内涵，应是时代精神、时代亮色，而不应是远古幽思、时空冥想。近年来，杂文与随笔的界线在相当的程度上变得模糊了，这种模糊性对于杂志尚可，并且使文体拓宽，而对于报纸副刊，则带来的更多的还是负面影响，因为，缺乏新闻性的杂文，弱化了报纸读者的阅读兴趣。形成这种状况，正是由于忽视了杂文的时代性，使副刊杂文靠近了随笔，大大减弱了副刊杂文的自身特性。这类占据报纸副刊版面的“杂文”，理应移居至杂志上去。

引起读者最广泛关注的可能性：其实主要就是在于作为杂文的“入口”事件的新闻价值，以及杂文论点的感染力和说明力。前者在于作者对事件新闻价值的判断力，后者在于杂文作者自身认识深度和艺术表现力。当然，不是危言耸听，也不是故作惊人。

意义的重大性：这种“重大性”是相对而言的，相对于随感和小言论的选题而言。随感和小言论长于一事一议，生活中许多平凡的事都可成为话题和题材，而副刊杂文更注重题材意义的选择，副刊杂文选题的新闻性要求之一在于题材的重大性，即题材有一定的分量，或文化的，或人性的，或政治的，或社会的……这样的副刊杂文在客观上，就有了较为开阔的意义的空间的可能性。

离开上述三性，副刊的杂文就不成其为副刊杂文，而是应属于其他版面上的言论。报纸副刊的迅捷性及其“新闻纸”的本质，决定了新闻性是副刊杂文的生命。

文学性：副刊杂文的血肉

新闻是副刊杂文的生命，而文学性就是副刊杂文的血肉。缺乏血肉的生命不完美，一些杂文之所以不为编辑或者读者喜爱，缺乏文学性的“血肉”而显得面容干瘪是一个重要原因。

副刊杂文的文学性，体现于谋篇布局的匠心、艺术手法的多样、行文造句的丰美、语言风格的个性化，作者视野的开阔。

谋篇布局的匠心。文无定法，杂文尤其；然而文似看山不喜平，杂文亦尤甚。谋篇布局或奇崛、或磅礴，或如蚕茧层层抽丝，或如小说隐于故事，这样，副刊杂文文无定法，却凭新闻之“鲜”扬文学之长，活泼多样，新鲜可爱，读者怎么可能不爱看呢？

行文造句的丰美。毛泽东同志在《反对党八股》一文中曾批评党八股“语言干瘪”，“像个瘪三”。而杂文语言的文学性，突出地表现在语言的丰美生动上。亦即，副刊杂文的题材、事件或“入口”均具新闻性，而其语言生成却应具相当的文学品位：讲究文采，又追求生动；注重修辞炼句，又着眼平实质朴，突出形象性，化抽象于具象。总之，副刊杂文语言的丰美即是艺术性与可读性的融合，是作者文化品位与思想深度的结合。

语言风格的个性。新闻作品，作者应置身事外，把新闻事实客观地报道给读者；而副刊杂文则是直接地传导作者自己的思想观点、感情倾向，因此，副刊杂文是富有作者个性的作品，而且，这种个性愈鲜明，往往愈得到读者的喜爱。如鲁迅杂文的犀利，又如他杂文的嬉笑怒骂，皆成文章等，都是他杂文的个性。而这个性，很大程度上体现在语言风格上。就当代我国著名杂文家而言，蒋子龙的冷峻和幽默，邵燕祥的深思老辣，等等，既是杂文风格，又是语言风格，而首先就是体现在语言这个层面上。语言是杂文作者文学素养、性格性情、思想情感的综合体现，也往往是杂文作品魅力倍生的原因。

作者视野的开阔。这也是副刊杂文与小言论、杂感的重要区别。后者由于篇幅所限，往往可一事一议，而副刊杂文文学性的特点，则要求副刊杂文有信息的密度、情感的密度、知识的密度、美感的密度等等。而这些“密度”并非一一罗列，而是应文而生，衍思而发，作者应该是纵横十万里，俯仰上千年，任由捭阖，信手拈来，如此，文则活力迸射，如此，文则汪洋恣肆，如此，文则魅力横生，这正是副刊杂文文学性的重要特征。

艺术手法的多样。杂文需要多种艺术形式的滋养：小说的细节描写、诗歌的含蓄与象征、戏剧的冲突、散文的抒情——等等，皆可为杂文所用。日记体、小说体、寓言体、书信体、断想体……皆可成为杂文的体式。

鲁迅先生曾言：“一切文艺都是宣传，然而并非一切宣传都是文艺”；还有一句当代杂文界流行的话：杂文似时评则杂文死，时评近杂文则时评活。这两句话恰好从某个意义上道明了文学性对于副刊杂文的重要性。

思想性:副刊杂文的灵魂

如果说,新闻性使副刊杂文有了生命,文学性使副刊杂文有了血肉,那么,思想性就是使副刊杂文有了灵魂——这灵魂使杂文的战斗性得到体现,它使副刊杂文能够给予读者以激情、力量、启示和感召……

如果说,副刊其他文体有着审美、休闲、消遣、娱乐的功能的话,副刊杂文决没有休闲、消遣、娱乐的功夫,副刊杂文是匕首,是投枪,是银针,是惊雷,是呐喊,是倾诉,是地火,是岩浆,是暴雨……副刊杂文讴歌正义,抨击时弊,鞭挞丑恶,不留情不手软。因此,它与小言论、杂感式的和风细雨、自家拉呱不同,杂文的力量就体现在它的思想性上。

副刊杂文的思想性与报纸小言论、杂感、时评等言论的区别一般在于:副刊杂文思想往往更具文化底蕴、更具人文色彩、更具情感力量与作者的人格力量;副刊杂文与杂志杂文的思想性区别在于:副刊杂文更具时代精神,更具现实意义,它的指向、关怀是时代,因而更为直面人生和现实——这是报纸副刊的新闻特性所决定的,因为,报纸毕竟是大众传媒。

缺乏思想性的杂文,新闻性、文学性再强,也不过犹如相貌堂堂的汉子、容颜美丽的女子——却因缺乏真实的灵魂而徒有其表。因此,思想性是报纸副刊杂文挺立的元素,也是报纸副刊挺立的元素。

需要指出的是,副刊杂文与时评的思想性往往类同,但是,它们的重要区别在于:时评是正面入手,而杂文往往是侧面着眼,当然,二者的区别主要在于文学性。

文学副刊仍当助推文学前行

高小立

曾对中国文学发展起到支撑作用的报纸文学副刊如今陷入窘境，作家们对此表示关注——

当下的文学副刊不再风光，甚至打开上百版的报纸，也找不到文学副刊的一席之地。相当一部分读者对文学被娱乐完全取代的报纸现状，有着很多无奈。在今年的浙江作家节上，为作家们安排的第一项内容就是在杭州江南文学会馆展开的一场关于文学与副刊的对话。这场对话足以体现出副刊与文学之间难以割舍的那份亲缘关系和作家们，对副刊仍然保持着的一往情深，以及作家们针对当下日渐衰落的文学副刊的未来所抱有的良好期待。日前，记者采访了其中的几位作家。

副刊与文学水乳不可分

谈起报纸副刊与文学的发展，作家们都打开了各自记忆的闸门，从人们熟知的文学大家到自己的初涉文坛，他们都有着一段与文学副刊的不解之缘——从副刊起步走向文学创作的成功。作家王旭烽认为，副刊与文学是水乳不可分的。报纸副刊不仅培养了一批又一批的作家，还催生了文学的写作品种。比如中国散文中特有的品种“杂文”，就是报纸副刊的直接产物。可以设想，倘若当时的北京、上海没有那么多的报纸副刊，鲁迅先生那些如匕首般的杂文发表在哪里？这些杂文通过书籍和杂志虽然也可以发表，但其战斗性是无论如何也无法与在

题解　本文原载《文艺报》2006 年 8 月 29 日。面对当代报纸文学副刊日渐边缘化的窘境，2006 年浙江作家节上，主办方特意安排了一场关于文学与副刊的对话。许多作家认为副刊不仅培养了一批批作家，而且还催生了“杂文”等文体的产生。同时，作家们也积极思考副刊的出路，比如可以通过介绍和品评热点文学作品、建立作家与读者沟通的平台等让副刊成为文学作品与读者的桥梁，这同样对于文学发展有积极的推动作用。当然也有作家呼吁要正视文学副刊“衰落”的现实，并从主管部门、编辑以及作家三方面共同努力来谋求文学副刊的“复兴”。

报纸上发表相抗衡的。作家柳建伟说，若从文学史上看，进入现当代后，报纸副刊对文学发展具有重要的支撑意义。没有报纸副刊，就没有张恨水，就没有金庸，甚至也没有鲁迅。报纸副刊曾经作为传播文学作品的最主要渠道存在，我们必须尊重这个历史存在。王旭烽结合自己与副刊的亲缘经历，谈到副刊又是作家的摇篮。她说："一般人都以为，我最早的文学作品是发表在1980年5月的一份综合性刊物上的。其实，我最早的作品是一首4行28字的小诗，发表在1976年10月份的《杭州日报》。而我最早收到的一份文学的教诲书，是当时《杭州日报》副刊编辑毛英老师写给我的，那封信我一直保存到今天。"王旭烽说，副刊同时也是作家的试金石。一个作家有没有功力，不用上什么杂志书籍，千把字的一篇短文，只要往副刊上一放，明眼人立刻就分出了高下。

谈起副刊对文学的发展，作家王松认为，副刊起着重要的桥梁作用。他说今天的读者并非都放弃了文学，很多人对文学作品尤其是阅读纸媒介的文学作品仍有需求。当然，现在的文学作品离读者远了有着诸多因素，但副刊恰恰可以成为文学作品（这里主要是指纯文学作品）与读者的桥梁，比如介绍和品评热点文学作品、建立作家与读者沟通的平台等等，还可以开辟"秀场"，让读者说一说自己想说的话，这对文学发展无疑都有着非常积极的推动作用，而就其发行量和在社会上的影响面而言，也是文学期刊无论如何都无法相比的。

作家红柯把报纸副刊当成了他发表散文的最佳平台。他说："我的散文大多发表在报纸副刊，几年后便有了散文集《敬畏苍天》，里边全是千字文，还有人曾告诉我，你的散文比小说有力量。我出了十几本书，以惟独散文集被如此看好，其实，那都是应报社的朋友之邀，在小说之余客串一下。"

正视报纸文学副刊的衰落

随着泛娱乐化的蔓延，一些报纸传媒不可避免地加入了这场"娱乐大比拼"，甚至挤掉文学副刊，造成了当前报纸文学副刊的衰落。对此，柳建伟认为，这一无奈的事实，与文学作品传播方式的变化关系最大。另外，这一事实也与文体的兴衰关系很大。因报纸副刊所载文学作品篇幅所限，只能刊登一些短篇小说、中长篇小说连载和各种散文作品，作家不可能把创作的长篇新作交给报纸副刊首发。再一点，因为互联网的存在，报纸以前所具备的杂志和出版图书无法比拟的传播文学作品的速度优势早不存在，副刊也只能衰败。

红柯认为，报纸副刊的衰落跟文学的遭遇相同，都是影视网络这些高科技冲击的结果，就像当年照相机绘画的冲击一样。19世纪到上世纪二战前，副刊在文学成长的黄金时代，立下了汗马功劳。

王松认为，报纸副刊存在的问题，主要还是欠开发，缺乏电视和广播等领域创意性的想法，说白了就是缺少点子。一味说这种衰落是因为纸媒介受到音像和网络的冲击，有为自己寻找托词之嫌。市场经济就是这样，稍稍放松和懈怠，立刻就会被还之以颜色，甚至还有被淘汰出局的危险。所以说，这种衰落在今天并非必然，原因也不一定都是客观的。

身处杭州的王旭烽每天都能读到《钱江晚报》和《杭州日报》的副刊，这两张报纸一直保持着比较高的文学品味，副刊不但没有衰落，而且还与时俱进，提供了文学发展的许多信息。王旭烽说，文学界一些批评的声音、一些好的优秀散文，我们还常可以从报上看到。比如说《杭州日报》的“倾听”栏目，无疑是口头文学之一种，在文字语言结构上有其独到之处。副刊的品位，从某种意义上决定了报纸的品位，好的副刊不但不影响报纸的发行量，而且还是报纸的门面。现在之所以出现副刊衰落的情况，主要是认识不到位，以为副刊占了太多的版面。副刊是金饭碗，把她擦亮了盛美味佳肴才是正经，用其版面去讨娱乐的饭是不明智的、不动脑筋的事情。

呼唤报纸文学副刊的复兴

从目前国内一些报纸文学副刊做的比较好的情况看，报纸文学副刊的坚守和复兴，经过努力是完全可以实现的。王旭烽从四个方面谈了自己的看法：一是管报纸的和办报纸的，要充分认识副刊的重要性，把副刊内容置入报纸的正统领域，而不是单纯地撇到文学里去；二是要有优秀的副刊编辑，自己会写，又有很好的组稿能力。中国报纸副刊史上许多编辑都是优秀的作家，甚至还有大师，这个文脉传统一定要保持下去；三是与时俱进，今天的报纸副刊内容、形式、结构都有了很大的变化，一定要认真加以分析研究，以指导编辑的组稿、选稿和发稿；四是作家们认真面对副刊，把副刊列入发表的视野阵地中去。

王松从报纸编辑的主观能动性上谈了自己的观点，认为思想问题解决了，责任心和热情有了，点子自然就会想出来。早在很多年前，一个在当时非常当红的电影明星就曾说过这样的话，如果是电视记者和报纸记者同时采访我，那么我更注重的是后者，因为电视播完就过去了，而报纸却可以拿在手里反复看，身边的人还可以重复看。其实这个明星的话一语道破了报纸的优势。从欣赏心理分析,看画面与阅读文字是截然不同的,其魅力的体现当然也就不同。有了热情和责任心,再有了信心,问题自然迎刃而解。

柳建伟对报纸副刊的复兴不太乐观,他的观点是,在互联网日益发达的今天,在电视媒体统治人们业余生活的今天,在短篇小说这种文体因难度和收入不成比例而式微的今天,谈论报纸副刊如何振兴,是个奢侈的问题。十年八年之内,报纸文学副刊只能处在现在的状态。随着网上博客的兴起,报纸副刊的日子更加难过,因为现在支撑报纸副刊的小感悟式的短文,已无博客上的短文有吸引力。报纸文学副刊如要提高竞争力,篇幅至少要扩大三五倍,眼下肯定不会有任何报人肯这么做。报纸副刊振兴,尚需很长时日。

第四辑
社会语境与副刊变迁

导语

报纸副刊作为文化事业的一个重要组成部分，它的发展变化与社会语境息息相关。正如梁衡所说："有什么样的社会就有什么样的报纸副刊。"他精辟地概括了报纸副刊与政治、经济、文化等社会环境之间的互动关系。报纸副刊虽然不像正刊一般直接报道时事新闻热点，但是它受社会语境制约，与时代精神相呼应，反映政治意识形态、社会经济水平、社会文化需求和社会历史变迁。

尤其进入20世纪90年代以来，改革开放步伐稳健，市场经济飞速发展，市场竞争日益激烈，网络媒体占据人们生活的方方面面，人们对于文化的需求越来越强烈。网络媒体的发展，为人们提供了更多获取资讯的平台和空间，这对报纸副刊来说既是机遇又是挑战。报纸副刊追求精英文化的传统受到冲击，编辑理念在特定的社会语境中改革调整，纯文艺边缘化，商业性增强，副刊在内容和形式上朝着大众化、娱乐化、多元化方向发展。

让副刊跟上市场经济快节奏

王青海

党报副刊是新闻版的延伸和补充,是围绕报道中心进行工作的。因此,在发展社会主义市场经济的今天,副刊应当紧跟时代快节奏,体现强烈的时代感。

党报副刊要高扬社会主义主旋律,毫无疑问应当把镜头对准改革这一当代最壮观的舞台。1991 年以来,我们《东台报》文艺副刊"海春轩"调整组稿思路,加大改革题材作品分量,选用了一批描述改革在人们的生活中激起反响,在人们的心灵上激起震荡的小说、散文,适时推出一些以改革开放为总话题的哲理和感情浓郁的杂文、诗歌,同时增设"改革者之歌"、"凡人列传"等栏目,先后刊发了 32 篇报告文学和纪实散文。他们当中既有称雄企业界的厂长经理,也有默默无闻的"小人物";既有开拓者的群像速写,也有劳动者的个体素描。我们还花三个多月的时间组织了"环市行"专栏。每一个乡镇确定一个选题,采写一篇纪实散文,从不同侧面反映改革开放给农村带来的喜人变化,受到领导和广大群众普遍好评。

副刊必须注意选取现实生活中广大读者普遍关注的内容,使之具有针对性和吸引力。《东台报》社会家庭副刊——"千家万户",立足本地,辐射省内外;立足家庭,辐射大社会。既有全景式的扫描,也有多角度的透视;既有礼赞美好的"新风谱",也有鞭挞丑恶的"警世钟";既有轻松诙谐的"憩园茶",也有语重心长的"谈心亭",或截大千世界之一角,或取温馨家居之瞬间。对于东台城乡出现

题解 本文原载《新闻通讯》1993 年第 2 期。党报副刊有别于晚报副刊和都市报副刊。本文认为,社会主义市场经济快速发展,生活节奏日益加快,党报副刊更应当高扬社会主义主旋律,紧跟时代步伐,体现时代脉搏,提供文化给养,深刻反映改革开放这一时代潮流。文章以《东台报》文艺副刊《海春轩》为研究对象,介绍论述这一文艺副刊在市场经济背景下的改革调整,整改组稿思路,加大改革题材作品分量,增设"改革者之歌""凡人列传"等栏目,刊发时代特征鲜明的报告文学和纪实散文。文章同时指出副刊应注重关注广大读者的阅读趣味,增强针对性和吸引力,及时报道热门话题,满足读者需求。文章指出,"市场经济中办副刊,是机遇也是挑战",强调副刊编辑不仅要"参加文艺界活动",也要"熟悉市场经济的涨落动态",对研究市场经济语境下副刊的变革发展提供了有力论证。

“呼啦圈热”、“中学生生日热”、“中老年健身热”等热门话题，都能及时组织报道。去年以来，小城出现了企业债券公开亮相、有奖销售风行一时和第二职业悄然兴起等新的社会趋向，副刊配合新闻版的报道，推出《企业债券：不再羞羞答答半遮面》、《老板》、《追寻昨日的辉煌》等一组“观察思考”，反响较好。对于一些突发性的案件、事故，也能及时、审慎、客观地进行报道，既满足读者需求，也澄清事实真相。此外，我们还专门开设“外面的世界”栏目，敞开窗口，迎接八面来风，让东台读者通过这个“窗口”感受到来自沿海、南方以至边境、域外的新鲜气息。

市场经济中办副刊，是机遇也是挑战，对副刊编辑提出了新的要求，既要“坐得住”，又要“满天飞”，保持永远出击的姿态。副刊编辑不仅要参加文艺界活动，联系文艺作者，通晓文艺作品的写编技艺；也要熟悉市场经济的涨落动态。因此在新闻版记者采访经济新闻时，我们副刊编辑要“带着另一只眼”到现场，发掘更深更多的东西。如市内一家拍卖专业商行诞生，新闻版记者报道开业盛况，副刊编辑则从历史现实，从小城到全国的角度深入采访，写出较有分量的《槌锣响起来》；又如新闻版报道了台城街头职工业余“牛肉砂锅生意好”，副刊部则以此为由头着手组织《第二职业在东台》的大特写，都收到了较好的社会效果。

关于报纸文艺副刊的几点思考

叶玉生

桂中日报自1988年创刊以来,已经编辑出版了840期副刊。由于它注重了"文学性、知识性、趣味性"相结合,每期都有丰富的内容、多样的形式、繁多的栏目,所以深受广大读者的欢迎。目前它已经形成了自己的独有风格,成为各报同仁和各界人士关注的一扇"窗口"。

创刊伊始,我们就联系了一批比较活跃的文艺创作骨干。当时,地区文艺刊物《百花》停刊,许多作者心中都有一种失落感:没有了园地,再上哪里耕耘去呢?我们认为:《百花》虽然停了,但报纸办起来了,它的副刊也算一块园地嘛,关键是要把作者引导过来。我们分析了部分老作者的思想状态,主动上门拜访或通讯联系,激励了作者的创作热情,使副刊的质量稳步提高。

要保持副刊的繁荣、稳定,光靠几个老作者是不够的。有些老作者或年龄增长,或沉于其它事务,笔头未免"吝啬"、"迟钝"。所以,既要重视同老作者的联系,同时必须把培养、壮大作者队伍的工作重视起来。为此,我们把培养新作者的工作,当作副刊部的主要任务之一。归纳起来,做了如下几个方面的工作:

在广泛与新老作者联系的同时,有意识地参与一两县镇的文艺沙龙,作为发现作者、熟知作者、培养作者的措施之一。

我们还把高标准、严要求作为培养作者的重要手段。

另外我们还重视每一篇自来稿,重视从农民中发现写作人才。桂中日报的读者对象,主要是县乡农民。他们勤劳、纯朴、虚心好学,看了我们的副刊后,有不少人都想"试一试"。在自来稿中,农民的来稿比例占百分之二十多。虽然

题解 本文原载《南方文坛》1994年第4期。文章以《桂中日报》为研究对象,指出"副刊的繁荣、稳定"离不开新老作者的支撑。《桂中日报》副刊部尤其"把培养新作者的工作,当作副刊部的主要任务之一",采取"广泛与新老作者联系""参与文艺沙龙""把高标准、严要求作为培养作者的重要手段""重视从农民中发现写作人才""为作者穿针引线,促进相互提高"等措施,从而"发现作者""熟知作者""培养作者"。文章强调,"做好作者工作,是办好报纸副刊特别是地区党报副刊的重要保证",这给报纸副刊在培养作者方面提供了良好的借鉴经验。

他们的作品质量较差，大多不能采用，但是却不可忽视他们的潜力。审视国内外的一些名家，有不少就出身于农民。关键是我们如何去发现他们，并加以培养，使其经过一段时间的实践，最后成为成熟的写作人才。在这方面，我们做了初步尝试，也收到了较好的效果。

为作者穿针引线，促进相互提高。地区党报副刊的作者，至少应具备两个条件：一是要有一定农村生活的经历，热爱农村，熟知农民；二是要具备一定的写作能力。但是就目前的情况来看，两条兼备的作者是很少的。一些农村工作者，长期扎根农村，对土地和农民有较深厚的感情，但往往写作水平较差；另一些有一定文学修养和写作能力的作者，却又不愿写农村写农民。针对上述情况，我们便做些"穿针引线"的工作，介绍有写作能力的作者与热爱写作但表现能力较差的农民作者交朋友，以弥补相互的不足，促进相互的提高。本报副刊上发表的《难忘的狩猎》就是例子。原稿作者是一名乡党委宣干，具有大山狩猎知识，但写出的作品枯燥得很，缺乏生动活泼的韵味。我们有意识地介绍一位爱好农村题材的作者与他交朋友，结果彼此取长补短，共同完成了这篇构思巧妙、知识丰富的散文作品，发表后，受到广大读者的普遍欢迎。

做好作者工作，是办好报纸副刊特别是地区党报副刊的重要保证。报纸与书刊不同，报纸副刊应该为培养作者作出贡献。报纸有许多有利条件：联系面广，容易发现人才；刊登的作品一般较短，为新作者创造了发表作品的园地；天天出报，及时、迅速，作者能直接或间接地听到读者的反映。我们从桂中日报副刊上，发现和培养了一批新作者，为报纸副刊的稿件来源掘开了一条广阔渠道。

文学副刊缘何日渐“消瘦”

韩小蕙

近日,记者了解到全国各地不少报纸(包括一些大报和文学专业类报纸)原有的纯文学副刊,今年都做了大幅调整:有的停刊了;有的压缩了版面或减少了刊期……只有少数几家维持原版面没动;增加的几乎没有。实际上,1999 年某些知名副刊就已停办了。虽然从一报的角度说,这个举措属于更新版面的正常之举,但集中起来看,就给人留下报纸的文学版不景气的印象。加之近年来纯文学期刊订数也普遍下滑,纯文学图书市场低迷,这个问题引起了知识界和文化界的普遍关注。

文学副刊是否应该取消

回顾中国报业史,从 19 世纪末没有固定篇幅的“补白”,到在正张上划出一个版面来刊登副刊文字,再到“五四”时期的蓬勃发展,直至今天的局面,副刊不但对新闻事业的发展立下汗马功劳,而且对中国革命和新文学的发展,均起到极其重要的作用。李大钊、陈独秀、梁启超、胡适、瞿秋白……都曾在副刊上发表大量文章。毛泽东的《湖南农民运动考察报告》、鲁迅的《阿 Q 正传》等,都是发在文学副刊上的。解放后,各报文学副刊也是重要的文学园地,担负着薪尽火传的神圣使命。

题解　本文原载《光明日报》2000 年 4 月 17 日。世纪之交,许多报纸原有的纯文学副刊或者停刊,或者缩减版面、减少刊期,加上纯文学期刊订数也普遍下滑,这一问题引起了知识界、文化界的普遍关注。不少读者与副刊有着很深的感情,倒是一些作家认为文学副刊的减少是读者需求减少所致,是可以理解的。梁晓声、张抗抗等都对当下许多文学副刊发表大量的“虚伪文学”的现象提出批评,认为“泡沫化”、低格调才是导致文学副刊逐渐失去读者支持的根本原因。对此,韩小蕙认为,商业色彩浓厚的文化思潮会对高雅的文学副刊产生冲击,但改革开放带来的开阔视野同时也为文学副刊带来了广阔发展的可能性。只要坚持倡导高层次文化,文学副刊一定能办好。这一声音引发了广泛共鸣,为许多副刊编辑提振了信心。

北京协和医院妇产科大夫边旭明怀着留恋的心情，说起她当年上中学时，语文老师每天将副刊上的文章剪下来，做好眉批，贴在教室的墙报上。正是这粒独特的文学种子，培育起学生们对文学的重视和热爱。“今天这些同学做什么的都有，但我们共同的感觉：文学底子是我们搞科研、医疗等等的坚实基础。”

作为一个关注科技与文化交叉融合发展的学者，北京市建筑设计研究院电气高级工程师金磊每天坚持阅读50余种报纸，他说，“我认为现在文学不是多了，而是少了。世间任何哲理的表现形式，文学是最直接的。当年高士其先生就是以科学与文学交融一体的科学诗，带领科学家及公众向文学王国迈进的。”老文学编辑田珍颖说：“一个社会的构成特别复杂，有些成分要不断地变动，社会才能显出活力；另外一些则要有相对的稳定性，这种稳定性是指人类社会日积月累的那些成果，对人类的长远发展是不可或缺的。文学就属于这一类。所以，文学副刊需要坚守，需要留够它的社会位置，不要丢失了，若干年后又回过头来找。”中国电视剧制作中心编剧刘建民，既弄电视，又写小说，还是网民。他以这三重身份对比说：“报纸、电视、网络，不是拳击比赛，非要一个把另一个打倒；而是跳高比赛，互相竞争新的高度。因此，取消或减少文学副刊，其损失是无法弥补的，效果会在不长的时间内就显示出来。”

出乎记者意料的，倒是一些作家对于文学副刊的减少，表示了并非否定的态度。女作家张抗抗说，时下社会，起决定因素的是经济，文学副刊也是由需求决定的，就规律而言，减少恐怕是客观存在的反映，说明它在生活中起的作用不大。作家甘铁生说，在市场经济条件下，各家报纸都面临着生存问题，文学副刊不赚钱还是花钱的版面，所以要砍掉，改为满足大众口味的生活版之类，也是可以理解的。一些年轻知识分子很干脆地赞成减少文学副刊。某电子公司销售经理王楠说，当前社会上不少人的心理很浮躁，我所接触的年轻人，很少读纯文学的，却大都迷上了网络，因为网上的信息量更大些，交互性也强。

读者需要什么样的文学副刊

著名作家梁晓声向记者提出一个问题：去年取消了文学副刊的几家报纸，是否印数就上去了？

很遗憾，回答都不是肯定的。这就牵扯到报界的一个老问题，即：读者到底需要什么？

时下流行的观点以为，纯文学太纯粹太严肃，不大合乎“商业时代”的节奏了，可事实上，在记者采访的人当中，没有一个不对小报上的那些“乱七八糟的泡沫文章”表示厌烦。

梁晓声说，外国的报纸把七七八八、飞短流长都放在最后，因而有“报纸末页”之说，是带有贬义的。现在我们的一些报纸，也把好端端的文学副刊演变成这种“末页文学”，使它变成乡场上的胡说八道，从而失去了文学副刊的庄重性，不可取。作家刘孝存说，现在翻开某些小报，刊登的内容有不少是吃喝玩乐；还有大量虚伪文学，即一些明星的隐私等，这个倾向是非常不好的。这些东西对民族文化、对人的素质和精神，都没有什么提高，只是过眼烟云。北京市委党校杨芹副教授说，我们学校知识分子订报，一般都是严肃的学术类报纸，我们想读的，是能启发人、提高人的文章。可现在有些小报的格调太低，对群众的心理导向产生着不良影响。

文学副刊关键在于质量

张抗抗对现在的一些文学副刊，也持批评态度。她说，有些版面没有努力办，净发一些应景的、没意思的豆腐块；有的跟生活和读者大众没太多联系；还有的虽然也是名家稿，却是很随意的文字。据记者了解，等而下之的还有广告文学、钞票文学，即某些大款花钱买下大块版面，发表他们的作品。编辑们应该自我反省一下，在提高文学副刊的质量上下大力气。梁晓声也说，关键在于质量。新时期文学初期，有好多一流文章是发在报纸副刊上的，比如王蒙《夜的眼》、张洁《拣麦穗》等等。如果质量上不去，对读者当然构不成大的吸引力，这种状况必须设法改变。

金磊高级工程师说，一方面，文学副刊要自省自身的品位与精品的距离，切不可一味地迎合市场及时尚，追求快餐文化；另方面也要思考一下，自己是否追求了创新点，比如环境文学、灾害文学等，不都是反映热点的冷门吗？边旭明大夫提醒说，看电视既有观赏快感又轻松，听广播的同时还能干其他事，在提供新闻这一点上，报纸有时比不上广播和电视。因此报纸的出路，在于加大文学含量，把文学副刊办出特色来。

记者认为，文学副刊的增加与减少，是否就一定关乎着文学的生死存亡，暂时还看不清楚，不能贸然断言。但讨论和思考这个问题，无疑是有意义的。时下商业色彩浓厚的文化思潮，必然会对高雅的文学副刊产生冲击；但改革开放带给我们的开阔视野,也同时给今天的文学副刊带来了广阔发展的可能性。媒体不能一味迎合某些低俗的不健康的趣味,而应该坚持倡导高层次文化,用辉煌的文学之光照亮他们的心灵。文学副刊可以说是报纸副刊中的中流砥柱,一定要办好,也一定能够办好!

珍视副刊

仲　言

在新闻出版业迅猛发展的同时，报纸的副刊版面急剧减少，已成为报界一个耐人寻味的现象。是副刊没有读者？是报纸新闻性使然？还是眼前经济效益所迫？似乎都不像。就在这未明原由的情况下，副刊萎缩成了不争的事实。版面的日渐稀少与不固定，使读者若不细心寻找则难睹副刊芳容。不少文化名人及副刊的老作者老读者曾纷纷写信打电话，惊呼副刊不见了，甚至写文章呼吁救救副刊。对此，副刊编辑们常有自惭形秽、无地自容之感，愧疚之状溢于言表。

副刊真的可有可无吗？回答应该是否定的。因为，文化生活作为人们社会生活中不可或缺的重要内容，有关文艺的创作、评论和鉴赏，长期以来一直以其广泛的群众性和独特的文化品位在报纸宣传中占有十分重要的位置。无论是综合性还是专业性的报纸，文化版都是必不可少的重要版面。如果把新闻视为报纸的红花，副刊就是绿叶；新闻是主体建筑，副刊则是主建附设的厅堂和回廊，两者互为补充，相得益彰。离开了构成形态的百花齐放，主体建筑再巍峨也缺乏生机与活力。只有品种齐全、选择多样，才能共同组成一道丰富多彩的文化大餐。

首先，副刊是一扇窗口，是报纸联系众多文化界名人和广大文学爱好者的重要渠道。一些颇有品位的文艺副刊发表的许多名人作品，被反复收入各类文选，成为人们竞相传诵的文学范本。许多新人依托这些阵地走上文坛。各种文艺现象、思潮和作品，一经报纸评论和介绍，立刻就会引起社会的广泛注意，并对整个文艺创作趋向发生重大影响。副刊为倡导正确创作思想、推动文艺创作、普及文化知识、培育大众健康文化情趣、扶持文艺新人、繁荣社会主义文艺事业做出了

题解　本文原载《人民日报》2002 年 8 月 13 日，是《人民日报》文艺评论版“仲言”的署名文章。针对副刊版面急剧减少、副刊日渐萎缩的现状，文章认为副刊不是可有可无的，它是一扇窗口，是报纸联系文化界名人和广大文学爱好者的重要渠道，同时也是增强报纸观赏性和可读性的重要来源，甚至可以成为报纸的特色和个性的代表。文中指出应从发展社会主义文化和提高中华民族文化素质的高度来对待报纸副刊的去留，并且呼吁大家都来关心副刊、珍视副刊、扶持副刊，让副刊成为报业走向大众、贴近读者的传递美的“信使”。在世纪之交副刊发展遭遇严峻挑战的情势之下，本文对副刊表达了坚定的支持。

应有贡献。其次,副刊是一方绿洲,在报纸较为集中的宣传任务和不断更新的信息大战中,能够相对保持自己的独立和稳定,因而也是增强报纸的观赏性和可读性的重要来源。现代社会的过细分工,导致人们对于政治、经济、军事等方面的不同喜好,但不同的人群对文化的爱好却是共同的。人们在关注世界局势、关注党和国家政治经济大事之余,从容地了解一些轻松的文化信息,品味优美的文艺作品,也是不可缺少的文化享受。副刊是报纸上为数不多的可以让人带回家中茶余饭后悠闲消遣细细琢磨的版面。再有,副刊是一块品牌,其文化格调如何,关系着整个报纸品位的高低。好的副刊体现着报纸的特色,在某种程度上代表着报纸的个性。任何一张著名的报纸必定有一个著名的副刊。“大地”、“文荟”、“朝花”、“笔会”、“花地”、“夜光杯”、“五色土”等,可以说都是所属报纸的金字招牌。

党中央十分重视文化建设,江泽民总书记“三个代表”的重要思想中,文化占据着重要地位。我们应从发展社会主义文化和提高中华民族文化素质的高度来对待报纸副刊的设置和去留。而重视文化建设体现在报纸版面上,办好副刊、加大报纸的文化宣传报道力度就是其中的一个重要内容。办好副刊需要领导的重视和全社会的大力支持,更需要报纸副刊同仁的共同努力。只有筚路蓝缕,苦心经营,办出特色,办出水平,才能用“有为”换取“有位”。一是要增强精品意识。诸多副刊的名声和品牌是几代报人精心培育的结果,我们理应细心维护,使之不断发扬光大。要精心安排每一个选题,精心约稿、精心写作、精心编辑,让那些最有思想蕴含、人生哲理和文化品位的短小精悍的优秀作品占据副刊版面。二是要加强策划。报纸不同于刊物和图书,副刊的文章要有个性、有特点,不能一般化、温吞水,要联系实际,关注现实社会和人生际遇,给人以真切的感悟、启发和教益。三是风格鲜活,版式优美。要精心设计每一块版面,栏目设置要适当,品种搭配要合理,标题、配图、制版要清秀高雅、美观大方,要体现副刊特点,给人一种强烈的美的视觉感受。把正确的导向和有益的引导寓于生动活泼、精彩纷呈的审美活动之中。

愿大家都来关心副刊、珍视副刊、扶持副刊,让副刊成为报业走向大众、贴近读者的传递美的信使。

市场竞争与报纸副刊"深""细""实"

——90年代中国报纸副刊变革动因之一

丁汉青　王灿发

20世纪90年代,特别是邓小平南方谈话后,中国市场经济体制改革跨入新的历史阶段,在此背景下,中国报业逐渐被推向市场。

竞争是市场的属性。这些竞争主要来自两个方面:一是同业竞争,二是异业竞争(主要是与电子媒介包括网络媒体的竞争)。同业间的竞争使报纸的功能深化、细化。异业竞争(主要是与电子媒介的竞争)使报纸的功能收缩,回归其新闻本位。一纵一横两个方面的压力,促使90年代中国报纸副刊从追求"文艺"性到追求"深"(深化)、"细"(细化)、"实"(实用)。

一、同业竞争与报纸副刊的深化与细化

90年代报纸同业竞争有两个标志性事件:一个是90年代初,周末版的红火;另一个是90年代中期,都市报的兴起。这两件事就像报纸同业竞争中的两个支点,将90年代报纸副刊提升到新的高度。

首先,推向市场的报纸为与机关报竞争,只能出其不意,在周末版上做文章,周末版的出现让中国报纸副刊呈现出崭新的面貌。

90年代中国报业改革继续推进,财政断奶是中国新闻体制改革的总方向,但其实施时并不是"一视同仁",而是区别不同媒体、一步一步来。这就造成了"有妈"的孩子(机关报)与"无妈"的孩子(市场化报纸)间的竞争。被推向市场者得市场风气之先,它们要在市场中求生存,就必须在众多比自己强大的对手中

题解　在20世纪90年代社会面貌发生日新月异的变化背景下,中国报纸副刊进行了深刻变革。作者从四个方面对90年代中国报纸副刊的变革动因进行阐述论证,即市场竞争、社会心理、大众文化、社会生活的变迁,分别连载于《青年记者》2002年第2期至第5期。本文是第一篇,原载《青年记者》2002年第2期。关于市场竞争,文章以周末报和都市报为例,指出"同业竞争使报纸的功能深化、细化";又与大众传媒对比,指出"异业竞争使报纸副刊向'新闻纸''有用纸'本位回归"。

脱颖而出。那些仍享受国家优惠政策、实力雄厚的大媒体——各级机关报是步入市场者面对的第一个竞争对手。如何竞争？拼人才，不行！拼设备，不行。凭信息源，亦不行。怎么办？《北京青年报》的回答颇具代表性：在副刊上做文章，“打新闻的第二落地点”。

《北京青年报》1981年复刊。属北京团委的机关报。创办之初经费只有26万。名副其实的“穷棒子”报。整个80年代，《北京青年报》的发展没多少起色。1992年1月1日，《北京青年报》改为4开8版，周四刊。1992年6月27日，周末版扩为4开16版。《北京青年报》的周末版——《青年周末》为默默无闻的它打出了知名度，曾被誉为“京城周报四杰”之一。《青年周末》当初是“作为《北京青年报》的影子，率先进入市场”的，多少有点投石问路的味道，由于头版政策上管得比较严，再说《北京青年报》无论在人力、财力还是在知名度上均弱于其他许多报纸。“抢新闻”肯定先天不足。《北京青年报》只好在相对宽松的副刊上是寻找突破口，他们创办了周末版——《青年周末》，《青年周末》实质上是诞生于特定历史背景下的专副刊，“它冲破少数文人和专业人员的圈子，面向广大群众，版面容量大，具有较强的新闻性、可读性、服务性和贴近性”。拥有“周末大特写”、“记者行动”、“法制社会”、“休闲乐园”、“星光灿烂”、“人在旅途”、“咫尺天下”等专版。简单地说，周末版这种“新闻性、可读性、服务性、贴近性”强的专副刊出现的根本动因在于寻找一个满足读者需要的突破口，而此时读者是其生存之本。

其次，走向市场的报纸锻炼长大，机关报危机重重，为跟市场化报纸竞争，机关报创办都市报，都市报借鉴周末版的经验，“青出于蓝”，将中国报纸副刊推向新的高度。

1992年，是中国报业发展的分水岭。此前，无论是广告额还是发行量，党委机关报都是独占鳌头。但1992年后，中国报业市场发生倾斜：党委机关报处于劣势，大众化报纸占了上风。也正是在这一年以后，中国报业从总体上开始进入市场运作。

为应对报业竞争，90年代中期以后各省委机关报相继创办以普通市民为读者对象的城市报——都市报。都市报的出现将报纸的副刊推向了一个新台阶。“都市报”背倚势力雄厚的省委机关报，无论在消息源，还是在人力、财力、物力上都有得天独厚之优势。各省的都市报都办了许多专副刊，这些专副刊借鉴了90年代初周末版的经验，同时又借助自己的先天优势，对生活的覆盖面更广泛，副刊的新闻性、服务性、知识性、贴近性、实用性等“更上一层楼”。

90年代,报业竞争的实质就是不断发掘市场潜力,以满足读者需求的过程。这一过程经过了两个阶段:一个是“跑马圈地”阶段,此一阶段的报纸忙着填补读者市场的空白点;后一阶段是“精耕细作”阶段,此一阶段报业市场中的空白点基本被大家圈占完毕,若想高人一筹只能“精耕细作”,种好自己的“一亩三分地”,即根据自己的定位,提供含金量大,能给读者较高“补偿”的信息。90年代中国报纸副刊的变化也经历了这样一个从“粗放型”到“集约型”的发展过程。90年代初的周末版恨不得把能想到的东西都搬到自己的版面上,开出专刊或专版,越往后,报纸的发展越成熟,其版面上的专副刊越具有高相关性和高含金量。这种变化趋势,同样是同业竞争所致。

二、异业竞争与报纸副刊向“新闻纸”“有用纸”本位的回归

90年代中国报纸除面对同业的竞争外,还遭受其他媒体,主要是广播、电视及互联网等电子媒体的挑战。与异质媒体间的竞争促使报纸更回归其“新闻纸”及“有用纸”的本位,报纸副刊的新闻性、有用性增加,宣传性、文艺性相对下降。

在大众传媒中,报纸媒体出现得最早,广播、电视、互联网等新媒体的诞生,一次次引来报纸将走向末日的惊呼,所幸的是,每一次报纸都有惊无险,并且每遭受一次挑战,其越发显得独一无二,不可缺少。原因何在?笔者比较赞同中国香港学者苏钥机的说法:“回顾传媒的发展史,在一种新传媒出现时,它只会令传媒的生态环境改变,原有传媒的位置会有相应的调整,在功能上通常变得专门化,而很少会完全淘汰。可能说,新传媒扩阔了原有的生态空间,而非在‘零和’(Zero-Sum)的情况下完全取代了旧有的传媒。”①

具体到90年代来看,广播、电视包括后来崛起的互联网给报纸造成了巨大的生存压力。

报纸一不如广播快捷,二不如电视图文并茂,三不如互联网新颖互动,报纸要生存下去,只能扬长避短。自己“管不了、管不好的事儿”就撒手不管。自己能管好的事儿就要好好管管。既然报纸不如电视图文并茂,报纸干脆就把“相声”、“小品”、“数来宝”等以前常出现在副刊上的东西拱手让出,让更适合做

① 苏钥机:《从生态学观点探讨传媒的共栖和杂交现象》,载于《传播与社会发展》,朱立、陈韬文编,香港康和出版制作公司,1992年。

娱乐的电视、广播来承担，自己多提供些实用信息；既然报纸不如电波跑得快，报纸就不必在抢新闻的第一落地点上手忙脚乱，转而在跟踪报道、解释性报道上一展雄风，深掘新闻事件的意义；既然报纸不如互联网互动性强，干脆着眼于满足人们的发表欲，刊载些“民间文学”。报纸的这种扬长避短策略，使报纸重新回归其新闻本位、信息本位和服务本位。

与此同时，异业竞争还促使报纸吸取电子媒介的长处。这一点在报纸副刊版面的安排上体现得较为充分。

麦克卢汉说：“媒介即讯息。”声图并茂的电视以很强的感染力和视觉冲击力改变了人们的阅读习惯和阅读心理。在一定程度上塑造了人们的媒介接触习惯，有人惊呼当今世界已进入“读图时代”——人们对直观、简洁的东西青睐有加。电视树立的“标准”左右了媒介接触者的口味。为与电视竞争，必须适应这一标准，适应媒介接触者的新口味。90 年代报纸副刊均强调视觉冲击力，不能说与此无关。《青年周末》颇具有代表性。《青年周末》头版强调“五步三秒效应”，即让路过报摊的读者一眼认出，并立即决定购买。“视觉的冲击力，首先表现在报纸的外貌——版式设计上。编辑们根据时代特征、读者视觉的心理以及自己对美学的理解和追求，提出要用大照片、大标题作为版面构成的重要元素，用较粗的框线和深色底纹来装饰和分割版面。考虑到《青年周末》初创时为 4 开小报，提出取消中缝，两版打通，形成视野开阔、较有气势的横跨式版面。”①

《中华工商时报》代表了 90 年代报纸副刊版面的另一潮流。与《青年周末》一样，其版面的变革亦与电视时代设定的读者口味标准有关。《中华工商时报》学各家之长，创造了自己独特的版式风格：“采用穿插排列相结合，以排列为主的方法。在版面的四角，多采用排列的方法，版面的中部亦可穿插、亦可排列，视具体情况而定。”②

总之，90 年代中国报纸副刊无论是内容还是形式上的变革都与市场竞争密切相关。换言之，90 年代中国报业走向市场，经受竞争的洗礼是其变革的根本原因。

---

① 马庆利：《毅然走向市场的〈青年周末〉》，载于《新闻冲击波——北京青年报现象扫描》，中国人民大学出版社 1994 年 6 月第 1 版。

② 陈仁风、铁铮：《新闻启示录》，中华工商联合出版社 1995 年 10 月第 1 版。

社会心理与报纸副刊的特性

——90年代中国报纸副刊变革的动因分析之二

丁汉青　王灿发

有人用“解闷”、“解气”、“解惑”三个词来概括20世纪90年代初期、中期、末期中国社会对媒体的主流需求。90年代副刊的变迁亦体现了这一轨迹:90年代初期报纸副刊主要追求娱乐性,90年代中期主要追求新闻性,90年代末期则主要追求实用性、服务性。这种变迁有着深厚的社会心理原因。本文对90年代中国报纸副刊变革的社会心理动因作一分析。

一、90年代初期社会心理与副刊的娱乐性

90年代初,GDP增速较快,特别是邓小平南方谈话提高了社会个体对通过改革增加收入的期望值。同时,人们渴望在紧张挣钱之余能放松一下,对娱乐信息的需求增加。另一方面,“90年代初,一些知识分子有失落感,生活中找不到目标,当人们生活中目标丢失时,出现颓废流行的现象是种必然”①。知识分子的这种颓废心态使他们将使命感暂置一旁,“游戏”人生成为当时的流行语。1992年,北京青年报的《青年周末》和《南方日报》的《南方周末》迅速崛起。《青年周末》首期发行量达8万份,在随后的半年中,其发行量就达到30万份。创刊第一年广告收入就达3000多万元,是上一年全报社所有报刊总收入的5倍还多。《南方周末》同样业绩不菲。这两张人称“南北二侠”的周末报纸掀起了家家争办周末版,户户版上炒明星的“都市一景”。与炒作明星相适应,副刊的版面设计大胆。耸人听闻、煽情的大标题随处可见。周末版属副刊的范畴,以

题解　本文原载《青年记者》2002年第3期,是《90年代中国报纸副刊变革动因分析》的第二篇。文章从社会心理的角度分析90年代中国报纸副刊的深刻变革。作者将20世纪90年代分为三个阶段,阐述在“解闷”“解气”“解惑”的社会心理影响下,报纸副刊产生了娱乐性、新闻性、实用性与服务性的阶段性变化,从而反映了社会语境对于报纸副刊变革的深刻影响。

①　张锦力:《解密中国电视》,中国城市出版社1999年4月第1版。

“炒明星”为主的周末版的兴起与90年代初普通百姓对未来充满希望、一心抓钱不问政事和知识分子颓废的社会心理密切相关。

二、90年代中期社会心理与副刊的新闻性

1993年7月，中国经济进入紧缩和重建经济秩序阶段。经济发展趋缓和经济秩序趋严两面夹击，人们对未来的高收入预期和潜在的暴富心理受挫。物价过高、腐败、失业等原先被经济虚高掩盖着的矛盾逐渐显现出来。社会心理由90年代初的宽松状态转而吃紧。随着改革中种种矛盾的日益尖锐化，贫富差别、消费品质量和社会风气等在90年代持续成为公众满意度最低的几个方面。

与改革深入、社会矛盾和社会问题尖锐相伴的是公众主体意识的增强。90年代市场经济对个人的经济动员促使公众的利益化取向越来越突出。另一方面，社会公众的挫折感、相对剥夺感增强，社会“痛苦指数”大大超过警戒线。“拿起筷子吃肉，放下饭碗骂娘”是这种心理的生动写实。因为失业率与通货膨胀率是社会生活质量有巨大影响的两项指标，国外把这两个指标之和称为“痛苦指数”。若以城镇显性失业率和消费物价指数计算，1994年和1995年的“痛苦指数”分别高达26.9%和20%左右，大大超过了警戒线，甚至达到了重警戒线。①

1994年全国报纸读者调查显示“我国读者阅报的主要目的是‘了解国内外时事’”②。顺应此势，北京青年报的《新闻周刊》、《中华工商时报周末版》包括曾走炒娱乐明星路子的《南方周末》等开始将目光转向深度新闻报道和舆论监督。此一阶段推出的“华旗事件”、“国贸搜身案”、“隆福大厦大火”等追踪报道极大地满足了社会公众的知情权。麻麻辣辣的硬新闻取代了甜腻腻的软新闻！副刊的新闻性大大增强。有人干脆将其称为“副刊新闻化”。另一方面，舆论监督力度增大。最典型的是《南方周末》。《南方周末》本是《南方日报》的副刊，90年代初，也走上了“炒明星”的路子，但自90年代中期以来，《南方周末》形成并不断实践着自己“让无力者有力、让悲观者前行”的理念，成为现今中国最大、最有影响力的副刊之一。都市报的一些批评性报道也起了一些作用。此一阶段

① 朱庆芳：《1995—1996年人民生活状况》，《1995—1996年中国社会形势分析与预测》，中国社会科学出版社1996年1月第1版。

② 喻国明：《1996年中国报业发展的若干趋势和特点的基本判断》，载于《嬗变的轨迹》，中央编译出版社1996年7月第1版。

副刊的形式仍沿袭了90年代初的大标题、大图片等传统。

90年代中期报纸副刊的新闻报道一方面满足了人们的知情权，另一方面对紧张的社会心理起了“安全阀”的作用。虽说有读者不满报纸上的批评报道“只拍苍蝇，不打老虎”或“只打死老虎”，但不管怎么说，这些报道都适应了当时人们的社会心理，在一定程度上缓解了社会中的不满情绪、释放了社会心理积蓄的“应力”。

三、90年代后期社会心理与副刊的实用性、服务性

90年代后期，中国改革加大了对个人利益的调整和规范。物价改革、社会养老改革、工资改革、医疗改革、住房改革逐步推向深入。改革越深入涉及到公众的基本利益就越多，公众对改革的反映越强烈。1997—1998年，改革进入攻坚阶段，越来越多的公众直接、深切地感受到改革给自己带来了什么。公众在经历多年改革之后，在经历了改革的希望和挫折之后，对改革的看法趋于全面和理性化。

90年代末公众感受到的越来越大的社会心理压力及对未来的希望促使社会公众更加务实。一方面，他们不仅要知道自己的周围发生了什么、将要发生什么而且还要知道为何会发生及如何应对，即寻求“意义”。另一方面，他们不仅要知道与自己生活无直接关系的国际信息、社会信息，还要知道能给自己带来实际效用的实用信息，即寻求“有用”。这就给90年代末的副刊指引向两条道路，一是追求意义，二是追求有用性。前者如90年代末的《南方周末》，后者如90年代后期京城新崛起的《精品购物指南》和《购物导报》等。

90年代后期的《南方周末》少了些情绪化的愤慨，多了些知识含量大、能告知人们“意义”的信息。不仅告诉人们发生了什么，不仅揭露社会阴暗面，还将着力点放在阐发新闻5W中的“WHY”和“HOW”上。此时的副刊不仅仅要担当起告知功能、监督功能，更重要的是还要肩负起解释功能（即赋予信息意义功能）。对意义的阐释在一定程度上也是提供服务——提供帮助人们解读意义的服务，《精品购物指南》和《购物导报》是90年代后期京城的后起之秀。据说1997年的《精品购物指南》虽只是周二刊，却“人小鬼大”，广告收入高达上亿元。拥有5报5刊，发行量200多万份的人民日报社的广告总收入也不过1亿多点儿。《精品购物指南》、《购物导报》及其他报纸副刊中的服务性主要体现在其生活方式类报道中。“生活方式类报道，主要是告诉人们人家是怎样生活、

自己该怎样生活的报道。最受欢迎的生活方式报道,是告诉人们'怎么办'的报道。这类报道向读者提供专家的意见,指导他们如何购物、如何保健、如何选择餐馆、如何看一部好电影等。"① 报纸副刊的"服务性"为其赢来大量的注意力、大笔的收入。

90 年代中国报纸副刊服务性的增强与当时社会消费心理的成熟息息相关。心态趋于平和、追求实惠的中国人对实用类服务信息的需求强度相应提高。90 年代中国报纸副刊突现出实用性、服务性也就顺理成章了。社会心理虽然在 90 年代初期、中期与后期各有特色,但这三个阶段并不是截然分开的,而是你中有我,我中有你,只不过在不同时期侧重点不同。与此相适应,中国报纸副刊娱乐化、副刊新闻化与副刊实用化的发展轨迹虽与社会心理的变迁息息相关,但三者并非泾渭分明。也就是说副刊的娱乐化、新闻化与实用化具有可叠加性。但在不同的社会心理条件下,三者又有所侧重。

① 徐耀魁:《西方新闻理论评析》,新华出版社 1998 年 4 月第 1 版。

副刊，中国报纸的女神

——关于报纸副刊若干问题的思考

杨　磊

一、副刊在中文报纸上的广泛存在，表明副刊已经成为中国报纸的基础构件，成为中国报纸的功能性的要素

近年来，具有中国国内统一刊号的报纸，经常是在一千四五百家到大约二千家之间波动。这是一个颇显汪洋恣肆又常发生变动的报纸海洋。在这几近如火如荼的报纸市场之中，无论是中央单位主办或主管的报纸，还是省市级党委主办或主管的报纸，甚或是目前保留下来的一些县报，以及各个地区的都市报与不同行业的专业报，绝大部分报纸都设有各种类型的副刊版面。如果加上那些类别庞杂、数量增长、变化频繁的专刊专版，中国报纸副刊与专刊组成的庞大阵容，更是令人目不暇接，难以统计。

哲学原理告诉我们，凡是适应人们需要的事物，必定会被人们普遍接受，最终成为普遍存在的社会事物。普遍存在的事物再经实践与时间考验，进一步验证其存在的合理性和科学性，就会形成具有强大生命力和扩张影响力的存在模式。这种存在模式对于人们的思维方式、接受方式、传播方式和兴趣方式等等，都有显而易见的引导作用或潜移默化的示范作用。

我国报纸普遍重视副刊存在的现象说明，副刊已经成为我国报纸结构的基础构件，具有较为符合我国读者阅读习惯和传统办报要求的合理成分。这些合理的或科学的成分，概括起来应该包括以下几点。

题解　本文原载《新闻实践》2004 年第 8 期、第 9 期、第 11 期。作者将中国报纸副刊形象地比喻成“中国报纸的女神”，指出副刊应该追求完美的境界，即思想的完美、精神的完美、品位的完美、情趣的完美、语言的完美、形式的完美。本文围绕“副刊已经成为中国报纸的基础构件”“打造民族报纸强势”“衡量副刊产品的尺度和标准”“品牌优势”“副刊作品”“副刊栏目”“连载小说”“言论文章”“第二次开发”等九个方面展开论述，结合《北京晚报》《五色土》副刊“燕山夜话”栏目、《人民日报》《大地》副刊的评述文章、《金粉世家》等连载小说的发表等经典案例，论述了复杂社会环境下中国报纸副刊的发展变化和重要地位。

第一，结构清晰。中国传统模式的报纸甚至包括世界许多地方的华文报纸，整体结构大都是由相对鲜明的新闻版块、副刊版块、专刊版块和广告版块组合而成。这样勾画和设定报纸的整体结构，会使一张报纸在总体印象方面，显得思想明确、思维稳健、规划有致、条理清晰，既有重点，又有支撑。

第二，功能齐全。一张综合性大型报纸的主要功能，应该包括传播新闻与解释新闻、普及知识与探索问题、引导娱乐与丰富创作、刊登信息与提供服务。那么，依据新闻、副刊、专刊和广告四大版块进行报纸布局，基本能够满足一张报纸主要功能的开发和利用。新闻版块发挥报道新近事实的快与广的功能；专刊版块突出深入专门领域和探索专业问题的深与精的优势；副刊版块保持鼓励创作和丰富文化的需求定位；广告版块依法进行广告经营和各种信息服务。

第三，领域宽广。由于采取四大版块的结构进行布局，实际上可以解放报社生产力，使得报纸的联系领域和服务领域更加广泛和更加深入地延伸到社会生活的各个领域。有些单纯依靠新闻手段接触和深入不到的领域，可以凭借专刊报道或专刊服务的手段实现。有些无法借助专刊手段进行的传播活动，可以通过文学创作和艺术评论等方式完成。报纸的经营效果主要体现在广告版块的活动之中，这一版块既和报纸其他版块深刻联系，又有自己独立与独特的开发空间。四大版块独立伸展或交叉使用的触角，其实可以深入社会的各个领域和各个层面。

第四，影响持久。纯粹的或单个的新闻作品，影响力十分短暂或相对有限。立体的和组合的报道形式，能使短暂的和有限的报道内容保持持久的影响效果。报纸按照四大版块的理论进行布局，最终目的正是追求一张报纸的整体优势和增值效果。在使一张报纸新闻报道功能更加持久方面，充分发挥专刊与副刊的特殊功能，具有十分重要的传播意义和十分现实的市场意义。

二、传统形态的中国报纸十分重视创办特色鲜明的副刊，我们应该从打造民族报纸强势的角度看待副刊建设问题

我国传统报纸的重要特色之一，就是重视创办和办好主要以文学和文化内容作为基础的独立副刊。副刊的内涵和外延也要随着社会的发展和需要有所前进和变化。当前，我们思考的一个重要问题是：我们要站在保持民族报纸特色和打造民族报纸强势的高度，看待中国报纸的建设与发展问题。开辟副刊版面、坚持副刊阵地、培育副刊品牌、突出副刊个性，是形成中国传统形态报纸的重要

标志。这种具有民族报纸特色的做法,尽管在新的形势和新的条件下受到了暂时性的冲击,但在众多的报纸中仍然保持了稳固的影响和鲜明的格局。即便是编辑思想超前、外观变化较大的报纸,由于受到报业传统力量的影响和读者阅读习惯的制约,也在不同程度上必须保留中国报纸传统模式的明显痕迹。在我国的报纸家族中,副刊品种的数量庞大,说明读者需求的市场广大;副刊概念的顽强存在,说明规律作用的难以违背。传统本身就是力量,历史精华必定延续。符合中国报纸发展要求和规律的理论模式与布局体系,必定会经久不衰地并不断推陈出新地存在下去。我们要站在建立民族报纸特色和强势的高度,自觉地、积极地、广泛地、坚定地探索建立中国报纸的民族化表现形态和表现风格。我们还要通过比较不同国家报纸的表现形式,揭示和印证中国报纸的功能优势。当然,我们更要在保持合理成分的前提下谋求创新与发展。

三、副刊是一张报纸的精神圣地、文化殿堂、情感家园和品位坐标。副刊应是一张报纸传播思想、表达情感、确立品位、彰显学识、陶冶情操、探索未知的精神与文化的制高点

报纸副刊与报纸正刊都是在报纸上生产精神产品的园地。副刊为什么能够基本伴随现代报纸的出现始终保持其稳固的地位?这是因为,报纸正刊与报纸副刊有着不同的使用价值和存在价值。衡量报纸正刊与报纸副刊的价值尺度和使用标准,从功能的角度看,有着本质的和实际的不同。这种区别主要在于,衡量报纸正刊产品的尺度和标准,用的是衡量新闻产品价值的尺度和标准;衡量报纸副刊产品的尺度和标准,用的是衡量文学、艺术、文化、知识、娱乐等产品价值的尺度和标准。2003 年 12 月 30 日,中国报纸副刊研究会举行首都报纸副刊编辑新春联谊会,中国记协副主席、解放军报社社长张世刚在致辞中这样说:“如同报纸的理论版代表报纸的理论水平一样,报纸的副刊反映报纸的文化品位。”在我国现有的对于媒体作品的评判实践中,对于前者主要使用政治导向、真实准确、客观公正、及时传播等新闻性功能的标准;对于后者主要使用社会实效、艺术感染、思想敏锐、见解独到、情感真挚、描写生动、知识渊博、语言讲究等创作性功能的标准。用不大准确但却多少接近的一些词汇形容,就是:报纸正刊的外在形象和风格基调,主要是政治的、严肃的、客观的、隐身的,报纸副刊的外在形象和风格基调是责任的、宽松的、主见的、情感的。但是,我们应该时刻记住中国报纸副刊的内在形象和最高追求:副刊是一张报纸的精神圣地、审美殿堂、情感家园

和品位坐标，是一张报纸神圣和高雅的文化艺术的圣殿。一张报纸上的最为优秀的副刊，应是这张报纸立足文艺、鼓励创作、传播思想、表达情感、确立品位、彰显学识、陶冶情操、探索未知的精神桥头堡和文化制高点。

四、悠久副刊的本身就是品牌、引力、价值和资本

在中国报纸副刊的百年历史中，我们有过许许多多历史悠久的副刊。《中国日报》的《鼓吹录》，《申报》的《自由谈》，《新闻报》的《快活林》，《晨报》的《晨报副镌》，《时事新报》的《学灯》，《民国日报》的《觉悟》，《京报》的《京报副刊》，《大公报》的《小公园》，《立报》的《小茶馆》和《花果山》等等，以及延安时期的《解放日报》副刊，抗战时期的《新华日报》副刊等等。有着悠久历史资历的副刊，它们本身的存在和影响，就是一种品牌、一种引力、一种价值和一种资本。尽管有些副刊因所附报纸生命的结束而结束使命，但作为历史文化成果却永远留在报纸的史册。

解放后，我国报纸继承历史优良传统，继续创办了一些影响很大或至今保持旺盛生命力的当代优秀副刊和专刊，为我国报纸副刊历史宝库不断提供经典范例。当年，毛泽东就很看重副刊的影响和作用。1958 年 10 月 25 日，《光明日报》刊登《本报五种专刊停刊启事》，宣布《哲学》、《史学》、《文化遗产》、《文字改革》、《民族生活》自 11 月起停刊。当时毛泽东正在郑州开会，他看到这个启事，说："《光明日报》的副刊如《哲学》、《文化遗产》等，应继续办下去，不要停刊。"还说，他看《光明日报》就是看这些副刊。可见他对报纸副刊的重视。我们认为，对于这类既有历史基础又受读者欢迎的影响较大的副刊来说，保持依靠时间积淀而丰满的文化成果，是其重要的文化责任和历史使命。随着报业的发展，许多新兴报纸创刊，但由于这类报纸的副刊没有历史资本支持，没有文化积淀支撑，没有历史品牌依托，创造一批特立独行、风云叱咤的副刊是这类报纸副刊迫切的需要和任务。继承历史传统和创造未来传统的现实，使这两类报纸的副刊，既有在相互竞争中优势互补，又有在相互吸收中保持个性的可能。

对于如何继承历史传统，我们提倡抱有一种深厚和前瞻的精神。我们要有历史的眼光和历史的胸怀，要有延续历史的远见和发扬历史的能力。我们要立足当代立场研究历史财富，为了创新与发展的目的研究历史与继承历史。

五、副刊作品的繁荣可以支持报纸的生存发展

今天,报业市场竞争激烈,群雄并起。一会儿要靠专刊吸引读者,一会儿靠新闻争得市场。其实,对于参与市场竞争的报纸来说,不论采用哪种战略策略,只要做得到位,做得巧妙,做得出其不意,都会获得意想不到的实际效果。目前,在过重过大的市场压力面前,对于有些报纸的领导来说,拼新闻和拼实力似乎成为惟一的方法。有些报纸几乎把全部力量都压在新闻版上,忽视甚至停掉一些本来办得很成功的副刊。其实,报纸上任何一种具有特殊功能的版块,都有其参与市场竞争的价值,如果运用得当,都能发挥作用。例如副刊作品,如果运用得当,完全可以救活一张报纸,起到支撑报社经济的作用。历史上最为经典的例子,就是《明报》金庸的武侠小说。

1959 年 5 月 20 日创刊的《明报》,开创资金仅为 10 万港元。当时,香港流行这样一句话:“假如和你有仇,最好劝你拍电影;假如和你有三世仇,最好劝你办报纸。”办报之难,显而易见。人们料定,《明报》办上一年半载,必定亏本关门。不料,不出半年,主笔兼总编查良镛(即金庸)宣布:《明报》开始赚钱。原因何在?全赖总编正确地采取了有利市场开拓的办报思路,即依靠连载小说与特色专栏,吸引读者,打开销路。在《明报》创刊初期,金庸就打出了报纸得以生存和发展的杀手锏:金庸的连载武侠小说《神雕侠侣》,每日一篇,牵动万众之心;雷炜坡以柳鸣莺笔名写的《伶星专栏》,透露娱乐圈及戏曲界明星的工作和生活情况,可读性很强;简而清以简老八笔名写的《马经》专栏,也颇得读者捧场。所有这些,都为初创阶段的《明报》,打下了发展基础。难怪香港作家倪匡评论:“《明报》不倒闭,全靠金庸的武侠小说。”

六、副刊中的隽永栏目能使副刊久存人们记忆

报纸副刊版与报纸新闻版有一个明显不同,新闻版主要依靠新闻作品支撑,副刊版需要依靠特色栏目支撑。集中力量办好若干特色栏目,是办出好副刊的行之有效的捷径。著名的副刊,必定有著名栏目的积累聚集,我国报纸副刊上不乏实例。上个世纪 60 年代初期,北京晚报《五色土》副刊推出《燕山夜话》栏目名气大振,人民日报副刊开辟《长短录》栏目影响大增。1961 年 3 月 19 日开辟的《燕山夜话》,由著名报人邓拓执笔,署名马南邨,每周星期二和星期四刊登

两次。至1962年9月2日结束,共发表杂文152篇。这个专栏题材广泛,旁征博引,议论横生,发人深省,将思想性和知识性熔于一炉,以深刻和文采互为斑斓,深深地赢得各界群众的喜爱。栏目文章不久结集成书出版,当时印行30万册之多。邓拓写作这些杂文时刚刚48岁,正是一个政论家与史学家的黄金时代。《夜话》虽是短短的千字文章,却将广博的各科知识、丰富的实践经验、高深的理论修养、精湛的写作技巧融为一体,是真正厚积薄发的旷世精品。

七、注意同步创作连载小说是我国报纸副刊的高超技巧

我们这里所说的副刊原创连载小说,是指伴随副刊出版同步创作并首次刊登的那种小说。这类小说的创作,对于作者的才能和素质的要求很高。一部成功的同步创作的连载小说,可像首次播出的电视连续剧那样,情节无法预测、命运难以预料、结局不能预卜。这种文学作品或创作手法,特别适合日报副刊使用。有时如同一条清澈的小溪,有时如同一条澎湃的大河,或平缓流淌,或咆哮汹涌,每日展露沧海冰山的一角,日积月累构成一部生动的社会画卷。同步创作连载小说的最大好处,是作者需要从周边生活吸取创作营养,使他自觉或不自觉地把副刊创作和社会新闻结合起来。一部好的同步创作连载小说,往往可以产生当代人的联想对比作用,造成洛阳纸贵、万人空巷、窃窃私议的效果。我国报纸副刊史上的成功范例,就有报纸连载小说大家张恨水的成功实践。《春明外史》、《金粉世家》等众多作品,就像一幅幅精美神秘的长轴画卷,缓缓地逐日地起伏跌宕地展现在人们面前。我们今天是否还能获得这样的作品,获得这样的作家,倒是副刊编辑应该思考或者尝试的问题。有些办在新闻版面或其他版面上的小说连载,在性质上应该属于副刊的研究范围。

八、副刊的言论文章应以杂文和随笔等体裁为主,提倡不同风格的言论作品兼容并蓄

报纸副刊直接表达思想和见解的方式,是依靠副刊普遍存在的杂文和随笔等言论体裁。正刊的言论,一般是表达正式的和严肃的问题的文章。副刊版面的言论体裁,无论是涉猎领域和问题的范围,表达思想和见解的深浅,写作语言和风格的规定,表现形式和长短的制约,都比报纸正刊有着大的宽容度和自由度。因此,副刊成为杂文、随笔、散文、闲话等多种小型言论的重要园地。在我国

的报纸副刊史上，一些著名报纸副刊的杂文栏目，得益于一些著名副刊编辑的主持，而获得极大社会反响和历史声誉。研究中国报纸副刊言论的历史经验，研究副刊言论的现状和问题，推进副刊言论不同风格的并存与优选，是副刊编辑研究的一项必要工作。例如，我们既要分析研究人民日报《大地》副刊的言论特色和风格，也要研究《京华时报》、《新京报》等都市报副刊的言论特色和风格。对不同类型的副刊言论体裁做报学意义上的比较与概括。对于副刊版面上调侃风格言论日益增多的趋势，也要进行深入分析和中肯判断。

九、副刊追求综合完美境界，也追求第二次开发价值

中国报纸副刊追求的境界，无论是精神境界还是形式境界，最终应是各个方面的综合性的高度完美。这种完美的境界包括：思想的完美、精神的完美、品位的完美、情趣的完美、语言的完美、形式的完美。中国报纸的副刊在气质上应是中国报纸的女神。如同巴黎卢浮宫的维纳斯女神，是精神之美与艺术之美的经典化身，有血有肉、充满活力、光彩照人、青春永驻。副刊追求的目标是永恒的价值。

报纸副刊与报纸正刊相比，具有一个特别重要的优势，即一些副刊作品具有第二次开发的价值。什么是第二次开发价值？副刊的原创性的作品，特别是独特栏目的作品，首先刊登在报纸副刊当中，是作品价值的第一次开发或实现。有些类型的作品，例如，连载的长篇小说，持续的专栏文章，策划的系列专题，定期的漫画专版等等，都有可能在数量积累达到适当规模时，发生量变到质变的飞跃。这种飞跃带来了副刊作品价值第二次开发的可能。连载的长篇小说可以改编成为电影剧本，或者依据小说素材拍成电视连续剧。持续的专栏文章，在结集成书之后可获得更加广泛和深刻的社会影响。这方面的一个典型事例，就是《北京青年报》安顿主持的“口述实录”专栏，由于结集出版了《绝对隐私》一书，一夜之间使得“口述实录”文体风靡全国。这一情况证实，副刊作品第二次开发的价值，甚至远远大于第一次开发的价值。有些副刊作品或专栏文章被社会认识和接受，其实是在作品或专栏的第二次开发之后才逐步实现的。我们应该重视二次开发为副刊带来的增值效果。

报纸副刊发展的图文互动趋势

顾雪生

对关注报纸副刊发展战略与应对策略的报人而言，下列一些事实与现象必然会进入他们的视野，并不得不由此引发深层次的思考。比如，在厚厚一叠报纸中，副刊版面占了很大的比例，其中，图片的使用量有增加的趋势；比如，报纸副刊的图片不再是文字的陪衬，不只是相对独立地展示其自身的新闻价值和审美功能，而是与文字一起，围绕某个主题，互为补充说明，产生一种互动的效果；再比如，报纸副刊摄影文学的兴起，把图片与文字的新闻价值、审美价值发展到一个从未有过的崭新境地。

总之，报纸副刊的图片不再是文字的陪客，而是报纸副刊的主角。图片与文字的互动效果不仅在读者的视觉上产生强烈的冲击力，吸引读者关注其所要表现的内容，而且给读者带来愉悦感、审美感。报纸副刊的这种发展趋势，要求报纸副刊的运行方式与发展战略随之调整。能否从战略高度把握其变化趋势，充分利用这样的变化带来的机遇，无论对我们关注和研究报纸副刊的发展战略，还是确定报纸副刊的改版策略，都是十分有益的。

报纸副刊图文互动的时代背景

1. 娱乐新闻成为报纸副刊竞争的焦点，图片在娱乐类版面中上升为主角

据有关资料显示，读者对娱乐新闻的需求与对经济、科技的需求一样，表现

题解 本文原载《新闻出版交流》2003 年第 6 期。随着时代的进步，图文互动成为报纸副刊发展的一种趋势。文章通过对报纸副刊发展战略与应对策略的宏观把握，阐述了图片在报纸副刊当中的重要作用。作者认为："报纸副刊的图片不再是文字的陪客，而是报纸副刊的主角。"文章从报纸副刊图文互动的时代背景、动力源泉、表现方式以及报纸副刊对于编辑人才的需求几个方面，全面展示了图片在副刊中的主角地位，顾雪生预言"报纸的读图时代已经来临"。与以往将图片视为文字附庸的观点不同，作者为报纸副刊中的图片"正名"，并将其置于科技进步、读者需求发生改变的背景下加以考量，赋予了图片在报纸副刊中的独特新闻价值和审美价值。

出强烈的热望,这是读者精神需求的重要组成部分。谁在一定的时空内占有足够的娱乐新闻,谁就在一定范围内赢得读者。因此,娱乐新闻成为报纸副刊竞争的焦点。我们所说的娱乐类新闻,应当包括传播意义上的娱乐新闻,即影视等等,还应当包括大体育。从世界范围看,体育更多的具有娱乐的成分。即便是竞技体育,又何尝不是充满了娱乐的成分?从猎豹飞奔式的百米赛,到万马奔腾式的马拉松,从男子单杠到女子体操,或展示出惊心动魄之美,或带给你刚柔相济之美,可以说,体育是充满了娱乐性的。而娱乐性的内容单靠文字叙述简直是苍白无力的,它必须借助图片展示。因为图片本身具有形象性,它可以把娱乐性直接表现出来,有时只须简要的文字或作必要的补充说明,或揭示画面的内涵。在这里,多余的文字甚至显得累赘。图片上的一个动作,一副眼神,一种姿态,对读者无不勾魂摄魄,足以令人心驰神往。因此,图片就成了娱乐类版面的主角。可以说,没有图片的娱乐类版面是没有生命力的;图片量不足的娱乐类版面是枯燥乏味的。没有生命力的版面会自然淘汰,枯燥乏味的版面少有读者,也免不了消亡。

2. 广博的新闻资源,为报纸副刊的图文互动提供了丰富多彩的内容

报纸副刊具有新闻性,这是不争的事实。今天的报纸副刊由原来狭义的发表小说、诗歌、散文等纯文学版面发展成为广义的大副刊格局,写真类、服务类、娱乐休闲类等等各具特色的版面纷纷加入到这个副刊中来,呈现在读者面前的报纸副刊,是对当前时空甚至历史和未来的多层次、全方位的扫描和透视。因此,报纸副刊的新闻性从来没有像今天这样得到充分的展示。现实生活是报纸副刊取之不尽、用之不竭的稿源。广博的新闻资源,也为报纸副刊图文互动提供了丰富多彩的内容。普通的消息以其快捷的特点满足读者对新闻事实的粗略的知晓,然而读者对报纸更有可读性、服务性、娱乐性等等的需求,因此,他们更希望了解简要的消息报道背后的新闻事实,这个任务就客观地落在了副刊的身上,而副刊要完成这样的任务是驾轻就熟,是家常便饭。但是,如果在表现形式上还是像消息那样直白,那样枯燥,那么读者是要倒胃口的。因此,副刊必须把做家常便饭的新闻原料翻出花样来,内容要具体,形式要活泼,让读者拿到你的副刊首先眼前一亮,然后慢嚼细品,以至爱不释手,相互传阅。较好的报道方式,就是图文互为依托,互为补充,互相渗透的互动方式。比如,获得"中国报纸副刊优秀专栏"的《南通日报·副刊》的"瞬间聚焦"和"百姓视点"栏目,以其鲜活生动的图文互动形式给读者以强烈的视觉冲击力,受到称赞。

3. 快节奏的现代生活,读者要求报纸副刊的图文互动形式

市场经济的确立,把人们的生活赶上了快车道。现代生活的快节奏,使得

人们上班步履匆匆，下班忙忙碌碌。一向拿时间不当回事的中国人，随着价值观、效益观的确立，“时间就是金钱”由原来的一句口号，一种时尚，一个模糊的概念演变成一种观念，一个实实在在的道理。为事业有成而追求者，为企业发达而拼搏者，为各自所从事的职业而脚踏实地、埋头苦干者，你几乎看不到他们还捧着一杯茶，拿着一张报纸从报眼看到报尾，从正版看到中缝。为什么？没那个空闲呀！除非他是个专职的报纸审读员或者评报员。由此，我们的报纸副刊非办得提高有效阅读率不可，黑压压的一大片文字，即使内容再好，读者也不买你的账。用图片加文字的形式传递消息，娱乐读者，让读者用较少的时间阅读较多的版面，让读者在图文互动中了解新闻，放牧心情。图文互动的报纸副刊与读者零距离交流，其带来的效益恐怕不只是报纸的社会效益。看一看《北京青年报》B 叠的“天天副刊”就知道图片在副刊中的主角地位是多么的稳固，就知道图文互动形式的魅力所在了。随着读者对报纸副刊从内容到形式的要求不断提高，图文互动将是明智的选择。可以预见，由此催生的报纸的读图时代已经来临。

4. 图片的审美价值在报纸副刊的图文互动中充分展示

图片，作为报纸副刊的版面语言，除了它的新闻价值外，还有它的审美价值。图片本身自有其美，这里且不论述它的审美意义。作为审美客体，它与文字一起互相补充、互相说明、互相画龙点睛般地揭示对方的内涵，因而图文互动起来，静止的图片和静止的文字在读者眼前活动起来。图片本身的审美要素被简洁的文字挖掘出来，其审美价值远远超越图片本身的美学意义。文字所描述的事件、人物、场景等等的审美功能，因有了图片的观照而给读者留下了形象之美。图文互动就产生了 1+1>2 的审美价值，远非单独的图片或者单独的文字所能媲美。生动的新闻写真，欢快的娱乐场景，精彩的体育比赛，还有画刊、摄影文学等等，读者翻开这样的副刊版面，与其说是在看报，不如说是在欣赏。

报纸副刊图文互动的动力源泉

1. 宽带网的接入为报纸副刊提供大量图片

大约十年前，报纸副刊版面所需要的图片主要依靠摄影记者和通讯员提供。这十年来，随着互联网的迅速发展，摄影记者和通讯员从副刊版面图片提供者的“垄断”地位渐渐淡出。宽带网的接入，把世界变得很小，把远在天涯的人们变成零距离。地球那边刚刚发生或正在发生的事情，通过宽带网瞬间传入。体育赛事、影视活动，国家元首的轶事、普通百姓的奇闻，凡是报纸副刊所需要的图片、文字铺天盖地,应有尽有,本报记者的任务只是拍摄当地、当时的就足够了。这就为报纸副刊的图文互动提供了用之不竭的原材料。副刊版面编辑就像一个厨师,你想给客人吃什么,尽管到菜市去采购、加工好了。

2. 数码相机的发展使得拍摄图片不再成为难事

如果说传统的照相机使用起来因必须讲究构图、用光、速度、光圈等等一系列技术水平,而客观上限制了使用者的摄影技能,那么,这几年数码相机的发展,使稍微懂得一点构图知识的记者编辑们几乎一夜之间成为照相的熟练工。数码相机与电脑"联姻"后生产出来的高清晰度的照片,往往在报纸副刊编辑那儿"得宠",这简直让接受传统摄影、印放等等技术培训的人后悔出生太早。经济实力雄厚的报社,或者说有发展战略眼光的报社,为在激烈的报业竞争中站稳脚跟,谋求更大的发展,为每个编辑记者配备一架数码相机、一台手提电脑已经不是什么难事。苏南一些县市级报纸在为编辑记者补贴购买摩托车、电脑的基础上,早已鼓励他们购买私家汽车,并且给予令人动心的经济补偿。试想,这样的报纸副刊还会担心没有足够的图片吗?可以说,数码相机的使用,几乎使得当地、当时的副刊资源在第一时间无一漏网。

3. 彩印设备把图片色彩还原,提高了图文互动的有效阅读率

从宽带网下载了世界各地的"洋货",用传统相机、数码相机拍摄了当地当时的"土产",这些图片都是彩色的,也可以说是原色的、本色的,假如被印成了黑白的报纸就大为逊色。图片失去了原来的色彩和层次,也就使得图片固有的新闻价值和审美价值丢失大半,实在可惜。但是,不必担心,从目前的报业发展趋势来看,地市级的报纸已经大都是彩印的。彩印设备把图片色彩还原,强化了图文互动的效果,也就提高了图文互动的有效阅读率。即使目前还没有彩印设备的,只要不想被竞争激烈的报业市场淘汰出局,必然会添置彩印设备。只要想一想普通百姓家里黑白电视轻易地被彩色电视替换的过程,任何报社的领导们都会加速从黑白报纸到彩色报纸的转换。

报纸副刊图文互动的表现方式

1. 双向的图文互配

双向的图文互配式的副刊版面中,图片不再作为文字的"伴娘",文字也不是图片的"尾巴"。如果抽掉图片,那么独立的文字当然可以说清人物、事件的来龙去脉,只是黑压压一片文字难以留住读者的眼光,文字再好,因失去了图片

的配合而大为逊色。如果去掉文字,数量相当的图片只要加上简短的文字,也可以完成信息传递的任务,只是力单势薄了。而图文互配的版面,文字应该短些,几百字,甚至几十字;图片应该多些,七八幅,甚至十几幅。娱乐活动、体育赛等等适用这样的形式。

2. 引文加组照式的新闻写真

举个身边的例子:《南通日报·副刊》2001 年 7 月 24 日 B4 版(“新闻写真”)五个栏目——瞬间聚焦、百姓视点、生活定格、江海视窗、缤纷世界,整个版面一共用了 24 幅照片。其中,瞬间聚焦一栏,报道了《最后的航班——南通江海通客运公司“新沙轮”见闻》,文章开头交代了江海通公司的领导 7 月 20 日冒着酷暑驱车近百公里,慰问正在担任客渡任务的“新沙轮”上的 6 名职工;接着介绍了“新沙轮”这条老式客渡轮在 20 多年的风风雨雨中所担负的历史使命,并演绎了许多动人的故事;最后指出,这条老客渡轮即将停航,可是渡口一带数万老百姓永远会记住这条老船的名字和 6 名平凡的水手,全文不过千字,所占版面不到图文总面积的四分之一。照片用了 6 张,头条位置是“新沙轮”正下客的大幅照片,极有视觉冲击力,其余 5 幅是领导慰问、船员工作的照片。6 幅照片按照表达主题的需要,大的不惜版面,小的惜版如金,大小搭配,图文兼顾,版面语言生动而丰富,图文互动效果跃然纸上。事件纪实、人物写真等等题材用这样的形式报道可以说是恰到好处的。

3. 为图片设计对白

或许你看到过电视中有这样的娱乐类节目:主持人给出一个只有图像而没有配音的电影或电视片断,让参与这种娱乐活动的几组搭档稍作准备后,凭想象分别为所看到的画面中的人物配音。因参与者的生活经验、文化积累、兴趣爱好等不同而对画面的理解不同,往往设计出多姿多彩甚至千奇百怪的配音。报纸副刊借鉴这种娱乐式样,在版面上提供至少有两个人物的图片,让读者凭自己的想象为其设计对白。然后,在下一期副刊版面上发表他们的对白作品,可以同时发表多篇。图片中的人物因对白而活动起来,副刊编辑因这个栏目而与读者沟通。

4. 从诗图互配到摄影文学

早在 1994 年《海门日报》复刊的当年,我们在副刊的纯文学版面上开出一个“诗配图”的栏目,实际上就是为单幅照片配上诗歌。照片是上乘的,所配诗歌也是比较出色的。诗歌或挖掘照片的内涵,或拓展照片的时空,或点缀照片的意境。这个固定的“诗配图”栏目很受读者的好评。后来,我们在此基础上,为好的诗歌配合适的照片,变单向的“诗配图”为双向的“诗图互配”,同样受到读者的欢迎。由此，我们曾经试图用一组图片加上简要文字叙述一个事件的全过程。带着这个想法，记者与交巡警一起巡逻，终于碰上了一个在交通要道清除道路障碍物的题材——一辆运输砖头的拖拉机的一个前轮脱离车轴而歪在道路中。于是，记者用相机记录了交巡警检查拖拉机车轴、借用拖车搬运道路上的砖头、电话请求调运大吊车、指挥吊离拖拉机、指挥车辆通行等一系列镜头，加上简要文字说明，并采用电影胶片式样的排版方式呈现在读者面前，有效阅读率是很高的。

这是新闻题材的图文互动纪实。那么，我们能不能由此引发出文学题材的图文互动样式呢？

中国作家协会主办的《文艺报·摄影文学导刊》很好地回答了这个问题。"摄影传记文学"、"摄影纪实文学"、"摄影小说"、"摄影诗"、"摄影散文"等等以图文互动的崭新形式作出大胆尝试，向传统的文字式样发出挑战。我们报纸副刊的纯文学版面，为什么不可以借鉴这种式样，向读者捧出从内容到形式全新的版面，或者拿出部分的纯文学版面作出有益的尝试？事实上，报纸副刊如果接纳这种样式，那么，副刊园地必将亮出一杆醒目的旗帜，或许也是副刊改版的一条出路。

报纸副刊呼唤研究型的编辑人才

在报业的激烈竞争中，面对报纸副刊发展的图文互动趋势，我们有必要对报纸副刊编辑人才的界定标准给出新的答案。什么样的人可成为副刊编辑人才？什么样的人可成为副刊编辑主要人才？而什么样的人可称为其重要人才？我们可以尝试作出如下界定标准：不会摄影、不会电脑或者不懂图片的不能说是副刊编辑人才，甚至可以说是不称职的副刊编辑；虽然懂图片也懂文学，但不具备判断力和亲和力的人，不能说是报纸副刊的主要编辑人才；不具备报纸副刊研究力的人，不能成为其重要人才。

不难理解，一个连摄影、电脑、图片都不懂的"三不"编辑，怎么能编好图文互动的副刊版面呢？

所谓判断力，是指对图片、文字的优劣判断。这里所说的优劣，是指面对一大堆图片、文字，应该围绕你所要报道的主题，选择最合适的图片，编出与图片互动的简要文字。所谓亲和力，不是指好好先生，对人慈眉善目，而是要善于利用他人的资源和能力来共同完成一个任务，达到一个目标。比如善于策划所编的副刊版面，调动一切有利于图文互动的积极因素组织稿件，进而编上版面，献给读者。

报纸副刊的重要编辑人才，不能只是停留在编好自己的版面，同时还应该有一定的理论素养，不仅对自己从事的职业和相关领域的过去、现在有足够的了解，而且对它的发展趋势有正确的判断，并根据自己所办报纸副刊与当地实际，及时作出相应的对策。

可以这么认为，一个富有创新精神和研究能力的复合型的报纸副刊编辑，不仅是个合格的摄影者，而且是个合格的文学作品撰写人；不仅是个优秀的图文编辑，而且是个具有判断力与亲和力的副刊版面策划者。由于其善于为他人撰稿、摄影出谋划策，因而他甚至能打造出几个出色的副刊记者，培养出一支优秀的副刊通讯员队伍。报纸副刊有了这样的人才，不只是让副刊年年跟着读者的要求改版，而是与时俱进，让副刊引导读者去有效地阅读，从而真正做到如江泽民同志所说的“以科学的理论武装人，以正确的舆论引导人，以高尚的精神塑造人，以优秀的作品鼓舞人”。

多媒体时代报纸副刊的变与不变

——以《夜光杯》和《天天副刊》为例

王雪瑛

著名报人赵超构先生曾经说过："新闻是报纸的灵魂，副刊是报纸的面孔，报纸耐不耐看主要看副刊。"

什么是副刊的"耐看"？耐看当然离不开阅读时的思索和回味。如果说关注新闻是体现阅读的广度，那么细读副刊就是追求阅读的深度。然而，曾经风光无限深得读者之心的报纸副刊，近年却出现衰落趋势。

《人民日报》编辑、作家李辉说，"现在副刊和文学的关系和作家的关系是越来越遥远。新闻对副刊的渗透甚至取代使副刊的文化品位失却。副刊大多变成了快餐文化"。而北京大学中文系教授陈平原认为："内地报纸副刊的篇幅和气度不大。现在的报纸副刊的篇幅越来越缩小，报社规定都是1500字，你是著名学者，给你5000字。绝大部分的报纸副刊在整个报纸的功能萎缩，字数萎缩就容易变成豆腐块，变成风花雪月的日常琐事，没办法讨论大问题。"

毫无疑问，随着网络的发达，随着读者的分流，副刊固有的地位动摇了。文学失去了轰动效应，副刊的辉煌已成了往日的记忆。

面对丰富多变的现代生活，面对快速更新的现代资讯，报纸副刊也需要在保持文化品位和求新求变寻求生存发展之间找到新的平衡。本文以《新民晚报》的《夜光杯》和《北京青年报》的《天天副刊》为例，分析和探讨多媒体时代报纸副刊的发展模式。

题解　本文原载《新闻记者》2010年第2期，收入时有删节。面对丰富多变的现代生活，面对快速更新的现代资讯，报纸副刊需要在保持文化品位和求新求变寻求生存发展之间找到新的平衡。文章以《新民晚报》的副刊《夜光杯》和《北京青年报》的副刊《天天副刊》为例，分析和探讨多媒体时代报纸副刊的发展模式。作者分析了这两家副刊应对新媒体的挑战与报业间的激烈竞争采取的变化方式，得出"副刊贵在创新与突破"的结论。副刊应当在保持思想性与文学性的同时，强调市场化与读者的互动，这一观点为多媒体挑战下报纸副刊的发展提供了行之有效的思路。

《夜光杯》:不变中的变

《新民晚报》的《夜光杯》,是目前市民报中历史悠久的副刊,60多年的时光流转,它被锤炼成一个品牌,生长成一棵文化积淀深厚的大树,发展成晚报综合性副刊的一个值得分析的标本。

在一个报纸强调注意力经济的年代,在许多报纸的版式频频变脸的躁动中,《夜光杯》的版式几乎是没有变化,一如既往的平民本色,不夸张,不花哨。有人认为它传统老式,缺乏视觉冲击力;有人认为它有一种不张扬的自信,一种不迎合的坚守。更为难得的是,《夜光杯》始终保持每天两个版,一如赵超构先生当年的设计:“副刊有两版,应当是又广又杂,不拘一格。总的原则是不要偏食,偏食缺乏营养。一个版雅一点,它是文史、札记、中外古今,谈修养的多;另一个版通俗一些,讲一点服装家具、讲小菜、电影明星。”

赵超构先生的设计的确是独具匠心,显示了海派文化的海纳百川和开明睿智。《夜光杯》的文章题材广、品种多、内容杂,天南海北、古今中外,世事沧桑、人情冷暖,经典赏析、风物流连,无论读者的年龄层次、文化修养,都能在《夜光杯》的版面上找到他赏心悦目的文章。比如你能看到黄苗子的“苗老汉聊天”,也能读到秦文君的“傻瓜相机”;你能看吴冠中的《美丑缘》,也能读到黄茵的《咸淡人生》;你曾经看过季羡林的《人生漫谈》,也能读到黄宗英的《平安家书》;你能看到李辉的《静听回声》,也能读到舒婷的《凹凸镜》;你能看到王蒙的《笑而不答》,也能读到张欣的《围炉夜话》;你曾经看到王元化的《清园书话》,也能读到沈宏非的《准风尚谈》……

读《夜光杯》没有岁月流逝中飘浮无定的陌生与惶恐,而是常常有长路遇故交的温暖与欣喜。《灯花》《十日谈》《世象杂谈》《七夕会》等栏目既存当年的味道,又显今日的新鲜。栏目名称依旧,内容随着时代而变化更新。《夜光杯》的选稿不晦涩、不空洞、不局限,而是个性鲜明、内容广泛,经得起咀嚼。正如严建平先生所言,“《夜光杯》的散文,不是孤芳自赏的‘书斋文学’,而是贴近时代、贴近生活,和广大读者共忧乐、同呼吸的宽阔的心灵通道”①。显然,夜光杯追求的是兼容并蓄、广博丰富、雅俗共赏的风格。

《夜光杯》经受了市场的考验,也经受了时光的考验。更重要的是,它对于

---

① 《夜光杯的文化积淀》,《新民晚报》2006年10月15日。

文化的传承与更新具有不可替代的影响。一个有生命力的品牌必定有自我更新与发展的能力,“星期天夜光杯”的出现就是《夜光杯》自我更新与发展的一种方式。

“星期天夜光杯”是一份由副刊《夜光杯》生发而来的综合性专刊,是《夜光杯》品牌效应的放大与延伸。每周日出版16个版面,由封面故事、夜光杯(随笔两个版)、连载、读书乐、谈话、音乐舞蹈、影视地带、民间收藏、东方大律师、百姓纪事、上海珍档、快乐作文、军事博览、都市专栏、动漫等版面组成。

封面故事、谈话,往往是由整版专题或两个小专题组成,以选题的新闻性与可读性带来读者的关注度;音乐舞蹈、影视地带、上海珍档、动漫、军事博览、东方大律师、民间收藏等版面引导和普及并重,注重读者的参与和互动,以信息量、艺术性、知识性、趣味性来满足不同兴趣的读者的阅读需求,在文化含量与时尚元素之间,在现代内涵与古典韵味之间,打造出充满市民生活韵味的海派副刊。

在新民网上建立“夜光杯博客”是《夜光杯》自我更新的第二种方式。如果说第一种更新是内容上的丰富,“夜光杯博客”则是传播方式的拓展。邀请有人气、有质量的作者加盟“夜光杯博客”,充分实现报纸与网络的互动,读者与作者的互动。网络突破纸媒的种种局限,制作集文字、声频、视频、图像等形式于一体的新文本,增加了文章的表现力,显示了作者的个性,从而吸引更多的年轻网民。这样,《夜光杯》超越了单一的纸媒,也在网络的空间中生辉。

《夜光杯》有着不息的生命活力,在于它的平常与丰厚,它是自信大气的,又是温和可亲的。任光阴荏苒,世事沧桑,《夜光杯》透出的光亮成为读者记忆中温暖的相知,会心的默契。

《天天副刊》:变化中的不变

如果说《夜光杯》是一个丰富睿智的成熟中年,那么《北京青年报》的《天天副刊》就是一个意气风发的翩翩少年。“翩翩少年”在版式上是追求醒目亮丽、花样翻新,采用大标题、大字号、大图片突出主打文章,以大胆新奇的版式语言迅速吸引读者的视线,与《夜光杯》的版式构成鲜明的反差,代表着都市报一种新兴的副刊版式。

运用新颖的版面语言,是《天天副刊》对副刊面临的瘦身威胁做出的积极应对。而《天天副刊》的内容设计,才是它敢于天天强势推出的重要保证。《天天副刊》的内容设计,遵循了"分众"的概念。

"分众"的基本含义,就是按照细分标准,即读者在阅读动机、阅报习惯特征、地域特征等方面的差别,将读者整体划分为不同类型的读者群。一份报纸可能选择其中的一个,或若干读者群作为自己的目标读者群,以求最大限度地满足这些读者的要求。简而言之,就是栏目设计的内容要有针对性,要找对人、说对话,让目标读者群成为固定读者群。

《天天副刊》在周一到周五推出的大栏目为"非常感受"。随着现代城市的快速发展,城市的人口结构发生了变化,城市中人与人的关系发生了变化,城市人的生活目标变得多元,城市人的生活方式变得丰富,城市人的心情起起落落,城市人的人生轨迹变得曲折多姿,城市人需要讲述自己的人生故事,表达自己的人生感悟,克服焦虑与迷惘,需要一个敞开心扉,互动和沟通的交流平台。"非常感受",就是这样一个注重读者参与和互动的交流平台。如《给 80 后结婚的份礼钱》《一个想复读的高考生写给爸爸妈妈的一封信》,从这些文章的标题,就能看出他们的身份、他们的喜忧,他们渴望倾诉的内心。《被爱情遗忘的蛋》《大学里的那点荒唐趣事儿》《我家阿姨的脱口秀》《龅牙女遭遇牙医男》《和小偷谈心》这种类型的文章以轻松幽默的文字叙述日常生活中的百姓趣事,给现代人的心灵减压。"非常感受"中还特别设计了一个"偷听北京"的小栏目,以文字实录在公共场所听到的私人谈话,带着生活的原汁原味。

逢周六推出的"作家专栏",则保持了由文化的含量和思想的内涵带来的审美的高度。以国画的风韵来展开"作家专栏"的版式和配图,让整个版面文图和谐统一,散发着中国文化的暗香。从维熙的《清明花语》、肖复兴的《早春二月的思念》读出了岁月淘洗后情感的纯粹,刘心武的《1978,为爱情恢复位置》回顾当代文学如何突破极左文艺的桎梏,在创作中重新表现爱情的过程,《涂了漆的苗寨》流露的冯骥才的思考和呼吁:抢救文化遗产的第一线,需要学者,需要学者中的志愿者。

显而易见,从栏目的设计到版式的创新,"北青报"的《天天副刊》代表的是都市报新副刊的模式,变化和发展是它天天现身和露脸的必要条件。但是《天天副刊》并没有抛弃传统副刊的人文内涵,而是让它以醒目而独立的位置来满足不同层次、不同类型读者的阅读需求。

副刊贵在创新与突破

无论是《新民晚报》的《夜光杯》，还是“北青报”的《天天副刊》，都是随着时代的发展和受众需求的变化而不断发展与创新，变化是绝对的，不变是相对的。只是他们的变化都是根据自己报纸的定位与风格而设计的，体现了他们对各自目标读者群的设定、发现与确认，因这两张报纸的风格与定位不同，目标读者群也不尽相同，所以两家副刊的变化方式也全然不同。

分析了这两家副刊应对新媒体的挑战与报业间的激烈竞争采取的变化与生长的模式，我们可以看到，报纸的生存模式不是单一的，副刊的生存模式也不是单一的。变化和发展方式的多元，关键是要看设计者对市场和地域文化的认识，对目标读者群的判断，对报纸定位的确认，以及对报纸与网络的差异的把握。说到底，就是要坚持自己的原创性和个性，不是盲目地变化，也不是盲目地模仿，没有完美的公式可以普遍都适用。副刊一味地瘦身，并不能保证新闻的强势；强调市场化和与读者互动，也不是必然要弱化副刊的思想性和文学性。

在一个知识更新和信息传播极快的多媒体时代，报纸和新媒体的竞争、报业内的竞争无可避免，而且还会日趋激烈。提高报纸的核心竞争力需要的是长期的不懈努力，无论是坚守，还是变化，都要通过面对市场、面向读者，不断适应、不断发现，不断引导、不断分析后的理性设计，关键是要实现差异化竞争。

如果说现代人拥有了越来越多的接受信息的载体和方式，也不可避免地被巨量的信息淹没了，而阅读副刊，让现代人在过度的信息包围中拥有一颗善感的心，阅读副刊可以帮助我们修复心灵的倦怠，提高自我创新的动力和能力。副刊是我们释放情感，沟通交流，展示思想发展的空间。

网络时代的报纸文艺副刊

宋　洁

“新闻招客,副刊留客”是中国报纸副刊百年发展确立的地位。其浓重的文艺色彩,深厚的文化底蕴,曾吸引了众多读者。然而,随着大众传媒的多元化发展以及网络时代的到来,报纸文艺副刊的地位却每况愈下。时代不断进步,报纸文艺副刊如何紧跟时代步伐与新闻事业发展齐头并进,真正提高文艺副刊的有用性、号召性,是当下值得反思和亟待解决的问题。

一、报纸文艺副刊的兴衰

《中国大百科全书》对“副刊”的释义是:“报纸上刊登文艺性、知识性作品或理论性、学术性文章的固定版面,每天或定期出版,多数有刊名。有副刊是中国报纸的重要特色。中国报纸的副刊起源于清末,最初称副张或附张。1897 年 11 月 24 日,英商字林洋行创办的《字林沪报》出版附张《消闲报》,随报附送,这是最早的副刊。”①

从那时算起,中国的报纸文艺副刊至今已经走过了百余年的风雨沧桑。在这段漫长的岁月里,它经过不断的发展完善,逐步成为有着固定版面和出版期;有着独立的文体选择;有着稳定的撰稿人队伍和读者群体的一个完整体系,是报纸不可或缺的重要组成部分。尤其是辛亥革命和五四运动时期,文艺副刊更是

题解　本文原载《吉首大学学报》(社会科学版)2010 年第 5 期,收入时有删节。中国报纸的文艺副刊长期以来都是作为报纸的一个重要组成部分而出现的,“新闻招客,副刊留客”是中国报纸副刊百年发展中所逐步确立的地位。但随着时代的发展与进步,报纸文艺副刊的发展却也日渐式微,甚至开始走向衰亡。宋洁认为,在新的传媒时代,报纸文艺副刊这棵老树想要发新芽,焕生机,就应当寻找新的生存阵地与多样的变通方式,而近几年互联网的发展给报纸文艺副刊带来了一个新的机遇。作者直面网络大潮对报纸的冲击,提出报纸文艺副刊需“定位准确,突出特色”“提高编辑的人文素养,加强副刊版面革新”“寻求新的读者群体”,这为报纸文艺副刊的振兴找到了新的突破口。

①　唐黎丽:《我国报纸文艺副刊的发展与定位变化》,《文学教育(下半月)》2007 年第 4 期。

与新闻版面积极配合，宣传革命、提倡新文化、传播新思想。著名的四大副刊——《时事新报》副刊《学灯》、《晨报》副刊《晨报副镌》、《民国日报》副刊《觉悟》、《京报》副刊《京报副刊》——为教化国民、推进历史作出了可贵的探索。文学大师鲁迅的主要作品几乎有一半发表在文艺副刊上，这些文艺副刊高扬民主与科学两面旗帜，其影响力之大，波及面之广，风采一时无两。

发展到上个世纪六七十年代，报纸文艺副刊甚至一度摆脱了其附属的地位，成为报纸联系读者的独特精神纽带，是人们休闲阅读、娱乐写作的“精神依托”。就连赵超构都说：“新闻是报纸的灵魂，副刊是报纸的面孔，报纸耐看不耐看主要看副刊。”

然而，近十几年来文艺副刊却逐渐走向衰微。以《人民日报》为例，它一般由新闻、副刊、专刊、广告 4 个板块组成。1995 年 1 月 1 日由 8 版扩展到 12 版，2003 年 1 月 1 日扩展到 16 版。但在整体版面不断增长下，副刊版面却在不断下降。[①]

版面在减少，人员在减少，影响力在削弱。能坚持每天保持一个文艺副刊版面的报纸不多，大都隔天隔周隔月出一次，有的甚至干脆取消文艺副刊的版面，以新闻和广告取而代之。

二、报纸文艺副刊式微之因

（一）外患重重，网络时代文艺副刊遭遇冲击

大众文化为我们带来的不仅是眼花缭乱的声像传播世界，还有更为快捷便利的信息输送平台，尤其是互联网的迅速发展，为更多读者提供了阅读和书写、交流、倾述的空间。这也使人们的阅读习惯呈多元化发散状态，单纯阅读报刊的时代一去不复返。

网络有着纸媒所没有的优势：其一，时效性强。报纸一天才出版一次，周期长达 24 小时，网络每分每秒都可更新。其二，容量无限。一份报纸一天顶多几百版；一个网站则有海量信息，无限库存，成千上万条信息均可容纳。其三，费用低廉。与报纸相比，上网费并不算高，即使实行包年包月，费用也比订阅报纸少。其四，网络互动性强。在网络发表的作品几乎马上可以得到读者的反馈意见，而在报纸上即使读者有看法和感想也只能经由编辑之手，就算发表出来数量

---

① 王超群：《报纸副刊的困境与出路》，《青年记者》2008 年第 5 期。

和篇幅也极为有限。同时,其广告发行便捷,生动直观,更是给传统的纸媒带来巨大冲击。

盛大文学旗下的"起点中文网",网站内容每天更新超过 3400 万字。加上"晋江原创网"和"红袖添香网",盛大文学每天吸引点击量接近 4 亿次。有 3500 万用户成为这 3 个网站的忠实拥趸,其中付费用户达 400 万人。①

不仅如此,还有不少传统作家也被网络文学的热度所触动。包括海岩、严歌苓、都梁、周梅森、兰晓龙在内的 10 多位作家跟"起点中文网"签约,今后他们的新作将率先在那里以分章连载的方式抢先与网民见面。网络文学超强的传播能力,使得传统的纸媒文学瞠乎其后。

(二) 内忧惶惶,文艺副刊定位失调,编辑素质有待提高

事实上,报纸文艺副刊所面临的不止"外患"还有"内忧"。报纸文艺副刊是一种人文阅读方式,也是一种深刻的阅读方式,对读者个人的意志、慧心、悟性、情感以及想象力等有较高的要求。可是,许多副刊却在"读图时代"迷失了自我。不计一切代价的追求经济效益,让副刊逐渐成为大众文化面前的献媚小丑,很多报纸的内容无非是一些幽默、无聊的故事、笑话之类,就连《南方都市报》等大报的文艺副刊都推出有关太平间和外科医生的日记等一些和文学无关专栏,仿佛重要的不是质量,而是有人读、有人看,能带来广告效益。这就使副刊走入恶循环的怪圈,失掉了其原本的特质。武汉一名写手朱辉甚至感叹:"鲁迅等民国大家一手开创的中国报纸副刊竟毁在了我们这一代人手里。"

同时,编辑队伍素质良莠不齐,也严重影响了副刊的质量。编辑是一个"为他人作嫁衣"的角色,如今,像孙伏园这样尽职尽责的编辑已经不多了。有的编辑仅仅发挥了"校对"的作用,而没有实现编辑和策划的作用。甚至还有的编辑用版面作交易,互相刊发编辑自己的稿件,或者是大量发表关系稿,把副刊变成了编辑和自己私人关系的"后花园"。不仅如此,不少副刊对办刊的理念存在偏差,相对过去副刊是纯文学的阵地来说,现在更多的办刊人认为副刊是新闻的"战友",结果副刊慢慢演变成新闻的变种,文学性遭到排挤。

一份文艺副刊的品位——个性,关键往往在编辑手中。文艺副刊应当是与城市息息相关,与市民生活密不可分,与受传者的心灵紧紧相连的。所刊登的随笔、杂文、小品、诗歌、对联、漫画等等,都应该满足受众得益、新奇、求知、对比的

---

① 潘笑天:《中国网络文学如火如荼发展迅猛》,人民网《人民日报海外版》,2009 年 6 月 2 日,http://society.people.com.cn/GB/9411637.html。

心理。可是，目前有许多编辑对城市的物质文化和精神文化漠不关心，对报纸副刊受众群也不了解，一些中小城市报纸文艺副刊泛滥着“准小布尔乔亚”的小文章，传情达意既不能到位，针砭时弊也难以旗帜鲜明，当然就无法引起众多读者的阅读兴趣，也更休想获得更多作者的共鸣。长此以往，读者或作者终将远去。

三、网络时代报纸文艺副刊的走向

报纸文艺副刊要在网络大潮冲击下生存，就要重新寻找突破口。

（一）定位准确，突出特色

文艺副刊不是新闻的附属，也不同于网络，因此，要有一定的独立性和文学性。如上海《青年报》副刊每天都有一个纯文学版面“海派·作家”，周末增加到4个版面，除了以上提到的文学板块之外，还有情感、读书、影评、乐评等栏目。《新民晚报》给予副刊的版面就更多，“夜光杯”天天与读者见面，一般都有2个版面；周末增加到了15个版面，涵盖了内容时尚、谈话、讲座、电影、音乐、舞蹈、历史、阅读、文学等等；此外还有家庭周刊和教育周刊，这两个专刊不像其他报纸的专刊广告性质很浓，它的许多文章不失可读性，也不乏服务性。这样的副刊在一定程度上营造了一个城市浓厚的人文气息。

（二）提高编辑的人文素养，加强副刊版面革新

副刊编辑素质的高低，很大程度上决定了一家报纸副刊质量的高下。而副刊编辑的素质除了业务素质之外，人文素养尤为重要。在有限的版面上，如何将不同体裁、题材的文章有机地结合起来，必须要考虑好各种体裁、题材的搭配，还要考虑名家作品与普通作者作品的比例协调，这些考验的不仅是编辑的眼光，还有编辑的思想。

报纸上的文艺副刊毕竟不是专业期刊，它在追求品位的同时要兼顾大众性，也就是说，它应该具有通俗性和流行性。纵观网络上的知名文学网站，无不是“阳春白雪”与“下里巴人”兼而有之，表现出一派繁荣景象。

在这一点上，《文学报》做了有益的尝试。《文学报》作为一家专业报纸，一直固守着文学这块神圣的领地。但如今它也放下了架子，用钢板彩色胶印隆重推出一周一期的《文学报·文学大众》，里面言情小说、时尚小品、名人轶事、电影故事、好书推荐品类繁多，这类文章虽然为“纯文学”所排斥，但它却因为贴近

生活，语言质朴，感情真挚而打动人心，从而产生良好的传播效果。①

而报纸上的文章是通过版面来同读者见面的。版式的风格也是编辑总体思维的一个组成部分。观念求新、表现手法求新，版面设计自然也应具有强烈现代气息。这一点大可借鉴成功文学网站的页面设计，突破以往的题图、报花点缀，而给文章锦上添花。

（三）寻求新的读者群体

读者与编者是相互依存的一个共同体。所以作为编者，首先要关注读者是谁。只有弄清我们服务的对象，才能更好地有的放矢，为人们提供更优质的服务。而如何吸引更多的精英读者与年轻读者，就更需要报业人的精心努力。

而根据不同的读者群以及副刊所在地的独特地域特色，副刊的内容也可以做出适当的调整，适应当地读者的需求，真正成为副刊“留客”的方式。

四、结　语

从前的文艺副刊主要以文艺作品为主，同时刊登些文艺评论、文史小品等。尽管受版面所限，但其作品以短小精炼、底蕴丰厚而得到广大读者的喜爱和共鸣。更有一批文化巨匠和学者，从副刊中脱颖而出，成就大业。报纸走到今天，副刊功不可没。

直到今天仍旧有一部分报纸在固守着自己的精神家园，不去媚俗，而凭其特殊的文化魅力吸引着众多读者。《南方周末》、《今晚报》、《中华读书报》、《中国文化报》等，面对纷繁的报纸杂色，丝毫未改变其本来面目，以崇尚广博、深邃的文化气息而屹立不衰。

一份缺失了文学的报纸是不健全的，盲目的追求商业效益的报纸，最终将被时代和读者舍弃。文学是人学，报纸文艺副刊更应当起到涤荡人之心灵、陶冶人之性情、培养人之高尚趣味的使命。在网络时代的今天，报纸文艺副刊不仅要吸取网络的经验，促成良好的发展，更应当在这过程中保持一颗清醒的心，求索人学的更高境界，让这百年的淬炼，铸就新的辉煌。

---

① 梦光情雨：《追寻报纸文艺副刊的主流意识》，新浪博客，2009 年 8 月 6 日，http://blog.sina.com.cn/s/blon_4850e3f30100ew5h.html。

报纸副刊的时代担当

——访中国报纸副刊研究会会长丁振海

肖秋生

金秋十月的台儿庄，绿色依然，河水荡漾，阳光也温暖着人心。中国报纸副刊研究会2011年年会，全国100多家报社的120名副刊编辑聚会古城。不分大报小报，不论资历深浅，编辑们坐在一起，自然是“三句话不离本行”，一吐为快，谈兴甚浓。为报纸副刊曾经的辉煌而骄傲，为在大潮冲击下的摇晃、困惑、彷徨而伤感，也为在困境中的坚守而欣慰，还为报纸副刊春光明媚的前程充满信心。不同的心声表达了一个共同的心愿——扛起责任。

就报纸副刊的时代担当问题，记者采访了中国报纸副刊研究会会长丁振海。丁振海是著名资深报人，曾任《人民日报》海外版总编辑，对报纸及副刊发展多有研究。他的睿智与见解，发人深省。

曾经的辉煌是精神财富

记　者：今天是从历史走来，我与许多副刊编辑聊天时，大家对报纸副刊曾经的辉煌颇为怀念，您如何看待这种心情？

丁振海：历史不是包袱，它是一座宝库。我们可以从中汲取营养和发展的力量。

在中国，报纸副刊是与新闻纸同时同体诞生的宁馨儿，共同着呼吸，也共同

题解　本文原载《天津日报》2011年11月9日。文章为《天津日报》记者肖秋生对中国报纸副刊研究会会长丁振海的专访。在访谈中，二人回顾了中国报纸文艺副刊的辉煌历史，也直面1980年代以来关于“副刊是姓‘新’，就是新闻的新，还是姓‘文’，就是文艺的文”的争论。丁振海认为“大副刊”的观念不足取，离副刊的本义太远，另外副刊编辑的大量人才流失也对副刊发展构成了制约，希望“孙犁报纸副刊编辑奖”的设立会对报纸副刊编辑人才的队伍建设发挥积极作用。在文化大繁荣的时代语境中，报纸副刊的未来还是值得期待的。文中的许多设想为副刊振兴提供了思路，也为副刊编辑工作指明了方向。

着命运。到上个世纪二三十年代，报纸副刊很光彩，“五四”时期的《北京晨报》副刊“副镌”、《京报》“副刊”、上海《民国日报》副刊“觉悟”、《时事新报》副刊“学灯”，被称为南北报业的“四大名旦”。

副刊为新闻纸赢得了大量读者，尤其深受青年学子和知识分子的喜爱。提倡新思想、传播新思潮，为新文化运动建功立业，诞生了一批堪称不朽的文学名著。比如，鲁迅的小说《阿 Q 正传》、郭沫若的诗歌《女神》，还有梁启超、胡适、冰心、巴金、茅盾、朱自清、闻一多、徐志摩……诸多文坛大家的散文、随笔、杂文、诗歌等各种体裁的作品，均在报纸副刊发表。

记　者：当时，一些文化名人成为报纸副刊的“掌勺人”，黎烈文主编《申报》副刊“自由谈”；沈从文、萧乾主编《大公报》副刊“文艺”；聂绀弩主编《中华日报》副刊“动向”。艾青、端木蕻良、吴祖光、夏衍等都做过副刊编辑。许多报纸副刊编辑还身兼大学教授，像邵力子、宗白华、孙伏园、徐志摩、戴望舒等等，都在大学任教。

丁振海：是的，大厨才能烹饪出美味佳肴嘛。高水平的副刊编辑，文学功底厚重、有过人的才华与见识，慧眼识珠、催生精品、发现新锐、推出名人，成为流传至今的文坛佳话。比如鲁迅的《阿 Q 正传》，就是被编辑催出来、“逼”出来的。郭沫若在日本读书时，作品投寄国内总是如泥牛入海，是宗白华从一大堆稿件中“挖”出了他，最终成为一代大家。

记　者：新中国报纸副刊继承弘扬了“五四”新文化运动的优良传统，为繁荣社会主义文学及文化事业做出了重要贡献。

丁振海：这是大家都经历的、看到了的。《人民日报》的“大地”、《光明日报》的“东风”及现在的“文萃”、《解放军报》的“长征”、《解放日报》的“朝花”、《新民晚报》的“夜光杯”、《文汇报》的“笔会”、《羊城晚报》的“花地”、《天津日报》的“文艺周刊”和“满庭芳”，都是闻名全国的优秀报纸副刊，培养了一大批作家和文艺新人。比如《天津日报》文艺副刊培养了刘绍棠、从维熙等作家，铁凝、贾平凹等还与孙犁先生建立了师生情谊。通过文学创作，一大批文学青年成为各行各业的文化骨干，有些还当了领导，报纸副刊培养了多少人才呀！

副刊需要自赎自救自强

记　者：我在同编辑们的交谈中，感觉到大家对副刊的低潮多有担忧，您如何看待这个问题？

丁振海:我认为低潮是客观存在,我们要有敢于面对的勇气,要自赎、自救、自强!

上个世纪80年代,改革开放大潮汹涌,经济高速发展,市场化进程加快,思想文化观念在震荡中进行调整。报纸的"新闻纸"属性得到前所未有的认同和重视。应该说,这是一个进步。新闻是文化产业,在坚持正确舆论导向的同时,如何满足读者的需求?把新闻做大做强,副刊怎么办?关于副刊是姓"新",就是新闻的新,还是姓"文",就是文艺的文,争论一直延续……

我们曾经想就报纸副刊的状况搞一个调研,因为经费问题,一直没能如愿。我很愿意听听来自副刊编辑们的意见。

记　者:我把大家的议论简单归纳了一下,一是阵地萎缩。许多报纸副刊不增反减,由每天一块版,缩减为每周三块、两块、一块,甚至被取消。比如,北京某家全国性报纸的文学副刊"××"就消失了。南方某大城市的一家日报,其副刊也在扩版时被取消了。二是名实不符。有些报纸保留了"副刊"的名称,把它办成了"大副刊"。三是人才流失。这些年,副刊编辑走的多,来的少。中原某报纸只有一个副刊编辑在支撑着,弄得主任也成了大编辑,忙于应付版面,精改精编是不可能的。

丁振海:这和我们掌握的情况大致相同。我认为,"大副刊"的观念不足取,是一种误读和误导。所谓"大副刊",成了一个筐,啥都往里装,饮食、服装、保健、旅游、家居、情感、私密,甚至把汽车、股市、证券等也"装"了进去。这些内容离报纸副刊的本义太远了。读者称之为"有副刊之名,无副刊之实",是一语中的。

关于报纸副刊的内容和形式,可以探索、求得发展,但是,要有一个界限。报纸副刊的外延,是由内涵决定的。我说过,文学性是报纸副刊的灵魂。没有文学性,那就不是副刊了。

人才的流失也是个大问题。一家报社的老总对我说,现在招一个新闻记者或编辑很容易,找一个合适的副刊编辑太难了。来了,也难留住。新闻记者或编辑较副刊编辑更灵活,实惠也多,年轻的副刊编辑往往经不住诱惑。社会浮躁,能够甘于寂寞,为他人做嫁衣裳的年轻人现在太少了。

"孙犁奖"就是一种激励

记　者:您在会上宣布,11月初在天津举行由中国报纸副刊研究会和天津日报社共同主办的“孙犁报纸副刊编辑奖”颁奖盛典。为什么要搞“孙犁奖”?

丁振海:报纸副刊编辑奖酝酿已经很多年了,目的是表彰为报纸副刊事业做出突出贡献的副刊编辑,为大家树立一个标杆、一个榜样,激励大家更为积极地办好报纸副刊。这次能够成功举办,首先要感谢天津市委和《天津日报》的大力支持和推动。

孙犁是《天津日报》的终身编辑。他这一生只承认两个身份:一个是作家,一个是文艺副刊编辑。尽管行政级别很高,但他当了一辈子作家和副刊编辑,培养了一批作家和文学新人……在全国报纸副刊编辑中,孙犁的文学成就是最高的。他创建了“荷花淀”派,他的《荷花淀》、《铁木前传》、《风云初记》等,是中国现当代文学杰出成就的代表性作品,他的成就无人可比。孙犁是全国报纸副刊编辑的一面旗帜。以孙犁命名报纸副刊编辑奖,他当之无愧,也是众望所归。

评选“孙犁奖”,我们有个硬性条件:就是对报纸副刊的忠诚度,要从事副刊编辑 10 年以上。其他方面的条件是共性的,不细说了。有人问我,为什么非要 10 年以上?我说,就是要稳定副刊编辑队伍,奖励忠诚度和敬业精神。人才稳定了,才有可能出名编辑、出好作品。

副刊繁荣了文学就繁荣了

记　者:“孙犁奖”确实是报纸副刊界的一件大喜事,大家都深受鼓舞,倍感振奋……

丁振海:《深圳特区报》副总编侯军给我打电话,说这是历史性的第一步!他也是由《天津日报》培养、从你们那里走出去的报业精英。报纸副刊对人生的影响很大呀,一篇小文,就可能改变一个人的命运。我在南开大学读书时,写了一篇评论《红旗谱》的文章,得到编辑的指点,在《天津日报》发表后,校园反响热烈,我很受鼓舞,与报纸结下一生情缘。至今,我还保留了那封编辑来信。虽然编辑没有署名,那是我永远的恩师。我曾经跟很多年轻的副刊编辑讲起这个故事。这正是报纸副刊编辑“甘愿为他人做嫁衣裳”,无私奉献精神的体现。

办好副刊,需要这样的精神,更需要这样的责任心。报纸副刊不仅是文学的园地、文化的载体,还是一个文化的大学堂。它与学校的教科书、文学书籍构成三位一体,向人们传播着国家观念、民族意识、文字语感、审美情趣、气质情操、价值取向、人生态度的优秀“文本”和“范式”。除了阅读的愉悦,报纸副刊更应该艺术地展现一个国家民族文化的精粹。对此,愿与全国报刊同仁共勉之。

没有好的副刊编辑，很难有好的作品。好作品、好人才，是靠编辑的双手捧着一颗热心推举出来的，这是一件功德无量的事！

副刊繁荣了，文学就繁荣了，文化就繁荣了。这不是我说的，而是被无数事实证明了的。

报纸副刊复姓“文新”

记　者：振兴副刊、繁荣副刊，亟待解决的问题很多。大家认为，更重要的还是先解决观念问题和定位问题，请谈谈您的见解。

丁振海：对，观念和定位问题非常重要。观念不清，定位也不会准。报纸副刊姓“新”还是姓“文”？我赞同这种看法：既不能完全姓“新”，也不能完全姓“文”。姓“新”跟新闻同化了，就没有副刊了。姓“文”剪断与新闻的脐带，那就不是报纸副刊了。皮之不存，毛将焉附？所以，报纸副刊应该复姓“文新”，就是把文学性和新闻性有机地统一起来。

首先，文学性和文化品位是副刊的灵魂，这个“魂”是绝对不能丢的。这也是副刊之根本，要坚定不移、毫不动摇。同时，副刊要兼顾新闻性，你毕竟是新闻纸上的副刊，要和新闻连血脉、通经络，体现现实性和时代性。

新闻的同质性很强，一个消息，谁写都差不多，及时、准确，就足够了。所以，新闻是资源共享，在遣词造句上施展的余地有限。副刊文章则可以尽显一个人的语言艺术才华。

记　者：新闻要快，要抢速度，记者经常处在紧张状态。副刊文章则重在深度新意，讲究艺术性，较为从容淡定。在具体理解和操作上，应如何把握呢？

丁振海：副刊的新闻性，不是跟新闻抢时间、争速度。抢，你也抢不过。副刊上的杂文或议论性随笔，可以跟新闻紧一些。除此之外，副刊的新闻性更多应该体现在文章的“现实性”、“时代感”上。就是看是否反映了生活在这个时代的人，他们当下的生存状态及所思所想所感所悟。

《谁是最可爱的人》有没有新闻性？魏巍最早是想写新闻通讯的，又感到不能充分表达所思所感，就写成了散文名篇。其实，我们还可以把它看成是一篇来自朝鲜战场前线的新闻性很强的报告文学。

有人说，不能像老副刊那样搞个人情调，无病呻吟。这是对的，但也要做具体分析。我看，关键词是个“病”字，无病呻吟当然不足取。有病，是可以呻吟，也应该呻吟的。人是需要倾诉、需要宣泄、需要精神抚慰的。如果源自生活，有时代感,反映的是真情实感,目的是为了生活更美好,有何不可?人是需要情感交流的,有知音、有共鸣,就赢得了读者。

从容应对网络挑战

记　者:如今,报纸副刊面对网络及网络文学的挑战,很有压力。我们该如何应对?

丁振海:网络作为新媒体确实对传统媒体形成挑战,但这种挑战并非你死我活,它们可以各擅胜场,各有自己的发展优势和生存空间。

我认为,网络只是一个信息公路,容量大、速度快。可是,没有好车,怎么也不行。决定竞争力的,还是内容。内容为王!

网络文学是快餐,写了就贴上去。但是,好的文学作品是美味佳肴,是精神大餐,需要用心品读的。网络文学还比较稚嫩,而且,鱼龙混杂、良莠不齐。本届茅盾文学奖评选,前几轮,网络文学就全军覆没了。好作品凝结着作者长期生活积累的心血,是用"心"写成的。网络文学辗转相抄的很多,报纸副刊的优势是原创。我们发的是原创作品。文艺的繁荣、文化的兴旺,不能离开原创!

网络就好比一个采购商人,我们是种地的老农,我们是供货方。我们田里的粮食、水果、蔬菜都是自己种出来的,而且,不用化肥、不施农药,更不用激素,是洁净清新的绿色食品。你要不要?反正读者需要。这就是我们从容应对的文学自信。

迎接报纸副刊繁荣的春天

记　者:所幸我们有一批深谙报纸副刊特性和特殊地位的老总,还有一批忠诚于报纸副刊事业的编辑。因此,这些报纸副刊受到的冲击较小,在坚守中发展,迎接副刊的春天。您如何评价这种坚守?

丁振海:坚守不仅是一种勇气,更是学养和功力的体现。有些传统大报,坚持天天有副刊或每周多个副刊,而且在版式上也几乎没有变化,比如《新民晚报》的"夜光杯",《天津日报》的"文艺周刊"和"满庭芳"等,一直保持着清新隽永的风格。这是一种不迎合的自信,是脚踏实地的坚守。不仅没有失去老读者,而且赢得了新读者。有一个感人的故事:因为爱读副刊,一位读者自费订阅报纸30多年。儿子曾经嘲笑他,后来儿子也成了副刊的忠实读者。儿子说,猎奇疲劳了、低俗厌倦了，才知道自己真正需要的是文化的雨露、精神的滋养。这个事例恰好反映了在时代大潮下，读者审美情趣的变化，真正能够赢得读者的还是清新雅致的文化和文学。十七届六中全会关于促进文化大发展大繁荣的决定，得民心合民意。报纸副刊迎来了大发展的好时机，我们要乘势而上，担起报纸副刊的时代责任，迎接文化大繁荣的明媚春天。

新媒体时代报纸副刊如何变身

申沁宇

“副刊”是伴随着近代社会的转型而产生的一种特别的文化传播载体。在中国，它经历了从十九世纪初的第一份中文报刊《察世俗每月统计传》上的一些文艺性文字，到最早的报纸副刊《字林沪报》附出的《消闲报》诞生，再到如今让人眼花缭乱的各色报纸副刊；从可有可无的报纸“补白”到报纸的一个重要组成部分，这个演变过程让我们看到，社会的发展，政治、经济、文化的变迁，是促使报纸副刊“变身”的主因，副刊必须通过一系列的“追新”动作来适应大环境的变化。

从文艺副刊变身为大副刊

据有关人士随机抽查，现在人们对一张报纸的关心程度有 80%左右是因为新闻，但是，同时也有接近 60%的人对报纸副刊的知识性、趣味性和资讯方面的问题感兴趣。这从一个方面印证了报业发达的英国流传着的一句至理名言：“新闻招客，副刊留客。”

然而随着网络时代的来临，报纸文艺副刊“留客”的资本日显捉襟见肘。文学作品已不再限于报纸和书籍，人们随时随地就可从电脑、电子书、手机上获取和阅读。载体的多元，残酷地逼仄了报纸文艺副刊的生存空间。从上世纪 90 年代起，繁荣了百余年的文艺副刊日渐式微，溃不成军，目前硕果仅存的三大晚报文艺副刊

题解 本文原载《传媒观察》2014 年第 10 期。新媒体时代读者阅读文学作品已不再限于以报纸和书籍为代表的传统阅读方式，电脑、电子书、手机等阅读载体的多元，残酷地逼仄了报纸文艺副刊的生存空间，副刊必须通过一系列的“追新”动作来适应大环境的变化。申沁宇从三个方面就“新媒体时代报纸副刊如何变身”进行论述，即“从文艺副刊变身为大副刊”“大副刊已具有新闻性”“自媒体时代报纸副刊的个性与担当”。作者提出，面对自媒体的碎片化信息轰炸甚至干扰，报纸副刊迫切需要提高品质新闻及文化来充实并形成自己的个性特色。本文作者是《扬子晚报》专副刊部编辑，身为一线新闻工作者，他在论述中结合了《扬子晚报》副刊的发展实况对自媒体时代副刊运营的责任意识发出呼吁，倡导要为读者提供高品质的精神营养大餐和愉悦的读报感受，为新媒体时代文艺副刊的转型提供了参考。

分别是《羊城晚报》的“花地”、《新民晚报》的“夜光杯”、《扬子晚报》的“繁星”。

显然，报纸副刊走到了改革的十字路口，大胆创新，顺势而动，是复兴的必由之路。这个时候，《扬子晚报》走在了“追新”的最前沿。

2006年，《扬子晚报》副刊全面改版，并在日后的实践中日臻成熟和完善。除仍然保留“繁星”、书籍连载外，增加了若干全新版面：直接与网络同步对接的“网罗天下”、深度解读当下最热新闻的“大阅读”、展示历史钩沉的“人物故事”和“传奇解密”、采集众多杂志上美文的“美文拔萃”、探讨情感问题的“男左女右”以及读者可以亲自参与互动的游戏版“读报闯关”；同时，每天都有一个5—7个版的周刊呈现，周一是注重健康及养生的“生命周刊”；周二是女性谈家常说私房话的“主妇时代”；周三是留给孩子的地盘“成长周刊”；周四是军迷的福利“环球博览”；周五是汽车发烧友和汽车广告商的天下“汽车时代”；周六是“电视周刊”；周日则推出长故事特写“大特写”和吸引年轻人眼球的时尚版面“声色周刊”。

每天，这些副刊版面组成厚笃笃的一叠——B叠，几乎将新闻版之外的所有版面包括了进去——成为与新闻版同等重要的正刊。这是注入新思维、赋予新生命，并被寄予新希望的副刊，它已不再是传统意义上的文艺副刊，而是被一种“大副刊”的概念所定位，既有以某一专题为范围，又有以专业为范围，传播某一领域的相关知识，以此来吸引并满足相对应的读者群。

《扬子晚报》B叠副刊得到了读者的认可和追捧，也成为其他纸媒效仿的对象。这从一个侧面说明了在网络媒体和电视的夹击下，《扬子晚报》找到了一个突破口，大副刊构架的合理性也就是“追新”动作得到了市场的认可。

大副刊已具有新闻性

我国著名报人赵超构曾经说过：“新闻是报纸的灵魂，副刊是报纸的面孔，报纸耐看不耐看主要看副刊。”

互联网时代，一方面网络新闻的传播极其迅速，人们获得新闻的渠道也更多、更快捷，报纸与新兴媒体之间的竞争显得苍白乏力；另一方面，新闻量过剩、新闻内容雷同，而读者都是以速读的方式获取快速新闻。

有没有可能让读者以慢读的方式获得这些新闻深处更多的东西，以此将报纸做得更耐看、牢牢抓住读者的眼球？

这个重任自然就落在副刊的身上。以《扬子晚报》副刊为例：

1. “大阅读”版——新闻报道之深度软阅读

“大阅读”是将“硬新闻”报章里的事专心致志做成软新闻，挖掘新闻背后的故事和故事中的脉搏。

举例1：今年年初，有条新闻“成都小伙儿郭庆成为了全球23个免费遨游太空的名额中，第一个取得‘太空船票’的人”。旅游业繁荣的今天，没点新鲜东西可没法吸引游客。而一场全球征选太空旅行者的活动，无疑吸引了众多目光。于是“大阅读”做了个人物特写：

他是IT精英，他爱踢足球，他爱旅行，他第一个取得了免费的“太空船票”——

郭庆：我打算到太空去看看。

文章用平实的语言娓娓道来，仿佛说的就是我们身边邻家的一个大男孩，淡定地对我们说：“其实我感觉这和我平时旅游也没有什么区别，地球玩得差不多了，打算到太空去看看。”

各种看似细碎而读来有趣的细节，是新闻版里“来不及”说，却能在副刊版面里慢慢说的。同时这个追踪报道也是给对这条新闻和对这个活动表示质疑的读者一个确据。报纸新闻较网络新闻的一个最大优势就是，人们在网络上了解到某“速热”新闻后，往往更愿意转到报纸去加以证实，确认新闻的真实性，并期望了解更多更深的内容。

副刊是可以用这样细腻入微的语言，和读者一起分享当下热议的话题，并能关注话题外的议题。

2. “网罗天下”——直播并解读当天网上热帖

举例1：2014年8月18日，《扬子晚报》国际新闻版报道了美国社交网络正在风靡“冰桶挑战”，该活动的主旨是为肌萎缩性脊髓侧索硬化症进行筹款，并呼吁社会关注。8月19日“网罗天下”就做了：

互联网大佬玩“冰桶挑战”

网友质疑是否炒作成分大于慈善之举

该版面用图文结合形式详细报道了中国互联网界的大佬们昨日也玩起了“冰桶挑战”接力，娱乐明星也纷纷加盟。同时还登载了一些围观网友的热议，以及从健康角度对这项活动给出友情提示。快速、趣味、热点，在这个版面得到了充分体现。

举例 2:近日一组名为“如果东周列国是一个班级,那这事儿就好理解了”的系列漫画现身微博,赢得大批网友点赞。“网罗天下”当天就做了:

“历史这么学,记忆效果极好的”——
网友漫画《东周列国史》获赞

版面图文结合,记者根据漫画用诙谐语言解说东周列国如何组成一个“班级”,如何分配老师、班长、学生的角色,有趣、易懂。刊前,记者还采访了南大历史系的教授,核实漫画所表达历史内容的准确性。

这个副刊版面所展示的软新闻既做到了新闻的新鲜、准确,又做到了副刊的知识、轻松、有趣,相比之下就显出网络文字的局限和短腿,也是“硬新闻”所不能及的。

自媒体时代报纸副刊的个性与担当

面对自媒体的碎片化的信息轰炸甚至干扰,面对各种媒体同质化的新闻竞争,主流媒体迫切需要高品质新闻及文化来充实并形成自己的个性特色,让读者看报纸的阅读体验更加丰富,更加愉悦,并将正确的价值观和生活形态引入受众需求。而这正是《扬子晚报》这样的高品质主流媒体的优势所在。《扬子晚报》副刊“美文拔萃”一直是学生们最好的课外读物,一些中学老师甚至将每天读“美文拔萃”作为学生的一项家庭作业;“主妇时代”周刊一直以展示人性之美、发现生活之美为主旨,成为众多女性热爱的必备刊物。

今年下半年《扬子晚报》开始新一轮的改版,除了原有的“网罗天下”、“连载”、“繁星”、“美文拔萃”、“人物揭秘”、“男左女右”、“智慧乐园”等版以及“生命周刊”、“成长周刊”、“环球博览”等周刊外,又推出了更贴近年轻受众群和网络时代特色的“微观”版,更具有实用价值和服务性、更具有活动性和互动性的“扬子鉴藏”周刊和“钱经周刊”,更具文化韵味的周日版 B 叠“锐读空间”,“主妇时代”也改版为女性读者群将更为庞大的“闺蜜周刊”。

自媒体时代,报纸副刊的责任就是要让受众发现生活中的真、看见生活中的善、感受生活中的美,发散正能量,为读者提供高品质的精神营养大餐和愉悦的读报感受,这是当下环境下受众最迫切需要的。同时副刊也会因为其独特的内容、文化的品位、温暖的情怀,锁定很多固定的“粉丝”,增强受众对报纸的忠诚度,从而达到“副刊留客”的目的。

全媒体时代报纸文艺副刊的突围

彭文海

新世纪以来，信息技术的发展十分迅速，新兴媒体也在迅速壮大，在媒体融合的大潮下，各种媒体逐渐进入一个文、图、声、像综合展示的全媒体时代。传统的报纸处于这一历史性转变的重要时刻，作为报纸的一个重要组成部分，文艺副刊在报纸读者中的影响越来越小，正面临着巨大的考验。

一、全媒体时代报纸文艺副刊的弱化表现

上世纪初，我国的报纸文艺副刊开始蓬勃发展，当时它在某种程度上还承载着推动新文化运动的历史重任，一度成为启蒙思想、引领思潮的重要文化阵地。在近代中国报业史上，创办一个极具影响的副刊是许多报纸追求的目标，能够成为知名副刊的编辑一度是许多报人和文学界的知名人士的追求。

但是，自上世纪90年代后半期开始，伴随着社会心理的变化、新媒体的兴起以及办报理念的转变，报纸文艺副刊的地位日渐弱化。归纳报纸文艺副刊当前所处的困境，具体表现为以下几个方面。

1. 不断流失的队伍。很多报纸文艺副刊出现了精品力作匮乏的尴尬情景，副刊逐渐失去了对文学“受众”的吸引力，约稿困难、稿量不足、作品质量不高，成为许多副刊面临的窘境。作家队伍的流失和作品质量的下降造成了读者队伍的不断减少。对那些追求文学精神和审美价值的读者来说，副刊上刊登的文艺

题解　本文原载《中国报业》2014年第6期。重视报纸副刊，历来是我国报纸的优良传统。然而，随着全媒体时代的到来，信息传播技术和内容日新月异，副刊在报纸中的地位和作用日渐弱化。本文分析了报纸文艺副刊当前所处的困境和形成原因，并探讨了应对报纸副刊危机的出路。彭文海认为，报纸文艺副刊要改变全媒体时代的困境，必须适应时代的变化，适应读者的需求，以更开阔的视野去办副刊，才能充分发挥其“润物细无声”的感染力。作者强调，文艺副刊作为报纸的有机组成部分，应当“注重文学性与新闻性”“注重地域性与时代性”“注重策划性与互动性”，注重手段的创新，报纸文艺副刊将迎来新的春天。这些关于文艺副刊突围的思路不乏启示意义，可以为从业者提供参考。

作品已经失去了吸引力；而对另一些爱好通俗文学的读者来说，这些作品同样难以让他们产生阅读兴趣。于是，作为精神交流重要阵地的报纸副刊逐渐“萎缩”，副刊在读者心目中的地位也越来越低，影响越来越小。

2. 不断消失的地盘。今天的报纸越来越厚，版面也越来越多，但是副刊版面却不断地“消失”。比如2011年4月9日，《广州日报》共52个版，新闻广告版面占去37块，专刊占去13块，真正属于副刊的只有两个版。整体上来说，在报纸版面增加的同时，副刊所占版面比例却在下降，版面比例上升最多的是广告和专刊。

改革大潮中，随着报纸逐步走向市场化，曾经在计划经济体制中日子过得滋润的报纸也被推向市场，财政拨款大幅减少，很多报纸需要依靠广告生存，为了扩大发行量，占领市场，得到更多的广告收入，一些报纸在办报理念上发生偏差，一切以市场为导向，突出报社的经济效益，强调报纸各个版面的投入产出比。由于在报纸的各种版面中，文艺副刊版广告效益最差，和各部门的联系也最少，于是许多报社在版面安排上把文艺副刊作为可有可无的补充。

3. 不断变形的内容。报纸传统的文艺副刊大多以刊登纯文学作品为主，曾经很多名家作品就是首先发表在报纸文艺副刊上，从而为广大读者所熟知。而目前很多报纸副刊不仅包括纯文学作品副刊，还包括健康、家居、教育、旅游、房产、收藏、汽车等专刊内容。这些专刊定位以消遣娱乐、生活服务为主，即使有的专刊仍有一些文学性的内容，但内容上很多是一些生活随笔、个人感悟等，形式上短小轻灵，通俗简洁，以符合大众阅读心理为追求目标。

二、报纸文艺副刊在全媒体时代中弱化表现的成因

传统副刊逐步跟不上时代的步伐，与读者的需求越来越远，这是副刊由辉煌到没落的主要原因。

1. 市场经济环境下，当代报业发展面临困境。从广播、电视到网络的产生，每一种新兴媒体的出现，对报纸都是一次巨大冲击。2005年，报业广告增长额首次低于中国GDP的增长额，报业停下了持续多年高速增长的脚步，这一年成为中国报业发展的拐点。同时，报纸发行量的增长也逐渐下降，报纸支柱性的广告行业，如房地产、IT、医药、通讯等，也逐步减少了对报纸的投放，把重心逐渐移到互联网上。“拐点”、“消亡”的悲观气氛前所未有地笼罩在报业身上。

在市场环境下，各种媒体的竞争不断加剧，报纸不得不通过调整自身来应对

种种挑战,以求得生存,副刊上的文艺作品难以为报社带来直接的经济效益,遭遇冲击和震荡在所难免。

2. 大众文化的兴起,当代文学日趋边缘化。从五四时期"四大名副刊"开始,近百年来,报纸副刊基本上承担的是启蒙思想,塑造灵魂的职责,在某种程度上而言,文学是副刊的生命之源,副刊依赖文学生存。五四时期,报纸文艺副刊得到了长足发展并创造出灿烂辉煌的历史。

上世纪 90 年代,随着市场经济的发展,大众文化悄然兴起,其通俗性、流行性、娱乐性的特点,适应了新的社会环境下人们的精神需要,大众文化将原本高不可攀的文学从天上拉回人间,文学开始远离启蒙思想的使命,慢慢进入平静和寂寞,文学的边缘化,必然导致副刊的没落。

3. 全媒体时代,报纸文艺副刊阅读体验上具有劣势。随着信息时代的骤然而降,特别网络科技日益普及,对社会生活各个方面产生了巨大影响。据《29 次中国互联网络发展状况统计报告》显示,截至 2011 年 12 月底,我国网民规模已达 5. 13 亿,手机网民规模增长至 3. 56 亿。网络媒介的便利性、通达性、互动性等特征可以调动受众的多种感官,可以提供更广阔的阅读内容、更便捷的查找,这些都是报纸所不能比的。随着社会的发展,读者阅读心理也从以前的被动、膜拜、静态的阅读,转变为注重参与、互动等要求。网络时代,报纸文艺副刊不再是发表作品的唯一园地,几乎所有人都开通博客、空间、玩微博,网络写作和交流平台既十分便捷又没有写作门槛,人人都可以参与,吸引了很多的中青年读者。

4. 新的办报理念下,报纸文艺副刊编辑水平不足。副刊编辑是副刊稿件的处理者,是副刊版面语言的运用者,是副刊思想的体现者。他们的文学素养和文化素质,直接决定了副刊的文化高度和思想深度。五四时期"四大名副刊"之所以产生广泛而深远的影响,除了时代精神的风雷激荡外,郑振铎、孙伏园、宗白华等一批副刊编辑功不可没。在这些副刊上,聚集了鲁迅、沈从文、林语堂、徐志摩等诸多大家,发表了众多的精品佳作,引领了文学发展的方向,成为我国新闻史上一道靓丽的风景。

而今天的不少副刊编辑,由于处于一个比较浮躁的时代,缺乏沉下心来做学问的心态,缺少必要的文学功底,自身学识水平也不高,编辑思想上沉迷于纯文学的孤芳自赏,在版式风格上固步自封,缺少创新,处理副刊稿件的能力不强,培养带领文学队伍的能力不够,影响了文学爱好者的创作和文学队伍的发展。

三、报纸文艺副刊在全媒体时代的出路

报纸文艺副刊要改变目前的困境，必须适应时代的变化，适应读者的需求，以更开阔的视野去办副刊，才能充分发挥其“润物细无声”的感染力。

1. 注重文学性与新闻性。文学性是副刊的灵魂。现在副刊大多变成了快餐文化，和文学的关系和作家的关系是越来越遥远，丧失了培养文学、培养作家的功能。副刊需要的不是矫揉造作的浪漫，不是空洞无物的无病呻吟，不是看似有新的应景文章，不是自娱自乐的专题，更不是无关痛痒的信息介绍，锐利的思想、人文的关怀、独特的品位仍然是其不可缺少的元素。

文艺副刊附属于报纸，应当具有新闻性，这是它区别于其他文学类刊物的特征和魅力。传统的文艺副刊，小说、诗歌、散文、评论占据了主要内容，至于作家的内心世界、人生历程、创作风格，则较少涉及，文学副刊大都在见物不见人的状态中踱步。报纸文艺副刊可以结合当前的文化事件、文化热点，与新闻报道主动对接，成为新闻主体的延伸和有益的补充，在读者阅读新闻的同时，通过阅读相应的文学作品获得更深的感悟。

2. 注重地域性与时代性。一方山水养一方人，个性鲜明不可复制的地域文化是报纸文艺副刊汲之不尽的源泉，是吸引并留住本土读者的强大抓手。当副刊成为地域文化认同的标识或纽带，它的品牌就形成了。报纸文艺副刊要反映本地独特的风土人情，塑造具有地方区域特色的文化品格。

副刊是一个社会的文化指针。社会有多么成熟深刻，副刊就有多么成熟深刻。报纸文艺副刊要体现时代性，一方面要坚持正确的舆论导向，创作符合时代精神的优秀作品。另一方面要坚持一种较深沉的人文素养，坚持反映现实生活，坚持对人生世事作较为冷峻的剖析、严肃的探索，通过文学的力量鼓舞人感染人。

3. 注重策划性与互动性。一张报纸要做出特色，吸引读者，策划是很重要的因素。报纸副刊作为报纸的重要组成部分，同样需要策划，如果只是消极地等待自然来稿，不仅稿件数量难以得到保证，质量上更是无法得到提高。策划可以根据当前的一些文学现象和文艺思潮，如草根文学、打工文学、校园文学、网络文学等，选择一个恰当的切入点，有针对性梳理、剖析这些现象，提升副刊品味，提高读者认识。也可以根据当地的一些文化热点，有机地开设一些栏目或者专题，邀请作家、评论家进行深入探讨和解析。还可以有针对性地组织征文和采风等

活动，既可以确保高质量的稿源，也可以培育一批文学队伍。

增强副刊的互动性。传统的文艺副刊主要是通过信件、电话的形式与读者进行交流，而对新兴媒介的运用很少。副刊编辑可以设立微博，建立 QQ 群，在报纸网站上设立论坛等形式，加强与读者实时交流力度，及时听取读者的意见，更好地扩大副刊影响力的覆盖面。

总之，当前报纸文艺副刊虽然逐渐弱化，但是，作为报纸的一个有机组成部分，副刊体现了报纸的文化品味和文化责任，绝不会自然消亡。在新的时代下，准确把握副刊的定位，坚持自己的特色，注重手段的创新，报纸文艺副刊将迎来新的春天。

参考文献

[1] 刘君：《在冲击中坚守与突围——报纸副刊的“变”与“不变”》，《青年记者》2011 年第 36 期。

[2] 柯丽云：《互联网时代报纸副刊的文化责任》，《南方论刊》2012 年第 4 期。

[3] 李晶：《网络时代报纸副刊如何留人》，《新闻知识》2011 年第 9 期。

[4] 张桂芳：《论报纸副刊在当前的境遇与创新空间》，《山东师范大学学报》（人文社会科学版）2008 年第 5 期。

正在消失的文学副刊

——新媒体环境下报纸副刊的变局

黄发有

伴随着新媒体的迅速崛起，印刷媒体经受着越来越严峻的考验。台湾《中时晚报》于2005年11月1日停刊。2009年2月27日，在经营近150年之后，美国的《落基山新闻报》出版了最后一期报纸后停刊。同年3月17日，《西雅图邮报》发行了最后一期纸质报纸，只保留电子版。1908年创立的《基督教科学箴言报》也在2009年4月停止日报的印刷而改为周报发行，但仍然以网站和电子邮件的方式为读者提供每日新闻。2014年1月1日，上海的《新闻晚报》停刊。正如菲利普·迈耶所言："自从电子时代在20世纪20年代初露端倪以来，报纸就一直适应一长串的新技术来将其衰退减少到最低程度。"① 在主业呈现萧条之势的大背景下，作为补充与配合的副刊承受着更大的压力。在厚报时代，"翻报"成为普遍的阅读习惯，缺乏实用性、时效性的副刊很容易被忽略，也常常被服务性的专刊所取代。国内的报纸只要改版，往往首先拿副刊开刀，要么停办文学副刊，要么大幅压缩文学副刊的版面。文学副刊在中国曾经辉煌一时，萧乾说："以刊登创作为主的文学副刊，是中国在世界新闻史上一个独有的特色。"② 当副刊的版面不断萎缩时，维持"独有的特色"已经是一项艰难的任务。至于肩负人文使命，推动文学的发展与创新，或许还是个别副刊的抱负，但是，

题解　本文原载《中国现代文学研究丛刊》2015年第2期。面对新媒体的迅速崛起，报纸的生存和发展经受着严峻考验。20世纪90年代以来，传统文艺副刊的界限被突破，新闻、广告之外的题材都被纳入副刊的版图，副刊的版面不断萎缩，甚至被迫停刊。作者认为，副刊新闻化和俗化的趋势日渐明朗，文学副刊在大副刊路线的冲击下，文学性逐渐淡化和泛化。副刊通过专栏化的策略，热衷于寻找与大众趣味的契合点，"小女人散文"和情感倾诉栏目的走红，是副刊消费化和娱乐化的典型例证。在报网融合的格局下，副刊的博客化渐成风尚，大批博客写手成为专栏作者的主力军，副刊文体也逐渐向博客文体靠拢，副刊在向新媒体借力的转型中，逐渐失去自身的独立性。黄发有强调，"文学副刊日新月异，文学副刊面目全非"，从而生动地诠释了当下报纸副刊的尴尬处境，引起人们对于时代与文化的深刻思索。

① [美]菲利普·迈耶：《正在消失的报纸》，张卫平译，新华出版社2007年版，第29页。

② 萧乾：《序言》，王文彬编《中国报纸的副刊》，中国文史出版社1988年版，第1页。

对于大多数苟延残喘的副刊来说,有心无力,也无暇顾及,属于难以承受之重。

一、大副刊路线与文学性淡化

在对现代文学传媒的研究中,报纸副刊是一个重点,像“五四”时期的“四大副刊”(《晨报》副刊、上海《民国日报》副刊“觉悟”、《时事新报》副刊“学灯”、《京报》副刊)以及《申报·自由谈》《大公报·文艺》,更是焦点所在。鲁迅的《阿Q正传》就是由孙伏园编辑,连载于《晨报·副镌》上。鲁迅晚年的杂文集,也几乎都是报纸副刊上的个人专栏的结集。值得注意的是,报人小说家是现代文学史上的一道独特的风景线。尤其是张恨水,他的长篇小说连载,成了他所服务的报刊吸引读者的一大法宝。但是,相对而言,当代报纸的文艺副刊却较少有人关注。关于“副刊”的概念,也随着时代的推移而产生变化。在中国报刊史上,曾经出现过四种不同形态的副刊,即期刊中的副刊、报纸中的副刊、附属于报纸的一种期刊、期刊社另出的一种副牌刊物;从内容组合的角度来看,副刊又分为综合性副刊和专门性副刊,即专刊。[1] 随着上世纪90年代以来市民报纸的崛起,周末版、专刊、特刊风行一时,传统副刊的模式不断受到冲击,副刊的理念被市场化策略所改塑,文艺副刊的正统地位摇摇欲坠。

为什么会出现这种情况呢?因为副刊与文学的关系逐渐疏远,新闻性增强,文体从多样走向单一,从“十七年”到“文革”的政治化以及从上世纪90年代以来的消费化,都使得副刊文体的篇幅、格局和气度渐趋狭小,缺乏必要的包容性。在“十七年”与“文革”期间,副刊文学紧跟政治潮流,口号和标语泛滥,缺乏独立的声音与艺术个性。“双百”时期,郭沫若署名“龙子”发表在1956年7月18日《人民日报》上的《发辫的争论》,用戏谑的笔调写姑娘头上的两根发辫的争论,“右派”批评对方得了“左倾幼稚病”,“左派”则指责对方是“右倾保守主义”的患者。编辑袁鹰在回忆文章中谈到,胡乔木当年曾亲自为此文给郭沫若写信,建议“作一些文字修改”,并特别强调“他用的是假名,除我们编辑以外,谁也不知道这篇有趣的文章作者是谁”。[2] 值得注意的是,郭沫若在1957年3月亲自选编的《郭沫若文集》中,并没收入此文和发表于1956年8月4日《人民日报》的《乌鸦的独白》(署名克拉克),从1982年到2002年间陆续出版的《郭沫若全集》

① 姚福申、管志华:《中国报纸副刊学》,上海人民出版社2007年版,第11—18页。

② 袁鹰:《秋风背影》,河南人民出版社1999年版,第311页。

也遗漏了这两篇文章。从这一细节可以看出,真实表达在当时仍有顾忌。“文革”结束以后,报纸副刊对于文坛的思想解冻起到了积极的推动作用。譬如《文汇报》的“笔会”副刊,巴金复出文坛的第一篇作品《一封信》发表于1977年5月25日的“笔会”,卢新华的《伤痕》(《文汇报》1978年8月11日)、宗福先的《于无声处》(《文汇报》1978年10月28、29、30日)等更是领一时风气之先,拉开了“伤痕文学”的序幕。在1979年全国优秀短篇小说获奖作品中,有发表于1979年7月15日《工人日报》的张洁的《谁生活得更美好》和发表于1979年6月3日《陕西日报》的陈忠实的《信任》。在全国中、青年诗人优秀新诗奖(1979—1980年)获奖作品中,有发表于1979年3月17日《人民日报》的白桦的《春潮在望》。在第一届全国优秀报告文学获奖作品(1977—1980年)中,有柯岩的《特邀代表》(《人民日报》1980年4月26日),陈祖芬的《祖国高于一切》(《人民日报》1980年10月2日),穆青、陆拂为、廖由滨的《为了周总理的嘱托》(《人民日报》1978年3月14日),韩少华的《勇士:历史的新时期需要你》(《人民日报》1980年11月1日),王晨、张天来的《划破夜幕的陨星》(《光明日报》1980年7月21、22日),艾蒲、向明、郭光豹的《爱情的凯歌》(《解放军报》1979年4月12日);在第二届全国优秀报告文学奖获奖作品(1981—1982年)中,有陈祖芬的《共产党人》(《人民日报》1982年6月28日),刘真的《一片叶子》(《人民日报》1981年5月4日),孟晓云、丛林中的《还是那双眼睛》(《人民日报》1982年9月13日),刘宾雁的《艰难的起飞》(《人民日报》1981年1月3日);在第三届全国优秀报告文学奖获奖作品(1983—1984年)中,仅有陈祖芬的《催人复苏的事业》(《人民日报》1983年1月3日)。从以上资料可以看出,报纸副刊在新时期初期的文学潮流中,推动了散文、报告文学、短篇小说和诗歌创作的繁荣,报纸副刊的文学文体呈现出多样化的格局。然而,随着文学期刊在80年代初期的崛起,报纸副刊对文学的影响力逐渐式微。伴随着文学的边缘化,新兴的影视、网络媒体不断挤压报纸的生存空间,90年代以来的市场化进程更是将缺乏盈利能力的副刊逼入挣扎境地。

上世纪90年代以来,传统文艺副刊的界限被突破,新闻、广告之外的题材都被纳入副刊的版图,作为综合性副刊的“周末版”更是蔚然成风。文化周刊、美食周刊、旅游周刊、健康周刊、娱乐周刊、汽车周刊等等,名目繁多的周刊迅速膨胀。另一方面,副刊新闻化的趋势也日渐明朗,一些副刊版面甚至同时发表新闻和消闲性随笔,只是新闻正文前面删去了“本报讯”的文体标签,在组版风格上呈现出混杂、拼贴的趋势。除了《人民日报》的“大地”、《光明日报》的“文荟”、《文汇报》的“笔会”、《解放日报》的“朝花”等大型党报的副刊还坚持文艺品格,大副刊路线已经成为报界潮流，不少副刊都是被裹挟着变换妆容。同样值得注意的现象是，在报纸变得越来越厚的“厚报”时代，从比例来看，副刊的版面在萎缩。以《人民日报》为例，它一般由新闻、副刊、专刊、广告 4 个版块组成。1995 年 1 月 1 日由 8 版扩展到 12 版，2003 年 1 月 1 日扩展到 16 版，2009 年 7 月 1 日扩为 20 个版，2010 年 1 月 4 日扩至 24 个版，周六、周日一直维持 8 个版，但在整体版面不断增长的形势下，文艺副刊版面所占比例却在不断下降。《新民晚报》主任编辑全岳春认为：“虽然按版面比例来说，《夜光杯》从《新民晚报》复刊时的‘三分天下’到现在的只占十几分之一，有时更少，但由于版面风格基本未变，内容亦有创新发展，其‘百花园’的地位依然相当突出。”① 在“但是”风格的表达中，编者不无自豪，只是在文字的背后分明隐含着深深的无奈和怅惘。在 1999 年，一些著名的报纸副刊在“周末版”、“月末版”的冲击下停刊，韩小蕙认为：“文学副刊的增加与减少，是否就一定关乎着文学的生死存亡，暂时还看不清楚，不能贸然断言。”② 但是，副刊的俗化趋势确实推动了文学尤其是散文文体的消费化潮流。

90 年代出现了都市报的创刊潮，在办报定位上注重以市场为导向，传播对象从决策部门、生产机构转向作为个体的消费者，满足市民各方面的信息需求。1995 年创办《华西都市报》的席文举认为办报宗旨“就是全心全意为市民服务”，在办报思路上“要突出实用性”。③ 1995 年创办的《南方都市报》把娱乐与副刊并列，将“文化报导”、“城市笔记”、地理历史故事、书评和漫画等内容并置于副刊版块，其他服务性、实用性的信息则以各种专刊形式来呈现。1997 年底创刊的《楚天都市报》，其创刊之初的专副刊结构注重信息的覆盖面，常规设置为周一的“影视圈”和“都市走笔”、周二的“百姓生活”、周三的“健康是福”、周四的“校园风”、周五的“娱乐天地”、周六的“周末刊”和周日的“时尚快递”，此外有“大特写”、“市井故事”、“随笔”等专版，追求新闻性、知识性、实用性的结合，文学性只是点缀的花边。1998 年创刊的《新快报》的“新副刊”内容驳杂，包括了“博客文章”、“娱乐事件”、“趣味小测试”、“星座物语”、“小说连载”和“漫画连载”等专栏，只有周五的“明镜”周刊保留相对浓郁的文学性，而“商业周刊”、“健康周刊”、“食品周刊”等更以实用信息为主。2000 年，《北京青年报》的文学副刊改版为“天天副刊”，其中除了“专栏作家”栏目还保留了传统文学副刊的味道外，像“每日健康”、“每日影视”、“每日连载”、“每日指南”等栏目刊登的

---

① 全岳春：《如何办好报纸副刊——以〈新民晚报·夜光杯〉为例》，《探索与争鸣》2008 年第 2 期。

② 韩小蕙：《文学副刊缘何日渐“消瘦”》，《光明日报》2000 年 4 月 17 日。

③ 席文举：《报纸策划艺术》，中国社会科学出版社 2000 年版，第 15 页。

都是实用性、娱乐性、新闻性的内容。《北京晚报》的“五色土”副刊有悠久的历史,从2012年1月1日起进行了一次大幅度的改版,从原来以文史哲为主要内涵的文艺副刊转变为一个综合性的大副刊,体量也扩充到32个版面,新的“五色土”副刊包括“封面”、“城中话题”、“生活方式”、“视窗”等版组。其中,“城中话题”关注北京市休闲、养生、彩票、电视节目表、猜字游戏、编读往来等版面;“视窗”包含摄影纪录、漫画、绘画、书法等,以读图和追求视觉效果为目标。由此可见,“五色土”的改版以大杂烩式的组版方式,突出了新闻性和娱乐性,而被放弃的恰恰是其老版副刊逐渐淡薄的文学性。2013年下半年,《齐鲁晚报》也启动了新一轮改版,动作最大的就是完成了“青未了”副刊“从‘文学副刊’到‘人文副刊’”的转变,“《青未了》把‘随笔’版作为重点打造的版块,内容选择注重综合性、多元性,文学、历史、环境、健康、电影、书法、戏剧等都包容其中”①。当文学副刊在前赴后继的改版潮中变得似是而非,文学副刊的逐渐消失已成大势。

在大副刊路线的冲击下,导致了文学性的淡化和泛化。所谓淡化,是指思想内涵的缺失和想象力的贫乏,为了吸引围观,一些副刊通过降低文化品位,热衷于刊登帮闲凑趣、无关痛痒的文字,甚至追腥猎奇,以丑为美。至于泛化,是指文学特性借助其他媒介形式扩散开来,新闻和实用信息都越来越习惯于用文学笔法来渲染和煽情,采用软广告的形式来引人入彀,推动消费,像现在盛行于副刊版面的大特写和私人访谈,都有曲折的故事和丰富的悬念,但是写作者太过明确的功利目的,往往以牺牲文学最为本质的属性——审美性为代价。事实上,副刊的版面往往最不稳定,在广告版面拥挤时,做出牺牲的往往是副刊版面。一位杭州读者在评论《扬子晚报》的“繁星”时说:“‘扬子’养育‘繁星’,‘繁星’反哺‘扬子’。很多读者是因为爱‘繁星’,所以爱‘扬子’,‘繁星’本身就是‘扬子’最好的广告。……没有‘广告’,也许就没有‘扬子’,这是当前市场的规律,读者是理解的,但是广告也可以整版整版地刊登,不一定非要塞在‘繁星’里,这就像在风景优美的天然公园里,突然出现一个垃圾处理场,那必定是大煞风景的。”② 在文学性淡化和泛化的潮流里,副刊文字具有文学文体的某些外部特征,却偷梁换柱,掏空了其内在的灵魂。正如子川所言:“报人的难处其实更令人可怕,因为一个俗字已经形成了大气候,今天当一个报人,就得不怕俗,俗不怕,怕不俗。”③

---

① 张金岭:《从“文学副刊”到“人文副刊”——齐鲁晚报〈青未了〉内容调整的几点考虑》,《青年记者》2013年第19期。

② 潜海龙:《让广告远离“繁星”的理由》,《扬子晚报》2007年6月18日。

③ 子川:《报人·传媒时代·文学副刊》,《文学自由谈》2008年第3期。

二、小资情调的跨界演绎

在文学边缘化的趋势中，副刊的专栏化渐成潮流。专栏一般分为单一专栏和集纳专栏，单一专栏每期只发一两篇文章，在一定的时段内保持连续性；集纳专栏由多篇主题一致的文章组合而成，有连续性的，也有非连续性的。在此重点讨论的个人专栏多为单一专栏，但也有不少报纸副刊将专栏集中在一个版面上，像《广州日报》的《珠江·专栏》和《南方周末》的《左·专栏》就属于这一类型。我们通常谈到的文学专栏多指报纸副刊上的个人专栏，但是也不能忽略主题性的专栏。另外一方面，越来越多的个人专栏和主题性专栏都结集成书，而且不少是畅销书。因此，集束化、系列化的专栏写作从报纸到出版的传播路径本身，也是消闲性随笔生产与传播的重要一环。

上世纪90年代以来，在市民报纸开专栏的作者多为名家，因此有读者感叹："文学副刊，为何70%的作者是老面孔?"① 或许正因为文学在社会生活中的影响力下降了，副刊才更希望借助名家的声望来提升人气。但是，名家制造不一定能带来品质保障，因为名家也难免有平庸之作。而且，当产量没有节制时，就容易陷入泡沫化写作的泥淖。尤其是专栏写作都有急迫的时间要求，倚马可待的急就章往往容易犯文字粗疏、想象贫乏、千篇一律的通病，"名家"与"平庸"之间的戏剧性反差会放大负面效果。王彬彬把以名人为主将的"晚报文体"称为"名人打喷嚏"，他说："大多数名家作品，都乏善可陈，许多文章，则干脆是一种扯淡。""很大程度上，是名人们齐声'喷'出了近年的散文热，'嚏'出了近年的随笔潮。而名人们之所以在近年大打其喷嚏，当然与他们的喷嚏大量地被需要有关。"② 在专业性的受众面前，名人的非专业化的一面容易被识破。但是，在普通受众面前，名人的名声越大，其影响力和吸引力也越大，而其专业性的瑕疵乃至错误往往被忽略不计。市场化潮流中名家路线的盛行，正在于报纸副刊不再以专业评价为核心指标，而是力求提高在普通大众中的受欢迎程度。

新媒体迅速崛起给报业带来的巨大市场压力，迫使副刊改弦易辙，寻找与大众趣味的契合点，譬如转型为市民交流炒股、炒房经验的"茶馆"，或改版为以旅游、美食、健康为主题的专版，否则就只能关门大吉。在报纸副刊逐渐远离文

---

① 黄田：《文学副刊，为何70%的作者是老面孔?》，《文学报》2012年10月11日。

② 王彬彬：《死在路上》，上海人民出版社1996年版，第66—67页。

学性和文化性的语境中，对发行量、阅读率和报纸成本的核算，使得副刊不断失去自主性，沦为大众媒介的一个依附性的组成部分。因为在提升发行量和吸引广告客户等利润指标面前，副刊缺乏优势。这种尴尬导致副刊形成一种自卑心理，在新闻版面面前自感低人一等，在强大的改版压力面前容易病急乱投医，从而失去自己的方向。正如台湾学者向阳所言，在副刊迎合大众趣味的模式中，“副刊不再独树一帜，自成天地。副刊也不再‘补’正刊的‘白’，却与新闻不一样，不能不为大众（市场）所役”[①]。在90年代以后都市报纸格局的转型中，为市民服务的潜台词是为消费服务，在这样的办报导向的驱动下，新闻版面的任务是提供实用信息，副刊版面的目标是取悦市民。小资情调正是在这样的背景下，在副刊园地里蓬勃生长。小资情调是“有钱又有闲”的自我陶醉，是一种经过修饰的审美化的生活方式，用情趣化的优雅外衣包装商业化的物质享受与内心欲望。矫情和自恋是其核心的情感取向，在表现形式上隐含着哗众取宠的表演性。小资情调具有内在的暧昧性和矛盾性，一方面它以蔑视流俗的姿态进行自我标榜，表现出反叛的弄潮儿姿态；另一方面它又沉迷于顾影自怜的漩涡之中，故作清高地漠视现实，在逃避与妥协中随波逐流。费瑟斯通认为：“当代后现代社会的日常景观是生活的审美化，小资是自私的完美消费者与自恋的精于算计的快乐主义者。”[②]

进入90年代以后，以市民报纸副刊为阵地的“小女人散文”[③]，在出版界的推波助澜下迅速走红，这是一种耐人寻思的文学现象。这些文章起初散发于各种副刊，或者在一些专栏连载，如黄茵、黄爱东西就在《新民晚报》上分别开设“咸淡人生”和“东张西望”专栏。1995年，黄爱东西、黄茵、张梅、石娃等专栏作家在“南国书香节”联袂签售作品合集《夕阳下的小女人》，她们以集群效应吸引大众的眼光。《广州文艺》在1996年3期推出“小女人散文特辑”，“编者按”对“小女人散文”的品质进行了精准的概括：“三分聪颖，三分感觉，三分真情，还加上一分尚不让人生厌的虚荣心。”[④] 出版界趁势而为，使得“小女人散文”迅速

① 林淇瀁：《书写与拼图：台湾文学传播现象研究》，台北麦田出版社2001年版，第94页。

② ［英］迈克·费瑟斯通：《消费文化与后现代主义》，刘精明译，译林出版社2000年版，第23页。

③ 关于文学媒介与文学潮流的关系，可参见拙著《中国当代文学传媒研究》（人民文学出版社2014年10月版）中的《〈收获〉与先锋文学》《〈当代〉与现实主义》《中国青年出版社与“红色经典”》等章。《〈收获〉与先锋文学》一章保留与吸收了我和我指导的硕士研究生王云芳合作撰写的《文学期刊与先锋文学》（《山花》2004年第11期）的部分内容，她当时协助搜集并整理了文中有关《大家》的资料。原来书稿中有一条说明性注释，编辑出版过程中可能为了统一体例，被删除。特此说明。

④ 参见《广州文艺》1996年第3期“小女人散文特辑”。

成为流行时尚。上海人民出版社出版的"都市女性随笔"丛书,每本集子几乎都以副刊专栏文章为主体,1992 年出版了素素的《生命是一种缘》,1994 年素素的《心安即是家》和黄茵的《咸淡人生》面市。1995 年这套丛书在书市刮起一股旋风,在 3 月和 12 月各推出了一辑,前一辑的书目为:素素的《现在的心情》、黄茵的《闲着也是闲着》、黄爱东西的《花妖》、沫沫的《宽容是一首歌》;后一辑的书目为:黄爱东西的《相忘于江湖》、石娃的《时髦表情》、张梅的《此种风情谁解》、南妮的《随缘不变心》、王璞的《别人的窗口》、周小娅的《清水无虾》、周剑倩的《给太太打分》。随后陆续出版的还有龚静的《城市野望》、宋晓琪的《好好读男人》、南妮的《回家》、黄茵的《拍手无尘》、任思淑的《给我一棵树》、黄爱东西的《誓言》、石娃的《最后的探戈》、马莉的《爱是一件旧衣裳》等。小女人散文的大本营是广州和上海,辐射到北京、杭州、南京、大连等城市,其核心作者也聚集于这些城市,主要受众也是都市白领女性。这类写作放弃了对理性精神和批判意识的承担,以回归红尘俗世和拥抱日常生活的小资情调作为独家法宝,以闲聊的笔触去品味日常情趣。小女人散文沉溺于女性细腻而琐碎的情感,在一地鸡毛中宣泄内心的苦闷,寻找细微的感动与瞬间的陶醉。正如素素在《浅谈"小女人"》中所言:"小女人的文章是淡淡的茉莉花香,太过静恬;像涓涓细流,决不大气。做个傻傻的小女人,虽然我常常渴望摆脱,渴望轰轰烈烈,但终归我还是那个小女人。"值得注意的是,在素素、洁尘、赵波、陈丹燕等女性作者的笔下,咖啡馆、西餐馆、酒吧、高级商场成为反复出现的空间意象,化妆品、香水、时装、美食如同标签一样,成为标记她们的行踪与情绪的物质符号,也是她们与闺蜜或异性朋友交流感情的介质。小女人散文摆脱了空洞的说教,也通过对私人性的张扬,消解了宏大叙事所背负的忧患与责任,但是,当外在的物品成为个体性的附着物时,商品也就成了生命的延伸。

披露情感隐私,满足猎奇心理,这种编辑策略从副刊版面延烧到图书市场,而且依然在持续升温。1997 年,《北京青年报》记者安顿开办"口述实录"专栏,1998 年结集出版的《绝对隐私》和《回家》成为畅销书,并引爆了书市的"隐私风",从此情感倾诉栏目风靡大江南北,并长盛不衰。可以说,几乎所有市民报纸都有类似栏目,由这类栏目的文章结集而成的图书也不绝如流。譬如,在南京发行量居于前列的市民报纸中,像《扬子晚报》的"倾诉"、《金陵晚报》的"桥"、《南京晨报》的"非常情感"、《现代快报》的"爱周刊"等,都费尽心思;在武汉的市民报纸中,《武汉晚报》的"百姓讲述"、《武汉晨报》的"倾诉热线"、《楚天都市报》的"讲述"、《楚天金报》的"情感金刊"和"百味人生"专版、《武汉晨报》的

“新苹果周刊”等，都以大量版面刊登情感故事。由此也可看出市民报纸在办报路线上的雷同化模式和跟风倾向。情感倾诉栏目一般被归入市民报纸的副刊或专刊版块，其文体包含了新闻要素，但其叙述方式和渲染笔法有鲜明的文学性，表现出准文学或类文学文体的特征。市民报纸的情感倾诉栏目大多以整版篇幅，每期讲述一个小人物的婚姻或爱情故事，情感经历离奇曲折，甚至有畸形与变态的成分，痴情与伤害、追逐与离弃、守候与出逃为其基本的叙述结构，婚外恋的模式最为常见，这些半真半假的情感隐私以当事人倾诉与记者引导的对话交流形式，满足了大众窥探别人隐私的猎奇心理。这些故事的主人公都不具真名，所有的身份信息都以代号的形式出现，这都为记者改编与虚构提供了广阔空间。记者在观察与倾听中往往搁置了价值判断，试图理解与尊重当事人的独特感受，大量运用内心独白和心理描写等文学手法，以增强感染力和可读性。而且，记者通过不完整的记录和选择性的烘托，刻意强化当事人戏剧化的遭遇和进退两难的内心冲突，以制造悬念，然后层层剥笋地揭开难言之隐。一方面是情感倾诉类栏目在报纸副刊和专刊版块的风行，另一方面是报纸较为纯粹的文学副刊的急剧萎缩，这典型地反映出上世纪90年代以来消费文化对文学空间的深度渗透。也就是说，读者趣味与市场目标成为左右文学副刊走向与命运的决定性力量，文学性的消退使得副刊转变为通俗化、娱乐化的大众文化舞台。

好的专栏是强化副刊个性的重要途径，个性也是专栏的生命。《南方周末》的“百姓茶坊”与“百姓记事”专栏，让草根阶层参与舆论，描述自身的生存状态，通过记录老百姓的喜怒哀乐来保存历史，将发言权还给平头百姓。类似的有《南方都市报》的“城市笔记”专栏，贯彻“老百姓写，写老百姓，老百姓读”的理念，文章短小精悍，语言完全口语化，就事论事，有感而发。这些栏目与名家路线背道而驰，大受欢迎，栏目文章曾多次结集出版。遗憾的是，这样的专栏毕竟少见，而且同样难掩衰退之势。至于具有批判性的专栏作家，更是稀有品种。在消费文化横行无阻的语境里，王小波所推崇的“特立独行的猪”已经膘肥体壮，在媚俗中随波逐流。被专栏所圈养，作者就难以保持自由自在的野性，“找食”与“长肉”才是正题。现在不少专栏作者同时开多个专栏，老猫说：“最多的时候十五家，现在因为主要精力并不在写作上，只接了八家专栏。开过的专栏包括《新快报》《郑州晚报》《重庆晚报》等，现在侧重于比较专一化的专栏创作，已经放弃了开始的遍地开花、满处下笔的写作方式。”韩浩月说：“一天要写几篇稿的事情也经常出现。对于职业写作者来说，如果靠灵感吃饭，早饿得肚皮贴脊梁了。有灵感是好事情，手到擒来，一气呵成，完成的文章自己看着也比较满意。

但没有灵感也不能混吃等死,这个时候自己的生活经历或者自己对事物的悟性就显现出来了,也就是说,如果没有灵感,写不出来,只能凭着对文字的熟练操作程度要点小聪明。"① 批量生产的模式必然会损伤文章的质量,难以保证每篇文章具有个性色彩。从专栏作者根据专栏文章结集而成的图书来看,模式化和同质化是其致命伤。

写专栏就是戴着镣铐跳舞,首先,篇幅必须短;其次,文字必须俏皮;再次,不能深沉地思考,但可以玩深沉,最重要的是必须学会肤浅。正如专栏作者小熬浆糊所言:"为文而文那得是多高的境界啊,码字这行怕是不多见了,可不敢说是应景,应景那是为钱而文、为权而文、为文之外的一切而文,咱码字儿这行,虽说是个苦活,但还不至于到应景的那份儿上,要不,都去写房地产广告词了,来钱多快啊。"② 专栏作家连岳也是一个典型个案,他成名于《南方周末》的个人专栏"连城诀",文字中可以看到王小波的遗风流韵,有麻辣烫一样的激越,又有一种荒诞的虚无感,偶尔闪耀的赤子之心更是难能可贵,这个专栏的文章被收入到他的第一本书《来去自由》中。有趣的是,以《南方周末》的"我是鸡汤"专栏为起点,他关注现实的公共情怀逐渐消退。他后来最为用心的是《上海壹周》的情感问答专栏,已经陆续结集成《我爱问连岳》四册,用尖锐而诙谐的语风给人指点情感迷津,见招拆招地给迷惘者以当头棒喝,爱情、婚姻、性、时尚、人性的阴暗面等元素的混合,显得斑驳而离奇。作者既提供智慧套餐和心灵鸡汤,也耐心经营互动的时尚游戏。连岳的转型印证了批判性易脆的命运,折射出专栏写作难以挣脱消费文化的强大向心力。关于专栏作家与编辑的关系,韩松落在接受采访时这样回答:"如同《海上花》里的妓女和老鸨,你需要,我供给,但有时也和老鸨中聪明世故重情谊的发展出一丝淡淡的感情,帮助照顾生意,介绍更多的嫖客。"③ 透过这种戏谑的说法,也可窥见副刊专栏的尴尬状态,在生意的逼迫下,文学成了任人打扮的舞娘。

三、报网融合与副刊的博客化

1997年被称为"中国互联网元年",此后迅速崛起的网络媒介攻城拔寨,挤占传统媒体的空间,并向其内部渗透。现在,但凡报纸基本上都有自己的网站,

---

① 王立纲:《专栏写作:有话好好说》,《青年记者》2004年第10期。
② 横行青海夜带刀:《对三专栏作家的同题调查》,《青年记者》2004年第10期。
③ 横行青海夜带刀:《对三专栏作家的同题调查》,《青年记者》2004年第10期。

报网融合已是大势所趋，并且花样不断翻新。2009年9月10日，浙江日报报业集团和淘宝网联办的《淘宝天下》面市，其内容源自网民，采取互联网式广告模式，在网络和线下同步发行，网络发行为主导模式。2013年4月7日，《今晚报》社会、国内和国际等三块新闻版二维码视频新闻上线，这种新颖的读报方式引发关注，报纸新闻与二维码视频新闻的联动，给受众带来全新的视觉体验。网络技术不仅改变了新闻的传播方式，也重新塑造了新闻内容的结构方式。曾任天津日报社长、总编辑的张建星说："可以这样讲，仅就新闻信息而言，面对网络，传统媒体并没有失去什么；而网络文学至少对我们的副刊形成了冲击和影响。"①

在报网融合的潮流中，各地副刊各显其能。从2003年4月开始，《北京青年报》的"天天副刊"在北青网论坛上建立投稿专区，既拓展了稿源，也调动了作者的积极性，还促进了编者、作者、读者之间的三边互动，论坛的即时性交流有利于强化稿件的时效性，读者的反馈意见可以让编者及时调整编辑策略。《扬子晚报》也把网络社区的"扬子文苑"作为选稿平台，并与作者、读者进行及时的交流。《文汇报》的"笔会"副刊在文汇网专门开辟有"笔会在线"，主要包括"延伸阅读"、"笔会作者群"、"文汇讲堂"、"博客部落"等板块。《新民晚报》曾在"新民网"上开设"夜光杯博客"板块，邀请高水平的名家加盟，实现网络与印刷版面的互动。不过，副刊与网络的互动效果有限，在各大报纸网站的结构中，要么根本就没有副刊的位置，要么作为"文化"或"娱乐"板块的下设栏目，要么处于极度边缘的位置，陌生的网友往往不得其门而入。注册和帖子审核的繁琐，使得其网络社区的人气大多呈现出下降的趋势。一些副刊的博客版，在微博出现之后，已经被迅速取代。

就网络技术对副刊的影响而言，博客在中国的推广具有更为重要的意义。自从方兴东2002年8月创立博客中国网以来，越来越多的报纸副刊开设了与博客有关的版面，副刊的博客化渐成风尚。在网络和博客逐渐普及之后，各地的晚报和都市报迅速跟进，推出了相关版面。以广州的报纸为例，《新快报》2005年3月1日推出"热辣网事"版，追踪热点炒作话题，极具煽情效应；《信息时报》2006年3月21日推出"网事"版，并在2008年5月15日扩版，擅长于关注争议性话题，剖析网络流行文化；《南方都市报》2006年10月10日推出"网眼"版，其特点为深入审视网络公共话题，引导网络舆论。《黑龙江晨报》在黑龙江省内率先推出"网事"版面，及时发布网上热点事件，链接网友酷评，精选写作风格特异

① 张建星：《市场化与报纸文艺副刊》，《天津日报·文艺周刊》2002年8月8日。

的博客文章和精彩幽默的网络段子，很快从一周一期增加到一周四期。报纸的网络版以网络信息为源头，其独特价值在于深度开掘，对一些网络流言进行澄清，维护公信力。但是，报纸为了吸引眼球，有时也难免兴风作浪。对网络新闻的重视，使得副刊在开辟与网络有关的版面时，也呈现出新闻与文学混合的特征。《北京晚报》的“五色土”副刊和《齐鲁晚报》的“青未了”副刊曾分别开设“网络文学”和“网文”专版，更多的副刊是设立网络文学的栏目，关注博客文化是其核心内容。在2004年之后，副刊的博客版遍地开花。以江苏省的地市级报纸为例，南通的《江海晚报》副刊2004年开辟“博客链接”版，突出时效性和趣味性；《徐州日报》副刊2007年推出“博客秀”专版，展现博主的观察与思考，展示私人化、个人化的情感与爱好；2006年，《扬州晚报》在开辟“博客”专版的同时，还建立了“扬州晚报博客网”，作为联系扬州读者和身在异乡的扬州人的网络平台；2008年，《西安日报》的副刊开辟“精彩博客”版，以“报网互动”的形式来扩展视野，吸引读者。编辑从影响广泛的门户网站的博客中选稿，根据博文的特点进行分类，编发在“社会漫笔”、“生活时代”、“人生在线”、“微博轻声”、“博海拾珠”、“博图欣赏”等栏目中。早在2001年10月，《杭州日报·下午版》就推出了“E副刊”，刊载流行的网络文学作品，《杭州日报·下午版》在2002年9月停刊后，“西湖副刊”保留了网络文学专栏，随后又开辟了汇聚博客精华的“博乐”专栏，2009年3月在“杭州日报网”建设“西湖副刊”的网络平台“西湖@”，推动报网交流。此外，《宁夏日报》还办了《博客天下》杂志，这份在2008年10月由《理财世界》改版而成的杂志，倡导“人人都是记录者”的理念，是一份博客文章的选刊。网络和博客的纸质化，显然无法移植在线传播的现场感，因此其主要传播对象是那些年龄偏大、对网络流行元素反映较慢的受众。在微博流行之后，微博、微群的面貌与信息也在副刊版面上得到呈现，尤其是副刊版块的文化娱乐版面，更是通过对明星微博的追踪来“追星”，羊城晚报报业集团的副总编辑周建平宣称：“公众从羊城晚报娱乐版中及时了解明星讯息背后的思考与行动，这些报道又转而在网络乃至微博广为传播，最大限度调动起明星转发动力、发挥明星效应，收到了良好的互动效果。”① 可以说，从微博借力，极大地推动了副刊娱乐化的进程。

博客文化对报纸副刊的深入渗透，最为典型的表现是大批博客写手成为专

---

① 周建平：《新媒体环境下报纸副刊的实践与探索——以〈羊城晚报〉为例》，《新闻研究导刊》2013年第2期。

栏作者的主力军。博客写手挟其网络人气,转战副刊阵地,而且副刊文体的风格也日益受到博客文体的熏染。2003 年 6 月 19 日在博客中国发表私人日记《遗情书》而爆红网络的木子美,以其出位的自曝,为博客的普及做出了贡献,后来又以“不加 V”的 ID 混战于新浪微博,通过反复的刷屏积攒人气。如今其身影频繁出没于报刊,并在《南都周刊》《城市画报》开设关于性话题的专栏。从 BBS 起家,又游走于几家博客网站的和菜头,曾担任腾讯博客频道的副总监,在《中国青年报》《青年参考》分别开设专栏“对面的一半看过来”和“生活小事”,其文风将无厘头的恶搞和抒情的倾诉掺杂在一起,时而辛辣、犀利,时而温和、感伤。成名于天涯社区的十年砍柴,其《闲看水浒》曾经畅销一时,后来在《南方都市报》《新京报》《钱江晚报》等报纸开设时评或文化专栏,时政记者的背景使其为文视野开阔,有世情练达的通透,也有针砭时局的犀利,但有时也难免草率和武断。专写时评的五岳散人早年混迹于网络江湖,后被《南方都市报》发掘,在《南方都市报》《新京报》等报刊开设专栏,如今他的文字优先发表于平面媒体,博客成了他批量生产的文稿的存储基地,另一重功能是可以复原被报刊编辑删除的部分。其文风有鲜明的网络掐架的印痕,时见脏话和狠话。诗人胡续冬曾经为推广博客摇旗呐喊,他于 2005 年 6 月 9 日发表在《新京报》“每日专栏”上的《芙蓉姐姐与“喜剧暴力”》,是芙蓉姐姐首次进入平面媒体的视野,也开启了她爆红一时的狂欢游行。胡续冬说:“这堵自恋和起哄之间的看不见的‘墙’,造就了当代中国的一个又一个的亚文化奇观。”① 有趣的是,“自恋”和“起哄”也恰恰是大多数博客写手获取高点击率的必杀秘籍。

影视评论或影视随笔是时下副刊专栏的宠儿,明星文化与前卫时尚是其得以流行的底牌。从《人民日报》“大地”副刊的“影视窗”等小专栏到《陕西日报》“秦岭周末”副刊里的“影视闲话”、“新片剪影”栏目,从《新民晚报》“夜光杯”的“影视地带”到《北京青年报》“天天副刊”的“今日电视”,不管是娱乐资讯还是观众意见,影视栏目已经成为副刊版面的重要拼图。90 年代以来,网络成为大众影评的主阵地,因此,副刊上有越来越多成名于网络的影评作者,其为文既有嬉笑怒骂的率真,也有剑走偏锋的片面。他们在网上都有大量追捧者,其观点往往激起激烈争议,支持者和反对者形成水火不容的对垒。1998 年 12 月,卫西谛在“西祠胡同”创建了最早的一个电影论坛“后窗看电影”,在此成长起来的一批写手成了网络影评的中坚,卫西谛在《都市快报》等报刊主持专栏,2012 年还受

① 胡续冬:《芙蓉姐姐与“喜剧暴力”》,《新京报》2005 年 6 月 9 日。

邀为台湾金马奖的初评评委。影评人顾小白最早受到关注，是因为2000年在"后窗看电影"论坛上传的第一篇影评帖子《等待是一生最初的苍老》，后来成为《21世纪环球报道》《信息时报》《青年时报》和一些杂志的专栏作家，在厌倦了专栏写作之后，又转身为电影编剧。李霄峰(liar)也是因网络影评受到关注，曾在网易电影频道开设个人电影专栏"浮世恋曲"，后来自编自演了张元导演的《达达》，2009年之后成为《新京报》《南方都市报》《新周刊》等报刊的专栏作家。其他影响较大的网络影评人还有周黎明、cinekino(杜庆春)、肥内、黄小邪、张小北、关雅荻、妖灵妖、图宾根木匠(虞昕)、魏君子(魏海军)、言小夫等。网络影评的文字口语化，作者口无遮拦，形式五花八门，喜好标新立异，酷评之风盛行，质量良莠不齐，泥沙俱下。新生的网络影评带来新的活力，但其话语暴力的倾向也值得警惕："网络影评的话语暴力，是指在当今中国较为严重的权力寻租与话语暴力氛围下，通过网络媒介得以生存和发展，并对电影作品或电影人采取僭越一般价值尺度、道德底线甚至法律基准的评判、指责甚或辱骂的各种言论。"① 值得注意的是，网络影评人向副刊阵地的跨越，也将网络上流行的文风渗透到副刊文体之中。另一方面，90年代以来，中国电影生产与发行的急剧的商业化转型，使得艺术元素日益稀薄，随波逐流的影评陷入精神失守和文化失语的状态，而影视记者和影评人以红包的大小来决定自己的评价，更使影评圈弥漫暧昧和腐朽的气息。

博客文体简单随性，这和荧屏阅读的特性有关，一个滚动条翻动三次，就应当可以浏览全文，否则网民往往会失去耐心。博客文章的字数大多在500字到1500字的范围，这和副刊文章的篇幅范围基本一致。博客文章往往随心所至，想到什么写什么，有鲜明的日记体或笔记体的特征，是一种公开的私人记录，这和风靡全国各地副刊的"纪事体"不谋而合，博客的推波助澜，使得副刊版面充斥着"一地鸡毛"的流水账。日常生活具有重复性和同质化的特征，博客写手和专栏作者们要在日常题材中显示自己的独特性，往往只能玩文字游戏。博客写作的连续性与集合性，也与副刊的专栏写作极为相似。博客写作的互动性与可链接性，也提升了其传播效能，使得一些著名的写手成为明星或意见领袖，而追捧的粉丝则从个体转化为群体，"一方面，它们是冲动的，公开接纳所有的建议；另一方面，从本质上说，他们又是极端主义者。他们对建议的公开化意味着他们受内在冲动、本能反应甚至外部的刺激所支配，没有任何自控能力。他们这种永

① 李道新：《网络影评的话语暴力及其权力运作的生产机制》，《浙江传媒学院学报》2010年第4期。

久性的接纳意味着他们置身于外部世界所发生的一切事件中，他们的反映也将是过分的”①。临时舆论群的形成，往往会对外部刺激形成过度反应，催生信息热点，其负面效应是理性的普遍缺失。网络海量信息的蜂拥而入，也容易导致接受者注意力的分裂，失去持续关注的能力和反省能力，在潮流的裹挟下随声附和。副刊对热门话题和新兴时尚的关注，同样难以摆脱浮光掠影的弊病。低门槛的博客，使得写作成为全民的狂欢，草根力量的立体展示是其独特风景。引入草根写手，以通俗的姿态取悦市民阶层，这顺应了 90 年代以来市民报纸的大众化趋向。博客写作上天入地，无所不包，文体随意，文字混杂，时评占据主流，具有大杂烩的特征，偏重文学性的文字较为稀少。为了不冷场，博客写手和专栏作家都会信马由缰，没话找话，有“把一些风马牛的题目搭在一起”的本领，毛尖说：“诚实地说，作为一个专栏作家，天天要写稿，你没有东拉西扯的本领，你还活得下来？所以，这是专栏这种文体决定的。”② 一些博客写手为了吸引眼球，总是乐此不疲地追逐时尚热点，在写法上往往会起一个耸人听闻的标题，玩“标题党”的把戏，行文也习惯夸大其词。在这个厚报时代，一些副刊为了改变被无视的命运，也常常会借鉴网上的炒作策略，在标题和行文上下功夫，扮酷耍宝，哗众取宠。这些文字表面上绚丽多姿，让人眼花缭乱，实则内容空洞，思想肤浅。正因如此，副刊的博客化加速了文学性的退场，副刊逐渐演变为一个纸面上的综艺舞台和娱乐秀场。

文学副刊日新月异，文学副刊面目全非。从维熙曾经撰文，宣称“保卫‘文化副刊’”，在回眸了民国时期文学副刊的辉煌之后，他充满无奈地说：“随着科学技术的飞跃，进入 21 世纪的报纸，无论在各个方面，都与民国年代不能同日而语了。但是仅仅科学的单翼升腾，而无相应的精品文化与之媲美，让人感到的是天缺一角，日失其圆。而能弥补这一缺憾的东西中，就有每天与亿万读者快捷对话的报纸；而恰恰在今天的报界中的部分报人，割舍掉了守望文化田园的纯净精神，而附庸于脂粉、红唇和肉色的展览。”③ 但是，在媒体技术革新和强势商业话语的冲击之下，“保卫”的声音显得太过寂寥，太过无力。或许，文化界努力的目标，仅仅是延缓文学副刊逐渐消失的进程。当新生的代群不再有阅读报纸的习惯时，文学副刊的话题也将成为历史中淡薄的云烟。

---

① ［法］塞奇·莫斯科维奇：《群氓的时代》，许列民等译，江苏人民出版社 2003 年版，第 140 页。

② 傅小平、毛尖：《文学就是故乡》，《作家》2012 年第 2 期。

③ 从维熙：《保卫“文化副刊”》，《北京日报》2001 年 2 月 5 日。

报纸副刊:媒体融合中如何有所作为

刘玉琴

随着新兴媒体的风生水起,舆论的生产和传播方式发生了深刻变革,受众阅读方式也发生了巨大变化,传统媒体与新兴媒体牵手、新旧媒体融合逐渐成为发展趋势。依附于传统媒体的报纸副刊也在新的时代背景下转变、调整、创新,努力满足受众需求,扩大传播力和影响力。

副刊与新媒体的融合是媒体融合战略的重要组成部分。尽管今天的媒体融合主要是就“新闻”而言,但转换观念、吸引受众,掌握本领、提升素养,坚守内容为王、发挥自身优势,是副刊在新形势下拓展舆论阵地的责任和新课题。副刊与新媒体的融合发展,将为传统媒体带来生机和活力。

亟待增强新媒体意识和互联网思维

当下,社会正处于巨大的社会转型期,科技发展日新月异,新事物新观点层出不穷,新兴媒体日益改变着人们的生活,不断刷新人们的记忆。

据第12次中国国民阅读报告显示,2014年中国成年国民图书阅读率为58%,数字化阅读接触率为58.1%,数字化阅读比例首次超过传统阅读,其中手机和微信阅读的增长率最显著。一项最新调研数据显示,我国现在网民有7亿人,手机网民有近6亿人,通过移动客户端上网的占到89%,其中微博活跃用户

题解 本文原载《新闻战线》2016年第3期,收入时有删节。副刊与新媒体的融合是媒体融合战略的重要组成部分。尽管今天的媒体融合主要是就“新闻”而言的,但转换观念、吸引受众,掌握本领、提升素养,坚守内容为王、发挥自身优势,是副刊在新形势下拓展舆论阵地的责任和新课题。副刊与新媒体的融合发展,将为传统媒体带来生机和活力。刘玉琴认为在传统媒体与新兴媒体牵手、新旧媒体融合的趋势中,依附于传统媒体的报纸副刊“亟待增强新媒体意识和互联网思维”,需要“迅速提高新媒体本领和媒介素养”,并“坚持内容为王和发挥副刊优势”,才能在媒体融合中有所作为。作者对于报纸副刊的未来持乐观态度,强调即便在新媒体时代,副刊仍旧拥有无可替代的优势,这无疑是对报纸消亡论的反驳,凸显出媒体人的操守与定力。

近3亿人。据权威媒体2015年10月报道,我国微信用户数量同比增长48%,达6.5亿人。

新媒体如此迅速地渗进社会生活的各个角落,使传统媒体面临压力和挑战。一个素来被认为“慢半拍”、不与新闻直接对应的报纸副刊,如何在飞速变化的环境下,避免被边缘化,使受众效益最大化,引起广泛关注。

习近平总书记两年前指出,要加快传统媒体和新兴媒体融合发展,充分运用新技术新应用创新媒体传播方式,占领信息传播制高点。在很短时间内,“加快传统媒体和新兴媒体融合发展这一论断写进了中央全面深化改革的纲领性文件”;“遵循新闻传播规律和新兴媒体发展规律,强化互联网思维,坚持传统媒体和新兴媒体优势互补、一体发展,坚持先进技术为支撑、内容建设为根本……”,成为中央全面深化改革的重要内容,中央为推动媒体融合发展、做好舆论引导发出了动员令,做出了新部署。

这种部署,是基于传播格局发生巨大变化的形势做出的调整与布局。面对越来越多的人基本不看报纸、主要从网上获取信息的现实,新旧媒体的融合成为深化改革的重要一环。作为新闻正刊补充的副刊,在埋头拉车的同时,亟须抬头看路,弄清媒体融合的趋势和主要受众在哪里,以便掌握舆论战场上的主动权。

媒体融合,从实践来看,主要是理念融合、组织融合、内容融合、技术融合、渠道融合、平台融合、经营融合、管理融合等。对副刊而言,目前首要的是解决观念问题,即增强新媒体意识、互联网思维,改变单一的纸质传播思维,向立体传播思维转变。

应该看到,融合对媒体最大的改变在于打破了媒体自上而下、只往不来的单向传播习惯,改变了“我写什么你看什么”的思维方式。转换观念,改变态度,熟悉互联网规律,就是要正视自身所处的环境,有时媒体工作者要像足球运动员一样,关注点并不是自己站在哪里,而是球在哪里。要有新媒体意识和思维,改变“与己无关”心态,扭转安于现状心理,现在早已不是单向传播时代,“千万别指望我们站在哪里球就到哪里,而是我们要跟着球转”。

强调新媒体意识和互联网思维,不仅是为副刊拓展新的生存空间,更是为了把话语权、影响力牢牢掌控在主流文化阵地。话语权说到底是吸引力、影响力,而用什么吸引受众,什么样的内容、方式黏度最强,这是在观念指导下的思考与操作。

如今,整个社会都在互联网化,而且正在快速地移动互联网化,如果不能及时增强新媒体意识,抓住移动互联网的精神实质,认为媒体融合与副刊关系不大,或者“狼”还没来,就无法真正转变观念,跟上时代发展。换句话说,新时期的副刊不能忽视传播和交互信息对于每个人都变得越来越平等的现实。因此,副刊必须关注受众,巩固既有读者,吸引新读者,了解他们的诉求,掌握他们的渴望,顶层设计,战略谋划,创新机制,拓展资源。如果没有这种思维的高度和态度,不能放下身段,眼光前移,副刊的强壮自身、转型增值只能是一种愿望。

理念上跟进,行动上转身,逐步更新传统的采编流程意识,多渠道、多维度、多样式同步发力,目前已成为报纸副刊的普遍做法,网站、微博、微信、客户端也为副刊搭起了广阔的平台。不过这仅仅只是融合的开始,更深层次的融合还需要流程再造、结构调整,需要技术、管理等多方面的融合,它关涉体制机制的创新,这些方面的融合至今国内外还没有成功的样本,新闻领域的融合如此,副刊也在边走边看。不过这丝毫不能成为影响副刊与新媒体融合的理由。目前,互联网思维、新媒体意识副刊界还普遍欠缺,应自觉提升。

迅速提高新媒体本领和媒介素养

媒体融合不仅要转变观念和态度,还需掌握相应本领,建构良好素养。联合国教科文组织对新媒体所下的定义为:“以数字技术为基础,以网络为载体进行信息传播的媒介。”

既然如此,懂得传播规律,学会运用现代传媒新手段、新方法,亦即熟悉传播技术,利用新的技术手段来更好地展现高品质内容,尤为重要。

提高新媒体本领对新闻而言,是对信息的一次采集,多种生成,多元传播,通过技术手段发挥信息的强大整合效应等等。对副刊而言,是紧跟技术进步、不断学习掌握内容处理和传输技术,关注文质兼容的同时,以纸媒为基地,适宜于多平台发布,立体传播。也就是将文艺作品精写精编,贴近受众,灵活处理,使其有吸引力,能够适用于不同平台,动与静、深与浅、雅与俗结合,力求取得温润人心的独特效果。新闻求新求快,副刊求深求雅。不同的平台出口,在内容形式呈现方式上应有不同。作为副刊,还要逐步转变传统纸媒与读者之间的连接模式,建立与读者更紧密的联系,同时掌握哪一类群体更多地关注你、跟踪你、搜索你,了解他们的所思所想,包括知识、利益、情感、价值观等,思考以何种方式、何种渠道,以及以什么样的优秀作品能快速满足他们的需求,何种表述样式才能更清新灵动、具有视觉冲击力和吸引力等,从而拓展网上舆论阵地,推动各平台读者资源的连接,打通不同的舆论场,发挥副刊作品的精神滋养功用。

近年来,副刊与新媒体融合一直在路上。如人民日报副刊,1997年人民网应运而生之后,人民日报实现网上阅读,副刊美文与众多爱好者即时分享。2012年,人民日报法人微博开通,副刊作品在这块阵地上择优选发。同时,副刊与网络紧密联手,版面内容当日在网络发布,或改装重发;重大主题、选题与网络共同运作;结合作品,创建了优秀作家访谈网上直播栏目。2013年,借助人民日报新媒体强劲优势,副刊创建了电子二维码,创立了具有自身文艺特点的微信平台,每天见报的优秀作品经过专门制作重新发布,一些重要文艺热点原创推送。2014年,人民日报新闻客户端上线,有的文艺作品被作为独家资源重点推出。2015年,为增强互动性,针对热点文艺现象,副刊微信平台设计了赠书赠票活动、与其他微信公众号联手互推活动,有时一篇稿件的阅读量达到10万人次以上。至今,副刊共有5个微信公众分号,一个微信总号,副刊的新媒体本领逐步增强,运用新的技术手段,传播优秀作品,占领舆论阵地,成为具体实践。

传统媒体和新兴媒体的融合,离不开内容、渠道、技术等要素,其中尤其是人的要素。尽管副刊与新媒体融合只是起步阶段,但无论媒体融合走到什么阶段、需要具备多少素养,人都是其中最关键的因素。要用最好的技术呈现更好看的内容,副刊编辑不断提高媒介素养,也是媒体融合的重要课题。

媒介素养,一直被称为是“有一千个名字的孩子”,它的概念内涵和定义因人而异,因时而异。上世纪30年代,英国学者最早提出这一概念,目的是维护本土传统的文化价值观念,反对流行文化。上世纪90年代,美国媒介素养研究中心提出,媒介素养应包括两个方面:一是指人们对媒介信息的选择、理解、质疑、评估的能力,二是指制作和生产媒介信息的能力。

国内研究机构较为一致的说法是,有效使用各种媒体的能力以及传递各种信息的能力。这种能力包括信息的有效获取、选择和传递以及对所接受信息的正确解读、分析和评论。以上观点考辨之后看出,媒介素养既针对受众,也包括传者。在媒介作用日益凸显的今天,信息传播者的能力,亦即媒介自身和媒介从业者的素养,无疑是至关重要的。副刊从业者的媒介素养,包括文化修养、专业水准、审美品位,更是在一定意义上决定了副刊的面貌。

目前全国约有20万人长期从事报纸副刊编辑工作。对时代的认知,对社会的关注,导向、品格、学术水准等,都影响着副刊的水准和文化品位。过去,副刊编辑中人才济济,名家荟萃,佳作迭出,他们的眼光、修养,保证了中国报纸副刊的品质卓尔不凡。现在,时代飞速变化,副刊编辑除了新闻敏感、努力成为作家专家学者型编辑之外,新媒体意识、互联网思维、互联网技术本领与互联网融合的眼光等,是新时期副刊人重要的媒介素养。这一素养是副刊开拓新媒体领域最好的武器。如果没有人的融合,没有思维、本领的更新与精进,媒体融合永远是两张皮。

报纸副刊一直紧随时代,努力进行媒体融合、开拓创新。人民日报副刊目前有十多人的新媒体副刊编辑团队,以80后为主,管理着5个微信分号,一个微信总号。白天做版面,晚上做新媒体,呈现内容以两种方式交互进行:一是改造,把副刊内容转换成互联网的阅读方式,不是简单地复制粘贴;二是原创,对重大文化事件、文化热点及时创作编制、推出。一些重点报道,选题策划,从一开始就考虑传播效果,尽可能考虑适应报纸端、PC端、移动端不同呈现形态的要求,有的还制作成微信链接,吸引了广泛的受众。此外,许多报纸副刊还尝试创新机制,建立作品库、图像库、微信资源库等,让采编人员在做报纸的同时,放开思路,考虑不同平台的特点,精编精选,便于纸媒和网络互用,同时吸引受众将自己的副刊文章选发到网络上。

当然,副刊人面临着巩固传统阵地、开拓扩大新媒体领域的诸多问题。如何建立高效运转的体制机制,推进内容融合机制、加强沟通机制等,都需要清晰设计,明确规划,在实践中摸索提高。

坚持内容为王和发挥副刊优势

媒体融合所带来的传播效果越来越明显,但也要看到,不管形态如何演变、功能如何扩展,媒体的实质依然是新闻传播的工具和介质。无论传播方式发生多少变化,传播手段形成多少技术优势,支撑传媒发展的终端仍然是产品,是内容。内容永远是媒体最核心的竞争力,不论是纸媒还是新兴媒体,都要以"内容"取胜。众多调研显示,越是信息丰富时代,越需要媒体人精心创作、制作、传播优质内容。报纸副刊也是如此,提供充分体现内蕴深刻、形式精致的人文精神和文化品格,保持独立的阅读和审美价值的内容,是润泽人心、彰显自身特色的重要基础。

目前,伴随着传媒的快速发展,一方面信息的泡沫化、碎片化加剧,媒体对优质内容的需求越来越强烈;另一方面优质内容自身所带来的传播力影响力,愈加成为引人驻足、有所触动的坚实风景。同时,纸质媒体越发重视内容建设,而电子阅读平台对于纸质内容的需求也不断增长,国内90%的电子书市场,正寻求传统纸质书资源的填补。由此可见,做好内容,坚持以内容为王,当是媒体融合的不变法则。

副刊如何做到内容优质?

首先是导向为先。坚持正确导向,传承文化精髓,发挥副刊作为社会文化标杆、主流精神高地的作用,尤其是在当今众声聒噪、泥沙俱下中立精神支柱,树精神之魂。这是副刊的责任,也是媒体融合的方向。

其次是保持品位,砥砺思想。副刊的独立品格、人文精神、文艺水准、创新意识,是体现副刊筋骨、道德、温度的品质保证。每一重要社会转型期,人们对精神产品都有着更高层次的追求,副刊要成为受众安放心灵的芳草地。

再次是体现差异性。面对新闻同质化现象的日趋严重,多元多样构成副刊的独特面貌。各地纸媒每天精心推出的副刊,个性鲜明、异彩纷呈,体现了副刊的鲜活雅致,独特创意,这是表现媒体异质化存在、吸引受众关注的重要方面,也是副刊内容为王的恒久追求。新闻招客,副刊留客。曾主持《明报》的金庸先生说,副刊是一张报纸的灵魂,副刊做得出色,那张报纸就会与众不同。一份与众不同的报纸,方能在印刷纸上获得尊严。

从表面上看,新媒体及时、互动、海量,发展迅速,势头强劲,而副刊出版周期长、容量有限、不能及时互动,似乎无法与新媒体抗衡,但由表及里分析,副刊自身优势也很明显,甚至无可替代。新媒体在内容、管理及价值方向引导上,把关人的能力、编辑队伍素质上就时常遭受质疑,而报纸在长期的编采流程中形成的规范的操作程序,相对严格的把关制度,经过专业培训的从业人员,新媒体在短时间内可能还无法超越。尤其是副刊,自身品牌的优势,内容丰富的优势,专业观点的优势,常年培养的固定读者群的优势,以及可快可慢、可动可静、可专可杂、从容雅致的优势等,都彰显着文化的深度和精神的高度,为传统媒体的权威性、高水准提供了保证。重视观点准确和思想深度的传统,引导受众透过纷繁复杂的现象看到本质的厚重,走过120年岁月的副刊,其坚定沉实、丰富鲜活、精美雅致的人文内涵,为人们提供了更多滋养身心、从容思考的机会。副刊的原创、多样、深度、温度等多个维度,在任何时候、对任何媒体都显得极为珍贵,不可或缺。

纵观人类传媒发展史,任何一种新媒体的诞生,固然是对原有媒体生存空间的挤压,但也会迫使原有媒体找到更适应自己生存的空间和方式,正如报纸之对期刊、电视之对电台。所以新媒体飞速发展之际,传统媒体包括副刊依然有自己不可替代的生存优势。

网络时代最明显的特征,一是信息易得,一是新闻同质。而副刊浓郁的文化氛围，独家性、耐读性、可收藏性，有一支专业素养较高的编辑队伍——从这些角度来说，媒体融合对副刊带来的不仅是挑战，还有机遇。对文艺作品的优质呈现，对文艺问题的清醒判断与思考，在人声鼎沸、众声喧哗中，将凸显出操守与定力，这是副刊经得起咀嚼，耐得住琢磨，凝聚人气、温润人心的独特之处，也是副刊和传统媒体的安身立命之本。所以，副刊紧跟时代，掌握机会，静水深流，润物无声，当焕发新的活力，抒写出自身的卓越不凡。

当然，与新媒体自觉融合，逐步转变传统的采编流程、体制机制创新，转变与读者之间的联系方式、增强黏附性和服务意识等，副刊仍需时不我待。正如一位副刊人所说，何必要等雪花来，雪花不来梅自开；梅花自有纯洁在，不待雪花一片白。

媒体融合之路，副刊花事可期。

报纸文学副刊的融媒前景

崔京良

传统报纸中的文学版块即文学副刊，代表着一份报纸的文化高度，形成了固定而忠实的读者群，在强调融媒转型的今天，报纸的文学副刊该扮演什么角色，如何突破性地发展呢？

一、部分读者“买报纸就是为了读副刊”

说起报纸副刊可谓历史悠久，在五四新文学兴起之后，副刊就在文化传播的舞台上发挥着越来越重要的作用，许多文人都与报纸副刊有着密切关系，不计其数的名家从副刊起步，文学史上许多重要作品都先连载于副刊。从功能上看，副刊具有新闻版面不可替代的作用，它是对社会的深度介入和对历史的厚重观察，是一份报纸的文化沉淀。

上世纪 90 年代，伴随着都市类报纸走进千家万户，以小说连载、散文等为主要内容的文学副刊深受市民喜爱。如《齐鲁晚报》的“青未了”文学副刊，其中既有名家、学者的大手笔，也有普通市民的小美文。文学副刊的来稿形式包括约稿、投稿、征文等，因此文学副刊是一个极具互动性的版块，它不仅成为报纸的一个名牌版块，还聚集了一大批文学爱好者，具有很强的凝聚力，甚至有一部分读者“买报纸就是为了读副刊”。

题解 本文原载《新闻传播》2017 年第 15 期。即使在互联网时代，传统报纸中的文学版块即文学副刊，仍是其重要组成部分，部分读者“买报纸就是为了读副刊”。崔京良认为，互联网时代文学副刊要充分利用好互联网的优势，通过网站、客户端等扩大作品的容量、体裁和作者队伍，从而提高报纸品牌的整体影响力和凝聚力，同时还要探索专业手机阅读模式，增加网络小说、电子书等内容，实现新的发展。作者对报纸文学副刊的融媒前景进行了展望，并以《齐鲁晚报》副刊《青未了》为例，探讨了互联网对于文学传播的积极作用。

二、电子书不能替代纸质阅读

互联网尤其是移动互联网兴起之后，网络文学大行其道，网上阅读的人群越来越大，网易云阅读发布的《2014 年移动阅读报告》显示，中国人 2014 年电子书总阅读量超过 14 亿册。面对网上阅读的趋势，传统都市类媒体的文学副刊该走向何方，如何进行融媒转型？

我们应该看到，并不是所有人群都适合网上阅读，与报纸、杂志相比，手机屏幕小，40 岁以上人群的视力下降，长时间在手机上阅读会产生疲劳感，因此网上阅读的人群年龄主要在 40 岁以下。美国出版商协会给出数据：2015 年的前 10 个月，电子书销售额下滑 12.3%，纸质书的销售额增长 12.4%！《纽约时报》根据此数据得出结论：纸质图书将重新崛起。所以，传统报纸文学副刊版块的未来仍是乐观的。

三、新媒体扩大了文学作品的容量

我们不得不承认，在容量、传播速度、转发便利性等方面，互联网、社交媒体有着独特的优势。比如目前的微信朋友圈、公众号，以及今日头条、一点资讯等客户端，已经成为很多年轻读者阅读和分享美文的重要渠道。传统报纸的文学副刊要正视传播格局的变化，充分利用好这一变化，融入其中，通过开设微信公众号、客户端号（如头条号、壹点号）、文学副刊网站等方式，扩大作品容量、传播速度，从而扩大品牌影响力。比如，《齐鲁晚报》以文学副刊“青未了”为基础，延伸出了《齐鲁晚报》“青未了”文学网、微信公众号“青未了”，《齐鲁晚报》在其手机客户端“齐鲁壹点”上开设了多个文学类的壹点号，文章传播渠道多样化，其中“青未了”文学网的内容，除了见报的部分作品外，多数是大众读者和作者的投稿，内容包括诗歌、散文、小说、杂谈、学生作文等。“青未了”文学网还经常举办各种征文活动。如“济南的冬天”、父亲节征文、国庆节征文、“我的第一份工作”征文等。目前，“青未了”文学网及其论坛吸引了近百名优秀作者，文章通过“齐鲁壹点”、社交媒体等转发后，又吸引了大批读者。

微信公众号、客户端、副刊文学网站等新载体，特点不同，价值也不同。前两者属于手机阅读，展示方式是图片加标题，因手机屏幕小，一次不能发布太多稿件，否则容易造成刷屏疲劳。而网站则不同，展示方式多是标题列表，既可以在手机上看,也可以在电脑上看,一个页面上可以展示的内容比手机页面多得多,如果把微信和客户端比作战斗机的话,那么网站就是航母,是所有作品的总仓库。

文学作品通过新媒体发布以后,读者可以参与评论、提问,互动性大大增强,弥补了报纸单向传播的不足。新媒体容量近于无限,又弥补了报纸副刊体裁和容量的局限性。此外,报纸副刊的文章多以小说连载、随笔散文为主,现代诗歌、古风诗歌则不多见,作者的水平也比较高,这样就挡住了许多诗歌作者以及水平不高的作者,而网站则没有这个限制。

以《齐鲁晚报》"青未了"文学网站为例,内容广泛、体裁丰富,诗歌、散文、小说、杂文、学生作文都可以在这里发表,互动性强,网站附带的论坛可以自主发稿、跟帖。该网站秉承的宗旨是"培植草根梦想",作者水平不限,只要是文学爱好者,一般都可以在这里发表作品,如此一来,许多爱好文学的报纸读者就转化为文学网的作者。我们发现,一些已经不再订阅报纸的读者,因为喜欢文学创作而喜欢《齐鲁晚报》的副刊文学,从而加入"青未了"文学网阵营,进而转化为"齐鲁壹点"的作者和读者,大大提高了报纸整体品牌的凝聚力。"齐鲁晚报"不仅延伸出文学网站、微信等,还开辟了"壹点文学"版,刊载来自"青未了"文学网、"壹点客户"端上的文学作品,不仅实现了文学作品的一报一网一端的立体传播,还提高了新媒体的吸引力。再举一例,《三湘都市报》的副刊"情感"版块,在"华声论坛"开办了"微话题"栏目讨论群,针对每期副刊出版的内容,在新媒体上与读者直接互动,同样扩大了报纸品牌的凝聚力,这样的例子不胜枚举。

四、手机阅读探索营收空间

近几年,手机阅读已成为年轻人的主要阅读方式,小说网站借力手机阅读更上一层楼。因传统报纸的副刊文学除了开设微信号、客户端号以增加手机传播渠道外,其文学副刊网站还增加专业的手机阅读模式吸引年轻读者,而且还要增加网络小说、电子书的内容,扩大读者范围,同时进行营收探索。在国内的网络小说网站中,"起点"、"创世"和"纵横"等占据龙头地位,前两家有盛大和腾讯为后盾,后者则有完美世界为投资方,这些集团的特点都是资金雄厚,在文学、游戏、电影、版权方面驾轻就熟,除此之外还有"晋江文学"、"17K 小说网"、"榕树下"等专业文学网站,以及"新浪读书"等门户网站读书频道、《人民日报》"看书网"等传统媒体的文学网站,一些小规模的小说阅读网站更是多如牛毛。

传统报纸文学副刊的手机阅读，要根据自己的资源优势和资金投入做出特色，内容架构上可以包括网络小说、电子书、报纸副刊部分文章、网站普通作者的优秀文章等。由于资金投入不大，网站的内容来源可以通过和工作室合作分成、报纸名家来稿、购买电子书、普通作者投稿等方式解决，阅读的费用可根据信息来源不同而有所区别。报纸文学网站的手机阅读可以和报纸的客户端打通，实现注册用户资源共享，方便作者通过网站投稿管理自己在网站和客户端上的文章，这样可以为客户端带来大量用户。

总之，传统报纸的文学副刊和文学网站大有可为，只要坚持探索，不抛弃、不放弃，像“青未了”这样辉煌了20年的文学品牌，就会焕发出新的生机。

参考文献

1. 李爽：《为副刊辉煌立传》，中国广电网，2017年3月10日。
2. 夏瑞虹：《留存文化，好副刊成金字招牌》，《长沙晚报》2017年3月12日。
3. 《纸质阅读正在反弹》，《春城晚报》2016年3月28日。
4. 张兴钊：《互联网时代 副刊也要与时俱进》，《成都商报》2015年9月30日。
5. 祝园媛、魏芸婧：《新媒体环境下的“新”副刊——浅议文艺副刊对新媒体的应用》，人民网，2012年10月15日。

第五辑
副刊与地域文化

导语

正如每一个作家文字里都有自己的地方色彩一样，报纸副刊同样有它自身的“文学地理学”。副刊，尤其是地方性的报纸副刊往往散发着当地浓厚的地方文化气味。这既是一份报纸副刊不得不有的“根性”，又是其难遇难求的“特性”。因而，无论是从现象上对具有地方特色的报纸副刊进行文化分析，还是研究如何以地方色彩的展现来推动地方副刊的特色发展，都具有重要意义。贾汉、黄昌之的《地报副刊开放的地方性》着重从报纸副刊的地方性与开放性如何进行协调作出思考；田长山的《秦岭副刊地方特色追求浅想》则以秦岭副刊这一具体的地方报刊为例，阐述副刊应如何追求地方特色；钱春媛的《地方报纸副刊必须突出本土特色》则着重阐述了地域特色对于报纸副刊的重要作用。这些文章大都从办刊内容、作者队伍、编辑队伍、栏目及版式设计等方面为报刊地方特色的凸显提出了建议。

地报副刊开放的地方性

贾　汉　黄昌之

作为地方文化的副刊，首要优势是，它以整个地域文化环境作为生存空间，可以从这片沃土中获得取之不尽的养料和水分。其次是地报副刊的内容与地方读者在空间、时间、心理上存在着接近性，这是相互沟通、激发共鸣的天然捷径。地报副刊这两点优势，加之传播空间的广泛性、传播速度的及时性、文化效应的共赏性，决定它在弘扬地方文化、更新地域意识方面有着其它文化媒介无法替代的巨大潜能。

所谓弘扬地方文化、更新地域意识，即通过对地方文化的发掘作用，以及改造与重建，不断更新地域文化心理、完善地域社会性格。一个地方的社会发展、经济腾飞同这一地域文化心理、社会性格的更新完善必须是同步的，否则，发展将失去深层的动力，腾飞的翅膀将愈来愈沉重。

地方报纸副刊要想最有效、最充分地发挥它弘扬地方文化、更新地域心理的文化功能，必须具备一种开放的地方性。这主要体现在以下几个方面：

一、地报副刊必须以对地域文化环境、文化心理、社会性格的总体认识为前提，来确立自己总的目标、总的宗旨，并以对它们的动态考察来确立不同时期的目的和任务

每一地域都有各自不同的社会文化环境，或封闭，或开放；或偏于保守，或锐意创新；或充满惰性，或漾溢着活力……由此形成各不相同的社会性格与文化

题解　本文原载《新闻爱好者》1989年第3期。文章指出地报副刊所特有的弘扬地方文化、更新地域意识的作用。而要达到这种作用，就必须具备一种开放的地方性。开放的地方性表现：要通过对本地域文化特点的总体认识来确立自己总的目标、宗旨，并确立不同时期的目的、任务；充分发掘利用本地文化资源，以本地域社会生活为主要表现对象。而其开放的地方性（强调开放）表现：一是在全方位开放的文化背景下来实现副刊的地方性；二是以地方文化心理为出发点，以更新地域意识为目的，大胆引进各种新文化、新思维、新信息。文章在指出这些表现的同时，探讨了地报副刊达成这种作用的具体举措。

心理。由此决定地报副刊的目标、宗旨往往各不相同。如地方文化资源丰富，地报副刊便应特别重视对它们的发掘利用，《北京晚报》副刊正是这样。若地方文化资源贫乏，且偏僻封闭，地报副刊则应格外加强文化的开放引进。

每一地域的社会性格、观念意识，正如每个人的性格意识一样，往往是优劣并存、长短相间的，地报副刊应有的放矢地扬长克短、存优去劣。如某些上海人存在着狭隘的"排外意识"以及大都市的优越感，不尊重乃至欺负外地人。《新民晚报》副刊曾发表过一篇杂文《去上海先学上海话》，抨击了这种"排外意识"。就平顶山人来说，既有热情、朴实、开朗、豪爽的一面，也有文化教养不高、缺乏强烈的现代意识和开拓精神，特别是不少人缺乏现代商品经济所需要的竞争观念、信誉观念、效率观念的一面。如不改变，必将使我们付出沉重的代价。我们的副刊理应针对这些不足去帮助群众更新完善观念。本报所发的《父亲的生意经》(《平顶山日报》88 年 9 月 13 日)、《抢完了!》(同上)等文章，就是针对本地人缺乏真正的商品意识而发的。

二、地方报纸副刊应充分发掘利用本地文化资源，以本地域社会生活为主要表现对象

① 表现地方风景名胜。山水湖泉、亭台楼阁、园林洞窟、宫殿寺庙、碑铭字画、奇花异木、文物古迹等等，皆属此类。凡仍有文化价值或审美价值的，均可作为表现对象。

表现此类对象，一般不宜用平铺直叙的说明文，因为对于地方读者，这些风景名胜大都是熟悉的，他们所需要的是新的认识、新的体验、美的感受、美的联想。因而必须运用形象生动、富有意味的艺术形式去表现这些风景名胜。体裁、风格可以多种多样，抒情散文、游记散文、随笔、现代诗、古体诗均可，重要的是能否写出新意、写出诗意，从而给人以美感、给人以启迪。在这方面，曲令敏的散文《访石人山》(《平顶山日报》86 年 9 月 7 日)，王怀让的诗《平顶山的山》(《平顶山日报》82 年 10 月 1 日)，可作为典范之作。

曲文以辞彩富丽、诗意盎然的文笔展示了石人山的雄奇与瑰丽、峭拔与幽邃，寄寓了作者对自然美、对人生的感悟与遐想。即便熟知石人山的人也会从中获得全新的美感。

王怀让的诗的选题本身已说明他独具慧眼。此诗是为《平顶山日报》创刊而作的，没有比"平顶山的山"这一选题更具有地方性、更能激发平顶山人的

兴趣了。更重要的是诗人不仅以其刚健有力、饱含激情的诗笔，勾勒出平顶山的独特形貌，且以平顶山为主体意象，展开了一个神话故事，巧妙地创造出一个博大神奇的意境，将平顶山的煤和电都浑然融入这一意境之中。可以说最大限度地表现了地方性，每一个平顶山人读到这首诗都会感到亲切。

② 发掘地方历史文化，包括历史人物、史实典故、历代传说、民间故事等等。

这是一座十分丰富的矿藏，但并不是每一块矿石对我们都同样有价值。因而必须精心选矿。

《北京晚报》副刊将历史文化的发掘利用概括为四个字："静中有动"。"静"指已经凝固的历史文化，"动"指生生不息的现实生活；"静中有动"即历史文化必须与现实生活相结合，渗透着现实意识。

如孙模志的杂谈《"蒲鞭罚过"考》(《平顶山日报》88 年 9 月 27 日)，便是一篇将"动"与"静"结合得很好的文章，文中先引述了《后汉书》中有关南阳太守刘宽，以蒲草为鞭惩罚下属的记载，然后针对当今社会法纪不严、惩罚不力以致世风日下的现实加以评说，从而给人以历史的启迪。

再如潘民中的《黄庭坚在叶县》、贾夫立的《叶公墓前》等文章，都是以现代意识去审视古人，从先贤们身上去撷取那最具有现实价值的某一方面、某一点。

③ 反映地域现实生活，包括本地的各类典型人物、重大事件、社会心态、普遍问题，以及各种有典型意义的社会现象、生活图景等等。这一部分应该说是整个地报副刊中最重要的内容。

对于地方读者来说，最关心的莫过于自己的生存环境。因而副刊理应走进他们的生活之中，去针砭痼疾、抨击邪恶、呼唤真善美。

在反映地方现实生活时，要特别注意以下三点：真实准确。由于写的是读者身边的事，稍有出入便逃不出读者的眼睛。而一旦失真，不仅削弱整个副刊的可信度与感召力，且往往会带来不必要的麻烦。地方色彩。特定地域有着特定的文化心理、特定的社会性格、透射着特定的精神光彩，地方色彩便是指这特定的精神光彩。超越性。以特定地域的现实生活为反映对象，应超越这种题材的局限，在更高的视点上审视题材，在更广阔的背景上表现题材，从而赋予地方题材以超越地方的审美价值或文化价值。

以上我们着重从相对封闭的角度探讨了报纸副刊的地方性，然而在当今这个开放时代，已不存在任何封闭的地域，这就决定副刊的地方性也不是封闭的，系统的发展速度在一定范围内是与系统的开放程度成正比的。文化的发展更是如此，只有在开放中兼容并蓄，才能壮大自己、完善自己。因而地报副刊必须保持充分的开放性。这种开放性主要体现在两个方面：

1. 在全方位开放的文化背景上来实现副刊的地方性。

东坡诗云："不识庐山真面目，只缘身在此山中。"王国维在《人间词话》中写道："诗人对宇宙人生，须入乎其内、又须出乎其外。入乎其内，故能写之；出乎其外，故能观之。入乎其内，故有生气；出乎其外，故有高致。"此中的道理对于我们也同样适用，要想透彻全面地认识一个地域的文化意识、社会性格，必须跳出"此山中"，将其置于广阔深邃的文化背景之中，纵横比较、仰观俯察。如在认识本地人的文化性格时，一方面要深入他们的生活、深入他们的内心，考察他们生存的特定文化土壤，即"入乎其内"；另一方面，又要以对整个中国国民性格的认识为背景或参照系。如鲁迅、柏杨等人对国民性的探究便为我们提供了这种参照系。以他们的著述为参照，我们无疑会更清醒地认识自己，认识一方国民。

在表现地方性格、弘扬地方文化时，同样需要一个全方位开放的文化背景。如前面所说，副刊在表现地方题材时应具有超越性，而这种超越只有在开放的背景上才能实现。作者如果不具备开阔高远的审美眼界，便不可能使自己的作品超越地方的局限获得更高更广的审美价值和精神价值。如杨稼生的报告文学《一片祥和的云》(《平顶山日报》88 年 8 月 9 日副刊版)，在塑造李岱祥这位慷慨仁慈、扶危济困的个体户形象时，作者没有仅仅将人物放在伏牛山下的一条小街上来描写，而是将他置于仁爱敦厚、重义轻财的黄河文化以及金钱至上、物欲横流的商品世界的双重背景上来表现，于是人物的生命价值、文化价值便远远超越了狭小的地域。

2. 以地方文化心理为出发点，以更新地域意识为目的，大胆引进各种新文化、新思维、新信息。

(1) 以通过去外地或外国参观、旅游、出访等所见所闻所感，写成观感、游记、随笔之类文章。由于是通过本地人的眼睛和心灵去反映外面的世界，往往既能写出新意，又具有针对性。

(2) 请外地人写外地。此种途径的优势在于作者与其反映的生活浑然一体，观察更全面、更透彻，体会更深切，因而容易写得更深刻。但往往针对性不强，这就需要编者与作者更密切的沟通。

(3) 将外部世界直接或间接获得的种种观念、意识、感受、信息化作无形的血肉，融入我们的各种作品之中。如樊玉生的散文《骚动的小镇》(《平顶山日报》87 年 7 月 30 日副刊)，在地方性极强的题材之中，便使我们感受到由开放所带来的新鲜气息、现代意识。而这些正是作者从开放的世界中获得的。

如果说特定的地域文化环境是地报副刊扎根的土壤,开放的文化世界则给它提供不可缺少的雨露、阳光、空气。副刊既要向土地深深扎根,又要向广阔的天空尽情伸展自己的枝叶。

副刊要办得更开放些

刘学洙

在大环境比较困难的情况下,报纸如何尽可能办得活些?我认为办法之一,是把指导当前工作的新闻版与副刊版适当区别对待。新闻版应当求稳求深;而文艺、理论、社会生活、国际副刊等版面可以适当放开些,办得更活些。

一、对副刊的领导要不同于对新闻报道的领导方式

党报的副刊,当然与一般文艺刊物、学术刊物有所不同,它对社会的影响比较大,比较直接,应当更注意体现党的宣传工作总方针、总意图。但是,它毕竟不是新闻报道。编委会对副刊的领导也应有所不同。

我认为,对一些特定的领域,无为而治,比自命高明、好加干预好。副刊所涉及的领域,各有其特殊规律,我们的编辑应该是各有关方面的专门家,有各自的学识和修养,有各自的社会活动领域和作者联系网,了解各界的不同发展状况和趋势。报纸的文艺、理论等部,应当成为文艺界、理论界十分重要、十分活跃的一支力量。它对文艺界、理论界等方面的参与程度,甚至超过对新闻界的参与。

但是,党报的共同要求对副刊同样有约束力和指导作用。新闻改革大环境,政治经济大环境,思想文化大环境,报纸的编辑方针和共同要求,对副刊的编辑工作必然会产生直接或间接的影响。大环境好,报纸编辑方针得当,副刊好办些;反之,副刊要想有大的突破,就比较难。从这个角度上看,编委会对副刊又

题解 本文原载《新闻战线》1989年第6期。文章从报纸新闻版与副刊版的办刊策略相区别的角度出发,提出副刊不应刻意强调地方性,而应办得更开放些。具体而言,该文从副刊的领导方式、活动规律、解放思想与把握大方向等三个宏观方面论述了如何使副刊办得更加开放,即要在领导方式上与新闻版相区别,给予副刊编辑更大自主权;要按文化领域的活动规律办事;在把握思想大方向的前提下,解放思想。文章同时在微观层面指出,副刊办得更加开放:一是不必强调地方报纸特色,不要画地为牢;二是要与实际保持距离,即不能成为指导工作的文件;三是要百花齐放、百家争鸣,体现学术民主、创作自由、言论自由。文中对地方性与开放性关系的辨析,为许多地方性报刊确定自我的办刊方向提供了参考。

不可能完全无为而治。不过“为”什么？如何“为”？却很值得研究。我主张领导对副刊有所作为，不表现在去管他们的业务活动，领导的责任主要是明确指导思想，解决一些方针性的问题，创造一些必要的工作条件，给副刊编辑以更多的支持，更大的主动权。笼子要有，但笼子要尽可能大些、宽松些，鸟儿才能自由飞翔，而又能飞在我们这个宽阔天空范围内。当然，领导拿出的思路和方针性意见，一必须根据中央的总精神，二要吸取副刊编辑的好意见。上下结合，集思广益，形成一个指导性的主张，然后在实践中不断修正完善。

二、要按思想文化领域的活动规律办副刊

新闻和副刊都属于意识形态范畴，但副刊与新闻不同，新闻报道要按新闻规律办事，办副刊更多地要按照思想文化领域的特殊规律办事。在当前治理整顿大环境下，新闻报道要稳，稳中求深，稳中求活。而副刊则不能一味求稳，要办得更开放些，要敢于创新，敢于活跃思想，敢于探索。这方面，副刊比新闻报道的回旋余地大，是能够有所作为的。

所谓办得更开放些，一是副刊不必强调地方报纸特色，读者虽然主要是本省的，但内容决不可画地为牢，要放开视野，引进新潮。意识形态的传播，不应当也不可能分省界以至国界。思想文化的传播，有快有慢，但不可能“春风不度玉门关”。尤其像贵州这样的偏远闭塞的省份，更要大开思想窗户，主动引进新风。二是副刊要和实际保持一定距离。过去刘少奇同志主张报纸要和实际保持一定距离。不能把报纸办成完全直接指导当前工作的文件。副刊更应当超脱些，文艺要继续清除“左”的路线下所谓“写中心、为中心”的残余影响。理论宣传要坚持理论联系实际的方针。但对理论联系实际方针的理解不能简单化、庸俗化。思想文化方面的研究、传播、交流，不能搞立竿见影，搞短期行为，搞突击，搞实用主义，完全变成工作研究和政策诠释。它主要应当着眼于思想建设，引导人民开阔眼界，启发民智，从长远和根本上，对人产生潜移默化的影响，提高人的觉悟和思维能力，使人能够从更高更深的层次去观察、认识种种复杂现象，从而看清社会发展规律和世界大势，增强对改革、对实现四化、对人类进步的信心。这就是启发民智，也就是少一点迷信，少一点封闭性，少一点封建主义和各种腐朽落后的思想桎梏，有利于培养“四有”新人。三是要允许多种声音、色彩缤纷。要力求更好地贯彻百花齐放、百家争鸣的方针，要努力体现宪法所规定的学术民主、创作自由、言论自由。要按照党的十二届六中全会关于建设社会主义精神文明

指导方针的决议精神，一切积极的思想文化都应当保护和发扬。当然，要以马克思主义，以十三大理论为总的基调，为报纸主导的内容。

三、解放思想与把握大方向

首先要解放思想。副刊上发表的作品，当然要经过副刊部主任和责任编辑精心选编，适当处理。十分重要又拿不准的，请总编辑看看，共同斟酌一下，有些也要向上请示，这些都是正常的。但是，从指导思想看，办副刊还是要让主任和责任编辑大胆放手去处理稿件。意识形态方面的复杂是非问题，不能由哪一个权威去作裁判，更不用说报社领导去裁判了。有些大权威裁判了，也不一定经得起历史检验。对社会科学的理论探索，文艺理论与实践的探索，社会问题的研讨，要采取支持和倡导的方针，采取宽容的态度，不要限制过多，更不应扣帽子打棍子。在这种情况下，副刊所发的稿件，难免要出些小毛病，也会受到外界的某些指责。但不能因噎废食，有什么问题，要由领导承担责任，大家共同总结经验，改进提高。不出大格，出点小格不要紧。采取这种开放点的办副刊方针，也可能要冒点风险，但是，比起封闭起来，造成思想文化领域一潭死水，保守陈旧，所产生的危害性，要小得多。建国后的历史教训已经证明，造成党和国家灾难的并不是年年批、月月批、天天批的“封、资、修”，恰恰是以最革命面貌出现的伪科学和个人迷信。

另一方面，要把握大方向。思想文化领域要有多种声音，又要有鲜明的基调。要坚持一个中心，两个基本点。党报的编辑要有政治头脑，对敏感的政治性问题，要采取慎重的态度。对于拿不准的问题，我们既不要紧跟什么风去批判它，也不要盲目轻率地去支持它。一切要通过自己认真学习、思考、观察，有时还要等待。不论是“左”的或右的东西，我们都力求有自己的主见，不受干扰。在宣传纪律上要服从中央和省委的有关明确规定，不能自作主张。在思想认识上，允许独立思考，通过学习和实践去解决存在的问题，不强加于人。副刊编辑要广交朋友，不能太拘谨，太小气。对各界的“百家”要坦诚相交，当然，交友与对重大原则问题的苟同不是一回事。

秦岭副刊地方特色追求浅想

田长山

一

地方报纸副刊的功能，说到底可以概括为：一是参与地方的文化艺术建设，二是向当地读者提供丰富健康的文化娱乐食粮。以秦岭副刊为例，每月 4 次的秦岭周末，以寓教于乐、乐中得益为原则，以品种较多的文化艺术方面的信息和知识，来满足群众文化娱乐要求；每月 6—7 期的秦岭副刊则主要是作品、评论和文艺信息，直接参与地方的文化艺术的建设和繁荣。无论是参与文化艺术的建设，还是引导文化娱乐，立足的是一个地方性的地域，面向的是地方的读者，这便决定了副刊生存发展的环境，或者说是向副刊提供了一个地方性的文化背景，以至成为报纸副刊发展繁荣的根基。

陕西是中华民族文化发祥地之一，再加之历史上十三个王朝建都，民族文化艺术的传统十分深厚：文物遗址、民间艺术、地方剧种、文学艺术的遗产，都汇进我们民族的精神文明史，并陶冶哺育了一代又一代人的精神情操。陕西又是延安革命文艺传统的诞生地，从本世纪四十年代起直到今天，文学、绘画、戏剧、歌舞等文艺门类和延安文艺传统，有着明显的精神沿承和创作方法上的传递。这两个传统，成为陕西地方文化艺术的精神支柱和特点，并发展成为带有浓郁地方色彩的文化艺术。

题解　本文原载《新闻知识》1990 年第 9 期。地方报纸副刊从功能定位上来说，大多往往着眼于服务地方，参与地方文化艺术建设或向当地读者提供文化娱乐食粮。本文以秦岭报纸副刊为例，阐述了副刊在追求地方性特色时的思考。文章第一部分说明了地方报纸副刊的功能，以及副刊追求地方性美学特色的原因。文章第二部分明晰了报纸副刊的地方性追求是什么，即要在文学作品、文艺评论、文艺信息上有积极的选择与导向；办好一批富有地方特色的栏目；注重副刊版面的美学特色等。文章第三部分则为如何达成副刊的地域性色彩提出了问题和举措，包括建立高水平的当地撰稿者队伍，注重提升副刊编辑记者的专业素养，建设实事求是的良好学风等。

有特色的地方文化艺术,同时也是读者喜闻乐见的内容。一个地方的群众的文化艺术的审美习惯,是在长期的文化艺术欣赏活动中形成的。这里有普遍的民情风俗的传统活动,有群众长期欣赏的文艺表演形式,有群众关心的文化艺术热点,有与自己日常生活相关的文化艺术知识,等等。这又从读者的方面对副刊的选择以制约。地方的文化特点和审美需求,决定副刊的反映。这样也就决定地方报纸的副刊必须以地方性求生存,并且积极追求副刊的地方文化艺术为主体的地方性美学特色。

二

报纸副刊是综合性文艺副刊,参与地方文化艺术建设的物质手段,体现在版面上主要是三大类作品:文学作品、文艺评论和文艺信息。所以副刊地方特色的追求,可以具体从两个方面来理解:

一是积极的选择与导向。报纸上的文艺作品,一般称为新闻文学。“登什么来什么”,是这种导向的真切反映。面对整个文艺界丰富生动的现实,副刊的主动性、权威性主要体现在稿件的选择和导向上。

副刊不妨有计划有准备地推出一些作品专页,争取收获一批思想性艺术性均属上乘的作品,为繁荣地方的文学创作尽力。实践证明,有一大批作者通过秦岭副刊走向全国,秦岭副刊发表的部分获奖或受到好评的作品,给副刊作品撑起了台柱,给来稿的思想内容及地方特色以积极引导。

副刊的评论是贯彻党的文艺方针,端正文艺思想,品评文艺作品,研究文艺现象,探讨文艺规律,进而促进文艺繁荣的重要武器。在我们陕西,应该说,尤以文艺批评对陕西文艺传统和优势的继承和发扬,对富有地方特色的文艺品种(如秦腔、喜剧小品、陕西文艺创作、民间文艺)的艺术探讨,显得十分必要。这也是保持正确的文艺思想导向,繁荣地方文艺,创造富有地方特色的副刊的因素之一。

副刊文艺信息的选择,更应该在陕西文艺发展的总态势中去把握,凡是对陕西文艺的发展繁荣做出积极贡献的文艺成果、作品、人物和文艺活动,文艺副刊都应该在信息中及时迅速地反映。

二是办好一批富有地方特色的栏目。副刊栏目的设置,是贯彻编辑思想,突出重点,使副刊内容系列化、条理化的重要手段。秦岭周末版的几十个栏目,基本上囊括了陕西城乡群众文化娱乐活动的各方面内容,力争满足群众文化娱乐欣赏的各方面兴趣，比较受群众欢迎。应该说突出地方特色是重要原因。秦岭周末版如此，秦岭版也应如此。

副刊版面的美学特色，也是形成副刊地方特色的重要因素之一。秦岭版的庄重、大方、朴素、简洁，周末版的轻松、抒情，应该成为我们副刊版面的美学目标。这样，在版面设计、刊头、栏头、角花、照片、美术作品的运用上，应该有一个围绕总体美学目标的选择和设计。

三

一张报纸副刊的质量、特色与面貌，从工作上讲，应该是编排主导思想，编采水平，撰稿质量等因素的综合体现。地方报纸的副刊的面貌和质量，应该说和一个地方的文化艺术发展的水平休戚相关。要追求一张高水平、高质量有浓郁地方色彩的副刊，需要多方面的努力。但是最主要的，我们以为从主观方面讲，必须重点解决几个关键问题：

——得有一批以当地作者为主体的高水平的撰稿者队伍。报纸副刊的作者大体有三个层次：一个是名家、专家和一些有专长的重点撰稿人；二是一般的撰稿者；三是初学写作者。与副刊建立起一种亲密合作关系的副刊作者，应该主要是以前两个层次的作者为主体和骨干的队伍。对于副刊来说，这支队伍主要靠编辑去组织。原则上是以当地作者为主，不排除外地名家。外地名家的稿件并不容易在平时得到，应该充分利用他们来陕的机会拉稿、组稿，或进行专访。

——副刊的编辑记者应该有知识结构的学者化、作家化的理想追求。副刊编辑记者并不一定都得是学者和作家，但学者和作家的素养，无疑会有利于副刊质量的提高。高水平的专门化的某一方面的艺术素养，有助于准确赏鉴稿件的质量并进行选优。同时在组稿、约稿、采访、改稿中，能够提出富有建设性的意见，达到编作之间的和谐默契。

——建设实事求是的良好学风。一张地方报纸的副刊，对于当地的文化艺术建设举足轻重，对于作者和读者必然产生潜移默化的影响，特别是在处于某种不好的社会风气侵袭和包围的环境之中的时候，更应该以自己正派科学的编辑采访工作风范，实现为党和为人民负责。譬如质量低劣的关系稿，评论中庸俗廉价的吹捧，对文化艺术人的宣传因这样那样原因的降格以求，等等不正之风，随时都会以各种方式来侵蚀报纸副刊，使编报人难以应付。所以建立一个实事求是的良好学风，并使编辑记者自身的职业道德的建设更加自觉显得十分必要。

民族地区报纸副刊地方特色初探

谭利平

面对报海刊林，民族地区的报纸凭什么去吸引读者？最重要的莫过于要有自己的风格。地方特色和民族特色是这种报纸形成独特风格的重要因素，它的副刊也不例外。在办出地方特色和民族特色方面，报纸副刊与报纸的新闻是相辅相成的，但它又有其特点。我们《鄂西报》地处土家族、苗族自治州，距省城600余公里。这里虽然交通不便，却是有着悠久文化历史和浓郁的民族特色的一方水土。在改革开放的新形势下，象《鄂西报》这样的民族地区报纸就要肩负起传播信息、宣传改革、打破封闭格局的重任，报纸副刊自然也要把握好立足本地，而又不拘泥于本地的"度"，与整个报纸格调一致地办出地方特色。能否把握好这个"度"，关键在于如何认识地方特色。如果认为，副刊的地方特色就是指一个地方的山川名胜，风土人情，那就失之简单化、片面化了。民俗风物，自然是报纸副刊地方特色的表现形式，但究其实质，报纸副刊的地方特色应该表现为通过副刊作品（散文、诗歌、游记、小品、评论、杂文、小说等）反映一个地方在各个时期政治、经济、文化诸方面的发展情况。报纸的新闻性被它们以鲜明的时代特色和一定的时效性表现出来。鄂西是民族歌舞之乡，山歌是群众喜闻乐见的表演形式。如今，具有鲜明的民族风格和生活气息的山民歌仍然备受青睐，报纸副刊所关注的是对新时期社会生活的反映。由于地域性的差异，山里的改革和经济发展都比山外"慢一拍"，当平原、沿海地区已在大谈这模式、那格局的时候，山区报纸还在鼓励人们树立商品意识，劝农民卖掉多余的腊肉。这种地域性差异，反映在报纸副刊上，就决定了它的文艺作品等必须贴近现实生活，贴近

题解　本文原载《新疆新闻界》1991年第2期。民族地区报纸副刊发展存在诸多的制约因素，面对报海刊林，作者认为民族地区报纸副刊实现突围的路径就在于追求地方特色和民族特色并保持自己的风格。文章以湖北报纸《鄂西报》副刊为例，认为民族地区报纸在保持地方特色时，宏观层面上既要注重本土文化结构和人群心理结构，又要注意不自我封闭，及时记录时代的进步变迁。同时，文章还提出了突出地域特色的一些具体举措，如设置系列栏目，满足读者多层次需求；在把握民族精神中办出民族特色；注重乡土作者的培养；等等，这些思考和探索不乏启示意义。

群众,朴实生动,通俗新鲜。所以,一个地方丰厚的文化背景和内在的文化结构与人们的文化心理、文化素质,就构成了地方特色的中心,不把握这一点,报纸副刊要办出地方特色就很可能流于形式。

立足本地,又不自我封闭,是民族地区报纸改革探索的问题,也应是报纸副刊办出地方特色的一条重要路子。“清江”是我们《鄂西报》副刊的刊名,它使鄂西人感到熟悉和亲切。八百里清江,是鄂西的母亲河,她哺育了世世代代的鄂西人,是历史悠久的巴文化的摇篮。“清江”作为副刊名始于50年代初期,快40年了,持续性使它增强了地方特色。散发着浓郁的乡土气息和民族风味的文艺副刊作品,同报纸的新闻一样忠实地纪录着时代碾过的辙印。为令“身在此山中”的鄂西人耳目一新,为更好地贴近生活,贴近群众,反映改革的主旋律,文艺副刊还开辟了“回首10年”、“我与鄂西”等栏目,编发了大量反映山乡深刻变化的纪实作品,有力地配合了报纸的改革宣传。

副刊充分发挥思想性、知识性、趣味性、综合性的功能,精心设置栏目,并使之形成系列,形成整体,能够满足读者的多层次需要,也是突出地方特色的重要途径。“鄂西春秋”、“鄂西近代名人”、“乡土地”、“州城事”、“民族歌舞”、“风土人情”、“鄂西风光”、“鄂西揽胜”等栏目的开辟,旨在把握时代的脉搏,纵观历史,横看现实,反映鄂西文化的历史轮廓和发展趋势。它们与“清江”的文艺作品交相辉映,浑然一体,渲染和强化了地方特色。

民族地区报纸副刊要办出民族特色,是突出地方特色的根本保证。在反映时代特色的前提下,将地方特色与民族特色水乳交融地体现出来,是报纸最有生命力的特色。以《鄂西报》为例,鄂西土家族、苗族自治州是土家族的聚居区,又是10多个民族的杂居区,少数民族占总人数的近40%,对这样的民族地区来说,民族特色就是最有代表性的地方特色。反映民族文化是报纸副刊的重要内容,也是点染民族特色的有力手段,但只有从民族心理、民族性格、民族素质中,把握住民族精神并发扬光大,才能深刻地有力度地表现民族特色。鄂西土家族、苗族历来就有吃苦耐劳、自强不息的民族精神,这也是各民族团结融合中表现出来的共同精神。近年以来,鄂西提出了“振奋民族精神,稳定解决温饱,努力实现脱贫脱补”的“八五”期间经济指导思想。报纸副刊也竭力生动具体地弘扬这种精神,为经济建设服务,一方面特辟出“鄂西名人录”栏目,激发民族自豪感,鼓舞人民的斗志,另一方面又设置“跋涉者剪影”栏目,以报告文学的形式讴歌改革创业的鄂西人的风采,配合中心宣传,如果报纸副刊经常开辟一些主题栏目,长短结合并持续稳定地办下去,不仅可以巩固地方特色,报纸副刊也能很好地发挥文艺性的个性，唱好报纸中心宣传的配角。

副刊要办出地方特色，还应注重对乡土作者的培养，要他们及时地提供鲜活的“产品”，并鼓励他们走向山外大世界，同时还应与在外地的故乡名人建立联系、约稿等，真正起到桥梁和纽带的作用。

没有一贯性，就不可能形成报纸副刊的地方特色，没有特点，就会失去读者；游离于“新闻性”就不可能健康地保持“文艺性”，单调贫乏，则令人兴味索然。让读者在扫描要闻，了解所关心的信息之后，在副刊园地去赏心悦目，陶冶性情，吸取知识养分，流连不舍，是报纸副刊着意追求的。这就要求它有独特的风格，要有能够抓住读者的东西，同时也要求提高副刊编辑的素质。

试谈文艺副刊的四个转移

周　熠

而今，一张报纸受读者欢迎与否，从某一视点上看，与该报副刊的受欢迎与否直接有关。近年来，在改革开放的新态势下，全国许多报纸，几乎是不谋而合地争办“周末版”、“星期刊”、“月末版”。

面对这一周末版热的新景观，如何办好地市报文艺副刊？我认为：必须在观念上、行动上实现四个转移，即纪实性转移、包容性转移、开放型的地方性转移和综合审美性转移。

实现由“与现实保持适当距离”到关注社会热点、难点的纪实性转移

“文化大革命”之后，文学创作的轰动效应曾给作家带来一举成名天下知的喜悦，也给编辑带来慧眼识珠的欣慰。尤其改革开放，使一度百花凋零、万马齐喑的中国文苑，开始了由复苏走向振兴活跃的历程。这期间的报纸文艺副刊，在社会主义现实主义的旗帜下，比较注重追求和保持纯文学的品格。副刊上发表的作品，可不受或少受新闻性的限制。基于这一指导思想，我们南阳日报的《白河》副刊，以小说、散文、诗歌、评论等形式发表了一批纯文学作品，格调清健，艺术上有追求、有探索、有特色。其中一些优秀篇目曾多次被省以上报刊如《中国微型小说选刊》《小小说选刊》《散文选刊》《杂文报》《新闻爱好者·文学栏目》选载，并数次在省级以上获奖。

题解　本文原载《新闻战线》1993 年第 8 期。在改革开放以来全国报纸争办“周末版”“星期刊”“月末版”的新势态下，文章以《南阳日报》的改革为例，为办好地方报文艺副刊提供了“四个转移”的方法建议：一由着重关注纯文学内容向关注社会热点、难点的纪实性转移；二由单一经营向兼收并蓄的包容性转移；三由封闭型的地方性向开放型的地方性转移；四由把玩文字之美向文、图、版综合性审美考量转移。四条建议既照顾了时代语境的要求，又照顾了地方性报纸的生存语境要求，有很强的针对性和可操作性。

改革开放,优胜劣汰。电影、电视、录像、歌舞、体育、气功等文娱媒体如雨后春笋,异彩纷呈。文学创作也发生了变化,读者对小说、散文、诗歌的独钟偏爱的审美心理发生倾斜、淡化和转移,从而把目光投注于广阔现实生活的诸种社会现象的热点、难点上。时移势易,副刊必须以变应变。否则,我们将失去读者。于是,我们在确保《白河》纯文学品位的同时,适时地扩大周末版,尔后又创办星期天刊。一句话,顺应读者多层次、多口味的审美需要,增辟和扩充纪实性的副刊版。《歌舞现在时》《气功透视》《物价扫描》《假冒曝光》《爱的误区咏叹调》等纪实性的热点、难点的大特写栏目,五光十色。就是在"纯文学"版中,也加强了作家生活、作家创作甘苦的纪实性篇章,如《我的第一篇》《作家走笔》栏目等。做到新闻性、纪实性、文学性并举,雅俗共赏,吸引了广大读者,受到社会各界好评。

实现由单一经营到兼收并蓄的包容性转移

这里主要有三个层面的指向。第一,由只发作家、评论家的作品、专访,扩充到大文化、大艺术的视野,即对有思想、有成就、有特色的多种文学艺术门类的名人,都可采写、登载,为此,我们专辟了《艺术世界》专版,大大丰富了容量,拓宽了题材。

第二,增辟旅游副刊版。每期都登载三五篇文体隽永、意趣优雅、文笔生动的游记、散文、小品及各种旅游常识等知识性文章,纵笔山水名胜,陶冶情操,增长知识和情趣。

第三,不薄名人,钟爱新秀,扩大"处女地",把主要支点放在广泛联络、培养、发现、扶持文学新人上。文学史证明,名人都是从无名开始。除了本人的天分、才气,还要靠机遇。而编辑的沙中淘金、慧眼识珠,及时推举新人,则是提供这种机遇的关键。同时,副刊只有同广大作者、读者沟通交流,多编自由来稿,才能深深扎根基层、扎根群众,才能为报纸副刊提供活水源头。也只有这样,才能繁荣文艺。几年来,我们始终坚持每期至少发2—3篇新作者的处女作。近几年,南阳作家队伍不断壮大,南阳创作的群体水平在河南省乃至全国地级市中,也属位居前列的。中国青年报记者王智华曾采访南阳,在该报一版发表了《文学风流属南阳》的报道,记述了这一文坛盛事。而在南阳已成名甚至驰誉全国的作家乔典运、田中禾、周大新、周同宾、二月河(凌解放)、廖华歌等,都与《白河》副刊感情深厚,是喝了"白河"水走上文坛的。近两年,省作协发展的10余名南阳籍作协会员中,有7人的处女作是发表在《白河》上。南阳日报文艺副刊，团结作家、扶植新秀的不懈努力，使《白河》副刊丰富多彩，质量稳步上升。因此也受到上级的表扬，并荣获河南省1992年度文艺创作优秀组织奖。

实现由封闭型的地方性向开放型的地方性的转移

南阳这个中原盆地，历史悠久，卧龙藏虎，人杰地灵，文气浩荡。最早在4000年前为夏朝封地，周朝时周宣王把它封为皇亲申伯的疆邑。古称申、谢、宛。《诗经》中《黍苗》《崧高》便是记述申伯治宛有功的专著。东汉时因是光武帝刘秀的故乡，一时间“商遍天下，富冠海内”；水深土重，人文荟萃。名相百里奚、范蠡，世界级大科学家张衡、医学家张仲景，《后汉书》作者、散文家范晔，北周宫体诗人庾信，唐边塞诗人岑参，都是南阳人。“臣本布衣”的诸葛亮躬耕南阳，文韬武略，名高天下。武侯祠、医圣祠、张衡墓、亚洲第一大水库丹江旅游区、国家级自然保护区宝天曼、名刹水帘洞、香岩寺……这些人文景观和自然景观，为南阳的历史文化涂上绚烂夺目的光环。这无疑为南阳日报文艺副刊提供了浓郁的地方色彩。我们辟办的《南都春秋》《灵山秀水》版，就有力地弘扬了南阳的历史文化。

然而，随着改革开放、对外搞活，我们必须打开窗户，开辟新天地，接受八面来风。一句话，要立足南阳，通过内外交流，激活南阳文化和文艺创作。为了体现开放型的地方性，我们及时扩版，加大容量，在保持地方性栏目如《南都春秋》《南阳人物》《宛城旧事》《南阳风物》等栏目的同时，放眼全国，新增辟了《江山散笔》《九州揽胜》《域外风情》《文坛风景线》《它山石》等栏目。这样，既体现南阳日报副刊姓“宛”的特点，又容纳了大千世界、博采得神州景观，增添民族自豪感和开拓创新意识，受到读者的欢迎。

实现由把玩文字之美向获取文、图、版皆美的综合性审美转移

毫无疑问，报纸文艺副刊，最基本也是最主要的功能是文字的爽心悦目，既力求篇篇文章文风清新，又可读可品。为了增加文章的容量，一度不惜减少插图，压缩标题位置，追求内容丰富、朴素、雅致。

然而，作为一种风格和美学追求，贯彻于整个文艺副刊，就有单调之嫌。特别在今天，印刷条件、印刷质量在提高，读者的审美需求也呈现多层次、多色调的变化中。这就要求副刊也必须讲究一种综合美。鉴于此，我们大胆吸收外地

报刊,特别是一些青年报刊的经验,努力从三个方面来体现综合美。

第一,坚持不懈地保持文字、文笔之美,保证文章质量,这是支撑副刊的骨架。第二,增加插图、图片数量,放大尺寸,并可上头题、报眼,特别注意选发艺术照片。如《艺术世界》版,其图片、书法作品占整个版的1/3还多,使读者在读美文之余,欣赏图照之美。第三,精心组版,讲求形式的新颖活泼,变化多端,力求内容与形式和谐一致,文、图、版相映生辉,美不胜收。让读者"一眼看中",爱不释手,获得美的艺术享受。我们的副刊连续三年在全省好新闻评选中荣获好版面奖,便是这种追求尝试成功的明证。

民族地区报纸副刊特性浅议

袁　禧

副刊作为报纸的一个重要组成部分，其特殊性已愈来愈为人们所关注。集新闻性、知识性、趣味性、时效性于一体的报纸副刊，其综合艺术和地域特色的体现程度，成为衡量副刊质量与品位的重要标志。而少数民族地区报纸副刊的特殊性，则在于其地方特色与民族特色的体现程度。从一定意义上讲，缺乏地方特色与民族特色的少数民族地区的报纸副刊，是很难有较高的品位和欣赏价值的。

一般说来，少数民族地区因受历史、地理等诸多因素的制约，其经济的滞后及文化的落后，或多或少要对报纸产生影响，作为报纸副刊，稿源缺、好稿少，自然成了副刊编辑的一大难事。要体现地方特色、民族特色，必须涵养稿源，建立一支政治素质高、创作欲望强、写作技巧熟的作者队伍。这些年来，《博尔塔拉报》与骨干作者建立起经常性的业务联系，使这支骨干队伍保持良好的创作状态，同时不断发掘新人新作，对一些具有潜力、生活阅历丰富的作者给予扶植，激发他们的创作热情。1993 年，本报副刊收到一篇题为《博乐人》的纪实作品，作者以大量事实，揭示了本地不少人在改革开放大潮面前的不同心态、不同举动，从一定意义上暴露了落后陈腐的思想观念。作品刊出后，反应强烈，褒贬不一。有的认为文章从一个较高的角度审视了边远地区的人们在经济大潮汹涌而来时的不同心理，具有一定启发和督促作用；也有一种意见认为这是对本地人的一种误解，并将落后观念与经济滞后完全归于历史和缺少优惠政策，不承认思想观念落后。显然，作品已经触及到了人们观念深处的一些敏感的具有典型意义的

题解　本文原载《新疆新闻界》1995 年第 1 期。对于民族地区的报纸副刊而言，地方特色和民族特色是体现少数民族地区特殊性和品位与欣赏价值的重要标志。文章从《博尔塔拉报》所刊发的文章出发，在剖析这些文章的基础上，提出增强民族地区报纸副刊地方特色与民族特色的方法举措。其中包括：涵养稿源，建立一支政治素养高、创作欲望强、写作技巧熟的作者队伍；处理好地方特色与开放性之间的辩证关系，巩固本地作者的同时，与外地作者建立联系；突出民族特色，反映民族风情，介绍本地历史，体现民族地区人民的生产、生活等；提高编辑的素质，鼓励编辑要丰富自己的知识结构，勤于写作，富有创新精神等。

问题。由此可见,地方特色更为本地读者所关心,能引发人们反思问题。现在谈起地方特色,有一种偏狭的观念,认为只有本地作者的作品才能体现本地特色,只有写本地的东西才具有地方特色。实际上,任何地方的报纸若不具有开放性都难以办出特色。笔者长期编辑《博尔塔拉报》副刊,较深的体会是,既下功夫巩固本地作者,又潜心与外地作者建立联系,这样有效地提高了本报及副刊的知名度。当然,在选择外地来稿时并非无的放矢,外地稿件中反映出的思想内核与时代相吻合,同时又具有浓郁的生活气息的作品,我们都认真处理刊发,使之能为本地读者所喜爱。例如,1993 年起《博尔塔拉报》创办了星期六综合副刊,主要开设以热点透析为主要内容的“玫瑰街随笔”,杂文形式的“大实话”,以趣味性、知识性为主要的“东西南北”、“古今中外”,这些专栏虽然带有“杂”家的风味,但其内容的丰富性、形式的多样性,吸引了众多读者,尤其是“玫瑰街随笔”的一些文章,作者面广,根本不局限于本州作者,只要来稿中反映的内容具有典型意义,并具有一定的时代感,都予以刊发,充分体现了副刊的开放性,因而引起了州内外作者、读者的广泛关注,尤其是一些内地作者也将力作寄与本刊,拓宽了本刊的稿源。

当然,在处理地方特色与开放性的关系上有一定的难度。一般认为,要突出地方特色就很难达到开放性;要突出开放性就难以体现地方特色。其实这是过于强调矛盾的对立性而忽视了统一性,地方特色与开放性看似对立,而实际上是统一的,没有外界的参与,就不可能看到本地特色,因此,开放性是办好综合性副刊的必要条件。

少数民族地区报纸副刊应着力于突出民族特色。《博尔塔拉报》的“赛里木”文艺副刊创办 10 多年来,一直受到广大读者的青睐。其主要原因不仅仅是它给作者提供了一个笔耕的园地,更重要的是它在反映民族风情、介绍本地历史、多角度体现博尔塔拉人民丰富多彩的生产、生活方面有一定的深度,给读者以亲切、自慰的感觉。笔者作为“赛里木”副刊的编辑,在筛选稿件中,着重选择那些内容充实、民族特色浓郁的作品,以其达到较好的社会效果。例如,1992 年本刊编发了一篇题为《家乡寄来的贺年卡》的散文,作品写的是作者在大学期间收到博州政府寄去的贺年卡,由此引起了作者深深的感慨,文章情真意切,颇有感染力,此篇作品获新疆报纸副刊好作品评选三等奖。

报纸副刊是融新闻、文化、文学、音乐、绘画、书法等多种社会科学和艺术形式于一体的综合性极强的信息传播载体,它除了新闻性、趣味性、知识性之外,还有一大特点,就是文艺性。副刊编辑需要熟悉副刊中各类作品的特征及功能,从文艺的角度去鉴赏评价每一件副刊来稿,使见报的作品具有较高的文学品位。博尔塔拉地方虽小,但来稿中各种体裁都有,因此必须广泛学习古今中外的人文及历史知识,努力做到广闻博览,不断丰富自己的知识结构。

同时,编辑要经常写作。可以说,一个不会写作的编辑不能算一个合格的编辑。副刊编辑尤其如此。因为编辑不能仅仅成为作者的读者,也应该成为作者,这也是检验编辑水平的一个方面。《博尔塔拉报》多年来一直有一个传统,编辑必须能写能编,做到一专多能,这不仅是报纸的需要,同时也锻炼了编辑。

综上所述,副刊编辑是一项极为复杂的系统业务工作,编辑素质的高低直接关系到副刊的质量。一个副刊有没有吸引力,读者爱不爱看,就看编者能否正确把握地方特色与民族特色的内蕴,能否将这些代表副刊水平的实际内容体现得淋漓尽致,能否将自己的知识充分运用到实际编辑工作中去。一个成熟的副刊编辑应该富有创造精神,不断创新,只有这样,副刊才能永葆青春,才能成为广大读者的知心朋友。

地方报纸副刊必须突出本土特色

钱春媛

报纸有副刊是中国报纸的重要特色。作为一个地区主流舆论阵地的报纸，无论是作为党委机关报的日报，还是都市类报纸的晚报，都必须切实重视报纸副刊的生存和发展，都必须努力提升报纸副刊的质量和水平。回顾和总结《连云港日报》、《苍梧晚报》多年的办报历程和经验教训，办好地方报纸副刊都必须突出本土特色。

地方报纸副刊突出本土特色，首先是传承地方特色文化的需要。报纸作为地方文化建设的主流阵地，无论什么时候，即使是进入泛娱乐化时代的今天，都不能忘记自己身上所承载的传播文明、促进教化的基本职能。多年来，《连云港日报》、《苍梧晚报》副刊人秉承报人传统，不遗余力地传播社会主义主流价值观，为传承连云港地方特色文化做出了持续不懈的努力，也取得了可喜的成绩。如今的港城大地，连云港悠久的历史文明与现代文明交相辉映，神话文化、宗教文化、民俗文化、盐文化与陆桥文化、山海文化、西游记文化等共同支撑起新时期连云港国际性海滨城市文化的核心内涵，为新时期连云港的大开发、大建设、大发展贡献着不可替代的文化推动作用。

第二，是提升报纸影响力和传播力的需要。《连云港日报》和《苍梧晚报》作为连云港地区核心传播媒体，在经济、政治、文化、社会生活中有着特殊的地位，在引领舆论导向方面起着关键的作用。作为报纸副刊，虽然没有新闻那样直接、快速的传播力和影响力，但在对广大读者潜移默化的影响方面其作用不可小视，一定程度上对一个地方长期的舆论导向、精神状态、心理特征方面发挥着更为

题解 本文原载《传媒观察》2011年第4期。文章认为，报纸副刊是中国报纸的重要特色，而要想办好地方报纸副刊就必须突出本土特色。同时，突出地方副刊的本土特色也是现实需要：首先是传承地方特色文化的需要，其次是提升报纸影响力和传播力的需要，最后是培养本土作者群的需要。作者认为，突出地方报纸副刊的本土特色是一个需要不断思考探究的问题，并指出了四条具体的途径：第一，思想是行动的先导，因此必须树立强烈的本土特色意识；第二，必须突出本土题材和内容；第三，必须壮大本土作者群；第四，必须提高编辑的能力和水平。这些观点对地方性报纸副刊的生存和发展具有参考价值。

重要的作用。把副刊提高到这样的地位和作用来看待，编采人员就会有意识地精心谋划副刊的办刊定位和发展思路，认真对待每一个版面和每一篇文章。又因为报纸副刊在一个地方读者中特别是一批对地方文化研究有兴趣、有能力、有作为的文化读者群中的特殊影响力和凝聚力，所以，地方报纸副刊的办刊能力和水平在一定程度上直接影响到一张报纸在本地的影响力和传播力。

第三，是培养本土作者群的需要。一直以来，《连云港日报》、《苍梧晚报》副刊在争取国内外知名作家赐稿以提升自身水平方面做出了不懈的努力，但囿于城市的地域限制和地方报纸经济实力的制约，一直不能大刀阔斧地去做这项工作。相反，这么多年来两报的副刊一直有着较为稳定的本土作者群，通过副刊的发现、培养、扶持和推荐，本地也涌现、成长起了一批在省内外小有名气的作家，他们也一直关心、关注、支持、帮助两报副刊的成长和发展，为两报副刊的发展尽心尽智。考虑到地方报纸与大报在影响、稿酬、平台方面无法弥补的差距，地方报纸副刊必须在发展、培养、团结、巩固自己的本土作者群上下更大的功夫，才能形成较为固定、具备相当水准的本土作者群，为广大读者奉献具有地方特色、充满乡土气息、散发人文精神的报纸副刊，成为港城人民的心灵家园。

怎样突出地方报纸副刊的本土特色，这是一个需要不断思考、研究、探索并在实践中进行总结、提高、提炼的问题。

首先，必须树立强烈的本土特色意识。思想是行动的先导，观念引领行动。有无本土特色意识，尤其是是否具备自觉的本土特色意识对于一个地方报纸副刊能否办出本土特色、能否提升本土特色水平至关重要。《连云港日报》、《苍梧晚报》作为连云港地区的主流媒体，在连云港这样一个印刷出版业尚不发达，文化研究和传播阵地尚显匮乏的地区，其作用和影响力是不言自明的。在传承地方文化、彰显地域文明，繁荣地区文艺方面应该说是有着不可推卸、需要主动承担的责任和义务。作为一个受党教育和培养多年的报纸副刊人，理应自觉担当，主动作为，以鲜明而强烈的本土特色意识作为自己的办刊理念，在马克思主义理论的正确指导下，把地方报纸副刊办成有鲜明地域特色的重要文化阵地，传播先进文化、传承地方文明、繁荣地方文艺，使之真正成为在连云港地区富有影响力和凝聚力的主流文化阵地，承担起自身应有的功能和作用，在促进连云港市各项事业的大发展中贡献副刊人的特殊作用。

其次，必须突出本土题材和内容。连云港是一个有着自己悠久历史文化底蕴的城市，也是一个充满现代气息的新兴沿海港口城市。关于这个城市的神话传说、语言习俗、历史掌故、人物故事、地方戏曲、风味特产等等，关于这个城市正在发生的沧海桑田、经济发展、创业故事、文明演进、典型人物等等，凡是涉及连云港地区的经济、政治、文化、社会、生态文明建设的内容，都是一个地方媒体应该加以重点宣传和报道的题材和内容。作为地方报纸的副刊，虽然也必须把服务地方经济社会发展作为自己的根本指导思想，但在服务的内容和方式方法上则应当有所侧重。作为地方报纸的副刊，无疑应将文化文艺工作作为自己的着力点，力求通过对地方文化建设的关注和宣传来传承地方文明，助推经济、社会发展。在多年的办刊实践中，虽然我们一直在努力，但我们做得还不够，特别是缺少自觉性和系统性，没有在明确的指导思想上认真做出长远的规划和年度计划安排，显得随意性和零散性较大。在今后的实践中，必须要在这样一个自觉突出本土特色的意识引领下，全面细致地谋划两个副刊的办刊理念和指导思想，针对突出本土特色的要求，周密认真地做好两个副刊办刊的长远规划和年度安排，围绕突出地方本土文化的精神，仔细梳理、细心安排不同阶段的重点题材和内容，通过一个阶段一个阶段的推进，将连云港地区的文化特质充分展现在连云港人面前，彰显连云港的文明风采，将两个副刊真正办出连云港风味来。

第三，必须壮大本土作者群。在利用外部力量宣传本土文化方面我们也做过不少努力，如不定期地邀请外地名家来连云港采风，撰写有关连云港方面的名篇佳作，不仅在本地纸媒副刊上发表，有的还在具有全国影响力的出版物上发表文章推介连云港，但毕竟这些名家的兴趣和精力不可能集中在连云港的本土文化上。所以，作为地方报纸的副刊，必须将精力倾注在壮大本土作者群上。多年来，围绕着两报副刊，形成了相对固定的本土作者群，这些热心于地方文化的本土作者为办好两报副刊做出了努力，付出了汗水，贡献了力量。但是，这样一支作者队伍，相对于办好具有地方特色的副刊来说还是显得数量太少，同时结构也不尽合理，作者群中本地名人太多，普通读者太少；老面孔太多，新面孔太少；年龄偏大，年轻人少。在地方有相当凝聚力和影响力的报纸副刊，应当有能力将一大批对地方文化有兴趣、有研究、有见地的作者团结在自己的周围，有计划有步骤地宣传弘扬本土文化，特别是在提供的这一交流平台和阵地中，本土作者群在沟通和交流中可以不断地提升研究、传播本土文化的能力和水平，同时也可以不断地吸引新的作者加入到队伍中来，从而达到不断壮大本土作者群的目的。

最后，必须提升编辑的能力和水平。编辑在报纸版面中起着主导和引导的作用，相较于报纸的新闻版面，由于受时效性的影响，我们认为副刊编辑的主导和引导作用更大。没有编辑在副刊中的主导和引导，报纸的副刊就失去了灵魂，找不到自己的目标和方向。多年以来，《连云港日报》、《苍梧晚报》的副刊版面培养锻炼了一支过得硬的编辑队伍,但面对新形势新任务新要求,还需要不断地提升副刊编辑的能力和水平。只有编辑有了这样的本土意识和将其付诸实践的能力,才能够将编辑部的意图贯彻落实到位,才能够使每位编辑都有相对专业的领域和相对固定的作者群,赢得读者的青睐。基于此,就要求报社领导更加重视报纸副刊的工作,经常研究报纸副刊的办刊工作,给予副刊以有力的指导;也要求报社领导更加重视副刊编辑,在报社现有的经济能力下能多给予副刊编辑以学习培训、锻炼提升的机会;更要求报纸的副刊编辑能更加严格要求自己,高起点定位、高目标追求,真正将副刊作为自己的重要事业、实现自我价值的舞台,树立终生学习的理念,不断充电,丰富自身,以自己能力水平的持续提升适应报纸副刊生存和发展的需要,为繁荣地方文艺、传承地方文化、传播先进文明做出不懈的努力。

第六辑
副刊个案研究

导语

本辑选取9篇关于报纸副刊个案研究的文章。有选取某报一年的报纸副刊作为一个横截面进行系统观察的,如王光东对1993年《大众日报》《丰收》副刊的观察;有对某一副刊的创办历史与不同时期的特色进行细致梳理的,如吴承惠对《夜光杯》的梳理等。这些针对不同研究对象所做的个案分析,在探索有关副刊的一些共性问题的同时又兼具研究个性,集中地呈现了研究者的观察、思考与总结。

探索于雅俗之间

——读1993年《大众日报》“丰收”副刊

王光东

时下报纸副刊林林总总，让人眼花缭乱，还有周末版、月末版等等。报纸副刊的兴起，是一件好事，它丰富了人们的文化生活，显示了文化发展的宽松环境。但是在这漫天飞舞的副刊“轰炸”面前，真正显出自己办刊个性的副刊还是不多见的，大多都是以娱乐性和趣味性为主，缺少独特的“风骨”。1993年的《大众日报》“丰收”副刊，是有自己的个性的，它没有在大众欣赏趣味面前柔若无骨，没有在名人粉黛面前脊柱打弯，而是追寻着生活的清新、生活和艺术的高雅、纯洁，既不媚俗，也不故作高深状，在雅与俗之间探索着自己的办刊路子。

“丰收”副刊在1993年的栏目设置是较为丰富的，既有关注文学热点及文学创作现状的“文学长镜头”，也有“齐鲁作家精品展”这样展示山东作家创作实力的精美佳作，还有“年轻的心跳”、“新感觉”等清新而又不乏浪漫气息的散文、诗歌，更有全国知名作家的散文、随笔，或鞭挞时事，或议论说理，或抒情造境……学者读来不觉浅，一般读者读来不觉深，雅俗共赏，自成一炉。严肃而不呆板，多样而不花哨，深刻而不晦涩，轻松而不轻浮，可以看作是“丰收”副刊的一个基本特色。

在93年“丰收”副刊的栏目中，肖复兴的“芸芸众生”和邓刚的“日常生活”两个专栏，特别引人注目。这两个专栏中的文章，所写大多是生活中的一些日常琐事和平凡人物的遭遇，但从中却能给人许多启迪，让人在轻松的阅读中感悟到

题解　本文原载《青年记者》1994年第2期。文章是作者在总览《大众日报》《丰收》副刊1993年所刊发的全部文章的基础上，结合实例作出的评析和总结。在漫天飞舞的副刊“轰炸”的情势下，《丰收》副刊仍然保持自己独特的风骨，追寻生活的本真和艺术的高雅。1993年，《丰收》副刊设置了形式多样的栏目，内容涵盖关注文学热点与创作现状、展示本土作家作品、选登新潮浪漫的散文诗歌和刊载全国著名作家作品等。其中，肖复兴的“芸芸众生”和邓刚的“日常生活”两个专栏，尤为引人注目，文章蕴含着平凡生活里的深刻意味，增强了读者的阅读趣味，陶冶情操。另外当年的选文除包含不少名家的精品佳作，一系列本土作家的作品则彰显了山东作家的艺术之道，情感真挚、风采卓绝。同时，短小精悍的学术论文也体现了《丰收》副刊对于知识性的追求。作者肯定了《丰收》副刊既不媚俗也不故作高深，而在“雅与俗之间”不断探索的办刊路径，这对市场经济环境中副刊的生存和发展是有启示意义的。

生活与生命的许多东西。如邓刚所写的《赡养与抚养》一文,写动物园中的狼从笼子里跑出来,动物园有关领导很紧张,怕狼咬伤路人,结果则是狼被路人吓得浑身打颤,四腿哆嗦,由此想到对孩子的教育以及社会对孩子的态度。对孩子无微不至的关心是否会带来一些不好的后果呢?再如肖复兴《桔黄色的街灯》所留给我们的悲凉与忧伤,人生的变故与不幸……这些文章虽短,却蕴含着深刻的内容,特别是那轻松、别具一格的写法,使人们对本来司空见惯的一些生活现象有了阅读的趣味,进而起到了陶冶人们情操的作用。

与这两个专栏相比,张洁的《无不奈何花渐落》、赵丽宏的《夜过秦岭》、华君武的《从写信说起》、小音的《一生倾听》、蓝翎的《忆打狗》等散文却是有很高艺术性的精品佳作,或写人生的一点感悟,或写过往生活的一件小事,或写心灵纯情的浪漫呼唤……都充满了对于艺术的至深追求,在或沉郁、或轻松、或悲伤、或热情的文字背后,呈现出各自不同的个性风采。在此值得提到的,是在"齐鲁作家精品展"中刊出的张炜的散文《我的文学朋友》、左建明的散文《飞越俄罗斯》、尤凤伟的《光阴》、李贯通的《品棋》、赵德发的《年夜里的桔香》等,都是有浓厚韵味的好作品,在这里有生活之道、为人之道、生命之道,更有山东作家的艺术之道。他们从不会"玩文学",依然刻意追求着艺术的真与美,善与情。这一点在"纪念毛泽东同志诞辰一百周年"这一栏目中也有充分的体现。这一栏目是一个具有浓重政治色彩的栏目,但这一栏目中所刊发的文章,却较少有"八股气",而是把人生的感悟与真情和对领袖的热爱统一在一起,在真情的流露中见出领袖的丰采。

"丰收"副刊不仅追求生活的趣味性和作品的艺术性,而且还把丰富的知识奉献给读者。这便是舒展的"读钱钟书学术著作札记"和姜德明等人的文章,这些文章大都以深入浅出的笔法,把那些学术见解深入浅出地讲给我们,是短小精悍的学术论文,也是富有理性激情的美文。"文学长镜头"栏目中的评论文章,也具有这一特点。

纵观《大众日报》"丰收"副刊93年所刊发的文章,的确大都达到了一定的境界,有艺术魅力和阅读情趣,既注重名人佳作,也不放弃对文学青年的扶持和培养,男女老少,雅俗深浅,都在此展示了自己的面貌,找到了自己的位置。如果在新的一年里,"丰收"副刊更生动活泼一些,版面设置更新颖巧妙一些,文章内容更多样化一些,那么,它会更加具有魅力、风情无限。

葡萄美酒“夜光杯”

——新民晚报副刊50年足迹

吴承惠

新民晚报副刊“夜光杯”已有50年的历史，是从1946年5月新民报在上海出版晚刊时算起的。

吴祖光首任主笔政

我不是新民报最正统的老报人，1946年，我经冯亦代先生的介绍，向新民报的副刊投稿，这才知道，这家对开一大张的报纸的二三版，竟办了三个副刊，而且都是我当时所仰慕的名家主编的。二版下面的副刊就是“夜光杯”，吴祖光主编；三版上一半是“夜花园”，文娱性的，李嘉（翻译家，后来任中央社驻日本东京特派记者）主编；下一半是“十字街头”，社会性的，柯灵主编；具体负责编务的是王港贤（笔名阿港），后来我们成了同事，也一同在1957年的浩劫中遭难，不过他的遭遇比我要惨得多，流放于外地，不幸身亡。我在这里特地写两笔，是表示怀念的意思，新民报也不应该忘记这个人。

我最初是向“夜花园”投稿。不久，主编换了，由吴祖光来编“夜花园”，李嘉去编“夜光杯”。我当然不便打听此中内情，但慢慢地也有所耳闻，吴祖光在“夜光杯”上编发了一篇“冥国国歌”，是仿国民党的党歌，旨在讽刺国民党，这下闯了大祸。经创办人陈铭德先生的斡旋，答应把编辑换掉。但陈先生又是要千方百计保护自己报纸的编辑的，便耍了个花招，让吴祖光和李嘉对调一下，便搪塞过去了。

题解　本文原载《新闻记者》1996年第6期。文章介绍了该副刊自1946年创办以来到1996年50年间的发展历程。由上海解放后出现的《繁花》《红雨》，到“文革”被勒令停刊，再到新形势下统一名为新的《夜光杯》，《新民晚报》副刊在每个历史时期都形成了自己的鲜明特色。自1982年1月1日复刊起，《夜光杯》副刊坚持综合性方针，努力做到雅俗共赏；追求以言论主导，杂文与短评并举；广泛拓展作者群体，名家新秀兼有，博采众长；重视发展连载小说，并坚持传递出不同的声音，深受各阶层读者喜爱。作者认为，回顾《夜光杯》50年，总体形成了“杂、广、趣、精”的办刊风格。文章为报纸副刊史研究提供了翔实的史料和精彩的个案分析。

在我看来，“冥国国歌”不过是个爆发点，其实国民党当局早就对“夜光杯”所表现的进步倾向不满了，“冥国国歌”正好让他们找到了借口，想给予致命的一击。但在陈铭德先生的调停、化解之下，未能得逞。陈先生办报，自有一种善于应付上下左右、在重重压力中求生存的艺术，这是值得好好总结的。

又过了些时候，李嘉去了日本，吴祖光去了香港，我不清楚“夜光杯”、“夜花园”这一段时期是谁在主政。有一天，在马路上碰到已故诗人袁水拍先生，他告诉我，他要去编新民报的“夜光杯”，并要我为他写些稿子。袁先生这时白天还在中国银行做事，编“夜光杯”想必用的是业余时间。我这时也进了银行，白天记账，晚上白相，不大有心思写稿子了。还有，自问水平低下，思想糊涂，觉得也写不出能使袁先生中意的东西来。

从“无名氏”到“繁花”“红雨”

转眼霹雳惊天，上海解放了。解放前的报纸，能继续出版的，除了大公、文汇之外，便是新民报。这时，上海又创办了两家小型报：大报和亦报。这是在夏公（衍）的倡议下，利用旧形式来对上海市民进行新形势、新思想宣传教育而创办的两张小报。大报的负责人是冯亦代、陈蝶衣，亦报的负责人是龚之方、唐云旌（大郎）。

这种四开的小报，有一半的篇幅（即二三版）是副刊，内容以特约作者写的个人专栏为主。这些特约作者可并非等闲之辈，如去年在美国逝世的女作家张爱玲在离开大陆前或者说在上海解放后写的唯一一部小说《十八春》，就是在亦报连载发表的，最早的单行本也是由亦报出版发行的。其他的作者已经故世的有周作人、张慧剑、卢冀野（词曲家）、陶亢德（与林语堂一起办《论语》等杂志的）、许姬传等。他们虽然都用笔名发表文章，但文章的知识性、可读性还是吸引了很多读者的。

1952 年初，大报完成历史任务，并入亦报。这一年新闻界进行思想改造后，亦报也完成了历史任务，一部分编辑、记者和管理人员加盟新民晚报。1953 年 1 月 1 日起，新民晚报正式改为公私合营，报纸的版面也改为四开，每天出一张半。

这半张的两个版面，均为副刊。一个版面由原亦报总编辑、后为新民报编委的唐云旌主编，大体上仍旧保持亦报格局，也吸收了张慧剑先生在合营前的新民报上编的“晚会”的内容（以文史掌故为特色）。总的说来，这是一个面向大众、贴近生活又能兼容并蓄的综合性的副刊。

另一个版面好像是编委钱谷风先生主编的时事性副刊，林放的文章最早也是发表在这个副刊上的。

两个副刊我记得都没有取名字。

直到1960年5月，报纸全面改版，唐云旌编的副刊取名为“繁花”，钱谷风的那一版，改由姚苏凤先生执编，文艺性的，取名“红雨”。

两个副刊都各有独自的风格，都有各自的读者群。但是到了60年代初，因纸张的关系，报纸要压缩版面，四开一张半改为四开一张，四个版面，副刊占一个。但是，“繁花”和“红雨”，是去其一而保留其一，还是轮流坐庄？几经研究，决定还是保留“繁花”，去掉“红雨”。为什么？因为从新民晚报所面对的读者考虑，“繁花”比“红雨”更投合他们的口味。“繁花”可以兼容文艺性而益增其内容的广泛性和多样性，不妨说，“繁花”比“红雨”更切合新民晚报整体风格。

可是，限于当时的政治形势，报纸所能反映的题材是那么狭小，副刊虽名“繁花”，却并不能做到想像中的花枝招展。

到了史无前例的“文革”爆发，新民晚报竟被定性为一张反革命修正主义报纸而被勒令停刊，“繁花”副刊想要追求的多样性、知识性、趣味性，也被说成是“软刀子割头”的复辟资本主义的手法而存疑于人们的心中。就这样，含冤负屈地偷生到四人帮覆灭，迎来了十一届三中全会召开后的春天。1981年新民晚报获得彻底平反后，敲起了复刊的锣鼓，在新形势下怎样办好一张上海人民怀念已久的晚报，是每一个参与复刊的同人都决心为之付出毕生精力的。

大政方针已经由赵超构定了下来，即流传于今的十六个字：宣传政策、传播知识、移风易俗、丰富生活。

据此，新民晚报于1982年1月1日开始复刊，四张，日出一张半，副刊占两个版面，三分天下有其一，那半张都是副刊的领地。

融诸家为一体的新“夜光杯”

既然是两个版面，要不要仍旧像50年代至60年代初那样，一个是文艺性的，一个是综合性的。

有人曾经这样主张过，但根据晚报总的方针来考虑，觉得并不适合。而且兄弟报纸都有文艺性的副刊，文艺期刊又出得那么多，新民晚报的副刊应该有自己的特色，不必去轧那个闹猛。

又是赵超构先生，还有总编辑束纫秋一锤定音，两个副刊都是综合性的，统一名为“夜光杯”，天天有，细水长流。当时，由副总编辑沈毓刚分管和主持副刊部工作。

我体会赵超构先生的办报思想,人们看报,尤其是看新民晚报这样的报纸,应该成为日常生活所需。一份报纸到了手里,先看新闻,后读副刊,犹如每天同熟悉的老朋友相处斗室,纵论古今,世事沧桑,人情冷暖,艺文赏析,风物流连,无所不谈,谈必有趣,既可消闲,亦能益智。我想,“夜光杯”要办出什么“风格”,什么“味道”来的话,把赵超构先生的思想吃透,是至为关键的。

所以取名为“夜光杯”,是想在新形势之下,让副刊的内涵再丰厚一些,品位再高尚一些。“夜光杯”不是原来的“夜光杯”,而是融“夜光园”、“十字街头”、“晚会”、“繁花”、“红雨”等为一体的新的“夜光杯”。

就继承前辈的传统来说,如今健在的柯灵先生、吴祖光先生,已故的张慧剑先生、唐大郎先生、姚苏凤先生等,都是我们学习的榜样。他们编副刊,想方设法、精耕细作地为版面尽量表现得有个性,有锋芒,有知识,有情味所花费的心力,并化为一种沉浸于此,乐在其中的个人感情,这是非常难能可贵的。我们这些后继者经常以此自勉。

从 1982 年 1 月 1 日复刊起,迄今一晃又是 14 年,我们不敢说取得了多少成绩,但确实也做了不少事,粗略地想一想,大概可以归纳为以下这些:

雅中有俗和俗中有雅

一、坚持“夜光杯”综合性的方针始终不变的前提下,为丰富其内涵,逐年也对版面作适当的调整、充实和改进。1982 年复刊后不久,就发觉两个版面的统一风格是不能背离,但在内容上亦不妨作一点不落痕迹的分工,当时的第 5 版(今第 14 版)刊登的稿件偏重于时事性、文化性,第 6 版(今第 15 版)的稿件偏重于社会性、生活性。两版又都必须体现出思想性、知识性、趣味性。简单说来,一版是雅中有俗,另一版是俗中有雅。这样的分工,直到今天,恪守无误。

“夜光杯”从复刊之日起,还设置了好多专栏,但也不是一成不变的。即每年根据其生命力的强弱,淘汰一些,新添一些。有的专栏,还是原来触及的题材,但换一名字,为的是想在写法上更耐咀嚼一些。比如有个专栏叫“种花一得”,本来只是介绍家庭养花的常识的,后来改名为“怡红快绿”,就要求作者能把种花养花可以怡情悦性的感受抒写出来。今年开辟了“七夕会”这个大专栏,其中有一天是谈日常生活各种情趣,并由此参悟人生的,也包括了养花种花,报纸又另有“花鸟虫鱼”的专版,“夜光杯”何妨让道,“怡红快绿”就此销声匿迹了。

有的专栏,说得不妨自鸣得意一点,已“做出牌子”,声名远播,就要尽力支撑下去。“灯花”是一个,另一个就是“十日谈”。这个专栏且为别的报纸所仿效,可见自有其魅力。可是,说实话,支撑也颇为不易。一是要一组一组的题目想得好,二是要文章写得好,才能保持特色。想题目单靠编辑拍脑袋也不行。于是我们实行“公开招标”,请读者帮忙想题目,颇有设想新奇又很贴近生活的。如有了这样的题目,10 篇文章由 10 位作者从各个不同角度落笔,知识性、故事性又比较强,“十日谈”原有的光彩也就不会减弱了。

言论主导:“世象杂谈”“灯花”之类

二、坚持言论在版面上的主导地位。这里说的言论,在“雅”的那一版,就是杂文;在“俗”的那一版,就是短评。1992 年以前,“夜光杯”的杂文是以林放的“未晚谈”为主要标志的。“未晚谈”也不妨说是整个新民晚报最为叫座的“压台戏”,与其他名家写的杂文,相互映辉。林放去世后,“未晚谈”从此绝响,这是无法挽回的损失。但杂文还是要延续下去。于是我们又开辟了题为“世象杂谈”的专栏。“世象杂谈”是林放一本文集的名字,我们移用过来,只是旨在表明“夜光杯”要一如既往地像林放那样身体力行地提倡杂文,并不要求所有杂文的写法都要遵循林放的风格。杂文也要百花齐放。我们的想法得到了北京、上海和其他地方的名家的支持,时有佳作赐寄,同时也培养了一些最初并不有名,现在已有影响的中年杂文家。

“俗”的那一版的言论,以“灯花”为代表。“灯花”的稿件绝大多数来自群众,从自己生活中所发现的问题着眼,说自己的感受,提个人的建议,微言大义,切实可行,在写法上虽不用杂文的标准来衡量但希望有杂文味,能有谈笑风生的亲切感。现在已拥有了一批“灯文”的基本作者队伍,其中以中学教师为多,外地作者投稿中选者亦不少。

此外,时常见于版面上的一些随笔、小品、杂记之类,夹叙夹议,旁征博引,既可目为散文,亦可视作杂文。

复刊以来在“夜光杯”上发表的言论,何可胜数?既要避免在政治上造成不良影响,又能在读者心目中留有印象。我们在编发稿件时,一直注意要把握好笔下的分寸,要顾全大局,要有益于世道人心,要有比较新颖的、独特的见解,要言之有物,要不说假话、大话和套话,要与读者站在平等的地位相互切磋,而不是居高临下地摆出一副教训人的面孔。

名家新秀，兼收并蓄

三、牢记赵超构先生生前指出的：我们的读者是 8 岁到 80 岁的各个阶层，有着不同文化程度、不同爱好的普通市民。要能在版面上满足他们的各取所需，既要有老年人喜欢看的，也要有能吸引得住中年人和年轻人的文章。时代不断有新的变化，反映到读者对报纸的要求，也希望不断有新的有异于老的笔法、老的观念的文章。青年女作家素素在第 15 版上开辟的专栏“谈心集”，正是适应了一部分青年读者的口味，因而反响甚烈。

“夜光杯”的作者也来自各个阶层，各个方面。名家自然是我们首先要努力争取的。北京的、上海的、广州的、天津的以及海外的名家，不断有佳作寄来，有不少还是他们主动寄来的。名家的作品总希望能发表在他们认为够格的报纸上。这一点，“夜光杯”并没有使他们失望，有些名家的过誉之词反而令我们汗颜了。最能让名家感到欣慰的，是报纸的销路广，达到一百六七十万份，假使一份报纸有三个人看，就有五百多万读者。名家的文章就算有一半人在看，这影响也是够广远的了。

但是，我们又不能完全依赖名家。撑好一个版面，名家之外，我们还要扶植大量学有专长，又愿意在“夜光杯”上抒发己见的暂时还不太有名的作者。尤其要认真、细心编读的，是许多不相识的读者自发来稿，做沙里淘金的工作。“夜光杯”上有些“奇文”，往往是从群众来稿中发现的。比如有位女中学生写了一篇“姐姐要出嫁了”，内容讲她姐姐在父母的强迫下，即将远嫁海外，全家呈现的那种无奈的惆怅的气氛。文章写得虽还稚嫩，但质朴无华，真切感人，就凭这一条，我们就放在第 14 版的“月儿弯弯”专栏中发表了。

连载小说的变迁

四、关于连载小说。这是晚报副刊传统的“拳头产品”。在五六十年代，张友鸾先生写的“赛霸王”，程大千先生（笔名史果）根据古典戏曲改写的“罗成”、“佘赛花”等，曾吸引了当时因文化生活非常单调只能从古人的悲欢离合中寻求慰藉的读者。

复刊后，连载小说仍然是“夜光杯”必须大力经营的一个栏目，但八九十年代又不同于五六十年代，文化生活如此丰富多彩，中国的、外国的新的娱乐项目使人们有了更多的选择，尤其是青年人，大多趋向于时尚的消遣，戏曲故事就相对地不大有吸引力了。因此，连载的题材也要多样化。复刊14年来，各种题材的连载都尝试过。有古代的、现代的、言情的、侦探的、纪实的、传奇的，等等。多数的连载只能赢得一部分人的喜爱，也有少数的作品受到了读者普遍的欢迎，如“大亨”、“哈同”、“李惠堂”等。台湾女作家琼瑶的言情小说，在大陆报纸上首先以连载形式与读者见面的，是“夜光杯”发表的“雁儿在林梢”，一批女学生为之着迷了。

一般说来，连载小说还是属于通俗文学的范畴，只要故事情节曲折，写得又引人入胜，逐日有悬念的设置，题材不管是古代或现代的，中国或外国的，自能博得读者的青睐。写连载小说也是一门专长，不同于写发表在杂志上的小说，晚报的前辈如张恨水、张友鸾、程大千诸先生都优为之，现在也应该培养出几个专门写连载小说的作家来。今年我们又增辟了连载小说的专版，更需要一批有志于此的后起之秀了。

不同声音有利无弊

五、版面上要有不同的声音。说来这又源于赵超构先生的倡导。当年赵老写过两篇批评电视连续剧《武松》的文章发表。读者持不同意见者甚多，纷纷来信表示异议。赵老非但不以为忤，还特地命我选择几篇加以修改后刊出。赵老并未为这些读者所说服，但这样做显示了报纸的风格。如果确实错了，让人家指出来，免得形成误导，又有什么不好呢！

因此我们特地辟了一个“读者、作者、编者”的专栏，凡有读者来信指出某一篇稿件在知识、常识，或在记述、评论上有不妥、疏误之处的，只要说得有道理，或全文、或摘要，予以刊登。登出来以后，原作者认为说得并不对，或者有误会，再写文章来争鸣的，也登。这样做，不但活跃了版面，而且增强了读者对编辑的信任感，也增强了报纸的声誉。这只有好处，没有坏处，是应该坚持做下去的。

“夜光杯”50年，所以闯出现在这样的天下，形成现在这样的风格，概括为几个字，就是杂、广、趣、精。赵超构先生在世时，不给我们提要求，一提要求，就是还要杂一些、广一些。复刊后前任总编辑束纫秋，现任总编辑丁法章，还有别的领导和前辈，经常提醒我们：提高版面质量的关键，也是要广、要杂、要加强知识性。丁法章总编辑更要求我们要出精品，就是副刊上的文章，要更有情味，更有文采，更有深刻的内涵，至少错字也要比别的版面少些。1988年底，我到武汉去开一个副刊会议，最后一天请老作家曾卓先生来讲讲话，他一开口，说要办好副刊，竟也是一个“杂”字。这个“杂”字，当然不是杂乱无章，而是内容要更加丰富多彩的意思，就像走进一个琳琅满目的超市，要什么，有什么，而且没有伪劣商品。

“芳林新叶催陈叶”，未来的“夜光杯”，相信在严建平同志等一批年富力强的仁人志士刻意经营下，更加璀璨夺目，前途无量。

献给读者一块美丽清新的园地

——兼谈扬子晚报“繁星”副刊

申沁宇

报纸是由新闻、言论、副刊和广告四部分组成，而副刊主要是指文学副刊。文学副刊作为报纸副刊的源头，长期以来居于报纸副刊的首席位置。随着社会的迅猛发展及人们价值观的嬗变，尽管文学副刊读者减少，而它在今天仍然给生活于喧嚣尘世的现代人，提供一块恬静美好的园地。疲惫的人们在那里休息、欣赏、思考与遐想，用一份平常心去享受舒适洁净，欣赏鲜花绿草，仰望蓝天白云……这些又潜移默化地陶冶了人们的情操。

指导性的特点是寓教于文潜移默化

当今世界，密集的报纸文化、电视文化对人们思想、行为、道德等方面具有强大的导向作用。作为报纸一个重要部分的文学副刊当然也必须和新闻版一样，首先必须代表并维护党和政府的立场和利益，必须无条件地宣传党的路线、方针、政策，这是无须争辩的前提。

然而在社会主义市场经济条件下，作为新闻载体的报纸，带有市场与商品的印记，而文学副刊，其适应市场、争取读者、扩大发行量的办刊思想受到空前的推崇，以致文学副刊的导向被淹没在可读性的追求之中。目前表现为：无格调的一味迎合，不自觉的庸俗化，消极生活观的宣扬，低级趣味的津津乐道，审美水平的流俗下降，等等。这种靠媚俗和低级趣味去迎合读者的做法，已在报纸副刊的

题解 本文原载《新闻通讯》1997 年第 7 期。文中认为文学副刊是报纸副刊的源头，当下虽然读者变少，但仍然给人提供了一块清新的园地。文章以《扬子晚报》《繁星》副刊为例，并结合其他副刊，如《今晚报》副刊、《新民晚报》副刊、《北京晚报》《文学与社会》副刊等的具体实例进行分析，得出了“文学副刊的指导性、可读性和审美性缺一不可”的结论。其中，“指导性”的特点是“寓教于文”、潜移默化；“可读性”要求文学副刊能够反映大千世界的人情百态，贴近读者，丰富多彩；“审美性”则包含审美意蕴和审美形态两方面，需要在内容和形式上达到自然美、社会美和艺术美的总和。作者最后展望文学副刊的发展前景，对其未来充满信心。

可读性中加进了越来越多的“可毒性”。正基于此,就更应强调报纸文学副刊的指导性,要有正确的导向。

文学副刊相对新闻版来说,它的宣传导向不那么明显,其指导性的特点是“寓教于文”。读者阅读副刊犹如漫步市民广场,不知不觉中被广场那清洁优雅的环境与气氛所感染与约束,直至化为一体。

报纸的文学副刊一般主要发表杂文、言论、散文、诗歌、小说、随笔和知识性短文等,其指导性大体可分为言论指导、文章指导和文艺指导三种。《今晚报》副刊有一个杂文阵地叫“肝胆篇”,它发表的杂文在评析时事、针砭时弊方面,观点鲜明,分析透彻,为提高读者的认识水平、思想觉悟起到了有益的作用。《扬子晚报》“繁星”副刊去年发表了陆文夫的《插花艺术》,文章针对当前一批时髦文人的胡编乱造提出尖锐批评,刊出后被多处转载,震动文坛。

这几年,明确、间接、诉诸理性的随笔在各报的副刊上占据了相当的比例,一些有思想、有个性、有见识的著名作家也加入了写随笔的行列。《扬子晚报》“繁星”副刊上也发表了一些名家相当精彩的随笔,拥有广泛的读者。《杭州日报》编辑莫小米女士为《扬子晚报》、《新民晚报》副刊写了许多意味深长的生活哲理小文,受到了读者的欢迎。《北京晚报》“文学与社会”副刊发表的一些散文,不但内容具有时代感、生活化的特点,其形象、文笔亦十分优美,可以说是很好的美育教材。

可读性的根本是贴近读者丰富多彩

指导性和可读性有着对立统一的关系。检验报纸副刊的指导性,不是凭主观愿望,而是看客观实际看社会效果,否则,文章思想性再好,没人愿看,等于零。指导性只有建立在读者愿意读的基础上才能实现。李瑞环同志 1990 年会见天津人民广播电台编辑人员时说:“办好节目,第一叫人家听得懂,第二叫人家喜欢听,第三再研究怎样教育人打动人。”说的正是这个意思吧!报纸的文学副刊这块园地,应是繁花似锦使读者乐于观赏,如果只有一片片干巴巴的空地,显然是吸引不了多少人的。

文学副刊要反映大千世界的人情百态,越贴近读者的思想与生活,就越容易被读者所接受、亲近,读者就越多,发挥的作用就越大。因此文学副刊要力求题材、表现手法和色调的多样化,力求做到雅俗共赏。《扬子晚报》的“繁星”副刊就设有“生活浪花”、“海外一瞥”、“钟山夜谭”、“我的故事”、“随感录”等近三十个栏目，内容既有名人的苦乐，又有百姓的悲欢；既有国外的迷离风情，也有乡镇的民间传说，内容丰富多彩，文约意丰，短小精悍，在有限的版面上向读者提供尽可能多的作品，让每个层次的读者在此都能引起共鸣，有所收益。

文学副刊的作品都应求精，只有精品才能让读者读起来有滋有味有嚼头。《扬子晚报》"繁星"副刊的作者队伍不分地域，资历不论深浅，只要是好文章，名家与新人都能得到一席之地。如沈阳的栖云，成都的高虹、邓贤，杭州的陆苏、兰心，徐州的靳敏，南京的柔桑、黛诺，这些文学青年的文章大都因为风格清新贴近时代而又精短被"繁星"频频采用，他们也因此由新人成为文学新秀。文学副刊正是通过精品，努力把一切有利于人们提高素质陶冶情操丰富精神生活的东西奉献给读者，引导大家有一个更高的精神境界，有更高尚的趣味。

审美性是自然美、社会美和艺术美的总和

副刊的审美性包括审美意蕴与审美形态两方面。文学副刊的审美意蕴即是副刊文章的内在美，指自然美、社会美与艺术美诸要素的总和。副刊的自然美是指描绘自然风光的审美意蕴。我们人类生活在大自然的怀抱中，而大自然总是以其瑰丽风光给人们以愉悦。读者阅读欣赏那些描绘日月星辰、山川草木、花鸟虫鱼等华章美图，就会陶醉于自然美的世界。反映社会生活、社会人群的诗文图片所禀赋的审美意蕴即是文学副刊的社会美。副刊的社会美总是通过讴歌改革开放中人的形态与心灵的美来表现，如《扬子晚报》"繁星"副刊的"改革与人生"征文专栏便是副刊社会美的一个典型例子。自然美与社会美的表现必须通过某种形态，各种体裁作品的结构、意境、描写表达手法便构成了文学副刊的艺术美，艺术美是将自然美与社会美升华到最高的审美境界。这个境界把自然现象与社会生活情趣化、理性化与诗意化，是真、善、美与假、丑、恶斗争的物态化，其灌输的真切而强烈的感情使读者从中得到审美愉悦。

报纸文学副刊的审美形态，主要表现于版面诸要素的总体编排、图文配置、标题变化、线条运用等优化组合，处处要匠心独具。以《扬子晚报》"繁星"副刊为例，一篇篇文章好像一片片景致，线条犹如绿地中小径，其版面组合错落有致，和谐统一，大小版块间用128正线相隔，利用该线的纤细清丽来衬托副刊内容的清新与轻松。"繁星"副刊的标题装饰也有独到之处，因其版面小，标题留白较之大报效果不明显，因此便采取题图的形式，即充分利用线、网，根据文章内容来构成图形。如一篇题为《浮躁》的文章，其题是用灰网画了个不规则的多边形，

一尖角斜冲出来，给人一种只有意会不可言传的感觉。再如一篇关于思念的文章，其标题是用40号线构成淡淡的一片水域，水中用灰网画了一只眼睛，读者看了怦然心动，浮想联翩，也就使该文章产生了更大的审美效应。

综上所述，我们可以得出这样一个结论：文学副刊的指导性、可读性和审美性缺一不可。只要我们能正确处理好导向问题，努力做到贴近时代，贴近生活，精短化实，雅俗共赏，文学副刊的发展必定具有美好广阔的前景，我们奉献给读者的这块优美清新的园地，也一定会为报纸赢得更多的读者。

从“花地文学榜”看报纸副刊的转型突围

陈桥生

如今国内大大小小的文学评奖有许多，从主办单位来看，除了政府主导的传统评奖，近些年来更多了民间的参与，包括私人企业、学术团体等，而媒体也成为新加入的重要力量。不同的文学奖有不同的存在价值，其模式与效应有相当部分是重叠的，也有各自不同的侧重，并因此构成当下文学生态一道不可或缺的风景。

作为媒体界的重要标杆，羊城晚报文艺副刊——“花地”在海内外读者和作者中，一直有广泛的影响力和号召力，如何在众声喧嚣的当下，继续显示自身的存在和价值？在场，并且发声，是唯一的选择。这就是羊城晚报“花地”为什么在强手如林中，仍倾力打造“花地文学榜”的根本原因与原初动力。本文拟通过“花地文学榜”的设立、评选、颁奖等进行梳理，探讨报纸文艺副刊在新媒体的语境下如何实行转型与突围。

一

三月的羊城，年年岁岁繁花吐艳。一年一度的“花地文学榜”，裹挟着满身的芳香如期而至，一众文学大咖纷至沓来，给阳春三月平添了几分诗意。

3 月 29 日，“2015 花地文学榜”颁奖典礼在广州隆重举行。60 位专家学者

题解　本文原载《粤海风》2015 年第 2 期。《羊城晚报》文艺副刊《花地》作为媒体界的重要标杆，一直在海内外读者、作者群中享有广泛的影响力和号召力，在 2013 年试办的基础上，2014 年首届“花地文学榜”正式出炉。文章对“花地文学榜”的设立、评选和颁奖过程进行了详细介绍，并尝试探寻其成为传统媒体副刊转型突围成功典范的原因：媒体的优势、媒体与地方的结缘、评委的广泛而独立、让文学走向读者走向市场。近十余年来，报纸文艺副刊走过了从衰落到转型、中兴的过程，大体经历了向新闻化、人文化、活动化的转型和突围之路，《羊城晚报》的《花地》副刊一直冲锋陷阵在前，在新媒体对纸媒不断冲击的今天，“花地文学榜”的设立让《花地》品牌通过更多的活动走出去，也将版面资源进一步转化为立体的文化优势。

组成的豪华评审团,经由初评、复评等环节,在60部获得提名的作品中,分别将“2015花地文学榜”年度长篇小说金奖、年度短篇小说金奖、年度诗歌金奖、年度散文金奖、年度文学批评金奖、年度青春文学金奖授予王跃文、毕飞宇、沈苇、筱敏、李敬泽、笛安。

在颁奖典礼上,文人墨客欢聚一堂。到场的嘉宾,除上台领奖的6位获奖者外,还有来自全国各地的评委、颁奖嘉宾,包括著名作家、红学研究家刘心武,中山大学中文系教授黄天骥,著名作家蒋子龙,北京大学中文系教授谢冕,香港岭南大学中文系教授许子东,以及广东省委宣传部部长顾作义等。

也是在这个时候,去年的首届“花地文学榜”颁奖礼上,同样大家云集,高朋满座。包括年度长篇小说金奖得主贾平凹、短篇小说金奖得主艾伟、诗歌金奖得主多多、散文金奖得主李娟、文学批评金奖得主陈丹青、类型文学(科幻小说)金奖得主陈楸帆,以及终评委梁晓声、陈晓明、蒋子龙、许子东、蒋述卓、林贤治等。

比起很多的文学评奖,“花地文学榜”来得有点晚,但她一出场,就显得风华正茂,集万千宠爱于一身。当然,回头望去,我们还是可以清晰地看到她所走过的一串稚嫩的脚印。

2013年初,评论家孟繁华的一篇文章,是对2012年国内长篇小说的述评。开始只是想转载一下,后来一想,觉得可以扩展为年终盘点:一是做大,辅以述评,及代表作评价等;二是不仅针对长篇小说,还可以是包括诗歌、散文等体裁。就在即将推出的时候,我突然想到,这样做当然也未尝不可,但感觉做了也就做了,不过是一个例牌的年终盘点,所以就想到,可否由我们自己挑头,邀请众评委搞一个榜单,做成一个自己的东西。大家一商量,觉得可行,于是就干开了。当年,我们推出了小说、诗歌、散文、网络小说四个榜单。每个榜单配有一篇年度述评,这便是那条尚未完全褪掉的蝌蚪的尾巴。

该榜单一经推出,在报社内外都引发广泛关注,反响出人意料。

1. 通过榜单很好地联系了作者,而且都是实力派作者。

此次活动共动员了目前国内各相关领域学者专家43位,他们出任文学榜的评委完全是分文不取的“友情演出”。

“花地”编辑逐个与候选评委先通过包括电话、微博、飞信、短信等办法进行“骚扰”,确定参加意向后,直接电话沟通。整个榜单的确定,一般至少需要与每个评委进行四五次的电话联系。仅关于如何界定网络小说的概念,责编就与北京的一位学者电话争论了一个多小时。

这种和作者的互动是良好有效的。榜单出来后,又逐一给获奖者寄样报、联系采访、约稿。四十多位评委,加上评出的四十位作者,就是八十多位作者。如果我们一年年做下去,就等于是把当今活跃文坛的作家、批评家"一网打尽"。

2. 通过活动制造了话题,引发了更大范围的争论。

有话题,才有争议,有争议就有传播,有影响。做新闻都追求话题性,给读者讨论的空间,才能持久发酵,引发更多的关注。在此后与作家们的日常交流中,这个榜单屡被他们提及,很好地增加了报纸的传播力。

3. 通过活动凝固了成果,打造了新品牌。

更重要的是可以将成果凝固下来,否则,你总结也就总结了,都是别人的东西。但这东西是我们做出来的,成了一个新的子品牌。再好的品牌都不能死守,而需要不断地去开拓延伸,需要有新产品推出,不断衍生新的子品牌。

二

在2013年试办的基础上,2014年"花地"编辑部规划操作,并最终将"文学榜"落地,打造出了集强大版面内容与权威评选颁奖活动于一体的"2014花地文学榜"年度盛典。

"花地文学榜"的评选共设6个奖项,采取的是"5+1"的模式,所谓"5",就是指长篇小说、短篇小说、诗歌、散文、文学批评五个固定奖项,所谓"1",就是每年根据实际情况,作出一定的调整,比如2014年设立的是"类型文学(科幻小说)",今年设立的则是"青春文学",既保持整体的稳定性,又可根据实际情况有一定的灵活性,这体现出属于媒体奖项的自由度。

"花地文学榜"评选的对象,涵盖上一年度在中国大陆发表和出版的相关文学作品,其中,短篇小说为单篇评选,其它体裁都是图书的评选。每一类体裁评出十佳作品(作家)入围,最终各评出一位金奖得主。

评选主要分初评(提名候选)、复评、网络投票、终评几个阶段。

"花地文学榜"的评委阵营,绝对称得上庞大豪华。每个奖项各邀请了10位初审评委,共60位作家、学者组成。有国内最重要的文学杂志负责人,有一流高校文学院的教授,也有自身浸淫于文学圈的作家,他们一直工作在文学的第一现场,对文学的现状是最为了解、最有发言权的。用金奖得主贾平凹的话说:"我吓了一跳,入围的作品都是中国一线杰出的作家呀!评委都是中国目前了不起的大人物呀!而且这60位组成的阵营是庞大、豪华、威严的,我就感受到了这个奖的真金分量。"

初选环节，是由每个奖项的10位初评委各自自由提名10部作品；编辑根据得票多少，综合筛选出排名前15的作品，打乱顺序，再返回给初评委进行复评；初评委须再次选出自己心目中的前10位，并顺序排列；编辑部在综合10位初评委的投票情况后，最终确定10部作品为入围候选作品，接受网络投票；终评委根据入围作品的票数排列，并参考网络票数，经协调评审，最终票决出一位金奖得主。

在整个过程中，评委们是不受任何一方干涉的，相互也并不知道还有哪些人同时担任初评委工作，因此，投票结果是相当具有独立性的。文无第一，武无第二，文学的评奖很难说评出的就一定是最优秀的作品，但“花地文学榜”可以确定的是，程序一定是公正的。

也正因为此，我们取名为“花地文学榜”，而不像通行做法叫“花地文学奖”。如今，市场上的出版物汗牛充栋、泥沙俱下，这让读者眼花缭乱、良莠莫辨。我们举办这样一个非官方的文学榜评选活动，也是结合自身的传播优势，希望能够为读者精选出年度优秀文学作品，让佳作最大限度地焕发光芒。在这个过程中，我们邀请权威的专家、学者进行回顾、梳理与评选，坚持独立性、专业性。不同于单项奖，文学榜单更为全面，更能完整地展现过去一年的整体文学风貌。评委们用专业的文学素养及独特的眼光，为我们评出一年一度的“花地文学榜”，这是对一年来当代文学的一份梳理和总结，同时也为广大读者提供了一份年度专业书单。在这样一个传统媒体面临集体转型的时代，打造“花地文学榜”，吸引更多的读者关注文学，这是一种文化担当，也是纸媒坚守文化的一种方式。

三

如今文学边缘化，报刊上发表作品跟网上发表的界限不是非常明确，跟以前相比，写作满足欲不是那么高了，发表作品的意义和快乐感没有以前那么大，甚至还不如微博发表的转载高。怎么受到鼓励呢？评奖是一种方式。文学评奖不嫌多，关键是这个奖够不够吸引，看评委是否下工夫，有没有发掘好作品，宣传有没有到位。

首届“花地文学榜”年度短篇小说金奖作品艾伟《整个宇宙在和我说话》，全文仅七千余字，初读之时却曾深深为之震撼。文章的结尾，疯了的喻军住进了精神病院，开始了画画，所有的画只有一个主题——星空。“走进他的画室，就像走进一个茫茫的宇宙，画布上的色彩非一般人能想象。”我在想，作者应该是受到了梵高《星夜》的启发吧。也是在法国南部的精神疗养院里，梵高写信给他的兄弟："今天早上，天还没亮，我在窗口看了很久，窗外什么都没有，唯有一颗金星，好大的一颗星。""夜，"他说，"比白天还要活，还要热烈。"瞎了疯了的喻军，一定是感受到了这份活，这份热烈，聆听到了整个宇宙在和他说着话。

同样，毕飞宇的获奖作品《虚拟》，"通过父子关系的刻画便表现了时代的变迁，他在亲情中写出了给人猝然一击的思考，所有细节的真实都拷问出抽象的'虚拟'，'父子之间……眼睛里从来都没有皮，直接就是肉，甚至骨头'"。这篇作品比他去年入围的《大雨如注》，更经得起咀嚼，更浑然天成。用毕飞宇自己的话说，就是内心更"纯"了，手法更"精准"了。他说，"我每年都要通过短篇来检视自己。在当今这个利益的时代，短篇是几乎看不到利益的写作。我写一篇短篇，甚至换不来一双鞋、一件衬衣，但是这样没有利益的事情，让我今天在广州、在羊城晚报、在'花地'，听到了掌声，这种掌声给我带来的幸福感，是任何利益都无法比拟的！"

两届"花地文学榜"各有一位新疆作者获奖，一个是李娟，一个是沈苇。李娟的《阿勒泰的角落》，与刘亮程的《一个人的村庄》、周涛的《一个人和新疆》，从书名上就看出其一脉相承。在这片辽阔的荒漠，个体的存在是渺小而突兀的，也是尤为真切的。一位诗人谈起过他感受到的"长河落日圆"的意境，他说，一个傍晚独自站在楼台上，突然，他看见一轮红红的落日那么圆那么大，就在他的眼前孤悬着，突兀着，他顿时激动得不知所措。沈苇的诗，似乎不是唯一的"西部"或"边塞"的标签，但他思考的，却依然是"中心"与"偏远"，是"孤独"与"困境"，其精神的内核明显是相通的。

广东本土作家筱敏凭借散文集《涉过忘川》拿下年度散文金奖。作为一位以散文为主要写作体裁的作家，筱敏的文字是纯净的、诗化的，而文字间透露出来的思辨又是深刻的、沉重的；"诗"与"思"，女性特有的感性的细腻与跨越性别的理性的深沉，在她笔下罕有地结合在一起，使文本呈现出思想的张力，虽非理论，却有着胜似理论的穿透力。筱敏这本书以"忘川"开始，却分明在"忘川"中打捞"记忆的形式"。她始终关注历史中的苦难，但她的叙述是收敛的，在事件性、新闻性的历史面前，她退后了一步，使其文字超越于混浊的现实，具有了高贵的诗性风格，同时也使得自己有了更多从容思索的空间。她的愤怒，是一种沉淀了的愤怒；她的批判，是一种净化了的批判。她高出大地之上，而又不离穹顶之下。作为女作家，筱敏笔下并无新潮的女权话语，但由她本人，由她笔下的女性人物，我们自然而然地会对"引领我们上升"的"永恒之女性"肃然起敬。评委会的颁奖词称:“筱敏是我们广东的作家——我们决非因此而将这一奖项颁发给她,但能将这一奖项颁发给她,我们确实更加愉快,也更加荣幸。”

李敬泽在致获奖感言时,由衷地表达了对入围者的惺惺相惜:“我要向本年度评论家奖的各位候选者表示深切的敬意。他们都是我的朋友,也是我平素羡慕、嫉妒、敬畏、敬重的同行。从他们之中被选定授予这个奖项,我感到诚惶诚恐。我读过本年度候选的大部分评论著作,这些著作充分体现了批评在这个时代的力量与尊严,我为能够跻身于这些朋友中间而感到骄傲。”

身为两届终评委的作家蒋子龙说,“花地文学榜”的评奖标准,我认为是按照国家水准来的,无论是第一届、第二届,这些奖项都可以媲美国家级的文学奖了。他评价,比如这次长篇小说金奖得主王跃文,我觉得他早该获奖了。他以前那些反腐的、官场的小说,非常厉害,可以说是开当代官场小说之风气。《爱历元年》与之前的作品相比,倒是变了一下题材,变了一些手法,但是王跃文的小说当中的那种“勇气”,包括架构、人物,以及故事的节奏感,很有独特性,在他的作品中都很好地保持下来。他评价毕飞宇,是才子型作家,他的短篇小说非常精彩,中长篇都驾驭得很好。当今闹腾的诗人很多,但沈苇的诗让人眼前一亮,很别致,诗有真意境,人有真性情。而文学批评金奖得主李敬泽,其评论语言非常精彩,有点像散文,甚至像小说。

谢冕教授说,蒋子龙说“花地”是高地,我就说“花地”很美丽,请继续美丽下去!

评委刘心武也认为,今年的“花地文学榜”确实也选出了一份有分量、有质量的榜单,对于读者来说,也交上了一份满意的答卷。他寄望“花地文学榜”也能像诺贝尔文学奖一样,从此年年坚持下去,坚持下去就是胜利。

评委许子东也表达了他的中正之论,他说,目前国内文学评论正处于最弱时期。官方不重视,商业又搞低俗了,文学评论对作家难产生影响。而此时羊城晚报举办的评奖,是在逆势之下坚守了文学的独立性、节操,羊晚堪称边缘守望者。做文学,就是要甘于边缘,不去迎合别人。

四

“花地文学榜”虽然才正式举办了两届,却有居高声远后来居上的气势,如今不仅在业内有良好的口碑,产生了很好的社会效益,而且也有一定的经济效益,成为传统媒体副刊寻觅转型之道的成功典范。究其原因,大体有四:

1. 媒体的优势。

媒体是一个加速信息流通的重要平台，搞文学奖自有其天然的优势，尤其是在眼球注意力成为一种经济的时候。文学仍是当下文化生产的主要支柱，也是文化宣传的重要阵地。评文学奖的目的，无非一是评优——面对作者，选出佳作，促进提高；二是推优——面向读者，推荐佳作，增加阅读。无论如何，一部文学作品的知名度、阅读率，是对其质量高低的一个重要判定标准。而要提高知名度、阅读率，就不能不借助媒体的力量。

更何况，这个媒体，还是有着五十多年文化沉淀的副刊——“花地”。

自1957年创刊以来，羊城晚报的“花地”副刊不仅荟萃了众多名家名篇，还推出众多文坛新人新作，许多文学朋友从“花地”走来，走上文坛。秦牧先生下放期间在“花地”发表多篇散文，后不久担任羊城晚报分管“花地”的副总编辑；前广东省作协主席、著名作家陈国凯曾写过一篇广为流传的文章《我从花地来》，表达他对“花地”的感激之情。

在此次“花地文学榜”颁奖礼上，评委刘心武走下颁奖台，就对记者说，这些年，他已经很少出来了，但羊城晚报的邀请，他不能拒绝，因为他从1979年开始就在“花地”发表作品，在“花地”发表的作品已足够出一本厚厚的书了。而身为获奖者的筱敏，在致获奖感言时，说起与“花地”的情缘，已是语带哽咽。她感慨道，自己三十年前就开始给羊城晚报“花地”副刊投稿，当时的编辑高风先生给了她非常多的提点和帮助。“他对无名作者的热心、诚挚，丝毫不求回报，非常令我感念。提起“花地”我总会想起高风先生，但三十年来，我却连一句感谢的话都没有对他说过，借今天这个机会，我想特别感谢高风先生，虽然他已经听不见了，但说出来了，我的心里就会好受一点。”筱敏说，三十年来世事流变，“花地”的耕耘者也换了一代又一代人，今天在颁奖现场看到的，对她来说几乎全是新的面孔。“没想到，这时候，‘花地文学榜’把奖颁给我，我感觉非常意外，我把这看作是对我的提醒，对我的鞭策。”

其实，五十多年来，还有许许多多文学朋友撰文表达他们与“花地”结下的深厚情谊，记下他们走上文学之路的花地情。在纯文学逐渐被边缘化的今天，“花地”副刊以深邃与厚重的风格，始终保持对文学和文化的坚守，既契合文化大报的风范，也是体现媒体差异化的标杆。“花地文学榜”继续秉承文学至上的宗旨，是希望在坚持高品位、高格调的前提下，创新“花地”的办刊思路，以活动来扩大文学朋友之间的交流，让更多的热爱文学创作的文学朋友来到“花地”。

2. 媒体与地方的结缘。

“花地文学榜”是由羊城晚报社、广州荔湾区委宣传部联合主办的。

凡事都有因缘。广州被称为“花城”,荔湾南片的芳村地区,有着“千年花香、万亩花地”的美誉,自古以来就是文人墨客青睐的游览胜地。清代《羊城竹枝词》曾如此描述:“黄木湾头粉蝶飞,白鹅潭涨锦鳞肥;今朝正好游花埭,玫瑰花开夹紫薇。”刚好与羊城晚报副刊“花地”品牌重叠,历史上的“花地”与文学上的“花地”结缘,纸面上的“花地”与地面上的“花地”联姻,遂催生了这一段文学之缘。

金风玉露一相逢,便胜却人间无数。正是基于这种媒体与地方的双向需求,“花地文学榜”诞生了。对方出资解决了整个项目运作的主要经费,而羊城晚报则运用自身的品牌优势,调动数十年来积累起来的广泛人脉,携手打造“花地文学榜”年度盛典,每年一届。让文学栖居于“花地”,是“花地文学榜”的终极追求,也是荔湾区致力培育岭南文学氛围的美好愿望,可谓实现了真正的双赢。

3. 评委的广泛而独立。

任何的评奖、取舍都不可避免会带来遗憾,可金奖只有一位,“花地文学榜”完全尊重评委们投票选出的最后结果。

首届终评委之一的陈晓明教授现身说法:作为评委,从头到尾没有任何一个人知道这个信息,组织方也没有对我有任何干扰,非常尊重评委的选择,这是非常可贵的。

“花地文学榜”的客观公允,不是挂在口头上的,是有显例可证的。首届“花地文学榜”年度文学批评金奖由木心口述、陈丹青笔录的《文学回忆录》摘得。但恰恰就在2013年初,“花地”策划了“文化大家重估”系列报道,其开篇之作《木心:被高估的文学大师》,是国内首篇从批评的角度对木心作品的文学价值进行评述的报道。然而,“花地文学榜”依然将年度文学批评金奖授给《文学回忆录》,这正是遵循评选程序、尊重评委秉承公正的体现。

评委林贤治则以“怒其不争”之心提出了具体建议,他说自己是评奖取消主义者,认为这类活动弊多于利。他说,文学评奖对评委的要求很高,需要纯正的评委。首先要看评委的文学趣味是否纯正,评论和创作一样,需要审美能力,这不是靠玩弄概念就能够鉴赏出来的。不仅需要天生对文学敏感,还需要后天的美学训练,需要多读文本。如果嗅不出文学的味道,再多的理论都没用,因为他没有“味蕾”,没法辨认好作品和坏作品。另外,评委还需要是正派之人,不拉帮结派,这样才可能保证公正。这也是对我们的警醒。

4. 让文学走向读者走向市场。

正如“花地文学榜”不仅是为评出六位金奖得主，同时也是推出一份年度的专业书单。“花地文学榜”的活动也并不因颁奖而结束，而是以颁奖为契机，让文学大咖们走进校园，走进社区，举办沙龙、演讲，与文学新人们面对面交流等，打造花地文学周的系列品牌活动，进一步夯实并提升该文学奖项的业界地位，并力图在更大的社会范围中拓展影响力。

评奖只是手段，不是目的，把评出来的优秀作品宣传推送出去，走向读者、走向市场、服务大众，才是文学评奖的最终目的。

第二届“花地文学榜”在这方面做了一系列的拓展，比如让青春文学金奖得主笛安走进真光中学，让长篇小说金奖得主到购书中心签售，让六位金奖得主集体进大学城举行创作分享会等等，所到之处，粉丝们的热情，着着实实地让作家们享受到了明星演员的待遇。文学需要读者，读者需要文学，彼此互动，才能一起将文学做大。在这方面，媒体又有着天然的优势。所以，媒体奖项在这方面的空间还有待大大拓展。

五

近十余年来，报纸文艺副刊走过了从衰落到转型、中兴的过程。回顾这一个过程，副刊大体上经历了向新闻化、人文化、活动化的转型与突围之路。羊城晚报的“花地”副刊，一直是冲锋陷阵在前的。

新闻主攻，副刊主守，一直是报纸版面的传统定位。但事实上，进入上世纪九十年代后，副刊是一度失守的，“副刊死了”、“文学死了”的呼声下，很多报纸纷纷砍掉副刊版面。所幸，羊城晚报“花地”副刊以深邃与厚重的风格，始终保持对文学和文化的坚守。早在2001年，就率先大幅扩充副刊版面，在全国率先打出做大做强副刊的鲜明旗帜。

为做大做强“花地”副刊，我们作出了多方面的尝试探索：一是重新定位副刊的功能，由文学而文化而社会，走大副刊大文化之路；二是倡导推行“观点第一，文采第二”的用稿原则，强化副刊的信息容量和思想蕴含；三是在全国率先倡导副刊的新闻化、人文化之路。

副刊的新闻化、人文化之路，就是引进新闻的操作手法，策划先行，让久坐办公室的编辑走出去，从静态的编稿到主动出击，第一次打破了“花地”只发纯文学作品的惯例，全力打造新闻性的副刊版面——“文艺现场”版。这在当时国内报纸副刊中都是开先河之举。

多少情景历历在目。在北京的酒楼里，与李国文、从维熙等老作家大醉不知归路；在北京的街头公园，仆仆风尘的作家余华与我们谈着他的童年与饥饿；在上海到南京的动车上，作家张承志边啃着馕边与我们分享着他的日本樱花之旅；在深圳的大排档里，与刚下飞机的贾平凹聊着他的《废都》与裸体画；在深夜十二点多的酒店，陈忠实不停地敲着烟斗数说着发生在白鹿原上的他的故事；在莫言的家里，他穿着一件蓝布大褂与我谈了整整一个下午，那篇“发明着故乡的莫言”的采访，得到莫言的赞赏认同，收进了他本人主编的2010年文化艺术出版社《莫言对话新录》一书……凭着主动出击访谈对话的形式，“花地”有计划地系统追踪海内外著名的华文文艺家的最新动态，并以访谈带约稿，迅速积累人脉，将那些流失的一流作者重新拉回到“花地”的版面。

“广东文学无批评”是我在2004年主持策划的一次长达两月之久的大讨论。其核心稿件，获得当年广东新闻奖一等奖。文学批评本是极为枯燥、小众的议题，但该系列报道，因为充分调动新闻手法，由批评而正面引导，由“无批评”到“不能无批评”，由浅入深，一步步营造成版面上的热烈话题。首篇报道恰好赶在广东青年作家代表大会召开前一天见报，第二天便成了大会小组讨论上“喧宾夺主”的热烈话题。

2012年底，美籍华裔作家木心逝世一周年之际，许多媒体掀起木心及其作品的报道热潮，甚至将木心称为“被遗忘的文学大师”。“花地”却不盲从，刊出了国内首篇从批评的角度对木心作品的文学价值进行评述的报道，并由此策划了为期半年的轰动海内外文化界的“文化大家重估”系列专题报道，相继对近些年来走红大陆的董桥、南怀瑾等十几位文化名家进行价值“重估”。报道见报后，中国人民大学中文系主办了木心创作及学术思想研讨会，专门对这篇报道作出回应。由一篇报道引发专门的学术探讨会，这在副刊报道中是极为罕见的。该作品获得2013年度广东新闻奖一等奖。

如今，副刊的新闻化、人文化，成为所有报纸副刊的通行做法，而羊城晚报无疑是先行探索者。缘于此，羊城晚报的副刊不仅保住了其阵地，且得以不断攻城略地。除维持日常版面的“花地”、“晚会”外，更有周末的《博闻周刊》《人文周刊》两大周刊比翼齐飞，笑傲江湖，羊城晚报的副刊版面重现其半壁江山的巅峰时期。

再好的品牌都不能死守，而必须不断制造新的兴奋点，不断开拓延伸，不断衍生新的子品牌，才可能让读者持续关注。随着新媒体对纸媒的不断冲击，如何让“花地”品牌，通过更多的活动走出去，使版面资源进一步转化为立体的文化优势，这是近几年来“花地”副刊持续努力改造的方向。其中最具代表性的案例，就是“花地文学榜”的设立。

诚如羊城晚报社刘红兵社长所寄望：“‘花地’是孕育文学的沃土，而‘花地文学榜’还是非常稚嫩的一棵幼苗。期盼在‘花地’结下的文学之缘，能够开出更绚丽的文学之花，为中国的文学版图，培育出富有岭南特色的文学硕果。”目标已经明晰，征途依旧漫长。

转型：报纸副刊走向市场化的必由之路

——以《燕赵晚报》副刊改版为例

韩联社

一、副刊的传统局限与传媒变革之急迫

近年来，全国报业掀起了新一轮改版高潮，《南方都市报》、《楚天都市报》、《南方周末》、《北京青年报》、《新京报》等新锐媒体都先后调整、完善办报理念，谋划改版。出版于河北省会石家庄的《河北青年报》秉承《北京青年报》之旨意，率先改版，全彩出刊，老牌主流媒体《燕赵晚报》闻风而动，宣布全面改版，《燕赵都市报》随后跟进，也作了全方位的版面整合。席卷河北省会的这场改版浪潮，是河北报业市场重新划定"势力范围"的一场"看不见硝烟的战争"。其中，几家报纸副刊的改革力度最大，成效最明显，业已成为报纸的亮点与读者眼中的"香饽饽"。

所谓报刊转型，其内涵大致包括两层意义：其一，进一步更新办刊理念；其二，调整已成定式的版组结构。而调整版组结构，又是以更新办刊理念为前提顺应办刊理念转型的历史必然性。目前，就全国报纸副刊而言，堪称繁花似锦，绚烂多姿；然而，在这种情形下，各地报纸却不断传来改版消息，副刊随之转型更是题中应有之义。那么，这些改革举措，究竟蕴涵着怎样的时代意义呢？

（一）传统报纸副刊理念的局限性

中国传统的报纸副刊，历来与文学水乳交融，被称为"文学副刊"。许多闻名于世的文学作品，就是从报纸副刊走向读者的，其中最著名者，是鲁迅的《阿 Q

题解 本文原载《河北学刊》2007 年第 4 期。文章以《燕赵晚报》副刊改版为例，对报纸副刊走向市场化的路径进行探讨。针对副刊的传统局限和传媒变革的急迫性，文中认为报纸副刊的转型在所难免，并且在社会学调查的基础上提出了副刊转型的"两大推手"和"三个延伸"。"两大推手"即读者与市场，以读者为本并适应市场需求。"三个延伸"则指的是办报理念延伸、本报新闻延伸和本土文化延伸。在此基础上，作者还对报纸副刊未来发展的三种走向进行了勾画，即走向市场化、走向新闻化和走向生活化。

正传》。当年,这部不朽之作在《晨报》副刊一面世,即盛况空前,一时间洛阳纸贵。文学作品因为在报纸副刊上发表得以快速传播,副刊则因为文学作品这种拥有巨大精神力量的文体支持,逐渐成为报纸版面上最为光彩夺目的组成部分。这种副刊与文学比翼齐飞的"美丽神话",一直持续到20世纪90年代初期。正是这种长期的文学传统,形成了报纸副刊浓重的"文人情怀",自觉不自觉地游离于报纸和新闻之外。这种副刊与文学"紧密捆绑"的传统定式,在信息较为单一的时代,自有其合理性与必然性,从一定意义上促进了报业的繁荣。然而,进入信息爆炸时代,显然已大大限制了报纸副刊的发展。如今报业竞争极其惨烈,读者为上帝,市场定生存,报人过重的"文人情怀",于个人修养可能大有裨益,却难以成为报纸副刊适应信息时代读者、适应市场的"灵丹妙药"。

(二)传媒的高速发展演变催动副刊转型

考察一下世界范围的传媒发展史,我们不难发现,传媒发展演变的主要标志,是新媒体的不断出现。有资料显示,400年前,报纸是新媒体;80年前,广播是新媒体;70年前,电视是新媒体;15年前,互联网是新媒体;8年前,手机短信是新媒体;3年前,手机电视是新媒体;1年前,即时通信工具是新媒体。面对如此剧烈的社会变革和媒体行业发展前景,报纸除了改革,似乎尚没有找到第二条出路;报纸副刊随之转型,也就成为历史必然之举。

二、改革的"两大推手"与"三个延伸"

相对于全国报业堪称"狼烟四起"的竞争形势,河北省会石家庄报业市场的竞争则相对平稳。然而,这种平稳显然只是表面现象。河北报业市场的竞争,大体经历了三个阶段:从初期阶段《燕赵晚报》一枝独秀,到后来《燕赵都市报》隆重推出,两家主流媒体一度争得"头破血流",两家的"势力范围"大体划定之后,《河北青年报》经过几度徘徊,终于攀上《北京青年报》,以全面改版吹响了新一轮市场竞争的号角,掀起了几家主流媒体的"改版热潮"。

在这种形势下,《燕赵晚报》的改革方案,反复酝酿。其中副刊的改版方案,几经谋划。研究、比较各地的报纸副刊特别是河北报纸副刊的基本形态之后,又做了比较深入的社会调查,多方征求专家学者的意见,寻找到了副刊之借以转型的"两大推手"——

第一推手:读者。商家说,顾客是上帝;报人说,读者是上帝。说到底,报人的报纸不是办给自己看的,而是办给广大读者的。这是一条最浅显的基本常识,但长期以来却很难做到。我们的报纸应该办成什么样？由谁来决定？当然是读者；我们的副刊应该办成什么样？其决定权，同样掌握在读者手里。办刊宗旨应当是“以读者为本”，读者的喜怒哀乐，是副刊应要关注的；读者的精神需索，是副刊应追求的；读者的人生情怀，是副刊应要表达的。

人们常说，新闻是“易碎品”，报纸副刊是“快餐文化”。在一个拜金主义流行、文学不断贬值的时代，副刊似乎离“文化”越来越远，其娱乐功能、信息功能、宣泄功能越来越强。面临着巨大生存压力的广大读者，需要博闻开阔眼界，需要幽默减缓压力，需要宣泄平衡心灵。在这种特定的时代环境里，办刊方针绝不能远离现实，远离读者，远离时代。所以，要跟上时代的步伐，副刊就必须义无反顾地实现转型。

第二推手：市场。近年来全国各地的报业市场竞争，可谓你死我活。党报的发行目前可以靠行政命令，财政划拨，但这种局面恐怕也难以维持长久。因此，《燕赵晚报》作为一张市场化的主流媒体，必须到市场上去开辟更广阔的生存天地。——身在市场，适应市场，搏击市场，在适应与搏击中求生存，谋发展。要办市场化副刊，首先要以市场营销战略为基准，做好“三个谋划”，即谋划报纸之最佳结构，谋划版面之最佳包装，谋划副刊版块之最佳搭配。

读者和市场，与报纸的兴衰紧密相连。从一定意义上说，依存于读者与市场的报纸纷纷改版，也就成了时代变迁的一个“晴雨表”。然而，报纸副刊如何转型，作为各地报人讨论的热点话题，得出的基本结论是，副刊必须实现跨越性的“角色转移”，由“报尾”转向“凤尾”，由报纸的“衍生物”转向报纸的“延伸物”，要而言之，就是必须实行“三个延伸”——

第一个延伸：本报理念延伸。每一家报纸，都有自己独特的办报理念。所谓理念，就是报纸的“纲领”，“纲举而目张”。每一次重大报道、每一项专题策划、每一个版块组合，都要始终紧紧围绕着这个“纲领”。副刊作为报纸的有机组成部分，其贯彻“纲领”的形式，与其他版块的最大区别，就是在围绕理念结构版组的同时，还必须有所提高与超越，追求理念之延伸——在理念精髓的指导之下，形成属于副刊的办刊风格，从文章、插图，到语言、版式，都有独特的韵味，达到“形散而神随”的理想境界。

第二个延伸：本报新闻延伸。一张报纸的功能，主要是发布新闻信息，副刊也应该体现这种新闻价值和由此引发的深度思考。这里的所谓新闻，是广义的，不是指常规的哪个具体新闻事件，而是指时代潮流中呈现出来的某种社会现象与发展趋势。副刊体现这种新闻折射出来的时代思潮的形式，是渗透性的，艺术性的,具有强烈的副刊色彩。当然,这里决不是说,副刊之功能仅仅是诠释某种社会现象与潮流。副刊自有其恒定的规律与特性。需要强调的是,副刊之规律特性,一是必须融入时代与社会这个大环境,方能与时代同步,反映出时代的风云变幻;二是必须融入报纸这个“纸上小环境”,才能与其他新闻版块相互呼应,前唱后和,为广大读者所喜闻乐见。

第三个延伸:本土文化延伸。俗话说:一方水土养一方人。一个地域自有其独特的文化传统。这种传统历经千年,汇成了强大的精神源流,遍及这一地域的各个文化层面和各个生活角落。从一定意义上说,所谓文化,越是民族的,就越是世界的;越是本土的,就越是大众的。一张地方性报纸,发掘地方新闻,弘扬本土文化,义不容辞;而副刊从本土文化中汲取精华,更是得天独厚。副刊延伸本土文化的方式,除了整理民间故事,介绍风土民情、本地历史传统、区划沿革,等等,还要充分利用本地文化资源优势,譬如当地文化名人、名著、名地、名景等,策划组织面向本地读者的版块。一方水土,其实就是一张地方报纸的立足之本。假如一张地方性报纸在本地都站不住脚跟,更遑论走向全国、走向世界了。

三、当代报纸副刊的三种走向

随着当代社会价值取向日趋多元化,文化生产和消费市场复杂多变,报业市场更是丰富多彩。而报纸副刊呈现高雅与通俗,俏皮与严肃,时尚与平凡,不断地交替转换的形态。而在这种繁荣的背后,却蕴涵着日益激烈的市场竞争。我们必须看到,报纸副刊的现代化转型,其实是在读者与市场“两大推手”的推动之下,一个由点到面、由表及里、由浅入深的循序渐进的市场化进程。而这一进程最为明显的标志就是副刊与文学之间的日益疏离,与市场的日益贴近,渐渐融合。副刊与市场融合的方式虽然是隐性的,却也是不可逆转的,其主要特点,就是需要用现代价值观念关注社会人生,反映当代社会多样性的文化追求,全方位贴近广大读者的生活和精神诉求,触摸并表达人民大众心灵深处的喜怒哀乐。

据此,可以推断报纸副刊未来发展的“三种走向”——

第一,走向市场化,成为读者的“视点”与市场的“卖点”。所谓市场化的副刊,就是要走出报纸艺术之象牙塔,以“市场之手”为先导,以吸引读者眼球为追求,以服务大众为目的。例如,美国《纽约时报》的副刊,内容驳杂,其生活类副刊,包括饮食、时尚、服饰、家居、保健等;文化娱乐类副刊,以书评和电视电影节目预告为主,兼顾文艺、美术等;消费类副刊,包括汽车、房地产、家用电器、旅游等。目前改版之后的《燕赵晚报》副刊,《博客》专版采撷网络精华,与一日千里发展之势的网络文化接轨;《段子》专版适应席卷全球的“段子潮”,融时尚、文化、幽默于一炉;《燕赵夜话》发掘燕赵文化精华,品尝家乡独特滋味,回忆故土弥久深情,倡导燕赵千古雄风;《快乐大本营》幽默搞笑专版,图文并茂,动感十足;《聊吧》改进包装,新锐话题,力争引领坊间话题之时尚;《E 情网事》追求新奇、灵动、另类;《书画》面向书画艺术家与书画爱好者,色彩纷呈,韵味雅致。

第二,走向新闻化,成为反映时代思潮的“晴雨表”。人们常说,报纸是“新闻纸”。传播信息是报纸的主要社会功能,也是报纸的“生命线”。然而,应当看到,目前许多资讯是新闻版块难以完全承担的,如大量的图书音像出版、最新流行文化、时尚潮流、电视电影评论、都市人的情感生活、一个地区的民俗文化、地理风貌等等。这些信息,虽然不是一般意义上的所谓“主流新闻”,却在很大程度上标志着时代生活变迁轨迹。副刊把这些内容纳入版块之中,正是适应了时代的发展。报纸副刊有意淡化文学色彩,强化新闻色彩,承担起反映时代思潮“晴雨表”之责,正是现代文化走向的自觉选择。

第三,走向生活化,成为读者休闲娱乐的伴侣与助手。相对于衣、食、住、行而言,过去,读报似乎属于所谓“有闲阶级”的生活需求。然而,随着中国经济的发展,人们生活水平的不断提高,读报业已成为芸芸大众的生活之必须。有关调查显示,在各类大众传媒对人们闲暇时间的竞争中,报纸仅次于电视,居第二位。北京人平均每人每天读报约 42 分钟,比 10 年前增长了 11 分钟。这种客观现实,必然要求报纸提供大量融新闻性、知识性与服务性于一体的信息。而副刊的扩版与改版,正是适应了这一巨大变化。由于人们对闲暇时间的分配越来越多样化,副刊内容的驳杂也就顺理成章。旅游,美食,休闲,娱乐,锻炼,等等,多元的生活方式、消遣方式,划分着人们的闲暇时间。所以,现代副刊的重要使命之一,就是成为人们闲暇时的助手与伴侣,以其丰富的知识性、周到的服务性、健康的娱乐性、高雅的趣味性吸引大众,达到“润物细无声”之境界;要密切关注大众的“柴米油盐酱醋茶,书画琴棋诗酒花”,使报纸可读、耐读,使读者爱读、必读——只有如此,报纸才能融入市场大潮,走进千家万户。

《新民晚报》“晚会”副刊与通俗文艺传统

布莉莉

相比“日报”而言，“晚报”是民众茶余饭后的“灯下读物”，无论在阅读时间还是阅读空间上皆与前者存在差异，如果说日报占据的是民众的“公共—职业时空”，那么晚报则主要面向“私人—业余时空”，因而相对而言蕴含着更多的民间性、休闲性和趣味性，在一定程度上保存了民众日常生活的丰富表情。就副刊而言，晚报副刊文章大多活泼短小，而且在话语空间上也更具弹性。但是，在厘清二者之间差异的同时，必须注意到，“十七年”时期的“晚报”和其他传媒的“根本任务是相同的，它们都是当地党委的有力的宣传工具。都是当地日报（党委机关报）的辅助和补充力量”①。随着意识形态功能的强化，晚报的休闲娱乐功能逐步淡化，宣传教育和舆论引导功能渐趋增强，可以说，“十七年”时期的“晚报”“除了反映人民的八小时的生产、工作和学习之外，还应该担负指导人们另外八小时业余生活的责任，帮助人们过好八小时的休息生活，珍视这三分之一的宝贵生命”②。本文以 1949 年后创刊最早、持续时间最长的市民晚报——《新民晚报》为样本，着重探究了晚报副刊空间中复杂的文艺构成，以及通俗文艺与“新的人民的文艺”（或称之为“人民文学”、“社会主义文学”、“革命文学”、“工农兵文学”）的合作与变化。

题解　本文原载《当代文坛》2017 年第 5 期。“荷花淀派”作为中国现当代文学史上为数不多的“跨时代”的文学流派，其形成、发展、变迁与孙犁及其主持下的《天津日报・文艺周刊》息息相关。本文主要以 1949 —1966 年的《天津日报・文艺周刊》为考察对象，在把握刊物整体风格及编辑原则的基础上，通过具体的定量分析对“荷花淀派”的发展与零散轨迹做一些探隐发微的工作，同时借由对孙犁具体编辑实践及办刊理念的考察，细致地探究其对“荷花淀派”文艺的影响与塑造。

① 中国晚报工作者协会：《新中国晚报五十年鉴》，文汇出版社 2000 年版，第 353 页。

② 丁贤才：《探索：新民晚报研究文集》，文汇出版社 1999 年版，第 67 页。

一

1949年5月25日,上海《新民报·晚刊》(1958年4月1日《新民报晚刊》更名为《新民晚报》,后文为表述方便,一律称之为《新民晚报》,仅在注释中区别标示——笔者注)出版,成为建国后留存下来的为数不多的民营报纸。1949年后报纸实行分工,不仅划分为全国性报纸和地方性报纸,而且规定不同的报纸服务于不同的对象。以上海各报为例,《新闻日报》是以中小工商业者为对象;《大公报》是以民族资产阶级、高级知识分子为对象;《文汇报》是以文教界和青年群众为对象的报纸,注重辅导学习的内容;《解放日报》以工农大众、政府机关和一般的工作干部为对象①。1950年6月9日,夏衍在关于《新民晚报》的读者对象和内容问题上,指出"新民报的对象,我认为除去你们革新计划上所选定的以中小工商业者,广大店员、里弄居民为对象外,还要加上家庭妇女",并着重强调"晚报的读者是在一天工作之后,精神疲倦,茶余饭后看的,所以内容必须要轻松,即使要讲大道理,也要用各种不同的深入浅出的方式来讲"。② 这种"调门比较低"的身份定位,使《新民晚报》在文章刊选上易于建构更加宽容、弹性的话语空间。

《新民晚报》的"晚会"副刊创办于1949年8月1日,由"夜店"与"虹彩"合并而成,编辑人员主要有张慧剑、程大千、姚苏凤、唐大郎、陈亮、吴承惠、乐小英、董天野等。1960年5月1日,《新民晚报》副刊改版,"晚会"副刊改名为"繁花"。"晚会"副刊空间中的文艺以中篇小说连载为主,几乎天天见报,很少间断。这些文艺大多与当时上映的电影、戏曲、话剧等存在"互文关系",题材多为神话传说、民间故事、古典小说、苏联当代小说等,并配以精致的插图,叙述多采取中国传统小说笔调,以曲折有致的故事情节取胜。报纸上刊载的通俗文艺不同于精英写作,它的创作信条是运用常规程式,叙事模式化,人物类型化,这就导致研究者从艺术形式等审美层面对其进行文本细读常常是"缘木求鱼"式的无效。基于此种考量,笔者尝试从宏观层面入手,侧重考察这些文本究竟提供了哪些知识和想象,以及这些知识和想象中所包含的不同话语、不同文学成分、不同

① 新民晚报史编纂委员会:《飞入寻常百姓家:新民报—新民晚报七十年史》,文汇出版社2004年版,第189页。

② 夏衍:《在新民报的讲话(摘要)》,丁贤才编《探索:新民晚报研究文集》,文汇出版社1999年版,第18页。

文学传统之间的复调对话和摩擦互动。由于报纸文本数量庞大，笔者选取1952年11月至1959年11月这一时段的《新民晚报》副刊作为考察对象，从题材方面对这些小说进行了简单的归类，大致可以分为如下五种类型：

题材类型	篇　名
神话传说及民间故事	《宝莲灯》（朝义文、董天野图） 《天仙配》（刘雨文、董天野图） 《金马驹与火龙衣》（马烽原著、小英作图） 《张羽煮海》（王亚平原著、王惟改编、董天野作画） 《牛郎织女》（中一改写、干丁和沈凤制画） 《三姐下凡》（东方羽文、董天野图） 《公主和七勇士》（施高改编、天野作图） 《田螺记》（常鞏撰文、江东制图） 《苗王张老岩》（刘雨文、杨德炜画） 《黄河的故事》（董均伦、江源文，董天野图） 《一幅壮锦》（萧甘牛原著、闻喜改编、董天野作画） 《神灯》（李林改编、窦金淦作图） 《虹桥赠珠》（青山文、董天野画） 《芙奴传》（江虹文、董天野图） 《刘海砍樵》（山雨文、董天野画） 《乔老爷上轿》（玄戊文，令涛、若佛画） 《八仙过海》（山雨文、董天野画） 《精卫填海》（马蓝文、董天野图）
古典文艺	《火烧草料场》（月子编、董天野图） 《孔雀东南飞》（东方羽撰文、董天野作图） 《真假李逵》（谢远改编、董天野作画） 《闹天宫》（易心改编、天野绘图） 《钗头凤》（杨澄文、天野画） 《岳家庄》（史果文、董天野画） 《哪吒》（山秋撰文，刘锡永、王亦秋作图） 《炼印》（于人撰文、天野作画） 《白虎岭》（山雨文，天野、小英图） 《十五贯》（草厂文、董天野图） 《胭脂》（史果改编、董天野作画） 《晴雯》（柳絮文、江栋良图） 《牛布衣》（柳絮文、董天野图） 《返魂香》（田池文，刘锡永、王亦秋图） 《李逵装官》（青山文、董天野画） 《林则徐》（柳絮文、董天野画） 《女将穆桂英》（史果文、董天野画） 《赤壁之战》（史果文、董天野图） 《罗成》（史果文、董天野图）

续表

题材类型	篇名
人民文艺	《刘小竹跳出火坑》(康濯) 《再生曲》(李薰风) 《闹离婚》(甘牛) 《刘瞎子开眼》(秦瘦鸥) 《全家福》(甘牛) 《千山万水》(刘雨改编、小英作图) 《金二嫂》(余真改编、小英作画) 《为了明天》(高翎) 《什么才是爱情》(瑞芝) 《罗汉钱》(赵树理著、闻喜文、徐甫堡图) 《漳河水》(阮章竞著、于洁改编、江帆画) 《我是劳动人民的儿子》(吴运铎) 《好日子》(常罕改编、杨德炜作画) 《摆渡口》(刘绍棠著、于静改编、徐甫堡作画) 《一条裙子》(于静改编、毛用坤作画) 《菊花石》(李季原作、方舟改编、董天野作图) 《王孝和》(张羽原著、吕理改编、杨德炜作图) 《东山少年》(杨锦文作图、鲍咏梅改编) 《母与子》(陈田改编、罗兴作画) 《一个无铃的马帮》(白桦原著、青山改编、杨德炜作图) 《万水千山》(陈其通原著、李林改编、施丞作图) 《海滨激战》(田池改编、徐甫堡作图)
苏联文艺	《普通一兵》(大海缩写) 《我的学校和家庭生活》(诺沙夫原著、花明译述) 《父亲》(比斯曼那雅作、花明译) 《美人儿》(伊凡诺夫作、花明译) 《她的家》(奥加吉夫作、花明译) 《曙光照耀着莫斯科》(苏洛夫著、蓝馥心译、马萧改编、小英画) 《我们的夏天》(乌斯宾斯卡雅原著、花明译述) 《洋葱头历险记》(约万尼·罗万里著、任溶溶译) 《冷酷的心》(闻喜改编、天野绘图) 《银河历险记》(阿·阿尔巴柯夫著,奇若译,丁斌曾、苏和平作图)
新文学作品	《家》(巴金原著、李林改编、董天野图)

从上述表格中,我们可以清晰地看出,“十七年”时期的《新民晚报》不折不扣地传达主流声音,但在文学生产和消费领域仍然存在多时空的交叉与叠合:它一方面延续了民族集体无意识中亘古流传的、具有超越性审美形态的神话传说与民间故事(如《宝莲灯》《牛郎织女》《张羽煮海》《田螺记》等);另一方面充满

传奇色彩的古典章回说部(如《水浒传》《三国演义》《说岳》《说唐》《西游记》《聊斋志异》等)始终在市民文学消费中占有重要位置,戏曲演绎和连环画改编层出不穷。换句话说,这些儿女英雄、江湖侠义、神魔奇幻、人情社会的通俗小说与苏联文艺、社会主义现实主义文艺一起,共同构造了"十七年"时期民众的阅读版图。

在这里,我们需要厘清"大众文艺"与"通俗文艺"的界限,这两个概念既有互相重合的部分,也存在着某种或公开或隐秘的历史关联,但背后其实脐连着不同的文化生产模式、价值认同和文学想象。概而言之,前者与左翼文学的"大众化"实践有关,其典型代表是延安文艺和民间说唱文学;后者则主要以城市市民为读者群,以市场为中介,可粗略地称之为都市通俗文艺(鸳鸯蝴蝶派文艺)。然而值得注意的是,1949 年后,"鸳蝴派"文人大多由都市通俗文艺创作集体转向民间说唱文学创作,正如平襟亚写到的,建国后通俗作家"有的写地方剧本,有的写连环画说明,有的写戏曲故事小说,有的写评弹剧本,各抒其才,各尽其能,归根结蒂,同样为广大读者与听众服务,是可以肯定有成绩的!"① 在"文艺大众化"和"普及"等口号的倡导下,民间通俗文艺(戏曲故事和章回说部等)因与"工农兵"、"群众"等存在千丝万缕的联系而得以重新启用,而鸳鸯蝴蝶派文艺则因迎合"小市民"的阅读趣味而遭到排斥和遗忘。不仅如此,在当时"中西对立"的冷战格局中,这种"新鲜活泼的、为中国老百姓喜闻乐见"的民间通俗文艺形式,是一种地道的"土著"样式,未受到西方话语的"污染"。所以某种程度上,我们可将之视以"本土化"写作路径抵达民族国家叙事要求。正是由于"民间文艺"这种独特的话语优势,使得建国以后对戏曲说部等的批评较为温和,未出现针对鸳蝴文学的那种批判及雷厉风行的查禁,"文化部查禁过不少色情剧目,但整体而言,戏曲说部多以'推陈出新'的方式参与了'人民文学'"②。

二

鲁迅在《中国小说史略》中写道:"俗文之兴,当兴两端,一为娱心,一为劝善。"③ 一方面,这些充满传奇性、神话性、趣味性,跌宕起伏、曲折有致的故事是消磨夜晚时光的娱乐佳品。民间文学明朗活泼的叙事模式,化解了现实生活中

---

① 平襟亚:《为歧视通俗文艺者进一言》,《新民报·晚刊》1957 年 5 月 27 日。

② 张均:《中国当代文学制度研究(1949—1976)》,北京大学出版社 2011 年版,第 321 页。

③ 鲁迅:《中国小说史略》,《鲁迅全集·第 9 卷》,人民文学出版社 1981 年版,第 110 页。

的矛盾、暧昧与混乱，读者在阅读“正邪斗争”“善恶有报”中，获得一种有效的安全感，一种抚慰、欣悦和感动。另一方面，这些合辙押韵、音节响亮的故事，又巧妙地将阶级观念、革命叙事与民间淳朴信仰和传统伦理道德嫁接，潜移默化地影响着民众的集体无意识。《新民晚报》副刊上登载的这些神话传说、民间故事以及古典文艺节选（如《牛郎织女》《天仙配》《刘海砍樵》《林则徐》《罗成》《岳家庄》等），具有非常明确的意义架构，里面蕴含着清晰的“神/魔”“正/邪”“善/恶”等话语对峙，最后邪不压正，收获一个团圆明朗的结局。自古以来，神话传说和民间故事因饱含了人们最基本的向往、欲望和认知而具有极高的文化价值。笔者以为，面对这样一种寄托了大众集体诉求的叙述，与其从审美层面切入，不如从意义功能角度来认识它所传递出的特定社会中人们的普遍关切和价值认同。《新民晚报》上刊载的这些神话传说和民间故事皆被深深楔入了革命言说，无论是孙悟空反抗玉皇大帝，还是牛郎织女对抗王母娘娘，皆隐喻着反抗恶势力、反抗强权的政治指向，与当时主流话语的宣传诉求密切耦合。也就是说，这些“民间文学”的思维理路与红色革命逻辑暗暗相合，甚至还隐喻着革命的起源神话和共产主义美好未来的终极承诺。在这些神话传说中，善良的劳动人民作为历史规律的体现者，力量不断扩张，而恶的势力（封建权威等）则不断萎灭，最终在叙事舞台上退场。

此外，在这些神话文本中，爱情作为推动故事进展的主要动力，既寄托了传统乡土社会“男耕女织”的理想，又获得了“五四”启蒙话语（比如恋爱自由、婚姻自由）的强力支持，同时在反抗恶势力（如王母、龙王、恶霸等）的斗争中又将阶级话语渗透其中。以《牛郎织女》为例，牛郎织女的故事在流传过程中曾多次发生主题思想的变异。据研究者考证，建国前期牛郎织女的传说主要有两种类型。一种是“贪欢”型，和《述异记》中的记载大致相同：织女整日劳作，天帝怜惜她而将其嫁与牵牛，婚后因整日沉迷于情爱忘记织布的正业而遭到玉帝的惩罚，导致两人每年只能七夕相会。第二种是“窃衣成婚”型，大致内容是牛郎在家遭兄嫂虐待，分家后弟弟得牛。老牛告诉牛郎某日织女在湖中洗澡，取走她的仙衣，就可娶她做老婆。牛郎依计而行娶到织女。婚后生下一对儿女。老牛临死前告诉牛郎把它的皮留下将来有用。后来织女骗牛郎说出仙衣藏处后飞走，牛郎立即披上牛皮去追。织女见牛郎追得紧就拔出玉簪划成天河挡住牛郎。王母或天帝替俩人说合，让俩人每年七夕相会一次。① 1949 年以前，牛郎织女的故事着重

① 漆凌云：《性别冲突与话语权力》，《民俗研究》2014 年第 5 期。

反映男女两性之间的性别冲突以及婚姻生活中存在的诸多矛盾等，很多地方版本甚至对牛郎与织女互相争吵、打架做了相关描写，如“织女星要把娘家住，牛郎星后面紧跟着。跟得织女生了气，回头打了一布梭。牛郎一见事不好，手拿牛杠向上截。两人打得天昏地又暗，王母娘娘划道河。牛郎撇在河东岸，织女撇在河西坡”[①]。但是，改编后的版本则对原先神话传说中意义芜杂、暧昧的部分做了汰洗，将爱情婚姻本身蕴含的痛苦（如嫉妒、猜忌、摩擦、冲突等）推入叙事深渊，着重突出劳动、爱情、反封建等主题。正如吕微所指出的，民间社会“被以‘劳动人民的’名义象征性地转换为本土现代社会、现代国家的建构原理和建构力量，而民间文学也就成为以‘现代人’为主题、以‘阶级论’为语式的本土化现代性方案在象征层面的知识表达”[②]。这也就是说，原先语义含混、自足自律的民间话语成为承载国家政治建构的传统符号。在这里，民族集体无意识与主流意识形态实现了话语整合，通俗文艺形式被注入了全新的革命意涵。

三

需要指出的是，虽然革命叙事常常在文本中居于主导地位，但是旧的写作经验仍可遵循其自身逻辑，漫溢出主流话语的疆界。对神话传说、民间故事、古典说部等本土资源的启动，回应了“中国作风”“中国气派”等民族审美要求，不可谓合法性不强，但是这些古老的故事往往脐连着“封建”“迷信”等旧文化标签，并非全然契合“人民文学”的要求，其所携带的忠孝节义的儒家伦理精神和智勇侠义的英雄想象是一种暧昧的质素，都属于需要被改造的元素。如果我们对上述表格中的文本进行仔细剖解的话，其实不难发现，如果依据主流标准，通俗文艺顽强的“旧传统”中，依然掺杂着各种精神杂质。在《火烧草料场》《真假李逵》《岳家庄》《哪吒》《女将穆桂英》《罗成》等古典章回说部中，固然可以提取出符合主流话语要求的质素（比如反抗强权、女性平等、少年英雄等），但惊险情节、草莽英雄和江湖规则，多少会影响作品的思想意义。不仅如此，旧时代以忠、孝、侠、义为主要品质的英雄人物，也与社会主义“典型人物”的革命属性要求相距甚远。

其实这种新旧杂糅、时空错位的情况在“十七年”时期的通俗文艺作品中

① 陈泳超:《中国牛郎织女传说·民间文学卷》，广西师范大学出版社2008年版，第402页。
② 吕微:《现代性论争中的民间文学》，《文学评论》2000年第2期。

大量存在,并屡屡引起读者和批评界的指责。有读者反映,"'荀观察'是从'二十年目睹之怪现状'中改编的。里面尽写些荀观察如何蘸光桌上的芝麻、如何打孩子,以及他的污言污行。'苏伯取士'歌颂了个人英雄主义的所谓'自我牺牲'"①。还有不少读者对通俗读物改编中存在的草率现象提出了批评,"一种是对人物事件的丑化:描写一个农村妇女只是'上穿红袄下绿袴,樱桃小口糯米牙……'的不正确的形象;写工人一定是吹胡子、瞪眼睛、嚷这个嚷那个;说相声正说着'三反'运动,逢到关节处却用'我要撒尿去了'极其庸俗的话来打岔逗哏;说一个军属忆念丈夫只是说'百般恩爱',俨然成了王二姐思夫。这是旧唱词戏书中的陈词滥调,这也正是资产阶级思想对劳动人民的轻蔑,把劳动人民的本质给歪曲了。一种是写一切严肃的政治斗争、阶级斗争,却从单纯的经济观点出发,写翻身农民的快乐,仅只是说'又分地来又分房,吃了鱼来又吃肉';写婚姻法也仅只是'年貌人才两相当,他爱我来我爱他';写反贪污、反浪费、反官僚主义运动,仅是反吃吃喝喝,反烟、酒、嫖、赌,只看见鼻子前的一些现象,而疏忽了这是一个严重的阶级斗争,疏忽了这是经济建设,走向社会主义社会的前提条件。他们忘记了革命文艺工作者不但要表现我们的今天,更要表现我们的明天。另有一种通俗文艺作品是并无内容,标语口号式的硬凑词句。作者明明对新鲜事物不够理解,偏要硬搬来一些词句,杂凑为文章"②。"有的书场里,居然把'封神榜'之类的坏书也说起来了,大概说书的人自己也觉得'不太好'吧,书牌上就挂了一个'兴周灭纣'的名字。"③ 有的把《杨乃武》改名为《奇案录》,把《啼笑因缘》改名为《沈凤喜》。直到1959年,《新民晚报》才报道:上演了一批现代新长篇如评话《林海雪原》《烈火金刚》《铁道游击队》,弹词《苦菜花》《野火春风》《青春之歌》等。④

为了实现最有效的社会动员,需要改造、转换、借助传统形式及时争取读者和观众,以最大限度地传播和普及国家政策,占领文艺消费市场,自1949年起,文艺界曾屡屡针对市民阶层"厚古薄今"的陈旧趣味发出批评:"就已出版的通俗读物看,许多旧小说、言情小说以及它们的节选本、改写本、连环画改编本等印发数量都很高,像上海人民美术馆出版社出版了一套三国演义的连环画,每册印数都在十、廿万册以上,张恨水的小说、古典小说、晚清小说一印都是起码四、五

① 初辛:《从几本连环画谈起》,《新民报·晚刊》1958年5月17日。

② 城:《改写通俗读物·不应草率从事》,《新民报·晚刊》1953年8月12日。

③ 《从书场中来》,《新民报·晚刊》1953年1月31日。

④ 《民间评弹艺人争说新书》,《新民晚报》1959年5月11日。

万册，而相反的，反映现代生活、新人新事的通俗小说、戏剧、连环画本等，印数大多不能满万册，有的仅千册左右。我们并不反对出版古典作品、传统戏曲以及这类书籍的改编本、连环画本，因为也有一定的出版意义。但是人们要问：我们生活在这个伟大的时代，应该多知道、多懂得一些现实世界的生活、思想感情呢，还是先应该知道我们的祖先的一切？我们认为这个问题是容易回答的：毫无疑义，我们首先应从'现在'学起，并且只有在获得社会主义的丰富知识的前提下才能正确接受古代的精神文化。"①

不仅民间通俗文艺和古典文艺中存在这种暧昧的危险质素，苏联文艺和"人民文艺"的改编本中也存在这种新旧杂糅的倾向。当时苏联文学名著的缩写本或改写本受到大众喜爱，一书出后，往往再版数版，发行数万、数十万册。②对于大众读者而言，苏联原著艰深价昂，而缩编本则兼有文字浅显且价格便宜的优点。鉴于此，上海私营出版商做起了苏联文学名著改编的出版工作。此类书籍所采用的多为旧小说形式，即章回小说的文体与鸳鸯蝴蝶派的笔调。比如"'仇恨与爱情'是根据外国小说改编的。写一对童伴长大以后，因为父辈争田地成仇，不能结合，结果双双投河自尽的故事。编绘者在书里以欣赏和充满同情的态度来刻画这样一个故事，实际上是宣扬了资产阶级个人主义，歌颂了恋爱至上和悲观厌世的人生观。'一双拖鞋'是根据印度尼西亚的民间故事改编的。写一双拖鞋怕老鼠咬，祈求阿拉罕（神）变成老鼠，以后又变成猫、狗、农民、村长、公爵，最后公爵打败仗，拖鞋想变成阿拉罕，结果仍然变回一双拖鞋。在这里，编绘者大大地宣传了听天由命，逆来顺受的宿命论，又赞扬了奴才主义"③。"在一些改写的通俗本中，我们常常可以看见像'小瘪三'、'花花公子'等头衔，随意加在小说中的人物身上。事实上，这是原著中所没有的。改写者还喜欢用一些似是而非、显得很生硬的成语。类此种种，实在有失改写苏联小说的初意。"④ 据1954年4月3日《人民日报》上登载的《中央人民政府出版总署作出决定　停止胡乱出版苏联文学名著改编本》指出，上海等地的私营出版商，近年滥出了许多根据苏联文学作品中译本改写或缩写的改写本或"通俗本"。据出版总署不完全的统计，约有七十余种苏联小说、剧本和电影剧本经过改写，像《钢铁是怎样炼成的》《青年近卫军》《真正的人》等，则有两三种改写本。但是，

① 微言：《关于通俗读物的出版——回顾与希望》，《新民报·晚刊》1958年2月25日。

② 袁亮：《中华人民共和国出版史料·1953年》，中国书籍出版社1999年版，第160页。

③ 初辛：《从几本连环画谈起》，《新民报·晚刊》1958年5月17日。

④ 城：《改写通俗读物·不应草率从事》，《新民报·晚刊》1953年8月12日。

不少改写本歪曲了原著的主题思想和艺术形象。例如通连书店出版的《百炼成钢》（根据《钢铁是怎样炼成的》中译本改写），把保尔·柯察金刻画成为一个“小瘪三出身”的人物，并用很多笔墨描写蜕化分子侮辱女性的下流话；《雪地长虹》（根据《虹》的中译本改写），把希特勒匪帮的嚣张写得有声有色，把原著中所着重表现的苏联英雄妇女在苦难中的坚强性格，写成“大哭大叫”、软弱无力。不少改写本破坏了原著的思想性、艺术性和著作风格，有的在故事中不恰当地添枝加叶，有的把原著抽筋剥皮，弄得面目全非，精神尽失。例如百新书店出版的《晴朗的日子》（根据《晴朗的日子》即《百万富翁》中译本改写），割去了原著四分之三的篇幅。还有不少改写本把社会主义现实主义的艺术作品硬给穿上低级小说的古装。比如，锦章书局出版的《好儿女》的改写者，把奥斯特洛夫斯基的名著《暴风雨所诞生的》那一套，写男女爱情就是“相见恨晚”“柔肠寸断”“落花有意，流水无情”那一套。还有许多的改写本或通俗本采用了下等的章回小说的体裁和布局，用许多僵化了的对仗词句作为回目，用许多陈词滥调来填塞篇章。[①] 就某种程度而言，语言的束缚就是思想的束缚，思想的种种藩篱就隐藏在固化的程式和陈词滥调背后。相较于精英文艺的创造性、革新性而言，通俗文艺诉诸市场，“以愉悦为旨归”，并不可刻意与现存的文化样式、价值或程序对抗，甚至还有意识地运用常规程式，这就注定了它叙事的模式化、套路化，人物的类型化。这种相对凝固的写作规范在承载意识形态的诉求时，往往会复活旧的话语类型，不自觉地侵蚀主流意识形态。

就《新民晚报》副刊而言，其独特的“市民报纸”的身份定位和私营报纸（后改为公私合营）的经营方式，使其在文章刊选上易于建构更加宽容、弹性的话语空间。《新民晚报》副刊空间中刊载的文本以通俗文艺为主，一方面这些“古老的故事”被注入了全新的主流意涵，使晚报以更为灵活的形式展开宣传和普及工作；另一方面通俗文艺相对固化的叙事模式以其审美惯性，保留了不少旁逸斜出的“逸笔”。考察“晚会”副刊，这对我们钩沉“十七年”时期通俗文艺与“人民文学”的关系，认识历史的多元复杂性大有裨益。

① 《中央人民政府出版总署作出决定　停止胡乱出版苏联文学名著改编本》，《人民日报》1954 年 4 月 3 日。

编年简史

1949 年

5 月 25 日，上海《新民报·晚刊》创刊。

5 月 28 日，上海《解放日报》创刊，次日在第 4 版整版推出《解放副刊》。

7 月 7 日，市民小报《大报》创刊。其发刊词中写道："本报是一张小型报，在文化工作者的阵营中该是最软弱的一环，难望有辉煌的成就；即使不断的努力，充其量也仅能比拟一支打游击的轻骑队，做一些轻装战斗工作，而且，就是这个工作也没有做得好的把握；不过我们并不因此而自馁……这个都市里的六百万人又长期而深重地受着帝国主义封建主义思想的支配与影响，上海市因解放而新生了，但上海大多数市民的思想，感情与习惯，可不能立刻就挣脱旧传统旧影响的束缚。一个人的口味尚且难于更改，思想，感情，习惯的改革自然更艰难，于是，我们小小的一点努力，就想在大型报与文化杂志之外，运用一些一般市民容易接受的形式与体裁，不作正面的说教，而作侧面诱导，以便于我们能在伟大的历史转型期中，贡献出微弱的力量。"

7 月 25 日，市民小报《亦报》创刊。

8 月 1 日，《人民日报》副刊《人民园地》创刊。

8 月 18 日，《人民日报》副刊首次改版。《学习生活》与《人民园地》合并为一版。

9 月 29 日，《人民日报》开始连载梅志的儿童文学作品《小红帽脱险记》。

10 月 13 日，《人民日报》开始连载康濯的《黑石坡煤窑演义》，同日《新民报》晚刊发表木斧的诗歌《给乡村的孩子》。

10 月 29 日，《人民日报》刊出《来稿注意！》，要求"1 不要一纸两面写！ 2 不要横写！ 3 不要从左到右写！ 4 不要写只有自己才认得出的字！ 5 不要写得太挤！ 6 不要附邮票邮资！"

11 月 6 日，《人民日报》发表彭明的《评〈清宫外史〉》。

11 月 20 日，《人民日报》发表胡风的《时间开始了！》。

1950 年

1 月 5 日，《解放日报》的《解放副刊》和《文艺批评与介绍》合并。

2 月 26 日，《光明日报·文学评论》双周刊创刊。

3 月 12 日，《人民日报》发表陈涌的《论文艺与政治的关系——评阿垅的〈论倾向性〉》。

3 月 20 日，《文艺报》编委会发出《城市文艺副刊笔谈》征文启事。

3 月 25 日，张爱玲的《十八春》开始在《亦报》连载。

3 月 29 日，胡乔木在全国新闻工作会议上做报告，指出"整个报纸应该是一致的，从第一版到第四版只有一个方针。可以有种种体裁，可以有种种格式，但是不能有两种方针"。

4 月 8 日，《大众日报》副刊发表沈平等五人的《读〈赵同志〉一文后的意见》。

4月16日,《大众日报》副刊发表《〈赵同志〉作者的来信》。

5月10日,《文艺报》第2卷第4期发表一组“文艺副刊笔谈”,有严文井的《编副刊要联系群众》、叶迈的《文艺副刊应与现实相结合》、绿原的《长江日报文艺副刊现状》、孙伏园的《三十年前副刊回忆》等4篇。

6月1日,《解放日报》“社会服务”专栏与《解放副刊》合并,仍用《解放副刊》刊名。

6月25日,《解放日报》开辟《文艺周刊》,每周一次,整版篇幅。

7月10日,《文艺报》第2卷第8期刊出周沅的《大众日报副刊对小说〈赵同志〉的批评与检讨》。

8月2日,《人民日报》发表《论读者来信版和以读者来信为主要内容的副刊》。

8月6日,《人民日报》刊出冯至的《在斯大林时代里——东欧杂记之五》。8月13日、8月20日、9月3日、9月10日,又陆续刊登“之六”到“之九”。

8月10日,《文艺报》第2卷第11期刊出黄人晓的《副刊怎样帮助工人创作——天津日报副刊的工人文艺小组介绍》。

8月12日,成文英的《评〈柳堡的故事〉》刊于《光明日报》副刊《文艺周刊》。

9月3日,《人民日报》刊登草明的《被人民需要的时候——长篇小说〈火车头〉第十六章》,并配发“编者按”:“这篇小说是写北京解放前夕,东北某铁路工厂工人们积极生产,克服困难,并致力于发明创造。但由于管理干部的保守和不善于接受职工的合理化建议,使生产走了许多弯路。去年三月中共二中全会后,这个工厂开始转变,经过领导干部与全体职工的努力,该厂生产走上了轨道。全书共二十三章,本刊发表的是其中十六、十七两章。它描写书中主角青年铆工李学文和其他职工为了克服生产中的困难,苦心钻研,试制电焊条,并创造以电焊代替氧气割铁板的技术。在这个工作中,不但克服了困难,给大家在生产方面以新的启发,并且改善了职工关系,使生产经验与科学知识相结合。”9月10日、9月17日连续刊出。

9月10日,《文艺报》第2卷第12期“文艺副刊笔谈”栏目刊出沈清联的《谈文艺副刊的编辑工作》、孟千的《我对编文艺副刊的几点体验》、巴牧的《无锡工人报副刊编辑工作中的一些小经验》、哈华的《关于〈解放副刊〉》、黎洪等人的《副刊编辑工作中的问题与经验》。

9月22日,孙犁的《风云初记》在《天津日报》副刊《文艺周刊》连载。

1951年

1月14日,《人民日报》刊登《人民日报》编辑部的《为〈书报评论〉〈人民文艺〉征集出版动态文艺动态资料启事》,内中说:“本报的《人民文艺》周刊和《书报评论》周刊(由本报一九五〇年的《图书评论》和《新闻工作》两种双周刊合并)分别从本期及下期开始增设文艺动态、出版动态两栏,按期用简短的文字纪录全国以及国外的出版界、杂志界、新闻界、文学界、艺术界的有重要意义的活动。我们认为,有系统地发表这种纪录,无论对于当前的工作指导,或是对于将来的历史研究,都是有益的。但是本报人手有限,见闻不广,为了把这个工作作好,必须依靠全国的出版工作者、新闻工作者和文艺工作者的通力合作。希望有关各方面踊跃地供给本报以这两栏所需要的资料,使它们成为我们时代的出版工作、新闻工作、文艺工作的忠实的纪录。"

3月15日,《解放日报》的《解放副刊》改为《读者来信》。

3月23日,《人民日报》发表胡乔木的《短些,再短些!》。

4月11日,《人民日报》第1版发表魏巍的《谁是最可爱的人》。

4月12日,陈荒煤在《长江日报》发表文章《为创造新的英雄典型而努力》。

5月20日,《人民日报》发表端木蕻良的《武训是封建统治者所肯定的示范人物——致本刊编者信》。

5月27日,《人民日报》刊登王化东的《应该认真对待〈武训传〉的思想论争——读端木蕻良同志两篇文章的意见》。

5月28日,罗石的《略议我们的文学批评》刊载于《文汇报》。

7月6日,《中国青年报》刊登马烽的小说《结婚》。7月10日,《人民日报》予以转载。

11月4日,张爱玲的《小艾》开始在《亦报》连载。

11月16日,《人民日报》发表何其芳的《反对戏曲改革中的主观主义公式主义》。

12月7日,《人民日报》刊登周扬11月24日在北京文艺界整风学习动员大会上的讲演《整顿文艺思想,改进领导工作》。

12月10日,丁玲的《为提高我们刊物的思想性、战斗性而斗争——在北京文艺界整风学习动员大会上的讲话》刊于《人民日报》第3版。

1952年

2月17日,《人民日报》发表袁水拍的《一本有严重错误和缺点的小说——〈战斗到明天〉》。

3月1日,市民小报《大报》停刊。

4月11日,《志愿军报》发表巴金的《我们会见了彭德怀司令》。

5月1日,《人民日报》发表丁玲的《中国的春天——为苏联〈文学报〉而写》。

5月23日,《人民日报》发表社论《继续为毛泽东同志所提出的文艺方向而奋斗——纪念毛泽东同志的〈在延安文艺座谈会上的讲话〉发表十周年》。

5月24日,《人民日报》发表曹禺的《永远向前——一个在改造中的文艺工作者的话》。

5月25日,《新华月报》发表舒芜的《从头学习〈在延安文艺座谈会上的讲话〉》。6月8日,《人民日报》予以转载,并配发"编者按":"作者在这里所提到的他的论文《论主观》,

于一九四五年发表在重庆的一个文艺刊物《希望》上。这个刊物是以胡风为首的一个文艺上的小集团办的。他们在文艺创作上,片面地夸大'主观精神'的作用,追求所谓'生命力的扩张',而实际上否认了革命实践和思想改造的意义。这是一种实质上属于资产阶级、小资产阶级的个人主义的文艺思想。舒芜的《论主观》就是鼓吹这种文艺思想的论文之一。下面发表的这篇文章表现舒芜对于他过去的错误观点已提出了批评,这是值得欢迎的。"

11 月 20 日,市民小报《亦报》停刊。

1953 年

1 月 11 日,《人民日报》刊登周扬的《社会主义现实主义——中国文学前进的道路》。此文系周扬为苏联文学杂志《旗帜》所写,刊登于该杂志 1952 年 12 月号。

1 月 31 日,《人民日报》转载本年《文艺报》第 2 期林默涵的《胡风的反马克思主义的文艺思想》。"编者按"中说,此文"从一些基本问题上揭露了胡风的文艺思想的实质,指出这种文艺思想与马克思列宁主义——毛泽东文艺思想的根本区别,这是有助于目前文艺思想工作的开展的。现将此文转载于此,以供文艺工作者的参考和研究"。

2 月 10 日,《人民文学》发表冯志的《诗二首》。

2 月 17 日,《人民日报》"读者来信摘要"刊登《文艺工作者应该大量创作宣传婚姻法的作品》。

2 月 25 日,吴祖光在《人民日报》发表《对文艺创作的一些意见》。

8 月 14 日,《人民日报》刊登钟洛的《给新的一代以更多更好的文艺读物——关于目前儿童文艺读物的创作、出版等工作中的一些问题》。

8 月 26 日,光未然在《人民日报》发表《评老舍作话剧〈春华秋实〉》。

10 月 6 日,《人民日报》发表《关于改进儿童文艺读物方面工作的意见》。

10 月 7 日—15 日,《解放日报》连续在第 1 版报道中国文学工作者第二次代表大会和各协会会议,转载《人民日报》社论《努力发展文学艺术的创作》并刊登周扬的报告《为创造更多的优秀的文学艺术作品而奋斗——一九五三年九月二十四日在中国文学艺术工作者第二次代表大会上的报告》、茅盾的报告《新的现实和新的任务——一九五三年九月十五日在中国文学工作者第二次代表大会上的报告》。

10 月 10 日,《人民日报》刊登茅盾的《新的现实和新的任务——一九五三年九月二十五日在中国文学工作者第二次代表大会上的报告》。

10 月 13 日,老舍在《人民日报》发表《请多注意通俗文艺》。

1954 年

2 月 18 日,《解放日报》编委会经华东局宣传部和华东行政委员会新闻出版处批准,决定自即日起星期日报纸出一张半（增加的第 5 版为《彩色画刊》，第 6 版为《星期文艺》），平日仍是四版。

3 月 1 日，《光明日报 · 文学遗产》创刊。

4 月 3 日，《光明日报 · 文艺生活》创刊。同日，《解放日报》第 3 版开始刊登小品文，本日发表友济的《谁说不要“老牛破车”？》。

4 月 17 日，丁玲的报告文学《记游桃花坪》刊载于《人民日报》。

10 月 1 日，《北京日报》刊载李季的诗歌《致北京》。

10 月 28 日，《人民日报》发表袁水拍的《质问〈文艺报〉编者》。

11 月 4 日，冯雪峰在《人民日报》发表《检讨我在〈文艺报〉所犯的错误》。

11 月 10 日，黎之在《人民日报》发表《〈文艺报〉编者应该彻底检查资产阶级作风》。

11 月 15 日，李季在《人民日报》发表《旗——“初进柴达木”组诗之一》。11 月 16 日和 11 月 19 日又分别发表《写给阿拉尔革命烈士墓的话——“初进柴达木”组诗之二》和《柴达木一青年——“初进柴达木”组诗之三》。

1955 年

1 月 3 日，《人民日报》发表林淡秋的《胡适的文学观批判》。

2 月 5 日，《解放日报》发表王元化的《胡适派文学思想批判》、吴强的《胡适和他的师父杜威》。

2 月 16 日，《人民日报》转发《文艺报》记者的《请看看孔厥的丑恶行为》。

2 月 18 日，老舍在《人民日报》发表《反对文人无行》。

2 月 20 日，《人民日报》刊登《清除文艺界的道德堕落分子》，内容为对《新儿女英雄传》作者孔厥的“丑恶行为”表示愤慨。

3 月 6 日，聂绀弩在《人民日报》发表《从文艺源泉问题看胡风的思想错误》。

3 月 10 日，《人民日报》发表柳青的报告文学《王家斌》。

3 月 24 日，陈鸣树在《人民日报》发表《关于〈鲁迅小说讲话〉》。

3 月 27 日，《解放日报》发表徐中玉的《胡风对谁的历史负责？》。

4 月 3 日，《人民日报》发表社论《进一步开展群众文艺活动》。同日，《解放日报》发表郭沫若的《反社会主义的胡风纲领》。

8 月 2 日，《人民日报》发表冯至的《三门峡杂诗》。

1956 年

1 月 1 日，《解放日报》恢复文艺版面，定名为《解放文艺》，用鲁迅的墨迹作为刊头。

3 月 14 日，《人民日报》发表蓝翎的《歌颂劳动和斗争的组曲——读中国作家协会编的〈短篇小说选〉》。

3月17日，《人民日报》发表林淡秋的《前进，文艺轻骑队——中国作家协会编选的〈散文特写选〉读后》。

4月28日，《文汇报》决定停刊，转型为专业性的《教师报》，发表《终刊词》："《教师报》决定5月1日创刊，《文汇报》出版到这一期为止。亲爱的读者们！从今以后，我们要在《教师报》见面了！"

5月27日，《解放日报》增设《讽刺小品》周刊。

7月1日，《人民日报》刊出《副刊需要哪些稿件?》。

7月7日，《解放日报》将第3版《文化生活》与《讽刺小品》合并为《文化与生活》周刊。

8月8日，《人民日报》发表臧克家的《海滨杂诗》。

8月24日，《人民日报》登载《请把文章写得通俗些　读者对副刊文风的意见》。

9月20日，《解放日报》创办综合性副刊，每周出四次左右，原来每周定期出的《讽刺小品》与《文化与生活》不再出版。

10月1日，《文汇报》以全新面貌复刊，《笔会》副刊创刊。《敬告读者》中说："文汇报一向是一张人民的报纸，是一张知识分子的报纸。一张人民的报纸，主要应该以事实说话，以每天发生的新闻反映现实，宣扬真理。……作为一张知识分子的报纸，必须从各个方面满足知识分子的要求。知识分子是热爱祖国、热爱真理的。自从中共中央提出'百家争鸣'的方针后，全国知识分子受到极大的鼓舞，学术上自由讨论的空气日益浓厚，这是十分可喜的现象。在这方面，文汇报将以一定的篇幅作为'百家争鸣'的论坛，并组织报道，反映各方面争论的问题，推动'百家争鸣'，以繁荣我国的学术，加速向科学进军。"

10月4日，臧克家的组诗《八达岭》发表于《北京日报》。

10月14日，《北京日报》发表公木的诗歌《难老泉》。10月14日，《北京日报》刊载郭沫若的诗歌《骆驼》。

10月15日，沈从文的《北京有许多博物馆，同时又是个大型建筑博物馆》发表于《文汇报·笔会》。

10月26日，钟惦棐的《评"祝福"(上)》发表于《文汇报·笔会》。

10月27日，钟惦棐的《评"祝福"(下)》发表于《文汇报·笔会》。

11月1日，阿英的《晚清小报录》开始在《文汇报·笔会》连载。

12月4日，《人民日报》刊发《文学期刊编辑工作会议　要求认真贯彻百花齐放，百家争鸣的方针》。

12月6日，《解放日报》将综合性文艺副刊定名为《朝花》，并用鲁迅《朝花夕拾》一书中的墨迹作为刊头。筹办《朝花》期间，中共上海市委书记处书记魏文伯指示：《朝花》要办成综合性文艺性副刊。它的主要读者是工人、农民和干部。形式要多样化。文章要通俗简明，最长只能一千字左右。要多搞知识性文章，至少占版面的三分之二。

1957 年

1 月 3 日,《解放日报·朝花》发表应卫民的《我们需要感情》。

1 月 11 日,王蒙的《青春万岁》开始在《文汇报·笔会》连载。

1 月 12 日,《解放日报·朝花》发表伍实(傅东华)的《风格》。

4 月 13 日,《解放日报·朝花》发表伊群的杂文《诱》,针对有人把贯彻“双百方针”看作“诱”,解释说这不是“诱敌深入”,而是人民内部“用相互争论,说服教育的办法,最后诱出一个真理来”。

4 月 27 日,《光明日报·文艺生活》停刊。

6 月 5 日,施蛰存的《才与德》发表于《文汇报·笔会》。

7 月 1 日,王辽生的诗歌《斑斑雨花石呀》发表于《新华日报》。

8 月 3 日,《解放日报》编委会检查鸣放以来存在的问题,指出“副刊出现倾向化的文章。漫画作品过分强调幽默有趣,放松了政治标准”。(《解放日报·新闻日报报史资料③》)

10 月 1 日,《羊城晚报》创刊。

12 月 1 日,《人民日报》刊出《增加文教新闻　扩大副刊内容》《关于副刊改版的说明》,在“改版说明”中介绍:“副刊(八版)从今天起,扩大了内容。它以社会批评、文化批评、群众生活速写等为主,同时增加有关文化生活、科学卫生常识、家庭生活等方面的稿件。这样做的目的,是使副刊更加广泛地联系群众生活,扩大为读者服务的范围。我们希望能使具有不同兴趣的读者多少都能从这里找到一点他所需求和爱好的东西。”

12 月 11 日,《人民日报》“读者·作者·编者”栏目发表读者来信《欢迎改版后的副刊》。

1958 年

1 月 1 日,《光明日报·东风》副刊创刊。

1 月 4 日,穆旦在《人民日报》发表《我上了一课》。

1 月 7 日,《人民日报》刊登毛泽东的《蝶恋花(赠李淑一)》。

1 月 11 日,陈白尘在《人民日报》发表《从〈乌鸦与麻雀〉重映说起》。

2 月 28 日,《人民日报》刊登周扬的《文艺战线上的一场大辩论》,注明该文“根据 1957 年 9 月 16 日在中共中国作家协会党组扩大会议上的讲话整理、补充并和文艺界的一些同志交换了意见之后写成”。

3 月 9 日,《人民日报》刊出新华社消息《争取社会主义文学大丰收　作协书记处讨论大跃进草案　首都作家纷纷响应作协号召》。

3 月 18 日,《解放日报·朝花》刊登陈毅的《访问朝鲜诗录》。

4 月 8 日,《解放日报·朝花》刊登魏文伯的《谈办副刊》。4 月 19 日,《人民日报》转载此文。

5 月 4 日,《解放日报·朝花》刊登“连环画作品选刊”。

6 月 15 日,《解放日报·朝花》整版刊登《上海民歌专页》。

7 月 10 日,陈鸣树在《人民日报》发表《社会主义的英雄史诗——评中篇小说〈在和平的日子里〉》。

7 月 31 日,《人民日报》刊登赵朴初的《斯德哥尔摩诗二首》。

9 月 26 日,《解放日报》发表社论《培养工人阶级的文艺队伍》。

9 月 30 日,《人民日报》第 7 版发表社论《争取文学艺术的更大跃进》。

10 月 6 日,《人民日报》发表邵荃麟的《我们的文学进入了新的时期》。

11 月 1 日,《解放日报》发表《告读者》,本日起调整版面。其中六版为党的生活、新论、朝花和知心话。

12 月 16 日,《人民日报》发表石西民的《进一步开展群众文艺创作运动》。

1959 年

1 月 17 日,《解放日报·朝花》刊登郭沫若 16 日写的诗《雨中登国际大厦二首》(手迹)。

1 月 25 日,《人民日报》“读者·作者·编者”栏目发表《副刊需要的散文》。

2 月 15 日,《新闻战线》第 3 期发表“广西日报文教政法部”署名的《面向生产　面向群众——办文艺副刊的一些体会》。

4 月 7 日,《解放日报·朝花》开始刊登“解放十年”专栏,第一篇是中将聂凤智所写的《上海激战三昼夜》(连载)。

4 月 8 日—20 日,郭沫若五幕历史剧《蔡文姬》在《羊城晚报》《花地》副刊连载。

4 月 11 日,《文艺报》第 7 期发表劳荣的《评二月〈花地〉——附带探讨文艺副刊几个稍带普遍性的问题》、杨家文的《〈花地〉编辑工作中的一些体会和感受》。

4 月 17 日,《解放日报》版面调整,六版为副刊《朝花》,每周文字六期,画刊一期。

5 月 11 日,《文艺报》第 9 期发表黎家健的《编综合性、文艺副刊的几点体会》、徐开垒的《从副刊怎样配合政治任务谈起》。

5 月 26 日,《文艺报》第 10 期发表“《河北日报》《布谷》编者”的《发挥报纸文艺副刊的战斗性》。

6 月 23 日,《解放日报·朝花》开始连载吕铮的《战斗在敌人的心脏里》。

6 月 27 日,冰心的诗歌《雨后》发表于《光明日报》。

7 月 23 日,《解放日报》发表吕兴臣的报告文学作品《南京路上好八连》。

8 月 3 日,欧阳山的《三家巷》开始在《羊城晚报》《花地》副刊连载。

10月17日,《解放日报·朝花》刊登石西民的《〈上海新儿歌选〉序》。

10月31日,刘逸生的《唐诗小札》开始在《羊城晚报》《晚会》副刊连载。

11月20日,《解放日报·朝花》刊登《供销社里的故事》。

11月24日,《解放日报·朝花》刊登李志伟的报告文学《黎明前的战斗——记交通大学解放前夕的护校斗争》。

本年,《新闻战线》第1、2、4、5、6、8、15期,连载袁鹰的《副刊编辑手记》,共7篇。

1960年

5月30日,孙思义在《新闻战线》第10期发表《要研究县报副刊的特色》。同期还有《贯彻毛泽东思想,办好晚报副刊》《全国晚报举行第二次工作座谈会研究新闻报道和副刊工作等问题》等文发表。

7月23日,《人民日报》刊出郭沫若的《为争取我国社会主义文艺事业的更大跃进而奋斗》,系中国文学艺术工作者第三次代表大会开幕词。同时摘要刊出《社会主义文学艺术的道路》,系周扬在中国文学艺术工作者第三次代表大会上所作的长篇报告。9月4日又在第5版全文刊出《我国社会主义文学艺术的道路——一九六〇年七月二十二日在中国文学艺术工作者第三次代表大会上的报告(之二)》。

8月3日,《人民日报》发表李季、闻捷的《诗的时代　时代的诗》。

8月14日,《解放日报》发表社论《革命的文学艺术万岁——祝中国文学艺术工作者第三次代表大会闭幕》。

8月17日,《解放日报》转发《人民日报》社论《更大地发挥社会主义文艺的革命作用》。

10月18日,《人民日报》发表柯原的《西沙群岛组诗》。

12月21日,《人民日报》发表田间的《筐和锨——长诗〈赶车传〉第六部〈金不换〉的一章》。

12月28日,《人民日报》发表《关于文学作品民族化问题——梁斌同志访问记者》。

1961年

1月28日,《人民日报》"笔谈散文"栏刊出老舍的《散文重要》。

2月1日,《人民日报》"笔谈散文"栏刊出吴伯箫的《多写些散文》。同日,《解放日报》因纸张供应不足,由六版改出四版,四版为《朝花》(包括星期版,每周五次)、理论版(每周二次)。

2月2日,《人民日报》发表王汶石的《漫谈构思(在〈延河〉编辑部小说座谈会上的发言)》。

2月5日,《解放日报·朝花》开始出"星期版",具体方针是反映祖国各地变化风貌;

介绍各种知识,丰富文化生活;项目包括生活杂文、游记、学校与家庭、风俗习惯、文物古迹、各种知识、上下古今、琴棋书画、文化娱乐、美术作品等。此后每逢星期天都以整版篇幅编辑出版,历时两年多。

2月27日,《人民日报》"笔谈散文"栏刊出师陀的《散文忌"散"》。

2月28日,《人民日报》"笔谈散文"栏刊出柯灵的《散文——文学的轻骑队》。

3月1日,《人民日报》"笔谈散文"栏刊出蹇先艾的《崭新的散文》。

3月2日,《新闻业务》发表《中国青年报的〈星期天〉副刊》、"黑龙江日报文艺组"的《初办〈星期日〉副刊的体会》以及"四川日报文艺组"的《四川日报的〈每周副刊〉》。

3月19日,邓拓的"燕山夜话"开始在《北京晚报》副刊《五色土》连载。

4月1日,《新闻业务》发表"羊城晚报《晚会》编辑组"的《从〈晚会〉谈综合性副刊的编辑方法》。

5月16日,《新闻业务》发表"新民晚报《繁花》编辑组"的《编小型晚报副刊的若干体会》。

5月31日,顾行在《新闻业务》发表《晚报副刊的知识性问题》。

8月31日,繁星(廖沫沙)在《北京晚报·五色土》发表《有鬼无害论》。

9月6日,臧克家在《人民日报》发表《学诗断想》。

9月10日,《人民日报》发表田汉的《梅兰芳纪事诗(二十五首)》。

10月9日,《人民日报》刊登阿英的《辛亥革命文谈》,10月10日、10月16日、10月30日,11月10日、11月22日,又各刊出一篇,共6篇。

12月9日,凤子在《人民日报》发表《〈胆剑篇〉演出浅谈》。

12月15日,《解放日报》编委会扩大会传达石西民的指示,说《朝花》最近对京剧是感兴趣了,还可搞些科学性知识性的东西。我们的劳动生产率、科学水平比起美国还是落后的。我们要知道落后,要想这个问题,力争赶上去。

1962年

1月16日,袁鹰在《新闻战线》发表《副刊编辑手记》,本篇为这一组文章的最后一篇。

2月15日,邵燕祯在《新闻业务》发表《对副刊中影剧评论的意见》。

3月2日,《新闻业务》发表《关于副刊的一些想法——夏衍同志谈副刊》。

3月10日,《解放日报·朝花》开辟"文坛漫步"专栏,发表乐言的《议论议论,咱们文艺界》。此栏目由上海市委宣传部文艺处和《解放日报》文艺部共同负责。

4月1日,常海在《新闻业务》发表《副刊编辑工作随想》。

4月16日,黄伟宗在《新闻业务》发表《途径——一个副刊编辑的几页日记》。

5月1日,祖宏在《新闻业务》发表《〈东风〉副刊的版面设计》。

5月16日,李英儒在《人民日报》发表《生活·语言·技巧——纪念毛主席〈在延安文艺座谈会上的讲话〉发表二十周年》。

5月28日,《解放日报》文艺部举行工作会议,研究副刊的进一步改革方案。魏克明在会上说,副刊的性质,“综合性、文艺性。可以这样提”。与其他文艺刊物不同的是,副刊“要配合中心工作,要用事实教育人,靠真人真事”。副刊的任务:“一是抓思想,要抓住时代的脉搏;二是贯彻双百方针,繁荣文艺创作;三是介绍各种知识。”副刊的依靠力量,“说主要依靠工人阶级作者,不对。依靠广大群众是对的。但从写作上谈,主要依靠学有专长的人,说是专家路线也可以。当前主要依靠老的专家、作家。对新作者也要培养”。

5月31日,杨瑾琤在《新闻业务》发表《副刊溯源》。

7月30日,陈艾新在《山花》发表《说“短”道“长”》。

8月1日,石西民与《解放日报》文艺部负责人谈报纸副刊问题。他认为:“《解放日报》副刊,综合性比较好。品种多,还是《东风》(《光明日报》)好,但不能完全照它办,我们现实的东西要多些、广些。”“思想性是灵魂。副刊的思想面貌,要有所提倡,有所反对,要很明确。”

8月26日,《解放日报·朝花》开始刊登丁小逖的《影视春秋——访阳翰笙、于伶同志》,至11月18日,共发表9篇。

9月2日,邓拓的“燕山夜话”在《北京晚报》副刊《五色土》连载完毕。

10月22日,《人民日报》发表峻青的散文《秋色赋》。

1963年

1月12日,《人民日报》发表李季的《脊梁吟》。

1月31日,郑之冬在《新闻业务》发表《在艰苦斗争的日子里——回忆重庆新华日报的副刊》。

4月14日,《人民日报》发表马铁丁的《时代精神、题材及其他——关于报告文学的一些意见》。

6月16日,《人民日报》发表马铁丁的《时代的春天(外一章)——报告文学〈春天的报告〉一书序言》。

6月30日,《解放日报》报道报社编辑部与中国作家协会联合召开报告文学座谈会的消息,并发表评论员文章《轻骑兵呀,前进!》。

10月27日,《解放日报》发表评论员文章《现代戏有巨大生命力》。

10月28日,许志英在《文学评论》发表《〈觉悟〉〈学灯〉〈晨报副刊〉〈京报副刊〉的终刊日期》。

12月8日,《人民文学》发表秦梨的《报告文学的丰收》。

1964 年

1 月 12 日,《人民日报》发表侯金镜的《让短篇小说在农村扎根落户——农村读物丛书短篇小说集介绍和杂感》。

3 月 31 日,《新闻业务》发表《办好一个革命化的副刊——首都九报交流副刊工作经验》。

3 月 9 日,《解放日报·朝花》刊登魏文伯的《送瘟神三字经》。

3 月 24 日,《解放日报·朝花》刊登《南京路上好八连的新故事》一组 4 篇。

6 月 21 日,《人民日报》发表田汉的《访朝诗抄》。

8 月 4 日,《解放日报·朝花》转载《人民日报》刊登的汪岁寒、黄式宪的《应当严肃认真地来评论影片〈北国江南〉》。后陆续刊登多篇批判《北国江南》的文章。

8 月 15 日,《人民日报》发表郭沫若的《下龙湾(七律八首)》。

9 月 15 日,《人民日报》刊登景文师的《〈早春二月〉要把人们引到哪儿去?》。次日,《解放日报·朝花》转载此文。

9 月 17 日,《解放日报·朝花》开辟"关于电影《早春二月》的讨论"专栏。同日,整版刊登胡锡涛的《资产阶级人道主义的还魂草》。

10 月 31 日,《人民日报》转载《文艺报》编辑部的《"写中间人物"是资产阶级的文学主张》《关于"写中间人物"的材料》,并发表"编者按":"社会主义文学创作的首要任务,是努力创造工农兵的英雄形象,还是'写中间人物'?这是当前有关文艺创作问题的一个重要争论。这是一个原则性的分歧,是关系到文艺走社会主义道路还是走资本主义道路的一场大是大非之争。《文艺报》编辑部写的这篇文章,对'写中间人物'这种资产阶级的文学主张进行了严肃的批评。现将全文和《关于'写中间人物'的材料》转载如下。"

11 月 1 日,《解放日报》四版整版刊登《文艺报》编辑部的《"写中间人物"是资产阶级的文学主张》(转第 5 版)。

1965 年

2 月 18 日,《人民日报》刊登繁星(廖沫沙)的《我的〈有鬼无害论〉是错误的》。

3 月 7 日,《人民日报》刊出冯德英(执笔)、黎静、丁一三等人的《女飞行员》(五幕六场话剧),并于 3 月 8 日、3 月 9 日、3 月 11 日、3 月 12 日连载完毕。

4 月 4 日,《解放日报》第 5 版、第 6 版、第 7 版刊登唐耿良的《大寨人的故事》。

5 月 8 日,《解放日报·朝花》出专刊《独有英雄驱虎豹——笔谈支持越南人民抗美救国斗争映出影片》。

5 月 30 日,《解放日报》四版整版转载《人民日报》苏南沅的《〈林家铺子〉是一部美化资产阶级的影片》。

6月1日,《解放日报·朝花》刊登《〈林家铺子〉模糊人们的阶级斗争观念》和《为什么要美化资本家》两文,开始批判电影《林家铺子》。

8月13日,《解放日报·朝花》出“向‘乌兰牧骑’学习”专刊。

8月20日,《解放日报·朝花》开始出专辑,选登抗日战争诗歌。

8月24日,《人民日报》刊登田间的《拿起武器来!——纪念抗日战争胜利二十周年诗笺一束》。

10月23日,《解放日报》发表评论员文章《培养无产阶级革命文学接班人》。

11月6日,《人民日报》发表顾工的《献给英雄的诗——读王杰同志日记有感》。

11月10日,《文汇报》发表姚文元的《评新编历史剧〈海瑞罢官〉》。11月12日,《解放日报》转载此文。

11月15日,《人民日报》发表贺敬之的《回答今日的世界——读王杰日记》。

11月21日,《解放日报·朝花》开辟“青年业余作者作品选”专栏。

1966年

1月9日,《人民日报》选载金敬迈的《欧阳海之歌》中的三节,并配发“编者按”:“本报今天选载了长篇小说《欧阳海之歌》中的三节。这是一本好小说。它是近年来我国文学工作者进一步革命化、贯彻执行毛泽东文艺路线所取得的新成果之一。这本小说成功地塑造了一个雷锋式的共产主义新人的典型。通过欧阳海这个英雄人物的成长过程,小说生动地展现了我国人民,特别是伟大的中国人民解放军高举毛泽东思想红旗的龙腾虎跃的生活面貌和精神面貌,较深刻地概括了我们时代的千百万革命战士的思想品质和性格特征……”

2月22日,《解放日报》第4版出“评吴晗同志《关于〈海瑞罢官〉的自我批评》”专栏,选登农民来稿《吴晗同志站在什么立场上说话?》《哪有帮农民办好事的官老爷!》。同日,《人民日报》发表社论《文艺工作者,到农村去锻炼!》。

3月1日,《人民日报》刊出金敬迈的《〈欧阳海之歌〉的酝酿和创作》。

3月20日,《解放日报·朝花》出专刊,刊登青浦县农民、上海第一医学院苏德隆等谈科教片《送瘟神》和上海科影厂殷虹的《踏雪攀高拍险景——〈泥石流〉拍摄散记》。

6月1日,《人民日报》选载《欧阳海之歌》描写欧阳海童年时代的一章《风雪中》,6月2日、6月3日连载完毕。

7月2日,《解放日报》重新发表毛泽东的《在延安文艺座谈会上的讲话》及《红旗》杂志重新发表《讲话》时配发的按语。

7月7日—17日,《解放日报》分四次选刊工人作家胡万春描写部队生活的中篇小说《铁拳》。

10月21日,《解放日报》三版整版出专页纪念鲁迅。

1976 年

10 月 1 日,《人民日报》发表《纪念鲁迅诞生九十五周年、逝世四十周年　大型彩色文献纪录片〈鲁迅战斗的一生〉上映》。

10 月 19 日,《人民日报》第 1 版发表社论《学习鲁迅　永远进击》。

10 月 21 日,《人民日报》第 1 版发表任平的《一个地地道道的老投降派》,揭露一个化名"狄克"的小丑,"以评论小说《八月的乡村》为名,阴险恶毒地影射和诋毁鲁迅"。并在第 2 版重新刊登了鲁迅的《三月的租界①》。

10 月 30 日,《光明日报》刊登刘再复的《鲁迅对"求全责备"的批判》。

10 月 31 日,《解放军报》第 5 版《长征》副刊发表魏巍的《在欢乐的鼓声中行进》。

11 月 20 日,《文汇报》刊登复旦大学中文系严求深的《斥文艺批评的宗派主义》。

12 月 24 日,《人民日报》发表《新发现一批鲁迅书信》,"这些书信,都是鲁迅成为伟大的共产主义者的最后十年中写下的",共 13 封。

1977 年

1 月 2 日,《人民日报》第 5 版发表赵燕侠的《从〈沙家浜〉的诞生看江青的摘桃派嘴脸》。

1 月 11 日,《解放军报》第 3 版《长征》副刊发表刘白羽的《伟大创业者——怀念我们敬爱的周总理》。

1 月 21 日,《文汇报》报道被"四人帮"打入冷宫十年之久的革命歌剧《洪湖赤卫队》在武汉重新公演。

1 月 29 日,《光明日报》报道北京市文艺创作联络办公室召开的专题座谈会,会议主题为深入批判王张江姚反党反革命的修正主义文艺路线。

1 月 31 日,何为在《人民日报》副刊发表散文《临江楼记》。

2 月 19 日,《光明日报》刊登《鲁迅书信集》补遗,刊登了 15 篇人民文学出版社最近出版的《鲁迅书信集》所没有收入的信。

2 月 25 日,《解放军报》刊登黄钢的《历史的真相与叛徒的谎言——痛斥"四人帮"伪造的所谓"无产阶级文艺的创业期"》。

3 月 19 日,《光明日报》刊登文化部批判组的《文艺作品"多"与"少"问题上的一场激烈斗争》。

3 月 20 日,《人民日报》发表严家炎的《姚文元恶毒攻击鲁迅的用心何在?》。

4 月 7 日,《人民日报》刊登八一电影制片厂理论组的《谁主千秋浮沉——批判反党乱军大毒草〈千秋业〉》。

4 月 29 日,《解放军报》刊登蒋和森、郅捷的《评黑帮文霸姚文元》。

5月18日,《人民日报》第1版发表了文化部批判组的《评“三突出”》。

5月21日,《人民日报》第1版刊登人民文学出版社鲁迅著作编辑室的《投一光辉群魔毕现——学习毛主席的重要批示,深揭狠批“四人帮”破坏鲁迅著作出版研究工作的罪行》。

5月21日,《文汇报》第1版刊登黄霖的《永远坚持文艺的工农兵方向——批判“四人帮”反对〈在延安文艺座谈会上的讲话〉的罪恶行径》。

5月21日,《解放军报》发表黄钢的《难忘的延安之夜——今年毛主席〈在延安文艺座谈会上的讲话〉发表三十五周年》。

5月22日,《人民日报》发表草明的《指路明灯》。

5月22日,《光明日报》刊登草明的《试金石——纪念〈在延安文艺座谈会上的讲话〉发表三十五周年》。

5月23日,《人民日报》第1版发表社论《更高地举起毛主席革命文艺路线的伟大旗帜——纪念〈在延安文艺座谈会上的讲话〉发表三十五周年》。第2版刊登杜书瀛的《到工农兵的火热斗争中去——纪念〈在延安文艺座谈会上的讲话〉发表三十五周年》。

5月23日,《光明日报》第2版报道了《光明日报》编辑部邀请在京部分专业和业余文艺工作者举行座谈会,纪念毛主席《在延安文艺座谈会上的讲话》发表三十五周年。杨沫、王朝闻等人出席并发言。

5月23日,《解放军报》发表冯牧的《向大庆的文艺战士学习》。

5月28日,《光明日报》发表北京大学中文系现代文学教研室的《在〈讲话〉照耀下的解放区文艺运动——兼评“四人帮”的“空白论”的反动实质》。

5月31日,《光明日报》发表冯至的《“四人帮”“古为帮用”剖析》。

6月2日,《解放军报》发表韶文的《为孩子们多写好作品——揭批“四人帮”摧残、扼杀儿童文学的罪行》。

6月4日,《光明日报》发表吴岫原的《“三突出”是儿童文学创作的绞索》。

6月11日,《人民日报》第3版发表陈其通的《毛主席的〈讲话〉永放光芒——驳“四人帮”在文艺上的谬论》和胡可的《认真学〈讲话〉 狠批“四人帮”》。

6月11日,《文汇报》刊登巴金的《第二次的解放》。

6月11日,《光明日报》发表金启华、陈美林的《评梁效〈杜甫的再评论〉》,此外还发表张建业的《姚文元与胡风的“主观战斗精神”异同论》。

6月12日,《光明日报》第1版刊登文化部批判组的《几声凄厉,几声抽泣——评初澜的〈坚持文艺革命,反击右倾翻案风〉》。

6月16日,《人民日报》刊登中国人民解放军总政文化部理论组的《部队文艺工作的光荣传统不容破坏——批判“四人帮”利用文艺反军乱军的罪行》。

6月18日,《光明日报》报道北京市文艺创作联络办公室邀请部分业余和专业的文艺工作者进行了多次座谈，在比较深入广泛的研究和探讨的基础上，起草《文艺创作的十个“要不要”》。同期，还发表了陈伯吹的《在儿童文学战线上拨乱反正》。

6月25日，《光明日报》发表茅盾1974年到1975年在阅读长篇小说《李自成》过程中寄给作者姚雪垠的信，信中就小说的一些单元和细节与作者进行探讨。

6月25日，《人民日报》刊登上海电影制片厂大批判组的《这笔账一定要清算——从反党影片〈春苗〉的出笼看“四人帮”篡党夺权的罪恶阴谋》，并配发“编者按”。

6月29日，《人民日报》刊登《百花齐颂华主席》。

7月9日，《光明日报》发表阎纲的《威武雄壮的战争话剧——评长篇小说〈昨天的战争〉》。

7月11日，《人民日报》刊登杨沫的《献上一颗炽热的心——为〈青春之歌〉的再版致青年读者》。

7月16日，《光明日报》发表程代熙的《关于“拿来主义”——学习鲁迅介绍外国文学的经验》。

7月17日，《人民日报》刊登中国话剧团的《坚持唯物辩证法，彻底批判“三突出”——学习周总理关于塑造英雄形象问题的一次谈话》。

7月22日，《人民日报》刊登刘白羽的《巍巍太行山》和任洪渊的《沉思在未名湖畔》。

8月7日，《光明日报》第4版《光明》副刊发表王愿坚的短篇小说《同志……》。

8月13日，《光明日报》刊登上海师范大学批判组的《“四人帮”的篡党夺权阴谋与石一歌的“鲁迅研究”——评石一歌的三篇反党黑文》。

8月17日，《解放军报》第1版刊登申文军的《高举毛主席文艺路线的伟大旗帜奋勇前进》，对当时文艺的几方面问题进行探讨。

8月18日，《人民日报》刊登《人民文学》编辑部的《〈人民文学〉复刊的一场斗争》。

8月28日，《人民日报》第3版发表南京师范学院王臻中、谈凤梁的《积极开展无产阶级的文艺批评》。同版还刊登了沈太慧的《依靠群众搞好文艺批评》和两封读者来信《清除文艺评论中的“帮气”》《欢迎这样据事说理的文章》。

9月3日，《光明日报》发表姜彬的《论“阴谋文艺”》，批判了“四人帮”的文艺创作模式。

9月15日，《人民日报》刊登陈高钦、党圣元的《深情凝诗篇　誓言表决心——读诗集〈毛主席永远活在我们心中〉》，以及丁国成的《毛主席伟大旗帜的颂歌——读诗集〈红太阳颂〉》。

9月17日，《解放军报》刊登刘白羽的《延河水流不尽》。

9月24日，《光明日报》发表姚雪垠的《在毛泽东思想指引下探索前进》。

9月28日，《文汇报》刊登上海人民出版社批判组的《阴谋文艺的“序曲”》。

10月4日，《人民日报》刊登文化部理论组的《坚持“百花齐放、百家争鸣”的方针——纪念伟大的领袖和导师毛主席逝世一周年》。

10月8日,《光明日报》刊登刘再复、杨志杰的《“四人帮”阴谋文艺的始末》。

10月12日,《人民日报》发表曹禺的《“从此旧剧开了新生面”——赞京剧〈逼上梁山〉》,对该剧作出较高评价。同版还刊登了北京市京剧团的《历史剧〈逼上梁山〉重放光彩》。

10月12日,《文汇报》发表沙叶新的《笑有何罪?!》。

10月15日,《光明日报》刊登张炯的《重评〈创业史〉的艺术特色》。

10月16日,《光明日报》刊登柯灵的《在历史的激流中》。

10月19日,《人民日报》发表宋庆龄的《追忆鲁迅先生》、茅盾的《鲁迅研究浅见》和川岛的《读〈鲁迅日记〉杂记》。

10月22日,《解放军报》第1版刊登南京部队空军理论组和空军政治部理论组的《货真价实的阴谋文艺——批判〈胜利进行曲〉、〈闪光的军号〉、〈五月惊雷〉等三篇毒草小说》。

10月29日,《人民日报》刊登杨益言的《叛徒江青为什么扼杀〈红岩〉》,赵增锴的《驳“主题先行”的谬论》和郅捷、刘再复的《斥阴谋文艺》。

10月29日,《光明日报》发表冯春的《一部反映奴隶起义的优秀作品——评〈斯巴达克思〉》。

10月30日,《解放军报》刊登上海人民出版社批判组的《阴谋文艺的一个标本——〈朝霞〉发表的毒草小说〈一篇揭茅盾的报告〉》和谷梁、姚胥正的《为“四人帮”篡党夺权敲的破钟——评反动小说〈金钟长鸣〉》。

11月5日,《光明日报》发表杨志杰、刘再复的《论题材》。

11月9日,《人民日报》刊登北京鲁迅《坟》注释组的《驳“鲁迅批判民主派”》及上海师大批判组的《卑劣的篡改和歪曲——评石一歌的所谓“鲁迅评法批儒”》。

11月11日,《人民日报》刊登杨志杰、朱兵的《彻底批判“四人帮”的“阴谋文艺”——反党电影〈春苗〉是怎样攻击和丑化党的领导、为“四人帮”篡党夺权服务的》。

11月11日,《解放日报》刊登复旦大学中文系理论组的《还石一歌的庐山真面目》和顾祥德的《借鲁迅名义捣鬼的丑类》。

11月12日,茅盾的《老兵的希望》发表于《光明日报》,文章对解放区文学和“十七年”文学作了充分肯定。

11月13日,《人民日报》发表巴金的《〈家〉重印后记》。

11月13日,《光明日报》刊登曹靖华的《往事漫忆——鲁迅先生谈写作》。

11月18日,《文汇报》刊登图片消息《挥笔写新作,文坛正春天——访几位正在从事新作的作家》。

11月19日,《人民日报》报道《人民文学》编辑部10月召开的短篇小说创作座谈会,并发表评论员文章《充分发挥短篇小说的战斗作用》。

11月19日，《解放军报》第1版刊登张大明、桑逢康、沈思亨的《驳"文艺黑线专政"论》。

11月25日，《人民日报》第1版发表社论《坚决推倒、彻底批判"文艺黑线专政"论——本报编辑部邀请文艺界人士举行座谈会》。第2版发表了茅盾在座谈会上的讲话《贯彻"双百"方针，砸碎精神枷锁》和刘白羽的讲话《从"文艺黑线专政"到阴谋文艺》。此后，《人民日报》还陆续发表了冯牧、李季、贺敬之、冰心、张光年等人的座谈会讲话。

11月27日，《人民日报》发表徐民和的《"是党给我的艺术新生命"——访作家姚雪垠》。

11月29日，《人民日报》第3版刊登了中共湖北省委宣传部写作组的《澄清"四人帮"在题材问题上制造的混乱》。

12月2日，《人民日报》发表贺敬之的《必须彻底批判"文艺黑线专政"论》。

12月3日，《人民日报》刊登文化部批判组的《"四人帮"围剿〈海霞〉是一场严重的阶级斗争》。

12月4日，《人民日报》刊登谢冰心的《对"文艺黑线专政"论的流毒不可低估》。

12月7日，《人民日报》刊登张光年的《驳"文艺黑线专政"论——从所谓"文艺黑线"的"黑八论"谈起》。

12月7日，《光明日报》报道，最近本报编辑部邀请文艺界人士举行了座谈，并从当日起刊登他们的发言。当日登载了曹禺的《不容抹煞的十七年》、张庚的《绝不允许"四人帮"否定一切》等文章。

12月10日，《光明日报》第1版以"本报讯"刊载《十七年是毛主席文艺路线占主导地位——北京市专业、业余文艺工作者举行座谈会批判"文艺黑线专政"论》一文。同时还刊登了蒋守谦、张家钧、章楚民的《十七年文艺的成就与"文艺黑线专政"论的破产》。

12月15日，《人民日报》刊登申涛声的《阴谋文艺的一股狂澜——评"四人帮"御用写作班子初澜》。

12月17日，《光明日报》发表周林发、蔡国琪的《崎岖的道路，光辉的前程——重读〈青春之歌〉》及唐弢的《十七年！》。

12月18日，《光明日报》发表杨沫的《端正路线是非》及王安忆的《老师》。

12月24日，《人民日报》发表短评《把文艺活跃起来——祝贺广东省文联和各协会恢复活动》。

12月24日，《光明日报》刊登解放军某部张猛的《应该有描写人民内部矛盾题材的作品》。

12月24日，《光明日报》刊出臧克家的《新诗形式管见——学诗断想》。

12月26日，《人民日报》报道该报编辑部最近在上海邀请巴金、于伶、柯灵、王西彦、茹志娟等文艺界人士参加座谈会,继续揭发和批判“四人帮”炮制“文艺黑线专政”论的罪行。并发表了巴金的《除恶务尽,不留后患——揭批“四人帮”炮制“文艺黑线专政”论的罪行》。

12月27日,《人民日报》刊登于伶的《把“文艺黑线专政”论彻底砸烂》和杜宣的《三十年代文艺的历史不许颠倒》。

12月28日,《解放军报》刊登贺政的《阴谋家的反党嘴脸——评王洪文及马天水之流在上海文艺座谈会上的丑恶表演》。

12月30日,《文汇报》报道《青春之歌》在日本重新校订出版。《青春之歌》曾在1960年由日本友好人士岛田政雄、三好一译成日文出版。这次由日本青年出版社出版的《青春之歌》日译本,是原译者请伊藤克根据新的中文版本重新校订的。

12月31日,《人民日报》第1版转载《诗刊》1978年1月号上的《毛主席给陈毅同志谈诗的一封信》。第4版转载《诗刊》1978年1月号上林默涵的《读毛主席谈诗的信》、孟伟哉的《澄清关于形象思维的理论是非——学习毛主席关于形象思维问题的科学论断》和臧克家的《论诗遗典在》。

1978年

1月1日,《人民日报》发表康濯的《湘阴春光》,第6版的国际副刊刊登冯至的《感情真挚的诗歌画》。

1月2日,《人民日报》发表辛文的《裴多菲——匈牙利的爱国者和诗人》。

1月5日,《人民日报》刊登草婴的《“黑线专政”论对外国文学工作造成的灾难》和刘金的《“黑线”、“黑网”及其他》。

1月7日,《光明日报》发表秦牧的《掌握语言艺术,搞好文学创作——学习〈毛主席给陈毅同志谈诗的一封信〉的感想》。

1月7日,黄钢的《亚洲大陆的新崛起——从李四光走的道路看新中国地质科学的跃进》发表于《人民日报》。

1月9日,《人民日报》发表邵华泽的《文风和认识路线》,该文后由《文汇报》在1978年1月10日第3版转载。

1月10日,《人民日报》第3版报道本报编辑部邀请北京部分工农兵读者,在首都图书馆举行座谈,批判“四人帮”的“文艺黑线专政”论,并刊出《工农兵读者痛斥“文艺黑线专政”论》。同版刊登了几篇工农兵读者的文章,其中有于健的《“四人帮”禁书证明他们的本质虚弱》和韩之勤的《夺回“四人帮”抢走了的精神食粮》等。

1月11日,《人民日报》刊登文化部批判组的《一场捍卫毛主席革命路线的伟大斗争——批判“四人帮”的“文艺黑线专政”论》。

1月13日,《文汇报》刊登王家熙、过传忠的《“三突出”的炮制与“四人帮”的阴谋——兼评"四人帮"死党于会泳的一篇黑文》。

1月14日，《光明日报》刊登程代熙的《还车尔尼雪夫斯基应有的历史地位》。

1月15日，《光明日报》刊登金盾的《给作品起个好名字》。

1月15日，《文汇报》发表《春回人间——访巴金》。

1月17日，《人民日报》第1版发表评论《华主席为〈人民文学〉题词》，并配发评论员文章《抓纲治文艺》。第3版刊登周立波、王愿坚、周而复、阮章竞和徐迟的相关文章。

1月21日，《人民日报》刊登沈萱的《批判"四人帮"反对"写真人真事"的谬论》。

1月24日，《人民日报》刊登陈登科的《关于〈风雷〉的一封信》和李泽厚的《形象思维的解放》。

2月6日，《人民日报》第1版刊登中国人民解放军总政治部文化部评论组的《"文艺黑线专政"论的出笼和破灭》。

2月11日，《光明日报》发表李泽厚的《关于形象思维》。

2月14日，《文汇报》刊登上海师范大学批判组的《"四人帮"的政治需要与石一歌的"鲁迅研究"》。

2月15日，《人民日报》刊登陆贵山的《从塑造典型看阴谋文艺的极右实质》，骆玉明、王国安的《读〈陆游集〉及其它》等。

2月16日，《人民日报》刊登林林的《献身不惜作尘泥——忆杨朔》。

2月16日，《光明日报》转载徐迟的《哥德巴赫猜想》并加了"编者按"，认为"广大科学工作者和知识分子会从这里受到鼓舞，受到教育，受到鞭策。广大工农兵群众读过以后，也一定会为我们国家有这样优秀的科学家和这样出色的科研成果而感到骄傲和自豪。一个民族，科学文化水平不提高，四个现代化是搞不起来的。我们要刻苦学习，要研究新问题，勇攀科学高峰，要努力提高我们整个民族的科学文化水平，争取对人类作出较大的贡献"。

2月17日，《人民日报》转载徐迟的《哥德巴赫猜想》并加"编者按"："……它以生动的文笔，如实地反映了我国著名数学家陈景润不畏艰苦、勇攀高峰的动人事迹，受到广大读者的欢迎。这一期《人民文学》很快销售一空。这是一种十分可喜的现象。它反映了粉碎'四人帮'之后，全国人民非常关心祖国科学研究事业的进步，反映了以华主席为首的党中央关于向四个现代化进军的伟大号召已经深入人心，也说明在社会主义新中国，凡是有发明创造的科技工作者和工农兵群众，都会受到国家和人民的尊重，受到整个社会的尊重。"

2月17日，《解放日报》刊登卞歆延的《"四人帮"反"真人真事"的真意》和陈炳的《斥所谓"从路线出发"论》。

2月19日，《人民日报》刊登北京师范学院教师杜涟的《为祖国的春天增添色彩——从短篇小说〈班主任〉引起的感想》。

2 月 19 日,《解放日报》刊登沙叶新的短评《“四人帮”的“评论权力”》。

2 月 20 日,《人民日报》第 6 版刊登何平的《短暂而光辉的一生——日本革命作家小林多喜二》及冯至的《想象与实际》。

3 月 1 日,《人民日报》刊登《周总理青年时代诗选》。

3 月 21 日,《人民日报》发表曹禺的《纪念易卜生诞辰一百五十周年》。

3 月 25 日,《解放日报》刊登上海师范大学批判组的《澄清“四人帮”揭批“中间人物论”制造的混乱》,还发表陈伯吹的《砸烂“黑线专政”论,儿童文学迎新春》。

3 月 28 日,《文汇报》发表辛文的《伟大的无产阶级文学家高尔基——纪念高尔基诞生一百一十周年》。

4 月 2 日,《人民日报》刊登齐怀的《刑场上的婚礼》。

4 月 5 日,《人民日报》第 4 版、《文汇报》第 2 版发表郭玲春的《栽“花”记》,记录了话剧《峥嵘岁月》的创作、争论和排演过程。

4 月 8 日,《光明日报》发表戈人的《题材三议——学习马、恩、列、斯关于题材问题的论述》。

4 月 9 日,《人民日报》刊登巴金的《〈处女地〉译后记》。

4 月 9 日,《文汇报》刊登周汝昌的《“四人帮”为何仇恨“考证”》,并发表俞平伯的两首诗。

4 月 13 日,《人民日报》刊登曹禺的《红杏枝头春意闹》和于是之的《忆老舍》。

4 月 14 日,《人民日报》刊登秦牧的《青年人应该怎样选择生活道路》。

4 月 14 日,《文汇报》发表王西彦的《骗子和打手——揭穿“四人帮”御用工具“石一歌”的“鲁迅研究”的骗局》。

4 月 19 日,《文汇报》发表吴中杰、高云的《反形象思维论的畸形儿——〈虹南作战史〉》和陶玲芬、潘祖奇的《李双双为什么叫人难忘》。

4 月 19 日,《光明日报》发表曹禺的《看话剧〈丹心谱〉》和刘宗明的《凝练、生动、个性化——略谈话剧〈丹心谱〉的语言》。

4 月 29 日,《光明日报》刊登郭志刚的《读孙犁的〈白洋淀纪事〉》。

4 月 30 日,艾青“复出”后的第一首短诗《红旗》发表在《文汇报》上。这是他时隔 21 年后第一次在报刊上正式出现。

5 月 1 日,《光明日报》改版,计划办成一张以科学、教育为主要宣传内容的文化战线方面的报纸。以宣传科学、教育方面的路线、方针、政策为主,积极反映国内外科学、教育方面的动态,还兼顾社会科学和文化方面其他领域的宣传,办好各种专刊和副刊。国内外政治、经济新闻,除特殊重要者,一般不再刊登。

5 月 2 日,《文汇报》第 3 版刊登江俊绪、崔衍的《战斗的青春红似火——重评长篇小说〈战斗的青春〉》和张德华的《谈文艺作品写爱情》。

5月10日,《文汇报》刊登云翼的《〈竹笋〉讨论是一场政治骗局》,对1975年11月"四人帮"控制的《文汇报》上开展的一场关于小小说《竹笋》轰动一时的讨论最终却草草收场之事进行揭批。

5月11日,《光明日报》第1版刊登评论员文章《实践是检验真理的唯一标准》,后由《人民日报》《文汇报》等于5月12日转载。

5月18日,《文汇报》刊登朱光潜的《西方美学史》重版序言的第一部分《美学是一门重要的社会科学》和范民声、吕兆康的《〈虹南作战史〉的创作过程说明了什么?》。

5月23日,《人民日报》第1版发表社论《为繁荣文艺创作而奋斗》。

5月28日,《人民日报》刊登秦牧的《蒙地卡罗一老妇》和黄宗江的《海默难默》。

5月29日,《解放军报》刊登张友鸾的《漫谈不怕鬼》。

5月30日,《人民日报》发表短评《把最好的精神食粮给儿童》。

6月13日,文化部理论组的《认真调整党的文艺政策》发表于《人民日报》。

6月13日,理由的报告文学《扬眉剑出鞘》发表于《光明日报》。

6月16日,上海《文汇报》"文艺评论"版开辟专栏"关于题材多样化问题的讨论(一)",发表柯灵的《首先强调什么?》、宋大雷的《题材问题需要讨论一下》、沙叶的《题材要不拘一格》、陈伯吹的《题材问题的管见》等4篇文章。

7月2日,《文汇报》综合性文艺副刊《风雷激》改名为《新长征》。

7月6日,《文汇报》第1版发表本报评论员短评《大力提倡现代革命题材》。

7月7日,《文汇报》第4版推出"关于题材多样化问题的讨论"专栏(三),发表罗守让的《理直气壮地提倡写重大题材》、朱怿的《不必强调"重大"与"一般"》、陈绍伟的《题材多样化会导致资产阶级自由化吗?》、竣东的《"题材无差别"论,还是"题材决定"论——与宋大雷同志讨论》等4篇文章。

7月18日,《人民日报》发表吴强的《〈红日〉二次修订本前言》。

7月18日,《文汇报》推出"关于题材多样化问题的讨论"专栏(四),发表羽山的《也来谈题材多样化》、陈军的《"重大题材为主"论站得住吗?》等文章。

7月24日,《解放军报》发表杨志杰、刘再复的《艺术·科学·现代化——读报告文学〈哥德巴赫猜想〉有感》。

7月27日,《光明日报》发表鲍昌的《老刘的哲学——关于"知识就是力量"问题的讨论》。

7月27日,《解放日报》发表陈伯吹的《小工程师们》。

8月3日,《文汇报》推出"关于题材多样化问题的讨论"专栏(五),发表艾明之的《题材随想》、秦牧的《太阳光下的一滴滴水珠》、薛允璜的读者来信。

8月8日,《人民日报》发表张雨生的《正反面人物的比例是文艺批评的标准吗?》。

8月11日,复旦大学中文系一年级学生卢新华的短篇小说《伤痕》发表于《文汇报》

第4版。发表之前,小说于4月上旬在复旦大学中文系一年级的墙报“百花”上刊登。

8月19日,《光明日报》发表周而复的《“四人帮”扼杀〈上海的早晨〉的阴谋》。

8月20日,巴金的《衷心感谢他——怀念何其芳同志》发表于《人民日报》。

8月22日,《文汇报》以《评小说〈伤痕〉——来稿摘登》为题,发表了陈思和的《艺术地再现生活的真实》、朱祖贻的《好就好在真》、顾云卿的《需要这样的“人情味”》、马永前的《这是否也是一种“伤痕”》、唐宝根的《为什么把它当作真实的故事》、徐徇的《美中不足》、许锦根的《应当塑造出各种各样的人物》、翁再思的《悲剧是禁区吗?》、赵文献的《血和泪的控诉》、赵乃炘的《意料之外情理之中》等10篇读者来稿。

8月29日,吴强的评论《可喜的新花——谈短篇小说〈伤痕〉》、孙小淇的评论《〈伤痕〉出了“格”吗?》发表于《文汇报》。

9月1日,《人民日报》发表文化部理论组的《为〈三上桃峰〉平反》。

9月14日,严家其的哲学幻想小说《宗教·理性·实践——访三个时代关于真理问题的三个“法庭”》发表于《光明日报》。

9月17日,茹志娟的《时代的足迹——〈百合花〉后记》发表于《光明日报》。

9月19日,《文汇报》“文艺评论”专栏发表一组关于小说《伤痕》的评论,有荒煤的《〈伤痕〉也触动了文艺创作的伤痕!》,董德兴的《从小说〈伤痕〉的一点争议谈起》,邱峰、冯从岳的《以情感人》,徐克仁、吴基民、马信方的《对王晓华这个人物的一些看法》等。

9月26日,《文汇报》发表刘叔成的《读〈伤痕〉,话题材》、展思的《题材问题上拨乱反正的方针——学习华主席关于文艺问题的指示》。

9月27日,李陀的《香水月季》发表于《人民日报》。

10月3日,《光明日报》发表李一氓的《〈阿英文集〉序》、刘心武谈短篇小说《班主任》创作过程的《沿着正确的道路前进》以及杨沫的《深入生活　提高技巧》等。

10月14日,《文汇报》发表卢新华的《谈谈我的习作〈伤痕〉》。

10月22日,《文汇报》发表端木蕻良的《写在蕉叶上的信——关于长篇小说〈曹雪芹〉》。

11月1日,《中国少年报》复刊。

11月4日,《光明日报》第2版发表特约评论员文章《革命文艺的神圣使命——从〈神圣的使命〉谈起》。

11月8日,向彤的《文艺要不要反映社会主义时期的悲剧——从〈伤痕〉谈起》发表于《光明日报》。

11月19日,《人民日报》第3版刊登徐民和的《献给中华民族的子子孙孙——访问〈天安门诗抄〉编者童怀周》。

12月1日,巴金在香港《大公报》开辟“随想录”专栏,发表首篇《谈〈望乡〉》,直至1986年8月20日刊载最后一篇《怀念胡风》,共150篇,42万字,历时8年。其间陆续出五集:《随想录》《探索集》《真话集》《病中集》《无题集》,由人民文学出版社出版。这五集总题《随想录》。

12月10日,陶斯亮的《一封终于发出的信——给我的爸爸陶铸》发表于《人民日报》第2版。

12月19日,张光年的《驳“文艺黑线”论》、罗荪的《“双百”方针和艺术民主》发表于《人民日报》。

12月23日,《人民日报》发表本报评论员文章《加快为受迫害的作家和作品平反的步伐》。

1979年

1月2日,中国文联举行迎新茶话会,中共中央政治局委员、中共中央秘书长、中央宣传部长胡耀邦对文艺界提出热情的希望:“我们伟大祖国奔向四个现代化的时代列车,现在已经开动了! 党的三中全会公报,就是这列列车启动的汽笛声。”“在这个列车启动的关键时刻,请同志们尽情地大胆地唱出奔向四个现代化的最强劲的进行曲,请同志们用你们手里的琴弦拨出时代的最强音!”(《政治局委员、中央秘书长、中宣部长胡耀邦对文艺界提出热情希望祖国奔向四化的时代列车开动了文艺界要大胆唱出最强劲进行曲》,《文汇报》1月3日)

1月6日,《人民日报》发表《一个惊心动魄的政治大阴谋——揭露姚文元〈评新编历史剧《海瑞罢官》〉黑文出笼经过》。

1月27日,《文汇报》发表上海市出版局理论组的《〈评“三家村”〉的反动本质——兼及党内两条战线斗争的历史教训》。

2月2日,《光明日报》发表韶华的《谈谈繁荣文艺创作的几个问题》。

2月2日—5日,《大公报》连载巴金的《怀念萧珊》。

2月4日,《人民日报》发表周恩来的《在文艺工作座谈会和故事片创作会议上的讲话》(1961年6月19日)。

2月6日,《光明日报》发表《学习周总理讲话　发扬艺术民主　繁荣文艺创作》。

2月7日,《没有知识分子就没有现代化》发表于《文汇报》。

2月11日,郑义的《枫》发表于《文汇报》。

2月22日,《人民日报》发表任文屏的《一桩触目惊心的文字狱——为〈三家村札记〉、〈燕山夜话〉恢复名誉》。

2月23日,《人民日报》刊载周扬的《关于社会主义新时期的文学艺术问题——一九七八年十二月在广东省文学创作座谈会上的讲话》。

2月23日,《光明日报》刊载《所谓“三家村反党集团”完全是林彪、“四人帮”制造的大冤案》。

2月23日,《文汇报》发表《真理有没有阶级性?(论点综述)》。

3月2日,《光明日报》刊载高缨的《由〈达吉和她的父亲〉所想到的》。同日,《新闻战线》刊出子茵的《"刺"的风波——文艺副刊编辑日记片段》。

3月6日,《人民日报》刊载朱颖辉的《按照艺术生产规律领导文艺——学习周恩来同志〈在文艺工作座谈会和故事片创作会议上的讲话〉》。

3月6日,《光明日报》发表夏康达的《"写中间人物"辨——读〈李双双小传·后记〉所想到的》、李慰蚀的《思考,别忘了文学——谈〈爱情的位置〉和〈醒来吧,弟弟〉》。

3月16日,《光明日报》发表程代熙的《关于悲剧问题——与董学文同志商榷》、范培松的《也谈悲剧成因——与向彤、王西彦同志商榷》。

3月29日,《文汇报》刊载《总结建国三十年来的文艺运动〈中国当代文学史〉大纲讨论会举行》。

3月30日,《光明日报》刊载刘锡诚的《谈当前短篇小说创作中的几个问题》。

4月2日,黄伟宗的《"写中间人物"是资产阶级的文学主张吗?》发表于《人民日报》。

4月6日,《解放军报》发表顾工的《"四五"之夜》。

4月7日,《人民日报》发表宋庆龄的《我看〈童心〉》。

4月10日,《人民日报》刊载马杰的《梁斌找到〈红旗谱〉第三部〈战寇图〉原稿》。

4月15日,《广州日报》发表黄安思的《向前看啊!文艺》。

4月20日,《解放军报》发表特约评论员文章《四项基本原则不容违反——评电影文学剧本〈苦恋〉》。

5月5日,《人民日报》发表社论《解放思想,走自己的道路——纪念五四运动六十周年》。

5月8日,《人民日报》发表冰心的《人民的力量》和本报评论员文章《发扬"五四"文学运动的战斗传统》。

5月11日,《光明日报》发表特约评论员文章《分清两条思想路线　坚持四项基本原则》。

5月21日,《人民日报》发表本报评论员文章《批透极左路线　贯彻"双百"方针》。

5月25日,《人民日报》第1版发表《要为真理而斗争——优秀共产党员张志新同林彪、"四人帮"进行殊死斗争的事迹》(中共辽宁省委《共产党员》杂志社供稿)。

5月26日,冰心为《人民日报》撰文《给下一代提供精神食粮——谈复刊后的〈儿童文学〉》。

5月28日,《人民日报》发表本报评论员文章《"放"和"争"——再谈批透极左路线,贯彻"双百"方针》。

6月10日,《解放日报》发表本报评论员文章《继续解放思想　繁荣文艺事业》(《人民日报》1979年6月25日转载)。

6月11日,《人民日报》发表本报评论员文章《放开手脚　大胆去写——三谈批透极左路线,贯彻“双百”方针》。

6月24日,《光明日报》发表郭罗基的《谁之罪?》。

7月2日,《人民日报》发表本报评论员文章《敢于突破　勇于创新——四谈批透极左路线,贯彻“双百”方针》,同版“文艺动态”专栏发表《广东报刊开展关于“向前看文艺”的讨论》,梳理了自4月15日署名黄安思的《向前看呵!文艺》在《广州日报》发表以来广州文艺界的讨论。

7月10日,陈登科的《对当前文艺工作的一点看法》发表于《光明日报》。

7月12日,《文艺报》第7期转载陈毅1962年在广州的《在全国话剧、歌剧、儿童剧创作座谈会上的讲话》(原载《文艺研究》1979年第2期),发表洁泯的《人民不朽——读对越自卫还击战的若干报告文学》、冯牧的《和中岛建藏先生的最后会见》、罗荪的《初访巴黎》、丁玲的《我读〈东方〉——给一个文学青年的信》、黄益庸的《一篇新颖的讽刺小说》、胡余的《让“百家争鸣”的方针在文艺界开花结果——记几个文艺问题的讨论》等文章,并开辟作品讨论专题“大墙下的红玉兰”,发表顾骧的《历史教训的探索》、沙均的《悲剧不悲》、郭志刚的《见真知深　新人耳目》3篇文章。

7月16日,《人民日报》发表本报评论员文章《让文艺工作者如坐春风——五谈批透极左路线,贯彻“双百”方针》。

7月18日,《人民日报》发表丁玲的《〈太阳照在桑干河上〉重印前言》。

7月20日,《光明日报》发表王若望的《春天里的一股冷风——评〈“歌德”与“缺德”〉》。

7月31日,《人民日报》转载李剑的《“歌德”与“缺德”》(原载《河北文艺》第6期)和王若望的《春天里的一股冷风——评〈“歌德”与“缺德”〉》摘要,另外还发表周岳的《阻挡不住春天的脚步》。

8月3日,《人民日报》刊载《经党中央批准　北京市委决定为“三家村”冤案彻底平反》。

8月4日,《文汇报》转载《上海市文联和戏剧界人士就〈“歌德”与“缺德”〉一文分别举行座谈会　警惕春天里的冷风　促进文学艺术繁荣》。该文介绍了8月3日上海市文联举行大型座谈会讨论《“歌德”与“缺德”》的有关情况。

8月9日,浦知秋的《论“伤痕文学”》发表于《文汇报》。

8月18日,《文汇报》发表高玉宝的《我要读书》(《高玉宝》一书中《我要读书》一章)。

8月20日,《人民日报》刊载郑汶的《繁荣社会主义文艺要严格实行“三不主义”》。

8月21日,洁泯的《关于“向前看文艺”》发表于《光明日报》。

8月23日,成谷的《一场有关思想路线的争论》发表于《文汇报》。文章认为最近文艺界就《“歌德”与“缺德”》一文展开的讨论是“一场有关思想路线的争论”。

8 月 25 日,《文汇报》发表陈毅 1962 年 3 月 6 日在广州的《在全国话剧、歌剧、儿童剧创作座谈会上的讲话》。

8 月 25 日,于逢的《“向前看”“向后看”剖析》发表于《光明日报》。

8 月 25 日,《解放日报》发表周恩来的《对在京的话剧、歌剧、儿童剧作家的讲话》(1962 年 2 月 17 日)、陈毅的《在全国话剧、歌剧、儿童剧创作座谈会上的讲话》(1962 年 3 月 6 日)。

8 月 27 日,《人民日报》发表陈深的《大胆写农村题材》。

8 月 29 日,《人民日报》发表邵小琴、邵小鹰、邵小鸥的《战斗者的一生——追念我们的父亲邵荃麟》。

9 月 3 日,《文汇报》发表文华、宪镛的《一篇揭示现实生活矛盾的好小说——读〈乔厂长上任记〉》。

9 月 5 日,王蒙的《睁开眼睛　面向生活》发表于《光明日报》。

9 月 6 日,郑义的《谈谈我的写作〈枫〉》发表于《文汇报》。

9 月 8 日,王扶的《时代的主角　生活的镜子——读短篇小说〈乔厂长上任记〉》发表于《解放军报》。

9 月 17 日,《人民日报》发表葛琼的《打破条条框框　放开手脚创作》。

9 月 18 日,《文汇报》发表《访曹禺》。

9 月 19 日,杨汉池的《歌颂必须由真实批准》发表于《光明日报》。

9 月 25 日,《人民日报》发表孙子健的《谈“影射”及“赶时髦”——评〈这样的“时髦”赶不得〉》、刘宾雁的《扬帆在生活的海洋》、刘心武的《同人民的脉搏一起跳动》等文章。

9 月 28 日,《光明日报》刊载《当前文艺界要继续解放思想　大力繁荣文艺创作》。

10 月 10 日,刘锡诚的《向生活的深处开掘——读若干反映农村生活的短篇小说》发表于《光明日报》。

10 月 17 日,李准的《这样的“条件和局势”必须铲除——读〈人妖之间〉所想到的》发表于《光明日报》。

10 月 17 日,《文汇报》发表宋崇的《为〈小花〉叫好》。

10 月 21 日,王蒙的短篇小说《夜的眼》发表于《光明日报》。

10 月 22 日,《文汇报》发表任文、言午的《从〈在桥梁工地上〉到〈人妖之间〉》。

11 月 7 日,《文汇报》发表散文《一代师表——访叶圣陶》。

11 月 12 日,《文汇报》发表本报评论员文章《充分发挥知识分子的作用》。

11 月 14 日,秦兆阳的《解放思想　要用思想》发表于《光明日报》。

11 月 17 日,艾芜的《繁荣文艺必须肃清封建流毒》发表于《人民日报》。

12 月 4 日,《文汇报》发表仲年的《小谈“意识流”》。

1980年

1月12日，王蒙的短篇小说《说客盈门》发表于《人民日报》。

1月29日，《光明日报》发表评论员文章《安定团结与“双百方针”》。

1月30日，《人民日报》发表阎纲的《努力反映时代的真实面貌——评近年来的中篇小说》。

2月6日，《光明日报》发表阎纲的《贾平凹和他的短篇小说》。

2月12日，《文艺报》第1期刊载胡耀邦的《在剧本创作座谈会上的讲话》。

2月20日，《光明日报》发表范咏戈的《军事题材短篇小说的新收获——评〈西线轶事〉》。

2月27日，《人民日报》发表周扬纪念“左联”成立50周年的文章《学习鲁迅　沿着鲁迅的战斗方向继续前进》。

3月1日，《人民日报》刊载夏衍的《左联杂忆》。

3月16日，黄贤俊在《新闻战线》发表《邓拓同志谈副刊》。

4月2日，《人民日报》刊载周扬的《继承和发扬左翼文化运动的革命传统——在纪念“左联”成立五十周年大会上的讲话》。

4月2日，《光明日报》发表袁可嘉的《“意识流”是什么?》。

4月2日，《文汇报》发表评论员文章《正确理解文艺“干预生活”》。

4月7日，《人民日报》刊载胡乔木的《携起手来，放声歌唱，鼓舞人民建设社会主义新生活——在纪念“左联”成立五十周年大会上的讲话》。

4月12日，宋遂良的《坚持从生活的真实出发——长篇小说创作文艺探讨》刊载于《文艺报》第4期。

4月18日，《人民日报》发表本报特约评论员文章《对待知识分子的马克思主义方针》。

4月30日，《人民日报》发表评论员文章《创作更多反映时代精神的文艺作品》。

5月7日，谢冕的《在新的崛起面前》刊登于《光明日报》，揭开了“三个崛起”和关于朦胧诗论争的序幕。论争最终以徐敬亚于1984年3月5日发表在《人民日报》上的文章《时刻牢记社会主义的文艺方向——关于〈崛起的诗群〉的自我批评》作结。

5月12日，刘锡诚的《想着农民　记着农民》刊载于《文艺报》第5期。同期刊载该报记者的报道《文学，要关注8亿农民——记本刊召开的农村题材文学创作座谈会》、高晓声的《希望努力为农民写作》。

5月29日，《山西日报》发起了“关于发展社会主义文学流派”的讨论。

7月12日，周扬的《站好岗哨，当好园丁》刊载于《文艺报》第7期。该文是周扬1980年5月5日在全国文学期刊编辑工作会议上的讲话。

7月26日,《人民日报》第1版发表社论《文艺为人民服务、为社会主义服务》。

8月28日,陈斯在《新闻研究资料》发表《有心创特色——浩劫前北京日报副刊二三事》。

9月17日,《人民日报》开辟“关于改善党对文艺的领导,把文艺事业搞活”专栏,并加了“编者按”,欢迎读者就此问题展开讨论。

9月28日,张钟的《王蒙的新探索——读〈蝴蝶〉等六篇小说表现手法上的特色》刊载于《光明日报》。

10月2日,《人民日报》发表张洁的《谢谢你,乌梅》、陈祖芬的《祖国高于一切》。

10月8日,《人民日报》第5版在“改善党对文艺的领导,把文艺事业搞活”栏目中发表赵丹的《管得太具体　文艺没希望》。

11月1日,《人民日报》发表韩少华的《勇士:历史的新时期需要你!》。

11月5日,唐天然、洪希刚的《认真改善对文艺工作的领导》刊载于《光明日报》。

11月6日,《光明日报》发表《话剧要民族化现代化》。

11月8日,《人民日报》发表祖慰的《啊！父老兄弟》。

11月14日,《人民日报》发表黄宗英的《插柳不叫春知道——写在“赵丹书画遗作展览”揭幕前夕》。

1981年

1月3日,《人民日报》发表刘宾雁的《艰难的起飞》。

1月7日,《人民日报》刊出由边切执笔的《关于“朦胧诗”的争鸣》。

1月28日,《光明日报》发表方冰的《我对于“朦胧诗”的看法》。

2月4日,《人民日报》发表本报评论员文章《文艺要为建设精神文明作出贡献》。

3月11日,《人民日报》发表吴士余的《反面人物的美学价值小议》。

3月12日,《人民日报》发表巴金的《〈创作回忆录〉后记》和《创作回忆录》中关于建议建立中国现代文学馆的部分内容。

3月12日,《光明日报》发表巴金的《现代文学资料馆》,阐述创办现代文学馆的建议。

4月1日,姜少山在《新闻战线》发表《安徽交流办好副刊的经验》。

4月20日,《解放军报》发表特约评论员文章《四项基本原则不容违反——评电影文学剧本〈苦恋〉》。

5月11日,《文汇报》刊出艾青的《从“朦胧诗”谈起》。

6月21日,《解放日报》发表魏成、缪士的《傅玉洁和她的爱情——读小说〈挣不断的红丝线〉》。

7月8日,杨志杰的《塑造社会主义新人问题浅议》刊载于《人民日报》。

7 月 19 日,《人民日报》发表菡子的散文《看戏》。

7 月 20 日,《人民日报》发表贾平凹的散文《丑石》。

8 月 18 日,《人民日报》发表本报评论员文章《掌握好文艺批评的武器》。

8 月 22 日,《人民日报》第 4 版转载《工人日报》1980 年 8 月 19 日评论员文章《批判自由化会冲淡继续批“左”吗?》。

10 月 7 日,《人民日报》转载《文艺报》1981 年第 19 期的《论〈苦恋〉的错误倾向》。

10 月 17 日,《文汇报》发表姚正明等的《思索什么样的“人生哲理”?——评长篇小说〈人啊,人!〉》,并加“编者按”:“长篇小说《人啊,人!》出版以后,在一部分读者中引起了争议。作品描写了大学里几个知识分子,从 50 年代中期到‘文化大革命’、直到粉碎‘四人帮’以后的坎坷命运,以及他们的理想、信念、追求的巨大变化。姚正明、吴明瑛同志的文章,对这部作品提出了自己的看法。本着‘百家争鸣’的精神,我们欢迎读者继续对这部作品发表意见。”

10 月 21 日,林默涵的《文艺的歌颂和暴露》刊载于《光明日报》。该文系读者 5 月 23 日在文化部召开的艺术创作题材规划座谈会上的讲话,题目为编者所加。

11 月 4 日,《人民日报》发表本报评论员文章《认真讨论一下文艺创作中表现爱情的问题》。

11 月 7 日,《人民日报》发表林斤澜的短篇小说《酒言》。

11 月 26 日,《光明日报》开辟“关于文艺创作如何表现爱情问题的讨论”专栏并加“编者按”:“这几年的创作实践说明,如何对待文艺创作中的爱情描写,已经成为关系到我国社会主义文艺健康发展的一个很值得注意的问题。广大读者和观众对爱情题材创作中的不良倾向,对一些作品在爱情与革命、爱情与社会主义事业和爱情与道德的关系上所反映出来的某些不正确的观点,特别是对于那些生编硬造的不真实、不健康、不高尚的爱情描写,表示了强烈的不满,提出了尖锐的批评。也有不少人认为,近年来爱情题材作品的大量出现,是文艺工作者冲破禁区,解放思想的表现,并且出现了一批思想性和艺术性结合得很好的作品,还是应该肯定的。为了繁荣文艺创作,活跃文艺评论,建设社会主义精神文明,本报从即日起,将开展关于文艺创作中如何表现爱情问题的讨论,欢迎大家踊跃发表意见。”

12 月 23 日,《解放军报》刊载白桦的《关于〈苦恋〉的通信——致〈解放军报〉、〈文艺报〉编辑部》。在信中白桦检查了自己创作《苦恋》的错误思想。《人民日报》于 12 月 24 日转载。

1982 年

1 月 3 日,《人民日报》发表《繁荣农村文化艺术　文化部门负有重任——周巍峙提出加强农村文化艺术工作的四点意见》。

1 月 13 日,《人民日报》发表吴重阳的《可喜的新收获——五年来少数民族长篇、中篇小说漫笔》。

2月8日,敏泽的《道德的追求和历史的道德化》发表于《光明日报》,批评《晚霞消失的时候》。此后,《光明日报》又发表多篇批评文章。

4月19日,《工人日报》报道:云南省出版局党组就云南人民出版社一再出版美化慈禧的小说《瀛台泣血记》《御香缥缈录》作出检查。检查中指出,只重视经济收入、不重视社会效果的做法是错误的。

4月21日,《人民日报》发表巴金的《在军事题材文学创作座谈会上的讲话》。

4月28日,《人民日报》发表王若水的《文艺·政治·人民》。该文是王若水1980年8月在庐山召开的全国高等学校文艺理论讨论会上讲话的一部分。

4月29日,《文学报》刊登丁玲的《延安文艺座谈会的前前后后(5月6日续完)》。

4月29日,广东省作家协会和《作品》编辑部联合召开座谈会,批评遇罗锦的长篇小说《春天的童话》(载《花城》第1期)。《文艺报》《中国青年报》《羊城晚报》《工人日报》《文汇报》《解放军报》《人民日报》等报刊先后发表文章批评《春天的童话》。

5月20日,《人民日报》第1版发表《中国文联、文研所联合召开毛泽东文艺思想讨论会提出 对毛泽东文艺思想一要坚持二要发展》。

5月22日,《羊城晚报》刊登《毛泽东同志给文艺界人士的十五封信(一九三九年—一九四九年)》。5月23日,《人民日报》《光明日报》《解放军报》《解放日报》也刊登这些信。这是为纪念《在延安文艺座谈会上的讲话》发表四十周年而刊登的。

5月23日,《人民日报》发表陈云的《关于党的文艺工作者的两个倾向问题》的讲话及中共中央宣传部为陈云这篇讲话所加的"按语"。《光明日报》《解放军报》也同时发表了该文(系陈云1943年3月29日在党的文艺工作者会议上的讲话)。

5月25日,《人民日报》发表丁玲的《毛主席给我们的一封信》。

5月26日,《人民日报》发表阳翰笙的《〈讲话〉在重庆传播以后》。

6月15日,《文汇报》刊出李黎的《"朦胧诗"与"一代人"——兼与艾青同志商榷》。

6月23日,《人民日报》第5版发表周扬的《一要坚持 二要发展》。

6月25日,《人民日报》发表王任重在文联四届二次全委会上的讲话《团结起来,谱写更多更好的共产主义的凯歌》、夏衍的《文联四届全委会第二次会议开幕词》。

6月30日,《人民日报》发表本报评论员文章《文艺要用共产主义思想教育人民》。

7月17日—24日,中共中央宣传部在河北涿县召开文艺评论工作座谈会,就发展文艺评论工作的重要性和紧迫性、文艺评论工作的历史经验和近年来的成就与当前存在的问题缺陷以及如何进一步组织马克思主义评论队伍等议题展开了讨论。中宣部副部长贺敬之到会作了题为《做坚定的、清醒的、有作为的马克思主义文艺评论家》的讲话(载于8月29日《光明日报》)。

8月3日,人民解放军总政治部决定设立"中国人民解放军文艺奖"。该奖项每三年评选颁发一次。《解放军报》为此发表评论员文章《发展和繁荣军事题材文学创作的重要措施》。

8月19日,《光明日报》发表张明吉的《谈杨朔散文的不足之处》,就杨朔散文的评价问题展开讨论。

10月7日,《文汇报》刊登曹锦清的《一个孤独的奋斗者形象——谈〈人生〉中的高加林》。

11月1日,《人民日报》全文转载《红旗》杂志发表的胡耀邦1981年12月27日在全国故事片电影创作会议上的讲话《坚持两分法　更上一层楼》。

12月16日,《人民日报》第5版刊登"首届'茅盾文学奖'获奖的六部长篇小说及其作者简介",并发表本报评论员文章《祝长篇小说繁荣发展》、巴金的《祝贺与希望——在"茅盾文学奖"首届授奖大会上的讲话》、王愚的《努力表现处在时代运动中的人物——谈近几年来一些长篇小说的人物塑造》。

1983年

1月3日,陈祖芬的报告文学《催人复苏的事业》刊载于《人民日报》。

1月4日,《人民日报》发表社论《坚定不移地贯彻执行百花齐放、百家争鸣方针》。

1月16日,钱朴在《新闻战线》发表《小报副刊的乡土气息》。

1月29日,《人民日报》发表本报评论员文章《文艺体制改革势在必行》。

2月10日,《大众电影》第2期以"一部感人肺腑的好影片"为题,刊登首都各界中年知识分子代表在该刊编辑部召开的影片《人到中年》讨论会上的发言。2月27日,《工人日报》以"一曲中年知识分子的赞歌"为题,发表一组中年人座谈《人到中年》的文章。

3月17日,刘梦岚在《新闻战线》发表《新、杂、短、辣、活——谈文艺副刊读者的心理和要求》。

3月25日,《人民日报》第3版发表巴金的《文学创作的道路永无止境——在全国四项优秀获奖作品授奖大会上的讲话》。

3月29日,《人民日报》第5版发表张光年的《社会主义文学的新进展——在四项文学评奖授奖大会上的讲话》。

5月31日,周学铮在《新闻战线》发表《副刊不能游离于报纸之外》。

7月12日,《人民日报》报道《中国当代文学研究资料丛书》正在陆续组织出版。该丛书共有240余册,计划于1987年全部出齐。已出版或即将出版的有茅盾、巴金、丁玲、艾青、刘白羽、孙犁、曹禺、贺敬之、闻捷、王蒙、峻青、茹志娟等人的研究专集。整套丛书分别由福建、江苏、浙江、四川、贵州、新疆、云南、湖南、山东、内蒙古、少儿和解放军等21家出版社分期分批出版。

7月12日,《文汇报》发表张炯的《也谈文学的现代化与"现代派"》。

7月28日,《文汇报》第3版刊载于敏的《电影思维》。

8月9日,《文汇报》刊载陈骏涛的评论《艺术魅力从何而来?——读张承志的〈黑骏马〉及其他》。

8月21日—30日,天津、北京、河北三地文联联合在北戴河召开“城市文学理论笔会”,首次提出“城市文学”的命题,并就其概念、范围、特征等问题进行讨论。新时期以来,中国作家的“城市文学意识”在觉醒,北戴河首届城市文学理论笔会标志着自觉的城市文学研究的开始。这次笔会上,城市文学被初步定义为:凡以写城市人、城市生活为主,传出城市之风味、城市之意识的作品,都可以称作城市文学。(幽渊的《城市文学理论笔会在北戴河举行》刊载于《光明日报》1983年9月15日)

8月30日,《人民日报》第5版刊载周扬在郭沫若研究学术座谈会上的讲话《尊重历史,给历史人物以应有评价》。

8月30日,《文汇报》刊载朱文华的《通俗文学纵横谈》,阐述了通俗文学受欢迎的原因、其创作的得失以及如何辩证地对待通俗文学等问题。

9月13日,《人民日报》第5版刊载《〈文艺报〉等报刊关于西方现代派文学与我国文学发展方向问题的讨论》。

9月25日,《人民日报》刊登关于《青春万岁》的座谈会纪要《继承和发扬五十年代青年的革命精神》。

9月27日—28日,《文汇报》第3版两日连载若水的长篇评论文章《南姗的哲学》。“南姗”是礼平发表在《十月》1981年第1期的中篇小说《晚霞消失的时候》的主人公。

10月3日,《人民日报》第7版刊载顾骧的《文学评论要有一个大发展——从〈中国当代文学评论丛书〉的出版谈起》。

10月13日,《文汇报》第4版刊载肖潇的《改革者形象刍议》。

10月16日,施蛰存的《关于“现代派”一席谈》发表于《文汇报》。

10月22日,《文汇报》第1版刊载评论员文章《抵制和反对精神污染》。

10月31日,《人民日报》发表本报评论员文章《高举社会主义文艺旗帜　坚决防止和清除精神污染》。《光明日报》也刊载报道《首都党员文艺工作者拥护党中央决策,决心站在清除精神污染的斗争前列》。

11月1日,《文汇报》第3版刊载程德培的评论《气象雄浑　妙造自然——谈三位作家的写自然》。

11月2日,《文艺报》编辑部、中国文联理论研究室在北京联合召开科幻小说创作讨论会,肯定了近几年来科幻小说创作所取得的成绩,认为主流是好的;同时,《文艺报》副主编唐达成代表《文艺报》编辑部对科幻小说创作中的精神污染现象作了严肃的批评。

11月4日,《人民日报》第1版发表本报评论员文章《最重要的政治保证》。

11月5日,周扬对新华社记者发表谈话,坚持拥护整党决定和清除精神污染的决策,

就发表有关“异化”和“人道主义”文章的错误做自我批评。(《人民日报》1983年11月6日第1版)

11月9日,《人民日报》刊出新华社消息《三十多位诗人、诗歌评论家在重庆举行讨论会　批评诗歌界三个“崛起”的错误理论》。

11月16日,《人民日报》第1版发表本报评论员文章《建设精神文明　反对精神污染》。

11月20日,《文汇报》第3版刊载马迅的《抽象的人道主义还是马克思主义?》。

11月24日,《光明日报》转载郑伯农的《在“崛起”的声浪面前——对一种文艺思潮的剖析》(原载《诗刊》1983年第6期)。

11月25日,《文汇报》第3版刊载纪煜的《再评小说〈人啊,人!〉》,继《文汇报》1981年10月到12月对长篇小说《人啊,人!》的讨论之后再次批评该作品。

11月27日,闵迪华在《学术月刊》发表《报纸副刊的归属问题》。

12月5日,《文汇报》第3版刊载吕英寰的《社会主义的本质与异化论》。

12月6日,《文汇报》第3版发表士林的《失误在哪里——评张辛欣同志一些小说的创作倾向》。

12月12日,《吉林日报》刊登张笑天的《永远不忘社会主义作家的职责:关于〈离离原上草〉的自我批评》。小说《离离原上草》原载于《新苑》1982年第2期。

12月13日,《光明日报》第1版发表评论员文章《全面理解和贯彻“双百”方针》。

12月25日,《光明日报》第1版以“关于人道主义及其他”为题发表了林默涵11月19日在一次会议上的讲话。

1984年

1月9日,《人民日报》第7版刊载张笑天的《永远不忘社会主义作家的职责——关于〈离离原上草〉的自我批评》(原载《吉林日报》1983年12月12日)。

1月16日,《人民日报》第7版刊载周扬为《电影美学:1982》(钟惦棐主编)一书写的序言《对电影美学研究的一点希望》(题目为本报编者所加)。

1月18日,《文汇报》第7版刊载王蒙的《且说“撞车”》,就近年来有些作品与外国名家作品雷同的现象及其在读者中引发的疑问发表了自己的看法。

1月27日,《人民日报》第1版全文转载胡乔木在中央党校《理论月刊》(1984年第2期)上发表的重要文章《关于人道主义和异化问题》。

1月31日,孙超在《新闻通讯》发表《副刊浅谈》。同期还有高加标的《副刊三戒》。

2月11日,《文汇报》第3版的“争鸣”栏目刊载3篇关于变革时期大学生题材作品的文章。

2月28日,《文汇报》刊载嵇山的《论现代派》。

3月2日,《文汇报》第4版刊载张战生的《人的价值和人的价值的实现》。

3月5日,《人民日报》刊载徐敬亚的《时刻牢记社会主义的文艺方向——关于〈崛起的诗群〉的自我批评》。《人民日报》为徐文加“编者按”,指出徐敬亚发表在《当代文艺思潮》(1983年第1期)上的长篇文章《崛起的诗群》,在文艺与政治、诗与生活、诗与人民,以及如何对待我国古典诗歌、民歌和“五四”以来的新诗的革命传统,如何对待欧美文学的现代派等等根本原则问题上,宣扬了一系列背离社会主义文艺方向的错误主张。

3月11日,刘白羽的短篇小说《朝霞》发表在《文汇报》第4版。

3月15日,《文汇报》刊载巴金的回忆文章《我敬爱的老舍同志》。

3月27日,《光明日报》邀请部分在京作家、艺术家、评论家座谈关于“文艺怎样更好地反映改革的现实”。大家一致认为,改革题材作品的核心问题是改革家形象塑造问题,并提出要注意和克服公式化倾向。

4月2日,《人民日报》第7版开辟“农村题材文学创作笔谈”专栏,发表评论员文章《努力反映变革中的农村现实》。

4月9日,《人民日报》刊载吴宗蕙的《壮美人生的深情礼赞——梁晓声小说创作漫评》。

4月15日,“大理报编辑部”在《新闻战线》发表《坚持“三个为主”办好小报副刊》。

4月25日,《光明日报》刊载消息:《文化娱乐》编辑部承包一年扭亏为盈。消息称,该报编辑部去年试行承包经营责任制,刊物质量提高,去年发行量猛增一倍,一年摘掉亏损的帽子,去年获纯利润51000多元。

5月5日,《文汇报》第3版刊载马文的《文学也要迎接新技术革命的挑战》。

5月24日,《人民日报》刊载《文艺必须进行改革》。

5月25日,《人民日报》刊载《希望文艺部门抓好文艺改革》。

5月以来,《光明日报》《文汇报》均开设专栏,连期发表文章探讨文艺与改革问题。《光明日报》的专栏标题是“文艺如何反映变革中的现实生活”,《文汇报》的专栏标题为“文艺创作如何深刻反映改革”。

6月18日,《人民日报》第8版发表胡风的《勉力前进》。该文系《〈胡风评论集〉后记》的结束语。

7月14日,全国艺术团体体制改革座谈会闭幕,文化部部长朱穆之发表讲话说,允许改革犯错误,不准不改革;艺术团体的现状难以容忍,非改不可。邓力群说,各级文化部门对艺术表演团体的改革要分类指导,抓好典型,以点带面,将改革引向深入。《人民日报》为此开辟专栏讨论。

9月1日,《文汇报》第3版刊载对蒋子龙的《燕赵悲歌》的两篇评论,分别是丹晨的《一曲农村改革者的颂歌》和尤明的《有感于蒋子龙迎接“挑战”》。

10月2日,《杂文报》与读者会面。创刊号头版刊有创刊词《革故鼎新,激浊扬清》,

发表夏衍的短文《杂文三忌》和廖沫沙祝贺《杂文报》创刊的题词手书。

10月4日,《文汇报》发表李航育的创作谈《我的“葛川江”》。

12月17日,《文汇报》第3版刊载陈辽的《迎接选刊、文摘、通俗文学的挑战》,就近两三年各种文学选刊、文摘选刊、通俗文学报刊的出现影响到一般省市文学期刊的生存现象,谈到省市级文学期刊进行的改革措施。

12月21日,《人民日报》发表周恩来1961年6月19日在文艺座谈会和故事片创作会议上的讲话(引言)。

12月30日,《人民日报》第1版刊登胡启立的《在中国作家协会第四次会员代表大会上的祝词》,第3版刊登巴金的《我们的文学应该站在世界的前列——在中国作家协会第四次会员代表大会上的开幕词》。

1985年

1月14日,《人民日报》发表孙犁的《谈通俗文学——芸斋琐谈》。

1月14日,《天津日报》发表唐文斌的《打开〈红旗谱〉的大门——试论梁斌的早期创作》。

1月15日,《人民政协报》发表冯亦代的散文《冬之夜的梦》。

1月16日,为庆祝新中国成立35周年和《光明日报》创刊35周年而举办的“光明”征文获奖作品揭晓,祖蔚的报告文学《朱九思的“引力”》(一等奖)等80篇(幅)作品获奖。

2月3日,《文汇报》发表曾镇南的《关于一九八五年“小说变化”的思考》。

2月28日,《人民日报》发表顾骧的《兰叶春葳蕤——读周扬同志两年来的文艺论评》。

3月7日,《光明日报》发表程代熙的《认真开展文艺学方法论的讨论》。

4月22日,《人民日报》发表夏衍的《真实是报告文学的生命》。

5月20日,《北京晚报》发表唐达成的《逛旧书摊》(署名唐挚)。

5月30日,《中国青年报》发表白小易的微型小说《客厅里的爆炸》。

6月9日,《深圳特区报》发表邵燕祥的散文《遥致黄鹤楼文》。

6月10日,《文汇报》发表鲍昌的《文艺学的多学科研究方法》。

6月24日,《人民日报》发表徐士杰的《丁玲谈文艺创作自由等问题》。

6月30日,姜德明在《新闻战线》发表《连载与专栏——副刊随想录》。

7月8日,《文汇报》发表刘再复的《文学研究应以人为思维中心》。

8月15日,《光明日报》发表何志云的《生活经验与审美意识的蝉蜕——〈小鲍庄〉读后致王安忆》以及王安忆的《我写〈小鲍庄〉——复何志云》。

8月29日,张厚余在《编辑之友》发表《良心·眼光·容受性——一个报纸文学副刊编辑的手记》。

9月16日,《人民日报》发表王英琦的《大唐的太阳,你沉沦了吗?》。

9月30日,《文汇报》用整版的篇幅刊登了上海师范大学中文系8位教师对《文学研究应以人为思维中心》一文的专题讨论摘要。

10月3日,《人民日报》发表白桦的《楚水粼粼,红荷盛开》。

10月7日,《人民日报》发表王西彦在中国美协上海分会主办的丰子恺先生逝世10周年纪念会上的发言《朴素的美》。

10月8日,《人民日报》发表蹇先艾的《〈山里人〉序》。

10月11日,《人民日报》发表邵燕祥的《河西走廊:一次匆匆的旅行》(组诗)。

10月15日,《人民日报》发表林默涵的诗歌《题赠青年同志》。

10月23日,《人民日报》发表孙犁的书信《耕堂函稿》。

10月28日,《人民日报》发表秦牧为《四海——港台海外华文文学》丛刊写的发刊词《打开世界华文文学之窗》。同日,凤翔在《新闻与写作》发表《晚报副刊文章的新闻性》。

10月29日,《文汇报》发表唐弢的《当代文学不宜写史》,应加强当代文学的评述工作。此后,该报就这一问题展开讨论。具有代表性的反驳文章是刊载于《文汇报》12月12日晓诸的《当代文学应该写史》。

10月29日,《人民日报》发表陈伯吹的散文《半岛酒店小记》。

10月31日,《光明日报》发表李准、丁振海的《马克思主义和文艺理论新方法的探索》。

11月6日,《人民日报》发表《王蒙在中国作协工作会议上说　在坚持创作自由的同时须强调作家的社会责任》。

11月7日,《光明日报》发表钟惦棐的杂文《评〈一个死者对生者的访问〉》。

11月7日,《人民日报》发表曹靖华的《辛勤耕作四十年——〈叶然书籍艺术作品集〉序》、臧克家的诗歌《近作四题》。

11月8日,《人民日报》发表林希的诗歌《马蹄铁(外一章)》。

11月14日,《人民日报》发表於梨华的《美国来的信》。

11月18日,《文汇报》发表董子竹的《文学研究的思维中心是人与社会历史的联系——与刘再复同志商榷》。

11月18日,《人民日报》发表刘再复为何西来所著的《新时期思潮论》作的序《文学批评需要赤诚》。

11月18日,《人民日报》发表艾斐的《一个作家的形象——写在赵树理逝世十五周年之际》。

11月22日,《人民日报》发表邹荻帆的随笔《武汉一条街》。

11月25日,《文汇报》发表何西来的《主体意识的觉醒——刘再复〈文学研究应以人为思维中心〉之我见》。

11月27日,《人民日报》发表刘再复的《我喜爱苦恋乡土的歌》。

11月28日,《光明日报》发表朱丰顺的《马克思主义哲学方法论与各学科研究方法的统一性——武汉文艺学方法论学术问题讨论会纪要》。

12月2日,《文汇报》发表施蛰存的《当代事,不成"史"》。

12月9日,《人民日报》发表乌热尔图的《希望热切关注这片文学沃土》。

12月16日,《文汇报》发表王蒙的散文《落叶》。

12月23日,《人民日报》发表社论《呼喊我们时代的史诗》,同期发表陆文夫的评论《文学创作的"长征"》、第二届"茅盾文学奖"获奖作品简介和刘白羽的诗歌《武夷即事》。

1986年

1月4日,《人民日报》发表韦君宜的随笔《万花筒里窥美国》。

1月10日,《人民日报》发表徐迟的诗歌《十年祭　商籁五首》。

1月15日,《人民日报》发表骆宾基的随笔《怀念胡风先生》。

1月19日,《光明日报》发表林默涵的《战士与苍蝇》,对某些批评鲁迅的现象作出批驳。文章于同年2月22日被《人民日报》转载。

1月27日,《人民日报》发表林默涵的书信《岁末通信》、李泽厚的随笔《海南两记》。

1月27日,《文汇报》开辟"文艺期刊改革笔谈"专栏,就文学期刊自身存在的危机等问题发表意见。

1月28日,《人民日报》发表冰心的随笔《我与散文》。

1月29日,《光明日报》刊登该报记者专稿,介绍文学界"晋军"崛起的原因之一是山西作家深入生活的好传统代代相传。

2月1日,《羊城晚报》发表陈焕展的微型小说《制怒》。

2月5日,《人民日报》发表金近的评论《这是个散文时代》、邵燕祥的诗歌《戏为长歌答吕剑》。

2月15日,《人民日报》转载《文艺报》同年2月1日刊登的陈漱渝的《不要恣意贬损鲁迅》,对近年来某些人贬低鲁迅的言论提出批评。

3月7日,《光明日报》转载同年2月8日《文艺报》发表的文章《创作自由和文艺工作者的社会责任感》。

3月14日,《人民日报》发表黄宗英的散文《想你,阿胡子!》。

3月31日,《文汇报》发表何满子的《当代文学和西方现代派》。

3月31日,《文汇报》发表许子东的《近年小说探索与西方文学影响》。

4月12日,《文汇报》刊登钱学森的谈话摘要《美学・文艺学・社会主义文化建设》。

4月18日,《人民日报》发表艾青的散文《思念胡风和田间》。

4月21日,《人民日报》发表白烨的综述《关于方法论问题的争鸣——近年来文艺理论问题探讨概述之二》。

4月30日，《人民日报》发表唐弢的《"一思而行"——关于"寻根"》，该文批评了时人所谓的"寻根"意识。

5月1日，赖林嵩在《前线》发表《文艺批评与读者——副刊编辑札记》。

5月2日，《上海文化艺术报》发表林湄的《中国文坛的最新动向》。

5月5日、5月6日，《人民日报》刊载袁鹰的报告文学《玉碎》。

5月31日，庄月江在《新闻战线》发表《副刊如何体现报纸特色》。同日，蔡雯在《新闻记者》发表《怎样办好地、市、县报的副刊?》。

6月2日，《人民日报》发表社论《为三亿小读者拿出好作品——全国儿童文学创作会议述评》。

6月4日，《解放日报》刊登王若水的《文学的自由与自由的文学》。

6月12日，《中国时报》副刊《人间》发表商禽的诗《用脚思想》。

6月28日，《北京晚报》发表梁晓声的微型小说《中国话》。

6月30日，《上海科技报》副刊编辑在《新闻战线》发表《科学副刊也要讲时效性》。同日，谢伟忠在《新闻记者》发表《专业报纸的副刊应有自己的特色》。

7月7日，《人民日报》发表夏衍的散文《续〈杨度同志二三事〉》、胡可的《人民需要艺术的精品——第三届全国优秀剧本创作评奖感言》。

7月8日，《光明日报》发表贺敬之的评论《研究她整个的革命实践和文艺实践——致丁玲作品研讨会》。

7月9日，《人民日报》发表刘亚舟的散文《春夜》。

7月14日，《人民日报》发表臧克家的散文《胜利全从拼搏来——读〈郎平日记与书信〉有感》。

8月26日，《新民晚报》刊登巴金的《"文革"博物馆》。

10月6日，《人民日报》发表冯牧的《文学的价值在于提高人的思想境界》。

10月7日，《文汇报》"争鸣"栏目发表刘再复的理论文章《关于新时期文学流向的展望》、白桦的评论《期望更高更多的美学享受》、李劼的评论《自我突破和心理障碍》、任仲伦的评论《目光应穿透扭曲的表层》。

10月7日至11月3日，《光明日报》连载白吉庵撰写的人物传记《胡适传》。

10月9日，《光明日报》发表端木蕻良的杂文《写于鲁迅逝世五十周年的时候》。

10月15日，《文汇报》举办的全国"短报告文学征文"评选揭晓并举行颁奖大会。北京市胡少安的《面向海洋》等11篇作品获奖。

10月18日，《人民日报》发表白桦的诗歌《鲁迅五十周年祭》。

10月20日，《文汇报》发表鲍昌的《说不尽的鲁迅》、林非的《鲁迅研究的现实意义》。

10月24日，《人民日报》发表冯骥才的散文《〈一百个人的十年〉前记》。

11月5日，《解放军报》发表王愿坚的评论《史与诗的交响——读〈长征——前所未闻的故事〉》。

11月9日,《光明日报》发表邵燕祥的散文《石头城记》。

11月29日,《文汇报》发表俞天白的《当代文学选择的重要视点——对表现知识分子题材的思考》。

12月8日,《人民日报》发表公刘的评论《需要高层次的反封建的作品》。

12月12日,《人民日报》发表袁静的科普童话《红红的故事》。

12月18日,《光明日报》发表唐因、孟伟哉、郑万隆的《文学与道德——作家三人谈》。

1987年

1月4日,《人民日报》发表王蒙的短篇小说《小说二题》、史光柱的诗歌《史光柱诗五首》。

1月11日,《人民日报》发表雁翼的诗歌《故乡的诗》、徐迟的访谈《在纽约的长岛上——杨振宁博士访问记》。

1月18日,《人民日报》发表李延国的报告文学《文明的旅程》。

1月18日,《文汇报》就中学生题材作品问题开辟专栏讨论。《文学报》从本月起也就如何"为中学生提供优秀精神食粮"的专题展开讨论。

1月25日,《人民日报》发表李瑛的诗歌《南游》、邹荻帆的诗歌《在风雨和阳光中奔驰》、汪国真的诗歌《高山之巅》。

1月31日,康群在《新闻战线》发表《办活副刊》。

2月1日,《人民日报》发表莫言的报告文学《高密之光》。

2月8日,《人民日报》发表乔迈的报告文学《红光照亮田野》。

2月9日,《文汇报》发表冯骥才、李陀的评论《每个人都按照自己的想法盖房子——读〈"上海文学"小说选〉所想到的》。

2月15日,《光明日报》发表张承志的散文《背影》。

2月15日,《人民日报》发表臧克家的散文《泰山脚下诗碑林》、冰心的散文《霞》。

2月16日,《文汇报》发表蒋孔阳的《文学创作和精神文明》。

2月21日,《人民日报》刊登本报评论员文章《接受严重教训　端正文艺方向》,就《人民文学》发表侮辱丑化藏族同胞小说一事发表评论。

2月22日,《人民日报》发表祖慰的报告文学《中国人——"属皮球"的曹群之二》。

3月1日,《人民日报》发表赵丽宏的报告文学《清泉,永远不能流失》、叶延滨的组诗《母乳》。

3月2日,魏刚在《新闻记者》发表《试谈综合性副刊的优势》。

3月8日,《人民日报》发表郭冬、苗地的报告文学《夕阳红》。

3 月 11 日,《文汇报》和《中国电影时报》主办的“新时期十年电影奖”授奖大会在上海举行,《高山下的花环》《人到中年》《少年犯》《人生》《野山》《喜盈门》《骆驼祥子》《城南旧事》《孙中山》《红衣少女》等 10 部影片获最佳故事片奖。

3 月 20 日,《光明日报》副刊《文学遗产》宣布停刊。

3 月 22 日,《人民日报》发表纪清远的短篇小说《哦,小白点》、骆文的散文《望妃台》。

4 月 14 日,《人民日报》发表根据林默涵在全国政协六届五次会议大会上的发言整理而成的文章《坚决而持久地反对资产阶级自由化》。

4 月 19 日,《人民日报》发表中杰英的报告文学《萍乡风雨》。

4 月 20 日,《人民日报》发表秦牧的散文《桃花年会》。

4 月 30 日,《人民日报》发表根据姚雪垠在全国政协六届五次会议大会上的发言整理而成的文章《关于我国社会主义文学的发展方向刍议》。

5 月 3 日—6 日,湖南省首届报纸副刊经验交流会在岳阳市召开。这既是一次经验交流会,也是一次探讨办副刊的方针、原则的学术讨论会。湖南省 15 家省、市、州、县(市)委机关报、专业报、厂矿企业报的文艺副刊负责人或编辑参加了会议。会议着重探讨了文艺副刊在报纸中的地位作用及社会职能,以及副刊编辑素质的提高和作者队伍培养等问题,广泛交流了意见。大家认为,毛泽东《在延安文艺座谈会上的讲话》和邓小平在全国第四次文代会上的《祝辞》是指引副刊发展和繁荣文艺的光辉文献,作为副刊编辑应当牢记《在延安文艺座谈会上的讲话》《祝辞》中的基本观点,从而在纷繁复杂的文艺思潮面前能够清醒地加以辨析,不为形形色色的“热风”所动摇。

5 月 17 日,《人民日报》发表阮章竞的散文《登上天山望天山》。

5 月 19 日,《人民日报》发表刘白羽的《坚持社会主义文艺方向——纪念〈在延安文艺座谈会上的讲话〉发表 45 周年》。

6 月 23 日,《人民日报》发表周明的散文《又是月季芬芳时》。

6 月 30 日,杨怀林在《新闻记者》发表《让副刊走进千家万户》。

8 月 19 日,《人民日报》文艺部、《文艺报》在北京联合召开座谈会,探讨文学如何促进改革深化、怎样使改革实践在创作中得到艺术体现等问题。王蒙、钱李仁、唐达成、李瑛、鲍昌、李国文、蓝翎、刘绍棠、吴泰昌、达理、理由、陈祖芬等近 20 人参加了会议并发言。

9 月 15 日,《人民日报》发表潘凯雄、贺绍俊的《关于小说文体研究的思考》。

9 月 23 日,《文汇报》举办的文汇杂文征文评奖揭晓,屈超耘的《说话“暗示学”》等 12 篇杂文获奖。

9 月 27 日,《人民日报》发表雷抒雁的诗歌《汇流》、贾平凹的散文《南国笔记(二章)》。

9 月 30 日,《人民日报》发表夏衍的《一要真实,二要精炼——关于报告文学评奖的一封信》,文章表达了作者对于报告文学真实性的意见。

9 月,《人民日报》连续发表关于改革题材文学的理论文章。9 月 1 日第 5 版刊登鲍昌的《改革题材文学有待深化》、陈祖芬的《历史的参与》。9 月 8 日第 5 版刊登王蒙的《漫谈改革题材文学》、李国文的《为了文学的成熟》。9 月 22 日第 5 版刊登刘绍棠的《破除模式投身生活——改革题材文学深化问题之我见》等。

10 月 1 日,刘以鬯在《华文文学》发表《副刊编辑的白日梦》。

10 月 4 日,《人民日报》刊登冯牧的散文《向老山主峰攀登》。

11 月 23 日,《羊城晚报》发表顾城的诗歌《我是你的太阳》。

11 月 24 日,《人民日报》发表刘再复的《八十年代散文诗一瞥》。

12 月 13 日,《人民日报》发表莫言的报告文学《高密之星》。

12 月 22 日,《人民日报》发表冯牧的《何其芳的为文和为人》、白烨的《读〈中国当代文学思潮史〉》。

12 月 23 日,《广西工人报》发表沈祖连的微型小说《老实人的虚伪》。

12 月 27 日,《人民日报》发表李延国的报告文学《“四十三军”出征》。

1988 年

1 月 3 日,《解放日报》发表刘白羽的散文《雨花石》。

1 月 5 日,《解放日报》发表白桦的散文《五个片断》、邵燕祥的杂文《说对话》。

1 月 5 日,《文汇报》发表刘再复的《对文学与对真理的圣洁之爱——追怀何其芳》。

1 月 7 日,《人民日报》发表卞之琳的学术随笔《何其芳与诗派》、秦牧的散文《山乡蜜柑》。

1 月 7 日,《解放日报》发表袁鹰的散文《外国坟山——飘落在上海马路上的梦忆之一》。

1 月 7 日,《文汇报》发表刘绍棠的散文《秋婆儿》、峻青的散文《基辅,你好——应乌克兰〈世界文学〉之约而作》。

1 月 17 日,《解放日报》发表袁鹰的散文《甜爱路——飘落在上海马路上的梦片之二》。

1 月 31 日,尹良夫在《新闻大学》发表《综合性副刊版面特点初探》。

2 月 4 日,《人民日报》发表冰心、丁聪的《又想起了老舍先生》,刘征的《斗牛说》,叶延滨的《交友之道》。

2 月 4 日,《解放日报》发表苏叔阳的诗歌《唱给妻子的情歌》。

2 月 6 日,《解放日报》发表施蛰存的创作谈《我写〈唐诗百话〉》。

2 月 7 日,《人民日报》发表刘再复的《我对命运这样说(外五章)》、柯蓝的《海,云,天涯路》、迟子建的《炒米胡同里面看夕阳》。

2 月 8 日,《人民日报》发表陈企霞、苗地的《彷徨(外一首)》。

2月10日,《解放日报》发表施蛰存的随笔《从〈四婵娟〉想到浦江清》。

2月13日,《文汇报》发表茹志鹃的书信《不能离开时代环境认识人》。

2月14日,《人民日报》发表冰心的散文《话说短文》、贾平凹的散文《风景》、赵丽宏的散文《光阴》。

2月15日,《人民日报》发表凌叔华致萧乾的书信《关于陈西滢的晚景》。

2月28日,《人民日报》发表刘绍棠、雷猛的《乡女》。同日,朱启渝在《新闻界》发表《副刊散文的构思和写作》。

3月1日,《人民日报》发表叶圣陶的《叶圣陶书简》,萧乾、丁聪的《万世师表叶圣陶》。

3月8日,《人民日报》发表刘心武的评论《中国作家与当代世界》。

3月18日,《人民日报》发表鲁藜的诗歌《彩霞篇》、汪曾祺的随笔《话说"市井小说"》。

3月20日,《人民日报》发表刘白羽的散文《芳草青青》、黄宗英的散文《梦的回声》、秦牧的散文《三清山题壁》、王安忆的散文《记一次服装表演》、端木蕻良的散文《"缩脖子老等"》。

3月21日,《人民日报》发表唐弢的散文《漫谈随笔》。

3月22日,《人民日报》发表余秋雨的评论《真正创造者不愿浇铸艺术样板——魏明伦剧作意义及其他》、刘心武的散文《炸酱面》、李泽厚的散文《〈美的历程〉在台湾》。

3月24日,《人民日报》发表钱锺书的随笔《模糊的铜镜》。

3月27日,《人民日报》发表李瑛的诗歌《黄土地情思》。

3月31日,"山东《邹县大众报》社"在《新闻通讯》发表《办活文艺副刊》。

4月20日,《人民日报》发表钟惦棐的遗作《"名"的糊涂》、叶文玲的散文《中国的精灵》。

4月29日,《文汇报》发表王元化的《论样板戏及其他》。

4月,中国地市报研究会在河北省沧州市成立,这是中国地、市、州、盟报的全国群众性学术团体,常设机构在湖北省宜昌市《宜昌日报》社内。其宗旨是:传递信息,交流经验,切磋业务,共同提高,增加联系,促进全国地市报业的发展。研究会组织一年一度的学术年会,不定期地组织小型的专题研讨会,评选和奖励全国地市报优秀作品。设置学术委员会、优秀新闻评选委员会、报社经营管理研究委员会、期刊编辑委员会,编辑出版会刊《地市报信息》。

5月13日,《文汇报》发表茹志鹃的《编者的眼光》。

5月16日,《人民日报》发表秦牧的散文《拨响了远方的竖琴》。

5月20日,《人民日报》发表汪曾祺的散文《一个爱国的作家——怀念沈从文老师》。

5月22日,《人民日报》发表徐迟的传记文学《马思聪》。

5月24日,《解放日报》发表袁鹰的散文《淘旧书——飘落在上海马路上的梦片之三》。

5月28日,《解放日报》发表沙叶新的杂文《我要读书》。

5月29日,《人民日报》发表李延国的报告文学《龙种与跳蚤》。

6月4日,《文汇报》发表卞之琳的悼念散文《还是且讲一点他:追念沈从文》。

6月10日,《文汇报》发表沙叶新的幽默小说《前面是十字路口》。

6月21日,《人民日报》发表魏明伦的散文《文学与自我》。

6月24日,《文汇报》发表贾植芳的随笔《还珠楼主》。

6月,王文彬所著的《中国报纸的副刊》由中国文史出版社出版。

7月9日,《文汇报》发表刘白羽的散文《相逢在旧金山》。

7月11日,《人民日报》发表《沈从文致萧乾信》。

7月12日,《解放日报》发表刘白羽的散文《智慧女神——访美札记之一》。

7月13日,《文汇报》发表叶君健的散文《帕斯捷尔纳克一家》、聂华苓的散文《我不能笑》。

7月24日,《文汇报》发表施叔青的对话录《塑造自己的世界——与大陆作家残雪对谈(上)》。

7月29日,《光明日报》发表李书磊的评论《当前报告文学形势分析》。

7月31日,《解放日报》发表袁鹰的散文《四马路的魅力——飘落在上海马路上的梦片之四》。

8月2日,《人民日报》发表流沙河的散文《乡愁三种》。

8月3日,《文汇报》发表施叔青的对话录《塑造自己的世界——与大陆作家残雪对谈(下)》。

8月4日,《解放日报》发表邵燕祥的杂文《为谭嗣同一辩》。

8月14日,《解放日报》发表袁鹰的散文《逸园看足球——飘落在上海马路上的梦片之五》。

8月14日,《人民日报》发表刘白羽的散文《一个崇高的美国人——埃文斯·卡尔孙》。

8月17日,《人民日报》发表王蒙的《访日俳句》。

8月21日,《解放日报》发表袁鹰的散文《辣斐花园剧场之忆——飘落在上海马路上的梦片之六》。

8月30日,《人民日报》发表舒芜的杂文《政治运动中的群众》。

9月4日,《人民日报》发表莫言的报告文学《高密之梦》。

9月11日,《解放日报》发表袁鹰的散文《富民路上的一个春夜——飘落在上海马路上的梦片之七》、赵丽宏的散文《秋虫之鸣》、洛夫的诗歌《蟋蟀之歌》。

9月19日,《人民日报》第8版发表杨绛的《孝顺的厨子》(台湾版《堂吉诃德》的前言)。

9月26日,《人民日报》发表钱锺书的杂文《表示风向的一片树叶》。

9月27日,《新闻知识》发表田长山的《副刊编辑手记(四则)》。

10月1日,《解放日报》发表袁鹰的散文《那熊熊的篝火旁——飘落在上海马路上的梦片之八》。

10月6日,《解放日报》发表邵燕祥的杂文《"无忧患"意识》。

10月14日,《人民日报》发表萧乾的散文《冲击——干校琐忆》。

10月14日,《文汇报》发表卞之琳的回忆文章《政治美学:追忆朱光潜生平的一小段插曲》。

10月15日,《解放日报》发表邵燕祥的散文《不是恶作剧》。

10月19日,《文汇报》发表刘再复的《历史的悲歌歌一曲——序李辉的〈历史的悲歌——胡风集团冤案始末〉》。

10月20日,《解放日报》发表袁鹰的散文《景华新村——飘落在上海马路上的梦片之九》、黄裳的散文《两个〈末代皇帝〉》。

10月23日,《文汇报》发表郭风的评论《关于报纸副刊上的散文》。

10月26日,《文汇报》发表臧克家的《欣闻东岳诗成丛——〈东岳诗丛〉总序》。

10月27日,《解放日报》发表王元化的随笔《为学不作媚时语》。

10月31日,《文汇报》发表秦牧的散文《中国人与吃》。

11月6日,《解放日报》发表袁鹰的散文《东湖路上,学会"达瓦列希"——飘落在上海马路上的梦片之十》。

11月9日,《文汇报》发表陈荒煤的书评《最真挚的忆念——读散文集〈天上人间〉》。

11月15日,《人民日报》发表尹卫星的评论《关于报告文学的非理论性思考》。

11月16日,《文汇报》发表季羡林的散文《我记忆中的老舍先生》、流沙河的杂文《诗界五品质》。

11月20日,《文汇报》发表吴强的散文《莫斯科的诗情画意》。

11月26日,《新闻记者》发表吴承惠的《副刊四题》。

11月28日,《文汇报》发表胡平的杂文《烟草公司不会〈失业〉》、孙见喜的人物速写《病床上的独脚侠——贾平凹,最近一幅侧影》。

12月2日,《光明日报》发表雷达的评论《谁把报告文学推上了前台?》。

12月3日,《文汇报》发表黄秋耘的杂文《报喜也报忧》。

12月27日,《文汇报》发表端木蕻良的杂文《话说"招牌"》、陈村的杂文《重在有喜》。

1989年

1月3日,《人民日报》发表王愚的评论《不平静的潜流——评长篇小说〈平凡的世界〉》、马识途的评论《时代还需要杂文》。

1月4日,《文汇报》发表施叔青的散文《马可·波罗归来——修复长城一万里》。

1月5日,《解放军报》发表潘益大的随笔《最初印象和优先效应》。

1月10日,《文汇报》发表魏明伦的杂文《雌雄论》。

1月15日,《文汇报》发表何满子的随笔《读一篇长文》。

1月17日,《人民日报》发表刘纲纪的评论《现实主义的重新认识》、高深的评论《回族的一曲精神礼赞——读长篇小说〈穆斯林的葬礼〉》。

1月24日,《文汇报》发表报道《刘再复论述80年代文体革命》,同期发表黄翊的理论文章《史诗意识与文化意识的交融》。

1月29日,《文汇报》发表苏童的中篇小说《罂粟之家》。

1月31日,《新闻知识》发表田长山的《办好报纸副刊——全国城市报纸副刊理论研讨会侧记》。

2月14日,《人民日报》发表高尔泰、雷达、陈思和与王晓明的对话录《评论家对话:文学的价值观》。

3月14日,《人民日报》发表荒煤的《"娱乐功能"及其他》、王尧的《正视我们的心灵——报告文学创作的新转换》、绿雪的《"文学危机"与文学体制改革》。

4月11日,《人民日报》发表杨义的《"重写文学史",既要呼唤也要实践,但更应该创立文学史理论体系》、何西来的《评邵燕祥的杂文创作》。

5月2日,《人民日报》发表夏衍的《纪念艺术大师欧阳予倩百岁诞辰》、冰心的《70年前的"五四"》。

5月4日,《人民日报》发表柯灵的《散文的新走向》。

5月9日,《人民日报》发表陈思和的《启蒙的文学与文学的启蒙——新文学初期的两种文学启蒙观》、南帆的《简谈刘震云的〈单位〉》、徐怀中的《时代车轮向前滚动的痕迹——读〈八十年代军事题材中篇小说精选〉》。

5月11日,《人民日报》发表冯亦代的《写不尽的乡思》。

5月16日,《人民日报》发表蒋原伦的《先锋:形式乎?情感乎?》、刘湛秋的《双轨:躁动和沉静》。

5月20日,《人民日报》发表舒婷的《醉读〈女儿梦〉》,刘海粟的《缘何又起模特风波》。

5月23日,《人民日报》发表魏明伦的《振兴川剧意识流》、谢泳的《国民心态的记录——读报告文学〈龙年〉》、艾青的《诗学广被无边》。

5月30日,《人民日报》发表王干的《王朔的新京味小说——评〈玩的就是心跳〉及其他》。

6月6日,《光明日报》发表顾骧的杂文《民族和时代的良知》。

6月29日,《人民日报》发表蔡其矫的诗歌《德化双流瀑布(外一首)》。

7月8日，由中国报纸文艺副刊研究会组织的全国首届报纸文艺副刊好作品评选，在河北省张家口市揭晓。这届全国报纸文艺副刊好作品评选，是受中国新闻学会联合会委托，由中国报纸文艺副刊研究会组织的。全国各省、市、自治区的272家中央、省、地、市、县报，专业报，部队报纸的988篇作品参加了评选。这次评委会的组成，是由中国新闻学会和部分中央、省报的文艺副刊部负责同志或代表，以及报纸文艺副刊研究会负责人组成的。评选中，评委们对参评的散文、杂文、特写、报告文学、文艺评论等报纸副刊作品进行了认真阅读、研究、比较，着眼于突出改革、突出创新，注重参评作品主题的导向性、写作上的艺术性，共评选出一等奖14篇、二等奖32篇、三等奖75篇。（卫群永：《全国首届报纸文艺副刊好作品评选揭晓》）

11月8日—11日，由《长江日报》发起的全国城市报纸副刊理论研讨会在汉口举行。与会代表们围绕"怎样看待报纸副刊""怎样办好报纸副刊"等问题展开了探讨。

12月17日，《新闻战线》发表熊庆文、啸海、陈圣乐等人的《报纸副刊散文的美学风格》。

1990年

1月7日，《中国青年报》发表樊发稼的微型小说《抢救成功》。

1月9日，《人民日报》第6版发表李炳银的《报告文学的选题——兼谈〈昆仑〉近年来的报告文学》、余斌的《走向世界与"西洋情结"》、章德益的《富有魄力与风度的诗——周涛散文读后》。

1月16日，《人民日报》第6版发表仲呈祥的《弘扬民族浩然正气——观8集电视连续剧〈铁人〉感言》。此后，为了总结《铁人》的创作经验，促进电视剧创作的健康发展，《人民日报》文艺部、中央电视台、电视剧制作中心于2月中旬在北京联合召开了座谈会，《人民日报》1990年2月13日第6版发表《弘扬时代精神　塑造民族灵魂——电视连续剧〈铁人〉座谈会纪要》，刊登了部分与会者的发言摘要。

1月18日，《文汇报》第4版发表张德林的《关于文艺的审丑与价值判断》。

1月21日，《北京晚报》发表谈歌的微型小说《桥》。

1月31日，《新闻与写作》发表李长仁的《报纸需要有自己的报告文学——论报纸副刊报告文学的特征》。

2月6日，《人民日报》第6版发表艾斐的《"探索"、"创新"与艺术发现》。

3月1日，《人民日报》开始连载逄先知的《毛泽东和他的秘书田家英》。

3月2日，《中国记者》发表吴承惠的《从〈夜光杯〉谈副刊编辑》。

3月6日，《人民日报》第6版发表李希凡的《回顾反思　正本清源》。

3月14日，《中国劳动报》发表刘绍棠的文章《副刊与文学》。文章中，刘绍棠结合对副刊发展历史的回顾，认为发展副刊文学的大好时机已经到来，并且谈了将副刊办得与众不同、风格独特的四点看法：一是要有雅俗共赏的旨趣；二是要有阵容齐整的作者群；三是要有胸有成竹、运筹帷幄的主编；四是要有腿勤嘴甜、全力以赴的助手。这篇文章写于1990年，体现了作者对副刊发展趋势的判断与期许。

3月17日，《新闻战线》发表王石的《报纸副刊的美学风格》。

4月3日，《光明日报》发表周克芹的长篇小说《秋之惑》。

4月17日，《人民日报》第6版刊载严昭柱的《"纯审美论"是科学的美学吗?》、管桦的《我们需要什么样的作品——在一次创作座谈会上的发言》。

5月1日，《新闻战线》发表李利群、朱宝林的《办出副刊的地方特色》。

5月7日，《人民日报》第6版发表袁亮的《关于出版自由的是非问题》。

5月8日，《人民日报》第6版发表王仲的《在马克思主义指导下繁荣中国文艺》、马烽的《认真地向人民群众学习》。

5月31日，《新闻与写作》发表刘雄成的《副刊读者的心理》。

7月30日，《陕西日报》发表刘成章的《草色呐喊连绵的鲜碧》。

8月10日，《人民日报》发表邢贲思的《关于主体性问题的几点思考》。

9月6日，《人民日报》发表王元骧的《关于近几年文艺心理学研究的思考》。

9月10日，《联合报副刊》发表蓉子的诗《黑海上的晨曦》。

9月28日，《新闻知识》发表田长山的《秦岭副刊地方特色追求浅想》。

10月11日，《人民日报》发表杨汉池的《关于"文艺自由"的思考》。

10月25日，《人民日报》发表王任重的《爱国主义的壮丽画卷——推荐李尔重的长篇小说〈新战争与和平〉》。

10月28日，《新闻与写作》发表凤翔的《〈五色土〉副刊的趣味性和知识性》。

11月28日，《扬州日报》发表胡永其的微型小说《送你一束红玫瑰》。

12月27日，《编辑之友》发表周熠的《副刊编辑应具备的三种意识》。

1991年

1月3日，《人民日报》第5版发表张玉能的《对文学中"向内转"的反思》。

1月10日，《人民日报》第5版"社会主义文艺性质和特征笔谈"专题刊登陈涌的《关于社会主义文艺》。

1月10日，《人民日报》第8版发表季羡林的《晚节善终　大节不亏——悼念冯芝生(友兰)先生》。

1月22日，《文汇报》刊登贾平凹的《哭三毛》。

1月23日，《文汇报》第6版集中刊登几篇老作家的随笔，有冰心的《漫谈"视听之娱"》、施蛰存的《香囊罗带》、林斤澜的《"夜半歌声"的歌者》、冯亦代的《时来运不来》及孙犁的《耕堂读书随笔》(二)；第7版刊登曾卓的《那簇淡蓝色的小花》。

1月24日,《人民日报》第5版“社会主义文艺性质和特征笔谈”专题刊登了李准的《社会主义文艺和理想的追求》。

1月25日,《大公报·大公园》发表姜德明的《作家签名本》。

2月5日,《文汇报》第3版刊登三毛的遗笔《致贾平凹》、陶然的随笔《记忆中的风景》。

2月6日,《文汇报》第6版刊登随笔一组,有施蛰存的《西明寺》、蒋子龙的《和气生财》、汪曾祺的《水浒人物的绰号——浪子燕青及其他》、张承志的《夏台小忆》;第7版刊登舒婷的《多情还数中年》。

3月2日,《新疆新闻界》发表樊克宁的《文艺副刊的新闻性特征》。

3月14日,《人民日报》第5版刊登袁可嘉的《现代派与“反传统”》。

3月21日—25日,江苏省首次报纸副刊好作品评选在常州举行。

3月25日,《人民日报》第8版发表臧克家的《“诗就是诗”辩》。

3月27日,《人民日报》第8版刊登沙汀的《怀念茅盾先生》。

4月10日,《文汇报》发表赵长天的《续〈牙祭〉》。

4月26日,《人民日报》第8版刊登阮章竞的《忆李季》。

5月1日,《新疆新闻界》发表谭利平的《民族地区报纸副刊地方特色初探》。

5月22日,《文汇报》第3版刊登杨白冰1990年12月23日的《在全军文艺创作座谈会上的讲话(摘要)》。《光明日报》和《解放军文艺》7月号也刊载了该文章。

5月31日,《新闻爱好者》发表李炳镇的《征文——增强副刊活力的好措施》。

6月30日,《新疆新闻界》发表陈祯伟的《党报文艺副刊之别于文艺期刊说》。

7月2日,《南昌大学学报》(人文社会科学版)发表龚联涛的《关于期刊副刊》。《山西大学学报》(哲学社会科学版)发表刘金笙的《副刊特征初探》。

7月3日,《文汇报》发表曾卓的《杂记与札记》、林斤澜的《意大利美声》、施蛰存的《武陵春》、黄秋耘的《悔其少作与愧其少作》、舒芜的《理解与代言》、李子云的《服饰与文化》。

7月5日,《文汇报》发表汪曾祺的《忙中不及作草》。

7月17日,《文汇报》发表张中行的《得失寸心知》、蒋子龙的《酒话》、孙犁的《耕堂读书随笔》、何满子的《精神胜利与谱系学与佛道斗争》、陈钢的《钢琴家的脚》、洁泯的《桐庐纪什》。

7月30日,《新闻记者》发表王志远的《杂说副刊版面》。

7月31日,《文汇报》发表冰心的《咪咪和客人之间》、陆文夫的《王愿坚的愿望》、蒋子龙的《活着的学问》、林楚平的《〈赵氏孤儿〉在欧洲》。

8月7日,《文汇报》发表李准的《时代的要求和我们的使命》、峻青的《三情的思索》。

8月21日,《新华日报》发表冰心的《悼念许地山先生》。

8月22日,《新文学史料》发表萧乾的《我当过的文学保姆——七年报纸文艺副刊编辑的甘与苦》。

8月27日,《文汇报》发表徐开垒的《把灾祸化作学问——贺柯灵写作生涯六十年》。

9月11日,《文汇报》发表彭荆风的《病重的沈从文先生》。

9月25日,《文汇报》发表倪墨炎的《危难见真情——白色恐怖中的鲁迅与党的紧密联系》。

10月1日,《贵州民族研究》发表余学军的《民族报副刊刍议》。

10月4日,《文汇报》发表公刘的《〈金苹果〉猜想》、柯岩的《春天属于你》。

10月15日,《文汇报》发表冰心的《再写萧乾》。

10月23日,《文汇报》发表吴组缃的《帚翁话旧》。

10月25日,《文汇报》发表白杨的《怀念》、方方的《“三特鞋”的启示》、俞平伯的遗作《四绝句》。

10月,1990年度四川省报纸副刊好作品评选工作结束,共评出好作品108件,并推荐出参加全国副刊好作品评选和全省好新闻评选的作品。这是四川省首次评选报纸副刊好作品。

11月26日,《文汇报》发表潘旭澜的《寄空中:致杜鹏程》。

12月6日,《文汇报》发表萧乾的《关于国民性的探讨》。

12月17日,《新闻爱好者》发表叶树鑫的《缓慢·湍急·平淡·斑斓——副刊编辑生活琐记》。

12月18日,《文汇报》发表曾卓的《杂记与札记》、公刘的《会见“阿诗玛的妈妈”》、林斤澜的《山外有山天外天》、高晓声的《嗑瓜子唠叨话》等随笔。

1992年

1月2日,《人民日报》第5版“文艺评论”发表于友先的《肩负时代重任　繁荣文艺事业》、曾克的《壮丽的画卷——读〈沂蒙九章〉有感》、孙加保的《民族化和艺术繁荣》、柯文辉的《浑灵淡逸出风神——话剧〈李白〉观后》。

1月8日,《人民日报》《大地》副刊发表荒煤的《贵州行》。

1月9日,《人民日报》第5版“文艺评论”刊载《加强文艺评论　促进更大繁荣——文艺评论研讨会综述》。1991年12月16日,文艺评论研讨会在北京召开,会议就如何改进和加强文艺评论工作、促进社会主义文艺的进一步繁荣的问题进行了讨论。同版发表周而复的《一曲悲壮之歌——谈〈白洋淀三部曲〉》。

1月13日,《人民日报》《大地》副刊发表魏巍的《热海》。

1月19日,《文汇报》发表王铁仙的《关于〈我的财富在澳洲〉的通信》。

1月31日,《新闻爱好者》发表陈爱云的《文学评论在专业报纸副刊中的作用》。

2月9日,《光明日报》发表张炯的《关于重写文学史问题》。

2月12日,《人民日报》《大地》副刊发表严家炎的《悼念文学史家唐弢先生》。

2月13日,《人民日报》《大地》副刊刊登宋海泉、陈树栋的《凌河泛起文化潮——辽宁锦县农村文化巡礼》,并附“编后语”:“为了纪念毛泽东同志《在延安文艺座谈会上的讲话》发表50周年,本报《大地》副刊特辟‘基层文化巡礼专栏’,将陆续发表一批用散文、特写形式报道的活跃在边疆、山区、工厂、农村、部队等基层文化战线上的先进文化单位和先进个人。”

2月14日,《人民日报》《大地》副刊发表萧乾的《笔记小品可蔚大观》(此文为《新编文史笔记》丛书的总序)。

2月17日,《人民日报》《大地》副刊发表孙犁的《残瓷人》。

2月26日,《人民日报》《大地》副刊发表艾青的《序晓雪诗集〈爱〉》,同版还发表福州三山诗社举办的“邓拓诞辰80周年纪念诗会”的作品,有史树青的《纪念邓拓同志》、谢冰岩的《忆邓拓同志》、丁一岚的《忆念》、张文松的《怀念》。

2月28日,《人民日报》《大地》副刊发表冯英子的《永别了,赵超构同志》。

3月1日,《广西社会科学》发表黄乃康的《试论社会主义新人的塑造问题——兼谈报告文学在报纸副刊上的重要作用》。

3月21日—25日,江苏省首次报纸副刊好作品评选活动在常州举行,本次评选作品为1990年度省内报纸副刊上发表的作品,送评稿件的报社近40家。评委会严格评审,共评出一等奖4篇、二等奖17篇、三等奖34篇。

3月25日,《人民日报》《大地》副刊发表冯牧、徐建中的《寻求生命中的辉煌——悼关肃霜》。

3月29日,《羊城晚报》发表舒展的杂文《你姓什么》。

3月31日,《新闻爱好者》发表李长祥的《副刊要体现时代的主旋律》。

5月5日,《解放军报》发表艾克恩的《延安的锣鼓——毛泽东同志〈在延安文艺座谈会上的讲话〉的前前后后》。5月21日,《人民日报》第5版转载此文。

5月19日,《人民日报》《大地》副刊发表魏巍的诗歌《聂帅颂》,悼念聂荣臻同志。

5月25日,《人民日报》《大地》副刊发表周而复的诗《〈讲话〉五十年》。

6月5日,《人民日报》《大地》副刊发表大千的《为了大地与鲜花——访作家冯德英》。

6月22日,《人民日报》《大地》副刊发表魏巍、赵金荣的《您好,延安!》。

7月3日,《人民日报》《大地》副刊发表萧乾的《斯诺精神——纪念斯诺逝世二十周年》。

7月6日,《人民日报》《大地》副刊发表1936年7月6日张闻天、周恩来致冯雪峰的信,同时发表程中原的《体现党同鲁迅亲密关系的重要文献》,对这封信作了阐释。

7月12日、7月13日,《扬子晚报》发表杨苡的散文《那翡翠摇曳的十七岁》。

7月16日—17日，新疆报纸副刊第一次会员代表大会在奎屯市举行，新疆报纸副刊研究会宣布成立，会上还组织进行了1991年度报纸副刊好作品好版面评奖活动。在评选结果中，维吾尔文报纸副刊有26篇稿件获奖，汉文报纸副刊有33篇稿件获奖。

7月17日，《人民日报》《大地》副刊发表魏巍的《悼邓大姐》。

7月24日，《人民日报》《大地》副刊发表臧克家的《遗言动人心——读邓大姐给党中央的信》。

7月30日，第四届全国报纸副刊"505杯"好作品评选活动在乌鲁木齐落幕。本届共评选出一等奖22篇、二等奖76篇、三等奖192篇，好版面15个及部分优秀作品和编辑奖。参加本届好作品评选的单位，有全国248家中央以及省、地、市、自治区党委报纸、专业报纸、部队报纸等，共报送1336篇作品及版面。（王群永的《第四届全国报纸副刊"505杯"好作品评选在新疆降下帷幕》刊载于《新疆新闻界》1992年第4期）。

8月6日，《红山晚报》发表申平的《红鬃马》。

8月7日，《人民日报》《大地》副刊发表冯至的《两段回忆》。

8月12日，《人民日报》《大地》副刊发表黄世衡的《蓉城访文坛两老》。

8月28日，《学术交流》发表张雅安的《试论报纸副刊若干特性的对立统一》。《新闻与写作》发表李长仁的《办好报纸文艺副刊的思考》。

9月1日，《人民日报》《大地》副刊发表魏巍的《壶口赋》。

9月15日，《人民日报》《大地》副刊发表柯岩的《人间有真情》。

10月22日，《人民日报》第5版发表李洁非的《批评与读者》、午晨的《丰富的情节 生动的性格——评姜兆文的历史小说创作》、袁可嘉的《怀雪莱——雪莱诞生二百周年纪念》。

10月27日，《新闻与写作》发表蔡永武的《报纸副刊版面编排》。

10月29日，《人民日报》第5版发表李准的《文艺要讴歌改革开放和现代化建设》。

11月3日，《人民日报》《大地》副刊发表草明的《纪郭老二三事》。

11月6日，《人民日报》《大地》副刊发表杜卫东的《心香一瓣祭秦牧》。

11月6日，《中国时报》《人间》副刊发表郑愁予的诗《夜宿谷关一未落成的寺内——中台湾小品之一》。

11月17日，《人民日报》《大地》副刊发表臧克家的《磐磐大树　吾企仰之——郭老条幅释义》，文末附郭老给臧克家写的条幅。

11月20日，《人民日报》《大地》副刊发表秦牧的《小语〈希齐遗诗〉》。

11月26日，《解放日报》发表吴芝麟的《到了珍珠港》。

11月30日，《人民日报》《大地》副刊发表曹禺的《我的老师》。

12月17日，《人民日报》第5版发表的文艺评论有肖云儒的《人民·文艺·市场》、林为进的《新的生活　新的视域——谈"留学生暨域外题材文学"》。

12 月 21 日,《人民日报》《大地》副刊发表吴鸿的《相约在秋季——访艾芜》,并配有“编者按”:“此文写于艾芜同志逝世前,现发表以为悼念。”

12 月 29 日,《人民日报》《大地》副刊发表林默涵的《异乡赠青年朋友》、赵国栋的《“得意”须忘言》。

12 月 30 日,《人民日报》《大地》副刊发表聂荣臻生前为《晋察冀日报史》写的序言《宝贵的精神财富》。

1993 年

1 月 7 日,《光明日报》报道华夏出版社出版的《侃侃王朔》一书引起读者与批评界的讨论。

1 月 9 日,《经济日报》发表杨子的《简单的复杂》。

1 月 15 日,《光明日报》第 5 版以“在争议中”为题整版报道《曼哈顿的中国女人》。

1 月 16 日,《文汇报》发表李庆西的《百无聊赖的“后批评”——也谈“后新时期文学”》。

1 月 17 日,《深圳特区报》副刊发表蒋开儒的《春天的故事》,后被谱曲演唱,传遍全国。

1 月 22 日,《文汇报》刊登张贤亮的《我们面临着一次历史的转机——文化商人宣言》。

1 月 29 日,《光明日报》第 6 版发表张德祥的《从王朔小说中读出什么》。

2 月 4 日,《齐鲁晚报》发表安立志的《“文革特区”》。

2 月 20 日,《光明日报》第 3 版发表署名卜草的《人称 93 年为“周大新年”》。该文认为 1993 年是周大新最“火”的一年,可以称为“周大新文学年”。

2 月 25 日,《光明日报》第 2 版发表韩小蕙的《陕军东征》。

3 月 2 日,《新闻通讯》发表王青海的《让副刊跟上市场经济的快节奏》。

3 月 13 日,《人民日报》第 5 版发表季羡林的《哭冯至先生》。

3 月 19 日,《人民日报》第 8 版发表卞之琳的《悼冯至》。

3 月 19 日,《光明日报》第 2 版发表《李默然冯骥才魏明伦:文人怎样“言利”》。

3 月,1992 年度新疆报纸副刊好作品评选揭晓,共有 17 篇维吾尔文副刊作品和 40 篇汉文副刊作品获奖。这次评选活动由新疆报纸副刊研究会组织,共收到参评维汉文作品 138 篇。经评委们认真评选,评选出一等奖 12 篇、二等奖 18 篇、三等奖 27 篇。

5 月 1 日,《学术交流》发表刘向宏的《报纸副刊文学作品的走向》。同日,《新闻战线》发表周熠的《试谈文艺副刊的四个转移》。

5 月 11 日,《大公报》发表王向东的《唐朝的“语录不离口”》。

5 月 15 日,《新民晚报》发表吴非的《尊卑贵贱的旧货》。

5月30日，由中国报纸副刊研究会举办，北京耿氏有限公司、北京延庆磁疗器械厂协办的全国第五届报纸副刊“耿氏康乐杯”好作品评选在湖北宜昌揭晓。全国28个省、市、自治区的569家中央、省、地、市、县报，专业报，部队报纸的2128篇作品、好专栏、好版面参加了评选。经过初评、复评、定评三个阶段的反复筛选，评选出一等奖24篇、二等奖68篇、三等奖198篇，好专栏14个，好版面15个。（王群永的《全国第五届报纸副刊“耿氏康乐杯”好作品评选揭晓》刊载于《新疆新闻界》1993年第4期）

5月31日，《新闻战线》发表素素的《试析90年代副刊散文走势》。

6月30日，《河南师范大学学报》（哲学社会科学版）发表许国锋、夏阳的《“副刊”正论》。

7月4日，《解放日报》发表凌鼎年的微型小说《剃头阿六》。

7月13日，由中国社会主义文艺学会和河北省文联联合主办的孙犁文学活动60周年学术研讨会在河北新安县白洋淀召开。北京、天津、河北的作家、文学评论家、学者，《人民日报》《光明日报》《文艺报》等报刊的负责人近50人参加了研讨。作家贺敬之、柯岩、魏巍、徐光耀、韩映山，文学评论家陈涌等在会上发言。与会代表认为，孙犁是准确把握时代精神又深谙艺术规律的作家。他的作品达到了形式和内容、民族特色与时代精神的比较完美的统一。

7月17日，《光明日报》第5版发表黄传会的《共铸“希望工程”》。

7月30日，《新闻通讯》发表邵开泉的《办好党报副刊的几点思考》、山月的《浅谈副刊版面设计》。

8月9日，《解放日报》发表蓝翎的《旅途随感》。

8月12日，《人民日报》第4版发表《文化名人呼唤“模拉尔小姐”》。欢迎“模拉尔小姐”——道德姑娘，是五四时期提出的口号，上海出版的《文学报》近期连续刊载钱锺书、柯灵、许杰等文化名人和读者对此发出的呼吁。“反对拜金主义，提倡道德自律”是这些文化名人的中心观点。

8月28日，《湖北日报》发表程天保的《琴弦》。

10月28日，《新闻与写作》发表何光先的《不应忘记自己的社会责任——从〈北京日报〉副刊、星期刊说起》。

10月30日，《贵州日报》发表田仲济的《凤娇的遗孤》。

10月30日，《光明日报》发表韩小蕙的《中国作家创作忙》。

12月21日，《文汇报》发表牧惠的《“勇”的贬值》。

1994年

1月15日，《新闻记者》发表何昌荣的《未来副刊特征》。

2月15日，《新闻前哨》发表樊友刚的《挖掘地方“富矿”　提高副刊品位》。《新闻传播》发表姜海鹏的《谈副刊的随笔写作》。

2月21日,《春城晚报》发表汝荣兴的《等待敲门》。

3月2日,《新民晚报》发表虞丹的《列宁的豁达》。

3月26日,《光明日报》发表季羡林的《赋得永久的悔》。

3月,《新闻窗》1994年第2期刊发《贵州省1993年报纸文艺副刊"贵州新闻奖"作品目录及作者编者名单》,共评选出一等奖4件、二等奖6件、三等奖10件。

4月15日,《青年记者》发表王光东的《探索于雅俗之间——读1993年〈大众日报〉〈丰收〉副刊》、孙培尧的《雅与俗的具体把握——〈齐鲁晚报〉副刊风格管见》。《新闻传播》发表何村的《总编辑与文艺副刊》。

5月10日,《新闻战线》发表林冬的《报纸副刊的策划》。

5月27日,《深圳特区报》发表刑可的《恒爷》。

6月15日,《新闻知识》发表张雅安的《市场经济与副刊改革》。

7月9日,《河北日报》发表毛志成的《疑"儒"》。

7月16日,《市场报》发表毛志成的《躲开它们活活看》。

8月7日,《文汇报》发表张承志、张炜等人的《诗人,你为什么不愤怒?》。

8月10日,《新闻战线》发表顾冰清的《缺少点什么?——读某些报纸副刊产生的忧虑》。

8月15日,《南方文坛》发表叶玉生的《关于报纸文艺副刊的几点思考》。《新闻传播》发表赵宪臣的《副刊与作者群》。《牡丹》发表黄飞的《试论报纸副刊文学作品的发展趋势》。

8月,《河南林业》发表简讯,由林业部宣传办公室和中国林业文联联合举办的"全国省(区、市)林业报刊副刊文学作品评选",近日在北京揭晓。有27篇散文、8篇报告文学、4篇小说共39篇作品分别获"绿叶奖"一等奖、二等奖、三等奖。

9月10日,《新闻战线》发表马晓毅的《国际副刊要办出"四性"》。

9月18日,《广州日报》发表李国文的《淡之美》。

11月2日,《人民日报》《大地》副刊发表汪洋的《三言两语话夏公》。

11月3日,《人民日报》第5版"文艺评论"发表张晓林的《市场经济与群众文化》、阎春来的《乡村情感的温馨回忆——谈谈刘醒龙的小说创作》。

12月1日,《人民日报》第5版"文艺评论"发表孙家正的《关于电视剧创作的三个问题》。

12月5日,《人民日报》《大地》副刊发表胡德培的《他永远屹立着——悼念秦兆阳同志》。

12月8日,《人民日报》第5版"文学作品"发表诗歌《秋天的歌声》《我是风》《星星会亮起来》《四季意象》《山》等,并配有"编者按":"生活是诗歌的土壤和源泉。辑录在这里的诗篇,都出自劳作在赣北山区一个叫化工部星火化工厂的职工们之手。在星火远离城市的山区生活环境很艰苦,然而那种为国家富强的崇高理想却使星火人的精神世界焕发着璀璨的光辉。他们追随时代的脚步,不断超越自己,为国防建设进行物质生产的同时,也培育着精神的果实。面对大山里的艰苦生活,他们的歌声是那么豪迈而动人!我们希望有更多来自生活底层的诗篇同广大读者见面。”

12月15日,《新闻记者》发表成岗的《“想看、愿看、爱看”是副刊追求的三境界》。

12月22日,《人民日报》第5版“文学作品”发表莫言的《春潮带雨晚来急——速写满洲里》。

12月29日,《人民日报》第5版“文艺评论”发表贺敬之的《中华文化的瑰宝　诗歌史上的丰碑》。

1995年

1月3日,《联合报副刊》发表隐地的《穿桃红衬衫的男子》。

1月10日,《新闻战线》发表陈礼荣的《报纸副刊多元化构成与转型时期社会心理》。

1月25日,《文汇报》刊载谢海洋的《文学驮着影视,影视普及文学》。

2月14日,《中国青年报》发表孙立先的《辩智》。

2月20日,《齐鲁晚报》发表马瑞芳的《家有指挥家》。

3月6日,《三湘都市报》发表杨蔚然的《首富与杀手》。

3月7日—9日,由中国记协国内部、中国作协创研部和《太原日报》编辑部联合举办的报纸副刊研讨会在太原召开,来自全国新闻界、文艺界的100余位作家、学者参加了会议。大会以建立社会主义市场经济体制新形势下报纸副刊如何办为中心议题,展开了广泛深入的探讨。

3月,《新闻窗》第2期刊发《贵州省1994年报纸文艺副刊“贵州新闻奖”作品目录及作者编者名单》,共评选出一等奖4件、二等奖6件、三等奖11件。

4月17日,《人民日报》刊载对乐黛云等人的访谈《东方女性如何融入现代社会——首都部分女性解析女性文化》。

4月29日,《中国时报》《人间》副刊发表辛郁的《在那张冷脸背后——给自己画像》。

5月3日,《文汇报》刊载《抗战小说创作需要倾注热情》。

5月6日,《作家报》发表张颐武的《人文精神:最后的神化》。

5月13日,《人民日报》发表刘白羽为《世界反法西斯文学书系》作的总序,题为《神圣光辉的一页》。

5月16日,《文汇报》刊载艾青的《谈诗》。此文是诗人艾青1957年6月20日在文学讲习所礼堂的讲话。

5月,由《陕西日报》周末编辑室和《西安晚报》周末专刊部联合举办的全国周末副刊导向意识与可读性研讨会暨西北五省区省级晚报周末版联谊会成立大会在咸阳隆重召开，来自北京、河南、湖北、四川、安徽、云南、新疆、青海、甘肃、宁夏、广东等省、市、自治区的13家报刊的新闻界同仁出席了这次会议。代表们围绕周末副刊如何增强导向意识和可读性这样一个中心展开了广泛而深入的研讨，还就现阶段周末副刊普遍存在的一些毛病以及如何进一步塑造完善周末版良好的品牌形象、再创新的辉煌等问题交换了意见。（赵良的《五月芬芳汇秦都——全国周末副刊导向意识与可读性研讨会侧记》刊载于《新闻知识》1995年第9期）

6月1日，《沧州日报》发表钱岩的《一个男孩生命的最后两小时》。

6月22日，《文汇报》发表冯骥才的《维也纳春天的三个画面》。

7月16日，《文汇报》刊载贺嗣承的《良知催逼下的声音》，谈论长篇小说《柏慧》及其引起的论争。

8月2日，《文汇报》刊登韩少功、叶兆言、池莉、林白等作家的创作谈《小说背后的故事》。

8月11日，《文汇报》发表王安忆的《不要让大情感分解支离》。

8月15日，《青年记者》发表于书恒的《散文，副刊的主角》。

9月2日，《人民日报》刊登《"文学湘军"重振雄风》。

9月15日，《新闻爱好者》发表任建谊的《报纸副刊的主旋律与多样性》。

9月21日，《文汇报》和上海文艺出版社、《文学报》共同召开长篇小说《苍天在上》研讨会。

10月12日，《南京日报》发表何百源的《德叔落选》。

10月15日，《新闻通讯》发表单旭的《让副刊面向更广大的读者》。

11月22日，《光明日报》发表莫言的《〈丰乳肥臀〉解》。

11月23日，《中华日报副刊》发表张默的《白千层之旅》。

11月24日，《长江日报》发表邵建华的《洋烟与人才》。

12月18日，《文汇报》刊载《当代童话——为什么难以赢得小读者》。

12月23日，中国报纸副刊研究会在北京成立，这是一个经国家新闻出版总署批准、民政部注册登记的国家一级学会，是自我国报纸副刊诞生一个多世纪以来，中国报纸副刊界的唯一的全国性的群众性的学术团体。现拥有团体会员单位包括《人民日报》《经济日报》《光明日报》《北京日报》《天津日报》《解放日报》《南方日报》《新民晚报》《羊城晚报》等综合性大报，省级、地市级党报以及很有影响的晚报、都市报等400多家报社。目前有会员单位452家、理事单位247家、常务理事单位84家，会长由全国第十届政协委员、《人民日报》(海外版)原总编辑丁振海担任，秘书长由《工人日报》高级编辑姚荣启担任。中国记协为业务主管单位。

1996 年

2 月 15 日,《采·写·编》发表王培生的《面向农民　贴近时代——办好农民报副刊的点滴体会》。《青年记者》发表刘燕凌的《看大报如何办副刊》。

2 月 23 日,《南方周末》发表陈染的《半个自己》。

2 月 25 日,《新闻窗》发表卢惠民的《也谈“新闻文学”及副刊地位》。

4 月 15 日,《报刊之友》发表肖云儒的《街谈巷议话兴陕——读陕西日报副刊“话说陕西人”专栏》。《理论与当代》发表李放眉的《当代报纸副刊地位之崛起——兼及“报纸就是新闻纸”辨析》。

5 月 30 日,《理论与创作》发表刘小莽的《亮出平民文学的旗帜——略谈地市报纸文艺副刊的困境与出路》。

6 月 15 日,《新闻记者》发表吴承惠的《葡萄美酒“夜光杯”——新民晚报副刊 50 年足迹》。

7 月 10 日,《新闻与写作》发表梁友莉的《副刊的动势与静态》。

7 月 19 日,《戏剧电影报》发表沈林的《戏剧需要脑子吗?》、孟京辉的《戏剧当然需要脑子》。

8 月 15 日,《中国记者》发表林冬的《副刊编辑的快速反应能力与创新潜力》。

9 月 27 日,《戏剧电影报》发表沈林的《观众是上帝吗?》、孟京辉的《观众当然不是上帝》。

10 月 4 日,《戏剧电影报》发表沈林的《懂? 还是不懂?》、孟京辉的《不懂! 还是不懂!》。

10 月 11 日,《戏剧电影报》发表沈林的《批判现实主义》、孟京辉的《现实主义批判》。

10 月 15 日,《写作》发表郭金龙的《试析报纸副刊小小说的特点》。《青年记者》发表李秀珍、韩青的《晚报副刊:表达都市人的文化关怀——对一次读者调查的思考》。

12 月 19 日,《光明日报》发表杨颖、秦晋的《不倦的探索与创造——报告文学面面观》。

12 月 28 日,《北京日报》发表史铁生的《悼少诚》。

1997 年

2 月 12 日,《新闻通讯》发表陈嘉栋的《“大副刊”更要重导向》。

2 月 22 日,《新文学史料》发表徐开垒的《文汇报文艺副刊的传统》。

2 月 28 日,《新闻界》发表庄剑的《专栏——副刊的眼睛》。

3 月 13 日,《文汇报》发表元三的《副刊求疵》。

3 月 25 日,《山东工业大学学报》(社会科学版)发表王丽萍、王历生的《报纸文艺副刊的版面审美特征及其艺术美价值》。

4月3日,《戏剧电影报》发表申慧辉的《〈鱼人〉:失败者的童话》。

4月10日,《报刊之友》发表杨云峰的《走向成熟的〈三秦都市报〉副刊》。

4月15日,《新闻爱好者》发表王钢的《副刊发展趋向浅议》。

4月17日,《中国电影报》发表《人民日报》评论员文章《多出精品力作　促进电影繁荣》。

5月10日,《新闻与写作》发表蔺洪生的《副刊散文的品格》。《新闻战线》发表刘小莽的《办副刊也要注意导向问题》。

5月15日,《出版广角》发表冯志奇的《眼明·心诚·手勤——报纸副刊作者队伍建设心得》。

6月15日,《青年记者》发表张英爱的《报纸副刊要为精神文明建设服务》。

6月30日,《新闻界》发表赵元三的《关于〈夜光杯〉的通信》。《中国图书评论》发表孙郁的《关于韩小蕙》。

7月15日,《新闻通讯》发表申沁宇的《献给读者一块美丽清新的园地——兼谈扬子晚报〈繁星〉副刊》。

8月10日,《民族论坛》发表韩棕树的《关于副刊可读性与尊重少数民族习俗问题》。

8月21日,余光中在《辽宁日报》撰文回顾自己的诗歌创作经验,并提出成就一位真正诗人的一些条件。

8月,陕西省报纸副刊优秀作品奖获奖篇目公布,共评出一等奖4篇、二等奖12篇、三等奖20篇。

9月30日,《广西民族学院学报》(哲学社会科学版)发表林机的《试论报纸副刊文风》。

10月10日,《新闻传播》发表陆伟然的《省报副刊专刊发展评述》。

10月30日,《新闻前哨》发表陈莉的《农民报副刊特色议》。

11月15日,《新闻实践》发表范贞洪的《增强党报副刊可读性刍议》。

12月30日,《许昌师专学报》发表王历生、王丽萍、王学会的《把握文艺副刊舆论导向应密切联系社会主义市场经济状况》。

1998年

2月,天津人民出版社“民国名报撷真”丛书出版,所辑作品取材于二三十年代京、津、沪影响最大的四大报纸《晨报》、《申报》、上海《民国日报》、天津《大公报》的副刊,分社会、人生、风俗、艺术、文化、女性、情趣、名人等八个专题编辑成册。

3月25日,《新闻爱好者》发表刘文帅的《现代都市的“文化快餐”——我读〈华西都市报·街坊〉》。

4月15日,《新闻界》发表徐琳基的《报纸副刊及其个性实现——写在中国报纸副刊百岁之际》。

5月15日,《新闻通讯》发表乔晓玲的《参与性——办好副刊的重要一环》。

6月15日,《采・写・编》发表齐霁、李兰瑛的《报纸副刊为何不见了"小小说"》。

6月19日,由中华全国新闻工作者协会和中国报纸副刊研究会联合举办的第八届中国新闻奖报纸副刊作品复评暨97全国报纸副刊作品年赛评选结果在北京揭晓。参评的864件作品有132件分获金、银、铜奖。经中宣部批准和中国记协研究决定,中国报纸副刊好作品评选从今年起纳入中国新闻奖系列。

7月15日,《新闻通讯》发表刘镇的《简约清雅　赏心悦目——浅谈〈新华日报〉副刊"新潮"的版面风格》。

8月15日,《新闻通讯》发表秦继东的《立足本地与面向全国——从"新潮"的择稿体系谈副刊的功能复位》。

8月30日,《新闻前哨》发表熊唤军的《敏感　分寸感　美感——报纸副刊杂文编辑琐谈》、朱桂莲的《当前报纸副刊杂文的几点思考》。

11月15日,《新闻通讯》发表华霞明的《党报副刊生存的"三维空间"》。

12月10日,《新闻传播》发表李景冰、陈东燕的《小议报纸文学副刊的特殊性》。

12月15日,《青年记者》发表蔺洪生的《也谈副刊诗歌的时代特性》。

1999年

1月4日,《太原日报》第5版刊登金汝平的《〈诗刊〉:你要堕落到几时》,批评1998年《诗刊》社所做的"中国新诗调查"结果不公,评选出的"最有印象的当代诗人"前50名人选有问题。(魏永征的《〈诗刊〉和〈太原日报〉和解好》刊载于《中华新闻报》1999年9月9日)

1月23日,《文汇报》开辟专栏"期刊'断奶',文学怎么办",关注国内许多期刊将取消国家财政补贴,而转向在市场中生存和发展的这一现象。其中发表了肖复兴的《面向市场大势所趋》、周政保的《变与不变》、叶辛的《要沉住气》、沈乔生的《没有人能脱离市场》。

2月10日,《新闻与写作》发表蔺洪生的《报纸文学副刊的"色、香、味"》、张云峰的《花开六朵　人欢鹊鸣——〈京郊日报〉的专副刊特色》、凤翔的《动静结合　软硬结合——〈北京晚报〉文艺副刊编辑札记》。

2月28日,《新闻界》发表陈茂君的《析报纸副刊散文俗化现象》。

3月,由邱慧选编的《谁负责给我们好心情:全国晚报副刊短文选》由重庆大学出版社出版。

4月15日,《文汇报》发表宗仁发的《文学期刊改版的喜与忧》。

5月16日,《文汇报》发表张炜的《运河谈片》。

6月10日,《新闻战线》发表孙为刚的《地域文化与地市报副刊》。

6月25日,《文汇报》发表梁晓声的《写给九十年代的儿女们》。

9月10日,《新闻与写作》发表谢星文的《调节副刊矛盾实施改革平稳过渡》。

9月30日,《晋阳学刊》发表耿长春的《办副刊的五个误区》。

10月25日,《新闻窗》发表宋茨林的《"大副刊意识"及其他》。

11月1日,《中国青年报》刊登王朔的《我看金庸》。

11月4日,《文汇报》发表金庸的《不虞之誉和求全之毁》。该文对王朔的批评予以回应。

本年,第九届中国新闻奖报纸副刊奖评审中,中国报纸副刊研究会从1998年全国报纸副刊作品年赛获得金奖的作品中推荐了12件作品参评,其中6件分获一、二、三等奖。

2000年

1月4日,《文汇报》刊登《网上作家排行谁最俏》,文中提到,内地作家王朔居榜首,港台金庸居榜首,已故作家中鲁迅居榜首。

1月13日,《文学报》刊发张梅的长篇小说《破碎的激情》研讨述要《用理智穿透时代》。

1月15日,《报刊管理》发表吴明明的《"进""出"那一种语境——对报纸副刊编辑工作的一点体会》。

1月21日,《文汇报》刊载消息《三十多位知名作家与网站签约》。

1月27日,《文学报》报道《天津文学》第1期以"青春阅读"为主题,在坚持期刊的文学性、艺术性的同时,着力增强期刊的趣味性、休闲性,彻底改变了过去小说、诗歌、散文、评论"四盘菜"的老套式。

2月15日,《新闻通讯》发表李龙年的《副刊杂文"三性"论》。

3月7日,《文艺报》刊发《文学的〈清明上河图〉——长篇小说〈秦淮世家〉研讨纪要》。

4月17日,《光明日报》发表韩小蕙的《文学副刊缘何日渐"消瘦"》。

4月30日,《湖南社会科学》发表潘朝晖的《浅谈地市党报副刊如何面向市场》。

6月10日,由中华全国新闻工作者协会和中国报纸副刊研究会联合举办的第十届中国新闻奖报纸副刊作品复评暨99全国报纸副刊作品年赛评选结果在北京揭晓。经过激烈的角逐和严格的筛选后,138件佳作从参评的721件作品中脱颖而出,分获金、银、铜奖,其中金奖15件、银奖35件、铜奖88件。评委会推荐10件作品参加第十届中国新闻奖定评。

6月,李兰颂所著的《兰颂手记:中国报纸文艺副刊简明论稿》由新华出版社出版。

7月18日,《文汇报》刊登消息《北京作协打破地域聘作家》,新签约作家享有每月

1000元基本工资和其他权利。

7月22日,《文汇报》刊载吴俊的《鲁迅还在我们的世界中》。

9月26日,《团结报》发表乐朋的《守护这片精神家园》。

11月6日,《重庆日报》发表喻为民的《新时期副刊发展新趋势》。

11月7日—11日,《人民日报》在北京怀柔首次召开"金台杂文"和副刊研讨会,一批著名杂文家加盟,邀请北京、上海、江苏、陕西、天津、四川、安徽、山东等地共20余人到会,探讨振兴杂文。

11月29日,《文汇报》刊发消息,小说《围城》盛销不衰。20年印180万册。

12月27日,《文汇报》刊载消息《一批作家在沪指出网络文学没有改变文学的本质》。

2001年

2月5日,《北京日报》发表从维熙的《保卫"文化副刊"》。

2月25日,《新闻前哨》发表卢圣虎的《晚报专副刊市场化运作浅探》。

3月15日,《新闻通讯》发表肖伟的《从广州报纸看文学副刊的分化》。

4月6日—8日,中国报纸副刊研究会在北京举行工作会议,全国60余家报社的副刊编辑参加了会议。中宣部副部长王晨到会并发表讲话,认为副刊肩负着社会主义精神文明建设的重要使命,副刊编辑应增强政治意识、大局意识、精品意识,不断深化改革、提高质量,使报纸副刊越办越好。中国报纸副刊研究会会长、《人民日报》(海外版)总编辑丁振海等出席了会议。(傅文的《王晨在中国报纸副刊研究会上强调报纸不能没有副刊》刊载于《中国民族报》4月28日)

4月28日,《新闻界》发表冯青龙的《市场经济条件下的民族地区副刊走势》。

5月22日,《人民日报》发表仲言的《慎张"排行榜"》,后在第十二届中国新闻奖评选中荣获副刊一等奖。同日,《文艺报》发表胡燕妮的《专栏、副刊、时尚杂志:对都市大众文化研究的一种意见》。

5月,冯并所著的《中国文艺副刊史》由华文出版社出版。

6月1日—2日,第十一届中国新闻奖报纸副刊作品复评暨2000全国报纸副刊作品年赛评选会议在北京召开。根据评选规则,产生了2000年年赛的金奖15篇、特别奖1篇、银奖35篇、铜奖80篇。

6月15日,《采·写·编》发表韩永强的《新世纪,副刊仍是报纸的风帆》。

7月16日,第十一届中国新闻奖评选会在黑龙江省牡丹江市结束,中国报纸副刊研究会推荐12篇作品参评,其中6件作品分获一、二、三等奖。

8月30日,《新闻知识》发表黄啸的《网络与现代报纸副刊管见——一次"六神无主"的尝试》。

9月26日,《中国新闻出版报》发表王寒的《副刊“正”办和副刊“富”办》。

10月16日,全国报纸副刊论文评选活动落下帷幕。

11月15日,《记者摇篮》发表张大威的《论网络时代报纸副刊的新走势》。

12月15日,《中国记者》刊出秦德成的《在主动适应中寻求拓展——新世纪报纸副刊面临的挑战及对策》、瞿冬生的《让“后花园”繁花似锦——关于党报副刊的几点思考》。

12月,《粤海风》杂志刊出刘逸生的《我与〈晚会〉》。《海南师范学院学报》(人文社会科学版)刊出阿廖的《报纸副刊:鼎革求变与守恒不变的辩证把握》。

2002年

2月1日,《青年记者》发表丁汉青、王灿发的《市场竞争与报纸副刊“深”“细”“实”——90年代中国报纸副刊变革动因之一》。该组文章共4篇,至第5期刊载完毕。

2月5日,《新闻记者》发表林仙久的《新世纪报纸副刊的立足之本》。

2月15日,《记者摇篮》发表许维萍的《注重“四性”——如何发挥报纸文艺副刊的优势》。

2月28日,《光明日报》发表谢其章的《40年代的〈文艺春秋副刊〉》。

3月16日,《中国新闻报》发表王灿发、丁汉青的《报纸大众化及副刊发展的若干问题》。

4月13日,《文艺报》发表张兴元的《报纸和小说》。

4月13日,《人民日报》发表方汉奇的《副刊百年史》。

6月25日,《报刊之友》刊出徐晓红的《报纸副刊的现状与展望》。

6月28日,《新闻界》发表万成炼的《试论报纸副刊文学的百姓化趋势》。

6月,2001年度中国城市党报副刊(星期刊)好作品评选结果揭晓,31家报社的250篇作品参加评选,经评委反复遴选,39篇作品获得一等奖。

7月24日,第十二届中国新闻奖评选结果揭晓,210件新闻作品获奖,其中一等奖33件、二等奖69件、三等奖108件。自1998年起,中国报纸副刊好作品评选已纳入中国新闻奖系列。

8月1日,朱春娃在《青年记者》发表《副刊编辑素质六题》。

8月7日,《中国新闻出版报》发表津文的《〈天津日报·文艺周刊〉2000期纪念座谈会举行》。

8月8日,《天津日报·文艺周刊》发表张建星的《市场化与报纸文艺副刊》。

8月30日,《新闻界》发表侯东阳、薛国林的《关于副刊的读者调查和分析》。

10月17日,在福建武夷山召开的2002年中国报纸副刊研究会年会上,与会代表一致通过设立“孙犁报纸副刊编辑奖”。

10月28日,《新闻界》发表陈叙的《文艺副刊式微现象的审视》。

11月5日，《中国新闻出版报》发表徐展的《提升副刊的附加值》。

11月12日，《中华新闻报》发表李业成的《报纸副刊的走向》。

12月28日，《新闻界》刊出曾伯炎的《副刊的落魄》，同期发表的还有吴万里的《名家≠名文——对报纸副刊的一点思考》。

2003年

1月25日，《当代传播》发表董岩的《梁衡谈报纸副刊》。

2月10日，《新闻战线》发表陆春祥的《形式创新亦可贵——获全国报纸副刊作品金奖感言》。

2月15日，《记者摇篮》刊载丁舒的《报纸文学副刊应借鉴网络文学的现代风格》。

5月1日，《青年记者》刊出张丽的《报纸副刊的“副”与“不副”——由山东省报纸副刊好作品评选引发的思考》。

5月23日，《四川日报》发表伍松乔的《文学副刊正当年——写在〈原上草〉一千期》。

6月19日，《文汇报》发表吴筠的《淡看“中国十大文化偶像”》。

6月26日，《中国新闻出版报》发表吴德权的《副刊如何与时俱进》。

8月6日，《光明日报》刊出单三娅的《第十三届中国新闻奖报纸副刊作品奖揭晓》，文中介绍由中华全国新闻工作者协会和中国报纸副刊研究会共同举办的第十三届中国新闻奖报纸副刊作品复评暨2002年全国报纸副刊作品年赛评选结果在北京揭晓，134件作品从792件参评作品中脱颖而出，获金、银、铜奖。

9月5日，《中华新闻报》发表张登宽的《文学副刊编辑要当“大家”》。

10月，全国报纸副刊论文评选结果揭晓，本次论文评选共收到全国各地新闻单位论文近80篇。

11月26日—28日，由中国报纸副刊研究会主办、《解放日报》承办的副刊的创新与发展——2003年中国报纸副刊论坛在上海举行。来自全国30多家报纸的副刊负责人围绕“副刊的创新与发展”这一主题畅所欲言。这次论坛旨在认真总结和研究报纸副刊在创新实践中出现的新现象、新情况、新问题和新经验，探讨副刊在当前浮躁的社会态势下如何吸引更多的读者，为读者建设一块精神家园；探寻副刊的创新与发展之路，以推进副刊的繁荣昌盛、长盛不衰。

11月27日，《解放日报》发表姜小玲的《报纸副刊的创新发展之路》。

11月28日，《中华新闻报》发表陈昌凤的《〈晨报副刊〉：革命先锋》。

11月，由中国记协、中国报纸副刊研究会、上海市记协、《解放日报》联合主办的副刊的创新与发展——2003年中国报纸副刊论坛在上海开幕，来自全国30多家报纸的副刊负责人围绕“副刊的创新与发展”这一主题畅所欲言，共同为办好报纸副刊，满足人民群众的精神文化需求出谋划策。

12月16日,《文艺报》发表兆子的《〈太原日报〉“双塔周刊”呈现报纸文学副刊魅力》。

12月30日,《江西日报》发表杨林的《报纸副刊应体现“三贴近”》。

本年,薛国林、侯东阳等所著的《中国报纸专副刊文化》由中国科学文化出版社出版。

2004年

1月25日,《新闻出版交流》发表顾雪生的《报纸副刊发展的图文互动趋势》。

2月5日,《新闻记者》发表王桂军的《报纸“减副”读者为何一声三叹——关于当前报纸副刊现状的思考》。

2月13日,《中华新闻报》发表杨磊的《副刊,中国报纸的女神》。

2月26日,《中国新闻出版报》发表沈耀忠、詹红的《地市报文艺副刊“退”与“进”》。

4月28日,陈叙在《西南民族大学学报》(人文社科版)发表《文艺副刊:徘徊在文艺性与新闻性之间》。

4月30日,焦国标在《新闻爱好者》发表《中国报纸副刊的一个转折点——兼谈我的副刊编辑理念》。

5月17日,《安徽日报》发表段儒东的《报纸副刊散文的新视野》。

5月28日,《中华新闻报》发表王群的《新文化运动中的副刊》。

6月24日,由中华全国新闻工作者协会和中国报纸副刊研究会共同举办的第十四届中国新闻奖报纸副刊作品复评暨2003年全国报纸副刊作品年赛评选近日揭晓。135件佳作从815件参评的作品中脱颖而出,分获金、银、铜奖。其中特别奖1件、金奖15件、银奖35件、铜奖84件。

7月10日,王树国在《新闻战线》发表《弘扬鲁迅精神　打造杂文名版——评〈唐山晚报〉副刊〈鲁迅风〉》。

8月7日,全国报纸副刊年会在克拉玛依召开,此次会议由克拉玛依市委、市政府、中国报纸研究会以及新疆日报社主办,新疆西域文化传播有限公司承办。全国政协委员、中国报纸研究会会长丁振海,中国报纸副刊研究会常务副会长曾凡华,克拉玛依市委领导唐健、艾孜木·阿不都里木、宋友立以及162名来自全国各地的记者参加了年会。会议总结了中国报纸副刊2003年的工作,安排部署了今后的工作。会上,丁振海作了题为《用“三个代表”重要思想统领宣传舆论工作,开创中国报纸副刊新局面》的报告。截至2004年,研究会有40多家注册的地市以上会员报社,参加此次活动的有《人民日报》等10多家国家级报纸。

8月27日,《中国新闻出版报》发表姚荣启的《新闻性——报纸副刊之魂》。

9月9日,《南方周末》发表夏榆的《纸上的风云:副刊时代的终结》。

9月28日,《文艺报》发表白烨的《传媒时代的副刊与文学》。

11月15日,《中国记者》发表朱广盛的《用大副刊提升报纸影响力》。

11月24日,《光明日报》发表鹿耀世的《要重视文艺副刊》。

11月30日,《山西日报》发表章勇思的《培养文学队伍　办好党报副刊》。

12月17日,《人民日报》发表徐怀谦的《传统副刊的出路在哪里》。

2005年

1月10日,《中国编辑》发表杨晓秋的《报纸文学副刊如何走出低谷》、石海田的《提升报纸文艺副刊的品位》。

1月25日,《中国新闻出版报》发表肖黎的《真情铸就的篇章》。

4月1日,《中国记者》发表谭军波的《报纸副刊的创新空间——从"城市笔记""胡同"到"百味"》。

4月19日,《中国新闻出版报》发表缪远熙的《副刊的编者与作者》。

4月21日,《文艺报》发表奉荣梅的《副刊专栏热中的冷静思考》。

4月22日—24日,湖北省报纸副刊研讨会在宜昌车溪召开,《湖北日报》《长江日报》《楚天金报》《宜昌日报》《荆州日报》《孝感日报》《黄石日报》《潜江报》等报社的20余名副刊编辑、记者参加了此次会议。与会者认为,在办好传统文艺副刊,进一步提高副刊的文化品位的同时,报纸副刊要因应时代变化,扬长避短,在变化中求生存,在创新中求发展。

5月10日,《中国编辑》发表李赢的《文化性——副刊的灵魂》。

5月17日,《安徽日报》发表阎纲的《说副刊》。

5月25日,《中国新闻出版报》发表靖一民的《副刊文学的新闻性》。

5月27日,《人民日报》发表朱芳的《评估散文创作　研讨副刊发展》。

6月1日,《四川日报》发表罗继飞的《报纸副刊:占据文化制高点》。

6月28日,《新闻界》发表邹陶嘉的《试论新时期报纸专副刊发展中的五大关系》。

7月15日,《上海文学》发表吴亮的《论报纸副刊——后谎言时代文化观察之一》。

8月31日,《中华新闻报》发表四新的《〈新民报〉:璀璨的副刊星系》。

10月26日,《中华新闻报》发表杨磊的《副刊需要哪些品位》。

11月1日,《中国记者》发表陈昊的《都市报副刊繁荣背后的思考》。

12月1日,《中国记者》发表贾宝芳的《地方报纸副刊如何开发资源》。

12月10日,《青年记者》发表沈峰的《报纸副刊,请给小说一块绿洲》。

12月17日,《人民日报》文艺部在北京举办文学副刊研讨会,杨子才、李庚辰、王学泰、张梦阳、高深、韩小蕙、孙月沐、王乾荣、楚建锋、赵蘅、徐虹等10余位作家、学者和新闻界同仁与会,就《大地》副刊的现状以及在当今文化多元化的大环境中如何创新展开了热烈讨论。与会者认为,副刊的首要任务是对社会和读者负责,因此要格调纯正,紧跟时代,牢牢把握正确的舆论导向;同时也应注重提高文化含量,文章不仅要深刻、厚重,还要美、雅,同时兼具趣味性,做到好读耐看。

12 月 28 日,《新闻界》发表蒋颖的《从四川日报〈天府周末〉看党报副刊的改进与创新》。

12 月 30 日,《新闻与传播研究》发表楼伟华的《政治性与地域性相结合　新闻性与文学性相融合　努力把副刊办成党报的一个新亮点》。

2006 年

1 月,中国报纸副刊研究会在北京举行首都报纸副刊界新春茶话会,首都报纸副刊界的同行欢聚一堂,畅叙友情。中宣部、国家新闻出版总署、中国记协、中国文联、中国作协的领导和有关部门的领导仲呈祥、李準、张胜友、汤恒、陈红十等出席。中国报纸副刊研究会会长丁振海讲话,中国报纸副刊研究会副会长、文艺报总编辑范咏戈主持了茶话会。(任晶晶的《中国报纸副刊研究会在京举行新春茶话会》刊载于《文艺报》2006 年 1 月 19 日)

2 月 20 日,《黄山日报》发表鲍忠恕的《一位业余作家的创作历程》。

2 月 28 日,《新闻实践》发表郑休白的《党报副刊如何创新与发展》。

3 月 1 日,《出版广角》发表傅岩山的《报纸副刊之命运》。

3 月 13 日,《中国新闻出版报》发表李晓虹的《给农民创作　为农民出书》。

3 月 15 日,《中华新闻报》发表周红红、张徽贞的《在新闻与文学的边缘飞翔》。

3 月 28 日,《甘孜日报(汉文)》发表杨丹叔、张永才的《副刊　媒介营销的重要筹码》。

4 月 1 日,《中国记者》发表苏华的《行业报副刊:寻找行业和社会的结合点》。

5 月 15 日,《今传媒》发表黄静芬的《报纸副刊与读者如何良性互动》。

5 月 30 日,《新闻知识》发表唐冬眉的《厚报时代,传统副刊的出路在哪里》。

6 月 1 日,《文学报》发表傅小平的《与生活同行的人文之旅》。

6 月 16 日,《四川日报》发表傅小平的《生活　副刊　博客》。

6 月 30 日,《文汇报》发表《文汇报〈笔会〉副刊迎来 60 华诞》。

6 月,田建平主编《当代报纸副刊研究》由河北大学出版社出版。

7 月 12 日,《中华新闻报》发表汤耀国的《袁鹰的“两栖”传奇》。

7 月 20 日,《中国新闻出版报》发表刘业勇的《解放军报〈长征〉副刊 2500 期座谈会举行》。

7 月 24 日,《中国新闻出版报》发表虹飞的《副刊三题》。

7 月 27 日,《中国新闻出版报》发表陈先义的《走过“长征”》。

7 月,由中华全国新闻工作者协会国内部和中国报纸副刊研究会共同举办的第十六届中国新闻奖报纸副刊作品复评在北京揭晓。评委会评出特别奖 1 件、金奖 15 件、银奖 36 件和铜奖 87 件。(王琴珍的《第 16 届中国新闻奖报纸副刊作品复评揭晓》刊载于《文

艺报》7月27日）

8月5日，《文艺报》发表曾祥书的《〈菏泽日报〉精心打造副刊》。

8月29日，《文艺报》发表高小立的《文学副刊仍当助推文学前行》。

8月30日，《中国记者》发表刘一丁的《提高副刊引导力的办刊之道》。

10月18日，文新报业集团在北京举行《文汇报》《笔会》和《新民晚报》《夜光杯》两大副刊创刊60周年大型作者座谈会。

10月19日，《人民日报》发表张贺的《报纸副刊不能办成娱乐版》。

10月26日，《南方周末》发表朱强、邓丽江的《〈笔会〉，影响大得想不到》。

10月，袁鹰的《风云侧记——我在人民日报副刊的岁月》由中国档案出版社出版。

12月26日，《光明日报》发表白贵的《为当代报纸副刊定位》。

12月30日，《天府新论》发表肖幼玮的《市场化报纸中的副刊》。

2007年

1月26日，中国报纸副刊研究会在北京举办2007年首都报纸副刊界新春茶话会。来自《检察日报》《文艺报》等单位的负责人和副刊编辑代表会聚一堂，为副刊发展建言献策。中国作家协会副主席高洪波、中宣部文艺局副局长汤恒等致辞。评论家、中国文联原副主席李准、仲呈祥，剧作家王朝柱，中国记协书记处原书记肖东升，《人民日报》文艺部主任郭运德，解放军报社长征出版社常务副总编辑曾凡华等也参加了此次活动。会议由中国报纸副刊研究会常务副会长、中国新闻出版报社长兼总编辑姜军主持。（曾祥书的《首都报纸副刊界举行新春茶话会》刊载于《文艺报》2007年1月10日）

2月1日，《读书文摘》发表袁鹰的《胡乔木和〈人民日报〉副刊》。

2月5日，《新闻记者》发表张苑琛的《喜看老树绽新芽——新民晚报副刊网络版“夜光杯博客”的思考》。

4月4日，“湖北新闻奖”报纸副刊作品复评暨年赛结果揭晓，共有12件作品获金奖，20件作品获银奖。

4月10日，《传媒观察》发表钱萍的《网络时代报纸副刊如何重建影响力》。

4月，2006年度云南省报纸副刊好作品评选结果揭晓，评委会由云南省新闻工作者协会及云南省报纸副刊研究会的领导、专家组成，评委们通过认真的讨论分析，无记名投票，评出了一等奖8篇、二等奖14篇、三等奖28篇。

5月5日，田建平、石月炜在《新闻与写作》发表《〈辞海〉的副刊定义准吗？——兼论“大副刊”时代副刊定义》。

5月10日，赵允芳在《传媒观察》发表《副刊之负——访〈南方都市报〉首席编辑余少镭》。

6月10日，胡少华在《新闻爱好者》发表《论报纸副刊“博客化”》。

6月27日,《中华新闻报》发表记者的专访《韩小蕙:在新闻与文学间驰骋——访光明日报副刊〈文荟〉主编韩小蕙》。

6月,管志华、姚福申所著的《中国报纸副刊学》由上海人民出版社出版。

7月5日,《文学报》发表金莹的《和而不同　共享回归》。

8月15日,《新闻实践》发表沈秀红的《报网互动让副刊"活"起来》。

8月,由中华全国新闻工作者协会国内部和中国报纸副刊研究会共同举办的第十七届中国新闻奖报纸副刊作品复评结果在长沙揭晓,评出特别奖1件、金奖15件、银奖37件、铜奖82件。经评委投票,从金奖作品中推荐出杂文、文艺评论、特写、报告文学等四种体裁中有着强烈时代感和感染力的10件作品参加中国新闻奖定评。评委会从全国261家报社选送的747件作品中同时评出2006年度作品一等奖70篇、二等奖110篇、三等奖53篇。优秀专栏一等奖18个、二等奖57个、三等奖25个。优秀版面一等奖16个、二等奖62个、三等奖37个。(任晶晶的《第十七届中国新闻奖报纸副刊作品复评揭晓》刊载于《文艺报》2007年9月1日)

9月17日,《中国新闻出版报》发表温培雅的《用新闻元素浇灌"后花园"》。

10月16日,《中华新闻报》发表李辉的《副刊编辑如何适应时代需要》。

11月10日,中国报纸副刊论坛在南京开幕。论坛由中华全国新闻工作者协会国内部、中国报纸副刊研究会、南京日报报业集团主办,南京日报社承办。来自全国近30家报纸的分管总编和副刊负责人围绕"报纸副刊与和谐文化建设"这一主题畅所欲言,共同为办好报纸副刊、满足人民群众的精神文化需求出谋划策。中国报纸副刊研究会会长丁振海到会并讲话。

11月25日,《西华师范大学学报》(哲学社会科学版)发表辛欣、安中的《21世纪报纸副刊的发展趋势》。

12月15日,《社科纵横》(新理论版)发表楚楚的《浅谈如何增强党报文艺副刊专版竞争力》。

12月,魏剑美的《报纸副刊学》由湖南师范大学出版社出版。

2008年

2月15日,《探索与争鸣》发表全岳春的《如何办好报纸副刊——以〈新民晚报·夜光杯〉为例》。

2月18日,第十七届(2007年度)山西新闻奖报纸副刊作品评选暨2007山西报纸副刊作品年赛评选结果出炉。本次年赛共收到全省各地18家报纸选送的参选作品113件。经过10位评委的多轮投票,最终有45件作品获奖,其中金奖10件、银奖15件、铜奖20件。

3月15日,《文学自由谈》发表子川的《报人·传媒时代·文学副刊》。

4月10日,《新闻战线》发表吴汾的《浅谈晚报副刊的地域文化和人文精神》。

4月15日,《新闻界》发表范湘鸿的《精神寻根与地域性文化副刊的兴起》。

4月16日,《中华新闻报》发表陈燕棠的《拿什么坚守副刊阵地》。

5月10日,《南昌日报》发表陈艳的《守住文学的一方净土》。

5月,"逢时杯"《福建文学》第六届初出茅庐大奖赛暨《福建日报》第三届副刊新人新作奖发布征稿启事。

6月2日,《贵州民族报》发表王豫屏的《报纸副刊在互联网环境下的发展》。

8月5日,据《常州日报》消息,由中华全国新闻工作者协会国内部和中国报纸副刊研究会共同举办的第十八届中国新闻奖报纸副刊作品复评,日前在北京揭晓。评委会评出金奖15件、银奖35件、铜奖84件。经评委投票,从金奖作品中推荐出杂文、文艺评论、特写、报告文学等四种体裁的有着强烈时代感和艺术感染力的10件作品参加中国新闻奖评定。由中国报纸副刊研究会组织评委评出2007年度年赛作品一等奖82篇、二等奖89篇、三等奖57篇;优秀专栏一等奖28个、二等奖48个、三等奖20个;优秀版面一等奖25个、二等奖70个、三等奖31个。

9月5日,《新闻记者》发表季桂保的《报纸专副刊的话题选择——以〈新华文摘〉2006年~2007年的选摘为例》。

9月25日,《山东师范大学学报》(人文社会科学版)发表张桂芳的《论报纸副刊在当前的境遇与创新空间》。

11月10日,《新闻战线》发表谢庆立的《副刊研究:寻求理论创新的基点》。

12月6日—8日,2008年云南省报纸副刊研究会年会在楚雄州元谋县召开。出席本届年会的报纸副刊代表分别来自《云南日报》《云南政协报》《云南广播电视报》《春城晚报》《云南法制报》《昆明日报》《云南科技报》《云南信息报》《楚雄日报》《曲靖日报》《文山日报》《丽江日报》《昭通日报》《怒江报》《楚雄晚刊》《个旧时报》等。

12月15日,《记者摇篮》发表杨春燕的《网络时代报纸副刊的生存之道》。

2009年

1月7日,《中华新闻报》发表王保国的《把地市级党报副刊办成"精神佳肴"》。

2月15日,《中国纪检监察报》发表吴志菲的《袁鹰:半个世纪的"两栖"人》。

3月10日,《传媒观察》发表郑敏芝的《报纸副刊的重新定位与经营》、沙克的《抓住报纸副刊的受众与市场》。

3月11日,第十八届(2008年度)山西新闻奖报纸副刊作品评选揭晓。本次评选共收到全省各地22家报纸选送的策划及报告文学、特写、文艺评论、散文、杂文等大量作品。经过评委的多轮投票,最终共有50件作品获奖,其中副刊策划奖5件,副刊作品金奖10件、银奖15件、铜奖20件。

5月1日,《中国记者》发表邹园的《怎样体现副刊独特文化内涵》。

6月15日,《新闻战线》发表张能梓的《文艺副刊在区域文化建设中的作用》。

6月,姚福申、管志华所著的《中国报纸副刊学》由上海人民出版社出版。

7月15日,《新闻实践》发表操慧的《报纸副刊"突围"的适应力和竞争力》、何龙的《报纸副刊"变局"现在进行时》、陈小瑾的《都市报副刊盛衰之间的瓶颈突破——对南方都市报〈城市笔记〉创新尝试的思考》。

8月10日,元三在《青年记者》发表《杂文和副刊——答某报文艺副刊编辑约稿信》。

8月25日,《新闻窗》发表肖玉清的《副刊:一份报纸的文化品位追求——谈〈人民日报·大地〉副刊特色》。

9月15日,《新闻传播》发表辛欣的《报纸副刊走向市场的经营之路》。

9月16日,《甘肃日报》发表熊江彬的《对党报文学副刊的一些思考》。

11月2日,中国报纸副刊研究会2009年年会在云南省红河哈尼族彝族自治州首府蒙自召开,来自全国的百余家媒体参加了会议。中国报纸副刊研究会会长丁振海作了工作报告。中宣部文艺局文学处处长赵海虹、中国记协国内部主任陈红十对2008年以来全国报纸副刊的工作给予了肯定。会上,中国报纸副刊研究会对30家媒体进行了表彰,授予了"优秀会员单位"称号。

11月15日,《大连民族学院学报》发表何江的《论〈南方周末〉副刊的公共性》。

12月19日,由《新余日报》承办的江西省报纸副刊研究会2009年年会在新余召开。来自全省党报、专业报、行业报等20余家报社负责人以及部分副刊主编,结合各报实际与业界现实进行了广泛交流与探讨。

2010年

1月5日,《中国新闻出版报》发表孙涛的《紧跟新闻走　副刊显身手——浅谈增强报纸副刊的新闻性》。

1月10日,《传媒观察》发表郑慧的《速读时代副刊的"深度运作"》。

1月29日,《中国新闻出版报》发表牛春颖的《发挥副刊在全民阅读中独特作用》。

2月5日,《新闻记者》发表王雪瑛的《多媒体时代报纸副刊的变与不变——以〈夜光杯〉和〈天天副刊〉为例》。

3月30日,《青年记者》发表肖小明的《关于报纸文艺副刊消闲性的思考》。

4月6日,《中国新闻出版报》发表陈仲侨、毛雷君的《看照片　讲故事　读历史——都市类报纸副刊差异化竞争浅析》。

4月10日,《新闻爱好者》发表王淑洁的《"副刊不副"与"副刊要副"——浅谈报纸副刊新闻性的特点》。

4月13日,《中国社会科学报》"文学"版发表刘保昌的《谈"现代美文"的文体》。

4月22日,《联合日报》公布了2009年度山东新闻奖(报纸副刊类)作品复评结果,

《儿子眼中的季羡林》等7件作品获报告文学类一等奖,《逝者》等7件作品获散文类一等奖,《文学何为》等3件作品获杂文类一等奖。

4月24日,上海《文汇报》2010扬州笔会在西园大酒店举行作者座谈会,10多位该报副刊《笔会》的作者就当时报刊文学发展方向、扬州城市印象等内容各抒己见。

4月26日—30日,由四川省新闻工作者协会、四川省报纸副刊研究会联合举办,凉山日报社承办的2009年度四川省报纸副刊作品评选会在凉山州西昌市举行。此次评选共收到全省各地33家纸质媒体选送的报告文学、特写、文艺评论、散文、杂文、文化新闻、文化策划等作品,共计463件。36位评委分4个小组,经过严肃认真的多轮投票评分,共评出一等奖作品41件、二等奖作品88件、三等奖作品135件。其中得分最高的30件作品,将参评2009年度省级新闻奖。

4月,《甘肃日报》副刊部召开征求读者意见座谈会。“发言摘编”发表于4月30日的《甘肃日报》。

5月7日,《中国新闻出版报》发表杜平、韩斌、周华诚、邵宇峰的《杭州日报〈倾听·人生〉:党报副刊的成功样本》。

5月8日,《凉山日报(汉)》发表王仆、马婷、杨庶文的《报纸副刊的文化品质与品位》。

5月28日,《云南日报》第10版《花潮》副刊发表《花开云南　潮涌高原——第九届云南日报文学奖颁奖典礼暨第十届云南日报文学奖启动仪式侧记》,著名诗人于坚在颁奖典礼之后讲道:“全国的报纸副刊都有不同程度的萎缩和变质的趋势下,《花潮》依然色彩绚丽、倾情绽放,这不得不令人高兴和欣慰。”

6月1日,《中国记者》发表许素银的《也谈文学副刊的品牌意识》。

7月12日,《中国新闻出版报》第4版发表韩春秒的《情感副刊:速读时代的“深呼吸”》。

7月13日,《汕头日报》发表郑楚琪的《贴近性是报纸副刊的活力源泉》。

7月15日,《解放军报》第9版《长征特刊》发表乔林生的《“长征”无愧于自己的名字》,纪念《解放军报》《长征》副刊创办35周年、出刊3000期这个特殊的日子。

7月22日,《山西科技报》发表孙蕊的《浅谈副刊如何培养作者队伍》。

7月25日,《兵团日报》发表王伶的《枝繁叶茂不离根——2009年度“兵团新闻奖”报纸副刊获奖作品漫议》。

8月3日,《中国新闻出版报》发表李鸿儒的《农村报纸副刊改造的探索与尝试》。

8月5日,《人民日报》发表马长军的《国产动漫如何留住小观众》。

9月21日,2009年度安徽新闻奖(副刊类)评奖近日在宿州揭晓,《安庆日报》选送的沈天鸿的散文《阳光打在地上》获得一等奖(编辑张明润),《安庆晚报》选送的许俊文的散文《露珠里的村庄》获得二等奖(编辑魏振强)。

9月28日,安徽省报纸副刊研究会第二十九届年会暨2009年安徽新闻奖(副刊作品)颁奖会在宿州市举行。全省近40家平面媒体的80名代表参加了会议。会议颁发了2009年度全省副刊好作品奖和安徽新闻奖(副刊作品),并就报纸副刊如何与时俱进、关注现实生活等问题进行研讨。

10月21日,《人民日报》发表梅宝菊的《弘扬和传承国学精髓》。

10月30日,中国报纸副刊研究会2010年年会在新余举行,来自全国90余家报社的130多名文化记者参加年会暨中国百名文化记者新余采风活动。省委常委、省委宣传部部长刘上洋,全国政协委员、《人民日报》(海外版)原总编辑、中国报纸副刊研究会会长丁振海出席会。

10月,解放军报社文化部所编的《解放军报〈长征〉副刊精品文库》,由长江出版社出版,分诗歌卷、散文卷、杂文卷、人物纪实卷、文学评论卷等。

11月27日,江西省报纸副刊研究会2010年年会在宜春召开。来自全省20余家报社的负责人以及部分副刊主编近50人结合各报实际与业界现实,就如何进一步促使副刊紧跟时代步伐、反映社会现实、提高作品品质进行广泛交流与探讨。

12月7日,《中国新闻出版报》发表曾革楠的《〈新民晚报〉形成纸媒网媒共赢态势》。

12月8日,《文艺报》第2版发表韩小蕙的《2010年散文印象》。

12月20日,全国报纸副刊研究会绿色发展与和谐文化论坛在遂宁举行。与会者围绕如何发展绿色经济、倡导绿色生活、营造绿色环境进行研讨。至此,为期3天的中国报纸副刊“绿色发展看遂宁”采访活动落幕。

2011年

1月17日,《文艺报》副刊发表顾子欣的《俄罗斯情结(二首)》。

3月5日,《新闻记者》发表潘向黎的《副刊作品新闻性和文学性的关系刍议》。

3月9日,《文艺报》副刊发表何君华的《故乡的形状》。

3月13日,经过公平、公正的评选,2010年度江西省报纸副刊好作品暨专栏、版面奖评选于3月13日在南昌揭晓。共有66篇作品获得报纸副刊好作品奖,其中一等奖18件、二等奖21件、三等奖27件。另外,评出副刊好版面14块。

3月15日,黄咏梅在《粤海风》发表《文化副刊的理念:可读、耐读与必读》。

3月,江苏省第二十一届报纸副刊好作品评选结果公布。

4月4日,《文艺报》副刊发表杨牧的《白发》。

4月10日,《传媒观察》发表钱春媛的《地方报纸副刊必须突出本土特色》。

4月15日,《文艺报》“经典作家专刊”发表陈艳的《编辑家孙犁》。

4月25日,《贵州日报》发表《将文化专刊办得更加丰富多彩》。

5月4日,《文艺报》副刊发表梁衡的《写作感怀》。

5月15日，黄咏梅在《南方文坛》发表《微博与报纸副刊的有效互动》。

5月16日，《文艺报》副刊发表郭瑾的《沈从文在北京》。

5月17日，《中国新闻出版报》发表罗础的《地市报副刊怎样坚守文化品位》。

5月20日，《检察日报》《绿海》副刊发表贾娜的《从高晓松醉驾谈起》。

6月1日，《山西科技报》发表孙蕊的《浅谈党报副刊的消闲性》、李建莉的《副刊版面要“养眼”》。

6月18日，由中国报纸副刊研究会、新民晚报社共同主办的2011全国报纸副刊理论研讨会在上海召开，来自全国30多家报社的有关负责人就如何在新时期办好报纸副刊建言献策。与会者认为，在互联网时代，新闻的同质化竞争异常激烈，而报纸副刊则呈现出独特的个性，这是互联网所无法替代的。此次研讨会还揭晓了第五届全国报纸副刊论文评选结果，共有6篇论文获得一等奖。

7月1日，《文艺报》副刊发表马识途的《纪念建党九十周年》。

7月19日—22日，全国煤炭系统报纸副刊研讨会暨作品笔会在杭州召开。来自煤炭系统报刊、网站、宣传单位的近百位专业工作者到会。近年来，读者对副刊的关注度有所回升，大环境有利于副刊的发展，与会者深入探讨如何做好应对准备。研讨会邀请著名作家、编辑刘庆邦、韩小蕙、陈戎以“文学副刊的当代性”“大文化背景下的大副刊理念”等题目授课，并介绍了《光明日报·文荟副刊》《北京日报·作品副刊》的办刊思想和经验。研讨会由中国煤炭报社、中国安全生产报社举办。（李韦的《全国煤炭系统报纸副刊研讨会》刊载于《光明日报》7月25日）

7月27日，《宜春日报》“实践思考”版发表谢艳群的《晚报专副刊也要有思想》。

8月5日，《新闻记者》发表潘向黎的《报纸副刊“三圈理论”初探》。

8月29日，《四平日报》发表张莉的《报纸副刊与正刊的关系浅谈》。

9月15日，《甘孜日报》发表王朝书的《照亮读者的精神家园——〈甘孜日报〉副刊的承载与取向》。

9月23日，《文艺报》副刊发表张荣辉的《感怀》。

9月27日，《兰州日报》发表李超的《文化副刊　时尚风格本土韵味》。

10月5日，《新闻与写作》发表田朝晖的《迎接报纸副刊的第三次变革》。

10月15日，《新闻窗》发表石健的《当代报纸文艺副刊的衰微与振兴》。

11月9日，《天津日报》发表肖秋生的《报纸副刊的时代担当》。

11月15日，《山西日报》发表董昕的《网络语境下都市报副刊发展研究》。

12月9日—11日，由江西省报纸副刊研究会主办、九江日报社承办的“江西省报纸副刊研究会2011年会”在九江召开。中国报纸副刊研究会副会长、江西日报社总编辑王晖，九江市委常委、宣传部长潘熙宁，江西省报纸副刊研究会会长、江西日报社副总编辑杨惠珍出席会议。

12月15日,《吉林日报》发表赵培光的《副刊编辑:自觉与自信的文化实践者》。

2012年

1月6日,《江西日报》发表罗翠兰、张晨的《扛起时代责任　迎接副刊繁荣》。

1月26日,《湖南日报》"理论纵横"栏目发表陈薇的《办好党报副刊的几点思考》。

1月30日,《人民政协报》发表杨雪的《与副刊的文化情缘——著名作家从维熙谈副刊的文化传播作用》。中国第一个副刊独立奖项"孙犁奖"日前在天津揭晓,作为副刊培育起来的作家、"荷花淀派"的代表作家从维熙出席了颁奖活动。

2月29日,《现代中国文化与文学》发表白贞淑的《1956年"百花时代"中的〈人民日报〉副刊与诗歌》。

3月1日,《中国记者》刊出杨丹的《网络时代党报副刊的内容定位——〈湖南日报〉〈湘江〉副刊的实践与认识》。

3月5日,《解放军报》发表李炳银的《日出江花红胜火——读〈长征〉副刊精品文库报告文学卷》。

4月8日,《南方论刊》发表柯丽云的《互联网时代报纸副刊的文化责任》。

5月10日,《人民日报》发表周舒艺的《文艺莫忘农民工》。

5月25日,《云南政协报》发表李刚的《大副刊之路——试论变革时期报纸副刊的定位与价值取向》。

5月26日,《深圳特区报》发表钟润生的《报纸办副刊应有"大文化"概念》。

6月16日,由光明日报社和江西省文联主办的"文艺副刊与文化繁荣研讨会暨光明日报文化周末创办座谈会"在江西九江举行。来自全国各地的多位文化艺术界的专家学者共聚一堂,以《光明日报》年初创办的《光明文化周末·文荟》和《光明文化周末·艺萃》为切入点,围绕文艺副刊如何更好地在社会主义文化大发展大繁荣的进程中发挥积极作用进行了深入探讨。

7月30日,《青年记者》发表刘君的《我们需要"接地气"的文章——谈副刊编辑"走转改"》。

8月1日,《中国记者》发表徐勤的《报纸副刊作品连续三年获奖得失谈》。

8月25日,《中国报业》刊出宋建锋、刘校豆的《全媒体时代报纸副刊的生存策略浅析》。

10月11日,《文学报》发表黄田的《文学副刊,为何70%的作者是老面孔?》。

11月20日,中国报纸副刊研究会在云南大理召开年会,总结过去一年工作,安排部署2013年的工作,会议就如何以党的十八大精神为指导,加强和完善副刊研究会建设,推动副刊研究会各项工作进行了研究部署。

12月5日,《中国新闻出版报》发表高善罡的《以十八大精神为指导办好报纸副刊》。

12月12日,《天津日报》发表肖秋生的《文化自信是一种责任——访中国报纸副刊研究会会长丁振海》。

12月15日,《现代传播(中国传媒大学学报)》发表张弛的《论报纸副刊对中国近现代社会文化的影响力》。

2013年

1月9日,《中国新闻出版报》发表王晓蔚的《行业报副刊如何与新闻版同辉》。

1月16日,人民日报社文艺部在京举行作者编辑座谈会,邀请作者代表研讨本报副刊与文艺评论的发展与创新。袁鹰、李瑛、莫测以及严阵、贺捷生、柳萌、高深、李准、王巨才、雷达、仲呈祥、肖复兴、刘庆邦、吴长江、何建明、陈履生、傅谨、孙郁、陈众议、饶曙光、李敬泽、张宏森、彭利铭等知名作家、艺术家、评论家参加。人民日报社社长张研农对与会老作者们表示欢迎,副总编辑陈俊宏主持会议。

1月30日,《青年记者》发表屈国华的《网络时代如何培育副刊作者群》。

2月19日,《中国青年报》发表李培禹的《历久弥新之重　遗珠割爱之痛》。

2月26日,《中国新闻出版报》发表韩为卿的《〈中原风〉:好风拂面欲醉人》。

3月10日,《新闻世界》刊登宋建锋、刘校豆的《浅谈报纸副刊的数字化改革——从〈南方周末〉的新媒体探索谈起》。

3月,江西省记协、省报纸副刊研究会共同举办的2012年度全省报纸副刊好作品、好版面暨专栏奖评选揭晓,共有60件作品获得报纸副刊好作品奖,其中一等奖9件、二等奖27件、三等奖24件。另外,评出副刊好版面9块,3个专栏获副刊专栏奖。

4月15日,《采・写・编》发表周建平的《新媒体环境下报纸副刊的实践与探索——以羊城晚报为例》。

5月15日,《新闻传播》发表韩冰的《新媒体时代报纸副刊如何突围创新》。

6月7日,《四川日报》发表卢泽明的《非虚构写作的诗外功夫——说说报纸副刊上的散文》、庄剑的《把握"文化"内涵　紧扣"新闻"特性——文化新闻获奖作品述评》。

6月7日,《常州日报》发表纪学的《2012年度常州市报纸副刊优秀作品评选揭晓》。由市记协主办的全市2012年度报纸副刊优秀作品评选近日揭晓,本次评选共收到来自《常州日报》《常州晚报》《武进日报》的参评作品34篇(件),共有12件作品获奖,其中一等奖2件、二等奖4件、三等奖6件。

6月7日,《四川日报》发表阳云的《当下性　文化性　文学性——从报告文学、特稿和专栏说起》。

6月7日,《四川日报》发表何万敏的《精神向度与外在形态——文艺评论、杂文获奖作品述评》。

6月17日,《海南日报》发表傅人意的《琼崖副刊:流动的闲情盛宴》。

6月27日,云南报纸副刊好作品颁奖仪式在河口县举行,至此,云南新闻界一年一度的三大新闻奖——云南新闻奖、云南报业新闻奖、云南报纸副刊好作品奖全部揭晓,云南政协报在上述奖项中共斩获一、二、三等奖16个。

7月2日,《中国新闻出版报》发表樊国安的《让报纸副刊更接地气》。

7月12日,由中国报纸副刊研究会、检察日报社主办,黑河市人民检察院承办的2013年全国报纸副刊理论研讨会在黑河市举行。会上揭晓了第五届全国报纸副刊论文评选结果,共有6篇论文获得一等奖。

8月30日,《经济信息时报》发表舒畅的《从"小舒小唱"谈专栏写作》。

9月4日,《中国新闻出版报》发表赵成建的《略论报纸副刊的多元性文化表达》。

9月18日,《中国新闻出版报》发表甄忠慧、苏有郎的《纪实文学:副刊与新闻互动的桥梁》。

9月23日,中国报纸副刊研究会第四届理事会在四川省南部县闭幕,来自全国100多家中央和地方报纸的负责人和副刊编辑参加了会议。会议顺利举行了换届选举,产生了新一届领导机构。(李子木的《中国报纸副刊研究会选举产生新的领导机构》刊载于《中国新闻出版广电报》9月26日)

10月25日,《中国报业》发表朱怡的《新时期报纸副刊变革及其发展趋势研究》。

11月29日,《人民日报》发表刘玉琴的《报纸副刊:价值引领与文化担当》。

12月1日,《中国记者》发表祝芸生、柳易江的《全媒体生态中党报副刊的突围策略》。

12月15日,《华中人文论丛》发表周平、靳凯的《报纸副刊在新时代的华丽转身——浅谈当今副刊发展的"瓶颈"与对策》。

12月19日,《文学报》发表周荣池的《报纸副刊的格与局》。

12月25日,人民日报社文艺部在北京举行作者编辑座谈会,邀请作者代表座谈研讨本报副刊与文艺评论的发展与创新。参加座谈会的有从维熙、黄会林、邵大箴、张海、陆天明、王文章、周大新、廖奔、吴长江、王丹彦、阿来、陶东风、陈晓明、甘学军、梁鸿鹰、宋宝珍等16位知名作家、艺术家、评论家。人民日报社社长张研农与总编辑杨振武出席了会议。

2014年

1月7日,《西藏日报(汉)》发表李文健、常杰、马静的《浅谈报纸副刊的发展方向》。

2月,庄森所著的《中国新时期报纸副刊史》由中央民族大学出版社出版。

3月1日,《中国记者》发表童雯霞的《强化新闻理念　让副刊变"富"》。

3月4日,《中国新闻出版报》发表李子木的《行业报副刊如何办出味道》。

3月25日,《中国报业》发表彭文海的《全媒体时代报纸文艺副刊的突围》。

6月19日,《中国新闻出版报》发表林蜜的《都市报专副刊如何走得更远》。

6月23日,《中国新闻出版报》发表欧阳的《浅谈网络时代副刊再现复兴现象》。

7月10日,《新闻世界》发表陶妍妍的《浅谈都市报专副刊新时期的新探索》、王莹的《〈钱江晚报〉副刊〈晚潮〉的特色分析》。

7月25日,《甘肃日报》发表李艺的《在凸显地方文化特色上下功夫》。

8月10日,《新闻研究导刊》发表叶子的《新媒体时代如何守住副刊品牌——以〈解放日报〉〈朝花〉为例》。

8月15日,《重庆社会科学》发表程磊的《晚报副刊传播符号视觉化的表征、影响与对策》。

9月16日,《中国新闻出版报》发表苏印荣的《求新求变才能办好报纸副刊》。

10月28日,《中国新闻出版报》发表潘宁的《用运营思维打造报纸副刊的"百草园"》。

10月,陈叙所著的《文化的风向标:20世纪90年代以来报纸副刊变迁研究》由西南财经大学出版社出版。

11月5日,《中国新闻出版报》发表殷陆君的《办好副刊　弘扬社会主义核心价值观》。

12月10日,《中国艺术报》发表徐兆寿的《新媒体时代的文学》。

12月24日,《山西经济日报》发表郑彩霞的《移动互联网时代,党报副刊如何发挥文化引领功能》。

2015年

2月25日,《中国报业》发表张慧的《以〈中国青年报〉为例看报纸副刊独立化现象》。

5月1日,张均在《东岳论丛》发表《〈文汇报〉〈笔会〉副刊的"杂文复兴"论争》。

7月18日,《广元日报》发表付尹、高富强的《新媒体新闻副刊化趋势得失研判——以广元日报全媒体发展为例》。

8月8日,《新闻战线》发表韩金祥的《一位副刊编辑的30年坚守》。

8月19日,《文艺报》"经典作家"栏目发表张挺玺的《多维向度下的心灵变奏》。

8月23日,《新闻传播》发表申志远的《副刊连载小说如何应对受众的阅读习惯》。

8月27日,《新华书目报》发表崔晶茹的《报纸副刊:给报纸添上画龙点睛之笔》。

9月16日,《中华读书报》发表刘方政、张巧玲的《高校校报副刊与校园文学生活调查》。

9月18日—24日,由中国报纸副刊研究会、江西日报社主办,中共赣州市委宣传部承办的全国报纸副刊理论研讨会暨绿色崛起看赣州——中国文化记者赣州行采风团兵分两路,分别深入章贡区、兴国、宁都、瑞金、会昌等地实地采风。《人民日报》《光明日报》《解放军报》等全国60多家媒体近70名记者参加。

9月20日,《东南传播》发表悦连城的《浅析〈南方周末〉的副刊编辑方针》。

9月27日,《文学自由谈》发表李更的《地方报纸的文学副刊问题》。

9月30日,《文艺报》“经典作家”栏目发表王彬的《林徽因与京派》。

10月8日,《新闻战线》发表李幂的《文学副刊需要坚守——从〈迟桂花〉复刊说起》。

11月30日,《中国新闻出版广电报》发表马国仓的《怎样做好新时代副刊人》。

12月15日,《视听》杂志发表海冰的《从报纸副刊的发展历程看党报文学副刊的出路》。

12月25日,《中国报业》发表牛庆国的《论党报文学副刊提升之路》。

2016年

1月25日,《新闻研究导刊》发表赵冬梅的《新媒体时代报纸文艺副刊发展走向的探讨》。

3月9日,《文艺报》“少数民族文艺”专栏发表赵晏彪的《文学不以长短论英雄》。

3月11日,《文艺报》“经典作家”专栏发表谢家顺的《张恨水小说传播的隐性要素》。

6月7日,《中国艺术报》发表王宇航的《报纸副刊　文艺性的两难》。

6月30日,《青年记者》发表晁卫华的《报纸副刊面临的危机与突破》。

8月1日,《中国记者》发表姜锦铭的《融媒体时代副刊如何提升影响力》。

8月25日,《南方日报》发表周豫、黄羽茜的《李辉:报纸副刊应有更多独到见解》。

9月15日,《中国报业》发表庹继光的《报纸文学副刊回归与定位探析》。

10月2日,《新民周刊》发表王悦阳的《〈夜光杯〉:中国报业史上最悠久的副刊》。

10月19日,《云南政协报》发表陈泽的《坚守文化高地——〈云南政协报〉大副刊格局与创新初探》。

10月20日,《青年记者》发表周湛军的《提升党报副刊的主体影响力——副刊人物典型写作经验谈》。

11月5日,《今传媒》发表肖雪的《新媒体语境下副刊的多样化探索——以〈西安日报〉近年副刊版面为例》。

11月6日,《新闻战线》发表王湛的《新媒体时代传统副刊的转型——以钱江晚报〈全民阅读周刊〉为例》。

12月15日,《传播与版权》发表龚奎、朱怀义的《〈人民日报〉文艺副刊与新时期杂文的传播》。

12月19日,《中国新闻出版广电报》发表李娜的《纸媒新视觉观感对副刊的异化》。

2017年

1月4日,《中华读书报》发表汪家明的《才女文章副刊情》。

1月,李辉、王留纯主编的“副刊文丛”(第一辑)由大象出版社出版。该丛书共15册,包括《家园与乡愁》《抓在手里的阳光》《碰上的缘分》《好在共一城风雨》《我画文人肖像》《踏歌行》《茶事一年间》《第一槌响起——中国拍卖全记录》《副刊面面观》《多味斋》

《心香一瓣(上、中、下)》《文艺地图之一城风月向来人》《闲话纽约客》。

3月5日,《传媒评论》发表张渊学的《文化引领:副刊创新的有效策略》、周林红的《论副刊编辑的精品意识》。

3月20日,《关东学刊》发表张均的《文学的“对台戏”如何开唱?——论〈文汇报〉〈笔会〉副刊的文艺批评》。

3月24日—28日,2017年全国报纸副刊理论研讨会暨绿色发展看黔江采风活动在黔江区举行。来自全国50余家媒体的70余名编辑、记者围绕“报纸副刊的舆论导向与文化自信”的主题展开研讨。

4月3日,《文汇报》发表章星虹的《我与父亲的书缘》。

4月24日,《文汇报》发表马国平的《“我日看四种报,所费时间,以贵报为多”——叶圣陶致徐开垒书信掇要》。

4月25日,《新闻研究导刊》发表闫晶的《心存敬畏地坚守人文副刊的品质——谈人文副刊编辑的“工匠精神”》。

5月8日,《新闻战线》发表孙昕晨的《报纸副刊贵在“慢”中有“味”——以文汇报〈笔会〉副刊为例》。

6月8日,《新闻传播》发表张莉岩的《浅议党报副刊的党性原则与个性发展》。

6月11日,《文汇报》发表许旸的《将方寸中每一段佳意娓娓道来》。

7月11日,《中国新闻出版广电报》发表杜一娜的《副刊天天有　文化青春融本土》。

7月19日,《河南日报》发表单占生的《学识与涵养》。

8月5日,《解放军报》发表蔡常维的《有诗和战火的日子》。

8月8日,《新闻传播》刊登崔京良的《报纸文学副刊的融媒前景》。

8月11日,《贵州民族报》发表谢江林的《谈谈报纸副刊的品味——以〈人民日报〉副刊〈大地〉的“金台随感”栏目为例》。

8月27日,《中国文化报》发表张志民的《中国报纸美术副刊的由来》。

8月29日,《当代文坛》发表布莉莉的《〈新民晚报〉〈晚会〉副刊与通俗文艺传统》。

9月18日,《文艺报》在“经典作家”栏目发表侯敏的《舒群在延安始末考》。

9月20日,《解放军报》《长征》副刊刊出纪念特刊,既有回顾文章也有名家寄语,另外还刊出了第五届“长征文艺奖”的获奖名单。

9月22日,《芜湖日报》发表唐乐燕的《新形势下报纸副刊工作探析》。

9月24日,由中共普洱市委宣传部和中国报纸副刊研究会共同主办的“喜迎十九大·共筑中国梦”中国报纸副刊研究会2017年年会暨中国百名文化记者普洱行采风活动在普洱市举行,来自国内各级媒体的百名记者齐聚普洱采风。

9月29日,《文艺报》发表刘笑伟的《喜迎盛会,军事文学“再出发”——〈解放军报〉“长征副刊”迎来出刊4000期》,在全国人民喜迎党的十九大胜利召开之际,《解放军报》

“长征副刊”迎来了出刊4000期的喜庆日子。

11月7日，《山西经济日报》发表权利的《从〈星期天周刊〉的发展看周末副刊的定位》。

11月7日，《山西日报》发表关海山的《与时俱进求创新》。

11月21日，《山西经济日报》发表王媛的《浅析互联网时代报纸副刊的文化追求》。

11月22日，《兵团日报(汉)》发表陆小龙的《向着更深更远的地方，寻找滋养——“胡杨”版面34年回首及副刊写作探讨》。

11月28日，《中国新闻出版广电报》发表茅震宇的《副刊体现报纸文化自信》。

12月12日，《黄冈日报》发表江旺明的《写党报副刊小小说的几点体会》。

2018年

1月31日，《中国新闻出版广电报》发表简菊芳的《浅谈行业报副刊体现文化自信的探索》。

3月1日，《中国记者》发表金小林的《重大主题报道专副刊的“六化”表达》。

4月5日，《传媒评论》刊出陈桥生的《守正与出新——羊城晚报副刊的转型之路》、刘芳的《“互联网+”时代报纸副刊的变与不变——新民晚报副刊的改革与创新举措》、赵晓梦的《纸与端齐飞　报纸副刊转型新路探索——华西都市报—封面新闻〈宽窄巷〉副刊创新转型实践》。

4月15日，《新媒体研究》发表周正杰的《新媒体时期都市报副刊的发展思路——以〈华西都市报〉副刊〈宽窄巷〉为例》。

5月15日，《编辑学刊》发表朱燕萍的《担当文化使命　打造精神家园——以孙犁报纸文艺副刊编辑思想为视角》。

5月29日，《中国新闻出版广电报》发表孟中的《〈太原日报〉副刊〈晋韵〉地方文化建设呈现本土特色》。

7月3日，《山西经济日报》发表王媛的《试论全媒体时代纸媒副刊的文学性》。

7月10日，《新闻研究导刊》发表梁智、肖君的《以〈江花〉为例谈副刊的坚守与创新》。

7月24日，《中国新闻出版广电报》发表刘一洁的《保持地方特色　留住独有韵味》。

8月23日，《贵州政协报》发表田野的《融媒体时代报纸副刊编辑工作浅议》。

9月11日，《山西经济日报》发表李玉的《都市类报纸副刊的流变与回归》。

10月5日，《新闻前哨》发表刘章西的《农报副刊“乡”味浓》。

10月15日，《新闻前哨》发表符烨、黄洪珍的《报纸副刊打造微信“十万+”爆款的黄金四法则》。

10月18日，中国报纸副刊研究会在浙江省温州市永嘉县召开2018年年会暨中国百名文化记者温州永嘉行大型采访活动，并就进一步提升报纸副刊质量水平、推进媒体融合发展进行深入研讨。

11月20日，《青年记者》发表王婷的《副刊人格化发展策略与模型构建——以人民日报微信公众号“夜读”栏目为例》。

12月23日，《新闻战线》发表龙青云的《浅谈媒体融合中报纸副刊的守正与创新》。

2019年

2月8日，《新闻战线》发表吕国英的《在更高的境界中耕耘——副刊文艺创作中的几个命题》。

2月15日，《采·写·编》发表王素芬的《融媒体环境中的副刊写作》。

3月15日，《新闻潮》发表王晓莉的《新媒体时代副刊转型路径探讨》。

3月19日，第九届中国报纸副刊理论研讨会暨“长寿贺州　梦里黄姚”文化记者采风活动在广西贺州举行。来自全国50家报社的60多位记者齐聚贺州，在此就“全媒体时代，副刊如何守正创新”展开理论研讨。

4月29日，2019年度江苏省报纸副刊获奖作品评选结果揭晓，共评出一等奖8篇、二等奖16篇、三等奖19篇。

5月20日，2019年度广东省报纸副刊作品年赛终评获奖名单公布。广东省报纸副刊研究会组织专家评审，评委会从150多件参赛作品中评出一等奖10件、二等奖33件、三等奖42件，优秀版面14个，副刊专栏11个。本次活动由阳江日报社承办。

6月10日，《传媒论坛》发表郝俊丽的《全媒体时代如何提高副刊编辑文字应用能力》、张瑜的《论当代副刊编辑的职业精神和人文素养》。

7月8日，《新闻传播》发表花蕾的《副刊在新媒体时代的定位与创新》。

7月23日，《新闻战线》发表王平的《坚持副刊文学本位，服务时代文化需求》、穆宇清的《“超副刊”是新时代传播的新表达》。

8月，布莉莉所著的《中国当代报纸文学副刊研究（1949—1966）》由山东大学出版社出版。

10月，田建平所著的《当代报纸副刊及其媒介转型》由中国传媒大学出版社出版。

11月25日—28日，中国报纸副刊研究会2019年年会暨“多彩鹿泉”全国百名文化记者采风活动在石家庄市鹿泉区举行。来自全国各地的百余家报纸副刊人共同探讨在媒体融合发展过程中新时代副刊如何传承、开拓、创新与发展。

编后记

史料的整理与研究是一项难度极大的工作，对编者的见识与眼光有着很高的要求，所以接受总主编黄发有先生邀约编纂《新中国文学副刊史料与研究》这一任务，确有很大的挑战性。但真正开始做的时候才发现，困难远比想象得多。因为你可能在图书馆过刊库翻了一整天的旧报纸却没有找到一条有价值的史料；你也可能会发现图书馆的馆藏不那么尽如人意，有些十分重要的报纸不全或者干脆没有收录，需要请各地的朋友帮忙。而关于副刊研究的论著虽有不少，但大多都止步于 1949 年。当然，近年来也陆续出版过若干研究当代报纸文艺副刊的专著，但读下来却发现同样难以提供更多有价值的线索。于是，我们决定搁置之前拟定的工作思路，先尽可能地搜集史料，再对史料进行分类整理、制定编纂思路、遴选文章并确定关键词条目，最终依据所获史料的内容，将其分类整理为“编辑理念与副刊发展”“副刊与读者”“副刊与文学生产、传播”“社会语境与副刊变迁”“副刊与地域文化”“副刊个案研究”等六个专辑。

本来关键词计划还要收录著名副刊编辑，副刊上发生的重要文学事件、文学现象等条目，但限于人力、物力等客观条件，最终放弃了这一部分，留下了不小的缺憾。

先后参与本卷编纂工作的有山东大学国际教育学院的布莉莉老师，山东大学文学院现当代文学专业的硕士生袁典、李静、丁娜、赵萌萌、何易、刘晓航、郭淑梅、刘晓宇、冯娇、杜银莲、韩佳童、李章乐等。其中，布莉莉在编纂方案设计过程中提出了许多有价值的可行性建议并作了诸多组织性工作，袁典与李静在前期资料查找、编年简史整理方面贡献最大。

感谢审稿专家对本卷编纂工作所提出的务实而富有建设性的意见。感谢南京师范大学出版社的张春老师和刘娟娟老师，不厌其烦地精心编校，修补了书中的不少错漏之处。但限于史料搜集、本卷篇幅以及编者的能力与水平，书稿中还是留下了许多不尽如人意之处，期待学界专家与广大读者指正，以做进一步的修订。

编　者

2024 年 8 月